대산세계문학총서 036

사탄의 태양 아래

Sous le soleil de Satan

Georges Bernanos

사탄의 태양 아래

조르주 베르나노스 지음
윤진 옮김

문학과지성사
2004

대산세계문학총서 036
사탄의 태양 아래

지은이　조르주 베르나노스
옮긴이　윤진
펴낸이　이광호
펴낸곳　㈜문학과지성사
등록번호　제1993-000098호
주소　04034 서울 마포구 잔다리로7길 18(서교동 377-20)
전화　02) 338-7224
팩스　02) 323-4180(편집) 　02) 338-7221(영업)
전자우편　moonji@moonji.com
홈페이지　www.moonji.com

제1판 1쇄 2004년 11월 5일
제1판 3쇄 2023년 2월 13일

ISBN 89-320-1548-1
ISBN 89-320-1246-6(세트)

ⓒ 윤진, 2004

이 책은 대산문화재단의 외국문학 번역지원사업을 통해 발간되었습니다.
대산문화재단은 大山 愼鏞虎 선생의 뜻에 따라 교보생명의 출연으로 창립되어 우리 문학의 창달과 세계화를 위해 다양한 공익문화사업을 펼치고 있습니다.

사탄의 태양 아래

사탄의 태양 아래
| 차례

프롤로그 무셰트 이야기 · 9
　제1부 절망의 유혹 · 101
　제2부 룅브르의 성자 · 271

옮긴이 해설—절망의 태양 아래 음각으로 새긴 희망의 몸짓 · 395
작가 연보 · 400
기획의 말 · 402

처음으로 이 책을 읽고 사랑해준
로베르 발르리 라도에게
G. B.

프롤로그

무셰트 이야기

1

폴 장 툴레(20세기 초의 프랑스 시인: 옮긴이)가 좋아하던 저녁 시간이다. 이맘때면 지평선이 흐릿해진다. 상아색의 구름 한 떼가 지는 해를 감싸면서 하늘 꼭대기에서 땅 밑까지 노을이 가득 차고, 거대한 고독이 이미 식어버린 채 퍼져나가는 시간이다. 액체성의 침묵으로 가득 찬 지평선…… 시인이 마음속에서 삶을 증류(蒸溜)하여 은밀한 비밀, 향기롭지만 독을 간직한 비밀을 추출해내던 시간이다.

어느새 수많은 사람들이, 수없이 많은 팔과 입을 가진 사람들이 어렴풋한 어둠 속에서 무리지어 움직이고 있다. 큰 길가에는 사람들이 몰려들고, 여기저기 불빛이 비친다. 시인은 대리석 탁자에 팔꿈치를 괸 채 이 밤이, 마치 한 송이 백합처럼, 조금씩 올라오는 것을 바라보곤 했다.

아르투아(프랑스 북서부 파드칼레 지방: 옮긴이)의 작은 도시 테르냉크에 사는 제르멘 말로르티의 이야기는 바로 이 시간에 시작한다. 제르멘의 아버지는 대대로 제분업을 해온 불로뉴(영불해협 쪽의 도시: 옮긴이) 지방의 말로르티 가(家) 사람이었다. 말 그대로 '같은 밀가루로 만든' 말로르티 가 사람들은 제법 인심이 좋은 상인이었다. 제분업의 규모도 큰 편이었고, 살림도 윤택했다. 제르멘의 아버지 대에 캉파뉴로 와서 정착을 했고, 결혼도 했다. 이후 밀 대신 보리를 취급하면서 정치와 맥주 제조업에 손을 댔지만, 두 가지 모두 신통치 않았다. 그래서 되브르나 마르키즈의 제분업자들은 그가 정신 나간 사람, 위험한 인물이라고 생각했다. 물건을 팔고 그 대가로 정당한 이윤만을 얻어야 하는 올바른 상인의 명예를 더럽히고선 결국 신세를 망치고 말 것이라고 했다. 그들은 "우리는 대대로 자유당원이었지"라고 말하곤 했다. 그 말은 곧 훌륭한 상인을 존경한다는 뜻이었다. 상인들의 이윤 추구에 부정적이던 온건파(19세기 초 자유당원과 달리 온건파doctrinaire는 입헌군주제를 지지하며 대립했다: 옮긴이)를 빗댄 말이기도 한데, 사실 이때 온건파는 사람들한테 심한 빈정거림을 받으며, 평화적인 일부 사람들의 지지만을 얻고 있는 상황이었다. 블랑키(급진적 사회주의 혁명 이론가: 옮긴이)의 후예들이 등기소를 가득 채우고, 사제의 방에는 라므네(정교(政敎)의 분리를 주장한 자유주의 기독교 사상가: 옮긴이)의 후예들이 가득 차 있는 시대였던 것이다.

캉파뉴 마을에는 두 명의 유지가 있었다. 라스파유(19세기의 공화주의 정치가: 옮긴이)의 책을 읽으며 자라나 지역 의원이 된 의사 갈레가 그중 한 사람이었다. 운명적으로 높은 곳에 자리잡은 그는 우울에 젖어 예전에 부르주아로서 누리던 낙원, 이제는 잃어버린 낙원이 된 음산한 작은 마을을 바라보았다. 그리고 녹색 렙스 천이 드리워진 거실, 바로 그의 허무가 가득 찬 거실을 바라보았다. 그는 자기 스스로가 이 사회 질서와 개인의 재산을 위협하는 인물이라고 생각하고 있었고, 그것을 개탄했다. 그는 아예 입을 열지 않거나 거의 삼가는 편이었는데, 그렇게 함으로써 사회의 질서와 개인의 재산이 사라져가는 죽음의 시간이 연장된다고 생각했기 때문이다.

어느 날 이 망령 같은 인물이 아주 비통하고 진지한 어조로 외쳤다.

"사람들은 날 제대로 이해하지 못해. 내가 의무 때문에 얼마나 힘이 드는데!"

같은 때 같은 곳에서 카디냥 후작은 제왕의 삶을 살고 있었다. 물론 영토는 갖지 못했지만 말이다. 그는 『골루아』지의 인물 동정란이나 『두 개의 세계』지의 정계 소식란을 통해 중요한 일들을 빼놓지 않고 알고 있었고, 또한 지금은 잊혀진 매 사냥을 다시 한 번 프랑스에 부흥시키려는 야심을 키우고 있었다. 하지만 불행하게도 큰돈을 주고 사들인 혈통 좋은 노르웨이 매들이 그만 그의 희망을 저버리고 창고에 저장된 식품들을 쪼아먹어버렸다. 그는 그 귀한 튜튼의 기사들을 모두 목을 비틀어 죽여버린 후, 수준을 낮추어 종달새와 까치 사냥용 황조롱이매를 키웠다. 그리고 그 와중에 여자들을 쫓아다녔다. 적어도 소문은 그랬다. 하지만 승냥이처럼 소리를 죽이고 몰래 여자 사냥을 했기에, 험담 좋아하는 사람들은 소문을 퍼뜨리면서도 그저 조금 흥을 보고 사소한 이야기에 만족할 수밖에 없었다.

2

제르멘의 아버지 말로르티는 부인과의 사이에 딸 하나를 두었다. 처음에는 공화정에 대한 충성으로 딸의 이름을 루크레치아(로마의 여인으로 왕족에게 능욕당한 뒤 자살한다. 이를 계기로 시민이 봉기하여 로마 공화정이 수립된다: 옮긴이)라고 지으려 했다. 마을의 초등학교 선생은 이 이름을 그라쿠스 형제의 어머니(스키피오의 딸로 남편이 죽은 후 열두 자녀를 길러낸 것으로 유명한 코르넬리아를 말한다. 뛰어난 문재로 로마의 사교계에서 활약했다: 옮긴이)로 착각하고선 그에 관해 이야기를 늘어놓았고, 말로르티보다 먼저 빅토르 위고가 이 영광스러운 이름을 빛냈다는 얘기도 해주었다(위고가 발표한 극 『루크레치아 보르자』를 말한다: 옮긴이). 그러니까 이 영광스러운 이름은 이미 호적대장에 오른 적이 있는 것이다. 하지만 주임 사제는 주저하면서 대주교의 의견을 기다리라고 말했다. 결국 이 혈기 넘치는 맥주 제조업자는 딸이 제르멘이라는 이름으로 영세받는 것을 받아들일 수밖에 없었다.

"아들이라면 양보하지 않았을 거야. 계집애니까 뭐……"

그 아이가 열여섯 살이 되었다.

어느 날 저녁식사 시간에 제르멩이 막 짜낸 신선한 우유가 가득 찬 양동이를 들고 들어왔다. 하지만 문턱 바로 앞에서 갑자기 멈춰 서더니 주저앉아버렸다. 얼굴이 창백했다.

"저런! 애가 쓰러졌잖아!" 말로르티가 외쳤다.

가련한 소녀는 두 손으로 배를 만지며 눈물을 쏟았다. 어머니의 날카로운 시선이 딸의 시선과 부딪쳤다.

"여보, 우리끼리 얘기 좀 할게요."

흔히 그렇듯이, 수없이 막연하게 의심을 품었던 사실이, 미처 고백을 듣지도 않았는데, 한순간 분명해지면서 갑자기 폭발한 것이다. 달래보고, 협박도 해보고, 심지어 매질도 해보았지만, 고집 센 아이는 아무 말 없이 울기만 했다. 아무리 생각이 모자라는 여자라도 이런 위기의 순간에는 냉철해지는 법이다. 그것이 바로 고귀한 본능일 것이다. 말로르티는 곤혹스러워 어찌할 바를 몰랐지만, 제르멩의 어머니는 아무 말도 하지 않았다. 호기심을 끝까지 자극시키면, 그 호기심 때문에 노여움이 진정된다는 것을 알고 있었기 때문이다.

1주일 후 말로르티는 파이프를 입에 물고서 아내에게 말했다.

"내일 내가 후작한테 다녀오겠소. 나도 생각이 있으니까. 짐작이 가거든."

"후작한테 간다고요? 앙투안, 그러다 큰일나요. 아직 확실하지도 않은데, 괜히 비웃음만 살걸요."

"두고 보면 알겠지. 10시로군. 이제 그만 자도록 해요."

그러나 이튿날 두려운 적수의 응접실에서 커다란 가죽 소파에 앉는 순간 말로르티는 자신의 경솔함을 깨달았다. 어제까지의 분노가 사그러들면서, '너무 지나치면 안 되겠지……' 하는 생각이 들었다.

사실 그는 이번 일을 잘 처리할 자신이 있었다. 이제까지 자존심 따위는 상관없이 음흉한 농부로서 많은 일을 처리해온 것과 마찬가지로 말이다. 하지만 이번에는 감정의 소리가 더 컸다. 알 수 없는 미지의 언어로 가슴속에서 감정이 큰 소리를 내고 있었던 것이다. 난생처음 겪는 일이었다.

자크 드 카디냥은 40대 중반이었다. 별로 크지 않은 키에 나이가 들면서 몸도 불었다. 거기다 사철 내내 갈색 벨벳으로 된 옷을 입고 있었기 때문에 더 땅딸막해 보였다. 하지만 그 모습에는 어느 정도 사람을 끄는 매력이 있었다. 그의 행동에는 기품이라 부를 수 있는 그 무엇이 있었고, 또 시골식의 예의를 아주 능숙하게 사용했기 때문이다. 쾌락이라는 강박관념에 사로잡혀 언제나 여자를 곁에 두어야만 하는, 심지어 상상으로라도 그렇게 해야만 살 수 있는 사람들이 그렇듯이, 카디냥은 아무리 스스로 거칠고 강하며 심지어 투박한 사람으로 보이려고 노력해도 몇 마디 말만 해보면 본모습이 드러나고 마는 그런 사람이었다. 목소리가 아주 풍부하고 부드러웠으며, 마치 개구쟁이 같은 생기가 있었다. 한마디로 강렬하지만 부드럽고 은밀한 그런 목소리였다. 또한 아일랜드 태생의 어머니로부터 물려받은 연푸른색 눈은 깊이가 없는 투명함을 간직하고 있었다. 얼음처럼 차가운 빛이 가득 찬 눈이었다.

"안녕하시오, 말로르티 씨. 앉으시오."

카디냥이 들어오는 것과 때를 맞추어 말로르티는 어느새 자리에서 일어나 있었다. 사실 그는 후작을 만나 무슨 말을 할지를 다 준비했었다. 하지만 놀랍게도 단 한 마디도 생각나지 않았다. 횡설수설 몇 가지 이야기를 늘어놓으면서, 다시 분노가 치솟아 말이 쏟아져나오기를 기다렸다.

"후작님, 사실은 제 딸아이 때문에 왔습니다."

"아!" 후작이 말했다.

"남자 대 남자로서 말하겠습니다. 닷새 전쯤에 일을 알게 되었지요. 깊이 생각해보고 또 이것저것을 따져보았습니다. 결국 서로 의견을 맞추려면 만나서 이야기를 해야 한다고 생각했습니다. 일이 더 커지기 전에 후작님을 만나뵙고 싶었습니다. 피차 말이 안 통하는 것도 아닐 테니까요."

"일이 커진다는 게 무슨 뜻이지요?" 후작이 물었다.

그러고 나선 여전히 같은 어조로 침착하게 덧붙였다.

"당신을 속일 생각 같은 건 없소. 도대체 무슨 말인지 모르겠군…… 당신이나 나나 이제 요리조리 꾀를 내면서 틈을 노릴 나이는 지났지 않소? 당신이 지금 하려는 말을 내가 대신 해줄까? 그러니까 당신 딸이 임신을 했다는 거 아니오? 그래서 지금 당신은 손자의 아비를 찾아다니는 거고…… 내 말이 맞소?"

후작의 말이 끝나자마자 말로르티가 소리를 질렀다.

"후작님의 아이가 아닙니까!"

후작은 전혀 동요의 빛을 보이지 않았다. 말로르티는 그 냉정한 태도에 소름이 끼쳤다. 이곳에 오기 전 분명 후작의 아이라는 근거를 하나씩 따져보면서 아무런 항변의 여지가 없으리라 생각했지만, 막상 아무것도 입 밖에 낼 수가 없었다. 지금 그의 머리 속에선 확실한 증거라 생각했던 것들이 연기처럼 흩어지고 있었다.

"농담하지 맙시다. 말도 안 되는 소리지만, 무작정 화를 내지는 않겠소. 일단 설명을 들어봅시다. 왜 그렇게 생각하는지 말이오. 말로르티 씨, 우린 서로 잘 아는 사이지 않소? 아시다시피 물론 난 여자를 싫어하지는 않소. 사소한 사건도 몇 번 있었고…… 누구에게나 있을 수 있는 일이지…… 하지만 명예를 걸고 말하겠는데 당신 딸한테는 손대지 않앉소. 이 좁은 동네에서 만일 누가 임신을 하면, 남 말하기 좋아하는 여자들이 그냥 있겠소? 만일…… 그래도…… 혹시…… 아마…… 이렇게 수군대면서 나를 의심할걸? 이제 귀족이 유지라고 존경받던 그런 시대는 끝났소. 내가 가진 재산? 그건 그냥 내버려두더군. 젠장! 공화정은 만인을 위한 거니까!"

'공화정이라구!' 말로르티는 어안이 벙벙해서 속으로 되뇌었다. 후작이 아주 자연스럽게 공화정을 지지하는 발언을 했지만, 말로르티는 그것이 허세라고 생각했다. 물론 말로르티 자신은, 진정한 농부로서, 영농대회를 주관하고 우량 가축을 선발해 상을 주는 지금의 공화정에 끌렸지만 말이다. 결국 캉파뉴의 영주가 정치와 역사에 대해 가진 생각이, 몇 가지만 빼고, 가장 하찮은 소작인의 그것과 다르지 않았던 것이다.

"그래서요?" 말로르티는 여전히 답을 기다리면서 말을 이었다.

"그래서 말인데, 당신이 흥분해서 마음대로 행동한 것을 비난하지는 않겠소. 당신들 말이오, 당신네들이 좋아하는 그 빌어먹을 의원 나리하고 또 이 지역의 못된 놈들이 모두 달려들어서 나를 푸른 수염(쥘 페로Jules Perrault의 동화에 등장하는 심술궂은 인물 'Barbe bleue': 옮긴이) 취급을 하지 않소. 여기서도 후작, 저기서도 후작, 농노제니 봉건적 권리니 멍청한 소리들을 지껄여대면서 말이오. 내가 아무리 후작이라도 정의를 누릴 권리는 있지 않겠소? 자! 말로르티 씨! 나한테 좀더 공정하고 합당한 태도를 보이는 게 어떻겠소? 도대체 누가 당신한테 이렇게 하라고 부추겼는지 한번 말해보시오. 나한테 찾아와 이렇게 불쾌한 말을 해대고, 거기다 또 나한테 다 뒤집어씌우라고 누가 그럽디까? 여자 머리에서 나온 생각이겠지? 정말, 여자들이란……"

그러더니 후작은 마치 선술집에서 박장대소할 때처럼 기분좋은 웃음을 터뜨렸다. 자칫하면 말로르티도 같이 웃으면서 "좋습니다, 후작님. 한잔하러 갑시다" 하고 말할 뻔했다. 마치 오랜 흥정이 끝난 것처럼 말이다. 그것이 원래 프랑스인들의 기질이다.

말로르티는 한숨을 지으며 말했다.

"하지만 카디냥 씨, 물론 증거는 없지만, 당신이 아주 오래전부터 우리 딸한테 접근했다는 건 동네 사람 누구나 아는 것이 아닙니까? 한 달 전쯤에는 바유 가(街)를 지날 때 당신이 우리 딸과 같이 있는 걸 보았습니다. 르클레르크 목장 모퉁이에서 도랑가에 나란히 앉아 있더군요. '한번 꼬셔보는 거겠지. 곧 끝날 거야.' 전 그때 이렇게 생각했습니다. 사실 우리 아이는 이미 라보의 아들과 약혼을 했습니다. 더구나 얼마나 도도한 성격인데요! 하지만 결국 일이 이렇게 되고 말았습니다. 후작님처럼 돈 많고 지체 높은 분이 명예가 달린 문제를 놓고 장난을 치시지는 않겠지요? 물론 우리 애와 같이 살아달라는 말은 아닙니다. 저도 그렇게 멍청하지는 않습니다. 하지만 그렇다고 우리를 아무것도 아닌 하찮은 인간으로 취급하지는 마십시오. 그냥 즐긴 다음에 팽개쳐버리고, 그렇게 남의 웃음거리가 되게 할 수는 없는 겁니다."

말이 끝나갈 즈음 말로르티의 목소리는 자기도 모르게 주어진 상황에 타협하는 농민들의 목소리와 같은 어조가 되었다. 호감을 주는 호인 같은 말투, 하지만 약간 불평이 담긴 말투였다. 그는 속으로 생각했다. '아니라고는 못하는군…… 이제 무언가 제안을 하겠지. 암, 그럴 테지.' 하지만 그 위험한 적수는 아무런 반응도 보이지 않았다. 마치 허공에 대고 이야기를 한 것 같았다.

1분 혹은 2분 동안 침묵이 이어졌다. 멀리서 작업대를 두드리는 소리가 들려왔다. 휙휙 바람 같은 소리와 벌떼처럼 웅웅거리는 소리가 나는, 아름다운 8월의 오후였다.

"그래서?" 마침내 후작이 입을 떼었다.

이 짧은 휴식 동안 다시 힘을 모아 정신을 차린 말로르티가 대답했다.

"이제 어떻게 했으면 좋을지 말씀을 하셔야죠."

하지만 후작의 생각은 달랐다.

"당신 딸이 그 라보라는 자를 만난 지는 오래됐소?"

"제가 그걸 어찌 알겠습니까?"

"아마 거기서 단서를 찾을 수 있을 거요." 후작은 침착하게 대답했다. "그걸 꼭 알아봐야지. 아비들이란 참으로 어리석단 말이야! 나한테 두 시간만 주면 범인을 꽁꽁 묶어 넘겨줄 수 있을 텐데."

"세상에!" 뒤통수를 맞은 말로르티가 소리를 질렀다.

그는 학식 있는 사람들이 냉소주의라 부르는 이러한 격 높은 침착성에 대해서는 별로 아는 바가 없었던 것이다. 후작은 여전히 같은 어조로 말을 이었다.

"자, 말로르티 씨, 나로서는 지금 별다른 조언을 해줄 게 없소. 사실 당신 같은 사람은 이렇게 어려운 상황에서 다른 사람의 조언을 귀담아듣지도 않겠지만 말이오. 하지만 이것만은 일러두겠소. 1주일 후에 다시 나를 찾아오시오. 그 사이에 마음을 가라앉히고 잘 생각해보시오. 아무 말도 하지 말고, 아무도 비난하지 마시오. 물론 마음이 급하겠지요. 자, 이제 어린애도 아니잖소! 아무도 본 사람이 없고 편지 같은 흔적도 없고 아무것도 없지 않소! 1주일이면 아마 마을에 소문이 돌 거고, 작은 단서에서도 큰 걸 건질 수 있을 거요. 기다려봅시다. 내 말 알아듣겠소? 말로르티 씨!" 후작은 유쾌한 어조로 결론을 맺었다.

후작을 시험하던 말로르티가 그 말에 머뭇거렸다. 한순간 목소리도 수그러들었다.

"글쎄요."

'내 속셈을 알아내려 하는군. 정신 차려야지' 하고 생각했다. 스스로 마음이 약해졌다는 것을 느끼자 다시 용기가 솟았다. 분노가 조금씩 고개를 들면서 다시 자신감이 생겨나기 시작했다. 그때 카디냥이 말을 이었다.

"수소문해보시오. 그리고 딸아이는 건드리지 마시오. 다그쳐봐도 아무 소용이 없을 거요. 사실 그 아이는 풀밭에서 서성이는 작은 새 같지. 코가 뛰어난 사냥개 발 아래를 걸어다니는 새 말이오. 늙은 개라도 가만히 있을 수가 없겠지."

"그게 바로 제가 하려던 말입니다." 말로르티는 한마디를 할 때마다 고개를 끄덕이면서 단호하게 말했다. "제가 할 수 있는 건 다 했습니다. 1주일이고 2주일이고 기다려야겠지요. 나 말로르티는 남에게 빚지고는 살지 못하는 사람입니다. 만일 제 딸이 잘못된다면 결국 자기 탓이지요. 이제 그 아이도 유혹에 빠질 나이도 되었고, 또 그러니까 스스로를 지킬 줄도 알겠지요."

"자, 쓸데없는 말은 이제 그만 합시다!" 후작이 소리쳤다.

하지만 이제 말로르티는 더 이상 주저하지 않았다. 후작이 겁을 먹고 있다고 생각했던 것이다.

"아리따운 아가씨 문제를 해결하는 게 노인네를 쫓아내버리는 것과 같을 수는 없지요. 카디냥 씨, 모두가 알고 있는 사실입니다. 당신은 이 동네에서 누구나 다 아는 유지가 아닙니까? 젠장! 이제 딸아이가 와서 직접 이야기하는 수밖에요. 사람들이 모인 곳에서 당신 눈을 쏘아보면서 말입니다. 악에 받쳐 있으니까요. 최악의 경우 우리가 함께 망신을 당하는 겁니다."

"그래? 한번 해보시지!" 후작이 말했다.

"두고 보십시오." 말로르티는 단호하게 말했다.

"자, 가서 직접 딸에게 그렇게 하라고 말해보시오! 빨리 가서 말해 보라구!" 카디냥이 소리를 질렀다.

그 순간 말로르티는 후작의 창백한 작은 얼굴에서 무언가 알 수 없는 단호한 표정을, 그리고 1주일이 되도록 비밀을 지키고 있는 그 도도한 입을 보았다.

"교활한 인간 같으니. 그 애가 이미 다 털어놓았단 말이오……" 말로르티는 이렇게 소리치고는, 두 걸음 뒤로 물러섰다.

한순간 후작의 시선에 망설임이 스쳐갔다. 말로르티를 머리부터 발끝까지 훑어보더니, 갑자기 표정이 굳어지면서 흐린 청색 눈동자가 녹색을 띠었다. 아마도 제르멘이었더라면 이 순간 그 눈빛에서 자기 운명을 읽을 수 있었을 것이다.

후작은 창가로 다가가서 창문을 닫아걸었다. 그리곤 여전히 아무 말도 하지 않은 채 탁자 쪽으로 왔다. 건장한 어깨를 흔들며 상대방이 손에 닿을 정도로 가까이 다가서서는, 이렇게 말했다.

"정말이라고 맹세하시오!"

"맹세하죠." 말로르티가 대답했다.

그 순간에는 이런 거짓말도 그리 나쁘지 않은 수법인 것 같았다. 더구나 말을 내뱉은 다음 그 자리에서 번복한다는 것은 쉬운 일이 아니었다. 순간 한 가지 생각이, 무엇인지 정확히 알 수 없는 어떤 것이 뇌리를 스쳐갔다. 막연한 불안감이 맴돌았다. 만일 자기 앞에 두 가지 길이 열려 있는 것이라면, 지금 막 나쁜 쪽을 선택해버렸고, 이미 그 안에 깊숙이 들어서버렸다는 막연한 느낌에 휩싸였다.

후작이 자제력을 잃고 화를 낼 것 같았다. 그렇게 되기를 내심 바랐다. 하지만 그는 여전히 냉정한 어조로 말했다.

"돌아가시오, 말로르티 씨. 오늘은 이쯤 해두는 것이 좋겠소. 당신은 당신대로, 또 나는 나대로 거짓말을 일삼는 계집애에게 멋지게 농락당하고 있군. 조심하는 게 좋을 거요! 아마도 당신을 부추긴 사람들은 꽤 영리한 것 같군. 적어도 몇 가지 해서는 안 될 일을 일러준 모양이니까. 그 중에서도 절대 해서는 안 될 일이 바로 나를 협박하는 거요. 사람들이 나를 어떻게 생각하든, 나는 아무 상관이 없소. 재판정은 이럴 때를 위해서 필요한 것 아니겠소? 정 원한다면 마음대로 하시오!"

"두고 보십시오." 말로르티는 당당하게 말했다.

그리고는 밖으로 나왔다. 넋이 나간 채 혼자 서 있으면서, 비로소 다르게 대답했어야 하는 게 아닐까 하는 생각이 들었다. 조금 후, 혼자 중얼거렸다.

"이 악마 같은 놈! 보리 찌꺼기를 곡식으로 바꿔가고도 고맙단 소리를 들을 놈이군!"

걸음을 옮기면서 말로르티는 후작과 주고받던 말들을 하나씩 되새겨보았다. 물론 언제나 그렇듯이 자기를 유리한 입장에 놓으면서 말이다. 하지만 어떻게 하든 상식에 맞는 것을 따져가다 보면 언제나 무언가 자존심에 거슬리는 것이 있었다. 바로 자기가 그토록 원하던 이 대등한 대담에서 아무것도 얻어내지 못했다는 것이다. 또한 카디냥이 마지막에 한 말은 그 뜻을 짐작하기 어려웠고, 그 때문에 자꾸 앞으로 일어날 일에 대해서 불안감이 밀려왔다. "당신은 당신대로, 또 나는 나대로 거짓말을 일삼는 계집애에게 멋지게 농락당하고 있군." 마치 그 어린 계집애가 두 남자를 원점으로, 서로 반대 방향의 두 지점으로 돌려보내버린 것 같았다.

눈을 들자 수목 사이로 빨간 벽돌집이 보였다. 잔디밭에 베고니아가 핀 멋진 집, 바로 자기 집이다. 하늘로 솟아오른 양조장의 굴뚝에서는 저녁 하늘 속으로 연기가 피어오르고 있었다. 그 광경에 이내 비참한 기분이 사라졌다. '두고 보라지. 꼭 갚아주겠어' 하고 중얼거렸다. '올해는 아주 잘될 것 같아.' 지난 20년 동안 말로르티는 언젠가는 후작과 대결할 수 있는 날이 오리라 기대하며 그날만을 기다려왔다. 이제 때가 온 것이다. 종합적으로 파악하는 능력은 부족했지만 적어도 실제적 가치에 대해서는 예리한 감각을 가지고 있던 말로르티는 이제 자기가 이 지역에서 일인자임을, 지배자의 일원임을 의심하지 않았다. 사실 어느 시대나 법률과 제도는 지배자들의 모습, 닮은꼴의 모습을 반영하게 마련이다. 이 시대의 지배자는 상인이면서 동시에 토지를 가지고 수입을 얻는 자들로서, 근대의 진보의 상징이며 과학의 상징인 가스 펌프를 가지고 있는 자들이다. 귀족 작위를 가진 시골뜨기 카디냥이나 몰락한 부르주아에 지나지 않는 의원 나리인 의사 갈레보다, 자기가 더 높은 위치에 있는 것이다. 말로르티는 딸을 아미앵으로 보내 아기를 낳게 하기로 결심했다. 어쨌든 적어도 후작이 이 일을 떠벌리지는 않을 것임은 분명했다. 게다가 바디쿠르와 살랭의 공증인은 후작의 성이 조만간 매각될 것임을 굳이 숨기지 않았다. 야심가인 말로르티가 기다리는 복수는 바로 그것이었다. 적의 죽음을 바랄 정도의 상상력을 갖지 못한 그에게는 그것이 최대의 복수였다. 말로르티는 가슴속에 원한을 품을 줄은 알지만 원한에 휩싸이지는 않는, 그런 선량한 부류의 사람이었던 것이다.

* * *

6월의 어느 아침이었다. 아주 맑고, 그래서 온갖 소리들이 멀리 퍼져나가는, 쾌청한 6월의 아침이었다.

"소들이 밤새 괜찮은지 보고 오렴." 어머니가 말했다. (전날 암소 여섯 마리를 그냥 풀밭에 풀어놓았기 때문이다.)

제르멘은 소브 숲의 우거진 나무들, 푸른 언덕, 바다로 이어진 넓은 들판, 모래언덕 위로 비치는 태양을 결코 잊지 못할 것이다.

　지평선에는 벌써 태양의 열기가 퍼져 있고 아지랑이가 피어오르고 있었다. 움푹 파인 길은 아직 어두웠다. 그 주위에 펼쳐진 풀밭에는 키 작은 사과나무들이 서 있고, 햇빛은 아침이슬처럼 싱그러웠다. 언제까지나 제르멘은 이렇게 청명한 아침에 여섯 마리의 소가 풀을 뜯으면서 내는 콧바람 소리를 들을 것이다. 목구멍을 간질여 노래를 하지 않을 수 없게 만드는 아침 안개, 계피와 아지랑이 냄새가 나는 이 안개를 들이마실 것이다. 또 움푹 파인 길에 바퀴가 지나가면서 생긴 조그만 웅덩이에 고인 물이 햇빛에 반짝이는 것을 볼 것이다. 그리고 그보다 더 멋진 것은, 바로 숲 가장자리에 개 두 마리 룰라모르와 라바주아(프랑스어로 이 개들의 이름은 'Roule-à-Mort' 'Rabat-Joie'로 각기 '죽도록 돌아다니는 자'와 '주위의 흥을 망쳐버리는 자'를 뜻한다: 옮긴이)를 거느리고 가운데 서서 파이프를 물고 있는 바로 그 사람이다. 그는 벨벳 옷을 입고 기다란 장화를 신은 채 마치 제왕처럼 서 있다.

　두 사람은 석 달 전 어느 일요일 데브르로 가는 길에서 만났다. 그들은 마을의 첫번째 집이 나타날 때까지 나란히 걸었다. 제르멘의 머리에는 아버지가 늘 하던 얘기가 떠올랐다. 또 주먹으로 식탁을 치면서 읽어주던 신문 『아르투아의 부활』의 기사 내용도 생각났다. 농노제, 지하감옥, 프랑스의 역사를 그린 삽화, 그러니까 뾰족한 모자를 쓴 루이 11세의 모습(그 배경에는 사람 하나가 목이 매달려서 늘어져 있고, 거대한 플레시스 성〔城〕의 탑이 있었다) 같은 것 말이다. 제르멘은 그가 묻는 말에 얼굴을 곧게 세우고 스스럼없이 대답했다. 하지만 공화정 지지자인 아버지를 생각하면 소름이 돋을 정도로 불안했다. 이미 비밀이 생긴 것이다.

열여섯의 나이에 제르멘은 사랑을 알고 있었다. (사랑을 꿈꾸는 것이 아니라 사랑을 하는 것 말이다. 사랑을 꿈꾸는 것은 사교계의 유희일 뿐이다.) 그녀는 사랑할 줄 알았다. 말하자면 자기 안에, 마치 맛있는 과일이 익어가듯이, 쾌락과 위험을 향한 호기심을 키우고 있었다. 또한 자신감을 키우고 있었다. 단 한 번에 자기 전부를 걸고 미지의 세계와 대결하면서, 세대가 바뀔 때마다 이 오래된 세계의 역사를 되풀이하는 여자들이 갖는 대담한 자신감 말이다. 우윳빛 피부와 잠자는 듯한 눈, 그리고 부드러운 손을 가진 이 부르주아 처녀는 바느질을 하면서 언젠가 결단을 내려 행동으로 옮기고 그것을 누릴 순간을 기다렸다. 상상하고 꿈꾸는 데 있어서는 가능한 한 대담했지만, 동시에 일단 어떤 것을 선택하고 나면 아주 단호하게 상식에 맞추어 모든 것을 치밀하게 조직했다. 심장이 뛰는 매 순간 고귀한 피가 솟구칠 때, 미지의 무언가를 위해 모든 것을 바칠 때, 대상을 알지 못한다는 것이 무슨 장애물이 되겠는가! 미인은 아니지만 돈 많은 집에서 태어난 어머니는 애정 문제에 관해서라면 그저 딸이 적당한 상대를 찾아 결혼하는 것만이 유일한 희망이었다. 하지만 그런 결혼은 호적상의 수속일 뿐이다. 어머니는 신분에 걸맞게 정절을 지켰다. 하지만 여인들의 삶을 이끌어가는 위태로운 균형 상태에 대한 예리한 감각만은 잃지 않고 있었다. 여인들의 삶이란 어느 한 가지가 조금만 움직여도 무너져내리는 복잡한 건물과도 같은 것이다.

"여보, 저 아이가 종교를 가져야 할 것 같아요······" 남편에게 이렇게 말했다.

물론 그렇게 느끼고 있었을 뿐, 그것에 관해 더 구체적으로 이야기할 능력은 없었다. 하지만 말로르티는 고집을 꺾지 않았다.

"도대체 신부가 뭣 때문에 필요하단 말이오? 고해하러 가봤자 기껏 몰라도 될 것들만 가르치는데. 사제들이란 어린애들의 정신을 헷갈리게 할 뿐이라는 건 누구나 다 아는 사실이지."

사실 바로 그런 이유 때문에 말로르티는 딸이 교리 문답 강의를 듣지 못하게 했다. 심지어, 그의 표현에 따르면 '지나친 신앙 때문에 제대로 된 가정에 분란의 씨를 일으키는 여자들'도 만나지 못하게 했다. 또한 여자 아이들의 건전한 삶을 해치는 은밀한 악덕(惡德)에 관해 이것 저것 이야기했는데, 워낙 말이 오리무중이라 알아듣기 어려웠다. 여자 아이들이 바로 수녀원 부속학교에서 그러한 악덕의 이론과 실제를 모두 배운다는 게 그의 생각이었다. "수녀들은 사제들에게 편리하도록 처녀들을 교육시킨다"는 게 그가 자주 써먹는 말 중 하나이다. 주먹으로 식탁을 내리치며 "결혼도 하기 전에 남편의 권위를 미리 실추시킨다"고 결론을 내렸다. 인류를 해방시킨 자들도 절대적인 것으로 인정한 부부의 권리를 놓고 농담하는 것을 참을 수 없었던 것이다.

딸이 친구가 없다고, 잘 손질된 수목이 자라고 있는 음산한 정원에 언제나 혼자 처박혀 있다고 부인이 걱정할 때도, 그저 이렇게 대답했다.

"내버려두구려. 이 빌어먹을 동네에 사는 여자 아이들은 모두 질이 나빠. 일요일이면 신도회다 '성모의 아이들'이다 하면서 사제가 그 애들을 한 시간씩 잡아두지. 하지만 그거 조심해야 할걸! 제르멘에게 진짜 인생을 가르쳐주고 싶다면 내 말대로 했어야지! 몽트뢰유 공립여학교에 보냈어야 했단 말이오! 그랬으면 벌써 졸업장을 땄을걸! 그 나이에 계집아이들의 우정이란 아무 짝에 쓸모없는 거요. 내가 다 알고 하는 말이야."

말로르티는 여자 아이들의 교육이라는 이 민감한 문제에 관심을 가진 갈레 의원의 말을 빌려 그렇게 말했다. 키가 작은 갈레는 몽트뢰유 공립여학교에 의사로 근무한 적이 있는데, 그래서인지 젊은 여자 아이들에 대해 아는 것이 많았고, 또 그것을 숨기지 않고 이야기했다.

때로 갈레는 일장춘몽을 꾸고 난 사람 같은 미소를 지으면서, 그러니까 타인의 쾌락에 대해서는 아주 너그럽지만 자기 스스로 쾌락을 추구하지는 못하는 그런 사람의 미소를 지으면서, 이렇게 말했다. "과학적 견지에서 보자면 말일세……"

잘 손질된 주목(朱木)이 심어진 뜰 안, 덮개 없는 베란다 위에선 시멘트가 햇볕에 타는 냄새가 났다. 바로 그 밑에서 야심에 꽉찬 이 아가씨는 결코 오지 않는 그 무엇인가를 기다리다가 지쳐버린다…… 바로 그곳에 앉아 인도보다 더 먼 곳까지 떠난다…… 크리스토프 콜럼부스한테는 지구가 둥근 것이 참으로 다행이었을 것이다. 그 전설적인 범선은 항로에 들어서는 순간 이미 귀로에 올라 있었던 것이니까…… 하지만 또 다른 길, 똑바른 직선의 길, 나아갈수록 출발지로부터 영원히 멀어질 수밖에 없는, 그래서 아무도 돌아오지 못한 다른 길도 있을 것이다. 제르멘은, 그리고 내일 또 제르멘을 따를 다른 아가씨들은, 이렇게 말할 것이다. "당신들이 말하는 그 좋은 길이 다른 어느 곳에도 이르지 않는 그런 길이라면 도대체 뭣 때문에 가야 하지요?…… 이렇게 실타래처럼 둥근 세상에서 도대체 내가 무엇을 할 수 있단 말이죠?"

평화로운 삶을 위해 태어난 것처럼 보이지만, 비극적인 운명이 기다리고 있는 사람이 있다. 예기치 못하게 닥쳐오는 갑작스러운 사실이라고 사람들은 말한다…… 하지만 사실 같은 것은 아무것도 아니다. 비극은 이미 그 사람의 마음 속에 있는 것이다.

＊　＊　＊

　심하게 자존심이 상하지만 않았더라면 말로르티는 카디냥을 만나고 온 것을 아내에게 이야기했을 것이다. 불안하기도 했고 상황이 무척 난감했지만, 당분간은 협박하는 태도로 거만하게 침묵을 지키면서 모든 것을 감추는 편이 낫겠다고 생각했다. 사실 카디냥에게 복수할 생각이었다. 딸을 제물로 삼아, 그러니까 그 아이 때문에 집안이 엉망이 된 것으로 꾸미면 쉽게 목적을 이룰 수 있을 거라고 생각했다. 허영심이 강한 어리석은 자들, 인생에서 언제나 배반당하는 그런 자들에게 가족이란 꼭 필요한 제도다. 아무리 겁쟁이라도 마음놓고 위협할 수 있는 몇 명의 약자를 언제라도 손댈 수 있는 곳에 두고 마음대로 할 수 있게 해주기 때문이다. 무력한 자는 자신의 공허함을 타인의 고통 속에 반영시키기를 좋아하는 것이다.

　저녁식사가 끝나기를 기다려 말로르티가 갑자기 명령하는 듯한 어조로 말을 꺼낸 것도 역시 그런 것이었다.

　"잠시 너한테 할말이 있다."

　고개를 든 제르멘은 하고 있던 뜨개질감을 식탁에 내려놓고 아버지의 말을 기다렸다.

　"너는 내 얼굴에 먹칠을 했다." 말로르티는 여전히 권위적인 어조로 말을 이었다. "정말 엉망으로 만들어놓았단 말이다…… 딸이라고 하나 있는 게 그런 엄청난 잘못을 저지르다니, 그건 말이다, 가족들로 말하자면 가산을 다 털어먹은 것과 마찬가지다…… 이제 내일이면 사람들이 모두 우리를 손가락질할 테지. 성실하게 일하면서 정말 한 점 부끄러움 없이 아무에게도 빚지지 않고 살아왔는데 말이다. 도대체 넌 뭘 어쩌자는 거냐? 부모에게 용서를 빌고 함께 궁리해야 할 판에, 그저 울어대기만 하고, 한탄만 하니…… 자초지종을 이야기해야지 왜 그렇게 넋 놓고 있는 건지 모르겠구나. 그렇게 입 다물고 있으면 도대체 어쩌자는 거지? 이젠 단 하루도 더 참을 수가 없다. 지금 당장 말하지 않으면 정말 본때를 보여줄 테다! 자! 이제 눈물은 집어치우고, 말할 테냐 안 할 테냐?"

"나도 말하고 싶어요." 시간을 벌기 위해 제르멘은 우선 이렇게 대답했다.

드디어 두려워하면서 기다리던 순간이 온 것이 틀림없었다. 하지만 막상 결정적인 순간이 찾아오자 지난 1주일 동안 아무 말 없이 마음속에서 준비해왔던 많은 생각들이 모두 한꺼번에 솟아올라 말할 수 없이 혼란스러워졌다.

"네 애인을 만났다. 직접 찾아가보았지! 우리 아가씨가 후작님한테 몸을 허락했더군! 아비가 맥주나 만들어 파는 게 창피했었나 보지? 벌써 성의 안주인이 된 것 같으냐? 백작, 남작들한테 둘러싸여서, 드레스 자락을 들어주는 시녀를 거느리고 말이야…… 순진한 것 같으니! 그래, 그자랑 한바탕했다. 자, 좋게 말할 때 내 말대로 해! 지금 곧바로 가서 눈 딱 감고 내가 시키는 대로 하겠다고 약속할 거지?"

제르멘은 소리 없이 흐느껴 울고 있었다. 흐르는 눈물 너머로 맑은 눈이 보였다. 지금껏 굴욕스러운 상황이 벌어질까 봐 두려워해왔는데, 정작 그것은 아무렇지 않았다. 사실 어제도 일이 터지는 이 순간을 생각하면서 '정말 죽도록 창피할 거야' 하고 수없이 되뇌었다. 하지만 정작 지금 그 수치심은 흔적도 없었다.

"내 말대로 할 거지?" 말로르티가 다그쳤다.

"절더러 어떻게 하란 말씀이세요?"

말로르티는 잠시 생각했다.

"갈레 씨가 내일 여기 올 거다."

"내일이 아닌데요. 장이 서는 날이니까 토요일이에요." 제르멘이 아버지의 말을 가로막으면서 말했다.

말로르티는 잠시 어안이 벙벙해져 딸을 바라보았다.

"그 생각은 못했구나. 맞다. 네 말대로 토요일이다."

사실 제르멘은 말로르티가 한 번도 들어본 적이 없는, 명확하고 침착한 목소리로 이야기했다. 난로 옆에 있던 어머니는 흠칫 놀라며, 신음 소리를 냈다.

"토요일이라! 좋아, 토요일!" 이야기를 하다가 갑자기 맥이 끊겼던 말로르티가 다시 말을 이었다. "갈레 씨는 이 세상일을 아는 분이다. 섬세하고 이해심도 많지. 그분을 만날 때까지는 울지 마라. 나와 함께 만나러 가자."

"싫어요!" 딸이 외쳤다.

이미 싸움이 벌어졌고 주사위는 던져졌다. 그래서 제르멘은 이제 자유로웠고 생기를 느꼈다. 아버지의 말에 "싫어요"라고 대답할 때, 입술 위에서 그 말은 첫 키스만큼이나 부드럽고 씁쓸했다. 이것은 첫번째 도전이었다.

"뭐라구!" 말로르티가 벼락같이 소리를 질렀다.

"잠깐만요, 앙투안!" 어머니가 끼어들었다. "숨쉴 틈도 안 주면 어쩌자는 거예요? 도대체 이 애더러 갈레 씨에게 무슨 말을 하라는 거예요?"

"뭐긴 뭐야! 사실대로 말하면 되는 거지!" 하고 말로르티는 소리를 질렀다. "갈레 의원은 의사야! 이게 첫째야! 그리고 둘째! 아비도 없이 아이를 낳아야 하는 거라면 그분한테 말해서 아미앵의 병원에 잘 이야기해달라고 부탁해봐야지. 의사들이란 많이 배우기도 했고 또 과학을 아는 사람들이라구. 보통 사람들하고는 다르단 말이야. 공화제의 사제인 셈이지. 비밀이 퍼지면 안 된다구? 웃기지 마! 후작이 먼저 말할 것 같아? 천만에, 우리 애는 아직 어려. 그러니까 이건 유괴나 마찬가지야. 그렇게 되면 아주 골치 아플걸! 법정으로 끌려갈 거야! 지금은 그렇게 거드름을 피우면서 우리를 바보 취급하고 있지. 증거가 분명한데도 발뺌해대구. 그 인간은 매일 숨쉬듯이 거짓말을 해대는 거야! 천한 후작 같으니라구!" 말로르티는 딸을 돌아보면서 말을 이었다. "이 나쁜 것아! 그놈이 네 아비를 치기까지 했단 말이다."

사실 이렇게 거짓말을 하려고 했던 건 아니었다. 막 떠들다 보니 자기도 모르게 나온 말이었다. 그런데 화살은 과녁을 빗나가고 말았다. 딸은 그 대단한 아버지가 모욕을 당한 것에는 관심이 없고 오히려 멋지게 화를 내는 영웅의 모습을 떠올리면서, 더욱 가슴이 두근거렸다. 그분의 손! 그 무서운 손! 제르멘은 적의에 찬 시선으로 아버지의 얼굴에 남아 있을 그 손의 흔적을 찾았다.

"잠깐만요, 나도 좀 말하게 해줘요." 어머니가 말했다.

어머니는 딸의 머리를 양손으로 안았다.

"넌 참 어리석구나. 아빠 엄마 말고 도대체 누구한테 털어놓을 수 있겠니? 내가 혹시나 하고 이 일을 짐작했을 때는 이미 너무 늦어버린 후였단다. 그리고 나선 정말…… 이제 남자들이 하는 언약이란 게 어떤 건지 알겠지? 모두 거짓말쟁이란다. '말로르티 아가씨라고요? 그런 사람 모르는데요!' 하고 발뺌을 하지. 이건 네 자존심이 걸린 문제란다. 그 인간이 내뱉은 거짓말을 다시 목구멍으로 밀어넣어야 하지 않겠니? 사람들이 모두 네가 하인이나 인부 같은 하찮은 남자에게 몸을 맡겼다고 생각하면 어떻게 하니? 자, 이제 말을 해보렴. 그 사람이 아무 말 하지 말라고 한 거니? 하지만 애야, 그 사람은 너와 결혼하지 않을 거다. 내 입으로 말하련? 몽트뢰유의 그 사람 공증인이 이미 샤르메트의 농장도, 물방앗간도 전부 팔아버리라는 명령을 받았단다. 성(城)도 결국 그렇게 될 거야. 머지않았어. 이제 다 끝이야. 이제 그 사람 곁에는 아무도 없다. 너만 모두의 웃음거리가 되고 만다니까! 자, 이제 뭐라고 대답을 해보렴. 고집 좀 그만 부리고!"

……"아무도 없다……" 어머니가 많은 이야기를 했지만, 제르멘의 귀에는 오직 이 말밖에 들리지 않았다. 혼자가 되어…… 버려진다. 모든 영광을 다 빼앗기고 나락으로 떨어진다. 평범한 인간들의 무리 속에 혼자 남는다. 지난날을 후회하며…… 이 세상에서 고독과 권태보다 더 무서운 것이 어디 있으랴! 이 세상에서 가장 무서운 것은 바로 기쁨이 없는 이 집이 아닌가! 두 손을 가슴에 얹은 제르멘은 자신의 젊은 젖가슴, 이미 상처 입은 가슴, 깊숙이 있는 조그만 가슴을 더듬었다. 가벼운 옷감 밑으로 손가락에 꽉 힘을 주었다. 그러자 그 아픔으로부터 새로운 확신이 솟아올랐고, 순간 그녀는 본능적으로 외쳤다.

"엄마! 차라리 죽어버리겠어요!"

"집어치워!" 말로르티가 말했다. "그 인간이냐 우리냐, 둘 중 하나만 택해라! 잘 들어라. 넌 네 아비가 어떤 사람인지 잘 알고 있겠지? 하루만 더 여유를 주겠다. 그 이상은 한 시간도 더 못 기다린다. 알아듣겠지? 못된 것 같으니…… 한 시간도 더 안 된다!"

제르멘은 흥분해서 날뛰는 이 몸집 큰 남자가 자기와 사랑하는 남자를 갈라놓는 것 같았다. 돌이킬 수 없는 추문이 퍼지고, 변명의 여지도 없이 결정되어버릴 것이다. 미래, 그리고 기쁨을 향한 단 하나의 문이 닫혀버릴 것이다. 물론 그녀는 비밀을 지키겠다고 약속하기도 했지만, 그것은 또한 자신을 지키는 길이기도 했다. 이 덩치 큰 남자를 향한 증오심이 치솟았다.

"싫어요. 싫단 말이에요!"

"맙소사! 애가 제정신이 아니에요. 미쳐도 아주 단단히 미쳤어요!" 어머니는 양팔을 치켜들고 소리쳤다.

"그래요! 어차피 미쳐버릴 거예요!" 제르멘은 더 크게 울면서 외쳤다. "왜 나를 이렇게 괴롭히는 거예요? 마음대로 하세요! 때리든 내쫓든 마음대로 하란 말이에요. 난 죽어버릴 테니까! 하지만 아무리 그래도 난 절대로 말하지 않을 거예요. 후작님에 대한 말은 전부 거짓이에요! 그분은 나한테 손도 대지 않았단 말이에요!"

"못된 것!" 말로르티는 이를 악물고 중얼거렸다.

"어차피 내 말을 믿지도 않을 거면서 왜 나한테 말을 하라고 하는 거예요?" 제르멘은 어린애 같은 목소리로 말했다.

그녀는 아버지에게 저항하고 있었다. 눈물을 통해 저항하고 있었다. 그러면서 자기의 젊음, 바로 그 잔혹한 젊음이 있기에, 자기가 더 강하다고 느꼈다.

"네 말을 믿으라고?" 말로르티가 말했다. "날더러 네 말을 믿으란 말이냐! 너 정도로는 이 아비를 속일 수 없어! 내가 말해주랴? 네가 좋아하는 그 인간이 결국 털어놓았단 말이다. 아주 멋지게 한 방 날렸지. 물론 내 방식으로 말이다. 내가 이렇게 말했지. '당신이 부정해도 상관없소! 딸아이가 이미 다 불었으니까'라고 말이야."

"아! 엄……마……! 엄마! 어떻게 그럴 수가…… 어떻게 그럴 수가 있어요?"

제르멘의 아름다운 푸른 눈이 돌연 바짝 마르면서 불타올랐고, 보랏빛으로 변했다. 이마가 창백해지고, 무언가를 말하려 했지만 입이 메마르고 아무 소리도 나오지 않았다.

"제발 그만 해요! 애를 죽이려고 그래요?" 어머니가 말했다. "도대체 어쩌면 좋아!"

제르멘은 말 대신 그 푸른 눈빛으로 이미 모든 것을 이야기했다. 한순간 말로르티는 경멸을 담은 딸의 눈빛이 자기에게 꽂히는 것을 느꼈다. 육신의 살이 찢겨나가고 또 다른 열매인 사랑을 빼앗으려는 적 앞에서 제르멘은 새끼를 보호하는 어미보다도 더 사납고 민첩했던 것이다.

"나가버려. 썩 꺼지라구." 모욕을 당한 아버지가 웅얼거렸다.

제르멘은 한동안 눈을 내리깔고 꼼짝하지 않았다. 아버지에게 최후의 모욕이 될 수 있을 고백이 막 입에서 나오려는 것을 억누르느라, 입술이 파들거렸다. 뜨개질감과 바늘, 털실뭉치를 집어들었고, 추수한 곡식단을 묶는 여자들보다 더 붉은 얼굴을 하고서, 도도한 발걸음으로 문턱을 넘어섰다.

혼자가 된 제르멘은 암사슴처럼 두 칸씩 계단을 뛰어올라가 방문을 세게 닫아버렸다. 반쯤 열린 창문 너머 작은 길이 끝나는 곳에 두 개의 수국 사이로 하얗게 칠해진 철 대문이 보였다. 파밭이 끝나는 곳에서 그녀의 작은 세계를 닫아버리는 문이었다. 그 너머로는 작은 벽돌집이 여러 채 길모퉁이까지 늘어서 있다. 그곳에는 이 동네의 마지막 걸인인 뤼가 영감이 사는 오두막이 있다. 짚을 섞어 바른 흙벽이 군데군데 파여 있는 그 허름한 집의 초가지붕에서 연기가 피어오르고 있었다. 윤기가 흐르는 기와지붕들 가운데 서 있는, 그 쓰러져가는 초가집은 주인과 마찬가지로 또 하나의 걸인이며 또 하나의 자유인이다.

제르멘은 움푹 파인 베개에 얼굴을 파묻은 채, 침대에 누워 있었다. 생각들을 긁어모아 분명하게 정리하려고 했지만, 혼란스런 머릿속에서는 분노가 웅얼거리는 소리밖에 들리지 않았다. 왁스 냄새, 갓 세탁한 시트 냄새가 나는, 깨끗한 어린이용 침대 위에서 이 가련한 아가씨의 운명이 결정되고 있는 것이다!

두 시간 동안 제르멘은 여러 가지 궁리를 하면서 이 세상을 정복해버릴 수 있을 만큼의 — 물론 이 세상에 아직 주인이 없다면 말이다(사실 젊은 여자들은 세상의 주인에 대해서 별로 신경을 쓰지 않는다) — 수많은 계획을 세웠다. 신음하다가 소리를 지르기도 하고 울기도 했다. 하지만 돌이킬 수 없이 명백한 사실 앞에서는 아무런 방도가 없었다. 사랑을 들켜버렸고, 결국 시인해버린 셈이다. 이제 어떻게 하면 빨리 그를 만날 수 있을까? 그를 다시는 볼 수 없는 것이 아닐까? 나를 만나지 않으려 하는 건 아닐까? 그 사람은 내가 비밀을 털어놓았다고 생각하고 나한테 화가 났을 거야…… 제르멘은 중얼거렸다. 아까 엄마는 "머지 않았어"라고 말했었다. 참으로 이상한 일이었다! 제르멘은 바로 그때 처음으로, 버려진다는 생각 때문이 아니라 다가올 고독 때문에, 불안에 휩싸였던 것이다. 배반은 조금도 두렵지 않았다. 단 한 번도 그런 일이 일어나리라고 생각해본 적이 없었다. 그럴듯한 부르주아의 삶, 제대로 된 집, 가스 펌프를 갖추고 번창하고 있는 양조장(성실함에는 보상이 따르는 법이다), 유명한 상인의 딸로서 어린 나이부터 받아온 대접, 이 모든 것을 잃어버릴까 봐 불안해한 적은 한 번도 없었다. 말로르티는 제르멘이 얌전히 머리를 빗고 나들이옷을 입은 모습을 보면서, 건강하고 발랄하게 웃는 소리를 들으며, 자기 딸이 완벽하다고 생각했다. 때로는 조금 으스대며 "우리 딸내미는 공주처럼 자라고 있지"라고 말하기도 했다. 또 그는 "나도 양심이 있다구! 그거면 됐지!"라는 말도 했다. 하지만 그는 양심을 오직 장부하고만 대조해보았다.

바람이 차가워졌다. 먼 곳에 보이는 집들의 작은 격자창에 하나씩 불이 켜졌다. 그 너머 모래 깔린 작은 길은 흐릿한 하얀색으로만 보였다. 밤이 깊어진 지금, 손바닥만 한 작은 뜰이 돌연 이 밤만큼이나 넓고 깊어졌다…… 제르멘은, 마치 꿈에서 깨어나듯이, 분노에서 깨어났다. 침대에서 뛰어내려와 문에 귀를 기울였다. 언제나처럼 아버지가 코고는 소리와 묵직한 시계 소리만 들려왔다. 다시 창문 쪽으로 다가서서, 젊은 늑대처럼 날렵한 동작으로 소리 없이 그 좁은 우리를 열 바퀴나 돌았다…… 아니! 벌써 자정인가?

깊은 정적, 그것은 이미 위기이며 모험이다. 멋진 위험이다. 위대한 영혼이 날개를 펼치는 곳이다. 모든 것이 잠들어 있고, 함정은 없다. 불현듯 그녀는 목쉰 낮은 소리로 외쳤다. "자유다!" 그녀의 연인도 쾌락의 신음 소리와 함께 이 목소리를 들은 적이 있다…… 이제 그녀는 자유였다.

"자유다! 자유!" 제르멘은 되풀이해서 말했다. 말할 때마다 확신이 커갔다. 물론 누가 자기를 자유롭게 해주었는지, 풀린 구속의 사슬이 어떤 것인지는 말할 수 없었다. 그녀는 그저 공범자인 이 밤의 정적 속에서 환희로 꽃피어나고 있었을 뿐이다. 멋진 밤의 암흑이 열리는 곳에서, 어린 암컷은 이제 다 성숙해진 근육과 이빨, 손톱을 한 번 더 시험해보았다. 처음에는 수줍어하면서, 뒤이어는 황홀하게……

제르멘은 하룻밤 묵은 잠자리를 털고 일어서듯이 모든 과거를 떨쳐버렸다.

손을 더듬어 문을 열고는 계단을 하나씩 내려갔다. 열쇠 구멍에 열쇠를 밀어넣었다. 문을 열자 얼굴 가득 바깥 공기가 다가왔다. 집 밖의 공기가 이렇게 가볍게 느껴진 적은 없었다. 뜰이 그림자처럼 미끄러져 지나가고…… 대문도 지났다…… 이제 길이다. 첫번째 길모퉁이…… 그곳을 지나, 나무로 둘러싸여 짙은 어둠에 빠진 마을을 뒤로하고서야, 제르멘은 처음으로 숨을 몰아쉬었다…… 그리고는 여전히 새로운 것을 발견한 기쁨으로 전율하면서, 언덕의 비탈에 걸터앉았다. 지나온 길은 너무도 커 보였다. 눈앞에 펼쳐진 이 밤은 그녀를 숨겨줄 피난처 같았고, 또 사냥해야 할 먹이 같았다…… 아무 계획도 없었다. 머릿속에서 감미로운 공허가 느껴졌다…… 아까 아버지는 이렇게 말했었다. "나가 버려. 썩 꺼지라구!" 그래! 그보다 더 간단한 일이 또 있을까? 제르멘은 집을 나온 것이다.

3

"저예요." 제르멘이 말했다.

후작은 깜짝 놀라 벌떡 일어섰다. 만일 제르멘이 다정한 말을 건넸다든가 아니면 비난을 퍼부었더라면 그는 벌컥 화를 냈을 것이다. 하지만 그녀는 거의 무심한 표정으로 문턱에 서 있었다. 가벼운 그림자가 등 뒤 자갈 위에서 움직이고 있었다. 후작은 이내 제르멘의 진지하고 침착한 눈빛, 그가 진짜 좋아하는 그 눈빛을 알아보았다. 그리고 파들거리는 눈동자 깊숙이 어렴풋한 광채를 보았다. 그들은 서로를 알아보았다.

"네 아비가 이곳에 다녀간 뒤로 지금 내 머리에 벼락이 떨어질 지경인데, 새벽 1시에 이곳에 오면 어쩌자는 거야! 넌 정말 맞아도 할말이 없겠다."

"아! 피곤해. 길에 바퀴 자국이 파여 있는 데서 두 번이나 빠졌어요. 무릎까지 다 젖었어…… 마실 것 좀 줘요."

둘 사이에 완벽한 친밀감, 심지어 그 이상의 무언가가 있었음에도 불구하고 그때까지 두 사람이 대화를 나눌 때의 말투는 변하지 않았었다. 제르멘은 여전히 후작에게 존칭을 사용했었고, 때로 "후작님"이라고 부르기도 했었다. 하지만 이날 처음으로 그녀는 후작에게 친근한 말투를 썼다.

"아, 정말 그렇군. 넌 진짜 대담한 아이야." 후작이 즐겁고 큰 목소리로 말했다.

제르멘은 후작이 내민 컵을 움켜쥐고는, 떨지 않고 입에 대려고 애썼다. 하지만 작은 이빨이 유리에 닿으면서 소리가 났고, 눈꺼풀을 깜빡거려봐도 턱까지 흘러내리는 눈물을 막을 수 없었다.

"후." 제르멘이 내뱉었다. "너무 많이 울어서 목이 아프네. 침대에 누워 두 시간 동안 울었거든요. 정말 정신이 없었어. 죽는 줄 알았다구요. 아! 정말 우리 엄마 아빠는 대단해! 이제 다시는 날 볼 수 없을 거야."

"다시 안 볼 거라구?" 후작이 소리쳤다. "바보 같은 소리 하지 마, 무셰트(무셰트는 제르멘의 애칭이었다). 계집애가 아무 데나 멋대로 쏘다녀서는 안 돼. 성 요한 축일(세례요한을 기리는 축일[6월 24일]로, 불을 피워놓고 마을 사람 모두가 춤추고 노래하며 즐긴다: 옮긴이)의 자고새 새끼처럼 그렇게 들판을 쏘다니다가는 당장 사냥꾼한테 잡혀 그 포대 안에 들어가게 될 거다."

"정말 그럴 것 같아요? 나 돈 있어요. 내일 저녁에 파리로 가는 기차를 타면 돼요. 에글레 아줌마가 몽루주에 살고 있다구요. 집도 멋지고, 식료품점을 하고 있어요. 난 거기서 일할 거야. 아주 신나게 지낼 거라구요."

"이 멍청한 아가씨야, 넌 아직 미성년자야? 그래, 안 그래?"

이 말에 제르멘은 당황하는 기색 없이 대답했다. "얼마 남지 않았어요. 조금만 기다리면 돼요."

그녀는 잠시 다른 곳으로 눈을 돌렸다가, 다시 침착한 눈빛으로 후작을 바라보면서 말했다.

"여기 있게 해줘요."

"뭐! 여기 있게 해달라구?" 후작은 자기가 당황하고 있다는 것을 감추기 위해서 이리저리 왔다갔다하면서 말했다. "너를 여기 있게 해달란 말이지. 정말 너한테는 모든 게 간단하구나. 도대체 여기 어디에 있겠단 말이지? 예쁜 여자 아이들을 숨겨놓는 지하 감옥이라도 있단 말이냐? 그건 소설 속에나 나오는 거야. 그랬다간 아마 내일 저녁도 되기 전에 네 아비가 경찰들을 앞세워 들이닥칠 게다. 마을 사람들도 쇠스랑을 들고 절반은 달려올걸. 그놈의 빌어먹을 의사이고 의원 나리이신 갈레까지 오겠지. 그 꺽다리 멍청이 말이야."

그 말에 제르멘은 박수를 치면서 웃어젖혔다. 그러다 갑자기 웃음을 멈추고 심각한 표정을 지으면서 낮은 소리로 말했다.

"맞아요. 내일 아빠랑 갈레 씨를 만나러 가기로 되어 있어요. 아빠 생각은 그래요."

"아빠 생각은 그래요라니? 어떻게 그렇게 말할 수 있지? 무셰트, 수도 없이 많이 이야기했잖아. 그래, 너도 나쁜 사람은 아니야. 네가 뭘 잘못했는지는 알고 있다구. 하지만, 빌어먹을! 난 이제 돈이 한 푼도 없단 말이야. 지금 나한테 남은 마지막 술통까지 다 팔아도 겨우 굶어죽지 않을 정도밖에 남지 않는다구. 참 처량하군! 그래, 물론 돈 많은 친척들은 있지. 우선 아르누 백모도 있지. 하지만 나이가 예순인데도 무두질한 가죽처럼 질기고 부싯돌처럼 단단한걸. 나보다 오래 살 거야. 아! 나에겐 이미 이런 유의 사건이 너무 많았어. 이번에는 정신을 바짝 차려야 한다구. 무셰트, 우선 시간을 벌어야 해."

"어머 멋져라. 정말 너무 멋져."

제르멘은 돌아서서 루이 15세 양식의 작은 서랍장을 두 손으로 어루만지고 있었다. 금박 입힌 청동으로 장식된 칠기 장이었다. 그녀는 보라색 금이 나 있는 대리석 위에 덮인 먼지에 대고 손가락으로 알 수 없는 무언가를 긁적이고 있었다.

"그 장은 좀 내버려둬." 후작이 말했다. "그런 낡아빠진 것들은 다락방에 가득 차 있으니까. 자, 이제 내 말에 대답 좀 하지 그래?"

"무슨 대답을 하라는 거예요?"

제르멩은 여전히 조용한 눈빛으로 상대방을 뚫어지게 바라보았다.

"무슨 대답을 하냐고?" 말은 시작했지만, 후작은 그녀를 바로 쳐다볼 수가 없었다.

"자, 장난은 그만두고 문제를 확실히 하자구. 화를 내고 싶지는 않아. 다만 너나 나나 지금 이 폭풍이 지나가도록 무사히 잘 넘겨야 한다는 걸 알아야 해. 설마 내가 내일 널 데리고 혼인 서약을 하러 시청에 갈 수 있을 거라고 생각하는 건 아니겠지? 그런 거야? 도대체 날더러 어쩌란 거야? 정말 더러운 꼴을 보겠다는 거냐구!" 후작은 회중시계를 꺼내면서 단호하게 말했다. "이제 1시다. 가서 내 말 봅을 마차에 매고 오마. 가르드 가(街)까지 전속력으로 데려다주겠어. 그러면 동트기 전에 집에 들어갈 수 있을 거야. 눈에 띄지 않고…… 아무도 이 사실을 모를 거다. 내일 아버지한테는 시치미를 떼도록 해. 때가 되면 어떻게든 해보지. 자, 약속할게. 가자, 어서!"

"싫어요. 난 오늘밤 캉파뉴로 돌아가지 않을래요!" 제르멩이 소리질렀다.

"아니면 어디서 잘 건데? 이 고집쟁이 아가씨야."

"여기서요. 아니면 길에서 잘 거야. 아무 데서나 잘 거라구요. 어디든 상관없어."

후작은 결국 인내심을 잃고 욕을 퍼부었지만, 그녀에게는 전혀 먹혀들지 않았다.

이끼로 엮은 가는 밧줄로
폭풍 같은 콧김을 내뿜는 자를 묶어 끌고 온다……*

 "너 같은 고집쟁이를 설득하려 하다니 나도 참 한심하구나. 정 그렇다면 가서 종달새들하고 같이 자도록 해. 그게 내 잘못은 아니겠지? 좀더 잘 처리할 수도 있었겠지만, 그러자면 나한테 시간을 주었어야지. 한 달만 더 있으면 이 낡은 집이 팔리고 나는 자유를 얻을 수 있을 텐데…… 오늘 네 아버지가 들이닥쳐서 경찰을 들먹이며 나한테 협박을 했단 말이다. 그러니까 빌어먹을 추문이 퍼지게 되는 거지. 내일이면 나 혼자 이 동네 사람 모두를 감당해야 한다구. 그 늙은 부엉이가 까마귀 백 마리는 끌어모을 테니까. 이게 다 뭐 때문이지? 누구 잘못이냐구? 그건 바로 네가, 지금 내 앞에서는 이렇게 고집을 부리면서, 네 아버지한테는 겁을 먹었기 때문이야. 네가 우리 둘 손발을 묶어서 되는 대로 긴네줘버린 거라구. 그래, 성딩에서 고해 성사를 하듯이 아비지헌데 다 이야기했지? 자, 이제 네가 알아서 해. 너한테 이러쿵저러쿵 비난하지 않겠어. 알아서 하란 말이야. 자, 울 것 없어. 이제 그만 그치라구."
 제르멘은 유리창에 이마를 대고서 소리 죽여 울고 있었다. 그 모습에 카디냥은 그녀가 자기 말을 받아들였다고 생각했다. 그러자 연민을 갖고 위로해주는 것이 그렇게 어려운 일 같지는 않았다. 타인이 고통스러워하는 것을 보면서 자기 자신의 고통을 증오하는 것이 바로 인간의 본성인 것이다.
 후작은 제르멘의 고집스런 얼굴을 자기 쪽으로 돌리려고 했다. 금발이 흘러내린 목덜미를 양손으로 잡았다.

---

* 미스트랄(Mistral, 1830~1914, 프랑스의 작가)의 『미레유 *Mireille*』에서 인용된 구절: 옮긴이.

"왜 우는 거야? 정말 단 한 마디도, 이런 말을 하려고 했던 것은 아니었는데…… 그래, 말 안 해도 알 만해. 네 아버지 말로르티가 농사공진회날의 도의원처럼 거만한 태도로 말했을 거야. '자 대답해보시지. 아버지에게 진실을 털어놓으시지……' 이렇게 말이야. 결국 손찌검도 했겠지. 설마 맞은 건 아니겠지?"

"때리지 않았어요." 제르멘은 흐느끼면서 대답했다.

"자, 고개를 들어봐, 무세트. 이제 다 끝난 일이야."

"아빠는 아무것도 몰라요." 그녀는 주먹을 불끈 쥐면서 말했다. "아빠한테 아무 얘기도 안 했단 말이에요."

"뭐라구?" 후작이 소리를 질렀다. 물론 그는 제르멘이 자존심이 상처받아 폭발하고 있는 걸 제대로 이해하지는 못했다. 하지만 지금 자기 눈 앞에 서 있는 지금까지 알지 못했던 제르멘의 모습은 무척 놀라웠다. 엄청난 분노로 이마에는 주름이 잡히고 눈은 살벌했으며, 윗입술이 조금 올라가 하얀 이가 모두 드러난 모습이었다.

후작이 입을 열었다. "그랬군! 진작 말했어야지."

잠시 말이 없던 제르멘이 다시 입을 열었다. 목소리는 여전히 떨렸지만, 눈빛은 이미 맑고 차가워져 있었다. "내 말을 믿지 않았을 거잖아요."

후작은 경계심을 완전히 버리지는 않은 채 그녀를 바라보았다. 제르멘의 변덕, 격렬하고 대담한 기질, 이리저리 뛰는 들토끼처럼 당돌한 말투는 이미 익숙한 것이었다. 하지만 그때까지는, 상대를 몰아세우는 데 열중한 후작의 눈에 그것은 여여쁜 아가씨가 저항을 포기하고 상대에게 몸을 맡기려는 순간에 마지막으로 저어하면서, 아직 자기가 자유롭다는 환상에 빠져, 약하게 저항하는 것처럼 보였다. 건장한 중년이라는 나이는 쉽게 맹목적 신뢰를 불어넣는다. 사랑에 있어서는 더할 나위 없이 뻔뻔스런 체험이나 천진난만할 정도의 순진함이나 사실은 그다지 다르지 않은 것이다. "쥐가 고양이 앞에서 이리저리 왔다갔다해보아도 금방 잡혀버리고 말지." 후작은 자주 이렇게 말했었다. 지금 후작은 먹이를 손에 넣었고, 다 잡았다는 것을 의심하지 않았다. 이렇게 많은 남자들이 낯선 여인을, 완벽하고 유연한 적을 품에 안는 것이다!

한순간, 아주 잠시, 단순하고 솔직한 이 남자에게도 처음으로 무언가 설명할 수 없는 위험이 다가오고 있다는 예감이 들었다. 다락방에서 썩어가던 가구들을 최근에 내려놓아 어수선하게 가득 쌓아놓은 이 커다란 거실이 갑자기 엄청나게 크게 텅 비어 있는 것 같았다. 눈을 뜨자 불빛이 미치지 않는 곳에 꼼짝 않고 서 있는 한 사람의 윤곽, 이곳에 있는 단 하나의 침묵의 존재가 보였다…… 잠시 후 카디냥은 유쾌한 듯이 웃음을 터뜨렸다.

"그래? 그렇다면 너의 아버지 말로르티가 맹세한 게 다 거짓말이었단 말이지?"

"뭐라고 하셨는데요?" 제르멘이 물었다.

"아무것도 아니야. 그냥 나 혼자 해본 소리야. 자, 돌아서서 문 좀 닫아줘."

제르멘의 등 뒤로 갑자기 소리 없이 문이 열렸던 것이다. 먼 바다에서 소금 냄새를 실어온, 도중에 늪지의 무미건조한 안개까지 실어온 북풍이 실내로 밀려들면서, 탁자 위에 널려 있던 종이들이 천장까지 날아올랐다. 램프 유리에서는 기다란 붉은 불꽃이 빠져나와 그을음을 내며 떨어졌다. 다시 바람이 일었다. 뜰 구석에서 잠깬 전나무의 신음 소리가 들려왔다.

제르멘은 열쇠를 돌려 문을 잠그고 왔다. 음산한 얼굴이었다.

"자, 이리 가까이 와." 카디냥이 말했다.

하지만 제르멩은 오히려 두 걸음 뒤로 물러서며 교묘하게 돌아서, 탁자를 사이에 두고 카디냥과 마주 섰다. 그리고는 어린애처럼 의자 끝에 앉았다.

"이런 식으로 밤을 지새우자는 거야? 무세트? 뭐야! 삐친 거야?"

그는 억지 웃음을 지으며 큰 소리로 말했다.

후작은 어차피 자기 뜻을 이룰 수 없음을 잘 알고 있었기에 웬만하면 제르멩의 고집을 그냥 인정해주었을 것이다. 하지만 지금은 그녀를 안고 싶은 욕망 때문이 아니라(사실 이제 싫증이 나 있었다) 위험을 무릅쓰고 그녀를 안는다는 바로 그 생각 때문에 마음이 부풀어올랐다. '금방 내일이 될 거다.' 이렇게 생각하며 뭔지 모를 기쁨이 느껴졌다. 휴식은 좋은 것이고, 짧은 휴식은 더욱 감미로운 것이다.

더욱이 그는 여자와 마주 앉아 있으면서 오래 참을 수는 없는 나이였다.

"잠깐 기다릴 수 있어요?" 제르멩이 여전히 눈을 내리깐 채 차갑게 말했다.

카디냥에게는 고집스럽게 고개를 숙이고 있는 처녀의 이마밖에 보이지 않았다. 하지만 그녀의 날카로운 작은 목소리는 침묵 속에서 기묘하게 울려퍼졌다.

제르멩의 예기치 못한 차가운 태도에 기분이 상한 후작이(주인을 따르던 땅딸막한 강아지가 갑자기 한 대 얻어맞은 것 같았다) 당황을 감추기 위해 유쾌한 어조로 크게 말했다. "5분만 더 기다리지!"

제르멩은 한참 동안 생각한 후에 입을 열었다. 마치 마음속으로 혼자 생각하던 것에 결론을 내리는 것 같았다. "내 말을 믿지 않는군요."

"네 말을 안 믿는다구?"

"나를 속이려 하지 말아요. 지난 1주일 내내 생각했지만, 바로 조금 전에 모든 걸 알 수 있게 된 것 같아요. 인생을 알게 된 거죠! 웃어도 좋아요. 우선 난 나 자신을 잘 모르겠어요. 이 제르멘을 모르겠다구요. 아무것도 아닌 것에 이유 없이 즐거워지거든요. 날씨만 좋아도…… 말도 안 되는 짓을 해도…… 그런데 그 즐거움은…… 그러니까 너무 즐거워서 숨이 막힐 지경이 돼요. 그러면서, 가슴속으로 은밀하게 다른 것을 바라고 있다는 것을 알게 되죠. 하지만 그게 뭔지는 모르겠어요. 어쨌든 이미 그건 꼭 있어야만 하는 것이 돼버려요. 그게 없으면 다른 건 아무것도 아니니까. 당신의 마음이 변하지 않을 거라고 믿을 만큼 나도 어리석지는 않았어요. 그럴 리가 있나요. 아무리 어린애라도 눈이 주머니 안에 들어 있는 건 아니니까, 알 건 다 알아요. 신부님이 말해주는 교리문답보다는 울타리를 따라 돌아다니면서 더 많은 것을 배우게 되는걸요. 우리들이 당신에 대해 뭐라고 말했는지 알아요? '얘, 저 사람은 예쁜 여자는 꼭 손에 넣는데……' 그래서 나는 생각했어요. '왜 나는 안 돼? 나도 한번 해볼 테야.' 결국 지금 아빠의 부라린 눈에 겁을 집어먹은 당신 모습을 보게 되는군요. 난 당신을 좋아하지 않아요."

"맙소사, 제정신이 아니군." 어안이 벙벙해진 카디냥이 소리쳤다. "그렇게 소설 같은 소리만 늘어놓다니, 도대체 눈곱만큼도 양식이란 게 없군."

그는 천천히 파이프에 담배를 채워 불을 붙이고 나서 말했다.

"하나씩 순서대로 해결하자."

무슨 순서를 말하는가? 이렇게 완벽하게 무장한 열여섯 살짜리 예쁜 계집애한테 얼마나 많은 사내들이 오히려 자기가 약점을 쥐고 있다는 환상을 품었는가! 사내들이 더할 수 없이 천박한 거짓말로 속여 상대방을 손에 넣었다고 믿는 순간, 아가씨들의 귀에는 아무 말도 들리지 않는다. 그 여자들은 대수롭지 않게 생각되는 사소한 것에만 신경을 쓰고 있는 것이다. 자기를 피하려 하는 시선, 흐려지는 말꼬리, 목소리의 억양 (조금씩 조금씩 목소리를 높이고 느슨해지는 것이다.) 그리고 겉으로는 온순한 태도를 보이면서, 인내심을 가지고, 사내들이 그토록 자랑스러워하는 경험을 자기 것으로 만든다. 조금씩 술책을 써서 그렇게 하는 게 아니다. 섬광과 돌연한 계시를 통해서, 이해한다기보다는 한순간 꿰뚫어보는 능력을 가진 최상의 본능에 따라 그렇게 한다. 그 단계가 지나면 자기 쪽에서 상대방을 공격할 수 있을 때까지 결코 만족하지 않는다.

"하나씩 순서대로 해결하자. 도대체 내가 뭘 잘못했다는 거지? 이 망루 달린 낡고 누추한 집에 사는 내가 이제 소작농들과 마찬가지로 빈털터리라는 걸 너한테 속인 일이 있나? 우리가 견뎌낼 수 있을 거라고 생각하는 거야? 그래, 안 그래? 다가올 곤경은 생각하지 말자구? 그래, 좋은 일이야. 사랑 타령을 부르다가 가수가 사랑에 빠지는 일도 있지. 하지만 지킬 수 없다는 걸 알면서 약속을 하는 건 정말 천한 인간들이나 하는 짓이지. 일요일에 우리가 손잡고 미사에 가면 주임 사제하고 그 망할 놈의 보좌 신부가 어떤 얼굴을 할 거 같아? 제기랄, 브리꾀의 물방앗간을 팔아서 빚을 갚고 나면 1,500루이(액면 20프랑의 금화: 옮긴이)가 남을 거야. 그건 확실해. 자, 결론을 내지. 1,500루이 중에서 3분의 2는 내가 갖고 나머지는 널 주지. 약속하겠어. 자, 이제 얘기 끝내지!"

"세상에, 정말 멋진 설교로군요." 제르멘이 웃으면서 말했다. 하지만 눈에는 눈물이 가득 고여 있었다.

예기치 못한 상대방의 반응에 후작은 얼굴이 붉어졌다. 파이프에서 뿜어나오는 연기 너머로 이 이상한 계집애를 뚫어지게 바라보았다. 그 시선에는 이미 분노가 묻어나고 있었지만, 제르멘은 용감하게 그 시선을 받아냈다.

"그 500루이도 마저 가져요. 나보다는 당신한테 필요하겠군요."

물론 그 순간 제르멘은 마음속에서 맛보는 기묘한 쾌락을 분명히 설명할 수는 없었을 것이고, 또 겁나는 것 없이 마음을 부풀어오르게 하는 혼란스런 감정들이 어떤 것인지 분명하게 이름 붙일 수는 없었을 것이다. 하지만 그 순간 제르멘이 바란 것은 단 하나, 이제 재산을 다 잃은 이 남자를 모욕하고 멋대로 끌고 다니는 것이었다.

불과 한 시간 전 어두운 밤을 단숨에 넘어서 세상 전체의 심판에 도전했었는데, 그것이 바로 또 다른 천박한 남자, 또 다른 교활한 아빠를 만나기 위해서였다니, 제르멘은 참으로 고통스러웠다. 너무도 크게 실망했고 또 즉각적으로 돌이킬 수 없는 경멸을 느꼈기에, 앞으로 일어날 사건들은 이미 그녀 안에 새겨져버린 셈이다. 사람들은 우연이라고 말한다. 하지만 우연은 우리와 닮은꼴이다.

오랫동안 억눌려온 의지, 거의 무의식적으로 감추어야 했기에 이미 잔인함이 깃든 이 의지가 갑자기 튀어오르면, 어리석은 자들은 놀라워한다. 이것은 약자에게는 멋진 복수이자, 강자에게는 영원한 놀라움이다. 언제나 준비된 올가미인 것이다. 어떤 이는 번개보다도 강렬하고 파악할 수 없는 정념을, 그 변덕스런 굴절을 한 걸음 한 걸음 따라가려고 애쓴다. 하지만 아무리 신중한 관찰자로 자처한다 해도, 그가 타인에 대해 아는 것은 오로지 자기 자신의 거울에 비친 외롭고 서글픈 찌푸린 얼굴뿐이다. 아무리 단순한 것이라 해도 모든 감정은 아무도 발을 들여놓은 적이 없는 암흑 속에서 태어나 자라며, 전기를 띤 구름들처럼 은밀한 친화력에 따라 그 안에서 서로 섞이기도 하고 밀쳐내기도 한다. 우리는 폭풍에는 다가가지 못한 채 암흑의 표면에서 그 폭풍으로 인한 짧은 섬광을 볼 수 있을 뿐이다. 아무리 뛰어난 심리학 가설이라 해도 과거를 재구성할 수는 있어도 결코 미래를 예언하지 못하는 것은 바로 이 때문이다. 다른 수많은 가설들과 마찬가지로 그것은 생각만 해도 우리의 정신을 짓누르는 신비가 우리 눈에 보이지 않도록 감출 뿐이다.

다시 불어닥쳐 헐떡이던 바람이 잠잠해졌다. 낡은 저택을 세 겹으로 둘러싼 월계수들은 한참 전부터 잠들어 있었고, 뜰 안쪽 검은 잎새의 거목들, 높이가 60피에(미터법 이전에 사용되던 길이의 단위, 약 0.3미터: 옮긴이)에 달하는 소나무는 꼭대기에서 곰처럼 으르렁거리는 소리를 내며 흔들리고 있었다. 호두나무로 만든 탁자 가장자리에서 미지근하고 친근한 램프의 불빛이 단조로운 소리를 내며 더욱 밝게 빛났다. 불투명한 어둠을 담은 유리창 너머의 밤 곁을 떠도는 미지근하고 약간 무거운 공기는, 들이마시면 아주 감미로울 것 같았다.

"자, 무셰트. 화를 내려면 마음대로 해." 후작이 조용히 말했다. "아무리 그래도 오늘밤 나는 화를 내지 않을 테니까. 내 명예를 걸고 맹세하지. 화난 네 모습을 보는 게 참 즐겁군."

그는 손가락으로 파이프의 재를 꼼꼼하게 긁어모으며 농담 반 진담 반으로 말을 이었다.

"싫으면 500루이는 안 받아도 좋아. 하지만 정직하게 지갑 밑바닥까지 털어내려는 불쌍한 사람의 손에 침을 뱉는 것은 안 되지. 너와 나 사이는 이 정도 설명이면 충분해. 나는 가난을 수치스럽게 생각하지 않아······."

이 말에 제르멘이 얼굴을 붉혔다.

"나도 마찬가지예요. 우선, 내가 뭘 요구한 적이 있나요?"

"그야······ 아니지. 없었어, 무셰트. 하지만 네 아버지 말로르티가······."

별다른 악의 없이 이야기를 시작한 후작은 제르멘의 입술이 떨리고 귀여운 목덜미가 어린애 같은 흐느낌으로 부풀어오르는 것을 보고는 얼른 입을 다물었다.

"그래서 어떻다는 거예요! 말로르티, 말로르티라구요? 그게 도대체 나랑 무슨 상관이란 말이야! 정말 너무해요! 내가 당신 일을 다 일러바쳤다는 건 거짓말이에요. 아빠가 지어낸 말이라구요. 어제 저녁에 아빠가…… 내 앞에서……무슨 말을 했는지 알기나 해요? 정말 너무 화가 났어요. 아빠가 보는 앞에서 가위로 목을 찔러 탁자 위에 엎어져 죽어버리고 싶었어요. 아빠도 당신도 둘 다 날 몰라요. 두고 봐요! 이제 불행은 막 시작에 불과하니까."

제르멘은 계속해서 주먹으로 탁자를 짧게 내리치면서 그 가냘픈 목소리를 부풀리려 했다. 그녀가 화를 내는 모습에는 가장 진지한 여자들도 무언가를 결심하기 전에 으레 그렇듯이 약간 허풍이 깃들어 있어서 조금 우스웠다.

후작은 상대방의 말을 가로막지 않았고, 오히려 처음으로 그녀에게 경탄스러움을 느꼈다. 그것은 욕망과는 다른 감정이었다. 그는 난생처음 느껴보는 부성(父性)의 연민으로, 자기보다 더 악착스럽고 의연하게 반항하고 있는 계집애에게, 자기의 짝에게 마음이 끌렸다…… 누가 알아! 언젠가는?…… 후작은 제르멘의 얼굴을 정면으로 바라보면서 미소를 지었다. 하지만 제르멘에게는 그 미소가 모욕으로 느껴졌다.

"내가 이렇게 화낼 필요 없지요." 그녀는 차갑게 말했다. "그렇게 되었어야 했어요. 그래요, 난 바로 그 집에서, 그 벽돌집과 장난감 같은 뜰에서 일생을 마쳤어야 해요. 하지만 카디냥! (그녀는 마치 도전하듯이 이 이름을 내뱉었다.) 당신은 다르다고 생각했어요."

제르멘은 목소리가 끊기기 전에 말을 끝맺기 위해 힘껏 버텼다. 대담하고 자신만만하게 보이려고 온갖 노력을 했지만, 사실 조금 전부터 아버지 집의 작은 문 말고는 다른 출구가 보이지 않았다. 빠져나갈 수 없는 함정, 두 시간 전에 벅차오르는 희망으로 정신없이 떠나온 곳, 이제 곧 다시 닫힐 작은 문 말이다. '이 사람은 나를 실망시켰어.' 마음속으로 이렇게 생각했지만, 솔직히 말해서 어떤 식으로, 왜 그랬는지는 말할 수 없었다. 아직 얼굴을 마주하고는 있지만, 이제 두 연인은 이미 서로를 알아보지 못했다. 내리막길에 들어선 이 남자는 순진하게도 마지막 한 닢을 털어 부르주아적 안일을 사주면, 자기가 할 일을 다 하는 것이라고 생각했다. 하지만 그것은 이 거친 처녀가 가난이나 수치보다도 더 혐오하는 것이었으니…… 제르멘은 처음 누리는 이 자유의 밤을 달려서 이미 배가 나온 이 천한 남자, 농민과 군인의 핏줄에서 육체적인 에너지와 일종의 천박한 품위만을 물려받은 이 남자에게 무엇을 얻으러 온 것인가? 그저 탈출을 했을 뿐이다. 그뿐이다. 드디어 자유라는 생각에 제르멘은 전율했었다. 이 남자에게는 말하자면 악덕에 끌리듯 달려온 것이다. 결정적인 걸음을 내디디리라는, 그리고 완전히 타락하리라는, 오랫동안 마음속에 키워온 환상으로 달려온 것이다. 언젠가 읽은 책, 마음속에 품었던 나쁜 생각, 그리고 소리를 내며 타는 난로 곁에서 책은 버려둔 채 그 위에 손을 포개 얹고서 눈을 감고 그려본 모습들, 돌연 이 모든 것이 끔찍한 아이러니로 추억 속에 되살아났다. 제르멘이 꿈꾸었던 추문, 사람들을 대경실색하게 만들 만한 추문은 어느새 소리도 없이 초등학생의 경솔한 짓거리가 되어버리고 말았다. 집으로 돌아가 아무도 모르게 아이를 낳고, 얼마 동안 혼자 지내다가, 결국 멍청한 사내의 품에 안기면서 체면을 되찾는다…… 그러고 나선 아이들 틈에서 우울한 날들을 보낸다. 한순간 섬광처럼 이런 생각이 떠오르자, 그녀는 신음했다.

그러나 어쩌랴! 이른 아침 새로운 세계를 발견하려고 집을 뛰쳐나왔다가 채소밭을 한바퀴 둘러본 뒤 자신의 최초의 꿈이 사라지는 것을 보고서 우물가에 선 어린아이처럼, 결국 사람들이 다니는 길 밖으로 쓸데없이 한번 나가본 것에 지나지 않았던 것이다. '아무것도 달라지지 않았어. 모두가 그대로야……' 제르멘은 중얼거렸다. 하지만 이 명백한 증거에 대항하여, 가슴속에서 들리는 목소리가 이전보다 천배는 더 확실하고 명료해졌다. 그것은 무너져내리는 과거를, 새로 발견한 광대한 지평선을 보여주었다. 그리고 정확히 말할 수는 없지만 예기치 못한 어떤 감미로운 게 있음을, 그리고 이제는 돌이킬 수 없이 시간이 다가왔음을 알 수 있었다. 소란스러운 절망을 지나 아주 커다란 침묵의 환희가 예감처럼 솟아올라오는 것이 느껴졌다. 여기든 저기든 어딘가에 피난처를 찾는 것은 중요하지 않다. 정든 집의 문턱을 넘고, 등뒤에서 가볍게 닫히는 문을 뒤로한 사람에게, 피난처가 뭐 그리 중요하겠는가? 어떻게 이 방탕한 후작이 마을 사람들이 뭐라 생각할지를 두려워할 수 있단 말인가? 자기는 지금 이렇게 용감히 맞서는 척하고 있는데 말이다. 마음대로 히리지! 제르멘은 상대방의 약한 모습을 보면서 자신의 힘을 느꼈다. 그 순간부터 그녀의 당돌한 눈 속에서 다가올 운명을 읽을 수 있었다.

두 사람은 아무 말도 하지 않았다. 커튼이 없는 높은 창문 가운데 갑자기 달이 모습을 드러냈다. 유리 너머로 발가벗은 달은 꼼짝하지 않는다. 마치 살아 있는 것처럼, 아주 가까이에 있는 것처럼 느껴져서, 그 황금색 빛의 떨림을 듣고 싶어질 정도였다.

그때 카디냥은…… 아주 흥미로운 우연이었다…… 몇 시간 전에 말로르티가 자기에게 던졌던 말을 똑같이 되풀이했다.

"자, 무셰트. 이제 어떻게 했으면 좋겠는지 말해봐."

하지만 제르멘은 아무 말 없이 눈을 깜빡이는 것으로 그의 질문을 되받았다.

"분명하게 말해봐." 후작이 말했다.

"나를 데려가줘요." 제르멘이 대답했다.

요리할 닭을 앞에 둔 사람처럼 눈짐작으로 상대방의 키를 재고 무게를 가늠해본 후, 제르멘은 이렇게 덧붙였다.

"파리에 가요⋯⋯ 어디라도 좋아요."

"아직 그 얘기는 하지 마. 알아듣겠어? 그렇게 될지 안 될지는 다음 이야기야. 우선 출산을 해야지. 아기를 낳아야 한다구⋯⋯"

그때 제르멘은 입을 벌린 채, 정말 놀란 듯한 몸짓으로, 이미 반쯤 몸을 세우고 있었다.

"출산이라구요? 아기요?⋯⋯"

그러고는 훤히 드러난 목에 양손을 댄 채 고개를 뒤로 젖히면서 웃음을 터뜨렸다. 그녀의 낭랑한 목소리는 이 낡은 거실 구석구석에, 마치 전쟁터의 함성처럼 울려퍼졌다. 그녀는 이 소리를 통한 도전에 스스로 도취되었다.

카디냥의 얼굴이 벌게졌다. 제르멘은 여전히 웃음을 그치지 않은 채 숨찬 목소리로 말했다.

"아버지가 당신을 속인 거예요. 그 말을 믿었어요?"

그녀의 거짓말이 워낙 대담했기에, 단 한 순간에 모든 의혹을 날려 보내버렸다. 아닌 것 같은 일, 설마 하는 일에는 증거가 없다. 후작은 제르멘이 한 말을 사실이라고 믿었다. 게다가 이미 화가 나서 목이 메어 있는 상태였다.

"입 닥쳐!" 그는 주먹으로 탁자를 내리치면서 소리를 질렀다.

하지만 제르멘은 조심스럽게, 눈을 가늘게 뜨고, 조그만 발을 의자 밑에 가지런히 모으고, 언제라도 도망갈 수 있는 태세를 갖춘 채, 쿡쿡거리며 웃고 있었다.

"이런 빌어먹을! 말도 안 돼!" 제르멘에게 완전히 속아넘어간 남자는 마치 눈에 보이지 않는 투창을 손에 쥔 것처럼 흔들어대면서 뇌까렸다.

한순간 후작의 시선이 제르멘의 시선에 부딪혔고, 그는 이내 함정을 눈치챘다.

"누구 말이 옳은지는 두고 보면 알겠지." 후작이 퉁명스럽게 말했다. "그 얼간이 같은 네 아비가 나를 가지고 논 거라면 허리를 부러뜨려 버릴 테다. 자, 이제 그만 해!"

하지만 제르멘은 그의 얼굴을 정면에서 바라보고 싶었고, 기다란 속눈썹 아래 눈빛을 엿보고 싶었고, 그가 당황스러워하는 모습을 즐기고 싶었다. 자기가 이렇게 위험하고 교활하며 남자만큼 강하다는 것을 느끼면서, 그녀는 얼굴이 창백해졌다.

한동안 후작은 신경질적으로 콧수염을 당기면서 생각했다. '얘기가 이상해지는군…… 도대체 어느 쪽이 거짓말을 하는 거야?' 사실 그것은 너무도 자유롭게, 스스로를 지키려는 몸짓이나 외침처럼 나와버린 거짓말이었다.

마침내 후작이 입을 열었다. "임신이든 아니든, 어쨌든 내 말을 바꾸지는 않겠어, 무세트. 이 넝마 같은 집이 팔리면 강과 숲 중간에 있는 사냥터지기의 오두막이든 우리 둘이 조용히 살 수 있는 곳을 마련하기로 하지. 그러니까 말이다. 빌어먹을…… 결혼은 좀 기다려야겠다……"

후작은 감상적인 기분이 되었다. 그때 제르멘이 침착하게 대답했.

"내일이라도 떠나는 건가요?"

"이런 멍청이 같으니라구!" 후작이 흥분해서 소리쳤다. "도대체 넌! 파리에 가는 게 무슨 일요일 저녁에 시내 한바퀴 도는 것과 같은 줄 아는 거야? 무세트, 너는 아직 미성년자야. 법이 장난으로 있는 건 아니라구."

물론 겉빈은 긴심이었지만, 후작은 이시 깊은 낭기의 후에답게 경솔하게 발을 들여놓지는 않는다. 자기가 그렇게 제안을 하면 제르멘이 탄성을 지르며 품에 달려들어 기쁨의 눈물을 흘리기를, 그러니까 감동적인 장면이 연출되어 자기가 이 곤란한 상황을 벗어날 수 있기를 기대했었다. 하지만 영악한 제르멘은 빈정거리는 듯한 표정으로, 입을 꽉 다문 채, 그의 말을 듣고 있었다.

"어쩌지요! 사냥터지기 오두막을 그렇게 오래 기다릴 수는 없어요. 내 나이가 있잖아요! 당신이 말하는 그 강과 숲 사이 작은 집에서 즐거워하라구요?…… 아무도 날 원하지 않으면 좀 지겨워질 텐데요!"

"그런 식으로 나가면 결국 험한 꼴을 보게 될 거다." 경멸하는 듯한 말투로 후작이 말했다.

"상관없어요." 제르멘이 손바닥을 치면서 소리쳤다. "좋아요. 나도 나름대로 생각이 있어요."

카디냥은 어깨를 들썩거렸고, 제르멘은 무척 화가 난 목소리로 말을 이었다.

"애인이 생겼거든요."

"누군데?"

"내 말을 다 들어주는 사람이지요. 부자이고……"

"젊은가?"

"당신보다는요…… 탁자 아래로 발로 건드리기만 해도 식탁보처럼 얼굴이 하얗게 될 정도로 아직 젊은 사람이지요."

"그래?"

"교육도 제대로 받아서, 학식도 있어요."

"알겠어. 의원이시구만……"

"맞았어요." 제르멘은 얼굴에 홍조를 띠며 불안한 시선으로 상대방을 쳐다보며 큰 소리로 말했다.

제르멘은 후작이 화를 내리라 생각했다. 하지만 그는 아무렇지도 않게 파이프를 흔들면서 대답했다.

"정말 잘됐군! 멋진 일이야. 아이가 둘 딸리고 눈치 빠른 마누라가 가까이서 감시하는 남자라면 말이야……"

하지만 후작의 목소리는 떨리고 있었다…… 신중한 아가씨 제르멘은 빈정거리는 후작의 야유에 속아넘어가지 않았다. 그리고 주의 깊은 눈으로 상대방의 동작을 엿보면서, 후작과 자기 사이에 놓여 있는 탁자의 폭이 얼마나 될지 눈으로 가늠해보았다. 가슴이 두근거렸고 손바닥은 땀에 젖어 차가워졌다. 하지만 그와 동시에, 마치 암사슴처럼, 몸이 가벼워지는 것을 느꼈다. 카디냥은 물론 옛날 같으면 여자 한둘쯤은 대수롭지 않게 생각했을 것이다. 바로 전날 밤까지만 해도 이 금발의 무셰트를 잃게 된다는 두려움보다는 우스꽝스러운 적에게 거짓말의 현장을 발각당하는 굴욕감이 훨씬 더 큰 문제였다. 후작은 제르멘이 자기를 적에게 넘겨주었다는 것을 의심하지 않았고, 그의 순진한 이기심은 그렇게 적에게 굴복해버린 제르멘의 행위는 죄악이라고 확신하며 절대로 용서할 수가 없었다. 하지만 후작이 시골 사람 특유의 고집 센 증오심을 품고 있던 상대, 그가 가장 미워하는 사람의 이름은 가슴속 밑바닥에서부터 그를 흔들어놓았다.

"어린 계집애 주제에 호락호락하지는 않군. 역시 핏줄은 속일 수가 없단 말이야. 아비는 엉터리 맥주를 팔고 딸은…… 각자 가진 것을 파는 거지……"

제르멘은 허세를 부리며 고개를 흔들려고 했지만, 아직 이런 싸움에는 경험이 부족하기에 결국 이처럼 가까이서 가해진 천박한 모욕에 굴복해버리고 말았다. 그녀는 흐느끼기 시작했다.

"오래 살다 보면 나 말고도 이런 말을 하는 사람이 많을 거다." 후작이 태연스럽게 말을 이었다. "갈레의 정부(情婦)라! 아버지에 대한 반발이겠지?"

"파리에 갈 거예요. 내가 가고 싶을 때 말이에요." 제르멘은 울면서 중얼거렸다. "그래요, 파리로 갈 거예요."

탁자 위에 손을 얹고 있던 제르멘은 열 손가락으로 탁자를 긁어 소리를 냈다. 머릿속에서 갖가지 생각들이 맴돌면서 혼란스러웠다. 수많은 거짓말, 한없이 많은 거짓말이 벌집처럼 윙윙거렸다. 온갖 이상한 계획을 세웠다 포기하곤 하면서, 그 끝없이 이어지는 상념들이 마치 꿈속처럼 이어지고 있었다. 그러면서 모든 감각이 움직였고, 말로 표현할 수 없는 자신감이 솟구쳤다. 그것은 마치 생명의 분출과도 같았다. 그 순간 바로 자기 눈 앞에서 시간과 공간의 한계가 무너져내리는 것 같았고, 시곗바늘은 풋풋한 그녀의 대담성과 같은 속도로 움직였다…… 지금까지 제르멘에게는 기껏해야 관습과 편견이라는 하찮은 체계가 유일한 구속이었으며, 다른 사람들의 비난이 최대의 징벌이었다. 하지만 이제 난파된 채 바다를 헤매다 마침내 도달한 이 멋진 해안에는, 모든 제약이 다 사라졌다. 아무리 오랫동안 악한 상념의 씁쓸하고 달콤한 향락을 맛보았다 해도, 마침내 악의 격렬한 환희를 소유하고 누릴 수 있게 되었을 때 — 제2의 탄생과 같은 최초의 반항이다 — 는 그 온전한 기쁨이 있는 법이다. 사악(邪惡)은 인간의 마음 속에 천천히 깊게 뿌리를 내리지만, 독을 가득 머금은 아름다운 꽃은 단 하루 동안 활짝 피어나는 것이다.

"파리에 간다고?" 후작이 말했다.

분명 이것저것을 더 묻고 싶어한다는 것을 알 수 있었지만, 그는 더 이야기를 꺼내지는 못했다.

"파리로 갈 거예요." 울음을 그쳤지만 뺨에는 아직 눈물이 반짝이는 채로 제르멘이 같은 말을 되풀이했다. "그래요…… 파리로 가서 내 보금자리를…… 아주 멋진 방을 마련할 거예요. 의원 나리들은 다 그렇게 애인을 둔다더군요." 제르멘은 더할 나위 없이 진지한 태도로 덧붙였다. "누구나 알고 있는 일이지요…… 법을 만드는 사람들이 아닌가요? 우리 둘이선 벌써 다 얘기된 일이에요. 아주 오래전부터요."

음울한 기질 때문에 기력이 없는 데다가 정숙한, 하지만 질투에 사로잡힌 부인한테서 만족을 얻지 못한 채 시달리고 있던 그 불쌍한 캉파뉴의 의원이, 몇 번 이 맥주업자의 딸에게 아버지 같은 감정을 보였던 것은 사실이다. 하지만 눈치 빠른 제르멘은 이미 그것이 어떤 의미인지 정도는 알아차렸다. 그뿐이었다. 그럼에도 불구하고 뻔뻔스러운 무세트는 별로 건질 게 없는 이 이야기에서 날이 밝을 때까지 거짓말을 밀고 나갈 수 있는 힘이 솟는 것 같았다. 매번의 새로운 거짓말은 마치 애무처럼 목을 죄어드는 새로운 향락과 같았다. 이 밤 제르멘은 온갖 욕설을 듣고 얻어맞더라도, 심지어 생명의 위협을 무릅쓰고서라도, 거짓말을 이어갔을 것이다. 거짓말을 지키기 위해서 또 거짓말을 지어냈을 것이다. 후에 그녀는 이 기묘한 발작이 바로 자기 자신을 가장 광적으로 소모한 관능적인 악몽이었다고 기억했다.

'하기야 절대 아니라고 장담할 수는 없지.' 후작은 생각했다. 그리고는 큰 소리로 단호하게 말했다. "이런 멍청한 여자를 보았나! 그런 망나니 같은 배교자의 말을 믿다니! 어떻게 말만 번드레한 그런 어릿광대의 말을 곧이들을 수가 있지? 유권자들을 속인 것처럼 너한테도 그렇게 하고 말걸! 의원 나리의 애인이라구? 정말 빌어먹을 소리군!"

"비웃어도 좋아요. 그 정돈 아무렇지도 않아요." 무세트가 말했다. 평소에는 장밋빛으로 명랑하던 이 시골 사람의 코와 뺨이 창백해졌다. 후작은 한동안 화를 삭이면서 커다란 벨벳 재킷의 주머니에 손을 넣은 채 이리저리로 왔다갔다했다. 그러다 제르멘에게 다가갔다. 조심스럽게 상대방을 지켜보고 있던 제르멘은 그를 피해 왼쪽으로 갔다. 이 위험한 상대와 자기 사이에 탁자가 놓이게 한 것이다. 하지만 후작은 눈을 내리깔고 똑바로 문 쪽으로 가서는, 문을 잠그고 열쇠를 주머니에 넣었다.

그리고 나선 다시 소파로 돌아와 퉁명스러운 어조로 말했다.

"이제 더 이상 내 귀를 흥분시키지 마! 네가 자초한 일이다. 너는 내일까지 여기에 있어야 해. 이유는 없어. 그저 쾌락을 즐기는 거지. 그래봤자 위험에 빠지는 건 어차피 나야. 자! 얌전히 내 말에 대답을 해봐. 네가 한 말은 모두 거짓이었지?"

제르멘 역시 얼굴이 그 하얀 목덜미만큼이나 창백해졌다. 그녀는 이를 악물고 대답했다. "아니오!"

후작이 말을 이었다. "이봐, 날더러 그 말을 믿으라는 거야?"

"그 사람이 바로 내 애인이라니까요!"

제르멘은 목구멍이 타는 독한 술을 뱉어내듯이, 그 새로운 거짓말을 내뱉었다. 그리고 자기 목소리의 반향이 더 이상 울리지 않게 되었을 때, 마치 하늘 높이 솟았던 그네가 다시 내려갈 때처럼 심장에 힘이 빠져나가는 것을 느꼈다. 자기 목소리의 어조에 스스로도 속아넘어갈 수 있을 정도였다. 제르멘은 애인이라는 말을 후작에게 내뱉는 순간 마치 그 두 음절이 옷을 벗겨내 알몸을 드러내기라도 하는 듯이, 두 손을 가슴에 얹었다. 그것은 순진하면서도 동시에 사악한 몸짓이었다.

"빌어먹을!" 카디냥이 소리쳤다.

그러면서 벌떡 일어섰다. 그 동작이 너무도 순식간에 일어났기 때문에 무셰트는 미처 생각하지 못한 채 몸을 움직였고, 결국 그의 팔에 달려드는 꼴이 되었다. 두 사람은 거실 구석에서 맞부딪쳤다. 한참 동안 아무 말 없이 서로를 쳐다보았다.

순간 제르멘은 몸을 피해 의자 위로 뛰어올랐고, 그 바람에 의자가 뒤집어졌다. 바로 탁자로 옮겨갔지만, 구두 굽이 높아서 호두나무로 만든 나무 탁자에서 미끄러져버렸다. 손을 벌렸지만 소용이 없었다. 후작의 손이 그녀의 허리를 잡고서 난폭하게 몸을 뒤로 젖혔다. 그 충격에 제르멘은 한동안 정신이 멍했다. 덩치 큰 남자는 마치 사냥에서 잡은 먹이를 옮기듯 그녀를 끌고 갔다. 제르멘은 자기 몸이 거칠게 가죽 소파에 던져지는 것을 느꼈다. 그러고 나서 그녀가 본 것은, 처음에 흉포하게 이글거리다 서서히 불안의 빛이 드러난, 이내 수치심이 드러난 두 눈뿐이었다.

....

이제 다시 제르멘은 자유를 얻었다. 사방이 환했다. 서 있는 제르멘의 머리는 헝클어졌고, 접혀진 치맛자락 틈으로 검은색 긴 양말이 드러났다. 그녀는 가증스런 주인을 찾아 두리번거렸다. 그의 모습은 보이지 않았다. 참기 어려운 격심한 육체적 고통이 밀려왔다. 몸에 입은 상처보다는 자존심을 다친 고통이었다. 제르멘은 말로 다할 수 없는 엄청난 격정에 휩싸였다. 벽에 컴컴한 큰 구멍과 램프의 빛이 비치는 것이 흐릿하게 보였…… 마침내 카디냥의 모습을 발견하는 순간, 온몸의 피가 역류하여 심장으로 넘쳐들었다.

"이봐! 무셰트! 정신 차려!" 불안해진 후작이 말했다.

그는 말을 하면서 조금씩 제르멘에게 다가갔다. 키우던 사나운 새를 다룰 때처럼 그녀를 살짝 잡기 위해 팔을 내밀면서 다가갔다. 하지만 이번에는 제르멘이 몸을 피했다.

"도대체 왜 이러는 거야? 무셰트!" 불안을 떨치지 못한 목소리로 후작이 말했다.

음험하게 입을 비쭉거리면서 입이 일그러진 채 제르멘은 멀리서 후작을 엿보고 있었다. 그는 '얘 지금 꿈꾸고 있는 거야?' 하고 생각했다. 발작적인 분노가 치솟았고, 그러자 돌연히 욕망이 생겨나면서, 이제 그는 후회스럽다기보다는 혼란스러웠다. 지금까지 여자들을 대하면서, 마치 거친 경기에서 상대와 승부를 겨룰 때처럼, 사정을 봐준 적이 없었던 그였다.

"자! 대답을 해봐!" 제르멘의 침묵에 화가 치민 후작이 소리를 질렀다.

하지만 제르멘은 천천히 발걸음을 옮기며 뒤로 물러섰고, 문 쪽으로 도망가려 했다. 후작은 좁은 통로에 의자를 밀어 그 길을 막으려 했다. 겁에 질린 제르멘이 소리를 지르면서 살짝 뛰어올라 장애물을 피했다. 제르멘이 질러댄 소리가 너무도 날카로웠기에 놀란 후작은 숨을 헐떡이며 멍하니 서 있었다. 잠시 후 그녀를 따라가기 위해 몸을 돌린 후작은 한순간 방 안 반대쪽 끝에서 제르멘이 발끝을 세우고 팔을 내밀어 벽에 있는 무언가를 잡으려 하는 걸 보았다.

"이봐! 그만둬! 제정신이 아니군!"

두 발자국만 뛰어갔으면 그녀를 잡아 손에 쥔 무기를 빼앗을 수 있었을 것이다. 하지만 수치심 같은 감정이 그를 붙잡았다. 그는 쉽게 물러서지 않는 남자다운 발걸음으로 천천히 그녀에게 다가갔다. 제르멘은 바로 그의 엽총, 멋진 앤슨(영국 제독의 이름을 딴 엽총: 옮긴이)을 쥐고 있었던 것이다.

"알아서 해!" 후작은 마치 사나운 개를 위협하는 것처럼 앞으로 나아가면서 말했다.

제정신을 잃은 듯한 무셰트의 입에서는 공포와 분노의 신음 소리만이 새어나왔다. 그와 동시에 팔을 들어 무기를 세웠다.

"이 멍청아! 그 총은 장전되어 있단 말이야!" 후작은 계속 말을 하려 했다. 하지만 그의 마지막 말은 입술 위에서 폭발해서 으스러져버린 것 같았다. 탄환이 그의 턱을 명중해서 산산조각을 내어버린 것이다. 너무나 가까이서 총을 쏘았기 때문에 기름 먹인 펠트로 된 총마개가 목을 관통하여 넥타이 속에서 발견되었다.

무셰트는 문을 열고 사라졌다.

4

　　편지 쓰는 것을 마친 의사 갈레는 봉투 위에 주소를 써나갔다. 내리긋는 세로 획이 세련된 작은 글씨체였다. 그때 정원사 티몰레옹이 들어왔다.
　　"제르멘 아가씨가 드릴 말씀이 있답니다."
　　제르멘은 이미 문턱에 와 있었다. 폭이 좁은 검은 망토로 몸을 감싸고 손에는 우산을 들고 있었다. 너무도 급한 걸음이었던 탓에 등뒤로 발자국의 반향이 타일 바닥 위에서 미처 지워지지 않은 채 울리고 있었다.
　　제르멘은 정원사의 얼굴을 보면서 활짝 웃었고, 그러자 정원사도 웃음을 지어 보였다. 반쯤 열린 창문으로는 여전히 그녀의 공범자인 저녁 냄새가 스며들고 있었다. 그 순간 팔걸이의자 가장자리를 비추던 황갈색 연한 빛이 사라졌다.
　　"무엇을 도와드릴까요, 제르멘 양?" 의사 갈레가 물었다.
　　그는 서둘러 편지의 봉투를 봉했다.
　　"아버지가 직접 오셔서 알려드렸어야 하는 건데요. 이번 평의회가 돌아오는 9일로 연기되었답니다. 제가 마침 이 근처를 지나가던 길이어서요……" 제르멘은 평상시처럼 태연하게 대답했다. '평의회'와 '돌아오는 9일'을 유난히 강조하는 것이 우스워서 정원사 티몰레옹은 다시 한

번 영문도 모르고 웃었다.

"자! 서두르게!" 갈레가 정원사에게 편지를 건네주면서 퉁명스럽게 말했다.

정원사가 나가고 문이 닫힐 때까지 갈레는 그 모습을 지켜보았다. 그리곤 다시 입을 열었다.

"무슨 뜻이지?"

"당장 얘기해드려요?" 제르멘은 팔걸이의자에 우산을 옆으로 걸쳐 놓으면서 대답했다. "좋아요. 말하죠. 나 임신했어요."

"입 다물어, 무셰트." 그는 이미 목이 졸린 듯한 소리로 속삭였다. "아니면 소리를 낮추든가!"

"나를 무셰트라고 부르지 말아요. 무셰트라고 부르는 건 싫어요." 말로르티 양이 단호하게 말했다.

그러면서 외투를 의자 위에 던지고는 갈레 앞에 섰다.

"당신은 알 수 있잖아요. 다들 처음에는 곧이들으려 하지 않아요."

"얼마나…… 얼마나 된 거야?"

"3개월쯤." 제르멘은 입에 핀을 물고서 침착하게 치마의 호크를 풀기 시작했다.

"왜 나한테 말하지 않았지? 왜 지금에서야 털어놓는 거야?"

"털어놓는다구요? 멋진 말이로군요!" 제르멘이 웃으면서 말했다. 입에는 여전히 핀을 물고 있었다.

입술을 다문 제르멘의 눈이 아이 같은 웃음을 짓고 있었다.

"여기서 옷 벗으면 안 돼! 이봐!" 캉파뉴의 의사가 말했다. 그는 어떻게 해서라도 냉정을 유지하려고 애쓰고 있었다. "하다못해 서재에라도 들어가!"

"상관없어요!" 제르멘 말로르티가 말했다. "문이나 잠가요. 서재는 너무 추워서 몸이 떨린단 말이에요!"

 길데는 경멸하는 듯이 어깨를 으쓱해 보였지만, 이미 욕이 부쩍 다 오르며 곁눈으로 그녀를 관찰하고 있었다. 제르멘은 한쪽 다리를 의자의 팔걸이에 걸치고 다른 다리를 굽힌 채, 천천히 장화를 벗었다.

 "마침 잘되었네요." 제르멘이 말했다. "이 장화 때문에 너무 아파요. 하루 종일 이걸 신고 뛰어다녔거든요! 지난 화요일에 여기다가 사슴 가죽 신발을 벗어놓았는데, 그것 좀 가져다줘요. 화장실 상자 뒤 선반 위에 있을 거예요. 그리고…… 저기요, 나 오늘 여기에 있을 거예요. 아빠한테는 콜랭쿠르의 말비나 숙모님께 간다고 말해뒀어요. 부인은 내일 돌아오는 거죠?"

 갈레는 멍청히 입을 벌린 채 듣고 있었다. 제르멘의 작은 얼굴이 놀라울 정도로 많이 움직이고 있지만 그 안에 긴장으로 굳어진 움직이지 않는 그 무엇, 피로와 아집의 주름이 있다는 것을, 그래서 웃고 있지만 인상을 찌푸리고 있다는 것을 그는 알아차리지 못했다.

 "이런 무모한 짓을 하면 모든 게 다 수포로 돌아가고 만단 말이야!" 갈레는 호소하듯이 말했다. "처음에는 불로뉴나 생폴(북부 릴 근처의 도시: 옮긴이)에서만 만났잖아! 왜 이렇게 멋대로 하는 거지? 티몰레옹도 보는 데서! 내 입장을 생각해야지……"

 "위험을 다 피하면 결국 아무것도 얻을 수 없게 되는 거예요." 제르멘이 진지한 어투로 단호하게 말했다. "어쨌든 내 신발부터 찾아줘요. 나갈 때 문 닫는 거 잊지 말구요."

 앞쪽으로 늘어진 옷자락에 깃이 좁으며 팔꿈치가 반질반질한 정장을 입은 기묘한 연인이 펠트 슬리퍼를 끌며 나가는 모습을 그녀는 물끄러미 바라보았다.

 제르멘은 무슨 생각을 하는 것일까? 아무 생각도 하지 않는 것은 아닐까? 누런 이빨에 우스꽝스럽고 가증스러운 이 위선자의 모습이 제르멘에겐 놀라울 것도 없었다. 하물며 제르멘은 이미 그를 사랑하고 있었다. 그녀로서는 진정 가장 절실히 사랑했다. 그날 저녁 자기를 해치려 하지도 않았는데 후작을 살해함으로써 자기 자신의 허상도 함께 죽여버리는 돌이킬 수 없는 행위를 저지른 이후로, 말로르티의 딸, 말로르티 양은 이미 좌절된 꿈을 버리기 위해 몸부림을 쳤다. 하지만 아무 소용이 없었다. 도망가거나 숨어버리면 명백히 죄를 인정하는 것이 되었기에, 집으로 돌아가 원래의 자리를 되찾아야 했다. 시치미를 떼고 아버지한테 용서를 빌고, 견디기 어려운 연민의 빛도 그 어느 때보다 얌전하고 조용하게 받아들여야 했다. 주위에 거짓말의 실을 한 올 한 올씩 자아야 했던 것이다. '내일이면 이 마음이 다 사그라들어 잊어버리게 될 거야. 그러면 자유로울 수 있을 거고.' 이렇게 생각했지만 내일은 오지 않았다. 오히려 이전에 끊어졌던 끈들이 조금씩 조금씩 다시 매듭을 죄어오고 있었다. 정말 우습게도 감옥이던 곳이 피난처가 되었고, 이전에 그토록 증오하던 쇠창살 뒤가 바로 숨을 쉴 수 있는 유일한 장소가 되었다. 꾸며낸 허구의 자기가 원래의 자기를 파괴시켰고, 예전에 그녀를 지탱하던 꿈들도 권태라는 보이지 않는 벌레에 갉아먹혀 하나씩 사라지고 있었다. 그녀가 맞서려 했던 이 음침한 작은 도시가 다시 그녀를 삼켜버리고는, 입을 꽉 다문 채 소화시켰다.

그 어떤 전략도 이렇게 순식간에 이루어질 수는 없었고, 또 이렇게까지 돌이킬 수 없는 것은 아니었다. 사건을 저지른 날 있었던 일을 하나씩 되새겨보아도 자신의 기억을 정당화해주는 그 무엇도 찾아낼 수 없었다. 필사의 노력이 돌연 허공에 떠버렸다든가, 소중한 보물이 아무것도 아닌 것이 되어버린 듯한 그런 흔적도 없었다. 그녀가 원했던 것, 그러니까 기회를 엿보다가 단숨에 손에 넣으려고 달려들었지만 놓쳐버리고 말았고, 그렇게 영원히 사라져버린 것, 그것을 뭐라고 불러야 할지 알 수 없었다. 사실 지금까지 그것에 이름을 부여한 적이 있었던가? 그렇다! 그녀가 원했던 것이 쓰러져 누워 있는 그 뚱뚱한 남자는 아니었다…… 그렇다면 도대체 무엇을 얻으려 한 것이었을까?

도대체 얼마나 많은 여자들이, 한 시간을 살든 백 년을 살든, 보리수나무 밑으로 기어들며 죽어갔을까! 한순간 생명이 열리고 활짝 피어나면, 바람이 정면으로 덮친다. 결국 꺾이고, 마치 돌멩이가 떨어지듯, 다시 사그라든다…….

하지만 그네들은 사람을 죽이지는 않았다. 설사 그랬다 해도 그것은 꿈이었을 것이다. 그러니까 비밀이 없는 것이다. 그 여자들은 주름 장식이 달린 헝겊 모자 밑에 붙은 회색 띠를 만지작거리며 "내가 미쳤었나 봐……"라고 말할 것이다. 폭우가 내리는 날 저녁 싱그러운 손톱을 내밀어 장난삼아 사람을 죽일 수 있다는 사실을 알지 못하는 것이다.

그 범죄가 있은 뒤 제르멘에게 갈레와의 사랑은 또 다른 비밀, 또 하나의 은밀한 도전이 되었다. 이전엔 영혼도 없는 비열한 사나이의 품에 뛰어들었었고, 이젠 영락한 또 다른 남자에게 매달린 것이다. 빈틈없는 계략을 쓸 줄 아는 이 반항적인 남자는 얼마 지나지 않아, 마치 종기를 터뜨리듯, 자신의 마음을 열었다. 그것은 위험한 놀이를 즐기는 것이기도 했지만 또한 악(惡)의 쾌락이었다. 그녀는 우스꽝스러운 꼭두각시를 독을 머금은 짐승으로 만든 것이다. 바로 그녀가 부화시킨, 그녀만이 아는 그 동물은 젊은 날의 악덕을 따라다니는 망상과도 같은 것이었으며, 무셰트는 그것을 자기 자신의 타락의 상징, 바로 그 모습으로서 사랑하게 되었다.

하지만 제르멘은 그 놀이에도 싫증이 나 있었다.

"자, 여기 있어." 갈레가 신발을 카펫 위에 던지면서 말했다.

제르멘이 아무 말이 없자 갈레는 이상한 생각이 들었다. 어둠 속에서 여전히 곁눈질로 팔걸이의자에 누워 있는 제르멘의 작은 몸집을 엿보았다. 무릎을 굽히고 고개를 한쪽 어깨 위로 기울인 채, 입술 끝이 거의 알아볼 수 없을 만큼 살짝 위쪽으로 젖혀져 있었고, 뺨은 창백했다.

"무셰트! 이봐, 무셰트!" 갈레가 불렀다.

그러면서 재빨리 다가가 손가락으로 그녀의 눈꺼풀을 비벼보았다. 제르멘이 천천히 눈을 떴지만 여전히 아무 생각도 담기지 않은 멍한 시선이었다. 이내 고개를 돌리고 신음 소리를 냈다.

"내가 왜 이러는지 모르겠어요. 춥네요……"

그 순간 갈레는 그녀가 모직 외투 아래 아무것도 걸치지 않은 알몸이라는 것을 알았다.

"이봐! 자는 거야? 무슨 일이 있었어?"

갈레는 여전히 고개를 숙이고 서서, 씁쓸한 웃음을 짓고 있었다.

"이제 고비는 지났어." 말을 이으면서, 갈레는 제르멘의 손을 잡았다. "맥박이 조금 빠르군. 하지만 이건 흔히 볼 수 있는 일이야. 괜찮을 거야. 정말 왜 이렇게 함부로 사는 거지? 이러다간 말이야…… 이러다간…… 정말 걱정이로군! 기침도 하나?"

갈레는 제르멘의 반쯤 열린 옷깃을 벌리면서 옆에 앉았다. 야생의 매력을 갖춘 날씬하고 아름다운 제르멘의 어깨가 한순간 멈칫했다. 그녀는 조용히 상대방을 밀어냈다.

"좋아, 기다리지" 하고 갈레가 말했다. "하지만 기관지를 먼저 진찰하지 않고서는 뭐라고 말할 수가 없어. 네 몸에서 가장 약한 곳이지. 사실 넌 몸을 너무 엉망으로 관리해."

말을 이어가던 갈레는 비로소 제르멘이 울고 있다는 것을 알았다. 시선을 못박은 채 눈을 크게 뜨고, 역시 담담한 표정으로, 입은 여전히 꼭 다물고서, 한숨 소리도 내지 않으면서, 그렇게 울고 있었던 것이다.

갈레는 어리둥절하여 잠시 입을 다물지 못했다. 원래는 그다지 호기심이 많지 않은 그였지만 바로 옆에 있는 타인 속의 접근할 수 없는 저 감정이 무엇인지 궁금하기도 했고, 또 두려워지기도 하면서, 한순간 그는 고상한 기분이 되었다. 하지만 생각과 달리 탄성은 입술에서 맴돌 뿐이었다. 그는 얼굴을 붉히면서 제르멘의 시선을 피했고, 아무 말도 하지 않았다.

"날 사랑해요?" 엄숙하고도 강경한 애원을 담은 기묘한 어조로 돌연 제르멘이 물었다.

그리곤 곧 이렇게 덧붙였다.

"내가 지금 생각하고 있는 게 있어요. 그래서 알고 싶은 거예요."

"어떤 생각인데?"

"날 사랑하나요?" 갑자기, 여전히 같은 목소리로 제르멘이 물었다.

동시에 몸을 일으켰다. 그녀는 떨고 있었다. 반쯤 열린 외투 사이로 기묘한 모습의 가느다란 나신(裸身)이 드러났다. 그 눈에는 여전히 같은 눈빛이 깃들어 있었지만, 이전의 자부심은 사라져버렸다. 그녀가 다시 말했다.

"대답해줘요. 빨리 대답해봐요!"

"이러지 마! 제르멘……"

"싫어요! 싫다구요. 그냥 사랑한다고 말해줘요. 그래요…… 그렇게 말해요!"

제르멘은 얼굴을 젖히고 눈을 감았다. 떨리는 입술 사이로 단단한 하얀 이가 보였고, 고요한 적막을 뚫고 희미한 숨소리가 들려왔다.

"도대체 뭐예요? 더 이상은 안 되나요? 사랑한다고 말할 수 없는 거예요?"

그녀는 상대방의 발 아래 미끄러지듯 주저앉아, 마주 잡은 양손에 턱을 괸 채 잠시 생각했다…… 그러고 나선 갈레를 향해 다시 교활한 계략으로 가득 찬 눈을 들었다.

"좋아요…… 좋다구요." 그녀는 고개를 끄덕이면서 말했다. 그러고는 더욱 심각하게 말을 이었다. "당신 나를 미워하고 있군요…… 하지만 당신보다 나 자신이 더 그래요!"

그런 다음 곧 이렇게 덧붙였다.

"하지만 당신은…… 그게 뭔지도 잘 몰라요."

"뭘 말하는 거지?"

"미워하고 경멸하는 것 말이에요."

그녀는 막히지 않고 말을 이어가기 시작했다. 여느 때처럼 우연히 던져진 말이 가슴속 밑바닥에서 원초적인 욕망을 일깨운 것이다. 그것은 그녀의 깊고 어두운 영혼의 기쁨 혹은 고통이 아니라, 바로 영혼 그 자체였다. 이미 살갗이라는 눈부신 수의(壽衣) 아래서 시들어버린 연약한 육체의 떨림에, 쥐었다 폈다를 반복하는 양손의 무의식적인 리듬에, 그리고 지칠 줄 모르고 어깨와 허리가 튀어오르려는 것을 억누르는 모습에, 무언가 짐승의 위엄과도 같은 것이 숨쉬고 있었다.

"정말 그래요? 한 번도 느껴본 적이 없나요?…… 뭐라고 해야 할까. 그건 그냥 갑자기 어떤 생각이 떠오르듯이…… 그러니까 갑자기 현기증이 날 때처럼…… 그렇게 찾아오는 거예요. 그냥 무너져버리고 미끄러져서…… 밑바닥까지 가는 거 말이에요. 멍청한 인간들의 경멸이 미치지 않는 곳이지요. 하지만 거기서도, 그 어느 것에 대해서도 만족할 수가 없어요. 무언가 부족하거든요. 그래요! 옛날에는 얼마나 두려웠는지 몰라요! 말이 두렵고 시선이 두렵고, 정말 하찮은 것들도 다 두려웠어요. 그래요! 상니에 할머니가 (당신도 물론 아는 사람이에요. 라조 씨의 이웃이지요.) 어느 날 나를 괴롭혔어요. 어느 날 플랑크 다리를 건너는 네 어린 조카딸 로르를 새뺄리 나한데시 멀리 떼어놓디고요. 뭐야! 내가 페스트 균이라도 되나? 하고 생각했어요. 지금 나는 말이에요. 그래요, 지금…… 지금은…… 그런 경멸쯤은 아랑곳하지 않을 거예요! 그런 여자들의 몸 속에는 어떤 피가 흐르고 있을까? 누가 한번 쳐다만 봐도, 그래요, 그것만으로도 주저하는 여자들 말이에요. 쳐다만 봐도 이내 쾌락의 숨이 죽어버리는 여자들, 연인의 팔에 안겨서도 정숙한 처녀의 환상을 가지고 있는 여자들이요. 수치심일까요? 그래요, 당신 생각도 그렇겠지요? 수치심 때문일 거예요. 하지만 당신과 나는 첫날부터 다른 건 생각하지 않았잖아요. 우리를 당겼다 밀어냈다 하는 것…… 우리가 두려워하고, 매번 마주칠 때마다 심장이 죄어오면서 서둘러 피하게 되는 그것은, 마치 우리가 숨쉬는 공기 같아요. 우리를 이루는 성분이지요. 수치심 말이에요! 쾌락이란 그 자체로, 오직 그 자체만을 추구해야 하는 게 맞아요. 상대방이 누구인가는 중요하지 않아요. 언제 어디에서인가도 마찬가지구요! 때로…… 때로 말이에요. 밤이면…… 그 뚱뚱한 남자가 바로 옆방에서 코를 골며 자고 있는 곳에서…… 나 혼자…… 밤에 내 방에 혼자 있을 때면…… 모두가 나를 비난해요. (도대체 무얼 비난하는 거지요? 당신은 아니요?) 난 자리에서 일어나 귀를 기울여요…… 그럴 땐 나 자신이 아주 강하다고 느껴져요! 아무것도 아닌 이 몸뚱이, 이렇게 작고 빈약한 배, 손바닥으로 감쌀 수 있는 이 젖가슴으로, 나는 열려 있는 창문으로 다가가요. 마치 누군가 밖에서 나를 부르기라도 하는 것처럼 말이에요. 그리곤 기다려요…… 나는 준비가 되어 있어요…… 알아요? 나를 부르는 목소리가 하나가 아니에요. 수백 개의 목소리, 수천 개의 목소리라구요. 밖에 남자들이 있는 걸까요? 그래 봤자 당신네 남자들은 어린애일 뿐이에요. 사악함으로 가득 차 있어도 아이에 지나지 않는다구요! 맹세할 수 있어요. 여기저기서, 장소는 안 중요해요…… 웅얼거리는 소리를 내며 나를 부르는 것은 바로 다른 존재예요…… 다른 존재가 바로 내 안에서 즐기면서 또 혼자 뽐내고 있는 거라구요…… 사람인지 짐승인지…… 내가 미친 걸까요? 맞아요. 내가 미쳤나 봐요! 사람인지 짐승인지가 날 잡고 있어요…… 가증스러운 나의 연인이지요!"

목구멍에 가득 찼던 웃음이 돌연 부서지면서 상대방의 눈을 응시하던 그녀의 눈에서는 빛이 완전히 빠져나갔다. 그녀는 진정 간신히 서 있었다. 마치 죽은 사람 같았다. 잠시 후 무릎이 꺾였다.

"무셰트! 마지막으로 한 번 더 말하는데, 너의 신경 과민이 걱정이야." 다시 자리에서 일어서 있던 의사 갈레가 말했다. "좀 요양을 하도록 해."

갈레는 방해받지 않고 오랫동안 말을 계속할 수도 있었다. 무셰트의 귀에는 이미 그의 말이 들리지 않았기 때문이다. 눈에 띄지 않을 정도로, 아주 슬며시 무셰트의 상체가 앞으로 기울고, 양어깨가 소파 위를 굴렀다. 두 손으로 제르멘의 머리를 잡은 갈레는 그녀의 얼굴이 돌덩이처럼 창백해진 것을 보았다.

"제기랄!"

갈레는 제르멘의 다문 이빨 사이에 상아 주걱을 끼워 턱뼈를 벌려 보려 했지만, 잘 되지 않았다. 말려 올라간 입술에서는 피가 흘렀다.

갈레는 약제실로 가서 문을 열고는 약병들을 더듬었다. 하나를 골라서 냄새를 맡았다. 그러는 동안에도 등뒤에 아무 말 없이 있는 제르멘의 존재 때문에 신경이 쓰여서 귀를 기울였고, 눈빛은 불안에 싸여 있었다. 내심 제르멘이 소리를 지르거나 한숨 소리를 내기를, 유리창에 무엇인가 비치기를, 뭔가 이 주술(呪術)을 깨뜨릴 것이 오기를 기대했다. 마침내 갈레는 뒤를 돌아보았다.

무세트는 이제 머리를 똑바로 세우고 기댓 위에 얌전히 앉아 있었다. 슬픈 미소를 지으면서, 갈레가 오는 것을 바라보았다. 갈레는 그녀의 미소에서 아주 높은 곳에서 내려주는, 초인적인 감미로움을 풍기는, 설명할 수 없는 연민밖에 간파할 수 없었다. 얼굴 밑 부분은 어둠에 싸여 있고, 전등의 불빛은 하얀 이마를 가득 비추고 있었다. 간신히 눈에 띄는 그 미소는 너무도 고요하고 은밀했다. 처음에는 자고 있는 줄 알았다. 하지만 돌연 그녀가 조용한 목소리로 입을 열었다.

"그 병을 들고 서서 뭐 하는 거예요? 그것 좀 내려놔요. 내 말 좀 들어봐요. 내가 아팠나요? 기절했나요? 아니야! 정말 그래요? 이봐요. 만일 내가 이곳에서 죽었더라면…… 당신 집에서!…… 나한테 손대지 말아요! 절대 건드리지 말라구요!"

억센 손으로 여전히 약병을 쥔 채 갈레는 의자 끄트머리에 우스운 모습으로 걸터앉았다. 하지만 이내 조금씩 평상시의 표정을 되찾았다. 그 얼굴엔 때로 흉포하기도 한 음험한 고집스러움이 드러났다. 이내 그는 어깨를 으쓱거렸다.

"당신 보기엔 우스울지도 모르지만, 원래 이런 걸 어떻게 해요." 제르멘이 여전히 침착한 목소리로 말을 이었다. "흥분을 하면, 그래요, 흥분을 하면…… 흥분할 때면…… 난 누가 건드릴까 봐 겁이 나요. 마치 내가 유리로 만들어진 것 같아요. 그래요, 그 말이 맞아요. 텅 빈 커다란 유리잔 같아요."

"감각 과민증이야. 신경성 쇼크 뒤에 흔히 일어나는 일이지."

"무슨 과민이라구요? 정말 웃기는 말이군요! 그렇다면 그게 뭔지 당신은 알고 있나요? 나와 똑같은 증상의 여자를 치료해본 적이 있다는 말인가요?"

"수백 명을 보았지. 수백 명은 되고말고." 갈레가 자랑스럽게 대답했다. "몽트뢰유 공립여학교에서 아주 증상이 심각한 경우를 보았지. 단체 생활을 하는 여자 아이들에게 흔히 일어나는 발작이야. 그 증상을 관찰해서 사람들이 학설을 내놓기도 했다구. 그러니까……"

"그렇다면" 하고 제르멘이 말했다. "나 같은 여자를 본 적이 있다는 말이에요?"

그녀는 말을 멈추었다. 그러다 돌연 이렇게 말했다.

"아니에요! 거짓말이에요! 당신이 한 말은 거짓이에요!"

제르멘은 갈레를 향해 몸을 숙이고는 그의 두 손을 잡고 뺨을 기울였다. 그와 동시에 갈레는 자기 손목에서 이빨로 깨무는 예리한 통증이 일어 심장에까지 도달하는 것을 느꼈다. 하지만 몸동작이 날쌘 어린 짐승 같은 제르멘은 이미 상대방과 함께 가죽 쿠션 위를 굴렀다. 누워서 고개를 젖힌 갈레는 위에 있는 상대방의 거대한 시선, 환희가 익어가는 그 시선밖에 눈에 들어오지 않았다. 제르멘이 먼저 일어섰다.

"일어나요." 그녀는 웃으면서 말했다. "일어나라니까요! 당신 모습이 어땠는지 알아요? 마치 고양이처럼 쌕쌕거리더군요. 당신 눈을 보니 아직 정신을 차리지 못했나 봐요…… 나 같은 여자는요, 이봐요…… 나 같은 여자는 없다구요. 나밖에 아무도 없어요. 당신을 연인으로 삼을 수 있는 사람은 없단 말이에요……"

그녀의 시선은 활짝 핀 사악함을 품고 있었다. 사실 몇 주 전부터 이 캉파뉴의 의원은 그녀의 따스한 팔에 안겨 새로운 삶을 누렸다. 사람들은 아무것도 모르고 그저 "의원님의 몸이 아주 좋아졌어!" 하고 말했다. 생긴 것도 보잘것없는 이 가련한 남자에 대해서 그의 부인 말고는 집착하는 사람이 없었다. 하지만 이제 그는 배가 나왔다. 관능, 쾌락의 환희가 욕망을 가라앉히기는커녕 새로운 기름기를 만들어준 것이다. 그

탐욕스러운 쾌락을 비밀로 간직해야만 했기에, 말로 떠벌려서 잃어버리는 것이고 하나도 없이 온전히 소회시켜서 그야말로 송두리째 민끽한 것이다. 언제나 완벽하게 감추어내는 것이 제르멘의 눈에도 놀라울 정도였다. 그녀는 자기 힘이 어느 정도인가 완전히 알지는 못했다. 단지 그가 그토록 면밀하고 집요하게, 철저하게 거짓말을 하는 것을 보면서, 그 힘을 가늠할 수 있었다. 이 불행한 남자는 거짓말을 하면서 즐겼다. 때로 소심함을 떨치고 위험을 찾아나서기도 하고 살짝 탐색해보기도 하면서, 복수의 신랄한 쾌감을 맛보았다. 그럴 때면 결혼생활의 오랜 굴욕이 마치 흙탕물의 거품처럼 터져버렸다. 견디기 힘든 부인을 생각하면 증오심이 솟기도 하고 두려움을 느끼기도 했지만, 이제 그런 생각들은 기쁨을 이루는 한 요소가 되어버렸다. 불행한 여인은 남편에 대한 의심을 떨쳐버리지 못하고 새파랗게 질려서 여기저기를, 집안 전체를 샅샅이 들쑤시며 다녔다. 이 가증스러운 사방의 벽 속에서는 여전히 그녀가 여왕이며 주인인 것 같았다. ("어쨌든 내 집에선 내가 주인이지!"라는 것이 그녀가 자주 내뱉는 말 중 하나였다.) 하지만 그게 무슨 소용이 있는가! 아무리 그래도 그녀는 이제 주인이 아니다…… 남편은 그녀가 숨쉬는 공기마저도 훔쳐가버렸다. 그녀는 그들의 공기를 숨쉬는 것이다.

"사랑해. 너를 사랑하기 전에는 아무것도 몰랐어." 의사 선생이 말했다.

"날 위해 그렇게 말할 필요는 없어요." 제르멘이 대답했다. (그리고는 예의 그 웃음을 지었다. 하지만 애석하게도 그녀의 웃음은 매일매일 조금씩 긴장되고 굳어갔다.) "당신도 알고 있겠지만, 난 그렇게 강하게 욕구를 느낀 적은 없어요…… 약간 욕구를 느낄 뿐이지요. 내 말이 맞아요. (이 말을 덧붙인 것은 갈레가 제르멘의 말을 들으며 비난과 야유의 표정을 지으며 일부러 가볍게 넘기려 했기 때문이다.) 당신은 정말 어리석어요. 내가 색을 밝히는 여자라고 생각하다니요! 말도 안 되는 소리예요!"

그녀는 물론 웃고 있었다. 하지만 거의 언성을 높이지 않은 그 목소리에는 동물적인 자부심이 숨쉬고 있었다. 그녀의 눈길은 다시 빗나가 내부로 사라져버렸다. 그 눈길에 인간적인 것이라곤 희미하게 드러나는 허영과 고집의 표현, 여자라는 성의 속성인 천진한 어리석음밖에 없었다.

"그래도 말이야……" 갈레가 항변하려 했다.

제르멘은 그의 입을 막아버렸다. 그는 입술 위에 제르멘의 다섯 손가락이 닿는 것을 느꼈다.

"아! 아름답다는 것은 즐거운 일이야! 우리한테 접근하는 남자들은 언제나 잘생긴 미남들이라니까. 하지만 우리는 언제나 그보다 천배는 더 멋진 남자를 찾아 목마르고 허기지는걸요. 당신은 바로 그런 남자의 눈을 하고 있어요."

제르멘은 상대방의 늘어진 눈꺼풀 아래쪽까지를 들여다보기 위해 그의 얼굴을 뒤로 젖혔다. 그녀의 유일한 불꽃, 광기 어린 공허한 불꽃이 이토록 분명하게 빛나고 이토록 높이 타오른 적은 없었다. 일순간 캉파뉴의 의원은 정말로 자신이 다른 사람이 된 것처럼 느꼈다. 그의 정부(情婦)의 비극적인 의지를 눈으로 볼 수 있고 손으로 만질 수도 있는 것 같았다. 갈레가 신음 소리 같은 것을 내면서 팔을 내민 것은 바로 그 의지를 향한 것이었다.

"무…… 무셰트." 그가 애원하듯이 말했다. "나의 사랑스런 무셰트!"

무셰트는 그의 팔에 몸을 맡겼다. 하지만 가슴속 깊은 곳으로부터 절망의 눈길을 던졌다.

"그래요…… 알았어요…… 당신은 나를 사랑하는군요."

"왜 이러는 기야. 조금 전에는　"

"잠깐 기다려요. 옷을 좀 입구요. 몸이 꽁꽁 얼어붙는 것 같아."

제르멘은 외투의 단추를 채우고 양다리를 모아서 웅크리고 있었다. 두 손은 무릎에 얹었다.

"어쨌든 당신은 날 진찰도 해주지 않았잖아요?"

"원한다면 언제라도 하도록 하지."

"아니에요. 싫어요." 제르멘이 소리쳤다. "그게 무슨 소용이 있겠어요? 다음에 하죠. 어쨌든 이 문제에 대해 나는 다른 누구보다도 잘 알고 있어요. 여섯 달 후면 나는 엄마가 돼요. 엄마가 된다구요!"

갈레는 카펫의 무늬를 눈으로 따라갔다.

"정말 놀라운 소식이군!" 갈레는 웃음을 자아낼 정도로 심각한 어투로 말했다. "조금 전에 내가 말해주려고 했었는데 말이야. 너는 임신이라고 하지만 그럴 리가 없어. 중요한 이유들을 제시할 수 있지. 내 말을 잘 들어봐. 또 흥분하지 말고……"

"흥분하지 않아요." 제르멘이 말했다.

"너나 나나 성 관계에 대해서 편견도 없고 양심의 가책도 없어. 위생학은 수학처럼 정확한 과학인데 말이야. 그런 위생학이 매일매일 부인하는 모럴을 도대체 어떻게 믿을 수 있겠어! 결혼이라는 사회 제도도 다른 것과 마찬가지로 시대에 따라 진화하고 있지. 그 진화의 종착점은 바로 우리 의사들이 자유 동거라고 부르는 그거야. 나는 네 안에 있는 자유로운 여자, 운명을 지배하는 여자를 존중해. 그러니까 주제넘게 네 일에 관여하지는 않겠어. 네 과거에 대해서 가능한 한 조심스럽게 말하겠다는 뜻이지. 하지만 네가 임신한 게 더 이전의 일이었다고 진단할 만한 이유는 확실해. 너만 좋다면 아직 검증하지 못한 이 진단을 단 5분

안에 분명하게 확인할 수 있어!"

"싫어요!" 제르멘이 말했다. "마음이 바뀌었어요."

"좋아. 지금은 이 정도로 해두자구."

제르멘이 화가 나서 소리를 지르거나 항의를 하고, 혹은 분해서 심술을 부릴 것이라고 생각한 갈레의 예상은 빗나갔다. 이번에도 제르멘은 한참 동안 말이 없었고, 그는 무척 당혹스러웠다. 안색도 변하지 않은 채 상대방의 이야기를 듣고 난 후 제르멘은 골똘히 생각에 빠져들었고, 그때의 얼굴은 천진난만해 보였다.

"과학이란 정말 멋진 것이로군요." 제르멘이 겨우 입을 열었다. "아무것도 숨길 수가 없어요. 하지만 난 거짓말을 하지 않았어요. 직접 봐요. 아직 눈에 잘 띄지도 않아요. 자, 보라구요! 이렇게 난처한 상황에 빠진 날 그냥 버려두지는 않겠지요?"

"지금 무슨 얘기를 하는 거야?" 갈레가 물었다.

"3개월 후긴 6개월 후긴 아기를 낳는 일은 없을 기예요. 절대로 낳지 않을 거예요."

"갈수록 놀라운 말만 하는군!" 갈레가 웃으면서 말했다.

하지만 제르멘은 갈레를 향해 다시 한 번 날카로운 시선을 던졌다.

"이봐요, 나도 알 건 다 안다구요. 당신네 의사들한테는 그게 얼마나 쉬운 일인지 다 알아요. 하나, 둘, 셋, 푸우! 그러면 다 끝난 거잖아요. 없어져버리고 흔적도 남지 않아요."

"네가 지금 나한테 해달라는 일은 아주 심각한 거야. 알겠어? 법으로도 금지되어 있는 일이라구. 그래, 난 말이야, 언제나 그랬듯이 이 문제에 대해서도 솔직한 생각을 말할 수 있어. 하지만 나 같은 지위에 있는 사람들은 다른 사람들의 의견, 말하자면 사람들의 선입견을 고려하지 않을 수 없다구. 그건 존중해야만 하고, 또 힘이 있는 것이거든. 법

프롤로그 | 무세트 이야기

은 분명 법이니까."

질레는 제르멘이 무심코 내뱉은 말에서 그녀의 속셈을 알아차린 것이다. 비밀을 드러낸 연인은 더욱 가볍다!

갈레는 유쾌한 어조로 덧붙였다.

"내 직업에 관해 네 가르침을 받을 일은 없어! 아무리 사랑에 빠졌다고 해도 그 때문에 기본적인 주의사항을 잊어버린다는 건 있을 수 없는 일이지…… 게다가 넌 네 몸에서 나타나는 징후들을 제대로 알지도 못하고 잘못 해석하고 있어. 설사 네가 임신을 했다 해도 그건 내 아이가 아니야."

"됐어요. 더 얘기할 필요 없어요." 제르멘이 웃으면서 큰 소리로 말했다. "나는 불로뉴로 갈 생각이에요. 그뿐이에요. 내가 언제 당신한테 하늘의 달을 따다 달라고 했나요?"

"너한테 꼭 해줄 말이 있는데…… 다른 이유는 없어, 그저 의사로서의 의무인 거지."

"무슨 의무인데요?"

"그래, 난 꼭 경고를 해주어야 해. 그런 수술을 받는 건 언제나 위험한 일이야. 목숨을 잃을 수도 있다구. 알겠어?"

"알아요!" 제르멘이 대답했다.

그리고 나선 자리에서 일어나 조심스러운 발걸음으로 문 쪽으로 갔다. 처음에는 조금 망설이면서 손잡이를 돌렸다. 문이 열리지 않자 차츰 신경질적이 되고, 나중에는 미친 듯이 손잡이를 돌렸지만 문은 열리지 않았다. 아마도 아까 갈레가 손잡이를 무심코 두 바퀴 돌려버린 것이다. 제르멘은 몇 걸음 뒤로 물러나 책상이 있는 곳으로 와선, 창백한 얼굴로 멈춰 섰다. 혼자 무엇인가를 중얼거렸다. 억양이 없는 목소리로 몇 번씩 같은 말을 되풀이했다.

"뭔가 생각이 떠오르는데⋯⋯ 그게 뭐지?"

창유리에 부딪히는 빗소리였을까? 돌연 짙어져버린 어둠이었을까? 혹은 뭔가 조금 더 은밀한 이유가 있었을까? 갈레는 제르멘이 있는 곳으로 급히 가서 문을 열어젖혔다. 갈레가 문을 연 것이다. 연인에게 열어주었다기보다는 자기의 공포심에, 자기 자신이 처한 위험에 문을 열어주었다. 그게 무엇인지는 알 수 없었지만, 그 위험은 자기가 들이마시는 공기 속에, 바로 손 닿는 곳에 있었다. 제르멘이 하려던 말, 그로서는 듣지 말아야 할 말, 그러니까 이미 떨리기 시작한 입술이 더 이상 오래도록 붙잡고 있을 수 없을 신비로운 고백에게 문을 열어준 것이다. 갈레의 동작은 너무도 갑작스럽고 본능적인 것이었다. 어두운 복도 속에서 빛이 있는 쪽으로 돌아보다가 바로 앞에 제르멘이 꼼짝 않고 서 있는 모습을 보고는 화들짝 놀랄 정도였다.

하지만 우스꽝스럽게 보일지도 모른다는 생각이 들자 바로 말을 이었다.

"그렇게 서둘러 돌아가고 싶다면 잡지는 않겠어. 아까 문을 잠가버렸던 것은 미안해." 갈레는 자신의 장기인 예의바른 말투로 덧붙였다. "별 생각 없이 무심코 그런 거야."

그의 말을 들으면서 제르멘은 눈을 내리깔고 미소도 짓지 않았다. 그리고 나선 상대방의 앞을 지나, 고개를 숙이고, 공손한 걸음으로 멀어져갔다.

예기치 못했던 이 고분고분한 태도는 캉파뉴의 의사를 완전히 당혹스럽게 만들었다. 중요한 상황에서 무언가 할말이 있으면서도 나중이 되어서야 바로 그것이었다고 깨닫는 그런 멍청한 인간들과 마찬가지로, 두 사람의 말다툼이 이렇게 조용히 끝나버린 게 갈레는 몹시 불쾌했다. 말로르티 가의 딸이 길 쪽으로 난 문까지 걸어가는 짧은 시간

동안, 갈레의 빈약한 머리로는 자기의 위신을 상하게 하지는 않으면서 ●●●● ●●● ●●● ● ●● ●● ●●● ● ●●● ●●●●● 할 수 있을, 능숙하면서도 단호한 결정적인 말을 생각해낼 수 없었다. 하지만 사랑하는 여린 손이 손잡이를 잡고 그녀의 검은 실루엣이 이미 문턱에 올라선 것을 보는 순간, 그의 가련한 육체에서 한마디의 절규가 튀어나왔다.

"제르멘!"

갈레는 제르멘의 팔 아래를 잡고 가슴 위로 들쳐안고는, 발로 문을 난폭하게 밀쳐 닫으면서 그녀를 빈 소파로 던져버렸다.

그러고 나선 마치 이 격렬한 노력이 일순간 모든 용기를 흩어지게 해버린 것처럼, 창백한 모습으로 제일 가까이에 있는 의자에 주저앉았다. 그때 제르멘은 머리가 흐트러진 채 손을 앞으로 내밀면서, 불안에 싸여 창백해진 눈빛으로, 거의 애원하는 듯한 태도로, 그를 향해 기어오고 있었다.

"나를 버리지 말아요. 나를 버리지 말아요." 그녀는 이 말을 되풀이했다. "오늘 날 쫓아내지 말아요…… 조금 전엔 꿈을 꾸었어요. 꿈이었어요……"

"누군가 부엌문을 닫았어. 티몰레옹은 나갔는데…… 안에 누가 있는 것 같아……" 갈레가 그녀를 살짝 밀쳐내며 말했다. 패배한 영웅의 모습이었다.

하지만 제르멘은 그의 가슴을 껴안았다.

"나를 지켜줘요! 난 미쳤나 봐요! 이렇게 겁이 난 적은 없었어요. 정말 처음이에요. 이젠 다 끝났어요."

갈레는 다시 제르멘을 밀쳐 긴 의자 위에 눕혔다. 하지만 그녀는 곧 몸을 일으켰다. 뺨은 벌써 홍조를 띠고 있었다. "이젠 끝났어…… 끝났다구." 제르멘은 기계적으로 같은 말을 되풀이했다. 하지만 그 어조는 이미 달라져 있었다.

그 사이 갈레는 자리를 비웠다. 이내 돌아온 그는 근심 어린 표정으로 말했다.

"정말 모르겠군. 세탁장의 문도 열려 있고 부엌의 창문도 열려 있어. 티몰레옹은 아직 돌아오지 않았는데…… 티몰레옹의 나막신이 계단 위에 있는 것을 보았는데……"

그는 목소리를 높여 인상을 잔뜩 찌푸리면서 연인에게 말했다.

"도대체 왜 나한테 그런 미친 짓을 해달라는 거지!"

제르멘이 미소를 지었다.

"이게 마지막이에요. 앞으로는 말 잘 들을게요."

"이 빌어먹을 티몰레옹! 이 집이 무슨 방앗간인 줄 아나!"

"도대체 누구를 두려워하는 거예요?"

"좀 전엔 아내가 돌아온 줄 알았단 말이야." 캉파뉴외 명사(名士)가 순진하게 대답했다.

그리고는 이렇게 덧붙이는 것이 좋겠다고 생각했다.

"때로 예고 없이 집에 오기도 하거든……"

"당신 부인은 신경 쓰지 말아요." 완전히 평정을 되찾은 제르멘이 말했다. "어차피 만나게 될걸요. 어쨌든 당신에게 사과할게요. 내가 당신한테 너무 심술을 부렸나 봐요. 그냥 가게 두지 그랬어요. 어차피 돌아왔을 텐데…… 난 당신이 필요해요. 아! 하지만 당신이 생각하는 그 이유 때문은 아니에요." 제르멘은 소리를 지르면서 갈레의 손을 잡았다. "아무 상관없는 애 때문에 싸우지 말아요. 어차피 태어나지도 않을 아인데요. 맹세할게요. 이곳에 소문이 퍼지는 건 정말 싫어요. 위험하다고 했죠? 그건 상관없어요! 아니라구요. 나한테 당신이 필요한 건, 그러니까 단 한 사람 당신한테만은 거짓말을 하지 않아도 되기 때문이에요!"

이 말에 갈레가 어깨를 으쓱거렸고, 제르멘이 말을 이었다.

"그게 대수롭지 않은 일이라고 생각하는군요." (그녀는 열에 들뜬 매력적인 모습으로 아주 빠르게 말했다.) "좋아요. 역시 당신은 나와 달라요. 어렸을 때 난 거짓말을 자주 했어요. 하지만 그게 즐겁지는 않았어요. 그런데 지금은 거짓말을 안 할 수가 없어요. 어떻게 할 수 없다구요. 당신 앞에서는 난 내가 원하는 모습대로의 내가 될 수 있어요. 아! 정말 역겨워요. 맡은 역할을 해내는 게 역겨운 게 아니라, 역할 자체가 지긋지긋해요. 짐승들은 남의 시선 따위는 아랑곳없이 이리저리 오가고 먹고 죽는데, 어째서 우리는 그렇게 하지 못하는 거지요? 저 중앙 도축장 입구에서는 소들이 바로 도축 용구 옆에서 꼴을 먹고 있지요. 손이 시뻘건 도축사가 웃으면서 쳐다보고 있는데도 말이에요. 나도 그러고 싶어요. 그러니까 난 말이에요……"

"시답잖은 소리 그만 해!" 캉파뉴의 의사가 그녀의 말을 가로막았다. "그보단 아까 왜 그랬는지 솔직히 말해봐. 자! 아주 얌전하게 진심으로 내 말을 받아들이는 것 같았는데, 그래서 체념하고 그 말 많고 위험한 행위를 ─ 나로선 아주 큰 책임이 따르는 행위지 ─ 다른 누군가에게 부탁하려는 것 같았는데…… 그게 누군지 알고 싶지도 않고, 그 이름도 알고 싶지 않아! 두들겨맞은 개처럼 얌전히, 화 내지 않고 나갔었잖아. 그런데 왜 갑자기…… 왜, 내가 알고 싶은 게 많아 보이나? 넌 잘 모를 거야. 우리 의사들은 이것을 증례(症例)라고 하지. 아주 흥미로운 증례야…… 문이 잠겼다고 해서, 문이 바로 열리지 않는다고 해서, 갑자기 그렇게…… 그렇게 발작적인 착란을 일으키다니…… 그건 정말 착란이었어. (그러면서 의사는 제르멘을 흉내내 보였다.) '조금 전엔 꿈을 꾸었어요……' 붕붕 떠다니고 있는 널 내가 잡은 거지. 아주 이상한 표정을 짓고 있더군. 어디로 가려던 거였지?"

"알고 싶어요? 내가 말해줘도 믿지 않을 거잖아요."

"그래도 말해봐."

"자살하려고 했어요." 무셰트가 침착한 목소리로 대답했다. 갈레는 손바닥으로 무릎을 세게 두드렸다.

"나를 놀리는군!"

"마음대로 생각해요." 전혀 흔들림 없는 모습으로 제르멘이 말을 이었다. "보루 늪 한쪽 구석이 보였어요. 농장 가까이, 버드나무 두 그루가 심어진 곳 말이에요. 그곳에 몸을 던지려고 했어요. 그래요, 당신 모습이 보이는 것처럼 그렇게 늪이 내 눈에 보였다고요. 그 뒤 나무 사이로 성채의 청석돌판 지붕이 있죠. 아! 내가 무슨 말을 했으면 좋겠어요? 모두 어리석은 일이에요. 나도 알아요…… 내가 정신이 나갔던 거예요."

"제기랄!" 캉파뉴의 의사는 갑자기 문으로 달려가면서 소리 질렀다. "이번에는 2층에서 소리가 나! 그녀가 걸어다니는 소리가 분명해!"

제르멘이 웃음을 터뜨리자 갈레가 눈빛으로 제지했고, 그 모습이 하도 사나워서 제르멘은 작은 손수건 안에 나머지 웃음 소리를 파묻어 버려야 한다고 생각했다.

실내화 끄는 소리가 층계까지 들려왔다. 층계의 몇 계단이 삐걱거리는 소리를 내더니 이내 조용해졌다. 갈레가 다시 제르멘 앞으로 돌아왔다.

"젤레다야. 여행 가방이 2층 복도에 있었어. 밤에 호텔에서 자는 비용을 아끼려고 저녁 8시 30분 기차를 탄 모양이야. 왜 미처 그 생각을 하지 못했을까! 10분 전부터 와 있었어. 아니, 20분쯤 되었을지도 몰라.

알아듣겠어? 자! 어서 빠져나가!"

이 끔찍스런 상황에서도 그는 심술 내도를 일머무리려 했지만, 초조해서 발을 굴렀다. 하지만 무세트는 냉정하게 대답했다.

"이번에는 당신이 미쳤군요. 도대체 뭐가 무서운 거예요? 아빠가 나를 보냈다니까요. 도둑처럼 그냥 빠져나갈 수는 없어요. 그건 어리석은 일이라구요. 더구나 당신 방은 에그롤레트 가(街) 쪽으로 창문이 나 있어요. 내가 나가는 모습을 어차피 보게 될 거라구요. 어쨌든 사흘이나 집을 비웠으면서 아무 인사도 없이 2층으로 올라가다니 그건 예삿일은 아니군요. 우리가 말하는 걸 들었을까요? 차라리 잘됐죠. 어차피 문밖에선 절대로 정확하게 알아들을 수가 없어요. 자, 이제 내 말대로 해요. 그냥 즐거운 표정을 지어요. 당신 부인이 들어오거든 상냥하게 인사를 하자구요……"

갈레는 제르멘의 말이 옳다고 생각했다. 제르멘은 민첩하게 손을 놀려 순식간에 모든 물건을 제자리에 놓았다. 쿠션도 원래처럼 동그랗고 푹신푹신하게 되었고, 팔걸이의자들도 가지런히 등을 벽 쪽으로 향했으며, 약제실 문도 닫았고, 램프는 녹색 갓 아래서 조용히 빛을 발했다. 말로르티 아가씨가 자리에 앉았고, 벽들도 이전에 무슨 일이 있었는지 시치미를 뗐다.

"자! 이제 기다려요." 그녀가 말했다.

"기다리지." 갈레가 되풀이했다.

다시 한 번 방을 둘러보고서 마음이 놓인 갈레는 연인을 바라보았다. 성스러운 직무를 행하고 있는 이 과학자에게 경의를 표하기라도 하는 듯, 떨어져 앉은 젊은 환자 제르멘은 지엄한 신탁을 기다리는 사람처럼 그의 말을 기다리고 있었다.

'어떻게 저렇게 다리를 높게 꼬고 앉아 있을 수가 있는 거지?' 당황한 갈레는 이렇게 생각했을 뿐이다.

제르멘이 입을 다물고 있는 지금에야 갈레는 조금 전까지 자기가 이 여자의 목소리와 어조에, 그러니까 이치를 따지면서 내세우는 말 그 자체보다는 목소리와 어조에 반응했었다는 것을 느끼게 되었다.

"유치한 일이야. 유치하다구." 갈레가 되풀이했다. "제르멘이 어째서 이곳에 와 있는지에 대해서는 얼마든지 둘러댈 수 있어……"

하지만 이 변덕스런 아이의 거짓말에 장단을 맞추어야 하고, 또 의심이 많고 음험한 적 앞에서 연기를 해야 한다는 생각에 이르자, 혀가 입천장에 달라붙어버렸다.

그때였다. 제르멘과 눈이 마주친 갈레는 돌연 그녀의 눈길을 찾을 수 없다는 것을 알았다. 속내를 알 수 없는 그녀의 눈은 이미 새로운 비밀을 간직한 채 벽 너머를 응시하고 있었다. 갈레는 이미 불행을 예감했다. 아니 피할 수 없는 불행이 다가오고 있음을 확신했다. 자신의 사악함이 눈앞에 분명하게, 환한 빛 속에 광채를 내고 있있던 것이다. 더욱이 반박할 수 없는 증인을 곁에 두고서 말이다! 그는 겁에 질려 꼼짝할 수 없었다. 그렇지 않았더라면 아마도 그 순간 무셰트를 창밖으로 던져버렸을 것이다. 혹은 화약고 옆에서 불이 붙은 도화선을 발로 밟듯이 그녀 위로 몸을 던졌을 것이다. 하지만 이미 때가 늦었다. 비겁한 그는 추악하게도 체념을 했고, 그리하여 무방비 상태로 이 친근한 적에게 몸을 내맡겨버렸다. 제르멘은 여전히 아무 말도 하지 않았지만, 갈레는 이미 그녀의 말을 듣고 있었다. (하지만 침묵을 깬 목소리는 분명하고 감미로웠다.)

"당신은 지옥이 있다고 믿어요?"

"지금 그 따위 말을 할 때가 아니야." 달래는 듯한 말투로 갈레가 대답했다. "제발 그 귀신 씻나락 까먹는 소리는 다른 때 하라구."

"아! 역시 그렇군요! 아니에요. 위험한 순간은 지나갔잖아요. 안심해요. 그렇게 노살사를 시나리는 표정을 하고 있으면 난 정말 화가 날 것 같아요. 도대체 지금 뭐가 위태로운 거지요? 아무 일도 아니라구요."

"내가 걱정하는 건 단 하나, 바로 너야." 갈레가 말했다. "너에 대해서 안심할 수가 없단 말이야……"

그녀는 대답 없이 미소만 지었다. 그리고는 한참 동안 아무 말이 없다가, 이내 여전히 침착하고 감미로운 목소리로 다시 입을 열었다.

"빨리 대답해줘요. 당신은 지옥이 있다고 믿나요?"

"물론 믿지 않아!" 갈레가 화난 목소리로 소리쳤다.

"맹세해봐요!"

갈레는 체념하고 그 말을 따랐다.

"좋아. 맹세하지!"

"난 이미 알고 있었어요. 당신은 지옥은 두려워하지 않으면서 부인은 두려워하지요! 정말 바보 같아요!"

"무셰트, 입 다물어!" 갈레가 애원하듯이 말했다. "싫으면 나가버리든가."

"싫으면 나가라구요? 조금 전에 나가려는 무셰트를 잡았던 걸 후회하나 보죠? 그냥 두었으면 지금쯤 개구리들이 득실대는 늪 안에 있을 텐데 말이에요. 입 안에 진흙이 가득 차서 아무 말도 할 수 없겠지요…… 이봐요, 아기처럼 그렇게 징징거리지 말아요. 난 지금 일부러 작은 소리로 말하고 있어요. 당신은 정말 비겁하고 야비한 남자예요. 부인은 겁내면서 나는 겁내지 않는군요."

그가 애원했다.

"도대체 나를 이렇게 괴롭혀서 무슨 득을 보겠다는 거지?"

"득 보는 건 전혀 없어요. 진짜 하나도 없다구요. 난 정말 당신을 괴롭히고 싶은 생각 조금도 없어요. 다만 왜 나는 두렵지 않은 거죠?"

"무셰트, 너는 좋은 여자잖아."

"그래요, 아마 좋은 여자일 거예요. 하지만 당신은 그 좋은 여자와 오직 쾌락을 나눌 뿐이지요. 조금 전에 그것을 증명했잖아요. 안 그래요? 무셰트의 아기는 상관없다면서요."

"내 아이가 아니니까!" 흥분한 갈레가 소리를 질렀다.

"그렇다고 해두죠. 당신 자식이라고 인정해달라고 하진 않아요."

"그래, (그들은 작은 목소리로 이야기했다.) 도저히 내 양심이 허락하지 않는 행동을 요구하고 있을 뿐이지."

"당신의 양심에 대해선 조금 있다가 이야기하도록 하죠." 무셰트가 대답했다. "당신은 나를 도와줄 수 없다고 거절했고, 그 덕분에 나는 눈을 떴어요. 내가 지금 당신한테 싸움을 걸고 있는 거라고는 생각하지 말아요. 당신이 잘생겨서 사랑한 긴 아니에요. 스스로 얼굴을 보면 알겠지만요. 마음이 넓기 때문도 아니에요. 비난하려는 건 아니지만, 당신은 차라리 옹졸한 편이죠! 그렇다면 당신의 어떤 점을 사랑하느냐구요? 그렇게 눈을 부라리고 쳐다보지 말아요. 내가 사랑하는 건 바로 당신의 사악함이에요…… 내가 또 말도 안 되는 소리를 지껄이고 있다고 하겠지요…… 당신이 말이에요, 만일…… 앞으로 알게 될 일을 지금 알 수만 있다면 내가 아주 낮은 곳으로, 그러니까 당신이 있는 곳으로 떨어졌다는 것을 이해할 수 있을 텐데…… 우리는 지금 같은 수렁 바닥에 함께 있거든요…… 그래서 당신한테만은 거짓말을 하지 않아도 돼요…… 아니에요. 당신은 내 마음 속을 읽지 못해요. 당신은 내가 복수를 하려는 거라고 생각하겠지요…… 그렇지 않아요. 오늘 난 정말 완전히 진심이에요. 지금이 바로 말해야 하는 때로군요. 지금을 놓치면 영원히 말할 수 없으니까요. 당신은 지금 고양이 새끼처럼 방구석에 몰려 나한테 잡혀 있어요. 빠져나길 수 없다구요. 자! 힐 수 있으면 한번 목소리를 높여봐요. 해보라구요!"

하지만 정작 제르멘은 아주 작은 소리로 말했기 때문에 갈레는 자기도 모르게 머리를 숙였다. 이미 익숙한 이 달변, 이 어정쩡한 침묵, 머리 위에서 아내 젤레다가 지나가는 조용한 발자국 소리, 멍청한 노래를 엉망인 솜씨로 계속해서 흥얼거리는 티몰레옹의 목소리, 이 모든 것이 그를 안심시켰다. 하지만 자기를 쳐다보고 있는 제르멘의 시선이 느껴지고, 그 시선을 향해 눈을 들 엄두는 나지 않았다.

'정말 골치 아프군!' 하고 마음속으로 생각했다.

하지만 운명의 표시는 이미 벽 위에 새겨졌다.

무셰트는 깊이 숨을 들이쉰 다음 말을 이었다.

"지금 이 말을 하는 건, 당신을 위해서예요. 당신이 잘되게 하기 위해서라구요…… 잘 들어요. 우린 몇 주 전부터 사랑하는 사이가 되었어요. 아무도 그걸 알지 못해요. 아무도…… 제르멘 양과 의원 나리는 따로따로라구요! 알아요? 우리는 잘 숨어 지내고 잘 틀어박혀 있었지요? 갈레 씨가 열여섯 살짜리 아가씨와 관계를 맺는다는 걸 누가 눈치챌 수 있겠어요. 당신 부인조차도 눈치채지 못했지요? 파렴치한 사람, 지금도 당신이 아내를 속이고 있다는 건 부인하지 못하겠죠? 바로 부인의 코앞에서, 수염 앞에서 말이에요(그녀는 진짜 수염이 있다!). 하기야 그게 바로 당신 행복의 절반을 차지하지요. 난 당신이 어떤 사람인지 알아요. 당신은 맑은 물을 좋아하지 않지요. 내가 아까 말한 바로 그 보루 늪에는 아주 이상하고 기묘하게 생긴 벌레들이 있어요. 지네와 비슷하긴 한데 더 길지요…… 그 벌레들이 잠시 맑은 수면에 떠 있다가 갑자기 물로 숨어버리면 그 자리에는 구름 같은 흙탕물이 올라와요. 어때요? 그

벌레들은 바로 우리를 닮았죠. 바보 같은 인간들과 우리 사이에도 바로 그런 작은 구름이 있어요. 비밀 말이에요. 아주 큰 비밀…… 당신이 그걸 알게 되는 날 우리는 정말 사랑하게 될 거예요."

제르멘은 소리 없이 웃음을 지으며, 곧 몸을 뒤로 젖혔다.

"말도 안 돼!" 갈레가 말했다.

제르멘은 어린애처럼 입술을 찡그리고는 한동안 불안한 모습으로 그를 뚫어지게 쳐다보았다. 그러더니 얼굴이 다시 밝아졌다.

"그래요, 내가 말을 너무 많이 하는 건 맞아요." 제르멘이 말했다. "결국은 두렵기 때문이에요. 이렇게 말을 해도 전부 헛소리지요. 지금 만일 당신 아내가 들어온다면 나는 기분이 좋을까요, 아니면 화가 날까요? 기다려요. 기다리라구요! 내 말부터 들어봐요. 아이의 아빠는 당신이 아니에요. 아니라구요! 누군지 알아맞힐 수 있어요? 바로 후작이에요…… 그래요…… 카디냥 후작이에요."

"말도 안 돼!" 갈레는 이 말을 되풀이했다.

무셰트의 입술이 떨렸다. 돌연 이렇게 말했다.

"내 손에 키스해줘요. 그래요…… 손에다 키스해달라구요. 당신이 내 손에 키스해주기를 원해요!"

그녀의 목소리는 약해져 있었다. 관객들이 기대했던 반응을 보이지 않자 당황하기 시작했지만 여전히 연기를 계속하는 배우 같았다. 그녀는 동시에 손바닥을 갈레의 입에 갖다 대었다. 그러더니 갑자기 물러서면서 비정상적으로 과장된 어조로 말했다.

"당신이 막 입을 댄 바로 이 손으로 그를 죽였어요."

"정말 말도 안 돼!" 갈레는 세번째 이 말을 되풀이했다.

무셰트는 경멸을 띤 웃음을 보내려 했지만, 급작스럽게 터져나오는 웃음을 억제하는 것이 너무도 견디기 어렵고 가슴이 찢어지는 듯했기에 입을 다물고 말았다.

"정신 착란이야." 강 과 뉴의 의사가 침착한 어조로 말했다. "나는 의사들도 정신 착란의 징후를 인정할 거야. 넌 신경이 예민하고 알코올 중독의 유전도 있지. 사춘기가 지난 지 2, 3년밖에 안 되었는데, 벌써 임신을 하다니. 감당하기 힘든 고통이지. 이런 경우에는 정신 착란이 흔하게 일어날 수 있어. 이런 식으로 말하는 게 미안한데, 난 지금 너의 이성과 양식에 호소하고 있는 거야. 이런 종류의 환자들은 바로 자기 자신의 착란에 절대로 속지 않는다는 걸 알고 있기 때문이지. 자, 내 말이 맞지? 농담이었던 거지? 약간 도가 지나치기는 했지만, 누구라도 할 수 있는 농담 말이야. 하지만 그건 아주 나쁜 농담이야."

"농담이라구요……" 그 말을 듣던 제르멘이 더듬거리며 대답했다.

헤아릴 수 없이 엄청난 분노가 가슴속에서 요동쳤다. 하지만 제르멘은 그것을 억눌렀다. 좌절된 자부심의 불길이 그녀 안에 남아 있던 광기 어린 잔혹한 청춘을 소진시켜버린 것이다. 그녀는 갑자기 가슴속에서 억제할 수 없는 열정을, 그리고 머릿속에서는 여인의 냉정하고 실제적인 지혜 — 그녀 안에 있는 어린아이와 여인은 비극적인 자매이다 — 를 느꼈다.

"이럴 때 나를 놓지 말아요." 제르멘이 외쳤다. "그렇지 않으면 이번엔 당신이 눈물 흘릴 차례예요. 어떻게 생각하건 그건 당신 맘대로 해요. 어쩌면 이제 이 비밀을 혼자 간직하기에 지쳐버렸는지도 몰라요. 아니면 그저 두려움 때문일 수도 있고…… 나라고 왜 다른 사람들처럼 두렵지 않겠어요? 당신 마음대로 생각하는 것은 상관없지만, 적어도 이 일에 당신 몫이 있다는 걸 부정하지는 말아요. 어쨌든 이미 너무 많은 걸 얘기했군요. 그래요! 내가 그를 죽였어요. 언제냐구요? 27일이었지요…… 시간이요? 자정에서 45분이 지났었어요. (아직도 시곗바늘이 눈에 보이는군요……) 그의 엽총을 집어들었지요. 거울 아래 벽에 걸려 있었어요…… 아니에요! 총알이 장전되어 있는지는 정말 몰랐어요. 그런데 총알이 들어 있었던 거예요. 총구가 그 사람에게 닿았을 때 방아쇠를 당겼어요. 그 사람이 내 쪽으로 쓰러질 뻔했지요. 내 신발 안에 피가 가득 고였고, 늪에서 그걸 씻어버렸어요. 집에 와서 대야에 넣고 양말도 빨았지요. 자! 이젠 내 말을 믿겠지요?" 제르멘은 어린애처럼 순진한 자신감을 담은 어조로 말을 끝맺었다. "또 다른 증거가 필요해요? (사실 그녀는 아무런 증거도 제시하지 않은 상태였다.) 얼마든지 드리지요. 나한테 물어봐요."

정말 믿을 수 없는 일이었다! 제르멘의 말이 사실이라는 것을 갈레는 단 한 순간도 의심하지 않았다. 첫마디를 꺼낼 때부터 그녀의 말을 믿었다. 입에서 나오는 말보다 그 눈빛으로 더 많은 걸 알 수 있었기 때문이다. 하지만, 상대방의 얼굴에 두려움이 깃드는가를 살피는 제르멘 앞에서, 그에게 가해진 최초의 충격은 공포의 표정이 밖으로 드러나지 못하게 마비시켜버릴 정도로 강렬한 것이었다. 이 남자의 비겁한 고뇌는 그 정점에 이르러, 바깥으로 터지지 않고 그 대신 안으로 본능의 모든 힘을 자극했다. 그리하여 반쯤 정신이 나간 이 짐승 같은 남자는 속내를 감추고 거짓말을 할 수 있는 무한한 능력을 부여받았다. 갈레를 얼어붙게 만든 것이 공포는 아니었다. 그보다는 한순간 섬광처럼 자기가 이 두려운 여인과 영원히 연결되었음을 알게 되었기 때문이다. 그녀가 저지른 행동의 공범은 아니지만 그 비밀의 공범이 되어버린 것이다. 어떻게 해야 자기는 드러나지 않으면서 이 비밀을 드러낼 수 있는가? 이미 제르멘의 고백을 멈추기에는 너무 늦어버렸기에, 사실이 아니라고 부정할 수밖에 없다! 달리 무슨 방법이 있겠는가?…… 아니야! 아니야! 명백한 증거 앞에서도 거짓말을 하는 수밖에 없다. 아니야! 아니

야! 아니야! 아니야! 그 안에서 두려움이 소리쳤다. 자기를 비난하고 있는 제르멘의 입에 무서운 주먹을 들이대듯이 '아니야!'를 내뱉고 싶었다. 다만…… 다만…… 수사는 이미 끝났고, 불기소 결정이 내려졌다. 단지…… 그는 이미 알고 있었던 것일까? 무셰트는 뭔가 증거를 감추고 있는 것일까? 그녀가 스스로 증거를 제시한다 해도 물론 그는 원하는 대로 처리할 수 있다. 판사들이란 원래 완고한 고집이 있고, 더구나 그것은 기묘한 범죄인 데다가, 두려움의 대상 혹은 증오의 대상이던 문제의 남자에 대한 기억은 이미 망각의 길에 들어서 있다. 더욱이 말로르티 가의 세력, 그리고 그 어떤 것보다도 지역 의원이기도 한 의사의 증언, 이 정도면 사법관의 애매모호한 의구심을 없애는 데 충분할 것이다. 제르멘은 흥분 상태에 빠진 채 화가 나서 횡설수설해댈 것이고, 결국 그녀가 정신 착란을 앓고 있다는 가설에 무게가 실릴 것이다. (사실 갈레는 제르멘이 머지않아 정신 착란 증세를 보일 것임을 확신하고 있었다.) 하지만 감옥 문이 닫히고 그 속에 완전히 갇혀버리기 전에는 믿을 수 없는 저 여자가, 제정신으로건 아니건, 무슨 말을 또 해댈지 알 수 없는 일이다. 불행한 사내의 머리 속으로 이렇게 모순된 갖가지 가정들이 너무도 빠르게 줄지어 스쳐갔지만, 그는 시골 사람 특유의 교활함을 되찾아 다시 입을 열었다. 이번엔 야유가 담기지 않은 어조였다.

"널 화나게 할 마음은 없었어…… 진짜 네가 그 일을 저질렀다 해도 내가 뭐라고 판단하지는 않을 거야. 열다섯 살짜리 어린 여자 아이를 유혹하는 데는 위험이 따르지…… 좋아. 너한테 물어보자. 네가 원하니까 말이야. 친구한테 고백한다고 생각해. 신부한테 고해한다고 생각하거나. (그는 자기도 모르게 소리를 낮췄다. 불안에 싸인 목소리였다.) 그러니까 26일과 27일 밤 사이 집에서 자지 않은 거지?"

"그걸 질문이라고 해요?"

"그럼 아버지는 어떻게 했어?"

"물론 잠들어 있었어요. 들키지 않고 빠져나오는 건 별로 어렵지 않아요."

"다시 들어가는 건 어떻게 했지?"

"마찬가지였지요. 새벽 3시에는 하늘에서 천둥이 쳐도 듣지 못할 걸요."

"하지만 다음 날, 사건을 알게 되었을 거잖아?"

"다른 사람들과 마찬가지로, 자살일 거라고 생각했어요. 아빠는 나를 껴안았죠. 그 전날 후작을 만났었거든요. 물론 아무것도 자백하지 않았지만, '어쨌든 겁을 먹었다'고 했어요. 그리고 또 이렇게 말했지요. '아기 문제는 해결될 거다. 갈레 씨는 능력 있는 사람이니까.' 부모님은 당신한테 상의하려고 했지만, 내가 싫다고 했어요."

"그러니까 부모한테 아무것도 자백하지 않은 거지?"

"안 했어요!"

"그리고, 그러니까…… 그 일을 저지르곤 바로 도망친 거지?"

"중간에 늪에 가서 신발을 씻었어요."

"범행 장소에서 아무것도 챙기지 않았지? 가져온 것 없지?"

"도대체 뭘 가져올 게 있겠어요?"

"신발은 어떻게 했어?"

"우리집 화덕에서 양말과 함께 태워버렸어요."

"내가 그…… 그 시체를 조사했어." 갈레가 다시 말을 이었다. "명백한 자살이었어. 아주 가까이서 쏘았던걸!"

"그래요, 바로 턱밑에서 쐈어요." 무셰트가 말했다. "내가 그 사람보다 훨씬 작은데, 그가 앞으로 곧장 걸어왔거든요…… 그는 두려워하지 않았어요."

"그…… 죽은 그 사람이 뭔가 가지고 있지는 않았어? 물건이나 편지 같은 거 말이야 "

"편지라니요!" 제르멘은 어처구니없다는 듯이 어깨를 들썩였다. "편지가 왜 필요해요?"

'거짓말은 아닌 것 같군.' 갈레는 생각했다. 이내 자기 목소리가 이 생각을 큰 소리로 되뇌고 있는 것을 듣고는 깜짝 놀랐다.

"이제 됐어요!" 제르멘이 의기양양하게 말했다. "이 생각만 하면 정말 머릿속이 짓눌리는 것 같았어요. 자, 이젠 괜찮아요. 당신 부인 젤레다가 들어와도 상관없어요. 아주 얌전히 있을게요. 안녕, 제르멘. (제르멘은 일어서서 거울 앞에서 인사를 했다.) 안녕하세요, 부인……"

그러나 캉파뉴의 의사는 더 이상 속내를 감추지 못했다. 두려움으로 위축되어 있던 긴장이 풀리고, 돌연 마음이 느긋해진 것이다. 그러자, 마치 사냥개들에게 쫓기던 동물이 간신히 도망을 친 뒤 오줌을 누듯이, 자기의 책략을 입 밖에 내고 말았다.

"너는 정신 이상이야." 긴 한숨을 지으며 갈레가 말했다.

"뭐라구요?" 무셰트가 소리를 질렀다. "당신……"

"난 이 얘기를 하나도 믿을 수 없어."

"됐어요! 그만 해요!" 제르멘이 이를 악물고 말했다.

갈레는 상대방을 달래기라도 하듯이 미소를 지으며 손을 흔들었다.

"내 말 좀 들어봐요." 제르멘이 애원하는 듯한 목소리로 말했다. (목소리보다 먼저 표정이 바뀌었다.) "그래요, 조금 전에 난 거짓말을 했어요. 괜히 허세를 부려본 거라구요. 그런 끔찍한 거짓말을 담고서는 살 수도 없고 숨을 쉴 수도 없어요. 햇빛도 쳐다볼 수 없어요. 자! 이제 됐어요. 어쨌든 난 다 얘기한 거예요! 내가 전부 다 말한 거라고 맹세해 줘요!"

"아주 나쁜 꿈을 꾼 거야, 무셰트."

제르멘은 다시 애원했다.

"당신이 그렇게 말하면 난 정말 미쳐버리고 말 거예요! 이것마저도 확실하지 않다면, 도대체 난 뭘 믿을 수 있겠어요?" 날카로운 목소리가 이어졌다. "도대체 내가 무슨 말을 하는 거지? 언제부터 사람들이 스스로 범죄를 인정하고 후회하는 살인자의 말을 믿지 않게 된 거죠? 난 후회하고 있단 말이에요! 그래요…… 맞아요…… 내가 후회한다는 걸 당신에게 보여줄게요. 말해준다구요. 당신이 믿지 않으면, 사람들한테 전부 내 꿈을 말해줄 거예요. 바로 그 꿈 말이에요! 당신이 꾼 꿈 말이에요!"

제르멘은 웃음을 터뜨렸다. 그런 웃음 소리를 익히 알고 있던 갈레는 얼굴이 창백해졌다.

"내 말이 지나쳤나 보군." 갈레는 말을 더듬거렸다. "좋아, 무셰트. 이제 이 얘기는 그만두도록 하지."

제르멘은 그의 말을 따라 목소리를 낮추었다.

"내가 겁을 주었나 보죠?"

"조금은…… 넌 지금 신경이 몹시 예민하고 충동적이야…… 그 문제는 접어두지. 이제 내 생각이 정해졌거든."

그녀는 전율했다.

"어쨌든 넌 하나도 걱정 안 해도 돼. 난 아무것도 못 봤고, 아무 말도 못 들은 거야." 거기다가 조심성 없이 이렇게 덧붙였다. "나도 그렇고, 다른 누구도 마찬가지야……"

"그게 무슨 뜻이죠?"

"사실이든 거짓이든 어쨌든 네 이야기는 꿈과 같다는 뜻이지……"

"그래서요?"

"네가 나오는 걸 본 사람 있어? 다시 집으로 돌아가는 걸 본 사람은 있나구. 증거가 없잖아. 증인도 없고, 확인해줄 물건도 티니도 없이. 글로 기록돼서 남겨진 것도 없고, 핏자국도 없잖아…… 내가 죄를 스스로 고백한다고 해보자. 그것도 마찬가지야! 증거가 없다구!"

그때였다. 갈레는 제르멘이 자기 앞을 가로막고 일어서는 것을 보았다. 얼굴은 창백하지 않았다. 오히려 이마와 뺨, 목까지도 강렬한 선홍빛을 띠면서, 관자놀이 아래 얇은 피부 속으로 혈관이 시퍼렇게 드러나 있었다. 이 가련한 아이의 눈빛에는 연민을 구하는 최후의 호소이기라도 한 듯 끔찍한 절망밖에 나타나지 않았다. 하지만 움켜쥔 주먹은 여전히 그를 위협하고 있었다. 잠시 후 그 마지막 희미한 빛도 사라지고, 그녀의 눈 속엔 착란만이 이리저리 흔들렸다. 그녀는 입을 열고 소리를 질렀다.

사람의 소리라고 할 수 없을 이 괴성은 같은 높이에서 때로 둔하게 때론 날카롭게 이어지면서, 이 작은 집 안에 울려퍼졌다. 어느새 집 안은 웅성거리는 말소리와 허둥거리는 발자국 소리로 가득 찼다. 처음에는 자기도 모르게 제르멘의 굳어버린 연약한 육체를 밀쳐냈던 갈레는 이제 그녀의 입을 막아 소리가 나지 않게 하려고 애썼다. 자기 눈 앞에서 고동치고 있는 살아 있는 심장과 싸우는 살인자처럼, 제르멘이 외치는 소리와 싸운 것이다. 만일 그의 가는 손이 우연히 제르멘의 떨리는 목에 닿았더라면 제르멘은 죽었을 것이다. 얼이 나간 이 비열한 남자의 동작은 그 하나하나가 모두 살인자의 모습 같았던 것이다. 하지만 갈레가 신음 소리를 내면서 누른 것은 제르멘의 턱이었다. 사람의 힘으로는 그 누구도 이 입을 다시 열지 못하리라…… 그때 젤레다와 티몰레옹이 들어왔다.

"좀 도와줘!" 그가 애원하듯이 말했다. "말로르티 양이…… 끔찍한 착란을 일으켰어…… 지금 발작 중이야…… 자, 제발 나 좀 도와줘! 세상에!"

티몰레옹이 무셰트의 두 팔을 카펫 위에 벌려서 잡았다. 갈레 부인이 조금 주저하다가 다리를 잡았다. 마침내 손을 자유롭게 쓸 수 있게 된 캉파뉴의 의사는 제르멘의 얼굴에 에테르에 적신 손수건을 덮어씌웠고, 제르멘의 끔찍한 탄식 소리가 무뎌지더니 마침내 사그라들었다. 힘이 다 빠진 제르멘의 몸이 축 늘어졌다.

"빨리 뛰어가서 담요 좀 가져와요." 갈레가 부인에게 말했다.

그들은 움직이지 않는 제르멘을 담요로 감쌌다. 티몰레옹은 말로르티에게 알려주기 위해 서둘러 떠났다. 그날 저녁 제르멘은 자동차 편으로 뒤슈맹 박사의 병원으로 후송되었다. 그곳에서 아기를 사산(死産)하고, 이후 한 달이 지난 후 완전히 회복되어 병원을 나섰다.

제1부
절망의 유혹

1

"여보게, 참사원 사제." 이야기를 매듭지으며 드망주 신부가 말했다. "도대체 자네에게 무슨 얘기를 더 할 수 있겠나? 나로선 말일세. 그래, 이제는 자네의 고뇌가 합당한 것이라고 인정하기가 어렵군. 하지만 이렇게 자네와 생각이 다르다는 게 참으로 내 마음을 무겁게 만드네. 만일 자네가 얼마나 신중하고 또 신념이 굳은 사람인지를 알지 못한다면 말이야, 자네가 지금 하찮은 일에 너무 신경을 쓰고 있다고 말하고 싶네…… 어쨌든 아직 신출내기인 젊은 사제를 너무 중요하게 생각하는 것 같군……"

므누 스그레 신부는 대답이 없었다. 그저 추운 사람처럼 덮개이불을 당겨 무릎을 가리고 난로 쪽으로 양손을 내밀었다. 한참 동안 침묵이 흐른 뒤, 은밀한 장난기로 눈을 반짝이면서 입을 열었다.

"나이 때문에 곤혹스러운 일들 중에서 말일세. 경험도 꽤나 그런 편이지. 자네가 말하는 신중함이란 게 커가느라 신념이 희생되지는 않았으면 좋겠어. 추리하고 가정을 하고…… 이런 건 끝이 없이 이어가는 것 같네. 하지만 산다는 건 우선 선택을 하는 거지 않나? 자네도 인정을 하게. 나이 든 사람들은 오류보다는 위험을 더 두려워하지."

"자네는 예전 그대로군!" 드망주 신부가 부드럽게 말했다. "자네 마음은 조금도 변하지 않았어! 성(聖) 쉴피스(17세기 성립된 가톨릭 사세틴의 이름이며 파리의 성당 이름이다: 옮긴이)의 안뜰에서 그 드 랑디비 신부하고 성 제르트뤼드, 성 메칠드, 성 힐데가르트 같은 베네딕트파 신비가들에 대해 토론하고 있는 것을 듣고 있는 기분이군. 기억나나? 그가 자네에게 이렇게 말했었지. '제3의 신비 상태'가 어떻다는 거지? 이곳의 사제들 중 자네가 가장 미식가이고, 또 옷도 제일 잘 입었군!'이라고 말이야."

"기억나지." 캉파뉴의 주임 사제인 므누 스그레 신부가 말했다. 그리고는 돌연 그의 낮은 목소리가 희미하게 꺾였다. 두툼한 쿠션에 파묻은 머리를 이미 밤의 어둠이 번진 커다란 방 쪽으로 힘겹게 돌리고, 아끼는 가구들을 눈으로 가리키면서 그가 말했다.

"벗어나야 했어. 언제나 벗어나야 해······"

하지만 이내 그의 목소리는 다시 단호해졌다. 평소에 자기 자신을 조롱하고 또 자신의 위대한 영혼을 당혹케 하느라 즐겨 사용하는 예의 무례한 어조로 덧붙였다.

"자유의 감각과 자유의 맛을 터득하는 데는 류머티즘의 발작이 최고란 말이야."

"우리가 보호하고 있는 그 사람의 얘기로 돌아가세." 드망주 신부가 다시 말했다. 하지만 처음에는 옛 친구를 제대로 올려다보지 못했다. "나는 5시에는 가야 하네. 원한다면 다시 한 번 그자를 만나보지."

"그럴 필요가 있겠나?" 므누 스그레 신부가 조용히 대답했다. "오늘 그 정도 만났으면 충분한 것 같군. 내가 아끼는 스미른(터키의 항구도시 이즈미르, 여기선 이즈미르산 카펫을 말한다: 옮긴이)을 온통 흙으로 더럽히고, 하필이면 제일 비싸고 부서지기 쉬운 의자를 골라서 다리를 망가뜨릴 뻔했는데······ 하기야 언제나 그런 식이지만······ 더 뭐가 필요한가? 아직도 자네는 군대에 신체검사하러 온 사람처럼 그자의 몸무게를 달고 키를 재보고 싶은가? 원한다면 다시 한 번 만나보게. 하느님은 아실 걸세. 진정 지난 1주일 동안 검은 옷을 입은 그 몸짓만 크고 경솔한 사람 때문에 그렇게 바보같이 아끼는 골동품들이 깨지지 않을까 내가 얼마나 전전긍긍했는지를!"

드망주 사제는 젊은 시절부터의 동료인 므누 스그레 신부를 너무도 잘 알고 있었기에 그의 이런 재기 있는 투정에도 별로 놀라지 않았다. 드망주 신부는 이전에 드 타르주 주교의 젊은 개인 비서였기 때문에 므누 스그레 신부가 그 탁월하고 명석한 재능으로 여러 가지 시련을 하나씩 하나씩 극복해나간 것을 다 알고 있었다. 므누 스그레 신부는 타협하지 않는 독립적인 정신과 아울러 말하자면 거역할 수 없는 양식(良識)을 지닌 사람이었고(하지만 그것을 실천하는 데는 때로는 냉혹해 보였다. 그가 세련되게 정중하고 또 추상적인 해결책을 경멸했기에 섬세한 사람들은 그러한 냉혹함을 더욱 강하게 느낄 수 있었다), 지고한, 하지만 사변만으로는 충족시킬 수 없는 영성(靈性)에 강하게 끌리고 있었으며, 바로 그 때문에 처음에는 주교의 경계심을 사기도 했었다. 하지만 드망주 신부가 은근히 영향을 미치기도 한 데다, 당시는 주교좌 성당의 보좌 신부였지만 후에 캉퓨뉴의 주임 사제가 된 그의 나무랄 데 없는 고귀한 성품이 결국 최후의 귀족 주교라고 불리던 주교의 눈에 들게 되었다. 하지만 너무 늦었다. 주교는 바로 다음해 세상을 떴고, 그후 미묘한 계승 문제는 결국 종무(宗務) 국장의 지지를 받은 후보였던 파푸앵 주교가 후임이 되는 것으로 마무리되었다. 므누 스그레 신부는 처음엔 어느 정도 격식은 갖추면서 은근히 따돌림당하다가, 후에는 노골적으로 배척되었다. 그가 의원 선거에 입후보한 자유당 의원을 위해 그다지 열성을 보이지 않았고, 결국 그 후보가 낙선한 다음의 일이었다. 이때 급진당 소속의 의사 갈레의 당선은 성직자로서의 그의 경력에 결정적인 타격이 되었다. 그나마도 신망의 대상이었던 깅파뉴의 주임 사제로 임명되면서 그는 모든 것을 체념하고 교구 내에서 종교적 평화에 충실하게 봉사했다. 한번은 종무 국장한테 비난을 받고, 한번은 주교에게 욕을 먹는 것으로, 그러니까 므누 스그레 신부를 희생시키며 두 파가 화합하는 것이 관습으로 정착되었던 것이다. 그는 이런 게임이 재미있었으며, 그 어느 누구보다도 이 유쾌한 줄타기를 즐겼다.

막대한 재산을 상속받아 현명하게 관리하던 그는 모든 것을 스그레가(家)의 질녀들에게 넘겨주기로 하고는 극히 검소하게, 그러나 우아함을 잃지는 않으면서, 이런 벽지에까지 일말의 궁정식의 예법과 관습을 전해오는 유배된 대귀족으로 살았다. 그러니까 다른 사람의 생활에 관심을 갖기는 했지만 되도록 험담은 하지 않았고, 누구든 상대방으로 하여금 입을 열게 하는 능력이 있어서 시선이나 가볍게 던지는 말, 미소 같은 것을 통해 상대방의 비밀을 탐지했다. 하지만 그러고 나면 자진해서 침묵을 청하고 그리하여 상대방이 침묵하지 않을 수 없게 만들었다. 또한 언제나 경탄스러운 재치와 정신적 품위를 보여주었으며, 회식 자리에서는 유쾌한 사람이었고, 예의에 어긋나지 않도록 맛있게 먹었으며, 또 필요한 때면 친절과 사랑으로 수다스러워지기도 했다. 너무도 빈틈없이 예의바른 사람이었기 때문에 그가 주임 사제로 있는 교구의 사제들은 그 계략에 넘어가 그가 무척 관대한 사람이라고 여겼다. 유쾌한 마음으로 안심하고 사귈 수 있는 사람, 통찰력을 지녔지만 날카롭지는 않은 사람, 다른 사람을 넓게 받아들이기를 좋아하는 사람이라고 생각한 것이다. 나아가 회의적이기도 하며, 어쩌면 조금 수상쩍은 사람일지도 모른다고 생각했다.

"자네 말이야." 드망주 신부가 조용히 대답했다. "난 자네가 무슨 생각을 하고 있는지 알고 있네. 이전에 나를 향했던 공격이 이제 보좌신부에게 가고 있는 거지. 말은 안 하고 있지만 자넨 내가 이해심이 부족하고 편견이 많다고 비난하고 있지. 그렇지? 그래, 성탄절 날에 참으로 자비로운 꿍꿍이속이로군…… 은퇴한 몸으로 오늘 저녁 잠을 자려면 30리나 되는 길을 가야 하는 이 불쌍한 동료한테, 하물며 자네에 대한 우정 때문에 이 고생을 하는 나한테 말일세! 자네가 나에게 고백한 그 근심에 대해서 내가 가볍게 판단할 수 있다고 생각하나?…… 하지만 옛날과 마찬가지로 자네의 그 확고부동한 생각은 조금도 주저하지 않고 누구한테든 밀고 나가려 하지. 단지 조금 부드러워졌을 뿐이야. 자넨 나한테 판결을 내리라고 하지만, 내가 파악한 바로는……"

"자네가 파악한 바는 중요하지 않네." 캉파뉴의 주임 사제가 상대방의 말을 끊으며 말했다. "왜 조사나 서류라고 하지 그러나? 전투에서 이기느냐 지느냐가 걸려 있을 땐 어차피 수중에 넣고 있는 것을 가지고 해내야 하는 것 아닌가? 어떻게 해야 할지 정하지 못하고 마음이 오락가락할 땐 자네를 부르지 않았지. 하지만 이젠 확신이……"

"그러니까 나한테 자네의 의견에 동의해달란 말인가?"

"바로 그거야." 노사제가 태연히 대답했다. "난 천성적으로 조금 대담한 편이지. 그런데 용기는 대단하지 않아. 게다가 늙으니까 비겁해지는군. 바보 같은 일이지만 습관과 강박관념, 그리고 나약함마저도 버릴 수가 없어. 그래서 결정적인 순간이면 옛 친구의 눈빛과 목소리가 필요하지. 자네는 그 두 가지를 모두 주었네. 이젠 됐어. 이제 나머지는 내가 알아서 해야겠지."

"정말 고집불통이군!" 드망주 신부가 말했다. "날더러 입 다물라는 소리군. 자, 이제 자네 곁을 떠나면, 그러니까 오늘밤에라도 말일세, 난 아무 생각 없이 자네 뜻이 이루어지도록 기도하겠네. 그 어느 때보다도 진지하게 기도를 드리지. 하지만 지금은, 설령 자네가 나를 친다 해도, 어떻게든 나는 얘기를 정리해봐야겠네. 내 의식의 평화를 위해서지. 결론을 찾아보겠다는 말일세. 자, 내가 말하게 해주게." 이때 캉파뉴의 주임 사제가 참지 못하고 움직이려 하자 그가 큰 소리로 말했다. "내가 말한다니까! 자넬 오래 잡아두진 않을 걸세. 아까 서류에서 파악한 것에 대해서 말했었지. 다시 그 얘기를 해보세. 어쩌면 내가 신학교 때의 성적을 별로 중요하게 생각하지 않는 건지도 모르지……"

"그 얘기를 다시 해서 뭐 하겠나?" 므누 스그레 신부가 말했다. "성적은 형편없어. 정말 형편없지…… 하지만 뭐라고 말할 수는 없지만, 어차피 생각하기 나름이 아니겠나. 그리고 그 성적이 학생이 부족하다는 뜻인지 가르치는 사람이 부족하다는 뜻인지 알 수가 있나…… 자, 파푸앵 주교의 편지가 있는데, 자네한테 읽어주지 않았지…… 내 지갑 좀 건네주겠나? 저기, 내 책상 끝에 있네…… 그리고 램프 좀 가까이 대주게."

그는 우선 편지를 근시(近視)인 눈 바로 앞에 놓고서 훑어내려갔고, 읽기 시작했다.

엄두가 나지 않습니다. 이제 남은 단 한 사람을 사제님께 추천할 엄두가 나지 않는 겁니다. 그는 갓 사제 서품을 받았는데, 어느 본당의 주임 사제에게 보냈더니 어찌할 바를 모르고 난감해하는 상태입니다. 자질은 아주 훌륭한 것 같은데 약간 과격하고 또 묘한 고집이 있으며, 교양과 예의가 없습니다. 신앙심은 깊으나 지혜롭다기보다는 열정적이며, 한마디로 말하면 아직 덜 다듬어진 사람입니다. 사제님 같은 분이(이 표현은 주교가 자주 사용하는 빈정거림이다)…… 사제님 같은 분이 본의 아니게 하루에도 스무 번은 사제님을 거역할 이 젊고 거친 사람과 잘해나가실 수 있을지 걱정스럽습니다.

"그래서 뭐라고 답장을 했나?" 드망주 신부가 물었다.

"거의 이런 식으로 말했지. 주교님, 그자와 잘해나갈 수 있을지 어떨지는 중요한 문제가 아닙니다. 그자를 이용할 수 있으면, 혹은 비슷한 무언가를 얻어낼 수 있으면 됩니다."

므누 스그레 신부는 뭔가 뜻이 담긴 듯한 공손한 태도로 말했다. 그의 아름다운 눈은 차분하면서 대담하게 웃고 있었다.

결국 초조해진 드망주 신부가 말했다. "그러니까 자네가 받은 그 편지에 써 있는 그자의 특성이 그대로 들어맞는다고 인정하는 건가?"

"그보다 더 나빠." 캉파뉴의 주임 사제가 큰 소리로 말했다. "비교할 수 없을 정도지! 자네도 직접 보지 않았나. 이 편안한 집에 그자가 있다는 것 자체가 분명 양식(良識)에 대한 모독이야. 자네가 판단해보게. 가을비, 류머티즘을 들쑤시는 가을바람, 달구어져서 끓은 기름 냄새가 나는 난로, 융단을 흙투성이로 만드는 손님들의 구두, 늦가을 사냥에서 동물을 내모느라 이어지는 총소리, 이 늙은이한테는 그것만으로도 충분하지. 내 나이가 되면 하느님이 평일에 소리 없이 들어오시기를 기다리고 있지…… 하지만 불행히도 하느님이 아니라 그자가 들어왔다네. 어깨가 넓고, 이가 갈리도록 순박한 선의를 가진, 덩치 큰 젊은이였지. 그자가 조심스러워하면서 시뻘건 손을 감추고 징이 박힌 신발 뒤축이 소리나지 않도록 조심스럽게 걷고, 또 말이나 소한테 어울릴 그 목소리를 낮추어 작게 말하니까 더 견디기 어렵네. 우리 세터(사냥개의 일종: 옮긴이)는 그자 냄새만 나면 찡그리지. 일하는 아줌마도 두 벌밖에 없는 그자의 사제복 중에 쓸 만한 데를 빼고 해진 곳을 기워대느라 지쳐 있네. 교양이란 건 그림자도 볼 수 없고, 지식도 겨우 기도문을 그저 그렇게 읽어낼 수 있을 뿐이네. 물론 칭찬받을 만큼 경건하게 미사를 집전하지만, 너무 느리고 서툴러서 대기실에서 그걸 보고 있노라면 끔찍하게 추운 날씨에도 땀이 흐른다네. 이곳 신자들처럼 세련된 사람들을 설교대에서 마주 본다는 생각만으로도 너무 불행해하는 것 같아서, 내가 뭐라고 말할 수도 없고, 결국 억지로 시키지도 못하고 아직까지 내가 가련한 목구멍을 혹사시키고 있다네. 또 무슨 얘기를 할까? 그자는 하루 종일 떠돌이 차림새로 흙투성이 길을 돌아다니면서 수레 끄는 사람들을 도와주고 있지. 그 사람들한테 하느님의 권능을 모독하지 않는 언어를 가르치겠다는 거지. 하지만 외양간에서 돌아오는 그 친구의 냄새 때문에 여신도들이 거북해한다네. 그러니까 난 아직 그자에게 트리트랙(주사위를 사용한 놀이의 일종: 옮긴이) 게임에서 멋지게 지는 법도 가르쳐주지 못했네. 그가 9시면 벌써 잠에 취해버리거든. 이제 그 즐거운 게임도 할 수 없다네. 이제 됐나?"

"자네가 주교님에게 대충 그런 내용으로 보고서를 올렸다면, 그 친구가 안됐군." 드망주 신부가 간단하게 결론을 내렸다.

캉파뉴의 주임 사제의 얼굴에 미소가 사라지고, 언제나 지나칠 정도로 움직임이 많던 그 얼굴이 차갑게 굳어버렸다. 그가 입을 열었다.

"여보게, 안된 건 바로 날세."

그의 목소리에는 뭔가 쓰라린, 충족되지 못한 희망 같은 것이 담겨 있었고, 그것은 바로 그가 늙었다는 것을 그대로 드러내주었다. 침묵이 흐르는 큰 방에는 한순간 장엄한 죽음이 깃들었다.

"여보게, 그렇게 심각한 건가?" 드망주 신부가 보는 이의 가슴이 뭉클할 정도로 어찌할 바를 모르며 열정적인 우정을 담아 말했다. "자네에게 상처를 준 것 같군. 어떻게 상처를 준 건지는 모르겠지만 말일세."

므누 스그레 신부는 바로 말을 받았다.

"나한테 상처를 줬다구? 나한테 말인가?" 그가 소리를 높였다. "오히려 내가 자네를 힘들게 했나 보네. 우리의 사소한 문제를 하느님의 문제와 뒤섞지 말도록 하세."

그러더니 여전히 미소를 잃지 않은 채 잠시 생각에 잠겼다.

"내가 재치 있는 농담을 너무 많이 하지. 그러다 보면 나 스스로도 헷갈린다네. 자네한테 수수께끼 같은 질문을 하고 그래서 자네가 곤혹스러워하는 모습을 즐겨서는 안 되는 거지. 아! 하지만 여보게, 하느님도 우리에게 수수께끼를 내고 계시지 않은가! 난 평화롭게 살아왔네. 더 정확히 말하면 조금씩 소리 없이 삶을 마무리하고 있었지. 하지만 그 둔한 인간이 등장한 이후로는…… 그잔 아무 생각 없이 모든 것을 자기에게로 끌어들이고 있네. 나를 잠시도 쉴 수 없게 하고 있지. 그자가 있다는 사실만으로도 나는 선택을 해야만 해. 아! 몸속의 피가 줄어들고 이렇게 식어가고 있을 때 이런 멋진 모험에 끌리게 되다니, 그건 너무도 크고 힘든 시련이란 말일세."

"자네가 그런 식으로 말한다면 내가 할 말은 이것뿐이네." 드망주 신부가 말했다. "자네의 늙은 옛 친구도 자네의 십자가를 나눠지겠다는 거지."

"너무 늦었다네." 캉파뉴의 주임 사제가 여전히 미소를 띤 얼굴로 말했다. "나 혼자 지겠네."

"하지만…… 솔직히 말하자면, 그 젊은 신부의 무엇이 자네 같은 사람을 그토록 혼란스럽게 하는지 잘 모르겠군." 드망주 신부가 말을 이었다. "지금까지 알게 된 것들을 보면 설득력은 없고 그저 갈피를 못 잡게 혼란스러울 따름이네. 그건 무분별한 열정을 지닌 보좌 신부들 대부분이 마찬가지 아닌가? 그들은 성직에 부임한 처음 몇 년 동안 좀더 힘든 다른 일에 빠져서 신학교에 있는 동안 억눌렸던 육체적 힘을 탕진하게 되지 "

"이제 그만 하게." 므뉴 스그레 신부가 웃으면서 큰 소리로 말했다. "계속하다간 자넬 싫어하게 될지도 모르니까 말이야. 그런 정도라면 이미 나도 다 생각해보았을 것 같지 않나? 그래, 좋든 싫든 이것저것 다 생각해보았네. 아무리 자기 안에 흔적이 없는, 그러니까 낯설고 나보다 뛰어난 힘이라 해도, 아무런 저항도 시도해보지 않고 그냥 굴복하는 건 아니지. 사실 난 거친 건 질색이고, 그렇게 허술한 미끼에 걸려들 사람은 절대 아니네. 절대로 심약하지는 않지. 바보 같은 사람들은 아무것도 눈치채지 못했지만, 사실 우리도 말이야, 한창때는 거칠지 않았었나! 하지만 이건 다른 문제란 말일세."

그는 말을 머뭇거렸다. 그리고 노사제는 얼굴을 붉혔다.

"분명히 지목해서 말하지는 않겠네. 글쎄 무언가 내 가슴을 꽉 죄고 있는 거라서 자네한테도 말하기가 두렵군. 그래, 난 휴식 중이었네. 체념을 했었지. 체념은 참 감미롭더군. 난 출세를 탐한 적이 없네. 행정에는 별로 취미가 없거든. 일을 지휘하는 걸 좋아하고 그래서 사람들이 나를 잘 이용해주길 바란 적도 있지만, 이젠 상관없네. 다 끝난 일이야. 난 너무 지쳐 있었어. 말하자면 지적인 저열함 같은 것, 그리고 위대한 자에 대한 불신 혹은 증오 — 한심한 인간들은 이것을 신중함이라 부르지 — 를 보면서 난 너무도 고통스러웠네. 사람들이 뛰어난 사람을 뒤쫓아가서 잡고, 또 위대한 영혼의 소유자들을 갈기갈기 찢어버리는 것을 보았네. 그렇지만 난 혼란과 무질서를 혐오하고, 권위와 위계의 가치를 아는 사람일세. 인정받지 못하는 자들 중 하나를 내 밑에 두고 하느님을 향해 바로 그 인간을 내가 책임지는 날이 오기를 기다렸네. 하지만 그것은 이루어지지 않았었고, 희망을 버렸었지. 그런데 돌연…… 이제 더 이상 힘이 없는 지금에야……"

"실망이 다가오면 무척 잔인하겠군." 드망주 신부가 천천히 입을 열었다. "자네 아닌 다른 사람에게는 이런 환상이 전혀 위험하지 않은 것이었을 텐데! 자네가 어떤 일에 어설프게 끼어드는 사람이 아니라는 걸 너무 잘 알고 있네. 이 일은 아마 자네의 삶을 송두리째 뒤흔들 테지. 또 아무것도 모른 채 자네를 따라갈 그 단순한 친구의 삶도 그렇게 될 거야. 난 그게 두렵네. 하지만 자네의 눈에는 주님의 평화가 깃들어 있군……"

드망주 신부는 자기 생각을 포기했음을, 이 이상한 대화를 끝내고 싶다는 마음을 몸짓으로 표현했고, 므누 스그레 신부도 알아차렸다.

"시간이 잘 가는군." 므누 스그레 신부가 시계를 꺼내면서 말했다. "성탄절 밤을 함께 보낼 수 없어서 유감이네…… 마차 안에 오래 묵은 코냑 병이 있을 걸세. 조심해서 잘 싸라고 했지만 길이 험하니까 잘 간수히게."

그러고는 돌연 입을 다물었다. 두 노사제는 아무 말 없이 서로를 쳐다보았다. 그때 일정한 보조로 걷는 묵직한 발자국 소리가 들려왔다.

"미안하네." 마침내 캉파뉴의 주임 사제가 곤란한 기색을 감추지 못하면서 입을 열었다. "외들린 신부가 고해 성사를 다 마쳤는지, 그리고 오늘밤 미사 준비가 다 되었는지를 살펴보아야겠군. 날 좀 부축해주겠나? 나가서 자네를 마차까지 전송하겠네."

그러면서 초인종을 눌렀고, 가정부가 들어왔다.

"도니상 신부에게 드망주 신부를 전송해드리라고 해주시오." 노사제가 냉담한 어조로 말했다.

"신부님……" 하고 가정부가 더듬거렸다. "제 생각에는…… 제가 보기엔…… 도니상 신부님께선 아마…… 적어도 지금은 오시기 힘들 것 같습니다."

"힘들 것 같다고?"

"그러니까…… 지붕 고치는 사람들이…… 그러니까 하던 일을 그냥 두고 갔거든요. 새해 명절이 지나야 올 수 있다고 해서……"

"그래, 우리 성당 종탑을 수리해야 했지." 므누 스그레 신부가 설명했다. "가을비 때문에 골조가 무너질 뻔했다네. 모르베르의 건축업자를 불러서 급하게 일꾼들을 고용했지. 그런데 경험이 없는 사람들이라 꽤 위험한 이 일을 하기엔 좀 마땅치 않아서 말일세. 도니상 신부가……"

그는 가정부 쪽을 바라보며 같은 어조로 말했다.

"그대로 두고 내려오라고 해요. 상관없으니까……"

가정부가 나가자 그는 다시 말을 이었다. "도니상 신부가 그들을 도와주고 싶다고 나한테 허락을 구했지…… 하지만 그 사람은 어정쩡하게 도와주지는 않거든! 지난주 아침에 봤는데 말일세. 사다리 꼭대기에 올라서 있는데 비에 젖어 바지가 무릎에 달라붙었더군. 널빤지를 옮기느라 몰아치는 바람 속에서 이래라저래라 소리를 지르고 있었는데, 기말 시험 날 신학교 좌석에 앉아 있는 것보다 훨씬 편안해 보였지. 아마 오늘도 일을 시작한 모양이군……"

"왜 그를 부르는 건가?" 드망주 신부가 물었다. "무엇 때문에 그 친구를 곤란하게 만들려고 해? 그래서 뭐 하겠나?"

므누 스그레 신부는 웃음을 터뜨렸다. 그리곤 친구의 팔에 손을 얹으면서 말했다.

"자네에게 보여주고 싶어서 그러네. 자네가 그자와 서로 마주 보게 하고 싶은 거야. 좀 짓궂은 일이긴 하지만, 아마도 마지막이 될 걸세. 그리고 이 짓궂은 마음 한 끝에는 말일세. 아주 진하고 생생하게 느껴지는 하느님의 자비, 하느님의 성스러운 자애(慈愛) ― 물론 이건 자네를 통해 알게 된 감정이지 — 가 있다네. 그토록 다른 길을 선택했음에도 자네 두 사람의 영혼을 일치시켜주는, 그 어떤 것도 강제하지 않으면서 단 하나의 사랑의 현실로 이어주는 은총은 진정 강하고 미묘하지! 자연을 품에 꼭 껴안고 하나가 된 은총 말일세! 제아무리 복잡하게 꼬아는 다고 해도 결국 악마의 간계는 헛된 것이 아닌가!"

"나도 그렇게 생각하네." 드망주 신부가 대답했다. "자네에게는 대수롭지 않은 일로 보일지 모르겠지만, 한 가지만 더 말하겠네. 난 선량한 기독교 신자는 저 높은 곳에서 오는 빛 속에서 스스로를 지탱할 수 있다고 믿네. 체격이나 몸무게가 마치 계산된 것처럼 균형 잡힌 사람이라면 물속에서 그냥 편안히 있기만 해도 저절로 떠 있을 수 있는 것과 마찬가지인 거지. 그러니까 난 말일세. 어떤 특별한 운명을 제외하고는, 기독교의 성자들은 아마도 초자연적인 힘을 가진, 강하면서도 부드러운 거인들일 거라고 생각하네. 그 힘은 우리로서는 알 수 없고 제대로 인지할 수 없는 그 어떤 박자와 리듬에 따라서 회음을 이루면서 성장해가지. 그 힘은 얼마만큼 높고 멀리 도약을 해야 하는지 그런 건 아랑곳하지 않는다네. 장애물 위에 올라섰을 때 비로소 드러나는 힘인 거지. 우리가 이를 악물고 얼굴을 찡그리면서 들어올리는 무거운 짐을 운동 선수는 마치 깃털을 끌어당기듯이, 얼굴 근육 하나 까딱하지 않으면서, 자기 앞으로 끌어당기지 않는가. 누가 봐도 상쾌한 얼굴로 미소를 지으면서 말일세…… 자넨 아마 지금 자네가 돌보고 있는 그자의 예를 들어서 내 말에 반박을 하려고 할 테지……"

"신부님, 저 왔습니다." 뒤에서 나지막하고 굵직한 목소리가 들려왔다.

두 사제는 동시에 고개를 돌렸다. 후에 룅브르(아르투아 지방 파드

칼레의 주요 도시: 옮긴이)의 주임 사제가 될 사람이 서 있었다. 장중한 침묵이 이어졌다. 이두운 현관 문턱에 선 그의 모습은 늘어진 그림자 때문에 더 길어 보였고, 그래서 처음에 눈을 돌렸을 때는 엄청나게 커 보였다. 하지만 문이 닫히는 순간 다시 작아지면서, 나약할 정도로 작아 보였다. 징을 박은 큰 구두는 서둘러 닦았는지 아직도 회반죽이 허옇게 묻어 있었다. 양말과 사제복은 흙투성이였고, 허리띠 안에 반쯤 쑤셔넣은 두 손 역시 흙빛이었다. 햇빛에 그을린 목의 색과 대조를 이루는 창백한 얼굴에서는 땀과 물이 뒤범벅되어 흘러내리고 있었다. 갑작스런 부름을 받고 방으로 달려가 세수를 했던 것이다. 엉망으로 흐트러진, 아니 그보다 거의 더럽다고 할 수 있을 그의 평상복은 솜을 넣은 외투와 대비되어 더욱 두드러져 보였다. 마무리가 거칠게 된 외투를 너무 급하게 걸쳐 입느라 포도넝쿨처럼 마디가 진 손목까지 한쪽 소매가 이상한 모양으로 말려 올라가 있었다. 므누 스그레 신부와 손님이 아무 말이 없는 바람에 당황했기 때문인지, 아니면 드망주 신부가 마지막에 한 말을 들었기 때문인지(후에 므누 스그레 신부가 생각해보니 그런 것도 같았다), 원래는 한 곳을 응시하면서 고뇌가 담긴 듯한 시선인데 돌연 애절하게 인간적이고 슬픔에 잠긴 것 같았다. 거친 얼굴이 한순간에 빛을 발하는 것 같았다.

"일부러 올 필요는 없었는데 그랬군." 드망주 신부가 애처로운 듯이 말했다. "자네는 정말 시간을 허비하지 않고, 또 힘든 일도 가리지 않는군 그래. 어쨌든 가기 전에 자네한테 인사를 할 수 있어서 다행이네."

드망주 신부는 머리를 숙이며 다정하게 인사했다. 그리곤 이내 의식적으로 관심이 없는 듯한 태도를 보이며 고개를 돌렸다. 므누 스그레 신부가 그를 문까지 전송했다. 그들은 계단을 올라가는 보좌 신부의 발소리를 들었다. 평상시보다 묵직한 것 같았다. 문밖에는 마부가 추위에 얼어서 채찍을 치고 있었다.

"이렇게 일찍 헤어지게 돼서 정말 애석하군." 드망주 신부가 문턱에 서서 말했다. "사실 이번 성탄절 밤을 자네하고 함께 보내고 싶었네. 특별히 그렇게 하고 싶었지. 하지만 나보다 더 강하고 또 모든 것을 헤아려보는 분께 자네를 맡기겠네. 죽음이란 나이든 노인들한테는 별로 가르칠 것이 없지. 허나 구유 속의 아기는 다르지! 더구나 보통 아기가 아니지 않는가! 조금 있으면 세상이 시작될 걸세."

그들은 나란히 층계를 내려왔다. 대기를 가르는 소리가 하늘까지 울려퍼지고 있었다. 수레바퀴 자국 속에 얼어 있던 얼음이 소리를 내며 갈라졌다.

갑자기 므누 스그레 신부가 형용할 수 없을 정도로 슬픈 어조로 입을 열었다.

"모든 것을 언제나 다시 시작해야 한다네! 종말이 올 때까지 말이야!"

살을 에는 삭풍에 뺨이 붉어지고 눈가는 시퍼런 멍이 든 것 같았다. 드망주 신부는 그가 추위에 떨고 있음을 알아차렸다. 그리곤 소리를 질렀다.

"이게 도대체 웬일인가? 외투도 입지 않고 모자도 쓰지 않고서 나오다니! 이런 날 밤에 말이야!"

므누 스그레 신부가 이렇게 덤벙거린다는 건 사실 그 어떤 말보다 분명하게 그가 동요하고 있음을 말해주는 것이었다. 더욱이 드망주 신부가 가장 놀란 것은—사실 그는 말로 표현할 수 없을 만큼 너무 놀랐다—오랫동안 보아온 벗의 가녀린 얼굴 위로 눈물이 흐르는 것을 난생처음으로 보았기 때문이다.

"잘 가게, 자크." 캉파뉴의 주임 사제가 웃음을 지으려 애쓰면서 말했다. "만일 죽음을 예고하는 징후가 있다면, 나의 평소 습관이 이렇게 낯지게 깨셔버린 것, 기본석인 소심성을 잊어버린 것이 바로 지닝석인 징후일 거야……"

그들은 이후 다시 만나지 못했다.

2

도니상 신부는 밤이 으슥해져서야 돌아왔다. 므누 스그레 신부는 읽지도 않는 책을 한 손에 든 채, 보좌 신부가 자기 방에서 이리저리 오가는 발자국 소리를 들었다. '가장 중요한 대담을 더 이상 미룰 수 없겠군' 하고 노사제는 생각했다. 물론 그 대담이 꼭 필요하다는 것은 의심하지 않았지만, 지금까지 먼저 청하지는 않았다. 현명한 그는 결정적인 이야기를 먼저 꺼내는 특권, 그리고 동시에 그 곤혹스러움을 젊은 사제에게 넘기려 한 것이다. 두꺼운 벽 너머로 들리는 단조로운 발자국 소리 외에는 아무 소리도 들려오지 않았다. '내일 아니면 또 그 다음이 아니라 꼭 오늘밤이어야 할 이유가 있을까? 아마도 드망주 신부가 다녀간 것에 나도 모르게 신경이 쓰이는 모양이군' 하고 생각했다. 하지만 그 어떤 이유보다 강하고 또 절박한 이유는, 피할 수 없는 기묘한 사건이 일어날지도 모른다는 예감으로 불안해져서 시간이 갈수록 더욱 마음이 어지러웠기 때문이다. 그때 갑자기 복도 쪽의 문에서 삐걱 소리가 났다.

문을 두 번 두드리는 소리가 났다. 그리고 도니상 신부가 들어왔다.

"자네를 기다리고 있었네." 므누 스그레 신부가 짤막하게 말했다.

"알고 있었습니다." 도니상 신부가 겸손한 말투로 대답했다.

그러나 곧 고개를 들고 므누 스그레 신부의 시선을 받아내며, 단호한 어조로 단숨에 말했다.

"설 부르구앵(묵프랑스 릴 근방의 도시: 옮긴이)으로 보내주시기를 꼭 부탁드려야 합니다. 신부님께서 제 요청을 지지해주셨으면 합니다. 저에 관해 아시고 있는 것을 하나도 감추지 마십시오. 무엇이든 다 말씀해주십시오."

"잠깐, 잠깐만……" 므누 스그레 신부가 말을 가로막았다. "꼭 부탁해야 한다고 했나? 어째서 그래야만 하지?"

"교구의 사목 활동은 제 능력을 넘어서는 일입니다. 수도원장님의 의견도 그랬고, 신부님께서도 그렇게 생각하실 겁니다. 이곳에서도 전 선(善)의 장애물입니다. 이 지방의 가장 하찮은 농부도 저처럼 경험 없고 아는 게 없는, 그리고 진정한 품위를 갖추지 못한 사제를 부끄러워할 겁니다. 아무리 노력한다 해도 제가 갖지 못한 것을 채울 수 있겠습니까?"

"그 얘긴 나중에 하세." 캉파뉴의 주임 사제가 그의 말을 가로막았다. "그 얘긴 접어두잔 말일세. 자네가 무슨 말을 하려는지 알고 있으니까. 자네가 이렇게 힘들어하는 건, 그래, 나름대로의 이유가 있지. 나도 주교님께 자네를 소환해달라고 부탁하는 게 좋겠다고 생각하네. 하지만, 그건 아주 민감한 문제야. 이곳에서 자네한테 특별히 많은 것을 요구하지는 않았던 것 같은데, 그렇게 힘겨웠단 말인가?"

도니상 신부는 고개를 숙였다.

"어린애처럼 굴지 말게." 므누 스그레 신부가 큰 소리로 말했다. "자네 보기엔 내가 너무 가혹한 건지 모르겠지만, 어쩔 수 없네. 이 본당은 쓸모없는 입을 먹일 수 있을 정도로 넉넉하지는 못하니까."

"저도 잘 알고 있습니다." 불쌍한 도니상 신부가 더듬거리면서 대답했다. "사실은, 아직 확실하진 않지만…… 계획을 세웠는데…… 수도원에…… 임시로라도…… 자리를 찾으려고 합니다."

"수도원이라고? 자네 같은 사람들은 툭하면 수도원, 수도원 하더군! 수도 성직자들은 바로 교회 내에서 가장 명예로운 사람들이네! 교회의 특별 보호구역 같은 거지! 휴양소도 아니고 양로원도, 요양소도 아니란 말일세!"

"물론……" 도니상 신부가 무엇인가를 말하려고 했지만, 웅얼거리는 것처럼 알아들을 수가 없었다. 극도로 흥분했음에도 불구하고 창백해지지 않고 여전히 붉은 그의 뺨이 떨렸다. 그것은 끝없는 불안을 밖으로 드러내는 단 하나의 징표였다. 하지만 목소리를 가다듬고서 다시 덧붙였다.

"그러면 모두들 제가 어떻게 하기를 원하시는 겁니까?"

"모두들 무얼 원하느냐고?" 캉파뉴의 주임 사제가 대답했다. "처음으로 양식 있는 말을 사용하는군. 다른 사람을 이끌어주거나 조언해줄 능력이 없음을 스스로 인정하는 자네가 어떻게 자기 자신의 문제를 제대로 판단할 수 있겠나? 하느님, 그리고 주교님께서 자네에게 스승을 주신 거지. 그게 바로 나란 말일세."

"저도 그것을 인정합니다." 도니상 신부가 잠시 망설이는 듯하다가 대답했다. "하지만 제발 제 청을……"

하지만 그는 말을 끝맺지 못했다. 캉파뉴의 주임 사제가 이미 거역하기 힘든 몸짓으로 침묵을 강요했기 때문이다. 도니상 신부는 심한 두려움과 함께 의아한 눈길로 노사제를 쳐다보았다. 평소에는 그토록 정중했던 노사제가 갑자기 냉혹한 눈빛을 지으며 완강한 태도를 보였던 것이다.

"이건 아주 중요한 문제네. 자넬 가르친 수도원장들은 자네가 사제 서품을 받는 데 반대하지 않았네. 그런 결정이 가볍게 내려진 것은 아닐 거라고 생각하네. 게다가 자네가 조금 전에 스스로 고백한 그 능력 부족은……"

"그렇지만 말입니다." 가련한 도니상 신부가 이번에도 역시 아무 억양 없는 목소리로 다시 한 번 므누 스그레 신부의 말을 가로막았다. "천만다행으로 지능과 능력으로 볼 때 제가 교구의 모든 업무에 완전히 무능력한 것은 아닙니다. 다행히 육체적인 건강은……"

도니상 신부는 말을 끝맺지 못했다. 숭고할 정도로 우직한 이 사람은 므누 스그레 신부가 내세우고 있는 여러 가지 그럴듯한 이유들에 대해서 이런 하찮은 반론밖에 제시하지 못하는 것이 부끄러워졌기 때문이다.

"건강이란 하느님께서 주신 선물이지." 므누 스그레 신부가 진지하게 대답했다. "난 건강의 가치를 자네보다 더 잘 알고 있네. 자네의 체력, 육체 노동에서 자네가 가진 능력…… 그건 어쩌면 신의 섭리가 자네에게 더 낮은 소명(召命)을 부여했다는 징표일 수도 있겠지. 확실한 생각을 갖고, 본의 아니게 범한 과오를 지금이라도 인정해야만 하는 게 아니겠나? 자네가 다시 시작해야 할까? 그렇지 않으면…… 그렇지 않으면……"

"그렇지 않으면요?" 용기를 내어 도니상 신부가 물었다.

"그렇지 않으면 원래대로 돌아가야겠지?" 므누 스그레 신부가 무뚝뚝하게 대답했다. "한 가지만 더 말해두겠네. 난 오늘 질문만 할 뿐 그에 대해 답을 한 것은 아닐세. 다행스럽게도 자네는 조금만 분명한 말을 들어도 쓸데없이 겁에 질려버리는 그런 예민한 젊은이는 아니지. 전혀 놀랄 필요는 없네. 그리고 나로서도, 겉으로 좀 잔인해 보인다 해도, 어쨌든 내 의무를 이행한 거라네."

"감사합니다." 도니상 신부가 조용히 대답했지만, 묘하게 단호한 목소리였다. "이 대화가 시작될 때부터 하느님께선 저에게 신부님의 입을 통해서 힘겨운 진실을 들을 수 있는 힘을 주셨습니다. 당연히 하느님께서 끝까지 저를 도와주실 겁니다. 조금 전에 던지신 질문에 대해서 답을 가르쳐주십시오. 제가 무얼 더 기다려야 하는 겁니까?"

"맙소사……" 갑자기 말이 궁색해진 므누 스그레 신부가 중얼거렸다. "그러니까 말일세…… 몇 주 동안 곰곰이 생각해서…… 자네한테 시간적 여유를 주려던 거였는데……"

"제 문제를 스스로 판단해서는 안 되고, 사실 그럴 능력도 없는데, 시간적 여유가 있다 한들 무슨 소용이 있겠습니까? 제가 듣고 싶은 것은 바로 신부님의 생각입니다. 그리고 빠를수록 좋습니다."

"그래, 어쩌면 자네는 내 생각을 들을 준비가 되어 있을지도 모르지. 하지만 전적으로 내 말에 따를 준비가 된 것은 아닐 거야." 캉파뉴의 주임 사제가 일부러 냉혹한 말투로 말했다. "그런 경우라면 말일세. 두려워하고 있는 일에 도전하는 긴 용기의 징표가 아니라 오히려 나약함의 징표가 되지."

"저도 알고 있습니다. 신부님 말씀대로입니다!" 도니상 신부가 외쳤다. "신부님 말씀이 옳습니다. 신부님께선 제 속을 꿰뚫어보고 계십니다. 제발, 신부님의 자비로운 사랑을, 아니 자비가 아니라 연민을 내려주십시오. 제가 이 마지막 시련을 감내할 수 있게 해주십시오. 그러고 나면 분명 저에게 필요한 힘을 얻을 수 있을 겁니다. 하느님께서 땅바닥에 쓰러진 가련한 인간을 일으켜 세우시지 않은 예는 없으니까요……"

므누 스그레 신부는 날카로운 눈빛으로 그를 뚫어지게 쳐다보았다.

"자넨 내 마음이 확실히 정해져서 아무런 의혹이 없다고 확신할 수 있나?"

도니상 신부가 고개를 끄덕였다.

"저와 같은 인간을 판단하는 데는 오랜 시간이 필요하지 않습니다. 난시 신부님께선 저를 배려하시려는 거지요. 적어도 제가 하느님 앞에서 완전하게, 절대적으로 순종했다는 공만이라도 인정받게 해주십시오. 제발 명령을 내려주십시오. 저를 이대로 혼란 속에 버려두지 마십시오!"

잠시 침묵을 지키던 므누 스그레 신부가 입을 열었다. "자네 말이 옳네. 자네 말대로 할 수밖에 없겠군. 그래, 난 자네의 의도는 좋다고 생각하네. 훌륭하다고 말할 수도 있겠지. 자신의 천성을 단번에 극복하려는 자네의 조급한 마음도 이해할 수 있네. 하지만 자네가 지금 나한테서 기다리고 있는 말은 어쩌면 자네의 능력을 벗어나는 유혹일지도 모르네. 그래, 자넨 지금 내 결정을 알고 싶은 거지? 좋아. 하지만 그걸 실행할 수 있겠나?"

"할 수 있을 겁니다." 도니상 신부가 작은 소리로 대답했다. "사실 오늘밤만큼 이렇게 십자가를 질 준비가 되어 있었던 적은 없었습니다. 지금이 바로 그때인 것 같습니다. 제 말을 믿어주십시오. 때가 된 것 같습니다. 그저 무지하고 품위 없는, 사랑받을 줄 모르는 사제, 그게 다가 아닙니다. 신학 중등학교 때에는 그저 내세울 것 없는 학생이었습니다. 예비 신학교에서는 결국 저 때문에 모든 사람이 질려버렸죠. 드망주 신부님께서 기적 같은 자비로 지도 신부님들을 설득해주셔서 가까스로 부제 서품을 받을 수 있었습니다. 똑똑하지도 않고, 기억력이 좋지도 않고, 열성적인 노력도 없습니다. 그러면서도……"

도니상 신부는 잠시 망설였지만, 므누 스그레 신부가 손짓을 하자 다시 힘겹게 말을 이었다.

"그러면서도 한 가지 고집…… 아집을 완전히 극복하지 못했습니다. 다른 사람들이 저를 무시하는 게 당연한 것임에도 불구하고 그걸 느끼면 제 속에서…… 아주 거슬리는…… 아주 난폭한 감정이 솟아납니다. 그러면 일상적인 방법으로는 그걸 이겨낼 수가 없어서……"

지나치게 많은 것을 이야기해서 겁을 먹은 사람처럼, 도니상 신부는 더 이상 말을 잇지 못했다. 그를 쳐다보는 노사제의 작은 눈은 기묘할 만큼 주의를 기울이고 있었다. 도니상 신부는 애원하는 듯한 목소리, 거의 절망적인 목소리로 마무리했다.

"그러니까 제발 더 미루지 말아주십시오. 때가 된 겁니다. 분명 오늘밤입니다. 모르시겠습니까?"

그때 므누 스그레 신부가 돌연 의자에서 일어섰고, 놀란 도니상 신부의 얼굴이 창백해졌다. 그러나 늙은 주임 사제는 지팡이에 기대어 무언가 생각에 몰두한 모습으로 창가로 다가갔다. 그러고 나서 갑자기 몸을 세웠다.

"자네의 순종에 탄복하네. 자넨 내가 너무 직설적이라고 생각했을 테지. 지금 다시 한 번 단도직입적으로 말하겠네. 돌려서 말해봤자 무슨 소용이 있겠나? 난 무엇이든 분명하게 말하는 걸 좋아한다네. 내 손에 자네를 맡기겠다고 했지? 그런데 그게 어떤 손이지? 자넨 그걸 알고 있나?"

"말해주십시오……" 도니상 신부가 떨리는 목소리로 대답했다.

"그래, 내가 자네에게 가르쳐주지. 조금 전에 자네가 스스로를 맡긴 그 손은 자네가 존경하지 않는 사람의 손이네."

도니상 신부의 얼굴이 납처럼 창백해졌다.

"자네가 존경하지 않는 사람이란 말일세!" 므누 스그레 신부가 되풀이해서 말했다. "내가 이곳에서 보내는 생활은 충분한 연금을 누리고 있는 속세의 사람과 다를 바 없네. 자네도 인정하게! 이렇게 한가로운 내 생활이 자네한테는 수치스러울 거야. 멍청한 인간들이 칭송하는 나의 경험도 자네 눈에는 영혼에 아무것도 주지 못하는 쓸데없는 것이겠지. 할말이 더 있지만, 이 정도면 된 것 같네. 자, 이렇게 중대한 사안을 다룰 땐 세속이 사소한 예의범절은 아무것도 아니라네. 자, 내가 자네 감정을 잘 말해준 건가?"

이 묘한 고백이 시작될 때부터 도니상 신부는 감히 고개를 들어, 얼떨떨한 시선으로 몰입정한 노사제를 쳐다보고 있었다. 도니상 신부는 눈을 돌리지 않고 계속 그를 바라보았다.

"자네가 꼭 대답을 해주어야겠네." 므누 스그레 신부가 말을 이었다. "자네는 순종하니까. 자, 내 말을 시작하기 전에 자네 대답을 들어야겠네. 물론 자넨 내 말을 거부할 권리가 있지. 이 일에서 내가 자네에 대한 결정권을 가지고 있을지는 모르나 시련을 겪게 하지는 않을 걸세. 자! 내 질문에 간단하게 그렇다, 아니다로 대답해주게."

"제 생각은…… 신부님의 말씀대로입니다." 돌연 도니상 신부가 조용하게 대답했다. "신부님께서 지금 저에게 내리시는 시련은 너무 가혹합니다. 제발 이제 끝나게 해주십시오."

순간 그의 눈에서 눈물이 솟았고, 낮은 소리로 말한 끝 부분은 거의 들리지 않았다. 도니상 신부는 조금 전 조심스레 노사제의 연민에 호소했던 것은 바로 자기의 나약함 때문이라고 자책했다. 한순간 마음속에서 싸움이 있었고, 그가 다시 입을 열었다.

"전 순종의 의무로 대답을 드렸습니다. 이젠 그냥 기다리고…… 잠자코 있을 수밖에 없겠지요. 하지만…… 하지만 전 그럴 수 없습니다. 신부님께서 그렇게 생각하시는 건…… 하느님께서도 바라시지 않을 겁니다. 정말 솔직히 말씀드리겠습니다. 그건 그냥 어쩔 수 없는 생각, 아니 감정일 뿐입니다." 그리고는 좀더 단호한 어조로 말을 이었다. "저 자신을 정당화하느라 드리는 말씀이 아닙니다. 이제 신부님께서도 저의 사악한 마음을 아시니까…… 결국 하느님의 섭리는 저를 신부님께 송두리째 드러내 보일 테니까…… 그러니까 이젠…… 이젠……"

마치 무얼 잡으려는 듯이, 한순간 그는 팔을 허공에 휘저었다. 그러더니 무릎이 꺾이면서 앞으로 고꾸라져버렸다.

"정말 딱한 사람이군!" 므누 스그레 신부가 깊은 절망이 담긴 소리로 외쳤다.

노사제는 서툰 솜씨로 늘어진 그의 몸을 힘겹게 소파 쪽으로 끌고 가서, 간신히 걸터앉게 할 수 있었다. 붉은 가죽 쿠션에 기댄 도니상 신부의 앙상한 얼굴은 납처럼 창백했다.

"자…… 자……" 늙은 주임 사제는 이렇게 중얼거리면서, 통풍성 관절염으로 뻣뻣해진 손가락으로 사제복의 단추를 힘겹게 벗겼다. 하지만 도중에 낡은 옷감이 찢어지고 목 부분이 드러나면서 핏자국이 묻은 셔츠가 보였다.

이내 도니상 신부의 넓고 깊은 가슴이 다시 숨쉬기 시작했다. 돌연 므누 스그레 신부는 그의 옷을 벌려 가슴을 보았다.

"역시 그렇군." 노사제가 고통스러운 미소를 지으며 말했다.

그의 상체는 옆구리에서 허리 윗부분까지 온통 거친 말총으로 거칠게 짠 딱딱한 거들 같은 것에 싸여 있었다. 몸에 붙는 이 끔찍스런 옷은 앞쪽으로 혁대가 워낙 세게 조여 있어서 므누 스그레 신부가 푸는 데 애를 먹었다. 마침내 도니상 신부의 살갗이 드러났다. 고행복(苦行服)의 뻣뻣한 천에 쓸린 상처 때문에 마치 부식제를 바른 것처럼 벌겋게 벗겨져 있었다. 짓물러버린 곳도 있고, 또 손바닥만 하게 물집이 생긴 곳도 있었는데, 그 모두가 한데 뒤엉켜서 피 섞인 진물이 배어나오고 있었다. 그로 인해 회갈색의 더러운 옷에는 온통 피가 배어 있었다. 더욱이 옆구리 주름진 곳에 더 깊은 상처가 있어서 붉은 피가 방울져 떨어지고 있었다. 이 가련한 사제는 삼베 조각을 대놓으면 괜찮을 줄 알았던 것이다.

그것을 떼어내던 노사제는 갑자기 손가락을 움츠렸다. 손은 이미 피로 물들있다.

보좌 신부가 눈을 떴다. 한순간 조심스런 그의 시선은 낯선 방의 구석구석을 살폈다. 낯익은 주임 사제의 얼굴에 시선이 이르자 무척 놀란 모습이었다. 돌연 고개를 숙여 사제복의 가슴이 열린 것과 피묻은 속옷이 드러난 것을 보았다. 도니상 신부는 몸을 뒤로 젖히며 양손으로 얼굴을 감쌌다.

하지만 므누 스그레 신부의 손이 마치 어머니의 손길처럼 다정하게 그의 손을 밀어냈고, 도니상 신부의 투박한 얼굴이 드러났다.

"우리 주님께선 자네에 대해 불만이 없으실 걸세." 뭐라 말하기 어려운 어조로 므누 스그레 신부가 조용히 말했다.

그러나 이내 여느 때와 같은, 약간 거만하면서 친절한 어조로 돌아왔다. 노사제는 마음속의 애정을 감추려고 할 때면 바로 이런 어조로 말을 하곤 했던 것이다.

"이런 끔찍한 물건은 내일 불태워버리게. 그리고 좀더 나은 다른 걸 찾아보게. 물론 내가 상식적인 말만 하려는 건 절대 아니네. 악(惡)과 마찬가지로 선(善)에도 어느 정도의 광기가 필요하지. 내가 자네의 고행을 꾸짖는 건 너무 제멋대로이기 때문이네. 훌륭한 젊은 사제는 새하얀 속옷을 입어야 한단 말일세."

속내를 알 수 없는 노사제가 말을 이었다. "자! 일어나게. 그리고 조금 이쪽으로 다가오게. 우리 이야기는 아직 끝나지 않았지만…… 그래도 가장 어려운 부분은 이미 끝난 거지. 자! 자! 저기 가서 좀 앉게. 내가 잡아주지."

그는 자기 안락의자에 도니상 신부를 앉혔다. 그리고는 아무렇지도 않게 말을 이어가며 힘들어하는 도니상 신부의 머리 밑에 베개를 넣어 주었다. 자기는 낮은 의자에 앉아 추위에 떨면서 양모 덮개를 몸에 둘렀다. 한동안 난로 쪽을 응시하면서 생각에 잠겼고, 그 맑고 대담한 눈 속에서 난로의 불빛이 춤추듯 흔들거렸다.

"자네 말일세." 마침내 그가 입을 열었다. "자네가 나에 대해 가진 생각은 전체적으로는 옳지만, 한 가지가 잘못되었네. 어쩌겠나! 나 자신에 대한 내 판단은, 자네가 생각하는 것보다 훨씬 더 엄격하지. 난…… 빈손으로 항구로 돌아오는 사람이라고 할까……"

노사제는 불타는 장작을 조용히 들쑤시면서 말을 이었다.

"자넨 나와 다른 인간이지. 자넨 내 생각을 완전히 바꿔놓았어. 주교님께 자넬 보내달라고 청할 때, 난 자넬…… 내 세계로 끌어들이려는 어리석은 꿈을 갖고 있었다네. 그래, 바로 그거야…… 성적이 좋지 않은, 그리고 나를 꼼짝 못하게 하는 천부적 재능을 갖지 못한 젊은 사제를 데려다가 사목 자리에 맞도록 최신을 다해 가르치겠다는 것이있지…… 하지만 그건 내 생애 마지막에 떠맡기엔 너무 무거운 짐이었네. 그리고 또, 난 이렇게 고독 속에 사는 게 너무 행복했고, 그냥 이렇게 평화롭게 생을 마감하고 싶었다네. 여보게, 하느님의 심판은 말일세, 필시 한창 일하고 있을 때 우릴 덮칠 거야. 하느님의 심판이란 그렇지!"

한참 동안 아무 말 없이 침묵을 지키던 노사제가 다시 말을 이었다. "그러니까…… 자네가 나를 키우는 거란 말일세."

이 놀라운 말을 듣고서도 도니상 신부는 고개를 돌리지 않았다. 크게 뜬 눈에도 놀라움이 전혀 담겨 있지 않았다. 오직 그의 입술의 움직임에서 므무 스그레 신부는 그가 기도하고 있다는 것을 알 수 있었다.

"그 사람들은 성령의 가장 소중한 선물을 알아보지 못했던 거지." 노사제가 다시 말했다. "그들은 언제나 아무것도 알아보지 못하니까. 하느님께서 우리에게 이름을 내려주시네. 그냥 우리 이름은 빌려온 가짜 이름일 뿐이시……. 사네 안에는 싱령의 힘이 있던 밀일세."

밖에서는 새벽 삼종기도를 알리는 첫 세 번의 종소리가 마치 장엄한 경고처럼 울려퍼졌다. 하지만 그들의 귀에는 들리지 않았다. 난로의 장작이 소리 없이 무너지면서 잿더미 안으로 사라져버렸다.

"그러니까 지금 말이야." 므누 스그레 신부가 계속해서 말했다. "바로 지금 난 자네가 필요하단 말일세. 나 아닌 다른 사람이라면, 아무리 상황을 정확히 볼 수 있더라도, 이렇게 지금 내가 하는 것처럼 말하지 못했을 걸세! 못하지! 하지만 난 말을 해야겠네. 우리의 생에서 지금 우리가 맞이한 이 순간은—누구나 각자 이런 순간을 알리는 소리를 듣게 되지—진리가 저절로, 거부할 수 없을 정도로 분명하게 다가와서, 누구라도 손을 내밀기만 하면 단숨에 암흑의 표면으로, 신의 태양으로 올라갈 수 있는 그런 순간이란 말일세. 그러니까 인간의 신중함은 함정일 뿐일 테지. 미친 짓이란 말일세. 아! 성성(聖性)이여!" 노사제가 굵은 목소리로 외쳤다. "자네 앞에서, 오직 자네 한 사람 앞에서 이 말을 하는 게, 자네를 얼마나 괴롭히는 일인지 잘 알고 있네! 성성이 무엇인지 자네도 모르지 않겠지. 그건 소명이고 부름일세. 신이 자네를 기다리고 있는 그곳까지 올라가야 하는 거지. 오르지 않으면 파멸이고. 사람들한테 도움을 받을 수 있으리라곤 기대하지 말게. 자네의 순종과 우직함을 한 번 더 시험한 뒤에 이제 내가 떠맡은 책임을 분명하게 의식하면서, 자네에게 이렇게 말해도 좋다고 생각하게 되었네. 자넨 자신의 능력을 의심하고, 더욱이 하느님의 계획까지 의심하면서 막다른 골목에 들어선 거야. 난 이제, 물론 위험이 따르겠지만, 자넬 올바른 길로 옮겨놓으려 하네. 자넬 기다리고 있는 사람들, 자넬 먹이로 삼아버릴 영혼들에게 자넬 맡기려고 하는 거지. 부디 주님의 축복이 있기를……"

이 마지막 말에 도니상 신부는, 마치 총에 맞았다는 것을 느끼면서 쓰러지기 전에 본능적으로 몸을 일으키는 군인처럼, 몸을 일으켰다. 입을 꽉 다물고 턱을 당긴 채 이마에 고집이 실린 그의 표정 없는 얼굴에는 창백한 눈이 도저히 어쩌지 못하는 망설임을 담고 있었다. 한참 동안 그의 시선이 한 군데 머물지 못하고 이리저리 옮겨다녔다. 그러다 벽에 걸린 십자가에 눈길이 닿았고, 이내 므누 스그레 신부에게 고정되면서 갑자기 빛이 꺼지는 것 같았다. 이제 주임 사제는 그 눈길에서 맹목적인 순종만을 읽을 수 있었다. 영혼이 겁에 질려 비극적인 혼란에 빠지면서 그의 순종에는 숭고함이 어려 있었다.

"물러가도 될까요?" 자신감을 잃은 목소리로, 후에 룅브르의 사제가 될 사람이 말했다. "신부님 말씀을 듣는 동안 전 정말 혼동과 절망 속에 빠져드는 것 같았습니다. 이제…… 끝났군요. 전…… 신부님께서 바라시는 제 모습…… 그게 저의 모습인 것 같고…… 또……제가 가진 능력 이상으로 시험을 받는 것은 하느님께서 허락하시지 않을 겁니다."

말을 마친 뒤 도니상 신부는 밖으로 나갔다. 그의 등 뒤에서 문이 소리 없이 닫혔다.

* * *

그날 이후 도니상 신부는 평화를, 아주 야릇한 평화를 맛보았다. 처음에는 자기가 어떤 상태인지를 확인해볼 엄두도 내지 못했다. 행동을 삼가게 하고 더디게 만들던 수많은 끈들이 일시에 잘려나갔다. 비범한 인간임에도 불구하고 고위 성직자들의 시기심 혹은 소심함 때문에 오랫동안 눈에 보이지 않는 그물에 갇혀 있었던 그의 앞에 마침내 자유의 땅이 펼쳐졌고, 그곳에서 마음껏 날개를 편 것이다. 어떤 장애물이건 정면에서 다가가면 하나씩 그의 발 앞에 무너져버렸다. 이제 그 무엇으로도 넘출 수 없는 이 의지의 노력은 단 몇 주 만에 지성(知性)까지도 넘어서기 시작했다. 젊은 사제는 밤마다 책들을 탐독했다. 이전에 절망으로 덮어두었던 책들을, 물론 힘이 들긴 했지만, 므누 스그레 신부가 기적이라고 놀라 마지않던 집요한 주의력으로 모두 읽어낸 것이다. 바로 그즈음 도니상 신부는 성서에 대한 심오한 지식을 쌓게 되었다. 처음에는 물론 말로 드러내지는 않으면서─그는 일부러 단순하고 친근한 말을 계속 사용했다─생각을 키워나갔다. 20년이 흐른 뒤 어느 날 그는 르르뒤 주교에게 장난스럽게 말하곤 했다. "그해 전 730시간밖에 안 잤거든요……"

"730시간이라고 했습니까?"

"네. 하루에 두 시간 잔 거죠…… 그런데…… 우리끼리니까 하는 말이지만, 조금 속임수를 쓰기도 했지요."

므누 스그레 신부는 보좌 신부의 얼굴에서 이러한 내적 투쟁의 곡절을 가늠할 수 있었다. 하지만 감히 그 결말을 예측하지는 못했다. 가련한 도니상 신부는 여전히 다른 모든 사람들과 함께 식탁에 앉아 식사를 했으며, 또 여느 때와 다름없는 침착한 태도를 보이려고 애썼다. 하지만 노사제는 자칫하면 끊어져버릴 정도로 팽팽하게 당겨진 의지의 육체적 징후들이 날이 갈수록 분명해지는 것을 보면서 더욱 불안해졌다. 경험이 많고 통찰력이 뛰어난 그였지만, 아니 어쩌면 바로 그러한 자질을 남용한 탓으로, 캉파뉴의 주임 사제는 도니상 신부의 정신적 위기에 대해서 결과를 제어할 수 있으리라는 기대를 잃어버린 것은 물론이고 그 원인마저도 절반밖에 간파하지 못했다. 상대방의 귀에 들어오지도 않을 헛된 말과 쓸데없는 중용을 권하면서 자신의 권위를 소모하는 무리수를 두기엔 너무도 능란한 사람이었기에, 그는 그저 끼어들 만한 기회가 오기만을 기다렸다. 하지만 그런 순간은 오지 않았다. 아주 흔히 있는 일이지만, 교묘하게 다른 사람의 마음 속에 정열을 불러일으키고 하지만 더 이상 그것을 통제할 수 없게 되었을 때, 사람은 자기가 지금 길을 반대로 가고 있는 게 아닌가, 치료하려고 했던 병을 오히려 악화시키고 있는 게 아닌가 하는 두려움을 갖게 된다. 대상이 이 이상한 제자가 아닌 다른 사람이었더라면 아마도 좀더 침착하게 과도한 노동으로 혹사된 생체가 보이게 될 자연적인 반응을 기다릴 수 있었을 것이다. 하지만 이때 도니상 신부에게 그 과도한 노동은 병이 아니라 오히려 약이 아니었을까? 단 한 가지 집요한 생각에 사로잡힌 이 가련한 사람에게 그것은 기분을 전환하는 거친 소일거리가 아니었을까?

사실 도니상 신부는 겉으로 보기에는 아무런 변화 없이 매일매일의 일상적인 일들을 처리하면서, 몇 가지 계획을 과감하게 시도하고 있었다. 아침이면 그가 예의 그 걸음, 그러니까 빠르지만 조금 어색한 걸음으로 사제관에서 캉파뉴 성당까지 가는 가파른 오솔길을 올라가는 것을 볼 수 있었다. 미사를 마치면 감사 기도를 드렸고(기도가 너무 짧아서 오랫동안 므무 스그레 신부는 놀라움을 금치 못했다), 지친 기색 없이 기다란 몸을 구부리고 양손은 뒷짐을 진 채 브렌으로 가는 길로 들어서서 드넓은 들판을 이리저리 쏘다니곤 했다. 라캉슈 협곡의 능선에서 바다까지 펼쳐진 그 들판에는 길이 여러 군데 나 있었고 세찬 북풍이 휘몰아쳤다. 그나마 드문 인가는 여기저기 흩어져 있었으며, 철조망을 두른 목장으로 둘러싸여 있었다. 때로 발밑에서 미끄러지고 쓰러지는 서리 맺힌 풀 사이로 한참을 걸어가야 가축들의 발굽에 파여 흙탕물이 고인 조그만 수렁 가운데 낡은 기둥에 받쳐놓은 나무문을 찾을 수 있었고, 그나마 삐걱거리며 잘 열리지 않았다. 농가는 군데군데 땅이 우묵한 곳에 자리잡고 있었으며, 잿빛 하늘에는 한 줄로 올라가는 파란 연기, 그리고 암탉이 올라앉은 수레가 하늘 쪽으로 세워져 있는 것밖에 눈에 띄지 않았다. 빈정거리기를 좋아하는 이 지방 농부들은 사제복 소매를 걷어올리고 안개 속에 서서 헛기침을 하면서 어색함을 가리는 이 키 큰 보좌 신부를 경계하고 무시했다. 그가 오는 것을 보면 내키지 않아 하며 문을 열어주었고, 식구들은 난로 주위에 둘러앉아 좀처럼 이야기를 시작하지 않는 그가 입을 열기를 조심스레 기다렸다. 한눈에 저마다 대지(大地)에 성실하지 않은 농부, 돌아온 탕아를 알아본다. 상대방을 존중하는 그의 예의바른 어투에는 약간은 내려다보며 보호하려는 사람들이 갖는 친근함이 배어 있다. 무거운 침묵 속에서 모두 그의 짧은 설교를 듣는다…… 해가 지고 마을로 돌아갈 때면, 씁쓸한 수치심의 고통은 아직 입 안에 남아 있고 마음은 영원히 혼자이다!…… 도니상 신부는 슬픈 마음으로 '난 저들에게 선이 아니라 악을 행하고 있는 것이다'라고 생각했다. 그의 소심한 성격 때문에 우스꽝스러운 순교가 되어버린 이런 방문을 당분간 중지해도 좋다는 허락을 받은 적도 있었다. 하지만 그는 다시 농부들의 집을 기꺼이 찾아다녔다. 그리고 농부들이 빈정거리면서 '순시'라고 부르는 것, 그러니까 사순절에 헌금을 걷으러 다니는, 가장 굴욕적인 시련을 자기가 맡겠다고 나서서 므뉴 스그레 신부의 허가를 받아내기도 했다. 회의적이었던 므뉴 스그레 신부는 그가 아마도 한 푼도 걷지 못할 거라고 생각했다. 하지만 이 이상한 모금꾼은 정반대로 매일 저녁 탁자 구석에 미어터질 정도로 가득 찬 검은 모직 주머니를 내려놓았다. 지금 자기가 하는 일이 앞으로 어떻게 될 건가에 대해서 전혀 계산하지 않고 앞으로 똑바로 나아가는 사람이 갖는 저항하기 어려운 위력이 이제 모든 사람에게 영향을 미치게 되었던 것이다. 요령 있고 신중한 사람은 결국 자기들 스스로의 몸만 돌볼 뿐이다. 아무리 비열한 인간이라도 피해자가 그의 경멸을 온전히 받아들이는 것을 보면 웃음이 목구멍에서 멈춰버리는 법이다.

'정말 이상한 사람이군!' 하고 생각했지만, 그 말에는 야릇한 곤혹스러움이 담겨 있었다. 이 가련한 사람은 가장 구석진 곳에 자리를 잡고 앉아 낡은 모자를 손으로 만지작거렸고, 미리 준비해간 말이나 문장을 써먹으면서 자연스럽게 이야기를 돌려보려고 애쓰다가 결국 아무 말도 하지 못한 채 자리에서 일어나곤 했었다. 하지만 이젠 자기 자신과 싸우고 스스로를 극복하느라 다른 데 신경을 쓸 수 없었다. 그리고 자기 자신을 극복해냄으로써 이제 상대방을 설득하거나 회유하는 데 머물지 않고 그 이상의 것을 해냈다. 즉, 상대방을 정복하는 것이었다. 그는 갈라진 틈 사이로 스며들 듯이 사람들의 영혼 속으로 들어갔다. 그는 예전과 마찬가지로 빠른 걸음으로, 퇴비 웅덩이와 퍼덕이는 암탉들 사이로, 뜰을 가로질러갔다. 또한 예전과 마찬가지로 여전히 지저분한 어린아이가 한 손가락을 입에 문 채 그가 진흙 묻은 신발을 문지르는 모습을 곁눈질로 관찰했다. 하지만 일단 그가 현관에 모습을 드러내면 모두 말없이 자리에서 일어섰다. 어느 누구도 이 사람의 게걸스러우면서도 겁 많은 마음속을 알지 못했다. 그의 마음은 작은 장애물에도 절망에 빠질 정도로 타격을 입지만, 또한 그 어떤 것으로도 만족시킬 수 없는 것이었다. 그는 여전히 누가 미소만 지어 보여도 눈물을 흘릴 만큼 당황스러워하며, 애를 쓰며 노력해 마른 목구멍에서 한 마디씩 끄집어내는, 수줍음 많은 사제였다. 그러나 이러한 마음 속의 싸움은 이제 전혀 겉으로 드러나지 않게 되었다. 아무것도 드러나지 않는 태연한 얼굴에 그 큰 키를 구부리지도 않았고, 기다란 손도 거의 떨리지 않았다. 이전엔 사람들이 보여주는 자질구레한 예의, 그리고 그들의 모호한 말을 근심으로 가득한 깊은 시선, 결코 물러서지 않는 시선으로 상대했었다. 이젠 사람들에게 묻기도 했고 부르기도 했다. 지극히 평범한, 많이 쓰여서 타락한 말들도 조금씩 원래의 의미를 되찾아갔고, 이성스런 반항을 일깨웠다. 20년이 흐른 뒤 생질에 사는 늙은 소작인은 이렇게 말했다. "그 사람이 저런 어조로 하느님의 이름을 말할 때면, 아주 작은 소리였는데도, 마치 벼락이 내리친 것처럼 가슴이 쿵쿵 뛰었지……"

달변도 아니었고, 소박해서 끌리는 것도 없었다. 사실 나중에는 별 관심 없는 사람들까지도 그의 소박함을 경탄했지만, 그나마 대부분 믿을 수 없는 것이었다. 후에 룅브르의 사제가 될 이 사람의 말은 알아듣기 어려웠다. 어떨 땐 한마디를 할 때마다 실수를 하고 더듬거렸다. 동의어와 유사어를 편하게 구사하지 못했고, 말의 리듬을 따라가며 마치 밀랍처럼 거기에 맞추어 모양이 만들어지는 사고의 굴곡을 알지 못했다. 오랫동안 그는 자기가 느끼는 것을 제대로 표현하지 못하고 상대방을 웃게 만드는 서툰 말솜씨 때문에 괴로워했다.

하지만 이제 그는 물러서지 않고 앞으로 나아갔다. 자기가 꺼낸 말이 미처 끝까지 가지 못한 채 허공에 사라져버릴 때도 굴욕적인 침묵을 모면하려고 하지 않았다. 오히려 그런 순간을 찾아나섰다. 실패를 겪을 때마다 이제 그 무엇도 꺾을 수 없게 된 의지라는 태엽은 더욱 팽팽하게 감겼을 뿐이다. 그는 단도직입적으로 하느님의 은총에 대해서 말했다. 해야 할 말을 했고, 가장 무지한 자들도 곧 아무 저항 없이, 거부감 없이 그의 말을 듣게 되었다. 그런 사람이 하는 말이 거짓이라고는 생각할 수 없었던 것이다. 사람들을 어디로 이끌어가든, 언제나 그도 함께 올라가리라는 것을 느낄 수 있었던 것이다. 오랫동안 찾으려 애썼던 말 한마디를 통해 돌연 우리의 마음을 정통으로 찔러버리는 냉혹한 진리, 우리가 그 진리 때문에 상처를 받기 이전에 그는 이미 상처를 받은 것이다. 말하자면 그가 바로 자신의 가슴에 박힌 진리를 뽑아내온 것임을 사람들은 느낄 수 있었다. 학자들의 관심을 끌 만한 것, 희귀한 것은 전혀 없었다. 그저 아주 단순한 이야기였다. 이런 사람의 말은 들어야만 한다. 그뿐이다…… 주전자가 난로 위에서 흔들리며 소리를 내고 있고, 지친 개는 콧등을 다리 사이에 묻은 채 잠들어 있다. 그리고 밖에서 부는 강풍은 문의 돌쩌귀 틈새로 소리를 내고 있고, 까마귀는 텅 빈 하늘을 향해 목청 높여 울어댄다. 사람들은 그를 곁눈질로 살폈고, 우물거리면서 대답했다. 용서를 구하고, 자기들의 무지와 습관에 대해 변명했으며, 그가 침묵을 지키면 그들도 아무 말 하지 않았다.

"도대체 자넨 그 사람들에게 무슨 얘기를 들려주는가?" 므누 스그레 신부가 물었다. "모두 교회로 돌아왔더군. 내가 자네 이야기를 하면 하나같이 내 얼굴을 바로 쳐다보지 못하던데……"

그는 도니상 신부에게 가부간의 답을 요구하는 직접적인 질문을 피했다. 그 이유는 무엇이었을까? 신중함 때문일 수도 있고, 어쩌면 은밀한 두려움 때문일 수도 있었다. 어떤 두려움인가? 이미 불안해진 그의 마음 속에서 일어나는 은총의 작용은 당황스러울 정도로 격렬하고 모진 것이었다. 성탄절 전야에 도니상 신부에게 그토록 노골적으로 이야기한 후로 캉파뉴의 주임 사제는 더 이상 대화를 되풀이할 마음이 없었다. 그와의 대화를 생각할 때면 언제나 마음이 곤혹스러웠다. 하지만 그의 보좌 신부는 여전히 순종적이고 나무랄 데 없이 공손하지 않은가?…… 그를 가까이 한 동료 신부들 중에 어느 누구도 그의 마음 속에서 일어난 변화를 알아차리지 못했다. 그래서 사람들은 여전히 약간 경멸이 섞인 관대함으로 그를 대했다. 그리고 그의 열성과 신앙심을 칭송했다. 그의 지도 사제, 골수까지 성 쉴피스의 정신에 젖은 선량한 노인으로 목요일마다 그의 고해를 듣는 라리외의 주임 사제도 아무런 걱정을 하지 않았다. 바로 그 점이, 그러니까 므누 스그레 신부를 안심시켜야 할 것이 반대로 그를 실망시키고 심지어 불안하게 만들었다.

교묘하게 우회적인 방법을 써서 빛을 잃어가는 자신의 권위를 회복할 수 있다고 생각한 적이 몇 번 있었던 것 같다. 그럴 땐 내심 상대방이 자기를 거역하기를 바라면서 제안하고 암시하고 명령했다. 상대방의 말이 옳아서 그대로 따른다 하더라도 적어도 그 견디기 힘든 침묵은 깨질 수 있지 않겠는가! 하지만 도니상 신부는 여전히 겸허하게 순종함으로써 이 최후의 술책마저도 쓸모없는 것이 되게 해버렸다. 그가 제안을 하면 도니상 신부는 즉시 그 말을 따랐다. 지혜를 짜내서 그 가련한 사제의 인내심과 소심함을 시험해보았지만 아무 성과도 없었다. 예를 들어 오랫동안 주일 강론을 면제시킨 후 어느 날 갑자기 다시 강론을 맡겨보았다. 도니상 신부는 원망하는 말 하나 없이 시골 농부 같은 졸필로 뒤덮인 종이들을 급하게 챙기더니, 강론대에 올랐다. 길고 지루한 20분 동안, 그는 창백한 얼굴로 눈을 내리깔고 그날의 복음을 해설했고, 망설이고 더듬거리다가, 조금씩 열을 띠면서 끝까지 절망적으로 싸웠고, 마침내는 거의 비극적인, 일종의 초보적 웅변에 이르렀다. 요즘은 주일마다 강론을 하는데, 그가 입을 다물면 소곤거리는 소리들이 여기저기로 퍼져나가지만, 오직 그의 귀에는 그 소리가 들리지 않았다. 그리고 한순간 아무도 거부할 수 없는 속박에 얽매여 있다가 풀려난 청중들이 내쉬는, 그 무엇으로도 표현할 수 없는 깊은 한숨 소리가 들렸다.

"조금 나아지긴 했군." 돌아오는 길에 주임 사제가 말했다. "하지만 아직 너무 막연해…… 두서가 없고……"

"그렇지요!" 도니상 신부가 마음이 상해서 금방이라도 울음을 터뜨릴 것 같은 어린아이처럼 말했다.

그의 손은 점심식사 때까지도 떨렸다.

그 사이 므누 스그레 신부는 중대한 결심을 했다. 보좌 신부에게 고해실의 문을 개방했던 것이다. 그해 오뷔르댕의 주임 사제는 마리아회의 신부 두 명이 설교를 하는 피정(避靜)을 개최했다. 그런데 그중 한 명이 독감에 걸려 성주간 첫날에 발랑시엔으로 돌아가야만 했고, 오뷔르댕의 주임 사제는 캉파뉴의 주임 사제에게 도니상 신부를 빌려달라고 청했다.

"젊고 또 몸을 아끼지 않아서 쓸모가 많은 사람이지……"

므누 스그레 신부는 오랫동안 도니상 신부를 가르친 드니잔 신부와 많은 이야기를 나누었으며, 그의 조언에 따라 고해 성사는 극히 일부분만을 맡겼다. 그러나 그런 내용을 제대로 알지 못하는 전도 사제는 부득이 이 보좌 신부에게 자기 일의 일부를 떠맡겨버렸고, 결국 도니상 신부는 목요일에서 성 토요일까지 쭉 고해실에 있게 되었다. 광산 지대에 인접한 오뷔르댕은 상당히 큰 교구였으나, 피정은 엄청난 성공을 거두었다. 물론 부활절에 멋진 새 사제복을 걸치고 성직자석에 앉아서 많은 신자들이 성체 배령대에 무릎을 꿇는 모습을 바라보던 사제들 중 그 어느 누구도 이 말없는 보좌 신부에게 눈길을 주지 않았다. 그는 바로 죄인인 인간, 그러니까 이제 일생 동안 그를 놓아주지 않을 주인에게, 어둠과 침묵 속에서 처음으로 자기를 내맡긴 것이다. 도니상 신부는 그 누구에게도 그때의 결정적인 만남에서 얻은 고뇌, 아니 어쩌면 지고(至高)의 희열을 터놓고 말하지 않았다. 그러나 부활절 밤에 그를 다시 만난 므누 스그레 신부는 멍하게 어딘가에 빠져 있는 듯한 그의 모습이 놀라워서 평상시와 달리 굳은 어조로 물었다. 하지만 도니상 신부는 간단히 대답해버렸고, 므누 스그레 신부는 마음이 놓이지 않았다.

한참 뒤에 도니상 신부가 우연히 내뱉은 말은 그의 삶에서 가장 어두웠던 이 시기에 대해 희미하게 야릇한 빛을 비춰준다. 그로젤리에 씨에게 이렇게 말했던 것이다. "젊었을 때 난 악을 알지 못했습니다. 죄인들의 입을 통해 비로소 그것을 알게 되었습니다."

몇 주간이 그렇게 흐르고, 이 야릇한 불안의 원인이 무엇인지 드러나지 않은 채 그렇게 평화롭고 단조로운 생활이 이어졌다. 성탄절 전야에 마지막으로 대화를 나눈 후로 도니상 신부가 침묵을 지키고 있는 데 대해 므누 스그레 신부는 참혹한 실망을 느꼈다. 또한 이 미래의 룅브르의 사제가 보여주는 복종, 그리고 강요된 온건한 태도로는 그의 괴로움을 없애주지 못했다. 노사제로선 이유를 알 수 없는, 일종의 오해에서 빚어진 괴로움이었다. 그러나 그것이 그저 오해일까? 경험과 지식이 풍부해서 겉으로 드러나는 모습이 아무리 확실해도 결코 속는 일이 없는 이 노사제는 시간이 흐를수록 무언가 말할 수 없는 두려움이 양어깨를 짓누르는 것을 느꼈다. 매일 저녁 방으로 가기 전에 얌전히 무릎을 꿇고 그의 축복을 받는 커다란 아이는 비밀을 알고 있지만, 노사제는 그의 비밀을 알지 못했다. 무척 집요하게 그를 관찰했지만, 상대방의 마음 속에 오만과 야심이 움트고 있고, 불안에 싸여 무엇인가를 찾고 있고, 자신감과 절망이 번갈아 자리잡고 있음을 보여주는 외적인 징후……그러니까 속일 수 없는 불안을 나타내는 징후를 단 한 가지도 발견할 수 없었다. 자기를 피하는 시선을 쫓으며 생각하기도 했다. '이자는 내 말에 전혀 흔들리지 않은 것일까? 아니면 이자를 태우고 있는 불길은 순수한 것일까? 그의 행동은 완벽하고 나무랄 데가 없다. 그는 아주 열성적이고 유능하다. 이미 성직자로서 결실을 맺기 시작했다. 도대체 무슨 트집을 잡는 건가? 다른 사람이라면 저런 사람을 보좌 신부로 두고 나이 먹는 걸 너무도 다행스러워할 텐데! 분명 성자의 모습이다. 하지만 그의 내면에 있는 무언가가 나를 밀어내고, 나에게 경계심을 불러일으킨다. 그에겐 지금 한 가지가 빠져 있다…… 그에겐 기쁨이 빠져 있다……'

＊　＊　＊

　하지만 도니상 신부는 기쁨을 누리고 있었다.
　그것은 때로는 넘치도록 누리고 또 때로는 빼앗기기도 하는 그런 불안정하고 일시적인 기쁨이 아니었다. 보다 확실하며 깊은, 언제나 한결같고 끊기는 일이 없는, 그러니까 한 순간도 흔들림이 없는 기쁨, 생명 속의 또 다른 생명과 같은, 팽창하여 확장된 새로운 생명과 같은, 그런 기쁨이었다. 아무리 기억을 더듬어도 그와 비슷한 기쁨을 누린 적은 없었으며, 그런 기쁨을 예감하거나 갈망했던 기억도 없다. 지금 이 순간에도 그는 마치 얼굴도 모르는 주인이 조만간 나타나 다시 빼앗아버릴, 하지만 살아 있는 한은 포기할 수 없을 그런 위험한 보물과도 같이, 두려움을 간직한 채 게걸스럽게 그 기쁨을 누렸다.
　물론 기쁨을 드러내주는 외저인 징후는 전혀 없었다. 거대한 들판의 지평선을 향해 외치는 소리가 주위의 적막을 넘어서지 못하고 사라져버리듯, 모든 생각이 그 안에 잠겨 사라져버리는 빛, 그 원천이 눈에 보이지 않는 빛처럼, 그의 기쁨은 어느 것의 힘도 빌리지 않은 채 시작되고 그렇게 지속되는 것 같았다. 그것은 캉파뉴의 주임 사제가 엄청난 시련을 위해 선택한 바로 그날 밤, 그러니까 그 성탄절 밤이 끝나가던 때, 막 동이 틀 무렵에, 가엾은 도니상 신부가 불안에 휩싸인 마음으로 도망치듯 그 방을 빠져나온 바로 그날 밤이었다. 햇빛이라고는 하기 어려운 회색빛의 그 무엇이 창유리로 올라오고 있었고, 동시에 끝없이 펼쳐진 눈 덮인 회색의 대지가 올라오고 있었다. 하지만 도니상 신부는 그것을 보지 못했다. 담요를 걷어낸 침대 앞에 무릎을 꿇고서 야릇했던 대화의 한 구절을 되새기며 그 의미를 확인하려고 애쓰고 있었기 때문이다. 갑자기 들은 말들 중 하나가, 너무도 명확하고 선명해서 도저히 더 꾸밀 수도 없는 한마디가 귀어 속에 떠올랐다. 그는 보다 위험한 새로운 유혹을 무조건 떨쳐내기 위해 몸부림쳤다. 그 유혹에 이름을 붙일 수 없는 것이 무척 불안했다.

성성(聖性)! 숭고한 우직함을 지닌 그는 명령받은 대로 제일 밑에서 제일 높은 곳으로 단숨에 옮겨지는 것을 받아들였다. 빠져나오려 하지 않았다.

"신이 자네를 기다리고 있는 그곳까지 올라가야 하는 거지." 므누스그레 신부는 이렇게 말했었다. 그는 부름을 받은 것이다. "오르지 않으면 파멸이고." 그는 파멸하고 있었다.

그런 운명을 감당할 수 있는 능력을 갖지 못했다는 확신 때문에 기도도 입술에서 맴돌 뿐이었다. 그의 가련한 영혼은 신의 의지에 짓눌려 인간으로서는 감당할 수 없을 정도의 피로를 느꼈다. 생명보다 더 내밀한 어떤 것이 그의 내부에 정지되어 있는 것 같았다. 그리다 만 작품 앞에서 이룰 수 없는 걸작을 두 눈에 가득 담고서 죽은 모습으로 발견된 늙은 화가…… 더 이상 자기 것이 아닌 환영들—말하자면 키우던 짐승이 도망가버린 셈이다—에 시달리며 헛소리를 해대는 광인…… 능욕당한 소중한 연인의 육체 앞에서 입에 물린 재갈 때문에 오직 그 눈길로만 모든 증오를 담은 남자…… 이들보다 더 깊게, 도니상 신부는 절망의 칼날이, 날카롭고 사악한 그 칼끝이 파고드는 것을 느꼈다. 이 불행한 사제는 그때처럼 분명하고 명확하게 자기 자신의 모습을 본 적이 없었다(그는 그렇게 생각했다). 그는 무지하고 소심하며 우스꽝스러운 인간이었고, 의심 많고 편협한 신앙의 속박에 영원히 얽매여 있으며, 다른 사람들과의 접촉 없이 자기 안에 틀어박힌 고독한 인간, 또한 지성이나 감성 모두가 열매를 맺지 못하는 인간, 위대한 영혼들처럼 지나칠 정도로 많은 선(善)을 행하고 놀라울 정도로 거침없이 행동하는 능력이 없는 인간, 인간들 중 영웅적인 것과 가장 거리가 먼 인간이었던 것이다. 아아! 므누 스그레 신부가 그의 안에서 간파해낸 것은 바로 이전에 받은 선물, 하지만 이제는 모두 흩어져 사라져버린 선물의 잔재인 것을! 짓눌린 씨앗은 이제 더 이상 싹을 피울 수 없다. 하지만 그렇다 해도 땅에 뿌려진 씨앗이다. 하느님과 기묘하게 맺어져 있던 유년기의 갖가지 추억이 떠오르고, 그 꿈도 떠오른다. 오! 격렬했던 꿈이여! 그 꿈의 위험스런 쾌감을 두려워했었고 그래서 쓰디쓴 열정 속에 하나씩 감추었는데…… 침묵이 영원히 닫혀버리기 전, 그 며칠 동안 들려왔던 목소리를 잊을 수 없었다. 그는 하느님이 내민 손을, 질책하는 얼굴을 자기도 모르게 피했고, 산 너머에서 들려오는 최후의 외침, 한숨처럼 조그맣게 먼 곳에서 들려오는 지고(至高)의 부름을 피했다. 그리하여 한 걸음 한 걸음 옮길 때마다 점점 더 깊숙한 유배지로 들어갔다. 하지만 하느님의 종인 노사제가 이내 이마 위에서 확인한 그 징표는 여전히 간직하고 있었다.

그렇게 할 수 있었을 텐데…… 그렇게 해야만 했어…… 얼마나 무서운 말들인가! 한순간이라도 이 말들을 극복할 수만 있다면 다시금 지배자가 되리라. 싸움에서 패한 영웅은 이런 식으로 가까운 사람들에게 회고록을 구술하고, 이전에 세웠던 작전들을 끝없이 되풀이하며 과거를 되살려서, 아직까지 자기 마음 속에서 술렁이는 미래를 짓눌러버리는 것이다. 하지만 가장 강한 자들은 결코 중도에 포기하지 않는다. 확실한 양식을 지닌 사람이라도 어느 한계를 넘어서기만 하면 착란의 끝까지 나아가는 것이다. 앞으로 40년 동안 예수 그리스도의 눈으로 죄인을 바라볼 이 사람, 제아무리 반항적인 인간이라도 그 희망을 꺾을 수 없을 이 사람, 성녀 스콜라스티크(성 베네딕트 수녀회의 창시자: 옮긴이)처럼 보다 많이 사랑했기에 그토록 많은 것을 얻은 이 사람…… 이런 사람도 이 비극적인 순간에는 모든 것을 가능하게 해주는 십자가를 향해 눈길을 돌릴 힘조차 없었다. 기독교인이라면 그 영혼 속에 가장 먼저 떠오르는 생각, 우리의 무력감과 진정한 겸손과 떼어놓을 수 없는 것처럼 보이는 그 단순한 생각이 그의 머리 속에 떠오르지 않았던 것이다.

"우린 하느님의 은총을 흩뜨리고 말았어." 그의 마음 속에서 낯선 목소리가, 하지만 그의 목소리와 똑같은 어조로, 이렇게 되풀이해서 말했다. "우린 심판받았고, 벌받았어. 난 이미 존재하지 않아. 존재할 수 있었는데!"

20년이 지난 후 룅브르의 사제는, 후에 에그벨(프랑스 동부 사부아 지방의 도시: 옮긴이)의 트라피스트(중세 때 설립된 수도회. 기도·노동·엄숙·침묵을 계율로 한다: 옮긴이) 수도원의 원장이 된 드 샤라 신부가 자기 자신의 구원에 대해서도 의심을 품으면서 내적 고독을 벗어날 수 없다고 호소할 때, 눈물을 가득 머금은 눈으로 이렇게 대답했다.

"제발 부탁이네. 아무 말도 하지 말게…… 몇 가지 말이 얼마나 나를 유혹하는지 자넨 알 수 없을 거야. 생을 마감하는 침상에서라도, 그리고 주님의 손 안에서도, 난 그런 말들을 아무렇지도 않게 들을 수가 없다네."

하지만 드 샤라 신부는 계속 고집을 부렸고, 영혼들을 불쌍히 여겨 달라고 호소하면서 끝까지 들어주길 간청했다. 그러자 도니상 신부는 벌떡 일어났다. 얼빠진 눈에 입은 꽉 다물고 있었으며, 경련이 일 듯 떨리는 손으로 짚으로 만든 의자 등받이를 움켜쥐고 있었다.

"아무 말 하지 말라니까!" 하고 소리를 질렀고, 고백하던 상대방은 어안이 벙벙해져서 꼼짝도 할 수 없었다. "이건 명령이네!" 한동안 침묵이 흐른 뒤, 여전히 창백한 얼굴로 몸을 떨면서 도니상 신부는 드 샤라 신부의 얼굴을 가슴으로 끌어당겼다. 떨리는 손으로 그의 머리를 감싸안으면서, 눈물겨울 정도로 당황한 모습으로 말했다.

"여보게, 때로 난 이렇게 있는 그대로의 내 모습을 보이게 되지…… 가련한 영혼들…… 자기들보다 더 가련한 영혼을 찾아오는 영혼들!…… 나에 대해서 사람들은 이해할 수 없이 너그럽게 생각하기 때문에 나의 비참함까지도 또 다른 영광이 되어버릴까 봐, 그게 두려워서 아무한테도 말하지 못하는 시련이 있다네. 나를 위해 기도해줄 사람들이 필요한데, 사람들은 그저 나를 칭송할 뿐이거든!…… 자기들이 옳지 않다는 걸 깨달으려 하지 않지."

해가 중천에 떠올랐다. 12월의 서글픈 아침나절에, 아무 장식이 없는 작은 방은 누추하게 어지럽혀져 있었다. 나무 탁자 위에는 책들이 흩어져 있었고, 간이침대는 벽 쪽으로 밀쳐져 있었다. 바닥에 널브러진 담요 한 장, 색 바랜 종이…… 가련한 사제는 한동안 사방의 벽을 바라보았고, 그 벽이 너무도 가깝게 느껴지며 가슴을 짓누르는 것 같았다. 올가미에 걸려버렸고 도망치려 해도 출구 없는 복도밖에 없다는 느낌이 견디기 어려웠다. 그러면서 설명할 수 없는 공포에 휩싸이며 이마가 싸늘해지고 팔의 힘이 빠져버렸다. 그가 벌떡 일어섰다.

그리고 돌연 침묵이 흘렀다.

그것은 수많은 사람들의 무리가 긴장에 싸여 무언가를 기다리는 동안의 술렁임, 그 소리가 완전히 가라앉기 직전에 들려오는 낮은 술렁임과 같았다. 다시 한동안 대기의 깊숙한 물결이 천천히 흔들리다가 사라진다. 그리곤 조금 전까지 모두 소리를 질러대고 있던 그 거대한 인간의 무리가 단숨에 정적 속에 빠져버린다.

도니상 신부의 마음 속에서 지옥의 광기처럼 으르렁거리고 휙휙거리고 삐걱거리던, 서로 모순된 수많은 목소리들이 모두 그렇게 침묵했다. 유혹이 가라앉은 것이 아니라 사라져버린 것이다. 도니상 신부의 의지는 그 노력의 극한에서 장애물이 자취를 감추는 것을 느꼈던 것이다. 긴장의 이완이 너무도 갑작스럽게 찾아와서 가련한 신부는 마치 발밑의 땅이 꺼져버리는 것처럼, 근육 속까지 긴장이 풀어지는 것 같았다. 하지만 이런 최후의 시련은 단 한 순간뿐이었다. 조금 전까지만 해도 끝없이 무거워지는 짐에 짓눌려 희망 없이 허우적거렸지만 이제 어린아이보다도 가벼워져서 깨어났으며, 그 감미로운 공허에 잠겨 살고 있다는 의식마저도 잃어버렸다.

그것이 평화는 아니었다. 진정한 평화는 오직 힘의 균형이며, 그로부터 내면의 확신이 불꽃처럼 솟아오르는 것이기 때문이다. 평화를 얻은 자는 다른 그 밖의 아무것도 기다리지 않지만, 그는 뭔가 새로운 것이 나타나 이 정적을 깨뜨려주길 기다렸던 것이다. 지친 영혼이 인간 고통의 밑바닥에 이르러 휴식을 얻었을 때의 권태도 아니었다. 저편을 갈망하고 있었기 때문이다.

그것은 또한 신의 위대한 사랑 앞에서 자기를 잊는 겸손함도 아니었다. 존재 전체가 풀어지는 중에도 마음은 여전히 눈을 뜨고서 받는 것 이상을 주려고 하는 것이어야 하지만, 그는 그 어느 것도 원하지 않았다. 단지 기다렸을 뿐이다.

처음에 그것은 파악하기 어렵고 일시적인 기분, 외부로부터 온 것 같고, 빠르고 집요한, 거의 성가신 기쁨이었다. 불안정하며 말로 표현되지 않은 생각, 불꽃처럼 가벼운 욕망인데, 무엇을 두려워하고 또 무엇을 기대한단 말인가?…… 오케스트라의 연주가 시작되었을 때 지휘자가

정확하지 않은 음(音)의 진동을, 거의 눈에 띄지 않을 만큼 작은 소리를 맨 처음부터 알아차리지만 이미 그 소리가 터져나오는 것을 막을 수 없는 것처럼, 보좌 신부는 무엇인지 알지 못하면서 기다리던 것이 닥쳐왔다는 것을 의심하지 않았다.

흐릿한 창문 너머로 하늘 아래 지평선은 희미하고 거의 어둠침침한 윤곽밖에 드러나지 않았다. 하지만 반대로 작은 방에 비치는 겨울 햇살은 마치 물 너머로 보이는 것처럼 우윳빛으로, 꼼짝하지 않으며, 침묵으로 가득 차 있었다. 그리고 도니상 신부는 알 수 없는 그 기쁨이 실제로 있다고 절대적으로 확신하게 되었다.

불안이 사라지자, 서서히 이전에 불안을 일깨웠던 상념들이 떠올랐다. 하지만 그 상념들도 이제는 그를 괴롭힐 힘을 잃어버렸다. 처음에는 공포를 느꼈지만, 겁에 질린 기억은 그 상념들을 하나하나 주심스럽게 건드려보고 결국 점령해버렸다. 그 상념들이 이제 길들여졌고 공격적이지 않으며, 지금 체험하는 신비로운 희열의 겸허한 하인이 되었음을 느끼면서, 도니상 신부는 도취 상태에 빠졌다. 마치 섬광처럼 한순간에 모든 것이 가능한 것처럼 보였고, 가장 높은 곳까지 기어오른 것 같았다. 영원히 갇혀버렸다고 믿었던 심연의 밑바닥에서 한 손이 그를 단숨에 아주 먼 곳까지, 의혹이나 절망, 과오조차도 모습이 바뀌어 영광을 누리는 그 먼 곳까지 옮겨놓은 것이다. 한 걸음 내디딜 때마다 엄청난 노력을 해야 하는 그런 세계의 경계를 넘어서자, 가야 할 목적지가 마치 번개처럼 순식간에 그에게 다가왔다. 마음속에 보인 광경은 무척 짧았지만 눈이 부셨다. 그것이 사라지자 다시 모든 것이 어둠 속으로 가라앉는 것 같았다. 하지만 그는 여전히 온화한 빛 속에 살고 있었고 숨쉬고 있었으며, 얼핏 보였다 사라져버린 그 영상은 확신, 그러니까 그 쾌감으로 인해 마음이 오스러질 것 같은 그런 확신이 아니라, 무어라고 표현할 수 없는 예감을 남겼다. 그를 들어올렸던 손은 아직 사라지지 않았고 언제라도 손이 닿는 곳에서 준비를 하고 있었다. 이제 그를 그대로 두지 않을 것이다…… 그런 신비스런 존재에 대한 느낌은 너무도 강렬했기에 그는 고개를 돌리고 말았다. 마치 친구의 눈길을 찾는 것 같았다.

하지만 이러한 기쁨 한가운데서도 황홀감 안에 빨려 들어가지 않는 무언가가 있었다. 그 때문에 도니상 신부는 마지막 끈을 끊어버리지 못하고 있는 것처럼 괜스레 거북했고 짜증이 났다. 이 끈까지 다 끊기면 물결은 그를 어디로 싣고 갈 것인가?…… 때론 끈이 느슨해져서 마치 바다에 닻을 끌면서 흘러가는 배처럼 그의 존재가 밑바닥까지 흔들린다. 그것은 그저 끈일 뿐인가? 넘어서야 할 장애물일 뿐인가? 그렇지 않다. 지금 저항하고 있는 것은 맹목적인 힘이 아니었다. 그것은 느끼고 관찰하며 계산을 하고 있었다. 자기를 내세우기 위해서 싸우고 있었다. 그것, 그것은 바로 자기 자신이 아닐까? 천천히 깨어나고 있는 마비된 의식이 아닐까?…… 사도의 멋진 복음에 따르면(「히브리서」 4장 12절의 내용: 옮긴이), 기쁨이 퍼지면 영혼과 정신이 분리되기에 이른다. 죽지 않고서는 더 이상 나아갈 수가 없다.

그렇다! 고개를 돌린 도니상 신부는 그 어떤 다정한 눈길도 만나지 못했다. 단지 거울에 비친 얼굴, 창백하게 일그러진 자기 얼굴만이 눈에 들어왔다. 그는 곧 눈을 내리깔았으나 헛일이었다. 너무 늦었다. 그 본능적 동작 중에 이미 자기 자신의 모습을 보았고, 의미를 간파하려고 애썼다. 그는 무엇을 찾고 있었던 것일까? 그때까지 막연하고 흐릿했던 불안의 물질적 징후는 눈에 보이는 실재적 존재만큼이나 그를 두렵게 했다. 이제 도니상 신부는 그 존재에 대해 느낌 이상의 그 무엇, 무언가 분명하지만 말로 설명할 수 없는 감각을 지닌다. 이제 그는 더 이상 혼자가 아닌 것이다…… 그렇다면 누구와 함께 있는가?

한순간 떠오른 의혹은 이내 머릿속을 차지해버렸다. 처음엔 무릎을 꿇고 기도를 하려고 했다. 하지만 다음 순간 기도는 입술에서 멈춰버린다. 겸허한 탄식의 외침은 나오지 않을 것이다. 최후의 경고가 온다 한들 소용이 없을 것이다. 이미 대들 듯이 뒷발로 일어선 그의 의지는 일어나라고 깨우는 손을 벗어난다. 이제 자비도 연민도 기대할 수 없는 또 다른 손이 그의 의지를 사로잡아버린다.

아! 그 또 다른 손은 얼마나 강하고 교묘한가! 필요할 때는 인내할 줄도 알고, 때가 오면 전광석화처럼 민첩하다! 룅브르의 성자는 언젠가 적의 얼굴을 알게 될 것이다. 하지만 지금은 적의 최초의 간계에 맹목적으로 복종하고 그 첫 충격을 받아들여야 한다. 격렬한 싸움이었으며 쓰라린 죽음으로 끝나버린 이 비범한 인간의 삶, 만일 이때 그가 계략을 간파하고서 단숨에 하느님의 자비에 무조건 자기 자신을 내맡기고 도움을 청했더라면 그 삶은 어떻게 되었을까? 옛날이야기 같은 사연을 간직한 성자, 어린 왕자 같은 미소를 띠고 땅을 소유한 온유한 자(「마태복음」 산상수훈에 나오는 온유한 자의 이야기: 옮긴이)가 되었을까? 하지만 이런 공상이 무슨 소용이 있겠는가? 결정적인 순간에 그는 싸움을 받아들인 것이다. 교만해서가 아니라 자기도 어떻게 할 수 없는 마음속의 충동 때문이었다. 적이 다가오자 그는 두려움이 아니라 증오심 때문에 격해졌다. 그는 전쟁을 위해 태어난 인간이었다. 그가 가는 길 모퉁이마다 피가 흘러넘칠 것이다.

하지만 그의 정신의 꼭대기에 선 신비로운 기쁨은 거의 흔들림 없이 마치 바람 속의 작은 불꽃처럼 타오르고 있었다. 이제 그는 그 기쁨에 등을 돌리려고 한다. 오! 그것은 정녕 광기이리라! 체념에 빠져든 말 없는 슬픔 밀고는 그 어떤 온화함도 알지 못하는 이 메마른 영혼은 설명할 수 없는 이 희열에 대해 놀라움을 느꼈고, 그 다음엔 두려움을 느꼈으며, 마지막에는 짜증이 났다. 신비로운 상승의 첫 단계에서 현기증을 느낀 이 가련한 인간은 용기를 잃고서 이 수동적인 묵상을, 그리고 겉으로 보기에 너무 한가해서 당혹스러운 내적 침묵을 깨뜨리려고 노력했다. 그 다른 자는 신과 그 사이에 끼어들어왔다가 너무도 능숙하게 빠져나간다! 앞으로 나갔다 뒤로 물러서고, 다시 신중하고 지혜롭게 조심스레 나아간다. 너무도 능란하다!

가련한 사제는 올가미로 턱이 죄어들고 있을 때에야, 몸을 움직일 때마다 더욱 세게 죄어들 때에야, 비로소 자기 앞에 놓인 올가미를 알아차렸다. 밤이 되자 희미한 빛이 도전하듯 그 앞에서 번득거렸다…… 그는 기적처럼 사라져버린 그 충만한 고뇌를 다시 얻으려 했다. 다시 오라고 호소했다는 말이 맞을 것이다. 기분나쁜 밤중에 길이 갈라지는 곳에 서 있을 땐 그 어떤 확신이라도, 설령 가장 나쁜 것이라 해도, 불안해하며 멈춰 선 것보다는 낫지 않겠는가? 이유 없는 이 기쁨이 환상에 지나지 않을 수도 있다. 가장 내밀하고 깊은 곳에서 갑자기 생겨난, 대상이 없는 은밀한 희망은 교만한 자부심과 마찬가지인 것이다. 그렇다! 은총의 움직임은 이런 관능적 매력을 갖지 않는다…… 이 기쁨을 뿌리째 뽑아내야 한다!

결심이 서자 그는 더 이상 주저하지 않는다. 즉시 그 자리에서 희생을 이루어야 한다는 생각은 그의 마음 속에 끈질긴 절망이라는 또 다른 불꽃을 솟아나게 한다. 그 절망이라는 불꽃은 이 특별한 인간의 강점이자 약점이었으며, 바로 그 무기로 사탄은 수없이 그의 심장을 찌르게 될 것이다. 이제 그의 얼굴은 얼음처럼 싸늘해졌고, 어두운 눈빛에는 의식적으로 거칠어지겠다는 결의가 담겨 있었다. 그는 창가로 다가가 창문을 열어젖혔다. 므누 스그레 신부의 전임자는 무슨 생각으로 그랬는지는 알 수 없지만 창문 받침목이 부러진 자리에 제의실의 장에 들어 있던 청동 쇠사슬을 끼워놓았는데, 도니상 신부는 억센 손으로 그 사슬을 고정시킨 못 두 개를 뽑아버렸다. 잠시 후 그 이상한 수도(修道)용 채찍은 획획 소리를 내며 그의 맨 등으로 향했다.

링브르의 주임 사제의 이상하고 희귀한 고행은 우연히 언뜻 들려오는 말, 성당을 자주 방문하던 사람들의 증언, 아주 드문 일이지만 도니상 신부가 아주 모호하게나마 털어놓은 말, 그저 이런 것으로 상상할 수 있을 뿐이다. 아무도 모르게 하려고 신경을 많이 썼던 것이다. 때로는 호기심을 가지고 바라보는 사람들을 헷갈리게 만들기도 했다. 또 (전해지는 말에 따르면) 영혼을 탐독하는 어느 유명한 작가가 이 놀라운 고행자를 보러 왔다가 신비의 환상을 안고 돌아갔다고 한다. 그의 고행 중 몇 가지, 예를 들어 이성을 넘어설 만큼 무시울 정도로 엄격하게 행한 단식 같은 것은 사람들에게 대부분 알려졌지만, 보다 가혹한 다른 고행의 비밀은 그의 죽음과 함께 묻혀져버렸다. 그가 마지막으로 기도한 것은 동료 사제가 의사를 부르지 않도록 해달라는 것이었다. 당시는 브레스(프랑스 동부 손 강 유역 지방: 옮긴이) 읍에서 하녀를 하다가 후에 마리데장주('천사들의 마리아'란 뜻의 수녀회: 옮긴이) 수녀가 된 한 처녀가 시중을 들었는데, 그녀의 말에 따르면 도니상 신부의 목 밑 부분과 양어깨는 상처투성이였으며, 그중 몇 군데는 새끼손가락만 한 두께로 살이 늘어져 있었다고 한다. 처음 그의 병세가 악화되었을 때 이미 의사 르발은 양 옆구리에 심한 화상으로 인한 묵은 상처를 보았다. 의사가 그 앞에서 조심스럽게 놀라움을 나타내자 성자는 얼굴을 붉히며 곤혹스러운 표정으로 침묵을 지켰다.

"저도 젊었을 땐 어리석은 일들을 했습니다" 하고 도니상 신부는 어느 날 밤엔가 사막의 수도사들의 삶에 관한 이야기를 읽어주던 나르장 신부에게 이렇게 말했다. 무엇을 말하는 건지 그가 눈으로 묻자 도니상 신부는 극히 당혹스러운, 하지만 악의 없는 장난기가 어린 미소를 지으면서 대답했다.

"젊은 사람들은 그 어떤 것에 대해서도 의심하지 않는답니다. 젊은 혈기로 시행착오를 겪는 거랄까요."

도니상 신부는 침대 옆에 서서 침착하게, 하지만 격렬하게 쇠사슬을 몸에 내리쳤다. 처음 몇 대 만에 살이 부어오르고 피가 비쳤다. 그러더니 갑자기 뻘건 피가 솟구쳐올랐다. 매번 쇠사슬은 휙휙 소리를 내며 머리 위를 돌아 옆구리를 내리치면서, 살모사처럼 허리에 감겼다. 도니상 신부는 역시 같은 동작으로 사슬을 풀어내곤, 마치 마당에서 보리타작하는 일꾼처럼, 주의를 기울여 규칙적으로 치켜들었다. 예리한 고통이 느껴질 때마다 낮은 신음 소리를 냈고, 그 후에는 깊은 한숨만 쉬었다. 이제 고통은 허리 위로 흐르는 피에 잠겨 흐려졌고, 피가 허리를 감싸는 끔찍한 느낌밖에는 없었다. 발밑에서 불그스레한 흔적이 점점 커지는 것을 도니상 신부는 보지 못했다. 그는 자기 시선과 희끄무레한 하늘 사이에서 피어오르는 장밋빛 안개를 황홀한 눈으로 바라보았다. 갑자기 그 안개가 사라지고, 그와 더불어 눈과 진흙이 어우러진 경치도, 밝은 햇빛마저도 사라졌다. 하지만 다시 찾아온 어둠 속에서도 그는 여전히 사슬을 내리쳤다. 쓰러져 죽을 때까지 그랬을지도 모른다. 그의 생각은 극심한 육체적 고통에 마비되어버린 것처럼 정처 없이 떠돌았고, 그 어떤 욕망도 생기지 않았다. 그가 지닌 유일한 욕망은 바로 이 견딜 수 없는 육체 속에 숨어 있는 자신의 악(惡)의 근원에 도달하여 그것을 파괴하고 싶다는 것이었다. 매번 자기 몸을 난폭하게 내리칠 때마다 그는 만족하지 못하고 그보다 더 강한 고통을 원했다. 배반당한 사랑으로 이제 모든 힘이 파괴를 위해 존재하는 그런 극한점에 와 있었기 때문이다. 아마도 그는 너무 무거워서 높은 곳으로 끌어올릴 수 없는 자기 자신의 한 부분, 자기 존재의 비참함이라는 무거운 짐을 압박하고 증오한다고 생각했을 것이다. 어쩌면 그는 이 죽음의 육체를, 그러니까 사도도 벗어나고 싶어했던 그 육체(「로마서」 7장 24절의 내용: 옮긴이)를 벌주고 있다고 생각했을 것이다. 하지만 그의 마음 속에 유혹은 이미 더욱 깊숙하게 자리를 잡았고, 그는 자기 자신을 송두리째 증오했다. 꿈을 잃고선 더 이상 살 수 없어서 자기 자신을 증오한 것이리라…… 하지만 그가 손에 든 무기는 소용없는 것이어서, 그것으로 자기 육체를 찢는다 한들 헛된 일이었다.

그렇지만 그는 땀과 피에 뒤범벅이 된 채 눈을 감고 쉬지 않고 사슬을 내리쳤다. 일 수 없는 분노만이 그가 서 있을 수 있도록 시냉해주는 것 같았다. 이제 마치 깊은 물 속에 수직으로 곤두박질할 때처럼 날카로운 이명(耳鳴)이 귀 안에 가득했다. 꼭 감은 눈꺼풀 사이로 두세 번 짧고 높은 불길이 솟아올랐고, 그러자 머리가 아프게 흔들릴 정도로 관자놀이가 고동쳤다. 억센 손가락 사이에 잡은 사슬은 한 번 내리칠 때마다 더 부드럽게 살아나서 이제 가벼운 소리만을 내면서 기묘할 정도로 민첩하고 음험해졌다. 룅브르의 성자라 불린 이 사람도 이때 이후로는 이렇게 미친 듯 무모한 마음으로 감히 자연을 거스르는 일을 하지 못했다. 다시는 그런 도전을 하지 못한 것이다. 그의 허리 살은 이제 수없이 사슬에 물어뜯겨 거품이 이는 피로 뒤범벅이 된, 이글거리는 상처에 지나지 않았다. 하지만 이 모든 상처에서 도니상 신부는 뭔지 모를 완전하고 황홀한 고통을 느꼈다. 그것은 마치 강렬한 빛을 마주하며 눈이 부셔서 고통스러워할 때 시선이 맛보는 현기증에 비할 수 있는 것이었다. 한순간 너무 빨리 휘두르는 바람에 쇠사슬이 휘어 손에서 빠질 뻔하면서 아주 거칠게 가슴을 때렸다. 쇠사슬의 제일 끝 고리가 오른쪽 가슴 위쪽을 세게 찍으면서 대패로 깎아낸 것처럼 살점이 한 조각 뜯겨나갔다. 그는 고통스러워서라기보다는 너무 놀라서 날카로운 비명을 질렀으나, 이내 그것을 삼키면서 다시 쇠사슬을 들었다. 그의 두 눈에서 타오르는 불꽃은 이제 더 이상 이 세상의 것이 아니었다. 스스로에 대해 품었던 맹목적인 증오는 이 지상에서는 그 무엇으로도 진정시킬 수 없는 것이며, 설사 그것을 달래기 위해 인류의 모든 피가 한꺼번에 흐른다 해도 이글거리는 철판 위에 물 한 방울이 떨어진 것과 다름없는 것이었다…… 팔을 내리자 손가락이 저절로 벌어지면서 힘없이 손이 늘어졌다. 그와 동시에 허리가 구부러지면서 한꺼번에 모든 근육의 힘이 빠져버렸다. 도니상 신부는 무릎으로 기어서 일어서려고 애썼다. 하지만 경련이 일어났고, 다시 비틀거리며 두 팔을 뻗었다. 다시 창문 쪽으로, 반쯤 열린 눈으로, 뭔지 모르는 채 어렴풋이 보이는 밖의 희미한 빛 쪽으로 다가가려고 했지만 마음대로 되지 않았다. 그가 견뎌낸 무시무시한 투쟁은 이미 희미한 기억, 꿈의 기억 같은 불분명한 기억이었을 뿐이다. 이렇게 해서 악몽이 지나간 뒤에도 보이지 않는, 설명할 수 없는 존재인 불안은 살아남아 이 새벽의 평화와 묵상 속에 자리잡고 있었다. 그는 침대 끄트머리에 앉아 머리를 떨구고 잠이 들었다.

잠에서 깨어났을 때 햇빛이 방을 가득 채우고 있었고, 맑은 하늘에 울려퍼지는 종소리가 들렸다. 시계는 9시를 가리키고 있었다. 그는 한참 동안 벽에 비친 햇빛만 바라보았다. 그러다 전나무로 된 마룻바닥에 핏자국이 크게 고여 있고 쇠사슬이 옆에 던져져 있는 것을 보고 깜짝 놀랐다. 이내 어린아이 같은 미소를 띠었다. 이제 그 무서운 일이 끝났다. 드디어 끝났다. 끝이 난 것이다. 그가 겪은 착란은 아무런 회한도 남기지 않았다. 세세한 장면들이 하나씩 머릿속에 떠오르면, 그는 매번 호기심도 분노도 없이 그것을 밀쳐두었다. 이제 그의 상념은 저 너머에, 극히 부드러운 빛 속에 떠다니고 있었다! 도니상 신부는 자신의 상념이 일생의 그 어느 순간보다 더 조용하고 투명함을, 설명할 수는 없지만 과거로부터 떨어져나왔음을 느낄 수 있었다. 이제 잠이 깰 때의 짓눌림, 마비된 듯한 상태도 사라졌다. 최후의 장막이 걷히고, 명석하고 적극적인 의식으로, 그러나 초인적인 해탈의 상태에서 자기 자신을 바라보고 있었다.

해는 이미 중천에 떠 있었다. 보그르낭을 오가는 역마차가 삐걱거리며 지나갔다. 작은 뜰에서 귀에 익은 므누 스그레 신부의 목소리가 들려오고, 좀더 높은 다른 목소리, 그러니까 가정부 에스텔이 대답하는 소리도 들렸다. 도니상 신부는 귀를 기울였고, 사시 이름을 두 번 부르는 것을 들었다. 본능적인 동작으로 침대 밑으로 뛰어내려가려고 했지만, 발이 땅에 닿자마자 심한 통증이 몸을 죄어왔다. 그는 목구멍에 가득 찬 비명을 참아내며 방 가운데 서 있었다. 갑자기 마법이 풀린 것이다. 그는 무엇을 했던 것일까?……

* * *

도니상 신부는 몸을 구부린 채 한동안 꼼짝하지 않으면서, 다시 정신을 가다듬어 두번째 발자국을 떼기 위해서 노력했다. 온몸을 곧추세우고 바닥에서 발을 떼어 들어올릴 순간을 기다렸다. 책상 위에 놓인 거울에 악몽 같은 자신의 모습이 비쳤다. 너덜너덜해진 내의 밑으로 드러난 옆구리는 온통 상처투성이였다. 가슴 밑의 상처에서는 아직도 피가 흘러내렸다. 등과 허리는 살갗이 더 깊이 찢어져서 마치 뜨거운 불저럼 타오르며 견디기 힘든 고통을 주었다. 한 팔을 들어올리려고 하자 날카로운 불길이 심장까지 찔러왔다. '내가 뭘 한 거지?' 그는 낮은 소리로 되풀이했다. '내가 뭘 한 거지?' 당장에라도 므누 스그레 신부한테 가야 할 거고, 금방 시끄러운 파문이 일 것이며, 상처 때문에 여러 가지 치료를 받게 될 것이고…… 줄지어 떠오르는 이런저런 생각들이 그를 짓눌렀다. 이 사람과 마찬가지로 성스러운 공포에 사로잡혀서 때로 자신의 육체를 향하여 무기를 들었던 신의 종들…… 단 한 순간도 이 별난 사제는 그 성자들을 생각함으로써 자신을 변호할 생각을 감히 하지 못했다. 그저 '한 발만 더 움직이면 상처가 벌어질 텐데…… 사람을 불러야겠군' 하는 생각뿐이었다.

눈을 아래로 돌리자, 커다란 구두 주위에 피가 고여 있는 것이 보였다.

"신부?" 문 너머에서 조용한 목소리가 들렸다. "신부?"

"주임 사제님이십니까?" 도니상 신부 역시 조용한 목소리로 대답했다.

"이제 곧 미사를 알리는 마지막 종이 울릴 걸세. 시간이 되었네. 시간이 없어. 혹시 많이 아픈 건가?"

"잠시만 기다려주십시오." 도니상 신부가 침착하게 대답했다.

그는 마음을 정했다. 주사위는 던져졌다.

도대체 어떻게 해서 이를 악물고 다시 한 걸음, 결정적인 한 걸음을 내디뎌 세면대까지 가고, 또 서둘러 적갈색의 억센 타월을 물에 적실 수 있었을까? 한숨 한번 쉬지 않으면서 등과 옆구리에 얼음같이 차가운 물이 물어뜯는 것을 참아낸 것은 정녕 기적이었다! 또 어떻게 해서 그는 그 예민해진 살갗 위로 시원찮은 내의 두 장을 걸칠 수 있었을까? 더구나 천천히 흘러나오는 피를 지혈시키기 위해서 아주 세게 조여야 했으며, 그래서 몸을 움직일 때마다 내의의 주름진 부분이 더욱 깊숙이 죄어들었다. 그는 조심스럽게 바닥을 닦고, 피에 젖어 뻘겋게 된 속옷들을 감추어놓고, 구두를 솔질하고, 모든 것을 정돈한 후 계단을 내려갔다. 길에 들어서서야 비로소 자유롭게 숨을 쉬었다. 그전까지는 열이 나서 오한으로 턱이 떨리는 것을 므무 스그레 신부한테 감추기 위해서 숨을 참았던 것이다. 겨울바람이 뺨에 세차게 내리쳤고, 두 눈 안쪽은 숯불처럼 타오르는 것 같았다. 살을 에는 듯한 바람 속에서 먼지처럼 휘날리는 무지갯빛 눈가루 사이로 도니상 신부는 햇빛 가득한 종탑을 뚫어지게 바라보았다. 성당에 오느라 옷을 차려입은 부부들이 지나가다가 인사를 했지만, 그 모습이 눈에 들어오지 않았다. 성당까지 300미터를 걸어가느라 스무 번이나 정신을 가다듬어야 했다. 하지만 변함 없이 일정한 그의 걸음걸이에는 내적인 투쟁의 흔적이 조금도 드러나지 않았다. 인간 각자에게 자기 몫으로 주어진 만큼밖에 갖지 못한, 돌이킬 수 없는 깊숙한 힘을 아끼지 않고 두 손 가득 잡아 던지고 있는데도 말이다. 작은 묘지 입구에선 구두에 박힌 징이 규석(硅石)에 미끄러지면서 넘어지고 말았다. 진정 초인적인 노력으로 겨우 몸을 일으킬 수 있었다. 이제 스무 걸음만 옮기면 성당의 문이다. 겨우 그곳에 이르렀다. 그러고 나면 또 다른 작은 문, 제의실의 문이 있다. 흑백 타일이 격자무늬로 놓여 현기증을 일으키는 바닥, 그 위에 스테인드글라스의 그림자가 춤추는 모습이 희미하게 보이는 바닥을 지나, 그곳까지 가야 한다. 송진과 향 냄새, 그리고 흘러넘친 포도주의 강한 냄새가 가득 찬 제의실까지…… 주위에는 붉은색과 하얀색의 옷을 입은 성가대 아이들이 벌떼처럼 뛰어다니며 떠들어대고 있었다. 그는 눈을 감고서 기계적인 동작으로, 기도문을 중얼거리면서 하나씩 장식을 걸쳤다. 제의의 띠를 맬 때는 신음 소리를 냈고, 제단 아래에 당도할 때까지 계속 눈에 띄지 않는 신음이 이어지면서 목구멍 안을 맴돌았다. 등뒤에서 수없이 많은 갖가지 소리가 성당의 둥근 천장까지 튀어올랐고, 그 소리들은 모두 뒤섞여 신음 소리처럼 들려왔다. 입당 성가가 울리면 팔을 벌려 바로 이 메아리치는 공허를 맞아들여야 한다…… 그는 발로 더듬거리며 계단을 세 칸 올라서서 멈췄다. 그리곤 십자가를 바라보았다.

오! 이 세상에서 실체가 없는 색과 소리밖에 알지 못하는 자들이여! 감상적인 마음을 가진, 가혹한 진실도 마치 사탕과자처럼 녹여버리는 서정적인 입을 가진 자들이여! ─어설픈 마음이여, 어설픈 입이여! ─이건 결코 너희들을 위한 것이 아니다. 너희들의 짓거리는 바로 너희들의 연약한 신경, 너희들이 애지중지하는 두뇌에서 나오는 것이리라. 그리고 너희들이 기묘한 제의를 올리는 사탄은 바로 너희들 자신의 비뚤어진 모습일 뿐이다. 이 육신의 세계를 섬기는 자는 바로 그 자신이 사탄인 것이다. 괴물은 웃으면서 너희들을 바라보고 있다. 하지만 발톱을 세워 너희들을 움켜쥐진 않는다. 괴물은 허튼소리를 늘어놓는 너희들의 책 속에 있는 것이 아니다. 너희들이 행하는 신성 모독에도, 우스꽝스러운 저주에도 없다. 그 괴물은 너희들의 탐욕스런 눈길에도, 음험한 손에도, 허영으로 가득 찬 귀 안에도 들어 있지 않다. 보다 은밀한 육체, 너희들의 욕망이 한 순간도 충족을 얻지 못한 채 돌아다니고 있는 육체에서 그 괴물을 찾아도 소용이 없다. 입을 깨물어도 색 바랜 창백한 피가 흐를 뿐이다. 하지만 괴물은 분명 존재한다. 괴물은 은둔자의 기도에, 그가 행하는 단식과 고행에 존재하며, 가장 깊숙한 희열에, 마음의 고요 속에 존재한다. 괴물은 성수(聖水)에 독을 타고, 축성(祝聖)된 초

안에서 함께 불타고 있으며, 동정녀들의 숨결 속에서 호흡하고 있고, 고행복과 고행 채찍과 함께 몸을 찢으면서, 이렇게 일체의 모든 길을 타락시키는 것이다. 진리의 말을 들려주기 위해 열린 입술 위에서 괴물이 거짓말을 한다. 괴물은 황홀한 지복(至福)의 천둥번개 속에, 심지어 신의 팔 안에까지, 의인(義人)을 쫓아다닌다. 무엇 때문에 이 땅의 많은 사람들, 다시 땅 밑에 누워 흙에 덮일 날을 기다리면서 짐승처럼 꿈틀거리는 인간들과 싸우려 하겠는가? 이름 없는 인간들의 무리는 저절로 운명을 향해 가는 것을…… 괴물의 증오는 성자들만을 노린다.

이제 그는 십자가를 바라본다. 전날부터 기도를 하지 않았고, 지금도 기도하지 않는다. 어떤 경우에도 그의 입술에는 간청의 말이 올라오지 않는다. 지난밤의 격렬한 전투에서는 물러서지 않고 반격하는 것이면 충분했다. 절망적인 싸움에서 자신의 생명을 지키려는 자는 필사적으로 앞을 바라볼 뿐, 선인에게나 악인에게나 변함없는 빛을 내리는 하늘을 살펴보지 않는다. 극도의 피로 속에서 여러 가지 기억이 몰려왔다. 하지만 그 기억들은, 수많은 광선이 렌즈의 초점으로 모이는 것처럼, 기억의 한 점으로 모여들었다. 그러면서 모두가 한 가지 고통을 만들어냈다. 모든 것이 그를 배반하고 기만했다. 모든 것이 그에게는 함정이며 추문이었다. 므누 스그레 신부의 말은 범속성에 함몰되어 절망스럽게 신음하고 있던 도니상 신부를 높은 곳으로, 추락을 피할 수 없는 높은 곳으로 올려놓았다. 이전처럼 신에게서 버림받았다는 절대적 고독감에 빠져 있는 것이 기쁨에 배반당하는 것보다 나은 것이 아니었을까? 한순간이나마 그토록 사랑했기에 더욱 증오스러운 기쁨이여! 희망의 열광이여! 오! 미소여, 배반의 입맞춤이여! 무표정한 그리스도상을 뚫어지게, 입술에 단 한 마디도 올리지 않고 한숨도 쉬지 않으면서, 여전히 바라보고 있는 그의 시선에 한순간 이 맹렬한 영혼의 격분이 드러났다. 한창 연회가 벌어지고 있는 방의 크고 휘황찬란한 창문에 언뜻 비치는 사악한 가난뱅이의 얼굴 같았다. 그 시선이 말하길, 모든 기쁨은 사악합니다. 모든 기쁨은 사탄에게서 옵니다. 아! 내 유일한 벗이 지금 나를 특별히 사랑한다고 생각하고 있지만, 난 그것을 받을 자격이 없으니 더 이상 환상을 품지 않게 하시고, 나를 부르지 말아주소서! 나를 원래의 무(無)로 돌려주소서! 나를 스스로는 움직일 수 없는 물질로, 당신의 작품의 재료로 써주소서. 나는 영광을 원치 않습니다. 기쁨을 원치 않습니다! 희망조차도 원치 않습니다. 내가 무엇을 드려야 합니까? 나에게 무엇이 남아 있습니까? 오직 이 희망 하나입니다. 내게서 그것을 거두소서. 가져가소서. 가능하다면, 당신을 증오하지 않고, 당신에게 내 구원을 맡기겠습니다. 당신이 조롱하듯 나에게 맡기신 이 영혼들을 위해서 지옥에 떨어지겠습니다.

 그는 이렇게 심연에 도전했다. 엄숙한 맹세로, 순수한 마음으로, 심연을 불렀다.

3

캉파뉴의 보좌 신부는 볼랭쿠르로 가는 길로 들어서서, 들판을 가로질러 에타플 쪽으로 내려갔다.

"기껏해야 30리 정도 되니까 산책 삼아 다녀오게." 떠나기 전 므누스그레 신부가 말했다. "걸어서 가게나. 자넨 걷는 걸 좋아하니까."

이 가련한 사제가 기차 타는 것을 좋아하는 순박한 취향이 있다는 것을 모르지 않는 노사제의 말이었다. 하지만 이빈엔 도니상 신부는 보통 때처럼 얼굴을 붉히지 않았다. 약간 장난스럽게 미소를 지어 보이기까지 했다.

캉파뉴의 주임 사제는 피정의 마지막 행사 때문에 애를 쓰고 있던 에타플의 주임 사제에게 그를 보낸 것이다. 1주일 전부터 대속회(代贖會) 때문에 하루에 세 번씩 많은 사람들을 상대로 이야기하느라 지쳐버린 두 사제가 도움을 요청했기 때문이다. 고해실에서 하루 종일, 그리고 밤을 보내는 마지막 시련을 이 지친 사제들에게 겪게 할 수는 없었기에, 에타플의 수석 사제가 "귀 본당의 젊은 사제가 그 열성으로 우리를 좀 도와주었으면 합니다"라는 편지를 보내왔고, 도니상 신부는 이 악의 없는 부름에 급히 달려가게 되었다.

11월의 비를 맞으며 도니상 신부는 아무도 없는 초원을 성큼성큼 걸었다. 왼쪽으로 흐르는 듯한 잿빛 하늘 밑에 깔린 지평선 저 끝에, 보이지 않지만, 바다가 있음을 알 수 있었다. 오른쪽으로는 마지막 언덕이 있다. 그리고 앞쪽으로는 아무 소리도 들리지 않는 평평한 들판이 펼쳐져 있다. 서풍이 불어와 사제복이 무릎에 들러붙었고, 이따금 소금기 섞인 차가운 물방울이 흩날렸다. 그러나 도니상 신부는 면으로 만든 우산을 겨드랑이에 낀 채 조금도 옆으로 벗어나지 않으면서 규칙적으로 걸음을 옮겼다. 그 이상 무엇을 바랄 수 있겠는가? 한 발자국 옮길 때마다 외로운 슬픔으로 기묘하게 둘러싸인, 이미 이름이 알려진 유서 깊은 성당으로 조금씩 다가갔다. 그곳에 가면 고해실 주위에 여자들 몇 명이 모여 있을 것이다. 앞자리를 잡는 솜씨가 좋고 따지기 좋아하는 그 여자들은 이중 삼중으로 긴장이 풀린 눈빛에 입술은 경건하게 다물거나 혹은 심술궂게 찌푸린 채, 신앙심 깊은 얼굴을 하고 있을 것이다. 그 웅성거리는 여자들 옆에는 남자들이 어색해하며 뻣뻣하게 서 있으리라! 아주 기묘한, 아니 이런 문제를 이렇게 말해도 된다면, 아주 색다른 일이다! 여기까지 생각이 미치자 무뚝뚝한 젊은 사제는 그들을 향한 마음으로 마음이 급해지면서 흥분되었다. 그는 미소를 지으며 자기도 모르게 걸음을 재촉했다. 미소가 너무도 부드럽고 슬펐기에, 지나가던 마부가 이유도 모른 채 모자를 벗으면서 인사를 했다. 사람들이 그를 기다리고 있다. 길을 나섰다 집으로 돌아가며 조금 있으면 품에 안길 아기의 몸을 떠올리는 어머니라도 그 눈빛이 이보다 더 초조하고 순수하지는 않았으리라…… 어느새 모래땅을 가로질러 소금기 띤 바닥이 드러나 보였고, 거무스름한 전나무 숲속에 메마른 구릉과 하얀 등대의 높다란 윤곽이 보였다.

므누 스그레 신부는 이미 몇 주 전부터 젊은 사제의 비밀스런 마음

속을 읽어내는 것을 포기한 상태였다. 언제나 한결같고 거의 쾌활하다고까지 할 수 있는 지금의 상태보다는 이전에 보좌 신부가 지켜오던 음울한 침묵을 차라리 이해할 수 있을 것 같았다. 므누 스그레 신부는 라리외의 주임 사제이며 목요일마다 도니상 신부의 고해를 듣고 있는 샤프들렌 신부에게 여러 번 물어보았다. 그때마다 노사제는 젊은 신부가 고해를 하며 한 말 중에 별다른 건 없었다고 하면서 동료가 걱정하는 걸 놀리기까지 했다. "그자는 아직 어려." 샤프들렌 신부는 언제나 이렇게 대답했다. "진짜 아직 어리다구. 아주 좋은 사람이지! (이 말을 하면서 눈물이 날 정도로 웃어댔다.) 그렇게 묘한 양심의 갈등이란 건 어디에나 있는 거 아닌가! (다시 진지해졌다.) 자네가 그 친구의 고해를 한번 들어봤으면 좋겠군. 이봐! 우리도 모두 초창기엔 그런 시기를 거쳤다네. 조금은 불안하고, 꿈도 많고, 무턱대고 기도를 좋아했지…… (심각해졌다.) 기도는 물론 좋은 거야. 훌륭하지. 하지만 지나쳐서는 안 되지. 우린 샤르트뢰 수도회(11세기 성 브루노기 알프스 산중 그르노블 근처 샤르트르 계곡에 설립한 수도회. 중세의 계율이 가장 잘 보존된 곳이다: 옮긴이) 사제가 아니란 말일세. 우린 그저 지극히 단순하고 선량한 사람들을 상대하는 거야. 대부분 교리 문답마저도 잊어버린 자들이지. 너무 높이 날아올라 그들과의 접촉을 잃어버려서는 안 되네. (다시 웃었다.) 한번 생각해보게나. 그는 고행을 했어. 무엇을 채찍으로 사용했는지는 여기서 말하지 않겠네. 믿지 않을 테니까. 내가 그 말도 안 되는 고행을 못하게 했네. 그랬더니 전혀 토도 안 달고 바로 받아들이더군. 분명 내 말대로 할 걸세. 틀림없어. 그렇게 온순한 사람은 본 적이 없다네. 아주 좋은 친구야."

므누 스그레 신부는 더 이상 의논할 필요가 없다고 판단했다. 그리곤 언제나 신중한 그답게 상대방의 주장을 전적으로 받아들이는 척했다. 하지만 마음속으로는 호기심에 차서 생각했다. '도대체 그 친구는 숱한 사람들 중에 왜 이 어리석은 자를 고해 신부로 선택한 걸까?' 생각을 이어가다가 결국 그는 세세한 추론의 맥을 잃고 말았다. 하지만 진상은 아주 단순한 것이었다. 도니상 신부는 그저 신부들 중에 가장 연장자를 선택한 것이었다. 사람들이 생각하듯 용기 있게 도전하기 위해서도, 경멸 때문에도 아니었다. 그저 이렇게 연장자를 고해 신부로 삼는 것이 옳고 공평한 일이라고 생각했을 뿐이다. 마찬가지 이유에서 그는 목요일마다 샤프들렌 신부의 짧은 강론도 듣는다. 그는 그 궁색한 강론을 깊은 사랑으로 받아들일 수 있는 유일한 사람이었다. 그에 놀라기도 하고 기분이 좋아진 이 선량한 노사제는 결국 두서없이 웅얼거리는 자기 강론에서 스스로 의미를 찾아내기에 이른다.

······대담한 젊은 사제는 인정할 수 있을까? 신앙에서 우러났다고는 하지만 그 바보 같은 일을 오직 그 자체로서 탐하고 있다는 걸? 아마도 그라면 인정할 수 있을 것이다. 그는 자기 자신을 둘러싸고 벌어지고 있는 중대한 싸움에 대해서 거의 아무것도 알지 못한다. 무모한 도박을 하고 있지만, 스스로는 알지 못하는 것이다. 아마도 므누 스그레 신부의 엄숙한 경고에 한순간 마음이 흔들렸을 테지만, 이내 또 다른 일이 그의 마음을 굳건히 해주었기에 그는 육체적으로 절망의 날카로운 고통에 무감각해져버렸다. 인간이 자기 자신에게 걸 수 있는 가장 무모한 싸움의 절정에서, 혼자서 그 싸움을 감당하겠다고 결심을 했던 것은 아니다. 말 그대로 어떤 도움도 필요하다고 느끼지 못했던 것이다. 다른 경우라면 자만이 될 수 있을 테지만 지금은 단순성일 뿐이다. 다른 사람들이 자기 자신의 약점에 속아넘어가는 것처럼 그는 바로 자신의 힘에 속고 있는 것이다. 그는 자기가 누구에게나 가능한 흔히 있는 일을 하고 있다고 믿었다. 그는 자기 자신에 대해서는 아무 할말이 없다.

내려다보이는 작은 마을은 점차 어두워지면서 지평선 아래로 내려가는 것처럼 보였다. 도니상 신부는 발걸음을 재촉했다. 고해실의 그 어두운 구석에까지 남의 눈에 띄지 않고 도착해서, 저녁식사 때까지, 그리고 나선 밤이 새도록, 얇은 나무 벽 뒤에 앉아서 얼굴을 알 수 없는 입들에 귀를 기울이며 혼자 있을 수 있을까! 하지만 무엇보다도 모르는 얼굴들을 만나야 한다는 게 불안했다. 지난 성신강림축일에 언뜻 보았던 수석 사제, 그리고 선교 사제 두 명…… 어쩌면 다른 사제들이 더 있을 것이다. 앞으로 룅브르의 주임 사제가 될 이 사람은 수개월 전부터 무슨 의미인지 알 수 없는 사람들의 말과 시선, 그리고 호기심이 당황스러웠다. 워낙 순진한 사람이었기에 처음에는 그 호기심을 경계 혹은 경멸의 태도로 받아들였지만, 점차 사람들의 호기심은 그의 주위에 야릇한 분위기를 만들어냈고, 그는 그것이 부끄러웠다. 눈에 띄지 않으려 하고, 더욱 겸손한 태도를 보이고, 새로 사람을 사귀지 않으려 해도 소용이 없었다. 가장 무관심한 사람들마저도 바로 그의 고독 그 자체에 마음이 끌리는 것 같았다. 약간 거칠게 수줍은 그의 태도는 사람들을 불러들였고 그의 슬픔은 사람들의 마음을 끌어당긴 것이다. 때로 우연히 입에서 새어나온 한마디 말로 영혼이 돌연 자극되면, 그는 스스로 입을 열었다. 생각이 말을 마치 무거운 짐인 양 끌고 다니기라도 하는 것처럼, 더듬거리면서 어색한 달변을 이어갔다. 그러다 듣는 사람들 모두가 말없이 놀라워하는 모습을 보면 다시 입을 다문다. 하지만 대부분의 경우 그는 굶주려 고통스러운 시선으로 그야말로 온 주의를 다 쏟아가며 듣는 편이었고, 때로 입술만 조금 움직이며 은밀한 기도를 하는 모습은 아무 생각 없이 말을 늘어놓고 있는 경박한 노사제들을 놀라게 한다. 우선 그의 기묘한 태도가 충격적이다. 단 한 사람을 제외하고 누구도 이 놀라운 운명을 예감하지 못했다. 그저 주위 사람들을 혼란스럽게 하고 서로 갈라지게 만든다고 생각했을 뿐이다.

사실 이 기묘한 인간에게서 무엇을 알아볼 수 있겠는가? 그를 아무리 관찰해봐도 소용이 없다. 엿보아도 마찬가지다. 그는 샤프들렌 신부의 명령에 아무 항변도 없이 고행을 포기했다. 사실 도니상 신부는 그의 질문에 언제나처럼 솔직하게 대답을 했었는데, 그래도 순진한 노사제는 그 고행이 끔찍스러울 정도로 잔인하다는 것을 거의 눈치채지 못했다. 사실 그런 그의 솔직함마저도 환상을 만들어낸다. 캉파뉴의 보좌 신부에게 그것은 지나간 일이고 그저 한 가지 일화일 뿐이다. 그래서 아무 거리낌없이 고백을 한다. 그는 아무리 살을 에는 가죽 채찍이라도 천성을 길들이기에는 너무 부족하다는 것을 기꺼이 인정한다. 후에 룅브르의 주임 사제가 되어 그는 이런 말을 하게 된다. "우리 가련한 육체는 쾌락이든 고통이든 모두 엄청난 탐욕으로 먹어치웁니다." 성 이나시오 (스페인의 가톨릭 성자: 옮긴이)의 『영성 훈련』한 페이지의 여백에 그는 직접 이런 기묘한 계율을 써넣었다. "너 자신을 벌해야 한다고 생각되면, 강하게 아주 짧은 동안 치라." 에르(파드칼레 지방의 도시: 옮긴이)의 카르멜회의 수녀들에게도 이런 말을 했다. "너무 길게 기도하거나 너무 엄한 고행을 하면 사탄이 이용할 수 있다는 것을 기억합시다."

"그 친군 이제 아주 정상이야." 라리외의 주임 사제는 이렇게 단언했다. 그것은 사실이었다. 그의 머리는 여전히 냉정하고 명석했던 것이다. 그는 말에 속은 적이 없다. 상상력도 부족한 편이다. 마음은 그 재까지 다 태워버린다.

석양 무렵이 되자 바람이 잔잔해지면서 지면에서 옅은 안개가 피어올랐다. 길을 떠난 후 처음으로 피로가 몰려왔다. 베를리몽은 지나왔고, 이제 그다지 멀지 않은 성당까지는 길이 쉽고 분명했다. 하지만 그는 멈취 섰고, 결국 크랑프르뇌로 가는 길과 베르통으로 가는 길의 갈림길에서 주저앉아버렸다. 모자를 벗고는 커다란 우산 위에 양손을 깍지 끼고 있는 그의 모습을 본 지나가던 농부 아낙이 속으로 생각했다. '이상한 사람이네!'

가끔은 이렇게 등에 진 짐의 무게에 눌려 몸을 구부렸다. 패배한 천성의 힘은 비탄의 소리를 질러대지만, 아무 소용이 없다. 그가 일부러 그 소리를 듣지 않으려 하는 것이 아니라, 이제 그의 귀에는 그 소리가 더 이상 들리지 않는 것이다. 그는 모든 일에서 마치 자기 에너지의 총량이 언제나 일정한 것처럼 행동했으며, 아마 실제로도 그랬을 것이다. 이따금 기력이 완전히 빠질 때면 그에게 떠오르는 유일한 휴식은 자기 안으로 내려가서 더욱 엄격하게 스스로를 검토해보는 것이다. 이 특별한 사람에게 피로란 바로 나쁜 생각인 것이다.

따라서 이번에도 그는 지난 몇 달 간의 일을 기억 속에서 되새기기 시작했다. 사실 그는 한동안 용기를 불어넣어주었던 고행에 대해 전혀 후회하지 않았다. 샤프들렌 신부가 그에게 고행을 중단하도록 명하기 이전에 이미 마음속에서 그것을 포기했었다. 그렇다면 그 고행이 마음을 위로하고 가볍게 해준 적은 없었는가? 고갈시키고 싶었던 기쁨의 샘을 다시 그 안에 소생시키지는 않았는가? 지금 그는 어느 날 십자가 앞에서 한 약속, 잊을 수 없는 그 순간 계시처럼 주어진 약속에 그 어느 때보다도 충실했다. 그가 선택한 몫에 대해서는 다른 누구도 손댈 수 없다. 그 이전엔 아무리 대담한 사람이라도 어둠과 그런 계약을 맺을 순 없었다.

도니상 신부가 기꺼이 자기 삶에서 가장 끔찍했던 시기라고 부르는 그 시절에 관해서 다름아닌 자기 입으로 솔직하고 비통하게 고백하는 것을 듣지 못한 사람이라면, 아마도 한 인간이 일종의 정신적 자살이라고 할 수 있을 그런 행위를 의도적으로 온전한 선의로 행했다는 것을 믿기 어려울 것이나. 그는 사려 깊고 심세하며 은밀한 진혹힘에 오름이 끼치는 그 행위를 마치 누구나 하는 간단한 일처럼 저질러버린 것이다. 하지만 그건 의심할 수 없는 분명한 사실이었다. 영원히 텅 비어버린 것처럼 보이던 많은 사람들의 마음 속에 날이면 날마다 다정하고 지혜로운 사랑으로 희망을 소생시킨 바로 그 사람이 바로 자기 자신으로부터 희망을 뽑아내려 한 것이다. 그의 삶에 완전히 섞여버린 그 은밀한 순교는 결국 삶의 일부가 되어버렸다.

처음에 그것은 자기 스스로에 반항하고 자기 자신을 부정하려는 광기 어린 열정 같은 것이었다. 그때까지 기쁨을 주고 또 힘을 주던 독서를 포기했고, 이후 다시 시작하지만 결국 또다시 포기하게 된다. 그즈음 도니상 신부는 므누 스그레 신부의 애정 어린 꾸중 탓에 『강생론』에 주해(註解)를 다는 일을 시작했다. 도니상 신부의 투박한 필체가 여백을 가득 메운, 캉파뉴의 주임 사제의 서가에서 가장 귀중한 장서 중 하나인 이 18세기의 희귀본을 한번 펼쳐보시길! 주석은 안 그래도 서툰 데다가 순진하게도 해당 본문을 가리키는 꼼꼼한 표시를 일부러 해놓아서 조금 우스울 정도였다. 이 모든 것은, 심지어 기본적인 라틴어 어법의 오류까지도, 도니상 신부가 얼마나 엄청난 노력을 기울였는지를 증명하는 것이어서 제아무리 잔인한 사람이라도 비웃을 수 없을 것이다. 우리는 또한 그 기록들이 지금은 남아 있지 않은 연구—아마도 어느 서랍 속에서 곰팡이가 슬고 있을 것이다—의 내용이 요약된 것임을 알고 있다. (그 연구는 한 위대한 영혼의 방황을 더듬거리며 들려주는 비극적 증인으로, 이렇게 남아 있는 주석보다 더 중요한 것이지만 또한 그만큼 허무한 것이다.) 이 일은 처음에는 그저 내키지 않는 정도였지만, 이내 견디기 어려운 고역이 되었다. 룅브르의 사제는 여전히 철학에는 별로 신통치 않

앞으며, 지적으로 필수적인 기초 지식을 갖추지 않은 상태에서 난해한 텍스트에 사로잡히는 것이 얼마나 괴로운 고역인지는 경험하지 않고서는 알 수 없다. 이미 그 자체가 무모한 시도인 데다가, 곧 일이 묘하게 얽히면서 더욱 힘들어졌다. 하루 종일 일에 매달린 도니상 신부는 매일 밤 므누 스그레 신부와 카드 게임을 해서 지고 나는 자정이 되어야 비로소 자유의 몸이 될 수 있었다. 영악한 므누 스그레 신부는 이내 도니상 신부의 새로운 비밀을 알아차렸다. 평소 습관대로 넌지시 빗대서 이야기를 했더니, 단순한 도니상 신부는 그 말에 마음이 흔들린 것이다. 결국 이 가련한 사제는 침침한 갓등의 불빛 아래에서 일하기로 했고, 이내 시신경에 통증이 오면서 거의 탈진 상태가 되었다. 하지만 그는 뜻을 꺾지 않았다. 그에게 이 최후의 시련은 새로운 광기의 구실이었기 때문이다.

그때까지 캉파뉴의 주임 사제는 즐겨 암송하는 평범한 기도를 소리 내어 외우는 것만이 유일한 휴식이며 평안이었다. 오랫동안 그는 룅브르의 성자가 워낙 순박한 사람이라 소리 내서 기도하는 건 못할 줄 알았다. 하지만 그는 날마다, 아니 하루 종일 기도를 드렸다. 그는 다시 한번 자기를 이겨낸 것이다.

지극히 적나라한 사실, 전혀 흥밋거리가 없고 그저 평범한 진리에 속하는 사실을 얘기하는 게 부끄럽다. 밤새 일을 하고 난 가련한 사제는 양손을 뒷짐지고 머리를 숙인 채, 힘을 조절하는 싸움꾼처럼 숨을 참으면서, 가능한 한 깊이 생각에 몰두해 제대로 생각하려고 애쓰면서 방 안을 이리저리 돌아다녔다. 말 그대로 성 쉴피스회식의 가장 훌륭한 방법으로 미리 선택되고 공들여 조정된 주제를 그야말로 남김없이 다 퍼내기 전엔 결코 손에서 놓으려 하지 않았다. 사실 이 새로운 일을 시도하면서 도니상 신부는 은총의 해인 1849년 이름이 알려지지 않은 한 사제가 쓴 일종의 교본을 참고로 했는데, 그 제목은 '경건한 영혼들을 위한, 20과로 된 기도'였다. 매 과는 '반성, 정신의 고양, 결론'이라는 세 단락으로 나뉘고, 그 뒤에 영성 연가라는 마지막 단락이 추가된다. 권말에는 시 몇 편이 실려 있는데(서문에 따르면 한 수사가 이 시들에 곡을 붙였다고 한다), 데줄리에르 부인(17세기 프랑스의 여류 시인: 옮긴이)이 즐겨 사용하던 리듬으로 신의 사랑의 기쁨과 열정을 노래하는 시였다.

이 끔찍한 책을 움켜쥐어보라. 정성들여 꿰맨 검정색 나사(螺絲) 표지로 장정을 했고, 자주 뒤적거린 페이지들에는 아직도 역한 냄새가 남아 있다. 채색 인쇄된 유치한 삽화 중 하나에는 왼쪽에 신비스런 말이 빛바랜 잉크에 작은 글씨로 흘려 써 있다. "친애하는 아돌린에게, 몇몇 사람들의 배은망덕함에 대해 그녀를 위로하기 위하여……" 아마도 신앙과 관련된 원한을 드러내는 것이리라. 어떻게 이럴 수가 있을까! 가장 교만한 사람들조차도 자신들의 생각이 그의 시선에 놓이면 당혹감을 피할 수 없는데, 그가 아끼는 소중한 벗이 바로 이 책이란 말인가! 이 책이 바로 룅브르의 성자가 마음을 털어놓는 상대란 말인가! 페이지마다 별다르지 않은 책, 한가한 사제가 심한 권태를 조금씩 조금씩 털어놓은 책에서 도대체 무엇을 탐구한 것일까?

무엇을 탐구했을까? 그리고 무엇보다도 무엇을 찾아냈을까? 도니상 신부는 교의(敎義)나 신비론에 대해 아무런 저술도 남기지 않았을지도 모르지만, 설교 몇 편과 또 몇몇 사람들의 마음 속에는 그의 놀랄 만한 고백에 대한 기억이 아직도 생생히 남아 있다. 그를 가까이서 접한 사람들 중 그 어느 누구도 그의 날카로운 현실 감각과 명확한 판단력을, 그리고 그가 사용한 방법을, 지고의 단순성을 띤 그 방법을 의심하지 않았다. 그는 재주 많은 사람들을 가장 못미더워했으며, 때로 그 누구보다도 단호하고 엄격하게 그들을 공격했다. 룅브르의 성자의 기도가, 설령 그때가 그의 삶에서 더할 나위 없이 고독했던 시기라 치더라도, 신앙을 빙자한 이런 말장난에서 도움을 받았다는 것을 어떻게 믿을 수 있단 말인가? 진정 그는 아무런 거부감 없이 잘난 척하는 기도문을 외우고, 신앙 시집을 통해 말도 안 되는 내적 변화를 겪고, 연극 같은 눈물을 흘릴 수 있었던 것일까? 그는 과연 기도를 했던 것일까? 아니면 기도한다고 생각하면서 어느새 기도를 멈추었던 것일까?

우리는 불쾌한 마음으로 이 작은 책을 덮는다. 그러고 나면 때문은 나사 표지가 스치면서 여전히 손가락이 근질거린다. 가장 명석한 영혼마저도 한순간 어두워지게 만들었던 이 말도 안 되는 힘의 비밀을 알고 싶고, 그것을 인간의 눈길 속에서 찾고 싶다. 도대체 무엇인가? 신의 은총마저도 이렇게 기만당할 수 있는가? 누구라도 고개를 돌리면 등뒤에 자기 그림자를, 자기의 분신을, 자기와 닮은 모습을 한 채로 조용히 바라보고 있는 짐승을 보게 될까? 이 작은 책은 얼마나 무거운지!

악마의 간계는 최후의 날까지 끈질기게 따라다니며 이런 식으로 기련한 사제에 대해서 대부분의 시도를 성공시킨 것이다. 너무도 힘들고 말도 안 되는 일을 하게 하고(사악하게도 그의 양심이 그 일들을 기발한 방식의 희생과 체념으로 받아들이게 했다), 그렇게 해서 외부로부터 일절 위안을 받을 수 없도록 한 후, 그의 내부에서 공격을 시작하곤 했다.

잔혹한 고역은 날이 갈수록 더욱 쉬워지고 빨라졌다. 자기 자신을 파괴하는 데 격분하여, 처음엔 완고한 농사꾼이던 그는 이제 상당히 섬세하게 따지면서 추론할 수 있는 사람이 되었다. 그는 자신의 평범한 삶에서 모든 행위에 대해 동기를 캐고 또 타락한 의지에서 비롯된 의도를 찾아냈다. 그 어떠한 휴식도 경멸하고 거부했으며, 슬픔이 느껴질 때마다 그것을 회한으로 해석했다. 그의 내부와 외부의 모든 것이 분노의 표시를 띠었기 때문이다.

마침내 진솔한 직업이 열매를 맺고 진가를 발휘할 때가 있던 것 같다. 생각이란 언제나 말을 통해 감각계 안에 통합되는 것임에도 불구하고, 자기 자신의 생각을 추상적 존재로만 여기면서 분명한 위험이 다가오는 것을 두려워하지 않는 어리석은 자여! 눈빛과 증오 서린 입가의 주름이 이미 적의를 담고 있는 사람을 마주치고도 그것이 바로 자기 자신임을 알아채지 못하는 눈먼 자여!

도니상 신부는 일어서서, 거의 어둠에 잠겨버린 경치를 한동안 뚫어지게 바라보았다. 뭔가 불안한 마음에 사로잡혀 마음이 흔들렸으나, 처음에는 별로 어렵지 않게 그것을 극복했다. 앞쪽으로 보이는 나지막한 길은 짧은 풀이 듬성듬성 덮인 높은 비탈 언덕 사이 골짜기로 이어졌다. 그 두 언덕이 (해가 지면서 다시 일기 시작한) 바람으로부터 그를 완전하게 보호해주었기 때문인지, 또 다른 어떤 이유에서인지, 아무 소리도 들려오지 않는 깊고 두터운 침묵이 이어졌다. 마을이 가까워지고 시간도 그다지 늦지 않았지만, 귀를 기울여도 땅이 떨리는 희미한 소리밖에 들려오지 않았다. 들릴락말락한 그 단조로운 소리로 인해 이 놀라운 정적은 더욱 깊어졌다. 웅얼거리는 소리마저도 이내 사라졌다.

그는 다시 걸음을 옮겼다. 경사가 아주 완만하고 지표면이 탄력 있는, 더할 나위 없이 평탄한 길 위를 아주 빠른 걸음으로 걷는 것 같았다는 말이 맞을 것이다. 이미 피로는 사라져버렸고, 이 긴 여정의 끝에 놀랄 만큼 자유롭고 가벼워졌다. 특히 생각이 자유로워진 것에 스스로 놀라웠다. 몇 주 전부터 강박적으로 괴롭혀오던 어려운 문제들이, 막 그것을 표현하려고 하는 순간 모두 사라져버린 것이다. 그토록 힘들게 읽으면서 주석을 달았던 책, 평소 같으면 조각조각 기억을 끌어내야 했던 그 책들이 한순간 제목, 부제, 연결되는 항목, 심지어 가장자리에 적어놓은 주에 이르기까지, 모든 것이 차례로 머릿속에 되살아났다. 여전히 걸음을 옮기면서, 거의 달리듯이 걸어가면서, 도니샹 신부는 큰길을 벗어나 라브넬로 가는 작은 길로 가려고 생각했다. 그 길은 묘지를 따라 이어져서 성당 입구까지 연결되는 지름길이었던 것이다. 그 길에 들어서서도 도니샹 신부는 걸음을 늦추지 않았다. 평소 한여름까지도 거의 언제나 깊은 바퀴 자국이 파여 있고 그 안에 소금기 섞인 물이 괴어 있어서, 어부나 일꾼들 외에는 잘 지나지 않는 길이었다. 하지만 놀랍게도 평탄하고 단단한 길이 나타났다. 그는 너무도 기뻤다. 생각이 놀라울 정도로 활발히 움직이고 자유롭게 불타오르면서 거의 도취 상태에 빠져들었지만, 그의 시선은 어둠 속에서 익숙한 것들, 그러니까 희미하게 보이는 관목숲 덤불, 갑작스런 길모퉁이, 검은 하늘을 향해 올라가던 언덕이 돌연 내리막으로 바뀌는 지점, 도로 보수 인부가 지내는 오두막 같은 것을 찾고 있었다. 하지만 한참 걷고 난 후, 기대했던 것과 달리 발밑의 완만한 경사가 갑자기 급경사가 되었다. 이어 들판의 익센 풀을 느끼면서 깜짝 놀랐다. 고개를 든 그는 아까 벗어났던 길로 다시 들어서 있음을 알게 되었다. 자기도 모르는 사이 옆길로 들어서서 서서히 마을을 뒤로하고 다시 출발점에 돌아온 것이었을까? 너무도 분명하게 (그 어둠 속에서 어떻게 그렇게 분명하게 보였던 것일까?) 마을 초입에 있는 집들이 보였던 것이다.

'낭패로군!' 하고 그는 생각했다. 하지만 낙담도 분노도 느끼지 않았다.

도니샹 신부는 이번엔 큰길을 계속 따라가겠다고 결심을 하고서 다시 걸음을 옮겼다. 앞을 똑바로 쳐다보면서, 한 발자국 옮길 때마다 커다란 신발 밑에서 비에 젖은 모래가 사각거리는 것을 느끼면서, 천천히 걸어갔다. 어둠이 너무 깊게 깔려서 아무리 먼 곳을 바라보아도 불빛은

커녕 그 어떤 반사광이나 떨림도, 가장 깊은 밤에 살아 움직이는 대지의 빛이 퍼져나가듯이 이 밤이 삼켜버린 하루해가 날이 샐 때까지 시시히 썩어가는 떨림조차도 눈에 띄지 않았다. 하지만 그는 더욱 확신을 가지고 걸음을 옮겼다. 뒤에서 흐려졌다가 다시 짙게 닫혀 무겁게까지 느껴지는 칠흑 같은 어둠에 덮여 짓눌렸지만, 전혀 불안하지 않았다. 그는 분명한 발걸음으로 천천히 걸어갔다. 보통 때는 고해실에 가까이 갈 때면 언제나 두렵고 걱정이 되었는데, 지금은 스스로도 놀랄 정도로 오히려 즐거운 조바심뿐이었다. 자신이 유연하고 민첩하게 사고 하고 있다는 것을 도니상 신부는 말하자면 육체의 느낌으로 체험했다. 그것은 넘쳐흐르는 생각과 이미지를 근육의 움직임으로 소비해버리고 싶은 욕구, 그 예민한 자극이며, 그러니까 추론가와 연인들이 겪는 가벼운 열병 같은 상태이다. 그는 자기도 모르게 다시 걸음을 재촉했다. 여전히 밤의 어둠은 조금 가셨다가 또다시 짙어졌다. 발밑의 길이 길게 늘어지면서 미끄러진다. 마치 완만하게 경사진 곧고 평탄한 이 길이 그를 싣고 가는 것 같다…… 그는 시원한 아침에 기분좋게 깨어난 사람처럼 민첩하고 생기가 넘쳤으며 몸이 가벼웠다. 마지막 모퉁이가 보였다. 아까는 아마도 모르고 지나쳐버렸을 샛길과 이 큰 길이 갈라지는 지점에 있는 작은 붉은 벽돌집을 재빨리 눈으로 찾았다. 하지만 아무것도 보이지 않았다. 집도 길도 찾을 수 없었다. 게다가 분명 멀지 않은 곳에 있는 마을 쪽에서도 희미한 불빛조차 없었다. 그는 불안해서라기보다는 이상한 생각이 들어서 걸음을 멈추었다. 그때—분명 바로 그때서야—정적 속에서 심장이 빠르고 격렬하게 뛰는 소리를 들었다. 그리고 자기가 땀을 흘리고 있다는 것을 알았다.

 동시에 그때까지 그를 지탱해주고 있던 환각이 일순간 사라지면서 피로가 몰려왔다. 다리가 뻣뻣해지면서 심하게 쑤셨고 허리도 부러질 것처럼 아팠다. 어둠 속에서도 크게 뜨고 있던 두 눈엔 이제 졸음이 가득했다.

'둔덕을 기어올라야겠군. 저 위에 가면 틀림없이 찾는 게 보일 거야. 조금이라도 지표가 되는 게 보이면 방향을 제대로 찾을 수 있을 테지……' 하고 생각했다.

그는 어리석을 정도로 고집스럽게 같은 말을 머릿속으로 되풀이했다. 마침내 마음을 먹고 서리 내린 풀숲을 기어올라가는데, 온몸이 아주 이상하게 아파왔다. 신음 소리를 내며 몸을 일으켜서 몇 발자국을 옮긴 그는 지평선을 확인하기 위해 주위를 한바퀴 둘러보았다. 하지만 너무나 놀랍게도 그가 서 있는 곳은 최근에 갈아엎어 흙이 희미하게 빛나고 있는, 어딘지 알 수 없는 밭 끄트머리였다. 아주 거대하게 보이는 나무 한 그루가 있었고, 그 가지가 머리 위로 뻗어 있는 것을, 눈에 보이지는 않았지만, 가볍게 스치는 소리로 알 수 있었다. 작은 도랑을 뛰어넘자 땅이 더 단단하고 밝아졌다. 어두운 두 선 사이에 있는 것이 바로 길임을 알 수 있었다. 조금 전에 기어올라온 둔덕은 이미 흔적도 없었다. 어둠이 끝나는 곳까지 사방으로 광막한 텅 빈 들판이 펼쳐져 있었다. 그나마 어렴풋이라도 보이는 건 아니고, 그러리라고 짐작할 수 있었을 뿐이다.

겁이 나지는 않았다. 불안하기보다는 짜증이 났다. 엄청난 피로가 밀려와 한기가 들었고, 사제복이 땀에 흠뻑 젖어 몸이 오들오들 떨렸다. 더 이상 서 있을 수가 없어서 아무렇게나 뒹굴어버렸다. 그리곤 눈을 감았다. 갑자기 졸음이 덮쳐오는 와중에도 뭔지 모를 불안이 마음을 흔들었다. 아직 구체적으로 형체를 갖추지도 않은 불안이 이미 도니상 신부의 존재를 송두리째 사로잡아버린 것이다. 그것은 조금씩 잠을 갉아먹으면서 서서히 잠에서 깨어나게 만드는, 맑은 정신으로 꾸는 악몽 같은 것이었다. 의식을 잃어버리지는 않은 상태였는데도 감히 눈을 뜰 수가 없었다. 수위를 눌러보자마자 문명 막연하고 혼란스런 공포를 불러일으킬 그 어떤 것이 눈앞에 나타날 게 분명했기 때문이다. 대체 그것이 무엇일까? 마침내 그는 질끈 감은 눈을 가리고 있던 두 손을 벌렸다. 잠시 예기치 않은 두려운 것이 눈앞에 나타나는 충격을 감내할 준비를 했다. 돌연 앞을 바라보던 그는 다시 한 번 자기가 정확히 출발점으로 되돌아와 있음을 깨달았다.

너무도 놀라운 일이었고, 또 막연히 두려워하면서 전혀 예상하지 못했던 청천벽력 같은 충격이었기에, 그는 몸을 움직이지도 못하고 아무것도 생각하지 못한 채, 한순간 차가운 흙탕물에 주저앉아버렸다. 그러다 주위의 지형을 살펴봐야겠다는 생각이 들었다. 손으로 땅바닥을 더듬어보기도 하면서 허리를 굽힌 채 이리저리 걸어다녔다. 자기 발자국을 찾아내서 되짚어가야 했다. 자기도 모르게 가야 할 길에 등을 돌리고 벗어나버린 바로 그 알 수 없는 지점까지 말이다. 공포는 누를 수 있었지만, 이미 그는 수수께끼의 답을 풀지 않고서는 더 이상 나아갈 수 없는 상태였다. 이 수수께끼를 꼭 풀어야 했다. 맴돌다가 결국 제자리로 돌아오는 이 고리를 끊어보려고 스무 번도 넘게 시도했지만 소용이 없었다. 조금만 가면 발자국은 사라져버렸고, 결국 그는 풀이 빽빽하게 우거져서 발자국이 남을 수 없는 그런 풀밭을 걸어왔다는 것을 인정할 수밖에 없었다. 또한 주위 반경 몇 미터의 지면이 밟혀서 다져져 있다는 것도 알아차렸다. 어처구니없는 낙담과 거의 어린애 같은 절망으로 그의 눈에는 눈물이 고였다.

룅브르의 성자는 요즘 사람들이 잘 쓰는 말로 감수성이 예민한 사람과는 거리가 멀었다. 이내 그의 단순한 마음은 이 밤의 환상과 착각을 극복해야 할 장애물로 받아들였다. 그는 다시 한 번 그 길로 접어들어 비탈길을 내려갔다. 처음에는 천천히 가다가 점차 빨리 걷기 시작했고, 더욱 속도를 내다가 결국에는 뛰어갔다. 그는 자기가 여전히 스스로를 다스리고 있다고 생각했지만, 이미 그는 목표를 향해 내닫는 것이 아니었다. 오히려 이 밤의 어둠과 공포에 등을 돌리는 것이었다. 그의 마지막 노력은 바로 무의식적으로 도망을 가는 것이었다. 손에 닿지 않는 그 작은 마을에 제대로라면 이미 오래전에 도착해 있어야 하는 게 아닌가? 이렇게 매번 늦어지는 순간은 그러니까 설명할 수 없는 순간이었다.

또다시 어두운 둔덕 두 개가 나타났고, 길은 낮아졌다가 올라갔다. 그 모습이 완전히 사라지고, 제대로 보이진 않지만 들판이 나타났을 때, 얼어붙은 찬바람이 소리 없이 그의 얼굴을 쳤다. 도대체 언제 길을 잘못 든 건지 이해할 수는 없지만, 분명 제 길을 벗어나 있음을 알 수 있었다. 그는 좀더 빨리 달렸다. 더욱이 길이 비탈져 있었기 때문에 그냥 앞으로 밀려가는 것 같았고, 허리를 굽힌 그의 사제복은 마른 다리 위로 이상하게 말려 올라갔다. 꼼짝하지 않는 사물들 틈에서 아주 기묘한 모습으로 몸을 부지런히 움직이는 우스꽝스러운 유령 같은 모습이었다. 그는 결국 머리를 숙인 채, 부드럽고 차가운 벽을 손으로 밀면서, 주저앉아버렸다. 그러곤 눈을 감고서 옆으로 서서히 진흙 속으로 쓰러져버렸다. 눈을 뜨지 않아도 이미 그는 자기가 또다시 원래의 자리로 돌아와 있음을 알고 있었다.

그때까지도 도니상 신부는 반항하지 않았다. 그는 깊은 한숨을 내쉬면서 마치 등에 짊어진 짐을 추스르려는 듯이 어깨를 움직이면서 일어섰다. 그리곤 단호하게 돌아서서 걷기 시작했다. 신발 바닥에 달라붙는 흙 위로 조용히 규칙적으로 걸음을 옮겼다. 나뭇가지로 만들어놓은 나지막한 울타리들, 철사로 쳐놓은 울타리들을 넘었다. 이제 다시 힘을 되찾은 그는 옆을 돌아보지 않으면서, 더듬어서 장애물을 헤쳐나갔다. 정신이 혼미하지도 않았고 별다른 목표를 정하지도 않았다. 아주 기묘하게 중단되곤 하는 이 여행을 그는 그저 일상적인 모험으로 받아들였고, 오직 단 한 가지, 그러니까 가능한 한 빨리 동이 트기 전에 캉파뉴의 사제관에 돌아가는 일만을 생각했다. 그는 지금껏 걸어온 먼 길을 되짚어가야겠다고 결심했다. 만일 지금 므누 스그레 신부가 불쑥 나타난다 해도 그는 정중하게 인사를 하고선 그저 성가신 사건에 관해 보고를 하듯이 몇 마디 말로 이 일에 관해 이야기할 것이다.

이제 마지막 도랑을 건너 경작지 속에 거의 희미하게 나 있는, 아주 좁은 길로 들어섰다. 한 시간 전 혹은 그보다 더 전에 이 길을 지나왔던 것도 같았다. 그때는 혼자였을 것이다…….

하지만 얼마 전부터 그는 더 이상 혼자가 아니다. (말 못할 이유가 있겠는가?) 누군가가 그의 곁을 걷고 있었던 것이다. 원기 왕성한 키 작은 남자가 오른쪽에 섰다가 왼쪽에 서고, 앞으로 왔다가 뒤로 물러서는 것 같았다. 하지만 그 윤곽을 가려낼 수는 없었다. 그 남자는 아무 말도 없이 잰걸음을 옮기고 있다. 이렇게 캄캄한 밤에는 서로 도움을 줄 수 있지 않을까? 이런 침묵과 어둠을 함께 가는 동반자가 있다면 서로 인사를 해야 할까?

그때 키 작은 남자가 불쑥 말을 던졌다. "정말 어두운 밤입니다. 그렇지요?"

"그렇군요. 날이 새려면 아직 한참 있어야 하는데요." 도니상 신부가 대답했다.

남자의 목소리는 전혀 튀지 않으면서도 진정 매혹적으로 은근히 명랑한 어조였기에, 신부는 그가 분명 유쾌한 사내일 거라고 생각했다. 목소리가 결정적으로 이 가련한 사제를 안심시킨 것이다. 자기가 너무 짤막하게 대답을 해서 잔뜩 기분이 좋은 즐거운 동반자의 심기가 상하지 않았을까 걱정이 될 정도였다. 이렇게 예기치 않게 들려온 사람의 목소리는 얼마나 반가운지! 그리고 또 얼마나 달콤한지! 도니상 신부는 자기에게는 친구가 없다는 것이 떠올랐다.

"어둠이라는 것은" 하면서 옆에 걷던 작은 남자가 말을 이었다. "어둠은 사람들을 친해지게 하지요. 좋은 거예요. 정말 좋은 겁니다. 아무것도 보이지 않으면 아무리 영악한 사람이라도 의기소침하게 됩니다. 만일 당신이 절 대낮에 만났다고 해보세요. 아마 고개도 돌리지 않고 그냥 지나칠걸요…… 그러니까 당신은 에타플에서 오신 겁니까?"

그는 사제의 대답은 기다리지도 않고, 앞질러 섰다. 그리곤 보이지 않는 울타리의 철조망을 잡아 위로 들어주어 그가 지나갈 수 있게 해주었다. 그리곤 약간 은밀하면서 쾌활한 목소리로 다시 말했다.

"그러니까 에타플에서 오신 거구요. 퀴미에르에 가시나 보죠? 아니면 샬랭드리? 캉파뉴?"

"캉파뉴에 갑니다." 도니상 신부는 솔직하게 대답했다.

"거기까지 함께 갈 수는 없겠군요." 남자가 친절하게 웃으며 말했다. "들판을 가로질러서 샬랭드리까지 지름길로 갑시다. 저는 가는 도중에 놓인 울타리들을 다 알고 있습니다. 눈감고도 갈 수 있지요."

"감사합니다." 도니상 신부가 너무도 고마워하면서 말했다. "정말 당신의 친절과 따뜻한 마음에 고맙게 생각합니다. 다른 낯선 사람들은 이렇게 도와주지 않았을 겁니다. 이 가련한 사제복을 보면 두려워하는 사람들도 있답니다."

키 작은 남자는 거만하게 휘파람을 불었다.

"멍청하고 무지한 사람들이지요." 그가 대답했다. "글을 깨치지 못한 무지렁이들이라 그렇지요. 칼레에서 르아브르까지 시장에나 장터에서 그런 사람들을 많이 볼 수 있답니다. 정말 멍청한 사람들이지요! 한심한 일이에요. 전 그렇지 않답니다. 우리 외삼촌이 사제인걸요!"

그는 다시 가시가 있는 두껍고 낮은 산울타리 쪽으로 몸을 굽혔다. 긴 팔을 민첩하게 움직여 그 울타리를 더듬고 나서는 색다른 활기를 보이며 사제를 오른쪽으로 끌어갔다. 그는 넓은 틈새를 찾아내고는 뒤로 물러서서 사제를 먼저 지나가게 했다.

"보시다시피 전 이렇게 보지 않고도 다 알 수 있습니다." 사내가 말했다. "다른 사람들은 이렇게 어두운 밤에는 아침까지 뺑뺑 돌게 될 겁니다. 전 이 동네를 잘 알죠."

"이곳에 사십니까?" 캉파뉴의 보좌 신부가 머뭇거리며 물었다. (설명하기 어려운 일들이 이어지면서 결국 목적지에 다가가지 못하고 멀어질수록 부정[不淨]한 꿈의 기억과도 같은 수치심 섞인 막연한 두려움이 그의 마음 속 깊이 파고들었고, 그 칼끝이 방향을 튼 지금 사제는 마음이 약해지고 망설여졌다. 도움을 주는, 팔을 잡을 수 있는 그런 존재에 대해서 어린애 같은 기쁨을 느꼈던 것이다.)

"아무 곳에도 살지 않는다고 해야겠지요." 그가 말했다. "전 불로네의 말장수입니다. 언제나 돌아다니지요. 그저께는 칼레에 갔었습니다. 목요일엔 아브랑슈로 가지요. 아! 정말 사는 건 힘이 들어요. 어느 곳에도 뿌리를 내릴 시간이 없는걸요!"

"결혼은 하셨나요?" 도니상 신부가 다시 물었다.

말장수가 웃음을 터뜨렸다.

"비참함과 결혼을 했지요. 그런 걸 제대로 생각해볼 시간이나 있을 것 같습니까? 저리 갔다가 이리 오고 어느 어디 한 곳에 붙어 있을 수가 있어야지요. 그냥 돌아다니면서 즐기는 겁니다."

그는 입을 다물었다가, 이내 어색한 태도로 말을 이었다.

"죄송합니다. 당신 같은 분한테 해서는 안 될 소리였지요. 자, 완전히 오른쪽으로 돌아서 가보세요. 여기 어디엔가 물이 가득 찬 구덩이가 있거든요."

사내의 배려에 도니상 신부는 다시 마음이 뭉클해졌다. 이제 그는 피로한 기색이 거의 없이 아주 빠르게 걸음을 옮기고 있었다. 하지만 피로가 조금씩 사라질수록, 그 자리에 또 다른 쇠약함이 스며들어 마음을 사로잡았다. 무척이나 느슨한, 그렇지만 날카롭게 가슴을 에는 연민이 그의 의지에 파고들었던 것이다! 입에서 나오려는 말을 의식이 희미하게 붙들고 있었다.

"당신의 고생은 하느님께서 갚아주실 겁니다." 사제가 말했다. "내가 낙담해서 실의에 빠지려는 순간 하느님께서 당신을 나의 길에 보내주셨습니다. 나에게 이 밤은 진정 힘겹고 긴 밤이었지요. 당신이 상상하는 것보다 더 힘겹고 긴 밤이었답니다."

도니상 신부는 조금 전에 겪었던 말도 안 되는 순진한 이야기를 하려다 간신히 참았다. 말을 하고 속내를 털어놓고 싶었던 것이다. 낯설지만 친절하고 동정적인 상대방의 눈길 속에서 바로 자기 자신의 불안을, 이미 그를 사로잡아버린 의혹, 끔찍스러운 꿈을 보고 싶었던 것이다. 하지만 고개를 들어 마주친 것은 동정의 눈길이라기보다는 놀란 눈길이었다.

"이렇게 달도 없는 밤에 다니는 건 언제나 그다지 즐겁지 않지요." 사내가 말꼬리를 흐리며 대답했다. 에타플에서 캉파뉴까진 험한 길이 40리는 될 겁니다. 제가 없이 혼자 가신다면 훨씬 더 오래 걸릴 거고요. 질러가면 적어도 2킬로미터는 줄일 수 있어요. 자, 이제 샬랭드리 가는 길에 다 왔군요."

(암흑 속에 희미하게 보이는 길은 울퉁불퉁한 들판을 가로질러 똑바로 나 있었다.)

"자, 이젠 혼자 가셔야 할 것 같습니다." 사내가 마치 애석해하는 듯이 덧붙였다. "그렇게 급하게 캉파뉴로 가셔야 하나요?"

"이미 너무 많이 지체했거든요." 도니상 신부가 말했다. "너무 많이 지체했어요."

"저랑 같이 동이 트는 걸 기다리실 수 있을지…… 마음이 내키시는지 여쭤보고 싶었습니다. 소주리 숲 끝에 제가 잘 아는 오두막이 하나 있거든요. 숯 굽는 사람들이 쓰는 거라 아궁이도 있고 불을 피울 수 있는 게 있답니다."

하지만 사내의 초대는 입술 끝에서 나오는 것이었을 뿐이다. 그때까지 그토록 분명하고 솔직했던 목소리에 주저의 빛이 담긴 것을 보면서 도니상 신부는 놀라움을 금치 못했다.

'내가 그러겠다고 할까 봐 두려워하는군.' 사제는 슬픈 생각이 들었다. '이 사람도 역시 빨리 나와 헤어지고 싶어하는 거야.'

이렇게 분명한 현실, 그 초라한 현실 앞에서 갑자기 도니상 신부의 마음에 씁쓸한 환멸이 몰려왔다. 그는 또다시 크게 낙담했다. 너무도 갑작스럽고 격한 절망이었기에, 원인과 결과의 불균형은 점점 더 머리를 어지럽게 하면서 그에게 남아 있던 양식(良識) 혹은 이성까지도 위협했다.

(경솔하게 말을 내뱉지 않고 참을 수는 있었지만, 쏟아지는 눈물은 어떻게 참을 수 있겠는가?)

"잠시 쉬죠." 눈물을 흘리며 어쩔 줄 모르는 가련한 사제로부터 슬며시 눈을 돌리면서 말장수가 말했다. "걱정하지 마세요. 피로 때문입니다. 자, 이제 다 왔는걸요. 저도 이런 경험이 있답니다. 정말 힘이 들죠."

사내는 옅은 웃음을 띠고서 이렇게 덧붙였다.

"비난하는 건 아니지만, 신부님께선 정말 멀리서 오시는군요. 그렇게 먼 길을 걷다니……"

둔덕 능선에서 그는 두툼한 외투를 벗어 바닥에 깔았다. 그러곤 도니상 신부를 억지로 잡아끌어서 그 위에 눕혔다.

이 투박한 사마리아인의 동작이 얼마나 신중하고 세심하며 다정했는지! 겪어본 적이 없는 이런 부드러움에 어떻게 저항할 수 있겠는가? 속내를 털어놓기를 기다리는 이 다정한 눈길에 대고 어찌 그것을 거절하겠는가?

하지만 이렇게 야릇한 수모를 겪고도 가련한 사제는 여전히 저항하면서 마지막 힘을 모으고 있었다. 밖에서 그리고 안에서 아무리 짙은 밤이 그를 덮어버렸다 해도, 그는 스스로를 엄격하게 판단하면서 자기가 유치하고 비겁하다고 생각했다. 이 우스운 추태를, 그리고 어리석은 눈물의 가증스러움을 통탄했다. 그로서는 이 일 역시 이해하기 어려운 것이었고, 몇 시간 전 길을 잃어 더 가지 못한 채 결국 목적지로부터 멀어지게 된 것과 결부시키지 않을 수 없었다. 그렇지만 어떻게 보면 이 사내와의 만남이 그를 도와주고 진정시키지 말란 법도 없지 않은가? 지금 자기를 도와주면서, 무어라 이름 불러야 하는지 모른다 해도 복음의 사랑을 실천하는 이 선의(善意)의 인간이 해주는 조언을 겸손하게 기다릴 수는 없는 것일까? 아! 아무 말도 하지 않는 것은, 나에게 내민 손을 뿌리치는 것은 너무도 힘든 일이다!

도니상 신부는 사내의 손을 잡고 꽉 쥐었다. 그러자 그의 가슴 속에서 심장이 따뜻해졌다. 조금 전까지만 해도 순진하거나 위험스러워 보이던 것이 이제는 정당하고 불가피한 것, 꼭 필요한 것처럼 보였다. 겸손은 과연 그 어떤 도움도 경멸하는 것일까?

"모르겠어요." 캉파뉴의 보좌 신부가 입을 열었다. "당신에게 어떻게 실명해야 할지…… 뭐라고 사파를 드려야 할지 잘 모르겠습니다…… 하기야 그래 봤자 뭐 하겠습니까?…… 이미 당신은 내가 얼마나 비참한지 아실 수 있을 텐데요…… 나 같은 사람이 사제라고, 그렇게 비겁하고 그렇게 쉽게 쓰러져버리는 이런 사람이 이웃에게 광명을 주고 용기를 불러일으키는 임무를 띠고 있다는 건 정말 생각만 해도 괴로운 일입니다…… 하느님이 절 버리시면……"

사제는 고개를 저으며 일어서려고 했지만 몸이 무거운 듯 이내 쓰러져버렸다.

"기력이 다한 겁니다." 사내가 조용히 대답했다. "그냥 참고 기다리면 됩니다. 신부님, 기다림은 아주 좋은 약입니다. 다른 그 어떤 약에 비해서 효과가 빠르지는 않지만 확실한 약이지요."

"참고 기다린다구요……" 도니상 신부가 비통한 목소리로 말을 이었다. "참고 기다린다……"

그는 자기도 모르게 그 기이한 동행인의 어깨에 머리를 기댔다. 손 역시 이미 친숙해진 동행인의 팔을 놓지 않고 있었다. 사제는 현기증이 나면서, 마치 머리에 관(冠)을 뒤집어쓴 것 같았다. 그 관은 처음에는 부드러웠지만 점점 더 세게 조여왔다. 마침내 그는 눈을 크게 뜬 채 기진맥진하여 꿈속을 헤매듯 말했다…….

"아니야! 내가 이렇게까지 기진맥진한 것은 피로 때문은 아니야! 난 강하고 건강해. 오랫동안 싸울 수 있지. 하지만 어떤 것들은 이길 수가 없어…… 정말 이런 경우엔……"

사제는 자기 몸이 비스듬히, 아주 부드럽게 떨어지면서 정적 속으로 미끄러지는 것을 느꼈다. 그러다 돌연 계속 미끄러져 들어가고 있는 바로 그 느낌 때문에 덜컥 겁이 났다. 그는 그 깊이를 가늠해보았다. 두려웠기에 그만큼 민첩한 본능적 동작으로 두 손을 사내의 단단한 어깨에 대고 일어섰다.

사내의 목소리는 여전히 친절했지만, 귀에서 무섭게 울려댔다.

"그냥 현기증이 나는 거예요. 그뿐입니다. 저한테 기대세요. 걱정하지 마시구요. 아! 정말 힘들게 많이 걸었군요. 너무 지치신 거예요. 한참 전부터 신부님을 따라오면서 지켜보았거든요. 기어서 길을 찾으시는 모습을 뒤에서 보았지요…… 정말 힘겹게 길을 찾고 계셨죠…… 하! 하!……"

"전 당신을 보지 못했습니다." 도니상 신부가 중얼거렸다. "정말인가요? 정말 당신이 있었나요? 정말 그런가……"

그는 말을 미처 끝맺지 못했다. 이번에는 아까보다 더 빨리, 그러니까 수직으로 추락하면서 미끄러지는 느낌이 몰려온 것이다. 그는 어둠 속으로 빠져들고 있었고, 귀에선 어둠이 깊은 물처럼 소리를 내며 울부짖었다.

사제는 손을 벌려 사내의 튼튼한 양어깨를 힘껏 껴안고 온 힘을 다해 매달렸다. 그렇게 꽉 껴안은 사내의 상체는 참나무처럼 단단하고 울퉁불퉁했다. 그가 움켜잡은 충격에도 불구하고 사내의 몸은 꼼짝도 하지 않았다. 가련한 사제의 얼굴은 낯선 타인의 얼굴의 윤곽과 열기를 느꼈다.

한순간, 거의 지각할 수 없을 정도로 짧은 시간 동안, 그는 아무 생각 없이 상상의 심연 위에서 그를 붙잡고 있는 단단하게 고정된 장애물에 매달렸다. 온 힘을 다해 그것에 매달렸고, 점차 편안해지고 황홀한 느낌이었다. 그가 느끼던 현기증은 마치 신비로운 불길에 녹아버린 것처럼 혈관 속으로 서서히 흘러들었다.

그때, 바로 그 순간에 갑자기, 물론 그의 의식 속에서 그 새로운 확신은 아주 서서히 벗어나왔을 뿐이지만, 분명 그내, 깡파뉴의 보좌 신부는 끔찍한 밤 동안 피해다니던 것을 결국 만났었다는 것을 알게 되었다.

그것은 공포였을까? 결국 올 것이 오고야 말았다는 절망적인 확신이었을까? 이젠 더 이상 희망할 것도 싸울 것도 없는 수형자(受刑者)의 씁쓸한 기쁨이었을까? 아니면 룅브르의 주임 사제가 자신의 운명을 예감한 게 아니었을까? 어쨌든 그는 사내가 입을 여는 것을 들으며 별로 놀라지 않았다.

"자! 편하게 앉으세요…… 이 가벼운 발작이 지나갈 때까지 버텨야 합니다. 전 정말 당신의 친구랍니다. 자! 나의 벗이여, 난 정말 당신을 사랑합니다."

사내의 한쪽 팔이 천천히 부드럽게 그의 허리를 감쌌고, 사제는 그것을 거부할 수 없었다. 머리를 완전히 기울여 사내의 어깨와 목 사이 우묵한 곳에 기댔다. 어찌나 가까이 기댔는지 이마와 뺨에 상대방의 따스한 입김이 느껴질 정도였다.

"나한테 기대서 한잠 주무세요. 나의 사랑스런 아기." 여전히 같은 어조로 사내가 말했다. "날 꽉 잡아요, 어리석은 사람, 가련한 사제, 나의 동료여. 이제 쉬어요. 내가 그대를 얼마나 찾아다니고 쫓아다녔는데요. 이제 드디어 그대를 만났네요. 그대 역시 나를 사랑하죠! 앞으로는 나를 더욱더 사랑하게 될 겁니다. 이제 난 그대를 놓치지 않을 거니까, 나의 천사여, 가난한 사제여, 영원한 동반자여!"

그때 룅브르의 성자는 처음으로 자신의 고통스런 삶을 함께할 치욕스런 동반자의 목소리를 들었고 그 모습을 보았으며 그 몸을 만졌다. 그리고 그가 이런 은밀한 시련에 관해 털어놓은 속내 이야기를 들었거나 지켜본 사람들의 말에 따르면, 마침내 자유를 얻게 될 때까진 아직도 수 없이 그 소리를 들어야만 할 것이다! 그때가 처음이었지만 도니상 신부는 그 목소리를 곧 알아들었다. 그 순간에는 자신의 감각이나 이성을 의심하지도 않았다. 우리의 모든 생각 속에 들어앉아서, 물론 아주 천천히 그리고 교묘하게, 증오로써 우리를 품고 있는 친숙한 존재인 도살자가 옛날이야기에 나오는 것 같은 풍채와 매무새를 가졌을 거라고 믿는 그런 순진한 사람은 아니었기 때문이다…… 캉파뉴의 보좌 신부 말고는 다른 그 누구라도, 아무리 그에 못지않게 명철한 사람이라 할지라도, 이런 상황에서 우선 공포에 사로잡히고 말 것이며, 적어도 혐오감에 치를 떨었을 것이다. 하지만 그는 두려움에 질려 눈을 감은 채, 마음속에서 자기가 가진 힘의 정수(精髓)를 모으기 위해서, 쓸데없이 흥분하지 않기 위해서 애쓰고 있었다. 그는 칼집에서 칼을 뽑듯이 온 의지를 자기 밖으로 끄집어내어 불안을 없애려고 애썼다.

하지만 상대방의 비열한 입이 신성을 모독하듯 비웃으며 그의 입을 누르면서 숨결을 훔치자, 도니상 신부의 공포심은 절정에 이르렀다. 생명의 움직임마저도 멎어버리고 가슴속이 텅 비는 것 같았다.

"친구의 입맞춤이었네." 사제의 손등에 입술을 대면서 말장수가 조용히 말했다. "이 어리석은 사람아, 예수 그리스도의 감실(監室)인 내가 그대를 충만케 한 거야. 이까짓 일로 겁먹지 말게나. 난 그대 말고도 많은 이들에게 입을 맞추었네. 들어보겠나? 깨어 있는 자나 잠이 든 자, 죽은 자나 산 자, 모두에게 입을 맞추지. 이건 진실이네. 그대들 같은 조무래기 인간-신, 이상한, 아주 이상한 피조물인 그대들과 함께 있는 게 바로 나의 즐거움이거든. 솔직히 말하면 난 거의 언제나 그대들과 함께 있다네. 그대들은 바로 그대들의 그 음침한 육체 안에 나를 간직하고 있는 거지. 내 본질은 빛인데 말이야. 가슴속 세 겹 은밀한 피난처 속에 나를 담고 있는 거지. 이 루시퍼(성서에 나오는 악마들의 제왕: 옮긴이)

를…… 나는 그대들을 다 헤아리고 있다네. 하나도 놓치지 않아. 나의 작은 양떼에서 한 마리 한 마리를 모두 냄새로 알 수 있거든."

사내는 도니상 신부의 허리를 그대로 안은 채로 팔을 뻗치곤, 마치 신부가 쓰러질 수 있는 자리를 마련하려는 듯이 조금 뒤로 물러섰다. 룅브르의 성자는 얼굴이 시체처럼 창백하게 경직되었다. 괴로운 찡그림으로 입 가장자리가 올라가서 마치 끔찍한 미소를 짓는 듯했고, 꼭 감은 눈, 얼굴의 경련으로 굳어진 표정이 그의 고통을 드러냈다. 하지만 그는 쓰러지지 않고 겨우 옆으로 조금 몸을 기울였다. 그러곤 외투자락에 걸터앉아서 을씨년스럽게 꼼짝도 하지 않고 있었다.

말장수는 옆눈으로 힐끔거리며 도니상 신부를 바라보다가 이내 시선을 돌렸다. 그러다 깜짝 놀라서 아주 조금 움직였고, 거칠게 숨을 내쉬면서 주머니에서 큰 손수건을 꺼내 목과 뺨을 닦았다.

"장난은 그만 합시다, 신부님." 사내가 말했다. "이 빌어먹을 계절엔 새벽녘이 몹시 서늘하군."

아슬아슬하게 균형을 유지하고 있는 물건을 장난삼아 밀치듯이, 그는 다정하게 도니상 신부의 어깨를 쳤다. 눈사람을 밀어뜨려 무너져버리는 것을 보면서 함성을 지르는 어린애들처럼 말이다. 하지만 캉파뉴의 보좌 신부는 휘청거리지 않았고, 오히려 천천히 눈을 떴다. 여전히 굳은 표정이 풀리지 않은 그의 얼굴에서는 쏘아보는 듯한 검은 눈길이 두 눈꺼풀 사이로 새어나오기 시작했다.

"이봐, 신부, 이것 좀 봐." 말장수가 큰 소리로 도니상 신부를 불렀다. "도대체 어쩌려고 이러는 거야. 이봐 친구, 몸이 너무 차단 말이야. 자!"

사내는 한 손으로 넓은 손바닥 안에 신부의 두 손을 감싸쥔 채 다른 한 손으로 가볍게 치면서 말했다.

"이봐, 일어나. 일어나라니까. 제기랄! 이러다간 얼어붙어버린단 말이야."

사내는 도니상 신부의 사제복 안으로 손을 넣어 심장을 더듬었다. 그러더니 좀더 빠르게, 연속적인 동작으로 이마와 눈, 입을 만졌다. 그 다음엔 다시 손을 감싸쥐고서 입김을 불어댔다. 그의 동작에는 다소 신경질적인 초조함이 담겨 있었다. 정밀 작업을 마무리하는 직공이 행여 해가 지지 않을까, 예기치 않게 누군가가 찾아오지 않을까 걱정이 되어서 초조하게 서두르는 것처럼 말이다. 그러더니 갑자기 신부의 손을 자기 가슴에 대고는, 마치 얼음처럼 차가운 깊은 물 속에 빠져들기라도 하는 것처럼, 오한으로 몸을 떨었다. 그가 벌떡 일어서며 말했다.

"추운 건 참을 수 있어. 난 추운 것과 더운 것은 신기할 정도로 잘 참지. 하지만 당신이 이 얼어붙은 흙탕물 위에 꼼짝 않고 그렇게 앉아 있는 걸 보곤 놀라지 않을 수 없어. 당신 그러다간 정말 죽게 될 거야…… 조금 전 길을 오던 중엔 당신은 꽤나 히둥댔어. 넌 추워. 솔직히 말하지. 난 언제나 추위. 사실 내가 쉽게 하지 않는 말인데…… 하지만 사실이니까…… 난 바로 추위 그 자체지. 나의 빛의 본질은 바로 참을 수 없는 추위니까. 하지만 그 얘긴 이제 관두지. 지금 당신 앞에 서 있는 건 노르망디와 브르타뉴의 조랑말을 다루는 중개상이라는 직업에 맞는 자질과 결점을 가진 그냥 불쌍한 인간일 뿐이야. 이 얘긴 그만둡시다. 그냥 달도 없는 이 밤에 당신과 함께 길을 가는 친구, 좋은 벗이라고만 생각해둬…… 이쯤 해두자고. 이 뜻하지 않은 만남에 대해서 더 이상을 알려고 하지 말란 말이야…… 난 그냥 당신에게 도움을 주려는 거고, 당신은 곧 나를 잊게 될 거야. 당신의 손은 날 아주 아프게 했지…… 당신의 이마도 눈도 입도 마찬가지였고…… 앞으로도 내가 따뜻하게 해줄 순 없을 것 같군. 말 그대로 뼛속까지 날 얼어붙게 했지…… 아마도 당신이 축성(祝聖)된 기름을 발랐기 때문일 테지. 성유(聖油) 말이야. 마법이시. 사, 그 얘긴 관둡시다. 이제 난 그냥 가겠소…… 아직 많이 기야 하니까. 갈 길이 멀지. 여기서 헤어집시다. 각자 자기 길로 갑시다."

말장수는 흥분하고 화가 나 몸을 움직이면서 이리저리 오갔다. 하지만 조금도 멀어지지는 못했다. 도니상 신부가 암울한 눈길로 그를 계속 쳐다보고 있었던 것이다. 이제 무표정한 사제의 얼굴에는 입술마저도 움직이지 않았다.

그의 얼굴에 나타난 것은 두려움이 아니라 끝없는 호기심이었다. 어쩌면 증오심이었을 것이다. 하지만 증오심은 인간의 눈길 속에 불을 지핀다. 공포였을까. 하지만 공포는 수동적이다. 성난 의지로 꽉 다문 그의 입이 벌어지면서 고뇌와 혐오의 외침이 흘러나오는 일은 절대 없을 것이다. 알고자 하는 헛된 욕구에는 이런 숭고한 품위가 없다. 캉파뉴의 보좌 신부는, 매 순간 그의 승리가 점점 더 완전해지고 확실해졌지만, 이런 적수에 대한 승리는 언제나 불확실하고 깨지기 쉬운 것임을, 오래가지 않는다는 것을 확신했다. 그저 한순간 적이 발아래 엎드려 처분에 따른다 한들 그게 무슨 소용이 있겠는가! 상대는 영혼들을 죽이는 자이고, 그러니까 그의 비밀을 조금이라도 빼앗아내야 한다.

그 순간 이상한 사내는, 움직이면서 보이지 않는 끈이 조이기라도 한 듯, 마치 꽁꽁 묶인 황소처럼 갑자기 걸음을 멈추었다. 조금 전까지 몹시도 날카롭던 목소리도 원래의 어조로 돌아갔다. 그는 지극히 자연스러운 어조로 말했다.

"이제 날 내버려둬. 당신의 체험은 끝났소. 당신이 이렇게 강할 줄은 몰랐어. 아마 우린 나중에 또다시 만나게 될 테지. 아니 당신이 원하지 않는다면 다시는 만나지 않을 거요. 조금 전부터 난 당신에 대해서 아무런 힘이 없으니까 말이오."

말장수는 호주머니에서 큰 손수건을 꺼내 신경질적으로 얼굴과 손을 닦았다. 입술 사이로 거친 호흡이 고통스럽게 씩씩거렸다.

"그렇게 기도할 필요 없소. 당신이 웅얼거리는 주문은 아무 소용이 없다구. 내가 마음대로 못하는 건 바로 당신의 의지란 말이오. 아! 그대들은 참으로 별난 짐승이로군!"

사내는 점점 더 불안해하면서 좌우를 돌아보았다. 그러다 갑자기 돌아서서는 뒤쪽으로 어둠을 유심히 바라보았다.

"이 누더기가 무거워지기 시작하는군." 말장수가 어깨를 거칠게 흔들면서 다시 말했다. "이렇게 인간의 가죽을 입고 있으면 기분이 좋지 않아. 자! 이제 명령을 내리시지. 그러면 난 흔적 없이 사라질 거니까. 냄새도 남지 않을걸……"

사내는 힘을 모으는 것처럼 두 손에 얼굴을 파묻고 한참 동안 움직이지 않았다. 그가 고개를 들었을 때 도니상 신부는 처음으로 그의 눈을 보았다. 사제는 신음했다.

배의 돛대 꼭대기에 두 손을 움켜쥐고 매달려 있다가 갑자기 중력의 균형을 잃어버리면서 떨어진 사람, 발아래 더 이상 바다가 아니라 하늘이 심연처럼 꺼지면서 부풀어오르는 것을 보는 사람도, 그리고 그 무엇으로도 측량할 수 없는 공허, 이제 영원히 추락하면서 지나가게 될 공허 너머로 수억만 리 떨어진 곳에서 부글거리며 일어나고 있는 거품을 보는 사람도, 가슴 깊은 곳에 이보다 더 절대적인 현기증을 느끼지는 않았을 것이다. 그의 심장이 양 옆구리를 향해 두 배나 세게 박동을 하다가 멈추었다. 구역질이 올라와 뱃속이 뒤집힐 것 같았다. 공포로 굳어버린 육신에서 유일하게 살아남은 손가락이 마치 맹수의 발톱처럼 땅바닥을 긁었다. 어깨 사이로는 땀이 비오듯 흘러내렸다. 무(無)의 거대한 부름으로 땅밑에서 떨어져나온 것처럼 대담한 이 사람도 이번엔 돌이킬

세1부 | 절망의 유혹 191

수 없이 지고 만 것 같았다. 하지만 바로 그 순간에 그가 떠올린 최후의 생각은 막연하게나마 또다시 도전하는 것이었다.

곧 멈췄던 생명이 단숨에 혈관 속을 돌기 시작했고, 관자놀이가 다시 뛰기 시작했다. 그의 눈을 뚫어지게 바라보고 있는 시선은 다른 모든 시선과 비슷했다. 그리고 여전히 같은 목소리가, 마치 계속 말을 하고 있었던 것처럼, 그의 귀에 속삭였다.

"난 가겠어. 다신 날 볼 수 없을 거야. 난 단 한 번밖에 볼 수 없거든. 그 멍청한 고집을 계속 부리든지 말든지 맘대로 해. 네 주인이 널 위해 어떤 보상을 마련해두었는지를 안다면 그렇게 충실하진 않을 거야. 오직 우리만이, 그래 우리뿐이지, 우리만이 네 주인한테 속지 않지. 그의 사랑과 증오 중에서 말이야, 우린 너희 쓰레기 같은 머리로는 생각할 수 없는 멋진 지혜로 그의 증오를 선택했지. 이 꼬리치는 강아지, 길들여진 짐승이여! 매일매일 주인을 만들어내는 이 노예에게 이것을 말해준들 무슨 소용이 있으랴!"

사내는 아주 야릇하게 민첩한 동작으로 몸을 굽히면서 길가의 돌멩이를 하나 주워들고는 손가락 사이에 끼더니 하늘로 높이 들어 축성의 문구를 외웠다. 그러더니 마지막에는 낄낄거리며 말 울음 소리를 냈다…… 이 모든 것이 전광석화처럼 순식간에 이루어졌다. 그의 웃음 소리는 지평선 끝까지 울려퍼지는 것 같았다. 돌은 붉게 변했다가 하얗게 되더니, 갑자기 강렬한 빛을 발했다. 그는 여전히 웃어대면서 돌을 진흙 속에 던졌고, 그러자 쉭쉭거리는 끔찍한 소리를 내면서 빛이 사라졌다.

"이건 그저 장난일 뿐이야. 어린애 장난이라고. 볼거리도 아니지. 자! 이제 우리가 영원히 헤어질 시간이군."

"가라!" 룅브르의 성자가 말했다. "왜 우물거리는 거냐!"

무어라 말할 수 없는 연민의 떨림을 담고 있는 조용하고 낮은 목소리였다.

"그래, 사람들은 우릴 처음 보면 두려워하지." 사내 역시 작은 목소리로 말했다. "하지만 헤어질 때가 더 위험한걸."

"가라!" 캉파뉴의 보좌 신부가 부드럽게 대답했다.

사내는 껑충 뛰어올라 엄청난 속도로 빙글빙글 돌더니, 마치 몸이 저절로 풀려버린 것처럼, 거칠게, 똑바로 서기 위해 안간힘을 쓰는 사람처럼 양팔을 벌리고 튀어나갔다. 이 갑작스러운 움직임은 무척 기괴스러웠지만, 그럼에도 불구하고 그가 잇달아 보여준 몸짓, 계산된 격함, 심지어 갑작스럽게 멈추는 것까지도, 우습지는 않았지만, 무어라 말할 수 없이 기묘해 보였다. 이 시커먼 싸움꾼은 갑자기 보이지 않는 장애물에 부딪혔다. 뭔가 이상한 장애물이었다. 매우 유연한 동작으로 그 충격을 피한 것처럼 보였음에도 불구하고 깊은 고요 속에서 땅이 아주 미세하게, 하지만 아주 깊은 곳까지 흔들리며, 신음했다.

사내는 고개를 숙이고 천천히 뒤로 물러서더니 아무 말 없이 풀죽은 듯이 주저앉았다.

그러더니 어깨를 으쓱이며 말했다. "날 잡고 있군. 자! 그대에게 주어진 시간 동안 맘대로 능력을 펼쳐 보이도록 해!"

"난 아무 힘이 없어." 도니상 신부가 서글픈 목소리로 대답했다. "왜 날 시험하는 거지? 그래, 이 힘은 나에게서 오는 게 아니라는 걸 잘 알고 있지 않은가. 나는 아까부터 널 관찰해서 약간은 얻은 게 있지. 자! 너의 시간이 왔다."

"말도 안 되는 소리로군." 그가 부드럽게 대답했다. "도대체 무슨 시간을 말하는 거야? 아직도 나한테 시간이 있다는 말이야?"

"그래, 난 널 볼 수 있었지." 룅브르의 성자가 느릿느릿 말했다. "인간의 눈으로 가능한 한은 그래. 널 볼 수 있어. 고통으로 일그러져 있는 네 모습을. 이제 사라져버리기 직전이지. 하지만 너에게는 그렇게 무(無)로 돌아가는 것이 허용되지 않아. 천령(天刑)을 받은 피조물이여!"

이 마지막 말에 괴물은 둔덕 위에서 밑에까지 굴러떨어지면서 끔찍한 경련을 일으키며 흙탕 속에서 몸을 꼬았다. 마침내 가련하고 날카로운, 찌르는 듯한 목소리가 들려왔다.

"됐어! 그만 해! 이 축성받은 개야! 넌 날 괴롭히는 도살자야! 이 세상 그 무엇보다도 연민이 우리가 가장 두려워하는 것이라는 걸 누가 가르쳐준 거지? 성유의 축복을 받은 짐승아! 날 마음대로 해봐! 하지만 이렇게 끝까지 가면……"

말로 뱉어낸, 하지만 이 세상의 것이 아닌 이 탄식을 듣고 공포를 느끼지 않을 자가 있겠는가. 적어도 자기 자신의 이성(理性)을 의심하지 않을 자가 있겠는가? 하지만 룅브르의 성자는 땅을 응시하면서 괴물이 멸망으로 이끈 영혼들의 탄식만을 생각했다.

사제의 기도가 이어지는 동안 상대방은 계속 신음하면서 이를 갈았지만, 그 힘은 점차 약해졌다. 캉파뉴의 보좌 신부가 일어섰을 때, 그 자에게선 아무 소리도 나지 않았다. 그는 빈껍데기처럼 누워 있었을 뿐이다.

"오늘밤 나한테 뭘 원한 거지?" 마치 친한 사람에게 말을 건네듯이, 평온한 목소리로 도니상 신부가 물었다.

꼼짝하지 않고 누운 껍데기에서 새로운 목소리가 흘러나왔다.

"오늘부터 네가 죽는 날까지 우리는 너를 시험할 수 있어. 난 더 강한 자에게 복종했을 뿐이야. 의인(義人)이여! 날 비난하지 말고, 그런 연민으로 날 협박하지 마!"

"나한테 뭘 원했던 거지?" 도니상 신부가 다시 말했다. "거짓말하려고 하지 말라. 난 네가 말하게 만들 수 있다."

"거짓말이 아니야. 좋아, 대답을 하지. 그러니까 기도를 좀 늦춰줘. 내가 복종할 테니 기도할 필요 없잖아. 그래, 널 시험하기 위해서 날 보낸 거야. 어떤 시험인지 알고 싶어? 말해주지. 오! 나의 주인이여, 누가 그대 말을 거역할 수 있으리오?"

"입 다물라." 도니상 신부가 여전히 침착하게 말했다. "시험은 신으로부터 오는 거다. 난 아무것도 알려 하지 않으면서 하느님이 내리시는 시험을 기다릴 테다. 특히 너 같은 자의 입을 통해서는 그 어느 것도 알고 싶지 않다. 지금 네가 무너뜨리지 못하는 이 힘은 바로 하느님이 나에게 주시는 거란 말이다."

바로 그때 앞에 있던 것이 사라져버렸다. 아니, 바퀴가 전속력으로 회전할 때 바퀴의 살들이 서로 엉켜 보이는 것처럼, 신비스러운 떨림 속에서 선과 윤곽이 섞여버렸다고 말해야 할 것이다. 잠시 후 새로운 윤곽이 드러났다.

그때 캉파뉴의 보좌 신부는 자기 앞에 바로 자신의 분신이 있는 것을 보았다. 세세한 데까지 너무도 똑같았다. 거울에 꼭 같은 모습이 비쳤다기보다는, 인간이 저마다 자기 자신에 대해 갖고 있는 유일하고 고유한 생각, 심오한 생각이 모습을 드러낸 것 같았다.

무슨 말을 할 수 있겠는가? 분신의 얼굴은 창백하고, 사제복은 흙투성이였으며, 본능적으로 손을 심장 쪽에 대고 있었다. 눈길도 마찬가지였다. 그 눈길에서 도니상 신부는 두려움을 읽을 수 있었다. 하지만 자기 성찰을 통해 단련된 그의 의식만은 이토록 놀라운 분신의 존재 속에 그대로 나타나지 않았다. 내적 세계를 향한 관찰이 제아무리 명석하다 해도 한 번에 한 가지 면밖에는 파악할 수 없는 법이다. 이때 룅브르의 성자가 찾아낸 것은 바로 그의 생각의 전체와 세부, 그러니까 자기 생각의 뿌리와 곁가지들, 그것들을 서로 연결하는 무한한 그물, 그의 의지의 가장 미세한 진동이었다. 껍질이 벗겨진 인체가 동맥과 정맥의 그물 속에 생명의 고동을 보여주는 것과 같았다. 하나의 물체를 한눈에 3차원에서 파악할 수 있는 사람의 시각처럼, 도니상 신부는 하나이며 동시에 다원적인 시각을 통해서 현재뿐만 아니라 과거와 미래의 자기를, 그러니까 자기 삶 전체를 인식할 수 있었다. 아! 이게 어쩐 일인가! 주여! 우리를 엿보는 적의 눈 앞에서 우린 이렇게 투명하게 드러나 보인단 말입니까! 온갖 궁리를 짜내는 이자의 증오심 앞에 우리는 이렇게 무방비 상태로 놓여 있단 말입니까!

한순간 그들은 그렇게 마주 섰다. 환영(幻影)이 너무도 정교했기에 도니상 신부는 진짜 공포를 느꼈다. 아무리 노력해도 자기와 분신을 완전히 구별할 수 없었다. 하지만 자기 본래의 단일성에 대한 느낌은 반쯤 간직할 수 있었다. 그렇다. 그것은 공포가 아니었다. 불안이었다. 너무도 날카롭게 찌르는 불안이었다. 적이 자기의 육신을 입고 나타난 이 환영을 사라지게 한다는 건 너무도 무모해 보였다. 하지만 사제는 용기를 내어 시도했다.

"물러가라, 사탄." 그는 이를 악물고 말했다. 하지만 그의 말은 목에 걸려 제대로 나오지 않았고, 자신의 분신을 향해 들어올린 손은 여전히 떨렸다. 사제는 그의 어깨를 잡았다. 그 두께가 느껴졌지만, 두렵지는 않았다. 손에 힘을 주어 그것을 깨뜨리고, 격렬한 분노로 손가락을 움켜쥐어 부서뜨렸다. 바로 자신의 얼굴이 그 앞에 있었다. 그 앞에 자신의 시선이, 그 뺨 위에 자신의 입김이 있었고, 손가락에 그의 온기가 느껴졌다. 그러더니 모든 것이 사라져버렸다.

그때까지 진흙탕 속에 누워 있던 처참한 껍데기에서 다시 목소리가 올라왔다.

"나를 짓이기고 씹어서 삼켜버리는구나." 그가 신음했다. "그처럼 귀중한 환영을 제대로 보지도 않고 없애버릴 수 있다니, 도대체 넌 어떤 인간이냐?"

"내가 필요한 건 그게 아니다." 도니상 신부가 말을 이었다. "나 자신을 안다 한들 무슨 소용이 있으리! 다른 빛이 없어도, 가련한 죄인에게는 자기 성찰만으로 족하다."

잃어버린 환영에 대한 미련이 골수에 사무쳤지만, 도니상 신부는 이렇게 말했다. 초자연적인 호기심 — 이후론 영원히 사라져버린다 — 때문에 현기증이 나면서 숨을 헐떡였고, 속이 텅 빈 것 같았다. 마침내 끝까지 다 온 것 같았다.

"이제 네 계략이 바닥났구나." 사제는 꿈틀거리는 것을 발로 차 길 밖으로 밀어내면서 말했다. "나한테 주어진 시간이 얼마나 남았는지 알 수 없다. 지! 서두르지! 서두르지!"

사제는 몸을 많이 숙였다. 상대방의 말을 듣기 위해서라기보다는 그를 사로잡은 열정의 본능적 동작에 의해서였다.

"자! 이제 대답하라! (그는 그 껍데기 위가 아니라 자기 가슴에 대고 성호를 그었다.) 하느님이 너에게 나의 생명을 준 것이냐? 나도 여기서 죽어야 하느냐?"

"아니." 여전히 비통한 억양의 목소리가 대답했다. "우린 널 마음대로 할 수 없지."

"그렇다면 내가 앞으로 하루를 살건 20년을 살건, 반드시 너의 비밀을 알아내야겠다. 너의 동족들이 있는 곳까지 따라가서라도 알아낼 테다. 난 네가 두렵지 않다. 무섭지 않단 말이다! 물론 너는 다시 나에게 모습을 드러내지 않을 테지. 하지만 난 조금 전에 너를 보았다. 너는 이미 많은 영혼을 파멸시키지 않았는가? 아직도 먹이가 필요한가? 넌 나의 손 안에 있다. 난 하느님이 이르시는 내로 할 것이다. 네가 두려워하는 말을 할 거고, 너를 부엉이처럼 나의 기도 한가운데 못박아버릴 것이다. 그러니까 나에게 맡겨진 영혼들을 해치려는 시도를 포기해야 할 것이다."

하지만, 참으로 놀랍게도 그가 전력을 다했다고 생각한 바로 그 순간에 바닥에 있던 그 껍데기가 꿈틀거리더니 부풀어올라 다시 한 번 인간의 모습이 되었다. 그것은 처음 만났을 때의 그 즐거운 동반자의 모습이었다.

"너, 그리고 네 기도보단 그가 더 무서워…… (처음에는 빈정거리는 어투였다가 종내는 공포의 어조가 되었다.) 그는 멀지 않은 곳에 있어. 아까부터 냄새가 났거든…… 하! 하! 이 주인은 정말 냉혹하다니까!"

그는 머리부터 발끝까지 떨고 있었다. 그러더니 머리가 한쪽 어깨 위로 기울어지고, 이내 그 무서운 발자국 소리가 멀어지기라도 하는 듯이, 얼굴이 다시 밝아졌다.

"네가 날 윽박질렀지. 하지만 난 너의 손을 빠져나왔어. 내 일을 방해하다니, 정말 미친놈이로군! 아직도 기독교인의 피로 나를 더 채워야 해! 오늘 넌 은총을 받았지. 물론 대가를 비싸게 치렀지만 말이야. 앞으론 더 호된 대가를 치르게 될걸!"

"은총이라니?" 도니상 신부가 소리를 질렀다.

아차 했지만, 이미 상대방이 입 밖으로 나온 그 말을 낚아채버렸다. 그의 불순한 입이 기쁨으로 전율했다.

"네 자신의 모습을 조금 전에 (처음이자 마지막으로) 보았지. 이제 또 보게 될 거야…… 보게 될 거라구…… 하하하!"

"무슨 말을 하는 거냐? 이 거짓말쟁이!" 캉파뉴의 보좌 신부가 외쳤다.

모욕적인 말이었음에도 불구하고, 호기심을 억제하지 못한 그 외침은 상대방으로 하여금 균형을 되찾아 다시 일어서게 한 것 같았다. 그자는 천천히 몸을 일으켜 애써 침착한 척 앉아 있었다. 그는 서두르지 않고 조용히 가죽 상의의 단추를 잠갔다. 피카르디의 말장수는 계속 그 자리를 지키고 있기라도 했던 것처럼 여전히 같은 자리에 있었다. 룅브르의 성자의 손이 축 늘어졌다. 이상한 일이다! 그토록 야릇하고 끔찍스러운 환영을 많이 보고 나서는 전혀 해를 끼칠 것처럼 생기지 않은 이 모습, 그저 다른 사람들과 다름없는 모습의 이 사내를 향해서도 눈을 들 수가 없었다.

"그렇게 서둘러 가버리면 안 되지. 우리의 비밀을 너무 알려고 하지도 말고. 머지않아 내가 거짓말을 했는지 아닌지가 증명될 거야. 사실 조금 전에 내가 네 눈 앞에 들이민 걸 제대로 보기만 했더라면 날 저주하지는 않을 기다. (그리더니 말을 바꾸어 다시 말했다.) 내 자신의 모습을 보았지? 이제 그렇게 다른 사람들도 보게 될 거야…… 그런 능력이 하필이면 너 같은 인간에게 주어졌다니 정말 유감이지만 말이야."

그는 추워서 쩔쩔매는 사람처럼 입술을 떨면서 두 손을 잡고 그 사이로 숨을 내불었다. 그의 불그스레한 얼굴에서 반쯤 닫힌 눈꺼풀 밑으로 웃고 있는 두 눈은 정신없이 움직이고 있었다. 그것은 경멸과 동시에 기쁨을 드러내는 것이었는데, 기쁨 쪽이 더 컸다.

"하하하! 정말 난처하군! 왜 그리 입을 다물고 있는 거야?" 사내가 더듬거리며 말했다. "조금 전엔 훨씬 더 팔팔했었잖아! 고마운 성자여! 악령들을 꼼짝 못하게 만들고, 악마를 물리칠 줄도 알고, 기적을 행할 수도 있잖아!"

그가 웃음을 터뜨릴 때마다 도니상 신부는 전율했고, 다시 머리가 마비되어 아무 생각도 할 수 없는 상태에서 꼼짝할 수 없었다.

싱대빙은 손바닥을 힘차게 문지르고 있었다.

"은총이라니? 은총이라니?" 사내가 가련한 사제를 우스꽝스럽게 흉내내면서 말했다. "우리와 대결할 때 너희들이 발을 헛디디는 건 아주 흔한 일이야. 넌 호기심 때문에 한순간 나에게 허를 찔리는 거지."

사내는 친근한 태도로 다가섰다.

"자기 도취로 가득 찬 조무래기 신들이여. 그대들은 우리에 대해서 아무것도 모르는걸. 우리의 분노는 실로 참을성이 많아! 또 우리의 의지는 너무도 명철하지! 그가 우리로 하여금 자신의 계획을 섬기도록 한 건 사실이야. 그의 말을 거역할 수 없으니까 말이야. 그래, 사실이야. 부정해서 뭐 하겠어. 오늘밤 우리 계획이 혼란에 빠진 건 사실이지. 아! 조금 전에 내가 널 조여갈 때 그의 생각이 바로 너에게 집중되었고, 너의 천사도 선회하는 섬광 속에서 떨었었지. 하지만 쓰레기 같은 네 눈은 아무것도 보지 못했잖아!"

사내는 말이 울어대는 듯한 소리를 내며 웃음을 터뜨렸다.

"히! 히! 히! 너와 같은 징표를 가진 자 가운데 네가 가장 무겁고 둔해. 가장 빡빡하고. 그래, 넌 황소처럼 고랑을 파고 산양처럼 적에게 덤벼들지…… 머리끝에서 발끝까지 아주 좋은 표적이야."

도니상 신부는 여전히 심한 전율을 느끼며 소리 없는 공포에 사로잡혀 상대방을 지켜보고 있었다. 기도와도 같은 것, 하지만 기도라고 하기엔 뭔가 망설여지고 혼돈스러우며 막연한 그 무엇이 기억 속을 맴돌았지만, 그의 의식이 아직 그것을 잡아내지는 못했다. 그리곤 가슴속에 경직된 심장이 조금 더워지는 것 같았다.

"우리가 아주 멋지게 널 처리해줄 거야." 그가 말을 이었다. "어떻게 하면 우리를 처치할 수 있을지 애써봐. 우리가 널 괴롭혀줄 테니까 말이야. 우리가 이런 시골뜨기 하나를 제대로 요리하지 못한다니 말이 되겠어? 기름을 벗겨내고 잘 다듬어주지."

그는 고귀한 피가 이글대고 있는 머리를 가까이 댔다.

"내가 너를 가슴에 안았지. 내 팔에 안고 포근하게 흔들어주었어. 앞으로도 무수히 넌 다른 **사람**을 안고 있다고 생각하면서 사실은 날 소중하게 안게 될 거야. 그게 바로 너의 징표거든. 그게 바로 너한테 찍힌 나의 증오의 도장이라구."

사내는 두 손을 신부의 어깨에 놓고 억지로 몸을 굽히게 하고는 무릎을 꿇게 했다…… 그 순간 갑자기 캉파뉴의 보좌 신부가 일격에 달려들었다. 하지만 사제가 마주친 것은 텅 빈 그림자였을 뿐이다.

*   *   *

그의 주위에, 그리고 그의 마음 속에 다시 암흑이 내려앉았다. 꼼짝할 수 없을 것 같았다. 오직 청각만이 살아 있었다. 주위에서 말소리가 들려왔다. 하지만 그것은 비현실적인 꿈속에서 허공에 떠다니는 것처럼 불확실한 것이었다. 애써 귀를 기울인 후, 그것이 아주 가까이서 걸어가고 있는 사람들의 말소리임을 알 수 있었다. 상상의 인물인지 현실의 인물인지는 알 수 없었지만, 그들 중 하나가 멀어져갔다. 멀어진 사람의 목소리가 점점 작아지고, 또 그의 신발 밑창이 모래를 긁는 소리도 점점 작아졌다. 그때 도니상 신부는 갑자기 누군가가 자신을 들어올렸고, 자신이 그의 한쪽 팔 안에 안겨 있는 것을 느꼈다. 팔이 너무 세게 조여와서 어깨가 아팠다. 무엇인가가 그의 입술과 이빨을 세게 쳤다. 뜨거운 불꽃같은 것이 목구멍과 가슴을 지나갔다. 그의 눈길이 암흑과 부딪친 곳에서 어둠이 조금 열렸다. 그의 눈 안에 천천히 흐릿한 빛이 생겨났고, 천천히 뚜렷해졌다. 그는 조금 떨어진 땅 위에 초롱이 하나 놓여 있는 것을 보았나. 바람이 심하게 부는 날 어부들이 가시고 다니는 소공과 같은 것이었다. 알지 못하는 어떤 사람이 한 손으로 그를 받치고서 군용 수통으로 물을 먹여주고 있었다.

"신부님, 이제야 깨어나시는군요" 하고 그가 말했다.

"나한테 뭘 원하는 겁니까?" 도니상 신부가 더듬거리면서 말했다.

그는 가능한 한 천천히, 그리고 침착하게 말했다. 하지만 아직도 그의 눈에는 그 환영이 어른거렸다. 남자가 놀라는 혹은 겁에 질린 몸짓을 했지만, 기진맥진한 가련한 사제는 그것을 이해할 수 없었다.

"저는 장 마리 불랭빌입니다. 생프레의 채석부로, 캉파뉴에 사는 제르멘 뒤플로의 형제입니다. 당신을 잘 알고 있지요. 좀 괜찮으신가요?"

남자는 어찌할 바를 모르는, 하지만 연민으로 가득 찬 눈이었다. 그는 이내 눈을 돌렸다.

"신부님께선 정신을 잃고 쓰러져 계셨습니다. 에타플의 장에서 돌아오던 조랑말 장수인 마렐이라는 사람이 저보다 먼저 신부님을 발견했습니다. 우리 둘이서 신부님을 이곳으로 옮겼습니다."

"그를 보았습니까?" 도니상 신부가 외쳤다. "그가 아직 있군요!"

사제가 갑자기 몸을 일으키는 바람에 장 마리 불랭빌이 부딪치면서 비틀거렸다. 신부가 이렇게 이상하게 서두르는 것에 대해 자기 나름대로 해석을 하면서 그 순박한 사람이 말했다.

"그 사람한테 물어볼 말이 있으신가요? 큰 소리로 불러볼까요? 분명 아직 멀리 가진 못했을 겁니다."

"아닙니다. 부르지 마세요." 캉파뉴의 보좌 신부가 말했다. "이젠 몸도 훨씬 괜찮은 것 같습니다. 혼자서 조금 걸어보게 해주십시오."

사제는 비틀거리면서 걸어갔고, 발걸음에 차츰 힘이 생겼다. 남자가 다시 다가갔을 땐 평온해 보였다.

"그를 아시나요?" 도니상 신부가 물었다.

"누구 말씀이세요?" 상대방이 놀라며 되물었다. 하지만 곧 말을 이었다.

"아! 마렐이라는 사람 말씀이지요." 채석부가 즐겁게 큰 소리로 말했다. "알고말고요. 지난달에 프뤼주의 장에서 망아지 두 마리를 그 사람한테 샀습니다. 그렇게 해서 알게 됐지요. 한데…… 신부님이 괜찮으시다면 우리 둘이 끝까지 같이 가지요. 차라리 걷다 보면 기운이 나실 겁니다. 저는 지금 아이에 있는 채석장으로 가는 길입니다. 그곳에서 일하거든요. 거기까지 우선 한번 걸어가보죠. 지금보다 힘이 드시면, 술집 '도둑 까치'에 가서 상소네의 마차를 타시면 됩니다."

"그럼 갑시다." 롱브르의 성자가 대답했다. "이제 힘이 났습니다. 다 괜찮고요."

두 사람은 한동안 함께 걸었다. 그때 도니상 신부는 아까 들은 말, 그러니까 "머지않아 내가 거짓말을 했는지 아닌지가 증명될 거다"라고 한 말의 참뜻을 알게 되었다.

두 사람은 처음엔 천천히, 그러다가 점차 속도를 내면서 제법 험한 길을 걸었다. 가을에 마차의 바퀴 자국이 하도 많이 파여 있어서, 겨울엔 얼어붙는 날씨가 아니면 사람들이 별로 지나지 않는 길이었다. 그래서 이내 나란히 걸어가는 게 불가능했다. 채석부가 앞으로 나섰다. 캉파뉴의 보좌 신부는 고개를 숙이고 바닥에 장애물이 없는지 신경을 쓰면서, 발걸음을 옮길 때마다 큰 신발을 땅에 조심스럽게 갖다 대면서, 앞서가는 동반자가 자기 때문에 지체하지 않도록 신경을 쓰며 따라갔다. 그의 몸은 여전히 추위와 피로, 신열 때문에 떨고 있었지만, 비극적으로

제1부 | 절망의 유혹 203

순박한 인물인 사제는 이미 이 놀라운 밤에 체험한 어두운 기적을 거의 잊어버렸다. 아마도 경박함, 혹은 극도의 피로로 인한 마비 상태는 아니었을 것이다. 그는 그 일에 관한 생각을, 물론 아주 힘들게 노력한 건 아니지만, 의식적으로 멀리 했다. 순진하게도 그 일에 대해선 적당한 때, 말하자면 다음번 고해 성사 같은 때 검토해보기로 미뤄놓은 것이었다. 다른 사람이었다면 자기가 정신 착란에 빠져 노리갯감이 되었었다는 고뇌, 그리고 엄청난 초자연적 시련을 받아야 한다는 고뇌, 그 둘 사이에서 얼마나 괴로웠을 것인가! 하지만 최초의 공포를 넘어서자 그는 다음번 다가올 악마의 시험을, 그리고 그가 그 시험을 치르는 데 필요한 신의 은총을 온순히 기다렸다. 귀신들린 것이든 미친 것이든, 꿈에 사로잡힌 것이든 악령에 사로잡힌 것이든, 신의 은총이 약속되어 있고 또 분명히 주어질 것이라면, 그것은 아무 상관이 없지 않은가!…… 그는 밥 먹을 때가 되면 아버지를 향해 눈을 드는 어린애처럼 ─ 그 어린 마음은 아무리 궁핍한 때에도 매일매일의 일용할 양식에 신경을 쓰지 않는다 ─ 순진하게도 아무 걱정 없이 위안을 가져다줄 사람을 기다린 것이다.

그들은 한 시간 동안 아이로 가는 길의 4분의 3 이상을 걸었다. 도니상 신부로서는 처음 가보는 길이었다. 그는 좌우 어느 쪽으로든 멀어지지 않으려고 조심했다. 때로 발이 미끄러졌다. 그러면 진흙이 얼굴까지 튀어서 앞이 보이지 않았다. 뭔지 모를 새로운 감각이 있었지만, 일종의 내적 저항과 결합된 지속적인 정신의 긴장, 이미 과로로 혹사된 상상력에 대한 본능적인 경계심으로, 그는 그것을 생각하지 않으려 했다. 설사 그것을 맛보았다 하더라도 분석하기 어려울 것 같았다. 그 감각은 조금씩 강렬해졌다. 아니 보다 정확히 말하면 그것은 너무도 질기고 지속적인 감각이었기에(아주 특이한 감미로움으로 그를 자극했다), 결국 그의 마음이 동요되었다. 밖에서 온 것일까 아니면 그의 내부에서 나온 것일까? 가슴속에서 형체가 없는 듯한 열기가 느껴졌으며, 심장이 부풀어 오르는 것 같았다. 또한 그것은 그 이상의 어떤 것, 그러니까 아주 가까이 있는 집요한 현실로 다가왔기에, 한순간 그는 이미 동이 트고 있는 것이거나 달빛이 비추는 거라고 생각했다. 그렇지만 어째서 고개를 들 수 없었던 것일까?

그는 시선을 계속 땅바닥에 고정시키고, 눈을 거의 감은 상태로 걸었다. 진흙탕에서 희미하게 어른거리는 것 외에는 아무런 빛도, 아무런 반사상도 보지 못했다. 그러면서 자기가 지금 부드럽고 다정한 빛 가운데를, 금빛 먼지 가운데를 걷고 있다고 생각했을 것이다. 인정하지도 않고 믿지도 않았지만, 고개를 들면 그의 환상과 기쁨이 동시에 사라져버리는 것이 아닐까 두려웠다. 그는 그 기쁨을 두려워하지 않았다. 그렇게도 많은 다른 기쁨들을 피했던 것처럼, 그것이 바로 그 기쁨이라는 것을 알아보기도 전에 피해갈 수 있으리라고 느꼈다. 너에게 오라고 청하신 거다. 강요받은 것이 아니라 부름받은 것이다. 어길 수 없는, 그러나 은혜로운 힘 앞에 결국은 무릎을 꿇게 될 것임을 확신한 그는 모든 것을 체념한 채 무기력하게 자기 변명을 했다. '열 걸음만 더 걷자' 하고 생각했다. '그러고 나서 또 고개를 숙이고 열 걸음만 더 걷는 거다. 그러고 나서 또 열 걸음……' 물기가 마르고 아까보다 단단해진 지면 위로 채석부의 발뒤꿈치가 경쾌하게 울렸다. 그 발소리에 귀를 기울이며 사제는 벅찬 감동을 느꼈다. 점차 그가 분명 친구임을 알게 되었다. 아주 친밀한 우정, 천상의 우정 혹은 천상의 명석함을 간직한 우정이 두 사람을 연결하고 있음을, 아마도 영원히 묶어놓을 것임을 알았다. 그의 눈에 눈물이 고였다. 서로를 위해 태어난 두 사람의 선택받은 자가 어느 맑은 날 아침에 천국의 정원에서 서로 만난 것이다.

그들은 길이 양쪽으로 갈라지는 곳에 이르렀다. 완만하게 경사진 힌쪽 길은 마을로 통했고, 마차 바퀴 자국으로 파헤쳐진 다른 길은 채석장으로 향했다. 멀리서 닭 우는 소리와 사람들의 말소리가 들려왔다. 아마도 날이 밝기 전에 서둘러 일터로 향하는 채석부들일 것이다…… 바로 그 순간 도니상 신부가 눈을 들었다.

그 앞에 있는 건 동료였던가? 처음에 그는 그렇게 생각하지 않았다. 그의 눈 앞에 있던 것은, 전광석화 같은 확신으로 그의 눈길이 포착한 것은 육신을 가진 인간이었던가? 어둠 속에서 움직이지 않고 있는 윤곽만이 드러났을 뿐이지만, 그 사람은 부드럽고 한결같고 생기 있는 빛의 느낌을 주었으며 그것은 그의 생각 속을 비추는 진정 최고의 빛이었다. 룅브르의 성자는 처음으로 ── 물론 나중엔 아주 친근한 것이 되어버리지만 ── 무언(無言)의 기적을 보았지만, 그의 감각이 그것을 그대로 받아들이기는 쉽지 않았다. 태어날 때부터 앞을 보지 못하는 사람이 처음으로 빛을 보았을 때, 알지 못하는 대상을 향해 떨리는 손을 내밀고는 그 모양도 색깔도 두께도 파악할 수 없다는 데 놀라는 것과 흡사했다. 젊은 사제가 다른 사람들은 가질 수 없는 이 새로운 인식 양태에 어떻게 해서 아무런 싸움도 없이 들어서게 된 것일까? 그는 자기 앞의 동행자를 보고 있었다. 얼굴 윤곽선을 분간할 수 없고 얼굴과 손이 어딘지도 찾을 수 없었지만, 그는 분명 그 사람을 보았다. 놀라운 빛을 응시했다. 그 어떤 것도 두렵지 않았고, 아주 차분한 자신감이 있었으며, 평온하지만 흔들리지 않는 확신이 있었다. 그 빛 속을 꿰뚫기 위해서가 아니라, 거꾸로 바로 그 빛이 자기 안에 스며들고 있다고 확신했기 때문이다. 한참의 시간이 흐르는 것 같았다. 하지만 실제로는 섬광과도 같은 한순간이었을 뿐이다. 한순간 그는 이해했다.

"조금 전에 네가 네 자신의 모습을 보았듯이." 아까 가증스러운 증인이 이렇게 말했었다. 바로 이것이었다. 그는 가장 뛰어난 통찰력으로도 파악할 수 없는, 그러니까 아무리 직관이 뛰어나고 확실한 교육을 받아도 파악할 수 없는 것, 즉 인간의 의식을 다름아닌 육신의 눈으로 보고 있었던 것이다. 물론 인간은 부분적으로는 자신의 본성을 알고 있다. 그리고 타인보다는 자기 자신을 더 잘 안다. 하지만 우리는 모두 자기 안으로 내려가야 한다. 조금씩 내려갈수록 점점 더 어두워지고 드디어는 선조들의 망령이 우글거리고 땅 밑을 흐르는 물처럼 본능이 아우성치는 깊숙한 자아에 이르게 된다. 그렇다…… 이 가련한 사제는 돌연 타인의 존재의 가장 내밀한 부분, 아마도 심판의 눈길이 닿게 될 바로 그 지점에 와 있게 된 것이다. 그것이 바로 기적일 거라고 생각했다. 그리곤 기적이 이렇게 단순하다는 데, 또 계시가 이토록 감미롭다는 데 황홀감을 느꼈다. 그 아닌 다른 사람이라면 아무도 이렇게 영혼에 침입하는 기적이 천둥번개 없이 이렇게 다가오는 것이라고 생각하지 못했을 것이다. 이제 그것이 이루어졌고, 그는 더 이상 두렵지 않았다. 아마도 계시가 이렇게 늦게 찾아온 것에 놀랐을 것이다. 표현할 수는 없었지만 (그는 언제나 표현할 줄 몰랐다.) 그는 이렇게 타인을 아는 것은 자신의 본성에서 오는 것이며, 사람들이 뽐내는 지성이나 능력과는 거의 상관이 없다는 것을, 그러니까 그것은 그의 자비심이 끓어올라 팽창된 것일 뿐이라고 생각했다. 이상할 만큼 겸손한 그로서는 자기 혼자만 이렇게 예외적인 은총을 받을 자격이 있다고 생각할 수 없었다. 오히려 바로 자기 잘못 때문에 그러한 신비를 접하는 입문이 더디어진 것이라고, 또한 사람들을 제대로 알지 못했기에 결국 충분히 사랑하지 못했다고 자책하는 쪽이었다. 결국 이렇게 단순한 일이었다. 그리고 일단 길이 정해지니까 목표점은 가까웠다. 앞을 보지 못하던 자가 시력을 되찾게 되었을 때, 이전 같으면 웅덩이에 빠지고 가시덤불을 헤쳐가면서 엄청난 고생을 해야만 도달할 수 있었던 머나먼 지평선까지 한눈에 보여도 놀라지 않는 것이냐.

채석부는 여전히 고요한 발걸음으로 앞서 걸어가고 있었다. 한순간 도니상 신부는 말없이 따라붙어서 불러보고 싶은 유혹에 빠졌다. 하지만 그것은 한순간이었을 뿐이다. 돌연 나타난 이 영혼은 도니상 신부의 마음을 존경과 사랑으로 가득 채웠다. 사소한 근심들에 사로잡혀 조심스럽게 매일매일을 살아가는, 별달리 내세울 것이 없는 단순한 영혼이었지만, 마치 천상의 빛과 같은 지고의 겸손의 빛이 그를 적시고 있었다. 아무도, 심지어 자기 자신도 알지 못하는 의인(義人), 신의 눈길 아래서 자신의 운명과 의무에 복종하며 겸허하게 자신의 삶을 사랑하는 의인을 알게 된 것이 공포에 사로잡혀 고통스러워하는 사제에게는 얼마나 멋진 가르침이었겠는가! 그러자 자기도 모르게 문득 이런 생각이 떠올랐다. '그자가 사라진 것은 바로 이 사람 때문이 아니었을까?' 그러면서 그에 대한 사랑과 존경에 일종의 두려움이 더해졌다.

미묘하고 신기한 시각이 사라질지 모른다는 위험만 아니었다면 사제는 멈춰 서고 싶었다. 그에게 어떤 말을 하면 좋을지 궁리해보았지만 생각이 떠오르지 않았다. 어떤 말도 충분치 않을 것 같았다. 그의 순수한 마음에 눌려 말들은 입술에서 맴돌 뿐이었다. 수많은 사람들 사이에서 살아가면서, 가장 비속한 사람들 틈에서 수많은 악덕을 지켜보면서도, 그의 순수성으로 그것을 심판하지 않는 것이 가능한 일이었을까? 하느님의 친구, 가난한 자들 중의 가난한 자가 올곧음과 어린애 같은 순수를 간직한다는 것이 가능했단 말인가? 그를 보며 우리가 역시 그처럼 이름없고 알려지지 않은 한 장인을, 성모 마리아의 보호자였던 마을의 목수를 떠올리지 않을 수 있겠는가? 그는 대패질을 하면서 손이 떨리는 법이 없고 손님을 만족시키고 정당하게 보수를 얻는 일 외에는 관심이 없는 의인, 인간들의 죄를 대속(代贖)한 예수 그리스도를 마주 볼 수 있었던 의인이었던 것이다.

아아! 하지만 어떤 점에서는 이 가르침은 헛된 것이다. 이 사제는 자기 스스로는 결코 맛볼 수 없을 평화를 다른 사람들에게 베풀어주기 위해서 부름을 받은 것이다. 그는 오직 죄인들을 위해 사명을 부여받았다. 룅브르의 성자는 불안과 눈물 속에서 길을 갔다.

사제가 할말을 찾아내기 전에 이미 그들은 길이 둘로 갈라지는 지점에 도착했다. 그는 감미로움을 맛보았다. 그런 것은 아마도 자신의 비참한 생애에서 드물게 찾아올 여정이라는 것을 막연히 예감하면서 만끽했다. 하지만 그것이 주어졌을 때와 마찬가지로 받은 그대로 다시 내어놓고 묵묵히 버릴 준비가 되어 있었다.

채석부가 멈춰 서더니 모자를 만지작거리면서 말했다.

"신부님, 이제 다 왔습니다. 신부님께선 똑바로 가시면 됩니다. 15리 정도 남았습니다. 이제 몸은 괜찮으십니까? 아니면 제가 상소네 집까지 함께 가겠습니다."

"그러실 필요 없습니다." 캉파뉴의 보좌 신부가 대답했다. "걸었더니 훨씬 좋군요. 여기서 헤어지기로 합시다."

잠시 그는 이 사람과 다시 만나야겠다고 생각했다. 하지만 이내 지금의 첫 만남을 준비했던 의지의 소관으로 맡기는 것이 좋겠다고 생각했다. 그에게 축복을 내리고 싶었지만, 용기가 나지 않았다.

도니상 신부는 마지막으로 다시 한 번 그를 쳐다보았다. 사제의 눈길 속에는 수많은 다른 사람들에게 나누어주게 될 사랑이 송두리째 담겨 있었다. 소박한 동행자는 그 눈길을 보지 않았다. 그들은 손을 더듬어 악수를 했다.

* * *

앞쪽으로 다시 길이 열렸다. 아는 길이었다. 서둘러, 아주 빠르게 걸음을 옮겼다. 무엇보다도 그는 신이 자기에게 볼 수 있게 허락해준 것에 대해서 말없이 감사했다. 그리고 아까 보았던 빛이 아직도 자신을 감싸고 있는 것처럼 느끼면서 걸음을 옮겼다. 물론 눈앞에 있는 것은 아니었다. 그것은 기억 이상의 것이었다. 말하자면 떠나온 노랫소리가 오랫동안 뒤따라오는 것과 마찬가지다.

아! 그것은 신비스런 화음이 서서히 잦아드는 메아리, 이후론 결코 다시 듣지 못할 메아리였다! 기쁨의 여운은 오래가지 않았다. 한 걸음을 옮길 때마다 그로부터 멀어지는 것 같았다. 천진난만한 동작으로 그가 멈춰 서자 더 빨리 사라지는 것 같았다. 그는 등을 숙인 채 멀어져 갔다.

이른 새벽 아직까지 흐릿한 주위의 경치가 조금씩 눈에 익기 시작했다. 슬픔이 밀려왔다. 한 가지씩 알아보고 또 평소의 습관을 하나씩 되찾아가면서 그에게는 지난밤의 모험이 더욱더 모호하고 흐릿해졌다. 그것은 생각했던 것보다 훨씬 더 빠르게 구체적인 내용과 윤곽을 잃어갔고 몽상 속으로 물러갔다. 그렇게 퐁퐁 마을을 지나서 브렘 촌락을 지났고, 마지막 언덕에 올라섰다. 발아래 언덕 밑 우묵한 곳에 캉파뉴의 작은 역의 불빛이 보였다. 한순간 표지가 너무도 가까이 나타난 것이다.

그는 멈춰 섰다. 헐떡거리며, 모자도 쓰지 않은 채였고, 흙탕물로 뻣뻣해진 사제복 밑으로 몸을 떨고 있었다. 돌연 그것이 추위 때문인지 수치심 때문인지 알 수 없었다. 귓속에서 알 수 없는 소리들이 윙윙거렸다.

그 순간 일상의 삶은 너무도 갑작스럽고도 강하게 그를 다시 사로잡았고, 바로 조금 전의 일이었음에도 불구하고 지난 일의 흔적이 머릿속에 하나도, 진정 그 어느 것도 남지 않았다. 이렇게 급작스럽게 흔적이 지워지는 것은 마치 고통스럽게 존재가 축소되어가는 것처럼 느껴졌다.

"꿈을 꾸었던 것일까?" 사제는 이렇게 생각했다. 정확히 말하자면 조용히 한 음절씩 소리내보았다. 그의 내부에서 일어나는 또 다른 목소리, 두려울 만큼 천천히, 하지만 훨씬 명료하게 "내가 미친 것일까?"라고 질문을 던지는 그 목소리를 침묵시키기 위해서였다.

아! 의지, 주의력, 또한 의식이 마치 체로 걸러지듯 틈새로 빠져나가는 것을 느끼고, 한편으론 자신의 어두운 내면이 마치 장갑을 뒤집듯이 단번에 겉으로 드러나는 것을 느낀 인간은 순간 그 어떤 저울로도 측량할 수 없는 격렬한 고뇌를 맛보게 된다. 하지만 걷잡을 수 없이 의심이 밀려올 때 이 사람은 — 가련한 사제! — 자기 자신만을 의심하는 것이 아니라 자신의 유인한 척망 역시 의심한다. 자기를 잃으면서, 보다 소중한 성스러운 재산, 그러니까 바로 신을 잃는 것이다. 이성의 최후의 섬광에 힘입어 그는 자신의 커다란 사랑이 빠져버릴 어둠의 깊이를 가늠해본다.

그는 새로운 싸움이 있었던 곳을 잊지 않을 것이다. 마지막 언덕에 이르자 길이 갑자기 휘면서 좁은 평지가 나타났고, 그곳에는 100년은 됨 직한 느릅나무가 솟아 있었다. 마을은 오른쪽 아래 언덕이 마지막으로 굽어지는 곳에 있었다. 역에서 빨갛고 파란 불빛이 반짝이고 있었고, 조쉬에 티리옹의 빵가게 화덕이 하늘에 비치는 희미한 빛이 그 불빛에 화답하고 있었다.

왼쪽으로는 카디냥의 성채 저택의 부속 건물로 이어지는 가파른 흙길이 시작되고 있었다. 그 길은 이내 초라한 덤불숲으로 파묻혀서, 길이라기보다는 협곡이나 물웅덩이 같았다. 마치 그늘 속의 얼룩 같은 것이었다. 캉피뉴의 보좌 신부는 자기도 모르게 그쪽을 계속 바라보았다. 가시덤불에 이르러 갑자기 잔잔해진 바람이 비단자락이 스치는 소리를 내고 있었다. 물이 고인 땅에선 때로 돌멩이가 삐져나와 굴러다녔다. 그러다 갑자기 이 웅얼거림 속에서…… 소리가 났다. 이 적막한 아침에 가장 분간하기 쉬운 소리, 일어서서 이쪽으로 다가오는 사람의 몸이 떨리는 소리였다.

"잠깐만요!" 아주 젊은, 그러나 작고 약간 떨리는 여자의 목소리였다. "아까부터 소리를 듣고 있었어요. 이제야 돌아오신 건가요?"

"누구십니까?" 도니상 신부가 온화한 목소리로 물었다.

비탈 끄트머리에 선 사제의 흐릿한 윤곽은 바탕이, 그러니까 하늘이 그보다 더 창백하고 불안정했기에 거의 알아볼 수 없었다. 사제는 슬픈 눈길로 점토로 된 벽들 사이에 있는 작은 그림자를 내려다보았다. 몇 발짝 떨어진 곳에서 서서히 다가오고 있는 그 수수께끼 같은 그림자에 대해 그는 아무것도 알지 못했다. 하지만 흙탕물을 철벅거리면서 천천히 올라오고 있는 그것이 바로 이 잊을 수 없는 밤의 마지막 주역, 최고의 주역이라는 것을 그는 침묵으로 가득 찬 평온하고 절대적인 확신으로 알고 있었다…….

"어머! 신부님이셨군요!" 제르멘 말로르티가 고통스러운 듯이 찡그리면서 말했다.

그녀는 도니상 신부를 보려고 그의 어깨 높이까지 발끝을 세웠다. 찡그린 작은 얼굴에는 끔찍한 절망의 그림자가 드리워져 있었다. 짧은 한순간 분노와 경멸, 냉소적인 절망이 차례차례 스쳐 지나갔다. 너무도 분명했고 또 그 표정이 너무도 깊었기 때문에 제르멘의 앳된 얼굴에는 이미 나이가 사라져버렸다. 바로 그때 그녀의 눈은 자기를 뚫어지게 바라보는 낯선 눈길과 마주쳤다. 감내하기 힘든 눈길이었다. 그녀의 눈에는 아직 불꽃이 꺼지지 않았지만, 풀린 듯한 입꼬리에는 분노로 가득 찬 불안만이 담겨 있었다.

사제의 눈길은 한 순간도 놓치지 않고 상대방을 바라보고 있었다. 광기의 착란 속에서도 여전히 조심스러운 그녀는 평소에 그렇듯이 잔뜩 경계하면서 상대방의 표정을 엿보았다. 의사 갈레의 표현에 따르면 '캉파뉴의 마음 약한 사람들을 현혹시키는' 이 젊은 사제에 대해서 그녀는 지금까지는 아무 관심이 없었다. 하지만 이런 시간, 이런 장소에서 그와 마주치자 무척 놀랐다. 또한 다른 이유에서 실망했다. 조금 전까지만 해도 그가 자기 때문에 화가 났다고, 적어도 그를 놀라게 했다고 생각했을 것이다. 하지만 지금 그녀는 사제의 눈에서 연민을 읽을 수 있었다.

경멸을 감추는 것에 지나지 않는 그런 연민이 아니라, 조용하고 주의 깊지민 고통스럽고 격렬한 연민이었다. 약간 이께를 힌쪽으로 기울여 그녀를 바라보는 사제의 얼굴에 공포심은 전혀 나타나지 않았다. 놀란 것 같지도 않았고, 전혀 당황한 기색도 아니었다. 그의 눈길은 반쯤 감은 듯한 두 눈 사이로 꺼져들고 있었다. 그 시선에 눈을 맞추려던 제르멘은 자기가 조금씩 가슴을 움츠리고 있다는 것을 알아차렸다. 마치 이 사제가 인간의 눈동자에 담긴 헛된 빛은 안중에도 없이 심장이 뛰는 것만을 바라보기라도 하는 듯이 말이다.

그녀의 느낌이 완전히 틀린 것은 아니었다. 도니상 신부는 또다시 부드럽고 강한 부름을 들었던 것이다. 이어 은밀한 광채가 퍼져나가고 그치지 않는 빛의 샘이 그의 몸 속을 지나가는 것처럼, 아무런 불순물이 섞이지 않은 한없이 정묘하고 순수한 미지의 감각이 바로 그의 육신 안에서 점차 생명의 근원에까지 이르러 그것을 변모시켰다. 목이 타서 죽을 것 같은 사람이 서늘하고 날카로운 물줄기를 향해 온몸을 열어젖히듯이, 그는 자신을 끝에서 끝까지 꿰뚫고 있는 것이 과연 쾌감인지 고통인지를 알 수 없었다.

이 순간에 그는 신이 자신에게 허락한 능력의 대가를 인식한 것일까, 아니면 능력 자체를 인식한 것일까? 일생 동안 수많은 시련을 거치면서 때로 의지가 꺾인 것처럼 보이기까지 했지만, 그는 지극히 냉정하게 자신의 능력을 간직했다. 물론 단 한 번도 명확하게 의식하지는 않았을 것이다. 그것은 바로 하나씩 관찰해나가면서 끊임없이 주저하는, 자기 꾀에 넘어가지 않고 중간에 멈춰 서고 마는, 그런 인간 경험의 탐구 같은 것이었기 때문이다. 도니상 신부의 내면 투시는 일체의 가설에 앞서 그 자체로 주어지는 것이다. 한순간 모든 것이 분명하게 드러나면서 그의 정신을 압도하면, 이미 정복된 지성은 천천히 우회하여 그 확신의 이유를 찾아냈다. 한낮의 햇빛 아래 갑자기 남의 눈에 띄는 바람에 잠에서 깨어난 사람의 눈 앞에 미지의 풍경이 펼쳐지게 되면, 그 눈은 어느새 지평선 저 너머를 바라보지만, 조금 전에 꾼 꿈의 깊숙한 곳으로 아주 조금씩 거슬러 올라갈 수밖에 없는 것과 마찬가지이다.

"저한테 하실 말씀이 있으신가요?" 제르멘이 불쑥 내뱉었다. "왜 이런 시각에 사람을 불러세우신 거죠?"

심술궂은 웃음이었다. 하지만 가식적인 웃음이라는 것을 사제는 알고 있었다. 아니 어쩌면 그에게는 제르멘의 웃음 소리가 들리지 않았을 것이다. 그녀를 사그라들게 한 고통, 아무 희망 없는 고통의 외침이 인간의 그 어떤 목소리보다도 크게 울부짖고 있었기 때문이다.

"전 센쿠르 쪽에서 오는 길이었어요." 그녀는 쉴새없이 말을 이었다. "하지만 코르자르그를 거쳐서 왔어요. 물론 놀라실 거예요. 전…… 밤에 자질 못하거든요. 다른 이유는 없어요. 하지만 신부님!" 그녀가 갑자기 화를 내며 말했다. "신을 섬기는 훌륭한 분께서 산울타리 구석에 숨어 있다가 여자들을 놀라게 하는 건 안 되죠. 아니면……"

사제가 짜증을 내거나 당혹스러워하지 않는지 보려고 제르멘은 그의 얼굴을 살폈다. 사제의 얼굴은 평온했다. 만일 그렇지 않았더라면 한 번 더 웃어댈 수 있었을 것이다. 하지만 그녀의 웃음은 목구멍 속으로 꺼져들었다. 그의 얼굴에는 자기의 목소리를 들었다고 생각하게 해줄 그 어느 것도, 진정 그 어느 것도 나타나지 않았기 때문이다. 그녀가 다시 입을 열었을 때 목소리는 여전히 빈정거리고 있었지만 이미 눈빛은 변해 있었다.

"농담이 통하지 않는군요." 그녀가 말했다. "어쩌겠어요. 전 원래 웃는 걸 좋아해요. 그래서 안 될 건 없잖아요? 벌써 많이 웃었는걸요!"

그녀는 한숨을 쉬었고, 이윽고 어조를 바꾸어 이렇게 말했다.

"좋아요. 우린 서로 별로 할말이 없는 거죠?"

길이 움푹 파인 곳을 내려가느라 제르멘은 도니상 신부 앞을 지났다. 경사진 곳에서 미끄러졌다가, 검은 사제복의 소매를 다섯 개의 자그만 손톱으로 움켜쥐면서 균형을 되찾았다.

그녀는 왜 다시 멈춰 선 것일까? 어떤 의혹 때문에 한순간 꼼짝하지 않은 것일까? 그리고 무엇보다도 그녀는 마음과 다른 말을, 그러니까 말을 하는 그 순간에 마음속에서 스스로 부인하면서 그런 말을 한 것일까?

"좋아요. 신부님은 지금 제가 애인과 함께 있다가 온 거라고 생각하시겠죠? 날이 새기 전에 집에 들어가려고 말이에요. 맞아요. 전혀 틀린 말은 아니에요."

그녀의 눈은 살며시 지평선을 둘러보았다. 오른쪽으로는 검은 잎이 무성한 가문비나무들이 늘어서, 이미 흐릿하게 아침 기운이 서린 동쪽 하늘을 향해 으르렁거리고 있었다. 제르멘이 이 나무들의 사나운 울부 짖음을 들은 것은 이번이 처음이 아니었다.

도니상 신부는 그녀의 어깨 위에 조용히 손을 얹고서, 짧게 말했다.
"함께 조금 걷지 않겠소?"

그는 경사면을 내려가 망설이지 않고 카디냥의 성채 저택과 마을을 등지고 티에르 촌락 쪽으로 걷기 시작했다. 길이 조금씩 좁아져서 두 사람이 나란히 걸을 수 없었다.

징 박힌 커다란 구두가 땅을 밟는 소리가 등뒤에서 울리는 것을 들으며 무셰트는 다시 저항을 하거나 그를 속일 힘이 없었다. 그 순간 가슴속에서 조그만 심장이 너무도 격렬하게 고동을 쳤던 것이다. 그들은 말없이 조금 걸었다. 제르멘은 사제 뒤를 바싹 따라가면서 그가 성큼성큼 발걸음을 내디딜 때마다 함께 걸음을 재촉할 수밖에 없었다. 얼마 후 제르멘은 그런 속박을 견딜 수 없었고, 그러다 보니 그녀를 꼼짝할 수 없게 만들었던 공포는 사라졌다. 둑 위로 가볍게 뛰어오르면서 그녀는 사제에게 앞서가라고 신호를 했다.

"겁낼 것 없어요." 도니상 신부가 말했다. "조금도 강요할 생각은 없습니다. 이건 절대 호기심이 아닙니다. 단지 난 며칠을 헛되이 보낸 후에 오늘 이렇게 당신을 만나게 되어 너무 기쁠 뿐입니다. 아직 늦지는 않았어요."

"너무 이르지요." 제르멘이 날카로운 웃음을 참는 척하면서 대답했다.

"당신을 일부러 찾은 건 아닙니다." 캉파뉴의 보좌 신부가 말했다. "아무쪼록 미안합니다. 하지만 난 당신을 만나기 위해서 멀리, 정말 아주 멀리 돌아왔답니다. 아주 기묘한 먼 길을 돌아왔지요. 난 그저 잠시 이야기를 나누고 싶을 뿐입니다. 거절하지 말아요. 어쩌면 우리가 나누는 대화는 그대에게나 나에게나 충만한 위로를 줄지도 모릅니다."

그녀는 어깨를 으쓱하면서, 그를 따르려고 움직이지는 않았다. 뭔지 모를 불안에 휩싸여—자기가 바로 그 불안의 은밀한 희망이라는 것을 그녀는 아직 알지 못했다—마음을 정할 수가 없었다.

그녀는 전날 르망제의 사촌 집을 나섰다. 마차로 전송을 받았는데 포에서 내려달라고 했고, 그곳에 도착했을 때는 저녁 7시경이었다. 그녀는 친구인 쉬잔 라부르댕이 하고 있는 작은 식당 '젊은 프랑스'에서 저녁을 먹고는, 캉파뉴까지 4~5킬로미터를 걸어갈 작정이라고 말했다. 그녀가 앓아누웠던 이래로—물론 분만 사실은 비밀에 부쳐졌다—몇몇 주위 사람들은 그녀가 우울증에 시달리고 있다는 것을 모르지 않았다. 그 선량한 사람들에게 우울증은 치료될 수 없는 병이었으며, 그 병에 걸린 사람은 돌이킬 수 없이, 그들의 신랄한 표현을 빌리면 '덜떨어진' 가련한 인간의 범주로 분류되었다. 그 때문에 몇 달 전부터 대부분이 무세드가 헛소리를 해도 별로 개의치 않았다. 그러니까 제르멘은 라부르댕의 아들이 전송해주겠다는 것을 거절하고는 '젊은 프랑스' 식당을 나왔던 것이다. 물론 그녀가 아무리 늦게 출발했더라도 저녁 10시 전에 캉파뉴에 닿는 데는 아무 문제가 없었을 것이다. 하지만 에타플 가도를 가로지를 때 무셰트는, 이미 몸에 익은 습관대로 카디냥의 정원을 끼고 걷기 위해서 약간 돌아가는 길로 들어섰다. 한참 동안 그녀는 두 주먹을 턱에 괴고 산울타리에 기대어 진흙탕 길을 걸어가면서, 아무런 두려움 없이 추억을 되씹었다. 언제나처럼 냉정한 머리와 뜨거운 가슴으로 이것저것을 생각해보았다. 그녀는 싸움에서 져서 꿈 밖으로 내동댕이쳐진 채, 헛된 환영에 사로잡힌 가련한 아가씨라는 영원한 낙인이 찍힌 셈이며, 그러니까 모두로부터 영원히 연민을 받아야 하는 형벌에 처해졌다. 모든 것을, 심지어 자기가 저지른 죄마저도 빼앗긴 채……

이 거친 작은 영혼에게 주어진 유일한 위안은 잊을 수 없는 그때와 같은 시간에 이 길, 그 단 한 번의 밤에 그녀가 걸었던 이 길을 다시 보는 것뿐이었다. 이제는 잠겨져 있는 울타리, 가로수 길이 휘어지는 저 신비스런 모퉁이, 그리고 저편 제일 안쪽으로 침묵이 가득한 커다란 벽, 이제 죽어서 아무것도 할 수 없고 한 마디도 할 수 없는 증인이 그 안에서 지켜보고 있는 벽을 바라본다.

캉파뉴의 보좌 신부는 초조한 기색도 없이, 하지만 그녀가 자기 말을 따르리라는 것을 조금도 의심하지 않는 것 같은 모습으로, 한참 동안 대답을 기다렸다. 그의 태도에 점점 권위가 실릴수록, 그와 대조적으로 목소리는 점차 겸허하고 부드러워져 거의 수줍어하는 것 같았다. 하지만 돌연, 여전히 같은 어조로, 뜻밖의 놀라운 말을 덧붙였다.

"처음엔 당신을 피하려고 했소. 당신도 알다시피 당신이 기다리는 사람은 이미 죽었고, 이제 여기에 없소."

제르멘은 심장이 터져버릴 것 같았다. 몸이 세게 떨렸고, 그 강한 전율만이 엄청난 놀라움을 드러내주었다. 그녀는 이내 떨리는 몸을 억제했다. 별다른 생각 없이 불쑥 말을 내뱉으면서 대답을 시작했을 때 입술이 떨려온 것은 두려움 때문은 아니었다.

"죽은 사람이라뇨? 누굴 말하는 거죠?"

사제는 앞에서 계속 길을 재촉하면서 여전히 조용한 목소리로 말했다. 그녀는 얌전히 뒤에서 잰걸음을 옮겼다.

"우리는 자기 자신의 일에 대해서는 제대로 판단하지 못합니다. 때로 자신의 과오에 대해서 환상을 간직함으로써 우리 안에 완전히 썩어버려서 목숨을 걸고라도 없애버려야만 하는 것이 있어도 외면하게 됩니다."

"죽은 사람이라뇨?" 무셰트가 말했다. "도대체 누구 얘기를 하시는 거예요?"

그녀는 자기도 모르게 사제복의 옷자락을 움켜쥐었다. 사제가 걸음을 옮길 때마다 무셰트는 가쁜 숨을 몰아쉬며 더듬거렸고, 결국 비탈 가장자리까지 내몰렸다. 이렇게 우스운 꼴로 따라가고, 이렇게 질문을 해야 한다는 굴욕감은 그녀의 자부심으로서는 견디기 어려운 것이었다. 하지만 뭐라 말할 수 없는 일종의 기쁨 같은 것도 느껴졌다. 두 사람이 길을 벗어나 들판으로 나왔을 때도 무셰트는 여전히 지껄이고 있었다. 그녀는 곧 그곳을 알아보았다.

그곳은 바로 트리이의 첫번째 집들이 있는 데서 200미터 떨어진, 산울타리에 둘러싸여 있고 메마른 보리수가 옛날식으로 심어져 있는 조그만 십자로였다. 8월의 첫째주 일요일 마을 수호성인 축제 날이면 행상들이 초라한 좌판을 늘어놓았고, 뜨내기 악사들이 음악을 연주하면 아가씨들이 춤을 추는 곳이었다.

사제와 무셰트는 처음 만났을 때처럼 다시 마주 섰다. 하늘엔 슬픈 새벽 여명이 맴돌았다. 사제가 강하면서도 부드러운, 말로 설명하기 어렵고 거역할 수 없는 태도로 무셰트 쪽으로 다가섰을 때, 훤칠한 사제의 그림자는 더욱더 높게 느껴졌다. 그녀의 머리 위에 사제복의 검은 소매가 놓였다.

"이제부터 내가 하는 말에 놀라지 말아요. 무엇보다도 내 말에서 사람들의 놀라움이나 호기심을 자극하는 그런 것을 보아서는 안 됩니다. 나도 결국 불쌍한 인간일 뿐이오. 당신 안에 반항심이 있지요. 하지만 난 당신 마음에 새겨진 하느님의 이름을 보았습니다."

그리곤 손을 내려 제르멘의 가슴 위에 엄지손가락으로 성호를 두 번 그었다.

그녀는 무슨 말을 해야 할지 모른 채, 가볍게 뛰면서 뒤로 물러났다. 가슴을 꿰뚫는 도니상 신부의 다정한 목소리의 여운이 마음속에서 완전히 사라질 때쯤, 아버지의 눈길 같은 사제의 시선에 그녀는 어쩔 줄을 몰랐다.

아버지의 눈길이었다!…… (사제는 이미 독을 맛보았고 그 오랜 쓰라림을 겪었기 때문일 것이다.)

인간의 언어는 어떤 것이 실제로 눈앞에 있다는 확신을 관념적 용어로 표현해낼 수 있다. 어차피 우리의 확신은 모두가 추론된 것이며, 대부분의 사람들에게 경험은 긴 생애가 끝나갈 무렵 만나게 되는, 자기 자신의 허무의 주위를 맴도는 긴 여행의 종착점이기 때문이다. 이성으로부터는 논리적인 명증성만이 생겨날 뿐이며, 종(種)과 유(類)의 세계만이 주어진다. 오직 신성한 불길만이 개념의 얼음을 깨고 녹여버릴 수 있다. 하지만 지금 도니상 신부의 눈 앞에 있는 것은 표상도 형체도 아니다. 그것은 살아 있는 영혼, 그 말고는 어느 누구도 볼 수 없는 마음이었던 것이다. 그들의 놀라운 만남의 순간과 마찬가지로 언제나 한결같은 광채, 그 자신을 충만케 하는 내면의 빛과 뒤섞여 보이는 그 광채는 말로 설명할 수 없는 것이었다. 처음 눈에 들어온 이 아이의 모습은 너무도 충만하고 순수했다. 그가 들여다보게 된 세계가 자기 자신의 환희의 전율과 구별될 수 없을 정도였다. 그녀의 의기양양한 웃음 속에 온갖 색채와 형상이 동시에 꽃을 피웠다.

후에 타인의 영혼을 읽는 능력에 관해 질문을 받았을 때, 처음에도 그랬고 다음에도 그는 계속 완강하게 부정했다. 때로는 거짓말을 하지 않기 위해서 좀더 분명히 설명을 하기도 했다. 하지만 너무도 조심스럽고 또 있는 그대로 정확하려고 애썼기 때문에, 호기심에 가득 차서 답을 기다리는 사람들에게 그의 말은 실망을 안겨주었을 뿐이다. 그저 신앙이 깊은 마을 사람이 테레사 성녀 혹은 십자가의 성 요한(16세기 스페인의 사제로 영성〔靈性〕에 관한 많은 글을 남겼다. 성자의 품에 올랐다: 옮긴이)의 종교적 희열이나 신과의 합일에 대해 설명을 하는 것과 다를 바 없었다. 생명은 오직 외부로부터 관찰하는 사람들의 눈에만 무질서이고 혼동인 것이다. 초자연적인 사람은 사랑이 그를 아무리 높은 곳에 올려놓아도 아무렇지 않다. 일단 놀라운 능력을 부여받고 나면, 멈춰 서서 그에 대해 정의하고 이름 붙일 필요도 없다. 그의 영적인 생명은 전혀 현기증을 느끼지 않는 것이다.

무엇이 보입니까? 사람들은 성자에게 이렇게 묻곤 했다. 어떨 때 보입니까? 미리 예고되나요? 표시가 있나요? 그러면 그는 열심히 공부를 하지만 가장 기본적인 단어도 떠올리지 못하는 어린아이 같은 목소리로 같은 말을 되풀이할 뿐이었다. "가여워요…… 그저 가여울 뿐이에요." 제르멘 말로르티를 만났을 때에도, 그저 형체를 잘 분간할 수 없는 희미한 그림자만 나타났을 때, 이미 그의 마음 속에는 격렬한 연민이 자리잡았다. 어머니들이 자기 자식이 위험에 처했다는 것을 의심하지 않고 벌떡 일어서는 게 바로 이런 것이리라. 위대한 영혼들의 애덕(愛德), 초자연적인 연민은 그들을 단숨에 존재의 가장 내밀한 깊은 곳으로 옮겨놓는 것 같다. 애덕은 이성과 마찬가지로 우리 인식의 한 가지 요소다. 애덕에도 법칙이 있지만, 그 법칙에 대한 추론은 번개처럼 이루어지기 때문에 그 추론을 따라가려는 사람은 오직 섬광만을 볼 수 있을 뿐이다.

이 신의 대리인이 제르멘을 내려다보는 눈빛에 아마도 다른 여인이라면 무릎을 꿇고 말았을 것이다. 사실 제르멘도 한순간 망설여지고 마음이 흔들렸다. 하지만 바로 그때, 날이 갈수록 세심해지고 잔혹해지는 주인으로부터 도움의 손길이 왔다. 기다리면 반드시 온다. 다른 꿈들과 특별히 구별되지 않는 옛적의 꿈, 그다지 더 절실하지도 않은 욕망, 그저 수많은 목소리들 중의 한 목소리, 이런 것으로 이 실재의 순간, 살아 있는 순간에 나타난다. 탄식하다가 무기력하게 빈민하면서 눈물을 자아내고, 이내 집요하고 난폭하게 짓누른다. 그러다 결정적인 순간이 되면 잔인하고 광포하게, 고통스러운 웃음을 터뜨리며 제 모습을 완전히 드러낸다. 동반자이며 도살자이고, 이전엔 노예였지만 이제는 주인인 것이다.

그것은 돌연 그녀의 내면에서 솟아나왔다. 맹목적인 분노, 이 시선에 맞서 영혼을 들여다볼 수 없게 하려는 분노, 지금 자기에게 매달려 있는 게 느껴지는 상대방의 연민을 모욕하고 절망케 하며 더럽히려는 광포한 분노였다. 내면에서 솟아오르는 힘은 그녀로 하여금 전율하며, 하지만 당당한 모습으로, 침묵을 지키고 있는 심판자의 발 아래가 아니라 그의 면전으로 다가가게 했다.

처음에는 아무 말도 나오지 않았다. 사실 이렇게 거친 격정을 어떻게 말로 표현할 수 있겠는가? 제르멘은 그저 머릿속으로, 하지만 거의 초인적인 속도로, 믿을 수 없을 만큼 정확하게, 그녀가 살아온 짧은 인생 동안 겪은 중요한 좌절들을 떠올렸다. 마치 지금 이 사제의 연민이 그 삶의 종착점이고 완성이기라도 한 것처럼…… 한참 후 마침내 제르멘이 거의 알아듣기 어려운 목소리로 입을 열었다.

"당신을 증오해요."

"부끄러워하지 말아요."

"충고는 필요 없어요." 무셰트가 소리를 질렀다. (하지만 사제의 말은 정말 제르멘의 아픈 곳을 찔렀기에, 그녀의 분노는 그저 허세로 끝난 것 같았다.) "신부님이 도대체 무슨 말을 하는지도 난 모르겠단 말이에요!"

"분명 또 다른 시련이 당신을 기다리고 있습니다." 그가 말했다. "좀더 가혹한 시련이 말입니다." 잠시 아무 말 없다가 사제가 다시 물었다. "나이가 어떻게 되나요?"

이미 의기소침해진 제르멘의 눈빛에는 조금 전부터 놀라움이 비쳤다. 도니상 신부의 이 마지막 질문에 그녀는 아주 힘들게 애써 미소를 지었다.

"신부님이 아실 텐데요. 그렇게 많은 것을 알고 계시면서요……"

"오늘까지 그대는 어린애로 살아왔소. 어린아이에게 연민을 느끼지 않는 사람이 어디 있겠소? 이 세상의 아버지들이 모두 그렇지! 아! 하느님은 우리가 광기에 빠졌을 때조차도 우리를 도와주신다오. 인간이 신을 저주하기 위해서 일어설 때조차도 인간의 연약한 팔을 받쳐주신단 말이오."

"어린애라니요!" 그녀가 말했다. "어린애라니! 제의실에 나 같은 어린애는 별로 없을걸요? 내가 걸어온 길을 절대로 알려고 하지 말아요."

제르멘은 이 마지막 말을 약간 우스꽝스럽게 과장하면서 말했다. 사제의 대답은 간단했다.

"그 수많은 고통과 근심을 가져온 죄 안에서 그대는 도대체 무엇을 얻었습니까? 악을 추구하거나 소유하는 것이 무시무시한 쾌락을 담고 있을 수는 있겠지만, 결국 다른 자가 자기만을 위해서 그것을 짜내고 마지막 찌꺼기까지 다 마셔버린다는 것을 잊지 말아요."

도니상 신부는 다시 그녀 쪽으로 다가갔다. 그의 태도에는 격한 감정이나 상대방을 놀라게 하려는 마음은 전혀 보이지 않았다. 하지만 그의 말은 무셰트를 그 자리에 못박아버린 채 그녀의 마음 속에서 울려퍼지고 있었다.

"그 생각은 버려요." 사제가 말했다. "하느님 앞에서 그대는 살인을 저지른 죄인이 아닙니다. 지금과 마찬가지로 그때 그대는 자유롭지 않았습니다. 그저 장난감과 같은 것이지요. 사탄의 손에 희롱당하고 있는 아이들의 작은 공 말입니다."

　사제는 상대방에게 내납할 틈을 주지 않았고, 사실 세르멘 역시 무슨 말을 해야 할지 아무 생각도 떠오르지 않았다. 어느새 그는, 여전히 말을 이어가면서, 인기척이 없는 들판을 지나 데브르로 가는 길을 성큼성큼 걷고 있었다. 그녀는 따라갔다. 따라갈 수밖에 없었다. 사제는 계속 말했다. 지금까지 한 번도 그렇게 말해본 적이 없고, 이후에도, 심지어 롱브르에서도, 그러니까 이 천부적 능력이 그 절정에 이르렀을 때조차도 다시 지금처럼 말하지는 않는다. 제르멘은 바로 그에게 주어진 최초의 먹이였던 것이다. 그녀가 들은 것은 재판관의 판결도 아니고, 몽매하고 사나운 어린 짐승의 이해력을 넘어서는 얘기도 아니었다. 그녀는 바로 자기 자신의 이야기를 들은 것이다. 그것은 연출가가 진기하고 특별하게 시시콜콜 각색하여 극화시킨 이야기가 아니었다. 반대로 사제는 요약된, 무(無)로 환원된, 안에서 보여진 그녀의 이야기를 끔찍스러울 정도로 부드럽게 말했다. 우리를 삼켜버리는 죄악은 생명에 실체를 거의 남기지 않는 것이다! 사제의 말에 의해 불타고 있는 것은 바로 제르멘 자신이었다. 그 어느 것도 곧고 날카로운 그 불꽃을 벗어나지 못한 채, 육신의 마지막 한 덩어리, 한 줄기까지 다 타버린 것이다. 놀라운 목소리는 제르멘의 뱃속 깊은 곳에서 울렸고, 그 소리가 높아졌다 낮아졌다 할 때마다 그녀는 자기 생명의 온기가 올라갔다 내려갔다 하는 것을 느꼈다. 처음 그것은 일상적인 말로 뚜렷하게 들렸고, 겁에 질린 제르멘은 그 목소리를 무서운 꿈 속에서 만나는 친구의 얼굴로 받아들였다. 하지만 그 목소리는 점차 내면의 증언, 깊숙한 근원까지 뒤흔들린 양심의 비통한 신음 소리와 뒤섞였고, 마침내 그 두 소리는 하나의 탄식, 솟구치는 한줄기의 선홍빛 피가 되어버렸다.

　사제가 말을 멈추었을 때, 제르멘은 자신이 아직도 살아 있는 것을 느꼈다.

침묵이 한참 동안 계속되었다. 혹은 가늠할 수 없는, 분간할 수 없는 시간이 흘렀다. 다시 그의 목소리가 귓가에 울렸다. 하지만 너무도 멀리서 들려왔다!

"자! 이제 그만 해요. 너무 힘을 빼지 말아요. 할말은 충분히 다 했으니까요." 그 목소리가 말했다.

"충분히 얘기했다구요? 내가 무슨 얘길 했다는 거죠? 난 아무 말도 하지 않았어요!"

"우린 얘기를 나눴습니다. 오랫동안 얘기했지요. 자! 하늘이 밝아오는군요. 밤이 끝났습니다."

"제가 정말 신부님한테 얘기를 했나요?" 제르멘이 애원하듯이 계속해서 물었다.

그때 갑자기 (잠에서 깨어나는 순간 갑자기 무슨 일을 한 건지 분명하게 기억에서 솟아나오듯이) 그녀가 소리를 질렀다.

"내가 얘기했어요! 내가 얘기했다구요!"

어슴푸레한 새벽빛 속에서 캉파뉴의 보좌 신부의 얼굴이 보였다. 너무도 피곤해 보이는 얼굴이었다. 그리고 불꽃이 사라져버린 그의 두 눈은 신비로운 환시(幻視)에 질려 있는 것 같았다.

제르멘은 기진맥진하여 사제 곁으로 다가가려고 해도 피해가려고 해도 한 발자국도 옮길 힘이 없었다. 그녀는 머뭇거렸다.

"이래도 되는 건가요?" 그녀가 다시 말했다. "신부님이 무슨 권리로……"

"난 당신에 대해 아무 권리가 없지요." 그가 부드럽게 대답했다.

"하느님만이……"

"하느님이라구요!" 말을 하러 했지만, 더 이상 말이 나오지 않았다. 그녀 안에 자리잡고 있던 반항심은 이미 마비되어버린 것 같았다.

"그대가 아무리 발버둥쳐도 여전히 하느님의 손 안에 있습니다." 사제가 슬픈 목소리로 말했다. "또다시 하느님으로부터 도망치려는 겁니까? 나로선……"

다시 침묵이 흐른 후, 사제가 아주 겸허한 목소리로 말했다.

"딸이여, 이제 그만 나를 놓아주시오."

그의 얼굴은 무서울 정도로 창백했다. 그녀를 향해 들어올렸던 손을 어색하게 내렸고, 시선을 다른 곳으로 돌렸다.

하지만 이미 제르멘은 화가 난 듯 작은 주먹을 움켜쥐었다.

사제는 그녀가 한 시간 전의 모습으로 돌아가버린 것을 보았다. 어둠 속에서 희미하게 보았던, 애늙은이처럼 오그라들고 알아볼 수 없게 된 얼굴 그대로였다. 그토록 힘들게 노력한 것이 모두 아무 소용이 없고, 바로 이 자리에서 아낌없이 주어졌던 지고의 은총이 헛되이 사라져버린 것이다. 냉혹한 예감에 가슴이 조여왔다.

"하느님이라구요?" 제르멘이 거슬리는 음성으로 웃어대며 소리를 질렀다.

두 사람 주위로 희뿌연 새벽이 밝아왔지만, 그들의 얼굴에는 오직 비장한 새벽빛이 비쳤을 뿐이다. 오른쪽으로 막 안개 속에 모습을 드러낸 작은 마을이 황량한 풍경을 그려내고 있었다. 끝없이 펼쳐진 이 넓은 들녘 어디에선가 지붕에서 올라오는 가느다란 한줄기 연기만 보였다.

제르멘이 웃음을 그쳤다. 눈길 속에서 흔들리던 불안정한 불꽃도 꺼졌다. 그러더니 돌연 비통하고 지친 듯이, 그러나 집요하게, 다시 애원했다.

"신부님을 모욕하려는 건 아니었어요. 조금 전에 저한테 거짓말을 하신 거죠? 전 아무 말도 안 한 거죠? 제가 신부님한테 무슨 말을 했다는 거예요? 잠자고 있었던 것 같아요. 정말 잠을 잔 건가요?"

사제는 그녀의 말을 듣고 있지 않은 것 같았다. 제르멘이 다시 힘주어 말했다.

"어서 해주세요. 꼭 대답해주셔야 해요. 그렇게만 해주신다면 신부님이 하라는 대로 다 하겠어요."

이 이상한 아가씨의 목소리는 그지없이 겸손하고 애처로웠다.

그래도 사제는 대답하지 않았다.

그녀는 몇 발자국 뒤로 물러서며, 고개를 약간 숙이고 눈살을 찌푸린 채로, 한참 동안 그를 바라보았다. 그러다 갑자기 큰 소리로 말했다.

"다 고백해버린 거죠? 신부님한테 다 말한 거예요."

그녀는 목소리를 가다듬어 다시 말을 이었다.

"그렇다 해도 상관없어요. 겁나지 않는다구요. 무슨 상관이에요? 하지만 얘기해주세요. 제발 말해주세요! 제가 무슨 말을 한 거지요? 정말 꿈속에서 다 말해버린 건가요?"

극도로 지친 상태였지만 억제할 수 없는 호기심은 그녀를 새로운 모험으로 내몰았다. 피가 솟구쳐 두 뺨이 붉게 변했다. 눈에도 다시 불꽃이 타올랐다. 도니상 신부는 연민의 눈빛으로, 어쩌면 경멸의 눈빛으로, 그녀를 바라보았다.

사제의 눈에 보이던 것은 놀랍게도 이미 사라져버렸다. 기억이 너무도 강렬하고 정확해서 도저히 의심할 수 없었고, 그녀와 주고받던 말이 귓가에서 울렸다. 어느새 어둠이 내려앉아 있었다. 그의 내면에서는 지체 없이 이곳을 벗어나라는 명령이 있었는데 어째서 그는 자기 내면의 움직임을 따르지 않았던 것일까? 이제 그의 앞에는 끊어져버린 거짓말의 씨실을 허겁지겁 이어보려는 불쌍한 인간이 있을 뿐인데…… 그는 거의 인간의 한계를 넘어서는 엄청난 노력을 통해 한순간 영원히! ─자신의 본질로부터 벗어났던 것이 아닐까? 그렇다면 그것은 주어졌던 힘을 잃게 된 데 대한 절망이었을까? 아니면 그 힘을 되찾기 위한 광기였을까? 아니면 조금 전만 해도 자기 뜻대로 이끌어갈 수 있었던 이 가련한 아이가 다시 반항을 하는 데 대한 노여움이었을까? 그는 아주 격한 동작으로 어깨를 움직였다.

"난 너를 보았어! (이 '너'라는 말을 듣는 순간 그녀는 흥분에 휩싸여 전율했다.) 그래, 너 같은 인간들 중 그 누구도 이 땅에서 보여주지 않을 그런 모습의 너를 보았어! 아무리 술수를 써도 나한테서 벗어날 수 없는 너를 보았단 말이다! 네가 지은 죄악에 대해서 내가 겁먹으리라고 생각하는 거냐? 넌 하느님을 모독한 게 아니라 그저 짐승들을 모욕한 거야. 거짓의 죄를 품고 있었던 거지. 그저 태아를 품고 있었던 거라구. 한번 찾아봐. 너의 밑바닥에 고인 물을 휘저어보란 말이야. 네가 소중하게 생각하는 악덕은 이미 오래전부터 그 안에서 썩어가고 있었어. 네 마음이 혐오감으로 짓눌릴 때마다 말이지. 너 자신으로부터 끄집어낸 것은 바로 언제나 실망하고야 마는 헛된 꿈이었을 뿐…… 넌 한 남자를 죽였다고 생각하고 있지…… 불쌍하게도! 오히려 넌 그 사람을 너에게서 풀어준 거다. 가증스럽게도 너를 해방시킬 수 있는 유일한 수단을 네 손으로 파괴한 거라구. 그리고 몇 주 후에 이렇게, 그럴 만한 자격도 없는 다른 남자의 발 밑을 기어다녔지. 그자는 널 무시했어. 넌 그자를 경멸하고. 그래, 그는 널 두려워해. 하지만 넌 그를 벗어날 수 없어."

"……그를…… 벗어날 수…… 없다고요……" 무셰트가 더듬거렸다. 너무도 처절한 공포와 노여움으로 얼굴이 붉으락푸르락했다. 이어 험악한 얼굴 위로 음침한 평정 같은 것이 나타났다.

"난 당신한테서 벗어날 수 있어요." 마침내 그녀가 입을 열었다. "내가 원할 때 언제라도요. 사람들은 내가 미쳤다고 생각했지요. 그들의 생각을 바로잡기 위해 내가 어떻게 했을 것 같아요. 준비될 때까지 기다리는 거예요. 그뿐이에요."

사제가 그녀의 어깨에 거칠게 손을 대자, 그녀는 비틀거렸다.

"넌 결코 준비할 수 없을 것이다. 너는 하느님으로부터 최악의 것만을 훔쳤어. 너를 빚은 진흙, 사탄 말이야. 넌 네가 자유롭다고 생각했지? 오직 하느님 안에서만 자유로울 수 있는 것을. 너의 삶은……"

그는 힘을 쓰려고 애쓰는 역사(力士)처럼 깊은 숨을 몰아쉬었다. 그의 눈에는 이전과 같은 초인적인 통찰의 빛이 나타났지만, 이번에는 연민이 전혀 담겨 있지 않았다. 사제는 하늘에까지도 폭력을 휘두를 수 있을 절망적인 격정에 휩싸여, 억지로 그 위험한 능력을 되찾은 것이다. 조금 전엔 음울한 그의 두 눈에 신의 은총이 드러났지만, 이제 그의 눈에는 믹이 속에 둥지를 튼 직이 보일 뿐이다. 이미 고뇌로 일그러진 무셰트의 창백한 얼굴 역시 아까와 같은 꿈 속에 침몰해버렸다. 그리고 두 사람이 주고받는 눈길엔 바로 그 꿈의 추악한 상이 비쳐져 있었다.

"네 삶은 다른 삶들과 마찬가지야. 다 똑같지. 가축이 먹이를 먹는 여물통의 높이로, 그렇게 낮게 놓인 삶들 말이야. 그래! 너의 행위 하나하나는 네가 피를 나눈 자들, 비겁하고 인색하며 음탕하고 거짓말하는 자들, 바로 그들에 속한다는 것을 말해주는 징표이지. 난 그들 중에 있는 너를 보았고, 또 네 안에 있는 그들을 보았어. 아! 이 낮은 곳에서 우리 자리는 얼마나 위험스럽고 비좁은지! 우리의 길은 얼마나 좁은지!"

그는 더욱 기묘한 이야기를, 하지만 소리를 낮추어 아주 간단하게 말했다.

여기에 그 말을 어떻게 옮길 수 있을까? 역시 무셰트 이야기였다.

그 어느 누구에게도 알려지지 않은, 적어도 아주 오래전부터 잊혀진 옛 이야기들과 야릇하게 뒤섞인 무셰트 이야기였다. 그 의미를 이해하지 못한 상태에서도 무셰트는 마치 갑자기 밑으로 꺼져내릴 때처럼 심장이 죄어오는 것을 느꼈다. 아무리 경솔한 사람이라도 비밀을 간직한 깊숙한 집의 문턱에서는 깜짝 놀라 망설일 것이다. 낯익은 친숙한 이름들, 혹은 희미한 기억에 감싸인 이름들이 이어졌다. 그 이름들은 점점 더 수가 많아지면서 서로를 비추었고, 마침내 이야기의 씨실이 떠올랐다. 그것은 조약돌이 흙탕물에 갇혀 있는 것처럼 가장 흔한 간교함에 사로잡힌, 아무런 광채도 없는 매일매일의 보잘것없는 일상들이었다. 평범한 비밀, 평범한 거짓, 평범한 악덕의 소리, 평범한 정사(情事)…… 갑자기 한 사람의 이름이 튀어나오면, 그 이름은 등대가 되어 이 모든 것을 비추었다. 그러고 나면 아무것도 분간할 수 없는 암흑으로 떨어졌고, 일종의 성스런 공포가 그것들을 비천한 삶의 모습인 양 비난했다. 자신의 의지와 이성에 상관없이 또다시 끌려가고 있다는 것을 느꼈을 때, 제르멘에게 살아 있는 것, 생각하고 있는 것은 바로 공포였다. 눈에 보이지 않는 세계의 경계에서 불안은 곧 육감이며, 고통과 지각(知覺)은 하나였던 것이다. 다시 위엄을 되찾은 목소리가 하나씩 부르는 이름들은 낯익은 것도 있었고 그렇지 않은 것도 있었다. 말로르티 집안, 브리소 집안, 폴리 집안, 피숑 집안…… 나무랄 데 없는 상인, 훌륭한 주부였던 할머니, 할아버지 조상들…… 이들은 자기 재산을 사랑했고, 죽기 전에 꼭 유언을 남겼으며, 상공회의소나 공증인 사무소의 영예를 장식한 사람들이었다. (너의 숙모 쉬잔, 숙부 앙리, 조모 아델, 말비나, 혹은 세실……) 하지만 일정한 억양으로 그 목소리가 이야기한 것은 사람들이 별로 들어본 적이 없는 것, 안에서 파악된 이야기였다. 완전히 은폐되고 비밀로 지켜진 그 이야기들은 원인과 결과, 행위와 의도의 얽혀 있는 그대로가 아니라, 중요한 몇 가지 사실, 근원적인 과오에 연결되어 이야기되었다. 물론 가공할 만큼 많은 부분이 생략되어 있어서 통찰력이 뛰어난 사람이라도 제대로 받아들이지 못할 이야기였기에 제르멘의 이해력만으로는 전혀 파악할 수 없었을 것이다. 그렇다면 그 목소리는 바로 무셰트의 육체 속에서 반향을 울린 것이 아닐까? 과오들 하나하나가 상기될 때마다 육신에 흔적이 남고 타격을 입은 것이 아닐까? 죽은 사람들이 하나씩 수의(壽衣)에서 알몸 그대로 나오는 것을 지켜보면서도 그녀는 놀라지 않았다. 그녀는 천길 나락에 빠져드는 고뇌로 이 초인적인 계시를 듣고 있었으며, 진정 호기심이나 놀라움은 없었다. 이미 어디선가 들은 적이 있는, **어쩌면 그 이상의 이야기**인 것 같았다. 남을 헐뜯는 거짓말, 오랫동안 마음속에 품어온 증오, 수치스러운 정사, 인색함과 증오로 빚어진 죄악…… 이 모든 것이, 마치 꿈속에서 본 잔인한 장면이 잠깬 후에 되살아나듯이 그녀 안에서 되살아났다. 일찍이 죽은 자들이 이렇게 흙이 된 육신에서 끌려나와 밖으로 던져져 노출된 적은 없었다. 결코 없었다! 한마디 말, 한 사람의 이름이 튀어나올 때마다 흙탕물의 거품이 수면으로 올라오듯이 과거에서 현재로 무엇인가가 올라왔다. 행위, 욕망, 이런 것들이었다. 때로는 더 깊고 은밀한 생각(사람이 죽어도 남아 있기 때문이다)도 있었는데, 너무도 은밀하고 깊숙한 사념이 너무도 거칠게 끌려나올 때 무셰트는 수치심으로 신음하지 않을 수 없었다. 가차없는 목소리는 이제 그녀 자신의 내면의 계시가 되어 더 넓고 깊어졌다. 그 어떤 인간의 말보다 빠른 망령들, 사방에서 일어서는 수많은 망령들을 일일이 이름 붙일 수는 없었다. 하지만 폭포처럼 쏟아지는 소리들을 뚫고 한 가지 소리가, 거부할 수 없는 소리가 다른 소리들을 누르며 올라왔다. 적극적이고 분명한 의지가 마침내 혼돈을 제압한 것이다. 무셰트는 순진한 방어의 몸짓을 하며 적을 향해 손을 들어올렸지만,

아무 소용이 없었다. 다른 꿈은 냉정을 찾으면 이내 고정되어 사라지고 흩어져버렸지만, 이 꿈은 공격을 위해 보여느는 군대처럼 소여왔다. 소금 전까지만 해도 그렇게 우글거리던 사람들의 무리가ㅡ그 중에 그녀의 조상들이 모두 있었다ㅡ점차 응축되었고, 마침내 얼굴들이 겹쳐지면서 하나의 얼굴이 되었다. 그것은 바로 악덕의 얼굴이었다. 모호하던 몸짓들도 단 하나의 동작, 죄악의 동작 속에 고정되었다. 그뿐이 아니었다. 때로 악은 사로잡힌 먹이를 형체 없는 덩어리, 독으로 부풀어올라 녹아들고 해체되는 덩어리로 만들어놓았다. 인색한 자들은 살아 있는 금덩이가 되었고, 음란한 자들은 내장 덩어리가 되었다. 도처에서 죄악이 막을 뚫고 그 생성의 비밀을 드러내고 있었다. 10여 명의 남녀가 같은 암 조직으로 묶여 있는데, 그 끈은 끊어진 낙지 다리처럼 오므라들면서 줄어들어, 마침내 바로 그 괴물, 어린아이의 마음 속에도 아무도 모르게 숨어 있는 최초의 죄(罪)가 되었다…… 그때 갑자기 무셰트는 스스로 한 번도 본 적이 없었던, 자존심이 무너져내리던 순간에도 보지 못했던 자기 모습을 보았다. 무엇인가가 그녀 안에서 돌이킬 수 없이 무너져내리면서 어둠 속에서 자취를 감춰버린 것이다. 여전히 나지막하지만 날카롭고 격렬하게 타오르는 바로 그 목소리가 그녀를 한 올 한 올 모두 벗겨내버린 것 같았다. 그러자 자기가 존재한다는 것, 이전에 존재했다는 것을 확신할 수 없었다. 정신 속에서 공상들은 모두 형체를 갖추었고, 가슴에 안을 수도 물리칠 수도 있는 것이 되었다. 이렇게 의식 자체가 붕괴될 수 있는가? 피를 물려준 조상들 속에서 이미 자기 자신의 모습을 본 제르멘은 이제 절정에 이른 착란 상태에서 그 무리와 자기 모습을 구별할 수도 없게 되었다. 어찌 된 일인가! 살아오면서 행한 행위들이 모두 이렇게 분신이 있단 말인가? 온전히 내 것인 생각, 이미 오래전부터 행해지던 것이 아닌 몸짓은 없단 말인가? 닮은 것이 아니라 똑같은 것이었다! 반복된 것이 아니라 모두가 하나였다! 자신을 송두리째 파괴해버린 이 명증한 사실 중 그 어느 하나도 명료한 말로 그려낼 수가 없었지만, 무셰트는 자신의 비참한 짧은 생애에 엄청난 속임수가 있음을, 자기를 속이는 자가 끝없이 웃어대고 있음을 느꼈다. 모두 그게 그것인 치욕이 범벅이 된 보잘것없는 선조들이 각기 그녀 안에서 자기들의 몫을 알아보고는 그것을 가지러 왔다. 그녀는 모든 것을 주었다. 다 내주었다. 그들 무리가 무셰트의 손 안에서 그녀의 생명을 파먹으러 온 것 같았다. 그들과 싸워 무엇을 얻을 수 있겠는가? 무엇을 되찾을 수 있겠는가? 그들은 모든 것을, 그녀의 반항까지 다 가져갔다.

무셰트는 두 손을 허공으로 내저으며 머리를 뒤로 젖히고 일어섰다. 그러더니 물에 빠져 가라앉는 사람처럼 머리를 양어깨로 갸웃거렸다. 땀으로 뒤범벅이었고 눈물이 펑펑 쏟아지고 있었다. 도니상 신부에게는 내적 환시가 삼켜버린 그녀의 두 눈이 식어버린 금속으로밖에 보이지 않았다. 목젖에서 외침이 떨리고 있는 것 같았지만 그 어느 한 마디도 입술 밖으로 나오지 않았다. 하지만 들리지 않는 그 외침은 굳어버린 입, 휘어진 목, 여윈 양어깨, 푹 들어간 허리, 그러니까 필사적으로 구원을 청하느라 위로 길게 뻗은 몸 전체에서 그 모습을 드러내고 있었다…… 결국 그녀는 도망을 쳤다.

길이 처음 구부러지는 곳까지 거의 달려오듯 했지만, 정작 그녀는 자기가 걸음을 재촉하고 있다는 것을 알지 못했다. 언덕을 내려와 잎이 떨어진 산울타리와 줄지어 선 사과나무에 몸을 숨길 수 있는 곳에 이르자, 그녀는 정신없이 달리기 시작했다. 그러나 캉파뉴 입구에 이르러서는 본능적으로 큰길을 벗어나 이 시간에는 아무도 다니지 않는 작은 길

을 택했다. 아무한테도 눈에 띄지 않고 집의 뜰까지 갈 수 있는 길이었다. 그녀는 단단히 닫혀 있는 문 뒤에 혼자 숨어 있는 것, 오직 그것만을 생각했고, 다른 아무것도 바라지 않았다. 문 바깥, 낯익은 지평선, 심지어 하늘까지도 그녀의 적이었다. 두려움, 보다 정확히 말하면 혼란에 휩싸인 그녀는 기회가 주어지기만 한다면 누구한테라도, 심지어 아버지한테라도 도와달라고 소리를 지를 것 같았다.

하지만 그런 기회는 오지 않았다. 부엌에는 아무도 없었다. 뛰듯이 계단을 올라가서 방문의 빗장을 걸고는, 비스듬히 침대에 몸을 던졌다. 그러더니 무언가에 홀린 것처럼 창가로 달려가 커튼을 열어젖혔다. 유리에 비친 자기 시선을 본 순간, 마치 불시에 공격을 당한 짐승처럼 소스라치며 뒤로 물러섰다.

"제르멘? 제르멘이니?" 벽 너머에서 말로르티 부인이 불렀다.

오직 거울만이 무셰트의 이 새로운 시선을, 그리고 광기에 사로잡힌 듯이 일그러지는 입술을 보았다. 그녀는 침착하고 작은 목소리로 대답했다.

"저예요, 엄마." 그리곤 어머니가 또 한 마디를 하기 전에 주저하지 않고, 이것저것 생각하지도 않고서, 그럴싸한 거짓말을 찾아냈다.

"사촌 조르주가 마차로 비엘 마을까지 태워다주었어요. 비엘오뱅 시장에 가는 길이었거든요."

"이런 시간에?"

"돼지들을 실어가려고 일찍 떠난 거예요. 그래서 그냥 따라왔어요. 나중에 걸어오는 것보다 나을 것 같아서요."

"저녁 안 먹었지? 커피 좀 끓여주마."

"아니에요. 잠을 못 잤어요. 누울래요. 그냥 두세요."

"문 좀 열어봐라." 말로르티 부인이 다시 말했다.

"싫어요!" 무셰트가 거칠게 소리 질렀다. 그러나 곧 마음을 가다듬어, 메마르고 냉정한 목소리로 말했다. 듣는 어머니가 덜컥 가슴이 내려앉는 그런 목소리였다.

"그냥 자고 싶어요. 주무세요."

계단 모퉁이에서 나막신 소리가 멀어지는 것을 들으면서, 제르멘은 그 자리에 무릎을 꿇고 주저앉아버렸다. 그러곤 어두컴컴한 한쪽 구석에 말없이 멍한 눈으로 웅크려 앉았다.

눈앞의 위험은 두려움만을 낳고, 두려움은 겁쟁이들을 깜짝 놀라 망연자실하게 만든다. 두려움은 사람을 죽이기 전에 잠들게 한다. 그러다가 둔해진 의식이 서서히 불길한 손님을 인식하고 파악하게 될 때, 무서운 공포가 깨어나는 것이다. 죄수에게 형벌을 내리는 판결 자체는 그저 새총에서 날아온 돌멩이에 지나지 않는다. 그리고 간수가 죄수를 독방으로 데려가 침대 위에 던질 때도 그것은 그저 시체나 다름없다. 마지막, 깊고 고요한 한밤중에 죄수가 눈을 뜰 때, 돌연 그 가련한 인산은 비로소 자기가 인간들 사이에서 이방인임을 의식하게 되는 것이다.

무셰트는 주의 깊게 자기 자신을 관찰해본 적이 거의 없었다. 그것이 하나도 즐겁지 않았다. 그러한 것에 관해서는 경험이 없고 순진한 상태였다. 아무리 오랜 옛날로 거슬러 올라간다 해도 양심에 가책을 느낀다거나 후회에 사로잡혔던 경험이라고는 그저 막연한 거북함 — 위험에 대한 두려움 혹은 그 도전 — 의 느낌이 다였다. 그것은 한때 법을 벗어나 있다는 막연한 의식, 둥지를 떠나 낯선 길목에 있는 동물의 곤두선 본능 같은 것이었다. 지금 이 순간에도 무셰트의 머리 속에는 조금 전에 엿보았던 수수께끼 같은 위험, 자신의 의지를 부수어버린 의지, 누구나 다 알고 있고 길에서 만나면 인사를 하는 친근한 사제, 자기가 무릎을 꿇었던 사제 생각뿐이었다.

그 기억은 너무도 강렬해서 다른 일체의 기억을 물리쳐버렸다. 그녀는 장애물에 부딪힌 것이고 그 장애물은 바로 사제였다. 이전 같으면 이렇게 분명한 사실 때문에 화가 나서 무수한 책략의 그물을 쳤을 것이다. 그런데 이번에 그녀를 꼼짝 못하게 만든 것은 바로 굴욕당한 마음 깊숙한 곳에 씁쓸한 환멸만이 남아 있다는, 잔혹할 만큼 놀라운 사실이었다.

한순간—단 한 순간이었다—무셰트는 장애물을 없애버린다는, 또 한 번 살인을 한다는 생각이 떠올랐다. (하지만 막상 너무도 당황스러워서 제대로 생각해보지도 못했다.) 그녀는 이내 그 생각을 물리쳤다. 꿈속에서 어떤 것을 하려고 애쓸 때…… 그런 것처럼 헛되고 기괴한 생각인 것 같았다. 막연한 말 때문에 사람을 죽일 수는 없는 것이다. 이것이 그녀가 스스로에게 내세운 이유였다. 하지만 좀더 맞는 말을 하자면, 무례한 적이 그녀의 자존심을 굴복시킴으로써 생명을 지탱하던 단 하나의 태엽이 끊어져버렸던 것이다.

위험을 느꼈다면 차라리 자극을 받았을 것이다. 추악한 것이었다 하더라도 그녀를 멈추게 하지 못했을 것이다. 그녀가 두려워한 것은 단 하나, 웃음거리가 되거나 연민의 대상이 되는 것이었다. 흔히 있었던 일이지만, 생각 없이 돌연 입술에 떠오르는 말은 그녀의 깊숙한 곳에 있는 두려움을 드러내준다. '그 사람들은 아마 내가 완전히 미쳤다고 생각할 거야……' 그녀는 이렇게 중얼거렸다.

미쳤다!…… 여기서 그녀는 한참 동안 생각을 멈추었다. 지금까지는 한 번도, 심지어 캉파뉴의 요양소에서도, 자신의 이성에 대해서 의심을 품지 않았다. 의식을 되찾던 순간부터 무셰트는 자기 증세에 대해 이러쿵저러쿵하는 소리에 빈정거리는 호기심으로 귀를 기울였다. 이 의사선생들이 그 무서운 사건에 대해서 뭘 알아? 아무것도 몰라. 가장 중요한 건 나만의 비밀이니까. 새로운 관객들 가운데서 그녀는 바로 자기가 되고 싶었던 인물, 언제나 가장 좋아하던 주인공이 된 것이다. 이상한 운명에 처한 위험하고 비밀스러운 여인, 겁쟁이나 바보들 사이에서 영웅 같은 여인 말이다. 하지만 오늘, 이 순간에는……

누가 그녀의 공포를 설명할 수 있겠는가? 인적 없는 길모퉁이에서 젊은 사제를 남겨두고 왔을 뿐인데…… 이전에도 만난 적이 많고, 적어도 겉으로는 아무도 해칠 것 같지 않게 생긴, 약간 우둔해 보이기까지 한 사제였다. 아마 그가 말을 했을 것이다. 하지만 그렇게 중요한 말을 했던가? 생각이 여기에 이르자 마음을 가다듬고 침착해지려고 노력하던 게 더 이상 효과가 없었다. 시간이 흐를수록 어떤 식으로든 자기가 무언가에 홀렸었다는 게 더욱 분명해지는 것 같았다. 그저 막연한 몇 마디 말, 믿을 수 없는 것 같고, 어쩌면 악의가 없는 암시를 잘못 해석하여 겁을 먹은 것이다. 그렇다면 또 뭐가 있었지? 이미 오랜 옛날 일이 되어버린, 거의 잇히진 범죄에 대해서 지나가면서 던진 말? 오히려 마음을 달래려고 하는 것 같았던 그 말? "하느님 앞에서 그대는 살인을 저지른 죄인이 아닙니다." (이 말을 아무리 되씹어보아도 그때 그토록 강하게 마음을 괴롭히던 그 모욕당한 분노를 찾아낼 수가 없었다.) 또 뭐가 있었지? 몇 가지를 나무랐고, 나쁜 길을 벗어나라고 충고했고…… (그 어느 것 하나도 명확하게 기억나지 않았다.) 그리고…… (여기서 기억이 멈춘다.) 그리고…… 야릇한 계시가 마음을 휘젓는 바람에 불안의 원인은 사라진 채 불안만이 남았다. 그녀는 자기가 지금 왜 얼굴을 무릎에 파묻고 온몸에 소름이 돋은 채로, 이를 덜덜 부딪치면서, 이렇게 방구석에 웅크리고 있는 건지 알 수가 없었다. 바로 그거다. 그게 바로 비밀이다. 바로 그때 도망을 쳤던 것이다. 끔찍한 공허가 마음속에 파고들었던 것이다. 그런 일이 가능한가? 마을의 기록 문서에서 주워들은 걸로 그녀와 조상들에 대해서 떠들어낸 막연한 이야기들 때문에 그렇게 필사적으로 도망쳐 왔다는 게 있을 수 있는 일인가? 무셰트가 그 얘기들을 믿은 것은 사실이다. 너무도 잘 알고 있는 얘기이기에 믿지 않을 수 없었다. 지금 또다시 그 사람이 나타나 같은 말을 한다 해도 다시 믿게 될 것이다. 그러고 나선? 언제 내가 바보들의 증오를 두려워한 적이 있었던가? 그 사제는 도대체 뭐가 달랐던 거지? 그녀를 자신으로부터 끌어내 던져버려 이렇게 전율하며 떨게 만든 공포는 그에게서 온 것이 아니다. 단지 꿈에 홀렸던 것이다…… 그리고 그녀가 가져온 꿈은 지금은 마비되어 있지만 또 갑자기 되살아날 수 있는 것이었다…… 오! 생각만 해도 심장이 두근거리기 시작했고, 등줄기에 땀이 흘러내렸다. 엄청난 불안이 밀려와 마음을 뒤흔들었고, 얼음처럼 차가운 끔찍한 애무가 목구멍을 거칠게 움켜쥐었다. 그녀가 내지른 신음 소리는 방의 구석구석 번져나갔고, 벽마저도 그 신음에 전율했다.

무셰트는 침대 발치에 다시 엎드렸다. 밑으로 흘러내린 깃털 이불을 이빨로 깨무는 바람에 입 속에 깃털이 가득했다. 이제 정적을 흩뜨리는 그 어느 소리도 나지 않았다. 돌연 그녀는 자기가 꿈속에서 소리를 지른 것임을 깨달았다. 남은 힘을 다 모아서, 또다시 소리가 나오지 않도록 참았고 짓눌렀다. 또다시 요양소로 끌려가서 방문이 굳게 잠기는 장면이 섬광처럼 떠올랐기 때문이다. 이번에는 진짜로 미쳐서, 자기가 보기에도 미쳐서, 스스로 미쳤다는 것을 인정하면서 말이다. 처음엔 이따금 신음 소리가 났지만, 이윽고 목소리가 잦아들었다.

육신의 옷 안에서 영혼이 무너져버리면, 가장 비천한 인간이라도 때로는 기적을 바랄 것이다. 본능적으로 기도하는 것은 모른다 해도, 입이 숨쉴 수 있는 공기를 원하듯이, 신을 향해 자신을 여는 것 말이다. 하지만 이 가련한 아가씨는 남겨진 생명을 다 동원해서 지금 자기가 떠올린 수수께끼를 풀어보려 해도 아무 소용이 없을 것이다. 한순간 성자가 그녀를 끌어올렸던 곳, 이제는 떨어져버린 그곳을 어떻게 혼자 힘으로 올라갈 수 있겠는가? 이 몽매한 어린 짐승 무셰트를 꿰뚫었던 빛은 사라지고 오직 이제껏 겪은 적이 없었던 고통, 그게 뭔지 알지 못한 채 죽게 될 힘든 고통만이 남았다. 그녀는 심장 한가운데 빛나는 칼이 찔린 채 몸부림쳤고, 그 칼을 찔러넣은 손은 스스로 얼마나 잔혹한지 알지 못한다. 그녀는 신의 자비를 알지 못했고, 한번 그려볼 줄도 모른다…… 다른 사람들도 이렇게 천사의 가슴에 안겨—희미하게 천사의 얼굴을 엿보지만 이내 잊어버린다—헛되이 발버둥을 쳤던가! 인간은 자기들 중 그런 인장이 찍힌 자가 몸부림치는 것을 신기하게 쳐다본다. 놀라워하며 바라본다. 미친 듯이 쾌락을 탐하다가, 정작 쾌락을 손에 넣고는 절망에 빠지고, 욕망하는 것이 비친 상마저도 사라져버린 탐욕스럽고 잔혹한 눈으로 모든 사물을 두리번거리는 모습을 말이다!

두 시간이 넘게 무셰트는 꼼짝 않고 쭈그리고 있다가, 분노에 휩싸여 소리 없이 몸을 부르르 떨며 바닥에서 몸을 꼬다가, 그러고 나면 끔찍스러운 잠에 빠지곤 했다. 그녀는 자기가 정말 미쳐가고 있다고, 암흑의 계단을 한 칸씩 걸어 내려가고 있다고 생각했다. 그녀의 운명이 한 줄 한 줄 그려지고 있었다. 그녀는 모든 단계를 거쳤다. 그것은 마치 휘황찬란한 그림들이 이어지는 것 같았다. 그 속에 희미하게 모습을 나타내던 사람들의 수를 세고, 그들의 얼굴을 살피고, 목소리를 들었다. 모습 하나하나를 찾아다니며 떠올려서는 끝까지 파헤치고, 그러면서 그녀는 말 그대로 자신의 감각과 이성이, 마치 바람 속에 떠다니는 작은 배처럼 요동치는 것을 느꼈다. 냉정하게 또렷한 고통이 힘을 되찾았다. 마침내 다른 사람들이 죽음을 청하듯이 그녀는 광기를 청하면서, 자기 안에 있는 무질서한 모든 힘을 깨워 일으켰다. 하지만 거의 무의식적인 심오한 본능으로, 겉으로는 조금도 드러내지 않았다. 자신의 힘이 꺾여버릴 수 있기 때문이다. 소리도 지르지 않았고, 탄식 소리도 내지 않았다. 누구 하나라도 그 착란을 지켜보았다면 그녀는 어찌할 바를 몰랐을 것이다. 그것을 잘 알고 있었기에 그녀는 아무 소리도 내지 않았다. 자기도 모르게 내부의 저항이 굳어지면서, 점점 그녀의 몸짓은 부자연스럽고 부산스러운 움직임이 되었고, 그녀의 분노는 바로 그 격렬함 때문에 사그라들었다. 그렇게 해서 무셰트는 점차 자기 자신의 광기를 지켜보는 관객이 되었다. 악몽에서 깨어났을 때처럼 자기가 숨을 헐떡이고 있다는 것을 또다시 느낀 순간, 무서울 정도의 정적이 그녀의 영혼 속에 자리잡았다. 그리고 완전한 환멸, 절대적인 환멸이 왔다. 마치 칠흑 같은 밤에 파도치는 바다 위에서 갑자기 바람이 멈춰버린 것과 같았다.

하지만 그녀의 삶에는 여전히 알 수 없는 무엇인가가 빠져 있었다. 그게 뭐지? 도대체 어떤 거지? 손톱으로 쥐어뜯긴 뺨과 이빨에 깨물린 입술을 어루만져보았지만, 아무 소용이 없었다. 창유리 너머로 새벽의 빛을 바라보아도 소용이 없었다. "이제 끝났어…… 이제 끝났어!……" 억양 없는 슬픈 목소리로 계속 되씹어보아도 소용이 없었다. 진실이 그녀 앞에 모습을 드러냈다. 그 명증함에 심장이 조여왔다. 광기마저도 어두운 피난처를 제공하기를 거부했다. 그렇다! 그녀는 미치지 않았다. 절대 미치지 않을 것이다. 바로 그것, 이전에 분명히 가지고 있었던 ─ 하지만 어디서, 언제, 어떤 식으로? ─ 그것이 없었다. 이제 무슨 수를 써서라도 자신의 악(惡), 알지 못하고 고칠 수 없는 실재의 악을 숨기기 위해서, 혹은 잊기 위해서, 얼마 전부터 자기가 미친 것처럼 연극을 하고 있었다는 사실이 분명해졌다.

(아! 때로 신은 절실하고 감미로운 목소리로 우리를 부른다. 하지만 돌

연 신이 자리를 떠날 때 절망한 육체에서 나오는 외침은 지옥도 경악할 정도다!)

그 순간 무셰트는 가장 깊고 가장 내밀한 곳으로부터, 마치 자기 자신을 바치는 것 같은 외침으로, 사탄을 불렀다.

사탄은, 우리가 부르건 부르지 않건 상관없이, 정해진 자기 시간이 되어야 에둘러서 찾아온다. 아무리 간청을 해도 이 창백한 태양이 심연에서 솟아오르는 일은 거의 없다. 그러므로 그녀는 반 무의식 상태에서 자기 스스로를 어떤 제물로 삼았는지, 누구에게 바쳤는지 말할 수 없을 것이다. 그것은 갑자기 찾아왔다. 정신으로부터 온 것이 아니라 더러워진 가련한 육체로부터 왔다. 한순간 성자가 그녀의 내부에서 눈뜨게 했던 후회는 가장 괴로운 고통이 되었을 뿐이다. 현재는 고뇌 그 자체였다. 과거는 어두운 수렁이었다. 미래 역시 또 다른 어두운 수렁일 것이다. 다른 사람들이 한 걸음 나아가는 길을 그녀는 이미 뛰어서 지나왔다. 전설적인 많은 죄인들의 눈에는 그녀의 운명이 아무리 하찮은 것이었다 해도, 그녀의 은밀한 악의는 단 하나의 악을 제외하고는 자기 자신에게 가능한 모든 악을 이미 마지막 한 방울까지 완전히 퍼내버렸다. 어린 시절부터 제르멘이 추구한 것은 바로 그 악을 향한 것이었고, 매번의 환멸은 언제나 새로운 도전의 구실이 되었을 뿐이다. 그녀는 악을 사랑했던 것이다.

지옥이 가장 맘에 드는 먹이를 얻는 것은 엄청난 죄를 지어 세인을 경악하게 하는 끔찍한 악인들의 무리 속에서가 아니다. 가장 위대한 성자들이 반드시 기적을 행하지는 않는다. 수도원에 은거하며 명상하다가 대부분 알려지지 않은 채 살아가다 생을 마감하는 것이다. 그리고 지옥에도 수도원이 있다.

지금 우리의 눈 앞에 있는 것은 말하자면 순박한 신비주의 수녀, 그러니까 사탄을 섬기는 하녀이고 허무를 숭배하는 성 브리지트(5세기 말 아일랜드의 성녀: 옮긴이)이다. 살인 외에는 그 어느 것도 이 지상에 그녀의 발자취를 남기지 않을 것이다. 무셰트의 삶은 그녀의 주인과 그녀 자신만이 아는 비밀, 아니 오히려 그 주인만의 비밀이다. 주인은 강한 자들 틈에서 그녀를 찾은 것이 아니다. 그리고 그들의 혼인은 침묵 속에서 맺어졌다. 그녀는 목표를 향해서 한 걸음씩 옮겨간 것이 아니라 껑충껑충 뛰어서 나아갔으며, 아직 그렇게 가까이 왔다고 생각하지 않았는데 어느새 다 와 있었다. 이제 그녀는 자기 일의 대가를 받게 될 것이다. 아! 결심을 하고, 있을지도 모를 회한을 감수하면서, 적어도 한순간, 너무도 탐욕스럽게 악을 탐한 적이 없는 사람은 없을 것이다. 마치 악의 저주 —연인들을 신음하게 하고, 살인자를 광기에 빠지게 하며, 죽기로 결심하고 이미 목에 밧줄을 건 사람이 분노에 싸여 의자를 발로 걷어차는 순간 그의 눈 속에 마지막 광채를 일렁이게 하는 잔인한 꿈 —를 마르게 하려는 듯이 말이다…… 무셰트의 영혼은 바로 그렇게, 하지만 더욱 온 힘을 다해서, 잔인한 주인의 출현을 기원했다.

그는 곧 아무 말도 없이 갑자기 나타났다. 무서울 정도로 평화롭고 확신에 찬 모습이었다. 아무리 신을 닮았다고 해도 그로부터는 그 어떤 기쁨도 나오지 않는다. 그가 만들어낸 걸작은 내장을 뒤흔들 뿐인 육욕(肉慾)보다 훨씬 훌륭한, 허무의 희열에 비길 만한, 말이 없고 고독한, 얼음 같은 평화다. 이 선물이 오갈 땐 우리를 지키는 수호천사도 놀라서 고개를 돌리고 만다.

그가 왔다. 그리고 오자마자 제르멘의 흥분이 기적처럼 가라앉았다. 심장의 고동이 차분해지고, 체온도 조금씩 제자리로 돌아왔다. 그녀의 육체와 영혼은 이제 기다림뿐이다. 쓸데없이 초조해하지 않으면서,

모든 걸 다 계산하고 단호하게, 분명 다가올 일을 기다릴 뿐이었다. 거의 때를 같이 하여 그녀의 머리도 그 일을 상상하고 완벽하게 실현했다. 이제 스스로 목숨을 끊을 때가 왔음을 이해한 것이다. 절대 미루어서는 안 된다! 지금 당장 해야 한다!

　손발이 움직이기도 전에 이미 정신은 해방의 길 위로 도망치고 있었다. 그 정신을 따라 그녀가 몸을 던졌다. 이상스럽게도 눈빛만은 여전히 흔들리며 주저하고 있었다. 이제 느낄 수 있는 생명은 모두 손가락 끝에, 민첩한 손바닥 안에 집중되었다. 그녀는 삐걱거리지 않도록 조심해서 문을 열었고 아버지의 방 문을 밀고 들어가 (이 시간엔 언제나 비어 있다.) 평상시 놓여 있던 자리에서 면도칼을 들어 열어젖혔다. 그러곤 다시 자기 방으로 돌아와 거울 앞에 섰다. 발끝으로 서서 턱을 뒤로 젖히곤 몸을 내밀었다…… 면도날을 던져버리고 싶었다. 너무도 그렇게 하고 싶었지만, 그러지 않았다. 그녀는 거칠게, 의식적으로 목에 면도날을 긋다 댔다. 그리곤 그 면도닐이 실 속에서 서걱거리는 소리가 들렸다. 미적지근한 피가 솟구쳐서 손 위로 흘러내리고, 팔목까지 적신 것이 그녀의 마지막 기억이었다.

4

도니상 신부는 성당의 제의실에서 미사 시간을 기다렸고(그는 언제나 주머니에 제의실 열쇠를 넣고 다녔다), 평상시처럼 미사를 집전했다. 며칠 전부터 천식이 심해진 므누 스그레 신부는 방에서 나오지 않았다. 10시 30분경에 길 쪽을 쳐다보던 므누 스그레 신부는 도니상 신부가 오는 것을 보고 깜짝 놀랐다. 어느새 그의 큰 구두가 현관 바닥에 울렸고, 계단으로 이어졌다. 마침내 문 뒤에서 여전히 차분하고 조용한 그의 목소리가 들려왔다.

"신부님, 들어가도 되겠습니까?"

"물론이네." 궁금해진 므누 스그레 신부가 큰 소리로 말했다. "어서 들어오게."

노사제는 커다란 팔걸이의자 등받이에 걸친 베개 속에 파묻힌 머리를 힘들게 돌리면서 도니상 신부를 바라보았다. 실내가 어둠침침해서 그의 얼굴을 똑똑히 분간할 수는 없었다. (아직 커튼은 반 정도만 열려 있었다.) 도니상 신부의 모습은 조금 전에 애써 차분하려 했던 목소리와 딴판이었다. 하지만 노사제는 놀라움을 드러내지 않았다. 그저 날카로운 시선 위에서 눈이 한번 깜빡였다.

"놀라운 일이군!" 그가 아주 부드러운 목소리로 입을 열었다. "어떻게 벌써 돌아왔나?"

노사제는 일부러 의자를 권하지 않았다. 이렇게 자기 앞에 서서 양 팔을 흔들거리고 있을 때면 안 그래도 서툰 이 가련한 사제가 더욱 소심해진다는 것을 경험으로 알고 있었기 때문이다. 그리고 그렇게 해서 그를 다루기가 쉬워지리라는 생각 때문이었다.

"이번에도 역시 바보짓을 했어요." 도니상 신부가 대답했다. "그러니까…… 길을 잃어서……"

"그래서 에타플에 도착하니까 이미 고해 시간이 끝나버렸단 말인가?"

"아닙니다. 제 얘기를 더 들으셔야 합니다." 그가 슬픈 목소리로 말했다.

"그러니까 지금 자네 말은 뭔가! 대답해보게. 늦게 도착한 건 몰라도 아예 가지 않았다면, 도대체 그쪽 사람들이 뭐라고 하겠나!" 므누 스그레 신부는 평소와는 진히 다른 모습으로 아주 기칠게 의자를 치면시 소리를 질렀다.

보통 다른 사람들의 말에 거의 신경을 쓰지 않는 그이지만, 웃음거리가 되는 것은 거의 신경질적으로 싫어했다. 말하자면 충분히 남성적이라 할 수 있는 사람 속에 숨겨진 여성적인 일면이었던 것이다. 이미 이 보좌 신부 때문에 간접적으로 엄청난 웃음거리가 되지 않았는가! 이미 비꼬는 말을 들을 만큼 듣지 않았는가! 하지만 말로 다할 수 없는 성실함이 담긴 도니상 신부의 눈빛을 대하자 그는 자신의 약함에 얼굴이 붉어지는 것을 느꼈고, 이내 말을 누그러뜨렸다.

"지나간 일은 할 수 없지. 오늘 저녁에 평의원 사제에게 편지를 쓰겠네. 우리가 사과를 해야지. 자, 이제 계속 이야기해보게."

측은한 기분이 든 노사제는 손을 내밀어 의자를 권했다. 하지만 무척 놀랍게도 보좌 신부는 계속 서 있었다.

"사, 말해보세." 노사세는 배려와 권위가 쉰인 어투로 다시 한 번 말했다. "거친 사막도 아닌데 어째서 그런 곳에서 길을 잃었나?"

도니상 신부는 고개를 한쪽 어깨로 기울인 채 조심스런 존경의 뜻을 드러냈다. 하지만 그의 대답은 위압적이었다.

"제 스스로 사실이라고 믿고 있는 것을 말씀드려야겠지요?"

"물론이지." 므무 스그레 신부가 대답했다.

"말씀드리겠습니다."

지난밤의 공포와 피로 때문에 창백한 얼굴엔 이미 그가 결심을 했고 또 그 결심을 기필코 실천할 것임이 드러나 있었다. 그가 부끄러워하고 있음을 나타내는 유일한 증거는 고개를 돌렸다는 것이다. 그는 고개를 숙이고 이야기를 시작했다. 약간 허둥대는 것 같았다.

사실 몇 가지 얘기는 무척 정확하고 또 대담했다. 아무것도 꾸미지 않고 그대로 얘기하려고 애쓰는 것이 눈에 보였다. 그다지 명민하지 못한 사람이라도 그 말에 끼어들어 격렬하게 반박하고 싶은 생각이 들게 할 정도였다. 그러면 이 불쌍한 사제로 하여금 있는 그대로 다 말하겠다는 약속을 어기지 않게 해주면서 그를 구해줄 수 있었을 것이다. 하지만 므무 스그레 신부는 아무 말 없이 얘기를 들었다.

"길을 잃은 건 아니었습니다. 잘못하면 중간에 들판에서 헤매게 될지도 모르는 일이라 일부러 큰길로 갔습니다. 그 길을 벗어난 건 딱 한 번뿐이었어요. 그러니까 그냥 똑바로 가기만 하면 되는 거라, 아무리 캄캄한 밤이라도 (사실 굉장히 어두운 밤이었습니다.) 목적지를 못 찾는다는 건 있을 수 없는 일이었습니다. 제가 그곳까지 가지 못한 건 제 잘못이 아니었습니다."

그는 잠시 말을 멈추고 숨을 몰아쉬었다.

"너무 이상하고 정말 말도 안 되는 일처럼 보일 수도 있지만, 그보다 더한 일이 있었습니다. 또 다른 시련이 마련되어 있었던 겁니다."

이렇게 말하면서 목소리가 떨렸고, 이야기 도중에 꼼짝할 수 없는 반론에 말이 막힌 사람처럼 자기도 모르게 손을 움직였다. 그러더니 겸허한 눈빛으로 므누 스그레 신부의 얼굴을 계속 바라보았다.

"여쭤보고 싶습니다. 이런 일을, 말도 안 되는 일을 말씀드려도 되는 건지…… 그냥 옳다고 생각되는 대로 해석을 해도 되는지…… (다시 망설였다.) 본의 아니게…… 저 자신한테…… 모종의 역할과…… 또 빛을 부여하는 게……"

"어서 계속해보게." 므누 스그레 신부가 그의 말을 자르면서 재촉했다.

도니상 신부는 한참 동안 침묵을 지켰다. 쓸데없이 말을 돌리지 않으려고, 또 인간적인 존경을 표하려는 일체의 유혹을 피하려고 애쓰는 것 같았다. 마침내 노사제의 말을 따랐다.

"하느님은 분명 두 번에 걸쳐 저에게 육체라는 장애물 너머로 인간의 영혼을 보도록 허락하셨습니다. 연구나 성찰 같은 일상적 방법이 아니라 특별한 기적적인 은총을 통해서 말입니다. 어떤 대가를 치르게 될지 모르지만, 그래도 그 일을 말씀드리려 합니다."

"자넨 무엇을 기적이라고 생각하나?" 므누 스그레 신부가 평소와 다름없는 어조로 물었다.

"전 그것이 기적이었다고 생각합니다."

"주교님께 보고하도록 하게." 캉파뉴의 주임 사제가 짧게 대답했다.

보좌 신부의 기묘한 실루엣을 정말 말 그대로 에워싸고 있는 노사제의 눈길에는 전혀 놀라운 기색이 없었다. 놀라움 대신 그것은 사람에는 무관심하고 사실에만 약간 호기심이 있는, 약간 도도한 연민이 담긴 조용한 주의력이었다. 도니상 신부의 얼굴이 벌겋게 달아올랐다.

"그러니까 한밤중에 들판 한가운데서 무일 만난 건가?"

"처음엔 이름을 알 수 없는 한 남자를 만났습니다."

"그래!" 이것이 노사제의 대답이었다.

"제 말을 들어보십시오." 도니상 신부가 괴로운 듯이 입술을 떨면서 다시 말했다. "그가 먼저 말을 걸어왔습니다. 그런 일은 생각해본 적이 없었습니다…… 얼굴도 안 보였는걸요. 목소리도 알 수 없었어요! 한동안 함께 걸었습니다. 날씨라든가 밤이라든가 그냥 대수롭지 않은 얘기들을 나누면서 말입니다. 도대체 그게 뭔지……"

그는 자신에게 판결을 내려줄 사람에게 진실의 일부를 숨긴 게 후회되어 잠시 말을 멈추었다. 그러다 갑자기 말을 맺었다.

"바로 그때 그 은총을 본 겁니다. 아까 말씀드렸던 계시 말입니다. 또 다른 사람을 만난 건……"

"이제 그만 됐네. 일단 지금은 된 것 같아." 므뉴 스그레 신부가 그의 말을 가로막았다. "시시콜콜한 내용은 별로 중요하지 않아."

노사제는 베개 위로 머리를 젖혔다. 괴로운 듯이 얼굴을 찡그리면서 주머니 속에 들어 있던 코담배 주머니를 꺼내 냄새를 맡았다. 그리곤 정상적인 대화를 중단하게 된 것을 정중히 사과하는 것처럼 천천히 양손을 들었다.

"초인종을 눌러 에스텔 부인을 불러주겠나? 살리실산염 물약을 먹어야 하는데 어디 두었는지 알 수가 없군."

약병은 늘 두는 장소에 놓여 있었다. 그는 천천히 약을 마시곤 정성껏 입술을 닦았고, 다정한 눈빛으로 에스텔 부인에게 나가도 좋다는 신호를 했다. 다시 문이 닫혔을 때, 이렇게 말했다.

"모두 자네를 미쳤다고 생각할 거야."

하지만 그의 앞에 있는 이 사람은 내적인 체험, 말하자면 내부에서 형성된 체험을 간직한 사람이며, 웬만해선 균형이 깨지지 않는 사람이었다. 노사제는 그것을 의심하지 않았다. 얼굴의 가벼운 경련만이 그가 겁을 먹은 것이 아니라 놀라워하고 있음을 말해주었다. 도니상 신부는 침착하게 대답했다.

"신부님께 고백해야만 했습니다. 진정 이 모든 것을 잊고 싶고, 사람들에게 말하고 싶지 않다는 걸 하느님께서 잘 아실 겁니다."

"거짓말하지 않고 숨길 수 있는 건 모두 감출 테니 걱정하지 말게." 캉파뉴의 주임 사제가 말했다. "어쨌든 난 자네 직속 상관이 아닌가. 또 나한테도 상관이 있고 말이야."

한참 동안 아무 말이 없다가 노사제가 다시 입을 열었다.

"편지를 쓰기로 하지. 아니야, 차라리 옛날 신학교 교장이었던 쿠브르몽 신부를 만나러 가야겠어. 아주 확실하고 믿을 수 있는 사람이지. 그가 자신의 생각을 말해줄 거야. 그 사람하고는 분명 의견의 일치를 볼 수 있을 테지. 그가 어떤 결정을 내릴지 짐작할 수 있거든……"

젊은 사제가 뭔가 물어오기를 기다렸을 테지만, 정작 상대방은 눈빛조차 변하지 않았다.

"자넬 위해서 토르트퐁텐이나 셰브토뉴의 베네딕트 수도원에서 머물며 한동안 묵상할 수 있도록 요청하겠네. 솔직히 말해두지. 난 자넬 믿었네. 지금도 자네가 선택받았다는 걸 믿어. 여기까지만 얘기하세. 우린 지금 기적을 운운하는 그런 시대에 살고 있지 않지. 오히려 기적을 두려워하고 있네. 공공 질서에 관계되거든. 행정기관은 그저 모든 사람을 그 공공 질서로 묶어두려고 하지. 게다가 요즘은, 사람들 말을 그대로 옮기자면 신경학이라고 하는 게 유행이지. 어떤 사제가 마치 책을 읽듯이 사람들의 영혼을 읽는다고 하면…… 아마도 당장 병원에 실려가고 말 거야. 나로선 자네가 얘기한 것만으로 충분하네. 그 이상은 묻지 않을 거란 말일세. 듣고 싶지 않아."

노사제는 마치 위험한 비밀을 떨쳐내기라도 하듯 양팔을 벌렸다. 그리곤 움푹 파인 베개 속에 머리를 묻었다. 하지만 도니상 신부가 물러가려는 기색을 보이자, 이내 이렇게 말했다.

"조심하게! 누구 앞에서든지 나한테 미리 허가를 받지 않고 이런 문제에 대해서 말해서는 안 되네. 아무에게도 안 돼. 알겠나?"

"고해 신부님한테도요?"

"특히 그 신부는 안 돼." 므누 스그레 신부가 침착한 목소리로 대답했다.

그리곤 한층 더 무거운 침묵이 흘렀다. 도니상 신부의 큰 몸이 한두 번 좌우로 흔들렸고, 시선은 문 쪽으로 향했다. 오른손은 신경질적으로 사제복의 단추를 만지작거리고 있었다. 그때 자기도 모르게 나오는 목소리에 깜짝 놀랐다.

"아직 드릴 말씀이 더 있습니다."

대답이 없었다.

"지금부터 제가 말씀드려야만 하는 얘기는 한 불쌍한 영혼의 구원에 관한 겁니다. 우리가, 신부님과 제가 책임져야 하는 영혼 말입니다. 얼마나 중요한지는 하느님만이 아실 겁니다! 신의 섭리는 분명 저를 일부러 선택하셔서 그 일을 제게 맡기셨습니다. 확실합니다. 바로 우리 교구의 일원에게 해당되는 얘기거든요."

"계속하게." 므누 스그레 신부가 천천히 눈을 올려뜨면서 대답했다.

이야기가 길게 이어지는 동안 깊숙이 꿰뚫어보는 듯한 노사제의 눈길은 단 한 순간도 보좌 신부의 초췌한 얼굴에서 떠나지 않았다. 고통스럽게 집중하고 있다는 것을 그 눈길에서 읽을 수 있었고, 그 가운데 이미 분명한 결의가 조금씩 자리잡고 있었다. 꽉 다문 입에서는 한 마디도 나오지 않았고, 의자 위에 걸친 길고 창백한 손에는 단 한 번의 전율도 스쳐가지 않았다. 턱을 조금 치켜들고 약간 뒤로 젖힌 얼굴에서는 지성과 의지가 빛을 발하고 있었다.

보좌 신부가 이야기를 마치자, 그는 머리 위쪽에 걸린 피렌체식 그리스도 상을 향해 자연스럽게 고개를 돌리면서 강하고도 부드러운 목소리로 말했다.

"정말 고맙네. 이렇게 솔직하고 겸손하게 다 얘기해주다니…… 그런 솔직함이라면 악령이라도 어쩌지 못할 거야."

그는 젊은 사제에게 가까이 오라고 손짓을 하면서 그쪽을 향해 조금 몸을 일으키고는, 상대방의 시선을 찾아 얼굴을 마주 대했다.

"난 자넬 믿네. 전적으로 믿네. 하지만 좀 준비를 하고서 말을 해야겠어. 저기 내 책상 위 오른쪽에 있는 것 좀 집어주게.『그리스도를 본받아』일세. 3권의 56장을 펴보겠니? 마음을 집중해서 특히 5절과 6절을 읽어보게. 자…… 난 신경 쓰지 말고."

놀라운 능력을 부여받았지만 일찍이 무지와 불의, 시샘 앞에서 무력하게 무너졌던 노사제는 이제 이 특별한 순간에 자신의 운명이 완성되고 있음을 느끼고 있었다. 내적인 삶의 사건들, 그리고 그 존엄성을 일상적인 삶을 빗대어 설명하는 것은 별 의미가 없다. 이제 섬세하면서도 열정적이고, 또한 누구보다도 대담하지만 모든 일에 날카로운 기지를 발휘하는 이 보기 드문 사람이 진가를 발휘할 때가 다가온 것이다.

"영광을 피해 도망치는 부끄러움……" 그 장의 마지막 구절을 외워서 되풀이해 중얼거렸다. "자, 이제 내 말을 듣게."

도니상 신부는 그가 시키는 대로 기도대를 떠나 몇 발자국 되는 곳에 섰다.

"이제부터 내가 할 말은 아마도 자넬 힘들게 할걸세. 하지만 지금까지 내가 자네에 대해 지나칠 정도로 배려해왔다는 긴 하느님께서 아실 테지! 일부러 자네 마음을 어지럽게 만들 생각은 없네. 내가 무슨 말을 하든 동요되지 말게. 자넨 아무 잘못도 저지르지 않았으니 말이야. 단지 경험이 없고 열의가 지나친 것뿐이야. 내 말 알아듣겠나?"

도니상 신부는 고개를 끄덕였다. 잠시 침묵을 지키던 노사제가 말을 이었다.

"자넨 어린애처럼 행동했네. 지금 이곳에서 자네를 기다리고 있는 시련은 결코 자신만만하게 달려들 수 있는 그런 게 아닐세. 이번엔 정말, 무슨 일이 있어도 못 본 척하고 도망쳐야 하네. 뒤도 돌아보아선 안 돼. 우리 모두는 각자 감당할 만큼의 시험을 받게 되지. 현세의 쾌락을 향한 탐욕은 우리와 함께 태어나서 자라고 변화하는 거라네. 그러니까 만성적인 지병처럼, 말하자면 병과 건강의 타협 같은 거란 말일세. 인내심만 있으면 충분히 견딜 수 있지. 하지만 갑자기 악화되기도 한다네. 뭔가 새로운 요인이……"

그는 말을 멈췄다. 약간 당황하는 것 같았지만 이내 다시 침착해졌다.

"우선 이 점을 주의하게. 모든 사람에게 자넨 앞으로(언제까지?) 공상과 자만에 가득 찬 별볼일 없는 사제일 뿐이네. 반은 몽상가이고 반은 거짓말쟁이, 혹은 미친 거지. 분명 자네에게 부과될 속죄, 그러니까 수도원에서 침묵하며 일시적으로 잊혀지는 것을 감내하게. 부당한 벌이 아니라 필요하며 지당한 벌로서 말일세. 내 말이 무슨 뜻인지 알겠나?"

도니상 신부는 똑같은 눈빛에 똑같은 동작을 보였다.

"이해해주길 바라네. 몇 달 전부터 난 자네를 지켜봐왔지. 아마도 내가 지나치게 신중하고 망설였던 것 같네. 하지만 맨 첫날부터 자넬 분명하게 보았어. 어떤 종류의 은총이 자네에게는 지나칠 정도로 무제한으로 주어지고 있지. 분명 자넨 특별한 시험을 받고 있어. 성령은 놀라운 것이지. 하지만 그 아낌없는 은혜는 절대 헛되이 주어지는 게 아닐세. 성령은 그 모든 걸 우리의 필요에 맞춰서 부여해주시거든. 내가 보기엔 그건 분명한 표시야. 악마가 자네 속에 들어간 거지."

도니상 신부는 여전히 아무 말도 하지 않았다.

"아! 여보게! 어리석은 인간들은 이런 일은 모르는 척하지. 악마라는 이름조차 입에 담지 않는 사제도 있다네. 그들은 내적 생명을 도대체 뭐라고 생각하는지! 본능들이 싸우는 음침한 전쟁터겠지. 도덕은? 감각을 위생적으로 관리하는 거지. 은총이란 지성을 부추기는 합당한 추론일 뿐이고, 유혹은 지성을 복종시키려고 하는 육체적 욕구일 뿐이야. 그들은 우리 안에서 일어나는 격렬한 싸움에 대해서 가장 통속적인 일화들만을 설명하지. 사람들은 인간이 즐거운 것, 유익한 것만을 추구한다고 생각하니. 양심에 따라 선택하면서 말이야. 하지만 그건 책 속에 나오는 추상적인 인간들, 그 어느 곳에서도 만날 수 없는 평균적 인간들한테나 해당되는 말이라네. 그런 어린애 같은 설명은 아무 의미가 없어. 감각적이고 따지기 좋아하는 그런 동물들의 세계에는 이제 더 이상 성자를 위한 자리는 없네. 미쳤다고 자인하게 하는 수밖에 없지. 반드시 그렇게 돼. 틀림없어. 하지만 고작 그 따위로 문제가 해결되는 건 아니지. 우리 모두는 누구나 어떤 의미에서 죄인이 되었다가 또 성자가 되었다가 하는 거야! 자네가 옛 친구의 이 말을 꼭 기억하길 바라네! 우린 때로는 선을 향해 가지…… 무얼 얻을 수 있는지를 정확하게 따져서 그러는 게 아니라, 존재 전체가 도약하고 사랑이 넘쳐흐르면서 분명하고도 아주 기이하게 그렇게 된단 말일세. 고통과 포기가 오히려 욕망의 대상이 되면서 말이야. 하지만 때로는 타락하고 싶은 알 수 없는 마음, 타고 남은 재를 맛보는 환희, 현기증을 일으키는 동물성과 그 불가해한 향수에 이끌리며 괴로워한다네. 오랜 세월 동안 축적되어온 정신적 삶의 체험은 아무것도 아니지. 저 가련한 수많은 죄인들, 그들의 비탄은 아무것도 아니란 말일세. 그래, 자네 잘 기억해두게. 악은 선과 마찬가지로 그 자체로서 사랑받고 또 섬김을 받는 것이라네."

원래 크지 않은 므누 스그레 신부의 목소리가 점차 더 알아듣기 어렵게 되면서, 조금 전부터는 혼잣말을 하고 있는 것처럼 보였다. 하지만 사실은 전혀 그렇지 않았다. 반쯤 감은 눈꺼풀 아래로 그의 시선은 단 한 순간도 도니상 신부를 벗어나지 않았다. 도니상 신부의 얼굴은 그때까지 아무 동요도 없어 보였다. 하지만 노사제의 마지막 말에 이르러 돌연 그 평온함이 사라져버렸다. 마치 쓰고 있던 가면이 떨어져나간 것 같았다.

"그렇게 생각해야 한단 말입니까!" 도니상 신부가 소리를 질렀다. "정말 우리는 그렇게 불행한 겁니까!"

그는 말을 끝맺지 못했고, 말을 하는 동안 아무런 동작도 없었다. 더듬거리며 내뱉은 이 항변, 그리고 그늘이 드리운 두 눈에 담긴 절망적인 체념은 너무도 큰 그의 슬픔, 그 어떤 말로도 형용할 수 없는 무한한 비탄을 말해주었다. 므누 스그레 신부는 자기도 모르게 그를 향해 두 팔을 벌렸다. 도니상 신부는 그 팔 안으로 몸을 던졌다.

그는 긴 누비 안락의자 앞에 무릎을 꿇고서, 짧게 깎은 투박한 머리를 다정한 노사제의 가슴에 기대고 있었다…… 하지만 이심전심으로 그들의 포옹은 짧게 끝났다. 보좌 신부는 그저 고해 사제의 발 아래 무릎을 꿇고 있는 고해자의 태도로 돌아갔다. 축복을 내리는 오른손이 가볍게 떨리는 것만이 노사제가 상기되어 있음을 말해주었다.

"이런 말을 들으면 자넨 아마 경악하겠지. 하지만 자네를 무장시켜

줄지도 모르지! 이건 너무도 분명하네. 자네의 소명은 수도원이 아니라는 것 말이야."

보좌 신부는 슬픈 미소를 지었지만, 이내 표정을 가라앉혔다.

"얼마 안 있어 자네에게 부과될 묵상은 분명 아주 괴로운 시련과 고독의 시간이 될 거야. 자네가 생각하는 것보다 더 길어질 거라는 걸 각오하게."

조금은 부드러운 냉소가 섞인, 아버지 같은 다정한 시선으로, 그는 한참 동안 젊은 사제의 얼굴을 바라보았다.

"자넨 다른 사람의 마음에 드는 데 전혀 신경을 쓰지 않지. 이 세상은 가장 좋은 것, 그러니까 힘에 대한 감각과 취향을 예리하고 교묘하게 증오한다는 걸 알고 있으니까 말이야. 그들이 자넬 그렇게 금방 풀어주진 않을 거야."

잠시 말이 없던 노사제가 말을 이었다. "하느님이 우리 안에서 행하시는 일은 거의 우리가 기다리고 있는 일이 아니라네. 성령은 기의 언제나 거꾸로 작용하고, 시간을 헛되이 낭비하는 것처럼 보이지. 우리가 쇠붙이를 줄로 갈 때 말이야, 만일 그 쇠붙이가 그것을 서서히 마모시키고 있는 줄을 의식한다면 얼마나 화가 나고 또 얼마나 괴롭겠는가! 하느님은 바로 그런 식으로 우리를 쓰신다네. 어떤 성자들의 삶은 끔찍스러울 정도로 단조롭지. 사막처럼 말이야."

그리곤 천천히 고개를 숙였다. 그때 도니상 신부는 처음으로 노사제의 눈이 흐려지면서 두 눈 깊은 곳에서 눈물이 흘러내리는 것을 보았다. 므누 스그레 신부는 이내 고개를 흔들며 말을 이었다.

"자, 이제 됐네. 서두르세! 이제 이 세상의 방식으론 내가 자네에게 아무것도 해줄 수 없는 시간이 머지않았으니 말이야. 이제 분명하게, 가능한 한 명확하게 이야기해보세. 초자연적인 것을 일상적인 언어로, 우리가 매일 사용하는 평범한 말로 표현한다는 것은 가장 멋진 일이지. 그 어떤 환상도 지탱할 수 없게 되니까 말이야. 자네가 처음 겪은 일부터 얘기해보게. 우리가 매일 만나는 사람을 — 아! 길모퉁이에서가 아니라 우리 마음 속에서 만나지! — 자네가 마주쳤는지 아닌지 나로선 알 수가 없네. 자네가 그 사람을 진짜 본 건지 꿈속에서 본 건지 그건 중요하지 않네. 보통 사람들한테는 가장 중요한 것으로 생각되는 게 하느님의 겸허한 종한테는 거의 대부분 부수적인 일일 뿐이지. 자네의 투시력, 자네의 진실은 오직 자네의 행위만이 판단해줄 수 있네. 자네가 행한 일이 자네를 위해 증언해줄 걸세. 그 문제는 이쯤 해두세."

노사제는 베개를 들어올리면서 숨을 돌렸고, 다시 말을 계속했다. 여전히 야릇한 친절을 담은 어조였다.

"이제 두번째 사건을 이야기해보게. 그건 나한테도 관계가 없지 않은 문제니까. 아니 상당히 중요한 문제지. 만일 자네가 잘못 판단했다면 자네 말대로 우리에게 맡겨진 영혼들 중 하나를 해쳤을 수도 있으니까 말이야. 말로르티의 딸은 누군지 모르겠고, 그녀가 저지른 것이라고 생각하고 있는 그 범죄에 대해서도 아는 게 없네. 우리한테는 그게 문제가 아니지. 말로르티의 딸이 죄를 지었든 아니든, 중요한 건 그 아가씨가 특별한 은총의 대상이었을까 하는 거야. 그리고 자네가 그 은총을 전달하는 도구였을까? 내 말을 잘 이해해주게. 내 말뜻을 이해해야 해! 매 순간 필요한 말이, 꼭 써야 하는 말이 — 다른 말은 안 되고 — 계시처럼 떠오르지. 바로 그때 우린 양심의 진정한 부활을 보게 되는 거라네. 말 한마디, 눈길 한번, 악수 한번에 그때까지 난공불락이던 의지가 한순간 무너져내리는 거야. 영적으로 이끌어주는 게 그저 인간들이 속내를 고백하는 이야기 — 아무리 진실한 것이라 해도! — 의 일반적인 법칙을 따른다고 상상하는 건 참으로 어리석지! 우리가 아무리 계획을 세워도 끊임없이 뒤집어지고 제아무리 그럴듯한 추리도 아무것도 아닌 게 되어버리는데. 우리가 가진 보살섯없는 수난이 우리를 배반하는 거야. 회개하는 사람과 사제 사이에는 언제나 보이지 않는 제3의 존재가 있다네. 아무 말 하지 않고 있기도 하고 작은 소리로 속삭이기도 하다가, 어느 순간 주인이 되어 말을 하지. 대부분 우리의 역할은 그렇게 수동적인 거야! 그 어떤 허세도 자기 만족도 경험도 이길 수는 없지. 그러니 우릴 지켜보는 그 존재가 말로는 형용할 수 없는 당신의 일을 행하면서 우릴 더욱 밀접하게 그 일에 결부시키는 걸 생각하면서 — 우리에게 아무것도 알려주지 않고서 우리를 그 일에 쓸 수 있는 분이 아닌가! — 어떻게 가슴이 조여오지 않을 수 있겠는가? 만일 자네의 경우도 그랬다면, 그건 자네를 시험하시는 거네. 그리고 아주 힘겨운 시험일 걸세. 자네 인생을 뒤흔들어놓을 정도로 힘들 거야."

"알고 있습니다." 가련한 사제가 더듬거리며 말했다. "아! 신부님 말씀은 정말 지를 고통스럽게 합니다!"

"알고 있다고? 어떤 식으로 아는 거지?" 므누 스그레 신부가 물었다.

도니상 신부는 두 손으로 얼굴을 가렸다. 그리곤 이 행동이 부끄러운 듯 고개를 쳐들고는 창밖의 희미한 빛을 바라보았다.

"하느님이 저에게 그런 소명을 지워주신 거라는 계시를 받은 것 같습니다. 사람들의 영혼 속에서 악마를 쫓아내고, 그럼으로써 저의 안식도 사제로서의 명예도, 심지어 저 자신의 구원까지도 위험해질 것임을 알 수 있습니다."

"그렇게 생각해선 안 되네." 므누 스그레 신부가 격렬한 어조로 말했다. "구원에서 멀어지는 건 오직 자기 길에서 벗어나서 돌아다닐 때뿐이네. 하느님이 우리를 따라오시는 한, 평화는 빼앗길 수 있지만 은총은 그럴 수 없는 것이라네."

"그런 생각은 엄청난 환상입니다." 도니상 신부가 침착하게 대답했다. 평소에 그가 보여주던 공손하고 겸허한 자세와 얼마나 다른 말이 있는지 스스로 알아차리지 못하는 것 같았다. "전 지금 저를 쥐고 있는 의지에 대해서, 그리고 저를 기다리고 있는 운명에 대해서 의심하지 않습니다."

노사제의 눈빛은 오랫동안 찾던 해결책을 갑자기 엿본 사람의 기쁨을 담고 있었다.

"도대체 어떤 운명이 자넬 기다리고 있는 건가?"

보좌 신부는 어깨를 살짝 들썩였다.

"자네의 비밀을 캐묻지는 않겠네. 이전 같으면 그럴 권리가 있었겠지만, 이젠 자네와 나는 길을 바꾸었지. 자넨 이미 나한테 속하지 않으니까."

"그런 식으로 말씀하지 마십시오." 도니상 신부가 슬픈 눈으로 똑바로 쳐다보며 말했다. "어디로 가든지, 사탄의 품 안으로 아무리 깊게 빠져 들어간다 해도 —네! 그렇습니다— 신부님의 자비는 언제까지나 기억할 겁니다."

이렇게 말하고 나서 도니상 신부는, 마치 자신의 정신을 사로잡은 영상이 너무도 고통스럽게 마음을 뒤흔들기라도 하듯이, 그 상을 피하고 싶은 듯이(아니면 그것과 대결하고 싶은 듯이), 갑자기 일어섰다.

"그게 자네의 비밀인가?" 므누 스그레 신부가 소리쳤다. "하느님한테 그걸 받았다고 주장하는 건가? 자네 마음 속에서 지금 신의 긍휼을 신성 모독하고 있는 건가? 내가 자네에게 말하려고 한 건 그런 게 아니네! 내가 말하는 걸 잘 듣게! 언제부턴가 자넨 바로 자네가 가장 두려워하는 그자에게 속고 있는 거야. 노리개가 되고 우스꽝스러운 도구가 된 거란 말일세!"

노사제는 양손을 들었다가 내렸다. 그 동작은 공포와 낙담을 드러내는 것이었지만, 시선에 담긴 단호한 광채는 그것을 반박하고 있었다.

"저는 신성을 모독한 것이 아닙니다." 도니상 신부가 대답했다. "저는 선하신 하느님의 정의에 절망한 적이 없습니다. 전 이 비참한 일생의 마지막 순간까지 믿을 겁니다. 우리 주님의 공덕만으로도 제 죄를 사할 수 있다는 걸, 저 자신과 다른 모든 사람들의 죄를 사할 수 있다는 걸 말입니다. 하지만 어느 날 이렇게, 아주 효과적으로, 죄가 얼마나 끔찍스러운 것인지, 죄 지은 자들이 얼마나 비참한 상태에 있는지, 그리고 악령의 힘이 얼마나 강한지 계시가 주어진 것은 분명 이유가 있을 겁니다."

"언제 그랬나?……"

하지만 므누 스그레 신부의 말을 끊고, 아니 오히려 그 말을 듣는 데 전혀 관심이 없다는 듯이, 미래의 룅브르의 성자가 말을 계속했다.

"이 일에 대해선 이전에 예감을 받았던 적이 있었습니다. 진실이 무엇인지 알기 전에 이미 그 슬픔을 품고 있던 거지요. 인간은 각기 자기 몫의 빛을 받습니다. 저보다 열성적인 사람들, 더 많이 배운 사람들은 아마도 사물들의 성스러운 질서에 대해서 아주 생생하게 느낄 겁니다. 전 어렸을 때부터 언젠가 우리가 손에 넣을 영광에 대한 희망보다는 잃어버린 영광에 대한 슬픔 속에서 살아왔습니다. (얼굴이 점차 굳어지면서 이마 위에 분노의 주름이 한줄기 새겨졌다.) 아! 신부님! 신부님! 전 이 십자가를 저한테서 멀어지게 하고 싶었습니다. 하지만 그럴 수가 없었습니다! 그때마다 그 십자가를 다시 짊어졌습니다. 십자가 없이는 이 삶은 의미가 없습니다. 아무리 훌륭한 사람이라도 주님이 토해내는 무기력한 사람들 중 하나가 되고 맙니다. 끔찍스럽게 비참한 가운데서, 더할 나위 없이 사악한 자에 의해 모욕당하고 유린당하며 발로 차이고 있으면서 하다못해 모욕감도 느끼지 않는다면, 도대체 우린 무엇이겠습니까! 성스러운 분노가 우리의 마음을 부풀리고 있는 한, 인간이 그의 얼굴에 대고 '나는 너를 섬기지 않는다'라고 소리치는 한, 그는 이 세상의 주인이 아닙니다."

그의 입 속의 말들이 쏟아져나왔다. 그것을 불러내는 내적 심상과 어울리지 않는 말들이었다. 원래 과묵한 천성을 지닌 사람이었지만 지금 하고 있는 말의 격류는 거의 착란에 가까웠다.

"그만 하게." 므누 스그레 신부가 차갑게 말했다. "내 말을 듣게. 명령이네. 자네 말은 결국 자네 자신을 속이고 또 자네와 함께 나를 속이려 하는 것일 뿐이야. 이제 그 얘긴 그만두세. 난 자네가 말로만 때우는 그런 인간이 아니라는 걸 알고 있어. 자네가 보여준 격렬함은 아마도 모종의 결의, 계획을, 그리고 행동을 상정하고 있지. 난 그걸 알아야겠네."

정곡을 찌른 지적에 도니상 신부는 놀란 눈으로 므누 스그레 신부를 쳐다보았다. 예리하고 강한 노사제는 이미 말을 이어가고 있었다.

"아무리 조심해서 말해도 혼란스럽고 위험한 것일 그런 감정을 도대체 자네는 생활 속에서 어떤 식으로 실천했나?"

젊은 사제는 아무 대답이 없었다.

"자, 내가 시작하지. 우선 극단적인 고행을 했지. 사제의 길에도 그와 똑같은 광기로 달려들었고. 그렇게 해서 얻은 결과는 자네 마음을 기쁘게 했지. 그리고 자네에게 평화를 주었어야 했어. 하지만 자넨 여전히 평화롭지 않았지! 하느님은 전력을 다하다 지친 착실한 종에게 평화를 거부하시지는 않는다네. 자네가 일부러 거부한 것이 아닌가?"

"그렇지 않습니다." 도니상 신부가 애써 대답했다. "제 천성이 기쁨보다 슬픔에 기울어져서……"

잠시 곰곰이 생각하며, 자신의 생각을 나타내줄 온화하고 타협적인 표현을 찾기 위해 애쓰는 듯하더니, 갑자기 결심을 하고 입을 열었다. 걱정 때문에 오히려 낮아진 목소리는 마치 어두운 불꽃같았다.

"아! 사탄의 소행에 비겁하게 타협하느니 차라리 절망을, 그 모든 고뇌를 택하겠습니다!"

도니상 신부는 마치 소리를 지르듯이 이 소원을 내뱉었고, 그 외침 소리에 자기 스스로도 공포를 느꼈다. 그래서, 캉파뉴의 주임 사제가 양손으로 그의 양손을 잡으면서 조용히 입을 열었을 때 그는 무척 놀랐다.

"이제 됐네. 자네 마음을 확실히 읽었네. 내 생각이 틀리지 않았어. 자넨 위로를 구하지 않았을 뿐만 아니라 자넬 절망으로 몰아갈 수 있는 모든 것으로 자네의 정신을 길러온 거지. 자넨 마음속에 절망을 키워온 거야."

"절망이 아니라 두려움입니다" 하고 도니상 신부가 소리쳤다.

"절망일세." 므누 스그레 신부가 같은 어조로 되풀이했다. "바로 그 질망이 죄에 대한 맹목적 증오에서 죄인에 대한 경멸과 증오로 자넬 이끌어간 걸지도 모르지."

"죄인에 대한 증오라고요?" 그가 쉰 목소리로 소리쳤다. (그의 시선에 담긴 연민에는 무언가 사나운 빛이 어렸다.) "죄인에 대한 증오라고요!"

감정이 격하고 무질서해서 말이 입술 위에서 맴돌 뿐이었다. 그러곤 한참 동안의 침묵이 흐른 뒤 비로소 신비스런 환시를 쫓는 듯이 눈을 감으면서 이렇게 덧붙였다.

"저는 생명과는 다른 의미에서 소중한 보물을 가졌습니다……"

다시 침묵이 이어지다가 단호하고 분명한, 피할 수 없는 므누 스그레 신부의 목소리가 울려퍼졌다.

"자네의 내면에 비밀이 있음을, 자네의 무지와 선의가 그 비밀을 그 어떤 위선보다도 잘 지키고 있음을 한 번도 의심한 적이 없네. 자넨 분명 무언가 신중하지 못한 일을 했어. 사네가 뭔가 위험한 맹세를 했다고 해도 난 놀라지 않을 걸세……"

"고해 사제의 허가 없이 어떤 맹세도 할 수 없었습니다." 가련한 사제가 더듬거렸다.

"맹세를 하지 않았다면, 그와 비슷한 어떤 것이었겠지."

노사제는 힘들게 베개에서 몸을 일으키고는, 무릎에 두 손을 얹은 채로 말했다. 목소리를 높이지는 않았다.

"자, 명령이네. 말해보게."

보좌 신부가 엄숙한 눈으로 한참 동안 망설이는 것을 보며, 므누 스그레 신부는 놀라움을 금치 못했다. 조금 후 도니상 신부가 고통스레 몸서리치며 말했다.

"정말입니다. 분명히 말씀드리지만…… 어떤 맹세도 약속도 하지 않았습니다. 단지…… 그저 기원 같은 것이었는데…… 아마도, 적어도 인간적인 신중함에서 보자면, 그다지 정당한 일은 아니겠지만……"

"그것이 자네 마음을 해치고 있네." 므누 스그레 신부가 대답했다.

도니상 신부는 머리를 흔들었고, 결심을 한 듯이 입을 열었다.

"아마도 신부님의 비난을 받는 게 당연할 겁니다. 그렇게 많은 영혼들이 죄에 사로잡혀 있다는 게…… 그 때문에 때로 전 적에 대한 증오심에 휩싸입니다. 그 영혼들을 구원하기 위해서 전 제가 가진 것, 앞으로 제가 가지게 될 모든 것을 바쳤습니다. 그리고 제일 먼저 저의 생명을 — 아무것도 아니니까요! — 바쳤습니다. 성령의 위안 역시 바쳤고……"

그는 다시 주저하다가, 낮은 목소리로 덧붙였다.

"하느님이 원하신다면 저의 구원도 바쳤습니다!"

므누 스그레 신부는 이 고백에 아무 말 없이 깊은 침묵을 지켰다. 그 말들이 침묵을 만들어내고는 그 속에서 사라져버리는 것 같았다.

므누 스그레 신부가 다시 입을 열었다. 여느 때처럼 솔직한 말투였다.

"다음 얘기를 계속하기 전에 그런 생각을 영원히 버리고 하느님께 용서를 구하게. 또한 나 이외 다른 사람에게 절대 그런 말을 해서는 안 되네."

그러곤 도니상 신부가 대답하려고 입을 열려는 순간 항상 확고한 신중함과 최고의 양식을 잃지 않는 훌륭한 영혼의 임상가인 노사제가 말을 이었다.

"고집 부리지 말게. 조용히 하고. 이젠 잊어버려야 해. 난 모든 걸 알고 있네. 계속 주도면밀한 계획이 세워지고 한 발 한 발 실현되어왔던 거야. 악마는 자네 같은 인간들을 바로 그런 식으로 속이지. 만일 악마가 하느님이 주시는 능력을 사용힐 줄 모른다면 지옥의 심연에는 이떤 메아리도 답하지 않을 증오의 함성밖에 없을 테지……"

므누 스그레 신부가 무척 홍분한 상태라는 것은 목소리에 전혀 드러나지 않았다. 하지만 다른 표시를 통해 나타났다. 팔걸이의자 바로 밑에 있던 지팡이를 쥐고 일어서서는 방 안에서 몇 발자국 걸어다닌 것이다. 보좌 신부는 여전히 같은 자리에 서 있었다.

"여보게, 너무도 많은 위험이 자넬 기다리고 있단 말일세! 주님은 자네를 안식이 아니라 완전한 절대로 부르시네. 타인의 영혼을 볼 수 있을 뿐, 정작 자네는 빛에서 어둠으로 옮겨가면서 이 세상 그 누구보다도 가장 불확실한 길을 가게 될 거야. 자네의 무모한 봉헌은 어떤 의미에선 이미 받아들여진 거지. 이제 자네 속에서 희망은 영원히 죽어버린 거나 마찬가지야. 이제 마지막 미광(微光)만이 남았지. 그것이 없으면 모든 행위가 불가능해지고 모든 공이 헛된 것이 되어버리는 그런 미광 말이야. 이렇게 희망을 빼앗기는 것, 바로 그게 문제일세. 나머진 아무것도 아니야. 자네가 선택한 — 아니 자네가 뛰어든 — 길 위에서 자넨 혼자야. 완전히 혼자지. 혼자서 걸어갈 거야. 자네를 따라 그 길에 들어가는 자는 모두 자네를 구원하는 게 아니라 멸망하게 될 거야."

"제가 구한 건 그런 게 아닙니다." 미래의 룅브르의 성자가 갑자기 거칠게 소리쳤다. (하지만 의지에 찬 어두운 목소리는 그 태도와 비장한 대조를 이루었다.) 전 그런 특별한 은총을 구한 적이 없습니다. 그런 건 필요 없습니다. 기적 같은 건 바라지 않습니다. 진정 그런 것을 구한 적은 없었습니다! 그러니까 낫 놓고 기역자도 모르는 그런 불쌍한 인간으로 살다가 죽게 그냥 절 내버려두면 됩니다. 그래요, 신부님이 맞습니다. 지난밤에 시작된 일은 결코 완성되지 않을 겁니다. 제가 꿈을 꾼 겁니다. 미쳤었습니다."

므누 스그레 신부는 다시 팔걸이의자에 앉아서 몸을 눕히곤, 낮은 목소리로 말했다.

"누가 알겠는가? 우리가 신앙의 아버지로 숭배하고 있는 사람들 중 계시를 받은 견자(見者)가 아니었던 사람이 있었던가? 또 그들 중 제자가 없었던 사람이 있었던가? 자네 정도가 되면 오직 자네가 행하는 일들만이 시비를 가려줄 걸세."

노사제는 잠시 후 좀더 부드럽게 이렇게 덧붙였다.

"여보게, 나도 동정받아야 하지 않을까? 인간들의 영혼에 대해 경험한 것과 몇 개월 동안 곰곰이 생각해본 바에 따르면, 나로선 하느님이 자네를 선택하신 거라고 믿을 수밖에 없네. 신앙 없는 바보들은 성자를 인정하지 않지. 신앙심 깊은 바보들은 성자가 들판의 풀처럼 저절로 자라나는 건 줄 알고. 희귀한 나무일수록 더욱 약하다는 걸 아는 사람이 거의 없단 말일세. 아마도 수많은 다른 운명이 연결되어 있을 자네의 운명은 언제라도 발을 헛디딜 수 있고, 고의가 아니라도 은총을 남용할 수 있겠지. 또 성급하게 결정을 내린다든가 불확실함, 애매함에 빠질 수 있고. 그리고 자넨 나한테 맡겨졌지! 자넨 내 거야! 자네를 하느님께 바치는 이 손이 얼마나 떨리는지! 난 어떤 실수도 있어선 안 돼. 자네 곁에 무릎을 꿇고서 함께 감사드리지 못하는 게 얼마나 잔인한 일인지! 난 매일매일 자네의 영혼에 하느님의 계획의 초자연적 확증이 나타나길 기다렸네. 자네가 보이는 열의에서, 자네의 영향력이 커지고 또 우리 교구의 신자들이 회심을 하는 것에서, 그런 확증을 기다리고 있었지. 그런데 그토록 혼란스럽고 폭풍치는 자네의 삶에서 그 징표가 마치 벼락이 내리치듯 터져나온 거야. 그래서 지금 난 이전보다 더 당혹스럽다네. 이제 그 징표는 모호하고 기적조차도 순수하지 않을 것이 분명하기 때문이지!"

노사제는 잠시 골똘히 생각하더니, 힘없이 어깨를 들어올리며 말했다.

"내가 두려움 앞에서 물러서지 않는다는 걸 하느님은 아시겠지! 타인의 판단에 맞서고 싶은 유혹이 지나치게 많다는 것도. 난 너무 독불장군이고, 심지어 순종하지 않는다는 욕도 많이 먹었어. 하지만 거역할 수 없는 규칙도 있네. 자네가 고행 채찍으로 몸에 상처를 낸다면 내가 명령을 내릴 거야. 자네가 악마의 꿈을 꾸거나 길이 갈라지는 곳에서마다 악마를 만난다면 그것도 역시 내 소관이지. 하지만 말로르티가 딸의 얘기는, 물론 이 역시 믿기 어려운 거지만, 다른 문제네. 자네의 판단에 따라 이 교구 내에서 자유롭게 말하고 행동하게 놔둘 수 없네…… 할 수 없이 자넬…… 나로선…… 그러니까…… 어쩔 수 없네…… 이 모든 걸 상급 사제에게 보고를 해야만 하네. 그렇게 되면 난 자넬 별로 도와

줄 수 없게 될 걸세. 자네로서도 아무것도 숨길 수 없게 될 거야. 그렇게 되면…… 아! 그렇게 되면…… 자넬 경계하는 사람도 있을 거고 동정하는 사람도 있겠지. 어쨌든 모든 사람들의 항의를 어떻게 이겨낼 수 있을지! 정말 자네가 그걸 이겨낼 수 있을까? 내가 자네에 대해 잘못 판단한 건 아닐까? 난 너무 오래 기다렸어! 늙은이니까 삶을 망칠 리는 없겠지. 하지만 죽음을 망치게 되겠지."

한참 동안의 침묵 끝에 도니상 신부가 마침내 입을 열었다. 노사제가 마지막에 내뱉은 의혹은 그를 불안하게 하지 않았다. 오히려 그에게 분명하게 용기를 주었다. 그는 조심스럽게 반론을 제기했다.

"잊혀지고 사라지는 것, 평범한 생활을 하고 사제로서의 의무를 다하는 것, 그것이 바로 제가 바라는 겁니다. 신부님이 바라신다면 이전과 똑같은 저로 되돌아갈 수도 있습니다. 누가 저한테 신경을 쓰겠습니까? 전 그 어느 누구의 관심도 끌지 않습니다. 전 저에게 걸맞는, 극히 단순하고 머리가 둔한 사제라는 평판을 얻고 있습니다. 허락해주신다면, 전 아무한테도 눈에 띄지 않을 수 있습니다. 하느님과 천사들의 눈에도 띄지 않을 수 있습니다."

"눈에 띄지 않는다니!" 므누 스그레 신부가 다정한 목소리로 말했다. (그는 미소를 짓고 있었지만 눈에는 눈물이 가득 고여 있었다.) 하지만 그는 말을 이을 수 없었다. 이상스레 황급히 달려오는 가정부의 발소리로 인해 계단이 울렸던 것이다. 거의 동시에 문이 열리고, 창백한 얼굴의 가정부가, 나이든 여인들이 나쁜 소식을 알릴 때 흔히 그렇듯이, 아주 조급하게 말했다.

"말로르티 아가씨가 죽었습니다."

자기가 한 말에 이어진 두 사제의 반응에 이미 흡족해진 그녀가 덧붙였다.

"면도칼로 목을 베었답니다……"

                        *   *   *

주교가 제르비에 참사원 사제에게 보낸 편지는 이런 것이었다.

    친애하는 참사원 사제님.
    자식을 돌보는 제 마음이 무척 고통스러웠던 몇 가지 사건에 즈음하여 사제님께서 보여주신 침착함과 현명함, 그리고 신중한 열의에 대해서 감사의 말씀을 드립니다. 도니상 신부는 그동안 보브쿠르 병원에서 의사 졸리부아 선생의 지극히 헌신적인 치료를 받아오다가, 이번 주 퇴원을 했습니다. 낭시의 베른하임 박사의 제자인 이 임상의가 어제 도니상 신부의 현재 건강 상태에 대해 제게 이야기해주었습니다. 아주 폭넓은 시야를 가지고 또 다정하게 마음을 쓰는 의사입니다. (전문 연구 때문에 불행하게도 신앙에서 멀어진 과학자들 중에 이런 장점을 종종 보게 됩니다.) 그에 따르면 도니상 신부의 일시적인 장애는 아마도 장(腸)의 질환에서 비롯된 신경 세포의 심각한 중독 때문인 것 같습니다.
    저는 우리의 변함없는 계율이어야 하는 사랑의 정신에서 벗어날 생각은 없지만, 태만이라고 할 수 있을 캉파뉴의 주임 사제의 태도가 심히 유감스럽다는 건 사제님과 같은 생각입니다. 그가 단호하고 엄격하게 대처했더라면 우리가 일시적이나마 당국과 갈등을 겪는 것을 피할 수 있었을 겁니다. 하지만 사제님께서 적절히 중재해주신 덕에 처음의 오해가 곧 풀리고, 그뒤 의사 갈레 씨가 더할 나위 없는 친절을 베풀면서 추문이 퍼지지 않도록 많은 도움을 주었습니다. 더욱이 갈레 씨가 내린 진단은 보브쿠르에 있는 그의 훌륭한 동료에 의해 재차 확인되었습니다. 이 두 가지 사실은 살레 씨의 성품과 전문 지식 모두를 빛내주는 것입니다.

말로르티 양의 증언, 착란 상태에서 그리고 임종 직전에 그녀가 고백한 말들은 인격적 측면에서 사제로서의 도니상 신부의 존엄성을 위태롭게 하는 것은 아니었습니다. 하지만 말로르티 씨가 단호하게 항의했음에도 불구하고 신부가 죽어가는 말로르티 양 곁을 지킨 일은, 사정이 어떻든 간에 캉파뉴의 주임 사제가 받아들여서는 안 되는 일이었습니다. 이어 벌어진 일은 제정신을 가진 사람이 한 일이라고는 도저히 생각할 수 없습니다. 아무리 망자가 성당 앞으로 가서 그곳에서 죽고 싶다고 사람들이 다 있는 곳에서 말했다 하더라도, 그렇게 해서는 안 되는 일이었습니다. 우선 그 아버지와 담당 의사가 그런 무모함에 반대했을 뿐만 아니라, 그게 아니더라도 말로르티 양의 과거를 사람들이 알고 있었고 그 아가씨가 종교에 아무런 관심이 없다는 것 역시 알려진 것이었기에, 이미 정신 착란으로 치료를 받은 전력이 있는 말로르티 양의 허약한 이성이 임종에 이르러 엉망이 된 것으로 볼 수 있었습니다. 그후에 이어진 다툼에 대해서는 무어라 말할지 알 수 없는 지경입니다! 그 말도 안 되는 보좌 신부는 아주 이상한 말을 했습니다! 그리곤 피투성이가 되어 죽어가는 아가씨를 마치 납치하듯이 아버지의 손에서 강제로 빼앗아 성당으로 옮겨갔습니다! 다행히 성당이 가까운 곳이었습니다. 그런 지나친 행동은 과거에나 있었던 일이지요. 말도 안 되는 일입니다.

다행스럽게 추문은 하늘의 힘으로 가라앉았습니다. 신앙의 열정은 넘치지만 생각이 모자라는 사람들은 벌써 그 '죽음 직전의 회심'에 주목하고 있습니다. 황당무계해서 웃음거리가 될 뿐인데 말입니다. 이에 관해서는 제가 조처를 취했습니다. 아마도 단 한 사람만을 제외하고는, 모두가 우리의 해결책에 대해 만족했을 겁니다. 그 사람은 바로 캉파뉴의 주임 사제로, 마치 우리를 경멸하듯이 침묵을 지키면서 모든 증언을 거부하면서 납득할 수 없는 태도를 취했습니다.

제 지시에 따라 도니상 신부는 토르트퐁텐의 트라피스트 수도원에 들어갔습니다. 완전히 치유되었음이 확인될 때까지 그곳에 있게 될 겁니다. 모든 조치에 전적으로 순종하고 있기 때문에 정상참작될 수 있을 듯하며, 언젠가 이 유감스러운 일이 잊혀질 때쯤에는 그의 능력에 맞는 작은 직무를 교구 내에서 마련해줄 수 있으리라 생각합니다.

5년이 지난 후 캉파뉴이 전 보좌 신부는 작은 마을 륍브르익 임시 주임 사제로 임명되었다. 그곳 사람들 모두가 그가 한 일을 알고 있었다. 인간의 모든 영광을 퇴색시켜버릴 영광이 그 쓸쓸한 장소로 또 다른 아르스의 사제(1786~1859, Jean Marie Baptiste Vianney, 아르스의 주임 사제로, 성자로 불리며 신자들의 사랑을 받았다. 1925년 성자의 품에 올랐다: 옮긴이)를 찾아간 것이다. 이 책의 제2부는 신뢰할 만한 자료들과 어느 누구도 반박할 수 없는 증언들을 토대로 하여 놀라운 그의 삶의 마지막 일화를 보고하고 있다.

제2부

룅브르의 성자

1

창문을 열었다. 그는 아직 무엇인가를 기다리고 있었다. 비가 흘러내리는 어둠의 심연 너머로 성당만이 살아서 희미하게 빛나고 있었다. "내가 여기 있다" 하고, 마치 꿈을 꾸듯이 그가 말했다.

아래층에서는 마르트 할멈이 빗장을 걸고 있었다. 대장간의 모루 소리가 울려퍼졌지만, 이미 그의 귀에는 들리지 않았다. 밤이었다. 수많은 영혼들을 떠받치고 있는 이 불굴의 인간이 너무도 무거운 짐에 눌려 휘청거리는 시간이었다. 그는 희미한 웃음을 띠었다. "불쌍한 룅브르의 사제 같으니! 좋은 건 도대체 하지 않는군. 이제 잠도 제대로 못 자니……" 또 이렇게 말했다. "당신들은 과연 믿을 수 있는가? 난 어둠이 두렵다……"

캄캄한 밤, 성당 안의 제단 곁에 밝혀놓은 램프의 빛으로, 창살대가 세 개 달린 커다란 창문의 뾰족한 아치형 윗부분이 조금씩 드러났다. 그 위쪽에는 성가대석과 신자석 사이에 세워진 낡은 탑의 뾰족 지붕과 묵직한 종루가 솟아 있었다. 이제 그는 그쪽을 보지 않는다. 혼자서 마치 뱃머리에 서 있는 것처럼 어둠을 마주하고 서 있다. 어둠의 물결이 듣는 이를 압도하는 소리를 내며 소용돌이치고 있었다. 사방 지평선으로부터 눈에 보이지 않는 들판과 숲들이 그가 있는 쪽으로 밀어닥쳤…… 그 너머에 또 다른 마을과 도시들이. 모두 다 비슷비슷한 모습으로, 넘치는 풍요에 짓눌려 있는, 가난한 자들의 적이다. 마치 수의(壽衣)처럼 차가운, 웅크린 수전노들로 가득 차 있다…… 그 너머에 또 도시들이 있다. 결코 잠들지 않는 도시……

"아! 아!……" 울 수도 없고 기도할 수도 없었다. 그는 그저 이 말을 되풀이했다. 죽어가는 사람을 지켜볼 때처럼, 매 순간이 돌이킬 수 없이 어둠 속으로 사라져갔다. 아무리 짧은 밤이라 해도, 아침은 언제나 너무 늦게 찾아온다. 셀리멘(몰리에르의 극에 등장하는 여인으로, 많은 남성들의 연모의 대상이다. 남자들의 환심을 사려는 여자를 말한다: 옮긴이)은 어느새 입술 연지를 발랐고, 주정뱅이들은 술에서 깨어났다. 밤의 향연을 마치고 돌아가는 마녀는 뜨겁게 달아오른 몸이 아직 식지 않은 채 하얀 시트 속으로 숨어든다…… 아침은 언제나 너무 늦게 온다…… 하지만 이 세상 모든 곳에 유일한 정의(正義)가 불현듯 찾아올 것이다.

결국 그는 마치 절벽에서 떨어지는 사람처럼 갑자기 쓰러졌다. 느긋한 백성들은 재무장관이 정의를 가져다주리라 기대하지만, 그는 그렇게 먼 곳에서 찾지 않았다. 정의는 오히려 저기 지평선 아래, 아무도 손댈 수 없게, 그렇게 준비되어 있다. 다가오는 새벽녘에, 흩어지는 밤 속에 있는 것이다. 벌린 손은 다시 닫히지 않으리라…… 말은 입술 위에서 말라버리리라…… 진화라는 괴물은 영원히 못박혀 돌연 뻗어가기를 멈추고 끓어대기를 멈추리라…… 인간의 내부에서 깨어나는 이 끔찍한 여명은 가장 은밀한 사념에도 그 형태와 영원한 부피를 부여하리라. 그리고 이리저리 도망다니는 이중적 마음도 더 이상 말을 바꿀 수 없게 되리라…… 모든 것이 영원히 정해지리라.

학술원 교육 담당관인 로욜레 씨는(그는 문학 교수 자격자였다) 모든 사람의 입에 오르내리는 룅브르의 성자를 만나고 싶어서, 딸과 부인을 데리고 은밀히 찾아갔다. 그는 조금 흥분하며 이렇게 말했다. "단정하게 차려입고 예의바른, 위엄 있는 사람일 거라고 생각했습니다. 하지만 그 초짜 신부는 위엄이 없더군요. 거지처럼 길거리에서 먹기도 하던걸요……" 이런 말도 덧붙였다 "그런 사람이 악마의 존재를 믿을 수 있다니 정말 유감입니다!"

룅브르의 주임 사제는 악마가 있다는 것을 믿는다. 그리고 이 밤에도 악마를 두려워한다. 후에 그는 이런 고백을 했다. "몇 주 전부터 새로운 고뇌가 날 시험하고 있습니다. 평생을 고해실에서 보내고서, 지독한 무력감에 짓눌렸지요. 연민보다는 혐오감이 들었습니다. 아! 죄악이라는 게 얼마나 끔찍스러울 정도로 단조로운지, 그건 사제가 아니고선 알 수 없습니다. 아무 말도 할 수가 없었습니다. 그저 죄를 사하고 눈물 지을 수밖에……"

머리 위로 구름이 여러 조각으로 찢어졌다. 밤의 꼭대기에서 하나, 열 개, 백 개의 별들이 하나씩 나타났다. 바람이 헤쳐놓은 구름에서 가느다란 비가 안개처럼 내려왔다. 그는 폭풍이 헤쳐놓아 신선해진 공기를 들이마셨다. 오늘 저녁 더 이상 스스로를 지키지 않을 것이다. 하기야 이미 지켜야 할 것도 없다. 모든 것을 주어버렸다. 그는 비어 있다…… 그는 인간의 마음을 잘 안다…… (그는 초라한 사제복을 입고 커다란 신발을 신고서 그 안으로 들어갔다.) 인간의 마음!

영혼들의 알 수 없는 적, 강하고 비열한 적, 말로 표현할 수 없고 비열한 적이 살고 있는 마음. 아침이 오면 버림받는 별, 루시퍼 혹은 거짓 여명……

가련한 룅브르의 사제는 너무 많은 것을 알고 있다! 소르본의 신학이 알지 못하는 것을 알고 있다. 기록되지 않았고, 말하는 것도 힘이 드는 것들, 마치 이미 아물어버린 상처를 파헤쳐 끄집어내듯이 힘들게 고백을 끝이낸 것들, 너무도 많은 것들! 그는 또한 인간이 무엇인지도 안다. 인간이란 악덕과 권태로 가득 찬 커다란 아이일 뿐이다.

이 늙은 사제가 무엇을 또 새로 배우겠는가? 그는 수많은 삶을, 모두가 엇비슷한 수많은 삶을 살았다. 이제 더 이상 놀라지 않을 것이다. 이제 그는 죽을 수 있다. 완전히 새로운 도덕은 있을 수 있지만, 새로운 죄란 불가능할 것이다.

처음으로 그는 신이 아니라 인간을 의심한다. 무수히 많은 기억이 밀려온다. 알아들을 수 없는 탄식 소리, 수치심으로 더듬거리는 소리가 들린다. 도망치던 정념은 한마디 말에 꼼짝하지 못하고, 명철한 말로 산 채로 뒤집혀 껍질이 벗겨지느라 고통스럽게 울부짖는다. 어찌할 바를 모르는 불쌍한 얼굴들, 무언가를 원하는 또 원하지 않는 시선, 굴복당해 늘어진 입술, 고집스레 거부하는 쓰디쓴 입이 보인다. 말만 번지르르하게 반항하는 척하던 많은 사람들이 결국 그의 발 아래 엎드려 웃음거리가 되었다! 비밀이 썩어가고 있는 교만한 마음들이 그리 많은지! 그리고 가증스런 아이들과 비슷한 늙은이들은 왜 그렇게 많은지! 또한, 그 무엇보다도, 차가운 눈빛으로 세상을 바라보며 결코 용서하지 않는 인색한 젊은이들.

오늘도 어제와 마찬가지로, 처음으로 사제로 부임했던 날과 마찬가지로, 똑같은 사람들이다. 지쳐서 더 이상 애쓸 수 없게 되었을 때, 돌연 장애물이 사라졌다. 그는 사람들을 자유롭게 만들어주려고 했지만, 사람들은 마치 무거운 짐을 거부하듯이 자유를 거부했다. 그리고 그가 하늘까지 쫓아갔던 적은 이 지상에서 웃고 있다. 잡을 수도 없고, 상처를 입힐 수도 없다. 모두가 그를 우롱했다. "우리는 평화를 구합니다"라고 말했지만, 그들이 구한 것은 평화가 아니라 짧은 휴식, 어둠 속에서 잠시 멈추는 것일 뿐이다. 그들은 이 고독한 사제의 발치에 와서 자기들의 물거품을 던져놓는다. 그리곤 슬픈 쾌락, 기쁨 없는 삶으로 되돌아간다. (그는 또 자기 자신을 낡은 담에 비유했다. 지나가는 사람이 추잡스런 글을 새겨놓은 그 벽은 하찮은 비밀로 가득 차 조금씩 조금씩 무너져 내린다.)

사람들에게 그토록 위안을 주었건만, 이미 그들은 그를 기억하지 않을 것이다. 지금 이 순간, 그의 생애에서 가장 비극적인 이 순간에 그는 사방에서 짓눌리고 있다. 모든 것이 흔들린다. 오랫동안 억제해오던 모종의 위험스런 생각들이 갑자기 다시 나타난 것이지만, 그는 알아보지 못한다. 모든 사물에서 어떤 감각을, 새로운 맛 같은 것을 찾아낸다…… 풀을 뜯다가 죽어갈 가련한 인간들의 무리를 처음으로 사랑이 아닌 연민을 가지고 바라본다. 그리고 자신의 패배와 또 자신의 위대함에 대해 씁쓸한 느낌이 든다. 이 고뇌의 끝에서 그의 불굴의 의지는 패배를 인정할 수 없다. 어떻게 해서든 균형을 되찾고 싶다.

이제 그가 일어선다. 그 무엇에도 꺾이지 않을 눈빛으로 앞을 바라본다…… 생의 마지막에 이르기까지 오늘 이 밤과 같은 밤이 몇 번이나 되풀이될까? 그러나 신의 은총은 언제나 군중 속에 내려올 것이다. 그 중 한 사람을 가리키고, 그리하여 정의가 마치 태양처럼 시간을 가로질러 그를 향해 솟아오를 것이다. 태양은 순종하듯 그들의 목소리를 듣고 달려올 것이다.

이제 그는 작은 성당이 아니라 위쪽을 바라본다. 기쁨 없는 흥분에 휩싸여 전율한다. 고통은 거의 사라졌고, 그는 영원히 정해졌다. 그는 아무것도 욕망하지 않는다. 패배한 것이다. 마음속 벌어진 틈새로 자만심이 밀물처럼 흘러든다.

"나도 모르게 나 자신을 지옥에 떨어뜨렸습니다." 후에 그는 이렇게 말했다. "마치 내가 돌덩이처럼 굳어버리는 것 같았습니다."

그가 수없이 품었던 계획, 즉 이 세상 끝의 은둔지에, 그러니까 사르트뢰회나 트라피스트회 수도원 같은 데서 숨어 지내다 죽고 싶다는 생각이 다시 떠올랐다. 하지만 이번엔 심장이 조여드는, 날카롭고도 감미로운 새로운 영상, 신비스러운 망아(忘我) 상태였다. 예전에는 그런 순간에도 목자(牧者)는 양떼를 결코 저버리지 않았다. 수도(修道)의 자리에까지 그들을 끌고 가기를 꿈꾸었다. 그들을 위해서 살고, 그들을 위해서 가치 있는 존재가 되고 싶었던 것이다. 하지만 이제는 그 마지막 기억도 사라졌다. 영혼들의 영원한 친구이던 이 사람이 이제는 오직 휴식만을 원했다. 단 한 가지, 남몰래 생각만 해도 온몸의 근육이 풀어지게 되는 그 무엇, 그러니까 울고 싶은 마음과 비슷한, 죽고 싶은 욕구뿐이었다…… 마침내 눈물이 눈을 적셨지만, 마음의 고뇌는 사라지지 않았다. 노사제는 순진하게도 그 눈물의 정체를 알아보지 못했고, 자기 눈에 눈물이 고이는 것에 깜짝 놀랐다. 그는 이 감미로운 현기증을 뭐라 불러야 할지 알 수 없었다. 격렬한 수많은 영혼들이 단숨에 쾌락을 지나서 돌이킬 수 없이 허무를 껴안아버림으로써 빠져들었던 지고의 유혹에 그 역시 눈을 뜨지 못하고 빠져들 것이다. 엄청난 노력을 쏟아붓고 난 지금, 그동안 수없이 이겨내고 눌러왔던 피로가 솟구쳤다. 몸속의 피가 쏟아져나오는 것 같았다. 아무런 회한도 없다. 교활함만 가득한 적이 절망적인 나른함으로, 마치 수의로 감싸듯 그를 감싼다. 어머니의 손길 같은 그 보살핌은 더없이 간교하고, 가증스럽게 그를 우롱한다…… 그의 눈에 최후의 미광(微光)이 떠올랐지만, 그 눈길로 밝아오는 밤 너머를 바라보아도 소용이 없다. 떠오르는 해는 그 눈 속에 비치지 않을 것이다. 그의 내면에 아무것도 보이지 않는다. 이 유혹을 붙잡아둘 만한 영상도 없고, 비정한 주인의 눈 앞에서 서서히 파괴되어가는 과정을 나타내는 징표도 없다. 그는 이미 수도원이 아니라 고독보다 더 은밀한 어떤 것을 원하고 있다. 암흑으로 영원히 추락하여 그 위로 심연이 닫혀지기를. 그토록 오랫동안 자기 육신을 노예로 부려왔던 이 사람에게 관능이 마침내 그 최후의 얼굴, 움직임 없는 웃음으로 가득 찬 얼굴을 내보인다. 하지만 그런 영상 혹은 또 다른 어떤 영상 때문에 이 고독한 노인의 감각이 흔들리진 않을 것이다. 문제는 천진하고 완고한 그의 머리 속에 또 다른 탐욕이 깨어나는 것이다. 그것은 선과 악의 문턱에서, 인간들의 올곧고 사려 깊은 모태를 파멸로 몰고 가는 것, 바로 알고자 하는 광기이다. 파괴하기 위해서 알고, 파괴를 통해 자신의 지식과 욕망을 거듭나게 하며 ― 오! 사탄의 태양이여! ― 허무를 그 자체로 욕망하고, 가증스럽게 자기 마음을 토로한다! 룅브르의 성자에게는 이제 바로 이 끔찍한 휴식을 불러올 힘밖에 남지 않았다. 신의 은총이 바로 얼마 전까지도 성스러운 신비에 충만하던 그의 눈 앞에 베일을 늘어뜨린다…… 그토록 명철하던 시선이 이제는 시성기리며 이디시 미물리야 할지를 알지 못한다…… 관능의 첫 상처와도 같은 야릇한 젊음, 천진한 탐욕이 그의 노쇠한 피를 끓어오르게 하고, 그의 여윈 가슴 속에서 고동친다…… 쇠잔해가는 손으로 그는 수많은 베일 너머로 더듬거리며 죽음을 찾고, 죽음을 애무한다.

 이 엄숙한 순간에 이르기까지 과연 그의 생애는 의미를 가졌던 것일까? 그로선 알 수 없는 일이었다. 뒤를 돌아보면 황량한 풍경과 축복을 내리면서 거쳐온 수많은 사람들이 보일 뿐이다. 하지만 이게 무슨 일인가! 그 무리는 지금도 그의 뒤를 줄레줄레 따라와 떼를 쓰면서, 단 한 순간의 휴식도 누릴 수 없게 만든다. 지칠 줄 모르는 그들은 불안에 휩싸여 술렁대면서 상처받은 짐승처럼 발을 구른다…… 그렇다! 이제 돌아보지 않으리라! 그러고 싶지 않다. 그들이 바로 여기까지, 끝까지 몰아붙인 거다. 그리고 그 너머엔…… 오! 기적이여! 침묵, 진정한 침묵, 비길 데 없는 침묵, 그의 휴식이 있다.

"죽는다. 죽는다……" 그가 낮은 소리로 말했다. 그 말을 마음속에 삼키고 소화시키기 위해서 거듭 되뇌었다…… 바야흐로 그는 정묘한 독(毒)인 이 말이 자기 자신의 깊숙한 곳에서 혈관 속에 퍼지고 있는 것을 느꼈다…… 그는 점점 더 열기에 휩싸이며 집요하게 되씹었다. 단숨에 그것을 비워내 자신의 최후를 재촉하고 싶었다. 이렇게 서두르는 건 재판관 앞에 선 죄인이 몸을 숨기기 위해서 자기 죄 속으로 더욱 깊이 빠져드는 것과 같다. 그는 사탄이 온몸의 무게를 다해서 짓누르고, 지옥의 모든 힘이 하나가 되어 같은 지점에 가해지는 바로 그런 순간에 있었던 것이다.

노사제는 회색빛 하늘 한 모퉁이로 시선을 돌렸다. 밤의 어둠이 연기처럼 흩어지고 있었다. 그는 지금껏 이렇게 굳은 의지로, 이렇게 강하게 기도를 해본 적이 없었다. 또한 입술 사이에서 나오는 목소리가 지금처럼 강하게 느껴진 적도 없었다. 그것은 밖으로 중얼거리는 소리였지만, 청동 안에 밀폐되어 울려퍼지는 종소리처럼, 내부에서 울리고 있었다. 기적을 행하여 세상에 떠들썩하게 알려졌지만 너무도 겸허한 이 사람은 이제까지 단 한 번도 지금처럼 가까이 기적을 마주하고 있다고 느낀 적이 없었다. 난생처음으로 걷잡을 수 없이 의지가 느슨해졌다. 적막 속에서 단 한 마디만 들려와도 영원히 파괴되어버릴 것 같았다…… 그렇다. 지고한 그의 의지의 마지막 움직임만이 그를 휴식으로부터 갈라놓고 있었을 뿐이다. 이미 그는 성당도, 새벽 안개에 싸인 교구 사람들의 집들도 바라볼 수 없었다. 한순간 수치심이 그를 사로잡았지만, 이내 단호하게 뿌리쳤다…… 안 해도 그만인 다른 일에 마음을 쓴들 무슨 소용이 있겠는가? 그는 자신의 피난처인 땅을 향해 눈을 떨구었다.

2

그때 샤브랑슈 길 쪽으로 난 나지막한 문이 두 번 삐걱거렸다. 작은 뜰 안에서 닭들이 일제히 날개를 퍼덕거렸다. 강아지 자코가 움직이면서 쇠사슬이 흔들렸다. 이 모든 소리들이 맑은 아침 속에 한줄기 맑은 가락을 만들어내며 울려퍼졌다.

어느새 마르트 할멈의 나막신이 계단에서 덜그럭덜그럭 소리를 냈고, 이이 습기 찬 잔디 위에선 조금 작은 소리로 첨빙첨빙거렸다. 그리곤 자물쇠가 삐걱거리는 소리가 났다.

그 순간 룅브르의 성자는 깨어났다. 절대적인 정적은 삶의 피안에서만 존재한다. 아무리 작은 틈으로도 현실은 스며들고 솟아나와, 이내 원래의 수위를 회복하는 것이다. 한 번의 신호만으로도 우리를 불러낼 수 있으며, 아주 낮은 소리로 중얼거린 한마디가 무너져버린 세계를 되살린다. 언젠가 한번 맡았던 냄새는 죽음보다 더 집요하다…… 노인의 눈은 본능적으로 벽에 걸린, 신학대학 시절의 기념품인 허름한 은제 회중시계로 향했다. '이른 아침 이 시각에 온 걸 보면 병자인가 보군……' 하고 생각했다. 병자, 그의 자녀들 중 하나일 것이다. 그는 빠르고도 날카로운 눈길로 집들이 군데군데 늘어선 마을을, 그리고 나무들 속으로 피어오르는 연기를 바라보았다. 이 작은 교구의 모든 사람이, 그가 힘이 되고 기쁨이 되는 이 세상의 수많은 영혼들이 그를 부르고 그의 이름을 입에 올린다…… 그는 귀를 기울인다. 그는 이미 내답을 했나. 준비가 되어 있다.

계단 아래선—그는 이 계단을 횃대라고 즐겨 불렀다—무엇이 그를 기다리고 있을까? 무슨 말을 할까? 어떤 얼굴일까? 이제 곧 어떤 새로운 싸움이 시작될까? 그의 마음 속에 너무도 크고 너무도 무거운, 뭐라 이름할 수 없는 것, 그러니까 그의 불안, 사탄이 웅크리고 있었다. 평화를 되찾지 못했고, 스스로도 그것을 알고 있다. 그가 숨쉴 때마다 또 다른 존재가 함께 숨쉬고 있다. 유혹이란 바로 한 인간 안에 다른 인간이 태어나는 것이며, 그 새로 태어난 인간이 걷잡을 수 없이 커가는 것이다. 그는 자기 내부에 그 무거운 짐을 끌고 다녔다. 던져버릴 수가 없었다. 사실 어디에 던질 수 있겠는가? 다른 사람의 마음 속에.

하지만 성자는 십자가 아래 언제나 혼자였다. 친구도 없다.

"신부님! 신부님!" 마르트 할멈이 소리쳤다.

그는 아무것도 생각하지 않으면서 계단을 내려가선, 부엌을 지나 정원 쪽으로 향했다. 반쯤 눈을 감은 채로 계속 생각에 빠져 있었다.

"신부님, 거실이에요. 거실에 있어요."

할멈은 연민이 담긴 미소를 띠면서 어깨를 으쓱했다.

바닥에 왁스 칠이 잘 되어 있는 거실은 멋진, 아주 멋진 방이었다. 짚을 넣은 의자가 여섯 개 놓여 있었고, 회색 대리석 벽난로 위에는 커다란 조가비가 있었고, 그 옆에는 박제 도요새 두 마리와 하얀 성모상—푸르스름한 기운이 도는 새하얀 석고로 만든 루르드(프랑스 남부의 도시로, 성모가 출현한 동굴의 샘물이 기적을 행한다는 가톨릭의 성지이다: 옮긴이)의 성모상—이 놓여 있었다. (이 성모상은 지난 부활절 휴가 때 생메모랭 수녀가 콩플랑쉬르솜에서 가져다준 것이다.) 완전히 곰팡이가 슬어 있는 「그리스도의 장례」 그림이 떡갈나무 액자 속에 들어 있었다. 또 거실에 딱 하나 있는 창문 옆으로 퇴색한 당초(唐草) 무늬 벽지(말 그대로 값싼 여인숙에서나 볼 수 있는 벽지이다) 위로 십자가가 걸려 있었다. 예수상은 없는, 아무 장식도 없는 검은색 십자가였다.

(신부가 처음 본 것은 바로 이 십자가였지만 이내 시선을 돌려버렸다······)

"신부님." 마르트 할멈이 말했다. "플루이의 아브레 씨가 오셨습니다. 아들이 아파서······"

아브레 씨는 일어나 크게 한 번 기침을 하더니 벽난로의 재에다 대고 침을 뱉었다. 앞에 놓인 빈 커피잔에서는 아직도 김이 나고 있었다.

"어떤 아들 말입니까?" 노사제가 불쑥 질문을 던졌다.

······하지만 바로 마르트 할멈의 시선이 꽂히는 것을 느끼며 말을 멈추었다. 노사제는 얼굴이 붉어진 채 더듬거렸다. 아브레 씨한테 아들이 하나밖에 없다는 건 누구나 다 아는 사실이었던 것이다! 하지만 먼 길을 찾아온 남자는 놀라지 않고 침착하게 상대방의 잘못을 바로잡았다.

"제 아들 티에노입니다. 저녁 기도 예배에서 돌아오는 길에 시작되었습니다. 체한 줄 알았습니다. 그러더니 머리가 너무 아프다고 하더군요. 새벽엔 제 엄마한테 움직이지도 못하겠다고 했습니다. 거짓말이 아니었습니다. 팔도 다리도 움직이지 못했어요. 마비된 거죠. 눈동자도 뒤집혀버렸고요. 강비에 선생님께서 오셨지만, '안됐네, 틀렸어'라고 말씀하셨습니다. 수막염이라고요. 그때 애 엄마가 무슨 말을 들었답니다. 그게 뭔지 아십니까? 뭐라고 말해도 그냥 고집불통으로 우겨댑니다. '룅브르의 신부님을 모셔와요.' 이렇게 소리를 질러댑니다. 그래서 결국 말을 몰아 이렇게 왔습니다." 그는 선량한 눈빛으로 룅브르의 성자를 바라보았지만, 그 눈에는 약간의 빈정거림이 담겨 있었다. 남자 대 남자로, 여자들의 생각이란 게 어떤 건지 알지 않습니까, 하고 말하는 것 같았다. (너구나 그렇세도 소문이 사사한 이 신부는 사기 아들도 알시 못해서 직접 가르쳐주어야 하지 않았던가!)

"알겠습니다…… 알겠습니다…… 한데……" 사제가 더듬거리며 말했다. "물론 그렇게 하고 싶습니다. 그러니까 제 마음은…… 하지만…… 아주 걱정스럽습니다. 생각해보세요. 뤼자른은 제 관할 교구가 아닙니다. 뤼자른의 주임 사제는…… 아브레 부인의 이야기는 무척 마음이 아픕니다. 정말 슬픈 일입니다. 하지만 저로선…… 저로선……"

무엇보다도 그는 자존심 강한 동료를 모욕하게 될까 봐 두려웠다. 더욱이 오늘은 정말 기운이 없었다!

하지만 상대방은 아랑곳하지 않았다. 어느새 목도리를 감고는 외투의 단추를 잠갔다. 마르트 할멈은 아주 단호한 태도로 사제의 손에 색바랜 모자를 건네주었다. 가야 한다…… 그는 길을 나섰다.

3

뤼자른의 주임 사제는 단순한 사람이었다. 아주 단출하게 살아갔다. 그다지 복잡하지 않은 단순한 몇 가지 감정이 전부였으며, 그나마도 워낙 신중한 사람이라 겉으로 드러내지 않았다. 오십이 갓 넘은 비교적 젊은 나이였는데, 사실 그는 언제나 그 나이에 머물 것이다. 나이를 먹지 않는 사람이었다. 그는 등록대장의 한 페이지처럼, 고친 자국도 얼룩도 하나 없이, 아주 깨끗한 의식의 소유자였다. 그렇다고 그의 과거가 비어 있는 것은 아니다. 몇 가지 기쁨이 있었다. 그 기쁨들을 하나하나 헤아리던 중, 그것들이 너무도 완전하게 소멸되어 마치 정렬된 숫자들처럼 각기 제자리에 질서 있게 놓여 있다는 데 깜짝 놀랐다. 그것들이 정녕 진짜 기쁨이었을까? 그것들이 숨을 쉰 적이 있었나? 살아 맥박 친 적이 있었나?……

그는 근면하고 빈틈없는 훌륭한 사제였다. 자기 삶이 흔들리는 것을 좋아하지 않았으며, 자기가 속한 계층과 자기가 살아가는 시대에 충실하고, 또 자기 시대의 사상에 충실한 사람이었다. 취할 것과 버릴 것을 구별하면서, 모든 것으로부터 작은 이익을 이끌어내는, 관리와 도덕주의자의 기질을 타고난 사람이었다. 그런 유의 사람들이 흔히 말하는 것처럼, 그는 술과 성병이 사라지면 가난이 퇴치될 수 있다고 주장했다.

운동복 차림의 건강하고 활기찬 젊은 세대가 도래하여 신의 왕국을 정복할 것이라고 했나.

때로 그는 미묘한 웃음을 지으며 "우리 룅브르의 성자"라고 말했다. 하지만 토론이 가열되면 또 다른 목소리로 "당신들의 성자!"라고 말했다. 그는 교구 행정의 형식주의와 지나친 신중함을 비판했지만, 또한 기적의 인간 한 사람 때문에 잘 계산되어 정리된 것이 흔들리면서 평화로운 교구에 혼란이 초래되는 것 역시 개탄스러워했다. "이런 문제에 대해서는 주교님께서 더없이 신중하고 사태를 잘 분별해서 대처하셔야 합니다. 한 명의 성자가 되는 데는 언제나 수많은 피해가 따릅니다. 그러니까 아닌 건 버려서 피해를 막아야 합니다." 이것이 참사원 사제처럼 신중한 그가, 여러 문헌을 섭렵한 후에 내린 결론이었다…….

마차의 바퀴가 돌아갈 때마다 룅브르의 주임 사제는 이 비정한 심판자에게 조금씩 다가갔다. 안개 너머로 이미 그의 잿빛 두 눈, 지칠 줄 모르고 음험하며 날카로운, 가느다란 작은 불꽃이 춤추는 두 눈이 보이는 것 같았다. 그가 맡고 있는 초라한 교구에서 6킬로미터나 떨어진 곳으로, 죽어가는 부잣집 아이의 침상을 향해 기적을 행하기 위해 불려간다는 건 정말 우스꽝스러운 일이다. 엄청난 추문이 될 것이다! 사람들이 빈정거리며 인사를 할 것을 떠올리며 심호흡을 했다. 대체 뭘 어쩌란 말인가! 낡아서 회색으로 변한 사제복 위의 이 손, 마차가 흔들릴 때마다 떨리는 이 주름투성이의 늙은 손이 기적을 행하기를 기다리는가…….

그는 마치 어린 초등학생처럼 두려움을 느끼면서 농부의 손 같은 자기 손을 쳐다보았다. 한 번도 깨끗한 적이 없는 손이다. 그들 모두에게 도대체 그는 무엇인가? 아무것도 없는 밭을 하루하루 충실하게 일구어가는 가난하고 고집 센 농부일 뿐인가? 하루하루가 그에게 새로운 과업을 부여한다. 그는 큰 구두를 땅으로 밀어넣으며 밭을 간다. 뒤돌아보지 않고 나아간다. 여기저기 가식 없는 말을 던지면서, 지칠 줄 모르고 십자가를 그어 축복을 내리면서, 앞으로 나아간다. (우리 조상들은 가을 안개 속에서 이렇게 밀과 보리의 씨를 뿌렸다.) 그저 늙은 사제의 이름과 전설 같은 이야기를 들었을 뿐인 그 사람들, 그 남자와 여자들이 도대체 무엇 때문에 그렇게 멀리서 몰려드는 것일까? 도시나 큰 마을의 말 잘하는 사제들, 자기들 세계를 잘 아는 사제들을 두고 어째서 그에게로 오는가? 매일 저녁 해질 무렵 피로에 짓눌린 사제의 머리 속에는 이 생각이 떠나지 않았다. 이리저리 계속 생각했다. 결국은 알 수 없는 신의 은혜, 그리고 자기가 가고 있는 기묘한 길을 생각하면서…… 잠에 빠져들곤 했다. 하지만 오늘은 다르다! 선을 행하면서 느끼게 되는 무력감이 그에게 평화를 주지 않고 오히려 굴욕감을 주는 것은 어쩐 일인가! 그의 입술 위에 솔직하게 포기하는 말 한마디 올리기가 그토록 쓰디쓴 것인가? 아! 마음이란 알 수 없는 것이다! 조금 전 그는 사람들로부터, 이 세상으로부터, 모든 죄로부터 빗어나기를 꿈꾸었다. 쏟아부은 헛된 노력, 삶의 존엄성, 그리고 엄청난 고독, 이 모든 것에 대한 기억이 그의 죽음 위에 마지막 기쁨을, 쓰라림으로 충만한 기쁨을 던지려고 했다. 그런데 지금 그는 자신의 노력 자체를 믿을 수 없다. 악마가 그를 더 낮은 곳으로 끌어내리고 있다…… 그는 희생의 제물인가? 제물로 지명되어 낙인이 찍혔는가? 그렇지 않다! 그렇다면 단식과 기도로 달뜬 무지한 편집광인가? 한가한 사람들과 호사가들을 놀라게 해주는, 시골 마을의 성자인가? "그런 거야. 그런 거야!……" 마차가 흔들릴 때마다 그는 멍한 눈으로 이렇게 중얼거렸다. 그동안에도 양쪽으로 산울타리가 줄지어 지나갔다. 마차는 마치 꿈속처럼 달려갔지만, 지독한 불안이 앞서 달려가며 매 이정표에서 그를 기다리고 있었다.

    그토록 많은 사람들이 무거운 짐을 내려놓고 가는 이 기묘한 사람은 진정 사람을 위로하는 능력을 가지고 있었다. 하지만 정작 그 자신은 한 번도 위로받지 못했다. 물론 아주 가끔은 그도 마음을 열고 괴로움을 털어놓는다는 건 알려진 일이다. 바틀리에 신부의 팔에 안겨 어린아이처럼 말하며 순진한 하소연을 늘어놓다가, 눈물을 흘리며 하느님의 자비를 구하곤 했던 것이다. 하지만 어둠침침하고 곰팡내 나는 룅브르의 초라한 고해실 안쪽에 무릎을 꿇은 신자들은 언제나 제아무리 냉담한 마음이라도 무너뜨릴 수 있는 목소리, 지엄하면서도 애원하는 듯한, 부드러우면서도 굴하지 않는 목소리, 달변을 넘어선 당당한 목소리를 들었을 뿐이다. 보이지는 않지만 성자의 입술이 우물거리고 있는 그 어둡고 성스러운 곳에서, 평화의 목소리가 나와 하늘까지 퍼져나갔다. 그와 함께 죄인은 묶였던 끈이 풀리고 자유를 찾아 자기 자신으로부터 벗어났다. 심정에 호소하는 단순하고 명석하며 힘찬 말, 간결하게 핵심으로 가서 조여오는 거역할 수 없는 말, 사람을 압도하는 명령의 의미를 전달하기에 부족함이 없는 말이었다. 성자의 말을 사랑하는 사람들은 바로 그 말 속에서 가장 격렬한 영혼의 어조와 반향을 볼 수 있었다. 아아! 사람들에게 평화를 나누어주는 이 사람이, 이렇게 밖으로 아낌없이 자기 자신을 쏟아붓는 동안, 내면에는 무질서와 혼란, 떠밀려 질주하는 영상들, 찡그림과 절규로 가득 찬 광기의 연회가 있었을 뿐이다. 그 다음에 오는 건 무시무시한 정적이었다.

 그토록 수많은 사람들이 가장 힘겨운 양심의 갈등을 해결할 심판자로 선택한 바로 그 사람이 어째서 자기 자신과의 싸움에선 이렇게 기복이 심하고, 거의 의기소침해 있는지를 사람들은 이해할 수 없었다. 그는 "모두가 날 농락하고 있습니다. 장난감을 가지고 놀 듯이 말입니다"라고 말했다. 그는 정작 자신 안에는 조금도 갖지 못한 평화를 양손 가득히 사람들에게 나누어주었던 것이다.

4

"다 왔습니다." 나무들 사이로 연기가 피어오르는 쪽을 채찍으로 가리키면서 아브레 씨가 말했다.

엷은 청색의 짧은 바지를 입은 키 작은 남자가 울타리 문을 열고 말고삐를 잡았다. 안마당 입구에서 아브레 씨가 마차에서 내렸다. 신부는 그를 따라 집으로 들어갔다.

뤼지론의 주임 시제가 현관 문턱에서 긴 그림자를 드리우며 그들을 맞았다.

"신부님, 그 옛날 비탄에 빠진 영주가 성 뱅상 신부(시골의 가난한 사람들과 환자를 돌본 17세기 프랑스의 사제: 옮긴이)를 기다리듯이, 사람들이 지금 신부님을 기다리고 있습니다."

그는 즐거운 표정으로 미소짓고 있었지만, 바로 옆에 죽어가는 어린아이가 있었기에 말하자면 사제로서의 신중한 태도 같은 것이 담겨 있었다. 동시에 그는 손을 내밀어 악수를 청했는데, 시골풍의 그 억센 악수는 이미 조금 전의 즐거운 미소를 부정하는 것이었다.

……룅브르의 주임 사제는 어느새 그를 문밖으로 몇 발자국 데리고 나왔다. 겁에 질린 암탉들 틈에 서서 그는 더없이 부드러운 목소리로 뤼자른의 주임 사제에게 말을 건넸다.

"부끄럽네. 정말 부끄러워. 아무쪼록…… 저 가련한 여인의 무지를 이해해주게…… 그리고…… 날 용서해주게……" 그러더니 어조를 바꾸어 이렇게 결론을 내렸다. "이 얘긴 나중에 하도록 하지. 그 여인과 나 중에서 죄인은 바로 나라는 걸 알게 될 걸세."

뤼자른의 주임 사제는 자기 팔을 잡는 상대방의 손가락이 약간 떨리는 것을 느꼈다. 이 초자연적 인간이 기꺼이 자기 스스로를 깎아내리고 있는 동안에도 신이 부여한 능력이 밖으로 솟아나와 여전히 주인으로 행동하고 있었다.

"신부님, 제 앞에서…… 그렇게 자책하지 않으셔도 됩니다." 이전에 신학교에서 화학을 가르치기도 했던 뤼자른의 주임 사제가 대답했다. 처음처럼 명랑한 어조는 아니었다. "사람들은 제가 독불장군이라고 생각합니다. 그게 맞는지 틀린지는 모르겠습니다. 심지어 제가 나쁜 사상의 소유자라고…… 그렇게 생각하는 사람들도 있지요. 하지만 저로선…… 과학 교육을 받았다는 것뿐입니다. 그뿐이지요…… 약간의 뉘앙스 차이이고 사용하는 어휘가 조금 다른 것뿐입니다…… 하지만 그렇다고 해서 신부님에 대해서…… 전 신부님을 무척 존경합니다……"

그는 눈을 내리깐 채 말을 이어가며, 점점 더 곤혹스러워했다. 스스로 자기 모습이 우스꽝스럽고, 어쩌면 추할 것이라는 생각이 들었다. 결국 입을 다물었다. 하지만 미처 고개를 들기도 전에 상대방의 시선이 자기 시선을 응시하고 있는 것을 마음속으로, 마치 내면 가장 깊은 곳의 거울에 비쳐보는 것처럼, 볼 수 있었다. 그러곤 자기도 모르게 노사제의 시선을 찾았고, 송두리째 자기를 내맡길 수밖에 없었다…… 한순간 그는 용서로 충만한 판관 앞에서 아무것도 걸치지 않은 알몸이 된 것 같았다.

긴장이 풀어지고 창백한 룅브르의 성자의 얼굴, 늘어져서 떨리고 있는 그 얼굴에는 오직 눈빛뿐이었다. 먼 곳으로부터 애원하며 그를 부르고 있는 절망적인 눈빛이었다. 그 눈빛은 노사제가 내민 두 팔보다 훨씬 더 강했으며, 그 어떤 절규보다도 더 가련했다. 아무 소리도 없는, 어두운, 저항할 수 없는 눈빛…… '나에게 뭘 원하는 걸까?……' 뤼자른의 주임 사제는 일종의 성스러운 공포에 휩싸여 생각했다. 후에 그는 사람들에게 이렇게 말했다. "그분은 마치 불길이 번지는 늪 속에 있는 것 같았습니다!" 뭐라 설명할 수 없는 연민이 그의 가슴을 짓눌렀다.

한순간 그의 팔을 잡은 노사제의 손이 더 세게 떨렸다.

"날 위해 기도해주게……" 룅브르의 성자가 그의 귀에 대고 속삭였다.

하지만 이내 그의 팔을 더 세게 잡았다가 다시 갑작스런 동작으로 손을 떼면서, 지금까지와는 다른 목소리, 자신의 생명을 지키려는 자의 굳센 목소리로 말했다.

"날 시험하지 마시오!……"

그런 다음 두 사제는 아무 말 없이 나란히 집 안으로 들어갔다.

"날 시험하지 마시오!"

그는 이렇게 외쳤을 뿐이다. 아마도 설명하고 싶었으리라…… 해명을 하고 싶었으리라…… 생명을 나눠주기 위해 이 집에 들어간다는 생각에 이미 수치심으로 얼굴이 붉어진 채로…… 필경 이 집을 나설 땐 이미 중대한 과오를 범했을 것이고, 또 옆에 있는 이 사람을 경악케 하리라는 생각 때문에 절망스러웠으리라. 그때 돌연, 한줄기 섬광처럼, 고통스러웠던 어젯밤 내내 그를 짓눌렀던 힘이 다시 기세를 회복했다. 그리하여 하려고 했던 말, 그 자신의 은밀한 상념은 단숨에 흩어져, 불안이라는 유일한 현실 속에 사라져버렸다. 이전에 제아무리 간교한 적이 그를 낮은 곳으로 끌어내린다 하더라도 모든 끈이 끊기고 외부로부터의 모든 반향이 눌려버린 적은 없었다…… 하지만 이번에는 상대방의 세찬 손이 그를 산 채로 끌어내렸디. 그는 뿌리째 뽑혀버린 것이다…… "자, 너 스스로를 구원해보라. 이제 때가 왔도다!……" 예전에 들은 적이 있던 목소리가 벽력같이 울렸다. "헛된 싸움과 언제나 똑같은 승리는 끝났다! 40년을 진절머리나게 싸웠고, 40년을 짐승 우리 같은 곳에서 인간이란 짐승 위에 붙어 그 썩은 마음의 높이에서 살았고, 40년을 기어오르고 뛰어넘었으니…… 서둘러라! 자, 이제 너의 첫발을 내디딜 때다. 세상 밖으로 내딛는 너의 첫 발자국이다!"

그 목소리는 수많은 얘기를 했다. 하지만 한 가지 얘기를 했을 뿐이다. 그러니까 수없이 많은 것을 한 가지로 말한 것이다. 그저 한번 쳐다보는 눈길과 같은 짧은 한마디가 무한한 것을 말했다…… 그 말이 끌어낸 과거는 갈기갈기 찢겨 떨어졌다. 이 요동치는 불안 너머로 한순간 마치 섬광처럼 아주 엄청난, 실로 아찔한 환희가 지나갔고, 마음속으로 웃음이, 그 어떤 무장이라도 날려버릴 수 있을 만한 웃음이 터져나왔다. 젊은 날의 자기 모습, 신학교 시절 어느 비 오는 날 안마당에 서 있는 젊은 사제의 모습, 자홍색 다마스산 피륙으로 장식된 천장 높은 홀에서 하얀색 주교복 위에 어깨 망토를 걸친 대주교 앞에 서 있는 모습이 떠올랐다. 그리고 룅브르에 부임한 초기 시절, 사제관은 허물어져가고 벽은 온통 벗겨졌고, 그리고…… 겨울바람이 작은 뜰에 불어왔었지…… 그리고…… 그리고…… 끝없이 일이 이어졌고…… 그리고 지금은 사람들이 몰려든다. 이 성자의 고해실로, 이전에 아르스의 성자의 고해실로 몰려들었던 것처럼, 낮이고 밤이고 무턱대고 몰려든다. 그는 일체의 인간적 도움과 기꺼이 결별했다…… 그렇다. 사람들은 사냥감에 달려들듯이 이 사람을 쟁탈하려 했다. 피로에 짓눌린 그의 육신 속에는 단식과 채찍이 만들어주는 휴식 외에 그 어떤 휴식도 평화도 없었다. 마음속에

선 부단히 소생하는 불안감, 끊임없이 인간 마음의 가장 외설적인 상처를 만지는 불안, 저주받은 수많은 영혼들에 대한 절망, 그들을 도울 수 없고 육체의 심연에서 그들을 껴안을 수 없다는 무력감, 잃어버린 시간들에 대한 강박관념, 그리고 끝없는 노고…… 얼마나 많이, 그리고 바로 지난밤에도, 이 영상들이 그를 공격했던가! 그러나 지금 이 순간엔 기다림…… 진정 엄청난 멋진 기다림이 그를 안에서 비추어 결국 그의 내면을 다 태워버리고 말았다. 이미 그는 새로운 시대의 인간, 새로운 식탁에 초대된 인간이었던 것이다. 이 세상과는 이미 멀어졌다! 그에게 달려들던 떼거리들은 이제 뒤로 멀어졌다. 모든 것이 죄악이라는 느낌도 사라졌다. 다시는 그런 느낌이 들지 않을 것이다. 이제는 악덕의 엄청난 기만, 그 조잡하고 치졸한 거짓이 느껴질 뿐이다. 윤곽도 거의 그릴 수 없는 인간의 마음! 황량한 정신! 저 아래 진흙 속에서 애벌레처럼 꿈틀대는 인간들! 그는 그들에게 속하지 않는다. 그들을 알지 못한다. 아무런 증오심도 없이 그들을 부정할 준비가 되어 있다. 바야흐로 그는, 흔들리는 어두운 물 속에서도 눈을 떠 위에서 내려오는 밝은 빛을 바라보며 쭉 뻗은 두 팔 끝에 자기 몸무게 모두를 실은 잠수부처럼, 빛을 향해 올라가고 있었다.

"그대는 스스로를 자유롭게 했도다." 그와 꼭 닮은 또 다른 자가 말했다. "그대가 살아온 삶, 아무 결실이 없었지만 감동적이었던 노력, 단식, 채찍, 약간은 순수하고 거친 충성, 속으로의 그리고 겉으로의 자기비하, 감격하던 사람들, 또 부당하게 경계하던 사람들, 신랄한 독설. 아! 모든 것은 꿈일 뿐이다. 꿈의 그림자일 뿐이다. 그대가 천천히 실재(實在)의 세계로 올라가고 있는 것, 그대의 탄생과 성장을 제외하고는, 모든 것이 꿈일 뿐이다. 내 입에 귀를 대고서, 모든 지식을 담고 있는 말을 들으라."

그는 귀를 기울였고 기다렸다. 계책이라고는 단 한 가지밖에 갖지 못한 오랜 적이 옛날에 그를 이끌어가려고 했던 곳, 그는 바로 그곳에 있었다. 떨어지고 짓눌렸으며, 찌꺼기처럼 바닥에 버려져 엄청난 무게에 짓이겨지고 보이지 않는 온갖 불로 타버렸고, 다시 칼끝에 잡혀 찔리고 토막났다. 그가 마지막으로 이를 악무는 소리는 천사들의 끔찍한 절규에 덮여버렸다. 오래전부터 신을 거역해온 자에게 신은 방어 수단으로 언제나 같은 한 가지 거짓말밖에 남겨주지 않았다. 아! 탐욕스러운 자의 입에서나 격렬한 쾌락에 헐떡이며 숨이 끊어질 것 같은 목구멍에서나, 역시 같은 거짓말이다. "그대는 알게 되리라…… 알게 될 것이다…… 이것이 신비로운 그 단어의 첫 글자이니…… 이리 들어오라…… 내 안으로 들어오라…… 이 살아 있는 상처를 더듬으라!…… 마시라…… 그리고 먹으라…… 배불리 먹으라!"

그처럼 오랜 세월이 흐른 후에도 그는 여전히 기다리고 있는 것이다. 수없이 얼굴을 바꾸고 젊어져서, 분과 향료로 떡칠을 하고 기름기가 번질거리는 얼굴로, 하얀 이를 드러내며 웃으면서 기다린다. 우리의 잔인한 호기심을 향해 이미 아무것도 남지 않은 그 육신을, 그 거짓을 바친다. 바싹 타들어간 메마른 우리의 입은 그 거짓에서 단 한 방울의 피도 뺄 수 없으리!

캉브레 중등 신학교 교수를 역임한 뤼자른의 주임 사제가 한참 후 참사원 사제인 시보 신부에게 보낸 편지이다.

저는, 아니 우리는 보았습니다. 전 그가 눈을 반쯤 감은 채 우리 가운데 서 있는 것을 보았습니다. 몇 분 동안 우리는 침묵을 깨뜨릴 엄두도 내지 못한 채 바라보기만 했습니다. 평소 그의 얼굴엔 경건함이 넘치는 선의가 가득해서, 사려 깊은 사람들은 그 표정만으로도 그가 솔직한 사람이라는 걸 알 수 있었습니다. 하지만 그 순간 뼈가 앙상하게 드러난 그의 얼굴은 더할 나위 없이 격한 어떤 감정으로 인해 뻣뻣하게 굳어버린 것 같았습니다. 힘겹게 한 발자국을 옮기기 위해서 모든 노력을 집중하고 있는 것 같았습니다. 그 순간 전 믿기 어려울 정도로 허리를 꼿꼿이 세우고 있는 그가 노령에도 불구하고 보기 드문 활력을 지녔으며 심지어 조금 거칠어 보인다는 것을 알게 되었습니다. 저의 정신은 정확한 과학의 엄격한 방법론으로 교육을 받아왔기에 상상력의 유혹에는 절대로 동요되지 않음에도 불구하고, 시골집 안이라는 평화로운 배경 속에 움직이지 않고 서 있는 그의 큰 몸집은 너무 놀라웠고, 가히 충격적이었습니다. 한순간 저 자신이 직접 보고 느끼는 것을 의심할 정도였습니다. 그가 다시 움직이고 얘기하기 시작했을 때, 전 마치 그것이 예기치 못했던 사건인 것처럼 깜짝 놀랐습니다. 그는 꿈에서 깨어난 듯했습니다. 친애하는 참사원 사제님, 앞에서 말씀드렸듯이 전 룅브르의 사제를 마중 나갔고 집 바로 앞길에서 그를 만났습니다. 그때 그가 몇 가지 얘기를 했지만 저로선 그 정확한 의미를 알 수 없었고, 그 때문에 더욱 불안했습니다. 전 그에 대해 신중한 애정을 느끼고 있었고, 그런 마음으로 무언가 대답하려고 했습니다. 하지만 그때 갑자기 그가 거칠게 제 팔을 잡고 쏘아보듯 제 눈을 응시하면서 "날 시험하지 마시오"라고 했습니다. 우리의 첫 대화는 거기서 끝났습니다. 우린 이미 아브레 씨의 집 문턱에 와 있었던 겁니다. 그 순간 전 뭔가 불행한 일이 일어날 거라는 예감이 들었습니다. 그리고 그 예감은 적중했습니다. 이미 절망적 상황이었던 아이는 제가 잠시 자리를 비운 사이 숨을 거두었습니다. 산파인 랑블랭 부인이 아이의 죽음을 의학적으로 확인했고, 그건 틀림없는 사실이었습니다. 그녀가 나지막하게 말했습니다. "운명했습니다." (묑브르의 사제도 이 말을 들었는지는 잘 모르겠습니다.) 그는 이미 문턱을 넘어 안으로 발을 내딛고 있었습니다. 그때 아이의 어머니가 경애하는 우리 동료의 발 밑에 그대로 몸을 던졌습니다. 절망에 휩싸인 불행한 여인은 그의 사제복에 입을 맞추었습니다. 그녀의 이마가 마룻바닥에 부딪히는 소리가 제 마음 속에서 큰 소리를 내며 고동쳤습니다. 그녀의 모습은 보는 사람의 가슴을 뭉클하게 했습니다. 식견이 있는 사람이라면 누구라도, 물론 무지에서 비롯된 약간의 과장이 있다는 것은 유감스러웠지만, 그 진실된 신앙을 칭송할 수밖에 없었습니다. 가련한 여인이 발아래 엎드린 순간 그는 갑자기 걸음을 멈추었습니다. 하지만 그녀를 보려고 고개를 숙이지도 않았습니다. 한참 동안 그는, 마치 조각상처럼, 방 한가운데 꼼짝도 않고 서 있었습니다. 제가 조금 전에 말씀드렸던 모습 그대로 말입니다.

그러더니 아브레 부인의 머리에 성호를 긋고, 저를 향해 눈길을 돌리면서 이렇게 말했습니다. "나갑시다!" 아! 친애하는 참사원님, 너무도 강렬한 인상을 받으면 우리의 정신은 그렇게 약해지나 봅니다. 그를 따라가지 않을 수가 없었습니다. 슬픔의 나락에 빠진 그 불행한 어머니는 아무 말 없이 우리를 나가게 했습니다. 우리 모두 중에 아마도 랑블랭 부인만이 냉정을 잃지 않았던 것 같습니다. 그 여인의 품행이나 신앙에 관해서는 물론 비난할 점이 있지만, 어쨌든 하느님은 그 여인을 통해 우리에게 양식과 이성의 교훈을 베푸신 겁니다. 그 끔찍한 아침 동안 전 분명 불행한 사람의 손 안에 놓인 장난감 같은 것이었습니다. 만일 제가 경험과 지식을 바탕으로 유익한 조언을 해주었더라면 끔찍한 불행으로부터 그를 구해낼 수 있었을 겁니다…… 제가 신의 노여움의 도구였는지 아니면 자비의 도구였는지는 오직 신만이 아실 겁니다. 하지만 뒤이은 슬픈 사건들은 저울을 첫번째 가설로 기울게 합니다.

인도산 밤을 줄에 꿰어 연결해놓은 것처럼 정확하고 신중한 문구로 씌인 참으로 특별한 편지를 읽어가는 동안, 머지않아 세상을 떠나게 될 참사원 사제는 무슨 일이 있었던 건지 모두 눈앞에 보이는 것 같았다. 어리석은 자들의 눈에는 진부하고 저급한 것만 보일지 모르지만, 그 편지는 마법 같은 꿈의 힘에 싸여 있었다. 오직 단 한 번의 양심의 갈등 때문에 부서져버린 가련한 생애의 단 하나의 꿈, 오직 단 한 번의 의혹과 단 한 번의 환상이 담겨 있었던 것이다. 본의 아니게 이 일에 연루된 뤼자른의 주임 사제는 죽기 몇 달 전 가까운 친구에게 이런 글을 썼다.

유일한 소일거리였던 연구를 중단할 수밖에 없게 된 이후로 머릿속에 몇 가지 기억이 떠나질 않네. 그 중에서도 가장 고통스러운 것은 룅브르의 사제에게 찾아온 불행한, 설명할 수 없는 최후에 대한 기억이라네. 아무리 생각하지 않으려 해도 끊임없이 그리로 되돌아가버리니 말일세. 평범한 이성을 넘어서는, 이 세상에서 정말 보기 어려운 일이었던 그 사건을 떨쳐버릴 수가 없다네. 안 그래도 쇠약해진 몸은 그 때문에 더욱 고달프고…… 나날이 기운이 떨어지고 식욕이 없어지는 건 아무래도 그 기억 때문인 것 같네.

얕은 물 속에서 흙탕물을 튀기며 코를 킁킁거리면서 인간의 기록을 강탈하는 자들이라면 이 마지막 몇 줄에 환호할 것이다. 하지만 비열한 호기심 없이 이 순수한 탄식을 마음속에 울리게 하면서 이 글을 읽어보면, 억제된 문체로 씌인 무기력한 고백 속에 담겨 있는 진지한 비탄을 제대로 이해할 수 있을 것이다. 그저 평화롭고 성실하게 일하는 것이 천성인 단순한 사람들이 이렇게 섬광 같은 한순간의 기묘한 만남을 통해 사물들의 핵심에 던져질 때 그 힘겨운 마지막 노력은 너무도 비극적인 광경이고, 또 너무도 심오하고 은밀한 고뇌가 실린 광경이다. 그에 비할 만한 것은 어린아이의 죽음뿐이리라! 이들은 이해하기 어려운 삶의 마지막 순간까지, 등을 후려친 후 다시는 찾아오지 않는 그것에 매달리면서 계속 떠올리려 되씹는다! 하지만 하나씩 기억을 되짚어보고 삶을 한 글자씩 더듬거려보아도 소용이 없다. 모든 것을 다 따져보아도 그 이야기엔 아무 의미가 없다. 이들은 자기 자신의 모험에 대하여 이방인인 것이다. 바로 이들의 모험이건만 그 속에서 자기 자신의 모습을 알아볼 수 없다. 비극성은 이들의 이곳저곳을 찔러 관통하며, 그렇게 해서 곁에 있는 다른 사람이 죽는다. 이들이 어떻게 부당한 운명에 대해서, 우연의 해악(害惡)과 어리석음에 대해서 계속 무감각할 수 있겠는가? 이들이 아무리 엄청난 노력을 한다 해도 무방비 상태로 전율하는 짐승과 다를 바 없다. 이들은 부당한 운명을 감내하며 죽음을 맞는다. 비속한 정신이 제아무리 멀리 갈 수 있다 하더라도, 설사 상징과 외관을 넘어 실재에 도달했다고 생각할 때조차도, 강한 정신의 몫을 앗아갈 수는 없다. 강한 정신의 몫은 실재에 대한 인식보다는 오히려 실재를 파악하고 온전히 잡아둘 수 없다는 무력감이며, 그러니까 잔혹한 진실의 아이러니인 것이다.

    이 고귀한 사제 말고 그 누가 우리에게 그러한 생애, 고독과 침묵 속에 소진되어 영원히 봉인된 생애의 최후의 순간의 흔적을 남겨놓았을까? 하지만 불행하게도 옛 뤼자른의 주임 사제가 남긴 것은 완전하지 않은 편지 몇 장뿐이었다. 우리가 앞에서 인용한 것은 그중 가장 중요한 부분들이다. 나머지 부분은 교구 당국에서 시행한 조사가 끝난 뒤 모두 철저하게 폐기되었다. 그 조사의 결과 역시 잠정적으로 비밀에 부쳐졌다.

5

"나갑시다." 룅브르의 주임 사제가 말했다.

뤼자른의 주임 사제가 따라나섰다. 그는 그때 자기가 진정 이상한 어떤 힘에 사로잡혀 노사제를 따라나선 것이라고 믿고 있지만, 사실 그것은 단순한 호기심에 지나지 않았다. 한순간 방대한 무리—점점 수가 늘어나고 있다—의 목자(牧者)가 되어버린 이 노사제에 대해서 그는 별로 아는 게 없었다. 흙투성이 구두를 신고 언제나 혼자 길을 가며, 슬픈 미소를 띠고서 빨리 지나가곤 하는 이 사람은 도대체 어떤 기적을 일으켜 이 사람들을, 그의 백성들을, 고해실로 끌어모은 것일까? 처음 교구에 부임했을 때 뤼자른의 주임 사제는 몇몇 동료 사제들이 제기하던 의혹에 대해 '어느 정도까지는' 공감하는 입장이었다. 그는 솔직하게 "분명하게 말하기 어렵군요"라고 말하곤 했다. 그런데 오늘 우연히(이 역시 그가 좋아하는 말이었다) 이 이상한 인물의 고백을 처음 듣게 된 것이다.

두 사람은 집 뒤쪽에, 담장으로 에워싸인 작은 뜰로 나섰다. 밝은 햇빛이 뜰에 심어진 배추 위에 내리쬐고 있었다. 그리고 서풍을 타고 꿀벌들이 재빠르게 날아다녔다. 동이 트면서 찬바람이 불어오기 시작했던 것이다.

뢩브르의 성자는 갑자기 걸음을 멈추고 뤼자른의 주임 사제 곁으로 다가섰다. 불면으로 꺼칠해진 그의 얼굴이 햇빛에 드러났을 때, 그것은 마치 단말마의 고통에 허덕이는 사람의 모습 같았다. 잠시 애처로운 입이 늘어지면서 떨렸다. 호기심 어린 눈빛으로 자기를 쳐다보는 상대방 앞에서 눈빛이 일그러지더니, 결국 패배하여 투항하는 사람처럼 자신의 비밀을 드러내고 말았다. 눈물을 흘렸던 것이다.

후일 참사원 사제가 되는 뤼자른의 주임 사제는 그 모습이 애처로워 금빛 솜털로 뒤덮인 작은 손을 들어올렸다.

"신부님 제발……"

뤼자른의 주임 사제는 상황이 너무 급박했기에 서둘러 아무 얘기나 했다. 하지만 자기 자신의 목소리를 들으면서 차츰 마음이 확고해졌다. 그는 보다 확실하게 설득하기 위해서 노사제를 쳐다보면서 말했다. 지금 자기가 던지는 확고한 말들이 비틀거리고 있는 상대방을 곧 일으켜 주리라 생각했다. "지금 신부님의 상태는 일시적 시련일 뿐입니다. 그리고 어쩌면 신부님의 극단적인 열의, 엄격한 고행, 단식, 철야…… 이런 것을 하느님께서 언제나 인정하지는 않는다는 경고일지도 모릅니다."

그는 서둘러 결론을 내리려고 두 손 가득 위로의 유약과 향유를 건네면서 거듭 이야기했다. 그때 대단히 이상한 목소리, 너무도 이상하고 예기치 못했던 목소리가 말했다. (상대방은 지금까지 그의 얘기에 전혀 귀를 기울이지 않았으며 앞으로도 듣지 않을 것이다.) 노사제의 단 한 마디 말이 지금까지 떠들어댄 그의 장광설을 순식간에 무력화시켰다.

"여보게, 이제 난 더 못하겠네. 이제 힘이 다했어."

또 무언가를 말하면서 입술이 떨렸다. 하지만 말을 끝맺지 못했다. 뤼자른의 주임 사제는 잠시 당황스러워하다가, 이어 입을 열었다.

"그런 절망은……"

하지만 룅브르의 사제는 이미 거침없는 뜨거운 손으로 상대방의 손을 잡고 있었다.

"저쪽으로 더 가보세. 부탁이네. 저기까지 가세."

그들은 허물어져가는 담장 옆에서 멈춰 섰다. 주변에는 너무도 즐거운 생명이 웅성이고 있었다!

"난 이제 힘이 다했네." 노사제가 탄식했다. "아! 제발 부탁하네. 지금 자넨 나의 유일한 벗이야. 자비심 때문에 방황하지 말게. 마음을 굳게 먹어야 하네. 난 그저 보잘것없는 사제, 가련한 사제일 뿐이야. 메마른 영혼이고 비참한 장님이라네……"

"그렇지 않습니다. 그렇지 않습니다……" 훗날 참사원 사제가 될 사람이 정중하게 상대방의 말을 정정했다. "신부님은 그렇지 않습니다. 그건 오히려 신부님의 신앙…… 신부님의 탁월한 믿음을 악용하는 경솔한 사람들 얘기입니다. 사람들은 우리 사제들에 관해 좋은 말이 퍼지면 참 쉽게 믿어버리죠!"

뤼자른의 주임 사제는 성가시게 따라다니는 벌을 쫓으면서 미소지었다. (사실은 벌 옆에서 계속 말을 늘어놓는 이 경탄에 싸인 입 역시 붕붕거리는 벌이었다). 하지만 이내 단호한 어조로 대답했다.

"자, 말씀해보십시오."

룅브르의 주임 사제는 비틀거리며 무릎을 꿇었다. 그리고 말했다.

"하느님은 날 자네 손에 맡겼고 자네에게 주었네."

"아니, 어린애처럼 왜 이러십니까!" 뤼자른의 주임 사제가 큰 소리로 말했다. "제발 일어나십시오. 신부님은 그저 너무 지치신 것뿐인데 상상으로 부풀리고 계신 겁니다. 전, 그저 평범한 인간일 뿐이지만, 제 경험으로……" 그가 미소를 지으면서 말을 맺었다.

뤼자른의 주임 사제의 미소에 노사제 역시 어색한 미소를 지어 보였다. 어차피 무슨 상관이 있겠는가! 그에게 이 사람은 그저 최후의 모퉁이를 돌아들기 직전에 함께하는 벗일 뿐이다. 스스로 선택한 벗이 아니라 분명 하느님이 주신 벗, 그러니까 마지막 벗인 것이다! 그는 이제 이전으로 되돌아가 평화를 되찾고, 다시 살고 싶은 생각은 없다. 저주받은 길에 이미 너무 멀리 와버린 것이다. 그는 이 마지막 동료를 벗하여 마지막 숨이 다할 때까지 계속 걸어갈 것이다.

"아! 난 신학대학 시절과 똑같아. 고집 세고 마음이 메마른 인간, 그러니까 아무런 열정이 없는 인간 말이야. 하느님께서 비천한 인간을 사용하신 거지. 나에 관해서 이런저런 소문이 돌았고, 사람들은 집요하게 날 따라다녔다네. 수많은 죄인들과 친구가 될수록, 역시 그만큼의 징표와 시련이 따라왔지. 그 의미도 목적도 알 수 없는데 말이야…… 성자라면 침묵 속에서 익어가야 하는 것인데, 나에겐 침묵이 주어지지 않았네. 그러니까 조금 전에도 난 아무 말도 하지 말았어야 했어. 지금도 이렇게 자네에게 고백을 해시는 안 되는 거고. (그래…… 무릎을 꿇은 가련한 여인, 그렇게 엄청난 충격에 괴로워하는 여인을 그렇게 남겨두고 나와버리는 건 심장에서 피가 흐르듯이 진정 괴로운 일이었네.) 하지만 아무 이유 없이 그냥 나온 건 아니네. 그냥 나온 건 아니야…… 그러니까 말일세, 그 집의 문턱에 서 있을 때 한 가지 생각이…… 그러니까 문득 생각이 떠올랐다네."

"어떤 생각이었습니까?" 뤼자른의 주임 사제가 물었다.

그는 자기도 모르게 상대방의 입 가까이 몸을 숙였다. 하지만 알아듣기 어려운 웅얼거림밖에 들리지 않았다. 그러더니 화들짝 몸을 일으켰다.

"오! 신부님! 오오! 신부님!" 뤼자른의 주임 사제가 소리쳤다.

그는 허공에 두 팔을 들었다가 엇갈려 가슴에 모았다. 어깨가 축 처졌다. 노사제는 여전히 무릎을 꿇고 있었다. 수치심 때문에 고개를 들지 못하는 그의 목덜미만 보였다.

뤼자른의 주임 사제가 또박또박 다시 물었다.

"그러니까 정말 그 생각이 처음 떠오른 겁니까?"

"처음이네."

"전엔 한 번도 안 그랬나요?"

"물론이네!" 룅브르의 주임 사제가 큰 소리로 대답했다. "전엔 한 번도 없었어! 난 불행한 인간일세. 벌써 몇 년 전부터 난 평화의 시간이 뭔지도 모른다네. 아마 내 말을 믿지 못할 테지. 어찌 된 일인지! 사탄의 발 밑에까지! 기적이라니, 내가…… 오! 벗이여! 아마도 난 평생 동안 단 한 번도 신의 사랑을 전하는 일을 해본 적이 없네. 진정일세. 불완전하고 어중간한 것 하나도 못했지…… 어젯밤엔 정말 얼마나 힘들었던지…… 말 그대로 이제 난 스스로를 어떻게 할 수 없네…… 절망으로 경련이 일었지…… 그리고 그때…… 그때…… 그 생각이 나더군……"

"그런 생각은 버리셨어야 합니다."

"제발 날 이해해주게." 노사제가 겸허한 어조로 말했다. "그 생각이 났다고 말했지만 그건 옳지 않아. 사실 그건 생각이 아니라 확신이네. (아! 뭐라고 표현해야 할지 모르겠군. 난 언제나 제대로 표현을 못하지! 노사제는 어린애처럼 조바심을 드러내며 큰 소리로 말했다.) 오! 벗이여, 난 끝까지 가야만 하겠네. 최후의 고백까지 해야겠어! 자네 앞에 이렇게 무릎을 꿇고서, 나 자신의 구원마저도 의심하면서, 난 고뇌에 사로잡혀 있네…… 난 믿네…… 믿어야만 해…… 틀림없이…… 이 확신은 하느님으로부터 온 거야."

"그렇다면…… 그러니까 말입니다. 구체적인 징표를 받으셨나요?"

"징표라니 어떤……?" 룅브르의 주임 사제가 순진한 아이처럼 되물었다.

"저도 잘 모릅니다. 혹시 뭔가가 눈앞에 나타나거나 귀에 들려온 적이 있습니까?"

"아무것도 없네. 이 마음 속의 목소리뿐이야. 만일 그렇게 분명하게 명령을 내리셨더라면 그 자리에서 복종했을 테지. 하지만 이건 명령이라기보다는 그저 확신일 뿐이네. 마음만 먹으면…… 아, 지금 자네에게 이런 고백을 하는 게 심장을 도려내는 고통이라는 걸 하느님은 아실 걸세. 너무 창피해서 죽고 싶을 정도지. 하지만 난 이전에도 알고 있었네. 지금도 알고 있고. 내가 한마디만 하면…… 오오! 하느님! 죽은 아이가…… 그래! 살아날 거야!"

한참 동안 침묵이 흐른 뒤 뤼자른의 주임 사제가 강압적인 어조로 말했다.

"신부님, 절 보세요."

그는 양손으로 룅브르의 주임 사제를 일으켰다. 무릎이 흙투성이가 된 채 고개를 숙이고 서 있는 노사제를 보면서 애정이 느껴졌다. 그가 다시 말했다.

"신부님, 절 좀 보세요. 솔직하게 대답해주세요. 처음에…… 왜 바로 그 자리에서 신부님이 가진 힘을 써보지 않으셨나요?"

"모르겠네. 끔찍한 일이었지…… 너무 보잘것없는 도구는…… 하느님은 그 도구를 쓰고 나서 던져버리시니까……"

"그래도 신부님의 확신은 변하지 않으셨나요?"

"그렇다네." 룅브르의 주임 사제가 대답했다.

"그렇다면 지금 어떻게 하실 겁니까?"

"복종해야겠지." 수수께끼 같은 사제가 대답했다.

뤼자른의 주임 사제는 갑자기 안경을 벗어 치켜들었다.

"제가 정말 간단한 충고를 해드리겠습니다. 먼저 절 따리 집으로 돌아가서 가능한 한 정중하게 사과를 하는 겁니다. (신부님께서 그렇게 갑자기 나와버리신 걸 사람들은 분명 의아하게 생각할 겁니다. 예의에 어긋나는 일이기도 했고요.) 제가 사과를 하는 동안 신부님께선 죽은 아이의 방으로 가세요. 제발 제 말대로 하십시오. 그리고 기도를 드리세요. 최선을 다해서 말입니다. 신부님이 원하시는 대로 하십시오. 그렇지 않아도 혼란스러운 신부님의 마음에 일말의 의구심도 남지 않았으면 합니다……" 약간 주저하는 듯하더니 단호하게 말을 맺었다. "모든 책임은 제가 지겠습니다."

(이렇게 해서 그는 자신의 행동이 거의 무의식적인 호기심에서 나온 것이라는 약점을 스스로 볼 수 없게 된 것이다. 지극히 평범한 사람이 어쩌다 도박장 안을 이리저리 배회하다가, 도박에 빠져버린 사람들의 두근대는 심장 고동에 사로잡혀서, 자기도 모르게 테이블 위에 금화를 던지게 되고, 그렇게 해서 스스로도 알지 못했던 자신의 모습을 발견하게 되는 것과 같은 이치이다.)

뤼자른의 주임 사제가 높이 들었던 안경을 눈높이로 끌어내리면서 말을 이었다.

"그런 다음 제발 조금 쉬도록 하세요."

"그렇게 하도록 해보겠네." 노사제가 겸손한 말투로 대답했다.

"신부님 마음먹기에 달렸습니다. 전문가들의 말에 따르면 휴식은 의지의 행위입니다. 많은 경우 불면증은 결국 의지 결핍의 여러 형태 중 하나일 뿐이라는 거죠. 이런 문제를 잘 아는 사람의 말을 믿어주세요. 지금 신부님 같은 이런 정신적 동요는 신체 기관을 너무 혹사시켰을 때 나타나는 증상일 뿐입니다. 지금 우리 둘밖에 없으니까 한번 분명하게 애기를 해보지요. 신부님께서 그렇게 먼 곳에서 찾으려고 애쓰시는 그 평화는 십중팔구 신부님 손 닿는 가까운 곳에 있을 겁니다. 우선 몸을 좀 돌보시면 평화를 얻으실 겁니다. 분명 사제의 입으로 그런 진리를 말하는 건 위험한 일이고, 세심한 주의가 필요하지요. 하지만 신부님처럼 고매하신 분의 경우엔, 그것에 대해서 극단적인 해석을 하지 않을까 걱정해야 할 일은 없겠지요. 지나치게 세심한 사람들 중에는……"

"자넨 내가 미쳤다고 생각하는군." 룅브르의 사제가 온화하게 말했다.

이제까지 숙이고 있던 얼굴을 들어 뤼자른의 주임 사제를 향해 신비스런 애정으로 충만한 눈길을 보내면서, 다시 말했다.

"아아! 조금 전까지라면 그러길 바랐을 거야. 때론 보는 것 자체가 혹독한 시련이라서 하느님께서 거울을 깨뜨려주었으면 하고 생각할 정도지. 그래, 깨졌으면 좋겠어. 십자가 아래 서 있는 게 너무 힘이 든다네. 십자가를 바라보고 있는 건 더 힘들고…… 죄 없는 아이가 죽어가는 모습이라니! 하지만 그 죽음은 결국 아무것도 아니지…… 한순간에 해치워버릴 수 있을 걸세. 입 속에 흙을 채워서 외침 소리를 막아버리는 거지. 아니야! 그 목을 조르는 손은 더 교묘하고 더 강하지! 그의 모습을 실컷 즐기고 있는 시선은 인간의 시선이 아닐세. 숨을 거두는 의인(義人)을 덮어버리는 끔찍한 증오는 무엇이든 다 가지고 있다네. 모든 게 다 주어진 거지. 신의 육체는 그저 찢겨지는 게 아니라, 절대적인 신성 모독에 의해서 짓밟히고 더럽혀지는 거라네. 장엄한 임종의 순간까지도…… 사탄이 조롱하고 있네! 사탄의 웃음 소리, 불가사의한 사탄의 환희!……"

"……그런 광경에 비하면 말일세." 한참 동안 말이 없던 그가 다시 입을 열었다. "우리들의 오욕(汚辱)은 너무 순수한 거야……"

"골고다의 시련은……" 뤼자른의 주임 사제가 입을 열었다.

하지만 말을 끝맺지 못했다. 그 순간 이후 데카르트를 신봉히는 이 사제는 더 이상 자기 자신을 분명히 알 수 없게 되었다. 호기심 많은 숙녀들에게 이 세계와는 다른 또 다른 감각계를 제시하는 글을 썼고, 또 수학과 기지를 교묘하게 조합해서 존재의 문제를 교양인들의 기분전환 거리로 만들었던 그 훌륭한 철학자가 어느 날 용수철과 지렛대, 톱니바퀴로 된 이상한 동물이 말을 하는 걸 목격한다 해도, 지금 뤼자른의 주임 사제보다는 잘 감당할 수 있었으리라. 이 사람은 지금까지 자신만만하다가 돌연 자기 밖으로 벗어나서, 이제 더 이상 스스로를 알 수 없게 된 것이다. 룅브르의 주임 사제가 그의 이마에 여윈 손가락을 대었다.

"우린 불행한 인간일세." 노사제가 쉰 목소리로 천천히 말했다. "머리도 나쁘고, 사탄의 교만을 가진 우리는 불행하지! 나로선 자네의 그 신중한 충고가 아무 소용이 없네. 내 운명은 이미 정해졌어. 도대체 지금까지 내가 구했던 평화와 침묵은 어떤 것이었는지! 이 세상에 평화란 없다네. 절대로 없어. 단 한 순간만이라도 참된 침묵이 있다면 아마 부패한 이 세계는 연기처럼, 냄새처럼 흩어져버리겠지…… 난 주님께 내 눈을 뜨게 해달라고 기도했네. 십자가를 보고 싶었지. 그리고 십자가를 보았네. 자넨 알 수 없을 걸세. 골고다의 시련이라고 했지? 그 시련은 우리의 눈을 도려내버린다네. 바로 그렇지. 자! 사비루, 자네에게 말하고 있는 난…… 성당의 설교단 위에 있을 때도 들린다네. 자네에게 어떻게 말해야 할까! 그자들은 마치 옛날이야기하듯이 신의 죽음을 이야기하지. 미화시키고 과장해서 말이야…… 그 모든 걸 어디서 구해오는지 아는가? 바로 골고다의 시련이란 말일세! 조심하게, 사비루."

"신부님…… 신부님." 지친 뤼자른의 주임 사제가 더듬거리며 말했다. "그렇게 흥분하시고 격한 상태는…… 평소 신부님 성품과 많이

다릅니다……"

사실 그를 두렵게 한 것은 노사제의 말 그 자체보다는 준엄해진 그의 목소리였다. 더욱 두려웠던 것은 바로 노사제가 부르는 자기 이름이었다. 명령을 내리듯이 그가 내뱉는 세 음절, 사비루…… 사비루……

"사비루, 이 세계는 잘 조립된 기계가 아니라는 걸 잊지 말게. 하느님께선 당신과 사탄 사이에 우리를 마지막 보루로 놓으신 걸세. 아주 옛날부터 마찬가지라네. 신을 향한 증오는 언제나 우리를 거쳐가는 거지. 그리고 인간의 육신 안에서 살해가 이루어지는 거라네. 아! 기도와 사랑을 통해서 우리가 아무리 높고 먼 곳까지 간다 해도, 우리는 그 끔찍한 동행을 옆구리에 매달고 가는 것임을! 엄청나게 웃어젖히는 사탄을 말일세. 사비루, 함께 기도하세. 이 시련이 빨리 끝날 수 있도록! 가련한 인간의 무리가 그 시련에서 벗어날 수 있도록 기도하세…… 아! 가련한 인간들!……"

목소리기 제대로 니오지도 않는 노시제는 떨리는 두 손으로 눈을 가렸다. 주위에선 작고 밝은 뜰이 휘파람 소리를 내며 노래하고 있었다. 하지만 두 사람의 귀에는 들리지 않았다.

"가련한 인간들!" 룅브르의 주임 사제가 아주 작은 목소리로 다시 말했다. 그가 그토록 사랑했던 사람들이 생각나면서 입이 덜덜 떨렸다. 그러더니 미소 같은 것이 떠오르고, 천천히 얼굴에 퍼져나갔다. 그 모습에 너무도 온화한 위엄이 서려 있어 사비루는 지금 노사제가 자기 앞에서 쓰러져 죽는 것이 아닌가 덜컥 두려워졌다. 작은 목소리로 노사제를 두 번 불렀다. 그러자 그가 마치 꿈을 꾸다 깬 사람처럼 입을 열었다.

"말하길 잘한 것 같네. 훨씬 낫군. 사비루, 나에 대한 자네의 판단을 내가 약간 정정해도 괜찮을 것 같네. 내가 환시라든가…… 환영…… 그런 걸 본 적이 있다거나, 그러니까 아주 드문 시험을 받았다고……

자네가 그렇게 생각한다면 그건 나로선 참 괴로운 일이네. 그런 게 아니 있어. 그래! 내가 본 것은…… 좁은 제의실에서 짚의자에 앉아 보았지…… 지금 자네가 내 눈에 보이는 것과 마찬가지로 분명하게 보였는데…… 죄인이 어떤 건지 사람들은 모르지. 컴컴한 고해실에서 '내 탓이오'(mea culpa, 가톨릭의 회개 기도문: 옮긴이)가 시작되기 전까지 서둘러 웅얼거리는 그 목소리는 무엇이겠나? 아이들이라면 그래도 되겠지! 그것도 어린아이들 말이야. 하지만…… 그 사람들의 얼굴을 보아야 해. 모든 것이 그려져 있는 그 얼굴을 말일세. 그 눈빛을 보아야 해. 인간의 눈을. 사비루! 아! 정말 할 얘기가 많다네! 물론 나도 임종하는 사람들을 많이 지켜보았네. 하지만 그건 아무것도 아니지. 그들은 더 이상 두려워하지 않거든. 하느님이 이미 그들을 감싸셨으니까 말이야. 하지만 내가 본 사람들은 말일세. 최후의 고뇌가 그들을 텅 빈 포댓자루처럼 우리 발 밑에 던져버릴 때까지, 이런저런 군말을 달고, 살며시 웃기도 하고, 발버둥치고, 거짓말을 하지. 거짓말, 거짓말…… 그리고도 이 세상에선 잘난 체를 하지. 아가씨들 앞에서 허세를 부리고 말이야. 아무렇지도 않게 신의 이름을 더럽히고…… 아! 난 정말 오랫동안 이해할 수가 없었네. 그저 길을 잃고 방황하는 자들은 하느님이 지나가면서 거두어들이는 거라고 생각했지. 하지만 말일세, 신과 인간 사이에 누군가가 있는 거야. 하물며 그자는 조연(助演)이 아니지. 신과 인간 사이엔 바로…… 비길 데 없이 교활하고 고집 센 그 음침한 존재가 있다네. 잔혹한 야유, 잔인한 웃음 외에는 어떤 것도 그에 비할 수 없지. 신께서도 한동안 그자의 손에 들어갔다네. 바로 우리 안에서 그자가 신을 삼켜버린 거야. 우리로부터 신을 끌어내간 거지. 아주 오래전부터 인류는 압착기에 깔린 거라네. 우리의 피를 짜고…… 피가 콸콸 흘러내리지. 신의 몸의 아주 작은 한 조각이라도 그 끔찍한 도살자가 배를 채우고 웃음짓

게 하기 위해서 말일세. 아! 우리는 너무도 무지하다네! 박식하고 정중하며 사교적인 사제에게 악마란 무엇이라 생각하는가? 악마의 이름을 입에 담을 때면 언제나 농담처럼 되어버린다네. 강아지를 부르듯이 악마에게 휘파람을 부르지. 도대체 그게 뭔가! 악마를 길들였다고 생각하는 건가? 아니야! 그게 아니야! 책을 너무 많이 읽고, 고해는 충분히 듣지 않았기 때문일세. 그저 남의 마음을 상하게 하지 않는 것만 생각하는 거지. 하지만 그건 어리석은 자들의 환심을 사고 안심시킬 뿐이라네. 사비루, 우리 일은 사람들을 재우는 게 아닐세! 우린 목숨을 건 싸움에서 제일 앞에 서 있고, 우리 자녀들이 등뒤에 있는 거란 말일세. 사제란 그런 거야! 그런데도 사제들이 모든 인간들의 불행에 귀를 기울이지 않다니! 교회지기의 고해만 듣는 건가! 고통으로 일그러진 얼굴을 직접 대면한 적이 없는 걸까? 고개를 든 그들의 얼굴 위에 이미 하느님에 대한 증오로 가득 찬 시선, 이미 그 어떤 것! 그래 아무것도 해줄 수 없는, 잊을 수 없는 그 시선을 본 적이 없는 걸까? 암세포에 갉아먹힌 수진노, 마치 시체 같은 호색한, 오직 단 하나의 꿈으로 가득한 야심가, 언제나 시샘으로 주위를 살피고 있는 사람. 아! 인간의 고통의 신비 앞에서, 자기 은신처인 인간 안에서 능욕당하는 하느님의 신비 앞에서, 자기가 아무것도 할 수 없음에 눈물을 흘려보지 않은 사제가 있을까? 그들은 보려고 하지 않는 걸세. 외면하는 거란 말이야!"

그의 거친 목소리는 바람과 햇빛 속으로 점점 높이 솟았고, 활력이 넘치는 작은 뜰 역시 그에 질세라 억센 생명을 쏟아냈다. 5월의 산들바람에 실려 하늘엔 잿빛 구름이 흘러다녔고, 지평선 아래 거대한 뭉게구름을 이루기도 했다. 바로 그때 마치 번뜩이는 칼날 같은, 눈부신 한줄

기 광선이 어두운 들판을 스치듯 지나서 산울타리에 부딪쳤다.

"뚝 떨어진 산꼭대기 위에서 보이지 않는 적의 공격에 무방비 상태로 노출되어 있는 것 같았습니다." 사비루 신부는 후에 이렇게 적었다. "그는 다시 침묵을 지키며 허공의 한 점을 응시했습니다. 무언가 징표를 기다리는 것 같았지만, 그것은 끝내 오지 않았습니다."

6

우리는 그 사건에 대해 가장 훌륭한 증인, 보다 능란하고 강한 자에 의해 륑브르의 노사제의 마지막 투쟁을 지켜보도록 선택되었던 증인의 말을 들어볼 필요가 있다. 지난번에 인용한 것과 마찬가지로, 여기 인용한 글은 성실한 사비루 신부가 참사원 사제가 된 후 상급자들에게 제출한 긴 보고서에서 발췌한 것이다. 이 글엔 분명 의구심과 자존심이 교묘히 ─악의는 없다─ 드러나 있다. 하지만 이 가련한 사제의 변론은 자신의 선입견과 안식, 자존심, 그리고 생존 이유를 옹호하려는 것일 뿐, 비열하다고는 말할 수 없다.

이미 옛일이 되어버린 사건을 제대로 그려낸다는 것은 물론 어려운 일입니다. 지금 보고드리려고 하는 건 말하자면 오리무중 같은 대화였기에, 제가 아무리 정확하게 기억한다 하더라도 그때의 태도나 어조를 그대로 옮길 수는 없습니다. 조금씩 말의 의미를 바꿔버리고 또 우리의 은밀한 감정에 일치하는 말들만 들을 수 있게 만드는 세세한 사실들까지 그대로 그려낼 수는 없는 겁니다. 저로선 별로 내키지 않아 망설였지만, 상관들의 명령을 따르고 또 그분들에게 정확한 사태를 알려드리고 싶은 마음이 더 컸습니다. 따라서 전말 그대로 전달하기보다는 전체적 의미를, 그리고 제가 느꼈던 특별한 인상을 옮기겠습니다.

"──정신 차리게, 사비루." 가련한 동료는 이렇게 소리쳤습니다. 그 목소리에 저는 그 자리에 못박힌 것처럼 꼼짝할 수 없었습니다. 그의 눈은 마치 불화살을 쏘는 것 같았습니다. 전 두어 번 무언가 말하려고 했지만, 그의 눈길엔 미동도 없었습니다. 아! 이런 고백을 해도 좋을지 모르겠지만, 전 그때 마법에 걸려 있었습니다. 온몸의 신경이 경련을 일으키고 주체하기 어려운 호기심이 솟던 그 상태를 마법이라고 불러도 된다면 말입니다. 그가 얘기하는 동안 전 제 앞에 있는 사람이 진정 탈혼 상태에 빠진 초자연적인 인간이라는 것을 의심하지 않았습니다. 그전엔 한 번도 생각해본 적이 없는 많은 일들이 저의 마음과 이성을 동시에 비추었습니다. 물론 지금 보면 그 일들에는 모순이 있고 애매하며, 심지어 유치한 공상으로 가득 찬 것 같습니다. 하지만 그때는 새로운 세계 속으로 들어가는 것 같았습니다. 애원하다가 이내 위협적이 되고, 때로는 분노로 창백해졌다가 또 눈물을 쏟으면서, 그는 정말 가슴이 찢어질 것 같은 어조로 영혼들을 구원하지 못하는 절망을 토로했고, 그들의 고통이 소용 없음을 한탄했습니다. 마치 사탄의 목을 조르듯이 악과 죽음에 대해서 화를 냈습니다. 지금 어떻게 그 모든 것을 냉정하게 옮길 수 있겠습니까! 사탄! 그 이름이 끊임없이 그의 입에서 되풀이되었습니다. 그 어조는 너무도 놀라운, 듣는 이의 가슴을 꿰뚫어 버리는 것이었습니다. 만일 우리 인간의 눈으로도 신을 거역한 천사를 엿볼 수 있다면, 분명 그의 말들이 사탄을 불러냈을 겁니다. (성스럽게 순수했던 우리 선조들은 많은 기적이, 물론 오늘날에는 제대로 알게 되었지만, 사탄이 행한 것이라고 생각했었지요.) 작은 정원

안에 선 우리 두 사제 사이에 이미 사탄의 그림자가 와 있었습니다. 그렇습니다, 사제님들! 도저히 침착하게 그 말을 옮길 수가 없습니다. 존경스러운 사제의 얼굴이 공포로 일그러지고 마치 증오심으로 폭발할 것 같았던 그때의 모습을 보셨어야 합니다. 성직 중에 얻은 가장 은밀한 기억들, 가증스러운 고백들, 인간 영혼 속에서의 죄악의 작용, 그리곤 악마의 제물이 된 불행한 인간들의 얼굴까지 얘기했습니다. 현실 너머를 투시하는 그의 눈은 그 불행한 인간들의 얼굴 위에 십자가에 매달린 주님의 임종의 고통이 하나씩 하나씩 그려지는 것을 볼 수 있었던 겁니다. 저는 일종의 흥분 상태에 빠졌습니다. 저는 더 이상 그리스도의 가르침을 전하는 사제가 아니었습니다. 이미 영감이 찾아든 사람, 악의 힘으로부터 자신의 양떼를 끌어낼 준비가 되어 있는 전설적인 구마사(驅魔師)가 되었습니다. 거침없이 얘기하는 동안 기적이 일어난 거지요! 전 앞뒤가 맞지 않는 말들을 해댔고, 내 몸을 던져 위험을 무릅쓸, 그러니까 순교도도 할 각오가 되어 있었습니다. 처음으로 삶의 참된 목적과 성직의 존엄함을 엿본 것 같았습니다. 전 매달렸습니다. 그렇습니다. 전 룅브르의 주임 사제의 무릎에 매달렸습니다. 아니, 그뿐이 아니었습니다. 그의 초라한 사제복을 양손으로 붙들고는, 그 옷자락에 입을 맞추었고 눈물로 그 옷을 적셨습니다. 그리곤 환희에 넘쳐 말했습니다. 그냥 말했다기보다는 그 말을 뱉어버렸습니다. "당신은 성자입니다!…… 당신은 성자입니다!……"

참사원 사제는 넋을 잃고 수없이 그 말을 되풀이했다. 여전히 도취 상태에 빠져 있는 듯 더듬거렸다. 땅은 그의 큼직한 구두를 태워버릴 것처럼 뜨거웠고, 지평선은 수레바퀴처럼 돌아갔다. 그는 자기 몸이 코르크로 된 것처럼 가벼워진 것을 느꼈다. 탄력적인 대기 속에서 신비로울 정도로 가볍고 자유로웠다. 그는 "육체의 끈에서 빗어난 것 같읍니다"라고 기록했다.

도대체 어떤 말이었기에, 아니면 그 기적에 가까운 침묵이 어떤 것이었길래 무거운 몸을 그렇게 높이 올릴 수 있었던 것일까? 유혹으로 내면이 밑바닥까지 흔들린 이 노사제, 모두에게서 거부되고, 신에게마저도 거부되고 능욕당해서 굴복한 후, 마지막 죽어가면서 소중한 벗을 향해 눈길을 돌렸던 그 비극적인 노인은 그의 귀에 무슨 말을 속삭인 것일까? 우린 결코 알 수 없는 일이다…….

"아! 사탄이 발아래 우리를 잡고 있다." 마침내 노사제가 누그러진 작은 목소리로 입을 열었다.

뤼자른의 주임 사제는 놀라서 더듬거렸다.

"신부님, 전 신부님을 제대로 알지 못했읍니다. 신부님을 몰랐읍니다…… 하느님은 진정 교구와 교회의 영광을 위해, 진리의 말씀을 전하는 사제단의 영광을 위해서 당신을 만드신 겁니다. 그렇게 놀라운 능력을 가진 분인데, 한숨을 지으며 패배자라고 생각하시다니요! 신부님 같은 분이 말입니다! 적어도 신부님께 감사와 감격의 마음을 전할 수 있게 해주십시오. 저에게 베푸신 선과 감격은……"

"자넨 날 이해하지 못했네." 룅브르의 사제는 이 말뿐이었다.

뤼자른의 주임 사제는 더 이상 말하지 말아야 한다는 걸 알고 있었다. 하지만 계속했다. 영웅적 용기와 마찬가지로 나약함 역시 나름대로의 논리가 있고, 일단 시작되면 가속이 붙어 계속되는 것이다. 노사제는 한동안 망설이다가, 마지막 반격을 했다.

"난 성자가 아니네. 자! 내 말을 들어보게. 난 아마도 신에게서 버림받은 자일 걸세. 그렇지! 날 쳐다보게. 나의 지나간 삶이 환하게 보인다네. 셴비에르 언덕 위에서 르팽 마을을 내려다보듯이, 발밑에 펼쳐진 풍경처럼 눈에 들어오지. 난 이 세상으로부터 벗어나려고 노력했었네. 그러고 싶었어. 하지만 상대는 나보다 더 세고 더 교활했지. 내 안에서 조금씩 조끔씩 희망을 갉아먹게 해주었거든…… 사비루, 내가 얼마나 고통스러웠는지 아는가! 나온 침을 다시 삼키며 물러선 게 몇 번이나 되는지 아는가! 내 안에 키워온 혐오감일세. 그래, 힘이 다 빠져 있을 때 바로 이 위기가 다가와 모든 것을 부숴버린 거지. 난 정말 너무도 어리석었어! 신은 이곳에 없다네, 사비루!"

노사제는 아무 죄 없이 그의 공격을 받는 뤼자른의 주임 사제 앞에서 다시 한 번 망설였다. 상대방의 고운 혈색과 천진한 눈이 눈에 들어왔던 것이다. 하지만 이내 다시 노기 띤 어조로 공격했다.

"성자라니! 당신들은 모두 이 말을 입에 달고 살지. 성자라고! 자넨 성자가 뭔지 알긴 하나? 사비루, 잘 알아두게. 우리 안에 죄악이 들어올 때 말일세, 힘으로 밀고 들어오는 건 드문 일이리네. 오히려 교묘한 책략을 써서 들어오지. 공기가 들어오듯이 그렇게 우리 안으로 들어온단 말일세. 죄악은 본래 형체도 색깔도 맛도 없지만, 그 모든 걸 다 취한다네. 그래서 우리를 안으로부터 잠식해나가지. 죄악에 산 채로 삼켜지면서, 우리를 두려움에 사로잡히게 하는 고통스런 외침을 내지르는 가련한 인간들도 있고, 이미 싸늘해진 자들도 있지. 이제 더 이상 죽은 자도 아니고, 그저 텅 빈 무덤에 불과한 것이지! 우리 주님께서도 그렇게 말씀하셨네. 어떤 말인지 아는가, 사비루! '인간들의 적은 모든 것을, 죽음마저도 훔친다. 그러곤 웃으면서 날아가버린다!' 바로 이거지."

(여전히 같은 불꽃이 그의 눈 속에 어렸다. 마치 벽 위에 비치는 것 같았다.)

"그 웃음이라니! 바로 이 세상의 제왕의 무기이지! 그자는 거짓말을 해대고 또 그렇게 사라져버리지. 온갖 얼굴로 바뀌기도 해. 심지어 우리의 얼굴이 되기도 한단 말일세. 그자는 절대 기다리지 않네. 어디시도 가만히 있지 않지. 바로 그자에게 도전하는 눈 속에도 들어가 있고, 또 그자를 부정하는 입 속에도 들어가 있다네. 고뇌에 빠진 신비주의자 안에도 들어가 있고, 또 편안하고 침착한 멍청이들 안에도 들어가 있지. 이 세상의 제왕이란 말일세! 이 세상의 제왕!"

'왜 저렇게 화를 내는 걸까? 누구에게 화를 내는 걸까?' 뤼자른의 주임 사제는 순진하게도 이렇게 생각했다.

"아! 신부님 같은 분이……" 그가 큰 소리로 말했다.

하지만 룅브르의 사제는 그의 말이 끝날 때까지 기다리지 않고, 상대방의 말을 받아 다시 퍼부었다.

"나 같은 사람이 어떻다고 그러는가! 성경에도 써 있지 않은가, 사비루. 그런 자들은 바로 자기들의 지혜 속에서 멸망해버린다고 말일세."

그러더니 돌연 단호하게 말했다.

"이 세상의 제왕…… 자넨 이 세상에 대해서 어떻게 생각하는가?"

"글쎄요…… 아마……" 호인 같은 뤼자른의 사제가 입 속에서 겨우 중얼거렸다.

"세상의 제왕, 이건 정말 결정적인 말이지. 그자는 바로 이 세상의 제왕이야. 이 세상이 그자의 손 안에 있다네. 이 세상의 왕이지."

노사제는 한동안 말이 없다가, 다시 입을 열었다.

"우린 사탄의 발 밑에 있다네. 자네, 그리고 자네보다 난 더하지. 그건 절망스러울 만큼 분명한 일이라네. 우린 포위당한 채 침몰되어 밑에 깔려버렸지. 그자는 나약한 우릴 치우려고도 하지 않아. 우릴 자기 도구로 쓰고 있는 거지. 우릴 마음대로 이용하고 있단 말일세, 사비루. 지금 이 순간 난 도대체 뭔가? 자네한테 난 경악스런 추문일 뿐이고, 가슴을 파헤치는 가시일 뿐이지. 하느님의 자비의 이름으로 날 용서해주 게. 난 언제나 이 생각을 품고서, 매일 침묵 속에서 키워왔다네. 그런데 이젠 더 이상 그 생각이 내 안에 있는 게 아닐세. 그 생각이 날 삼켜버린 거지. 내가 그 생각 안에, 나의 지옥 안에 들어 있게 되었다네! 사비루, 난 너무도 많은 영혼을 겪었네. 인간들의 말을 너무 많이 들었어. 수치를 감추는 게 아니라 오히려 드러내는 말을 말이야. 근원에서 퍼낸 말들, 마치 상처에서 피를 뽑듯이 퍼올린 말들…… 나 역시 그렇게 생각했었지. 설사 이기진 못한다 하더라도 싸울 수 있다고 말이야…… 사제직에 취임한 초기에 우리들은 죄인에 대해서 아주 이상한, 아주 관대한 생각을 품게 되지. 반항, 신성 모독, 불경, 이런 것들이 다듬어지지 않은 위대함이 있는 거라고 말일세. 그러니까 길들여야 하는 짐승 같은 거라고 생각하는 거지…… 죄인을 길들이다니! 아! 얼마나 우스운 생각인가! 나약함과 비겁함을 길들이다니! 축 늘어져버린 덩어리를 지치지 않고 계속 들이올릴 수 있는 사람이 어디 있단 말인가? 그들은 언제나 마찬가지야! 토해내듯이 고백을 하면서도, 죄 사함을 받으면서도, 모두들 거짓말을 하는걸! 언제나 그렇다네! 관습과 도덕, 기타 일체의 것에 대해 반항했던 까다롭고 격한 사람인 척하지. 그러면서 흔들리지 않는 힘을 달라고 간청하지. 아! 이 얼마나 딱한 일인가! 사실은 모두 기진맥진하면서 말이야. 난 보아왔네. 한 여인의 이름만 들어도 발작을 일으키며 경련하는 자들도 보았고, 공포와 후회, 질투에 갈기갈기 찢겨서 짐승처럼 내 발 밑을 기어다니는 자들도 보았네…… 이젠 진절머리가 나! 엄청난 기만이지. 잔인하게 웃어대고, 죽이면서 그런 식으로 모독하다니…… 사탄이 승리자가 아니겠는가? 사비루, 이제 내 말을 알아듣겠나?"

뤼자른의 주임 사제의 깊고 푸른 두 눈은 어린애 같은 호기심과 영원한 호의를 담고서 상대방의 눈길을 견뎌냈다. 아! 에나멜처럼 새파란 서 눈이 으깨어져버렸으면! 늙은 두사는 어린아이처럼 환한 뤼사른의 주임 사제 앞에서 얼굴이 붉어졌다가 창백해졌다 했다. 심장이 일정한 리듬으로 크게 고동쳤고, 그 심장 속에선 지금까지 단 한 번도 완전히 굴복한 적이 없었던 강한 의지가 이미 굳어지면서 고삐를 풀고 있었다. 그는 사비루를 벽으로 밀어붙이면서 그의 귀에 대고 소리쳤다. 결코 잊을 수 없는 어조였다.

"우린 진 거야, 알겠나! 진 거라고! 졌어!"

한순간, 아주 긴 한순간, 그는 마치 무덤 위에 마지막 흙을 뿌리듯이, 스스로 내뱉은 신성 모독의 말에 귀를 기울였다. 주님을 세 번 부인한 자는 단 한 번의 눈길로 용서받을 수 있지만, 스스로를 부인한 자가 무슨 희망을 간직할 수 있단 말인가?

"신부님, 신부님!" 뤼자른의 주임 사제가 외쳤다.

룅브르의 주임 사제는 상대방의 손을 살며시 뿌리치면서 말했다.

"날 그냥 두게, 내버려둬……"

"신부님을 가만두라고요!" 뤼자른의 주임 사제가 갑자기 격한 목소리로 말했다. "신부님을 가만두라고요! 전 이제까지 신부님 같은 분을 본 적이 없습니다. 이전에 의심했던 걸 용서해주십시오. 신부님이 하려고 하시는 일에 제가 증인이 되어드리겠습니다…… 신부님 같은 분께 불가능한 것, 믿을 수 없는 것은 없습니다. 자! 신부님, 전 따라가겠습니다. 조금 전 신부님은 하느님의 영감을 받으신 겁니다. 자! 함께 집으로 돌아가서, 그 어머니에게 아이를 돌려주세요."

룅브르의 주임 사제는 멍한 표정으로 상대방을 바라보았다. 이마에 손을 얹고서, 영문을 모르는 듯했다. 만일 자기가 한 말을 잊은 거라면, 인간 내면에 조예가 있는 뤼자른의 주임 사제가 보기에도 말도 안 되는 비극이었다. 이게 어떻게 된 일인가! 기억나지 않는단 말인가?……

"신부님, 존경하는 신부님, 조금 전 이 자리에서 신부님께서 하신 말씀을 잊은 건 아니겠죠……"

기억이 났다. 신의 자비를 구하던 마지막 호소, 어쩌면 그를 구원할 수도 있었을 눈부신 약속……(하지만 그는 어린아이가 자신의 작은 손이 무엇을 하는지도 모른 채 위대한 일을 하듯이 그렇게 복종하는 대신, 불신의 마음으로 그 약속의 소리를 들었다.) 말도 안 되는 일이다! 이제 다시 그것을 구하는 건 다른 사람의 몫이다. 지난 이틀 내내 이 비참한 노사제가 머릿속에서 떨쳐버리지 못하던, 그 철석같던 생각이 — 굉장한 집착이었다! — 드디어 벗어나려는 순간에 — 그를 끌어내주는 건 누구의 손인가! — 그를 송두리째 사로잡아버린 것이다. 결정적인 순간에, 경이로운 그의 삶에서 다시 오지 않을 이 유일한 순간에 — 아! 그 어떤 조롱도 이보다 더할 수 없는, 절대적인 조롱이다! — 그는 그저 고통스러워하고 울부짖을 힘밖에 남지 않은 가련한 짐승일 뿐이었다.

아! 안개 자욱한 아침에 난파되어 떠다니며 진홍빛 돛을 찾아 헤매는 사람! 영감이 고갈되어 산 채로 죽어가는 예술가! 숨을 거두는 아들의 눈빛이 흐려지는 것을 보는 어머니! 이들 중 그 누구도 하늘을 향해 이토록 비통한 절규를 외치지는 않았을 것이다.

하지만 심한 충격에도 용감한 노사제는 무릎을 꿇지 않았다. 그는 기도를 멈추고, 그저 냉정하게 자기가 얼마나 깊은 곳까지 떨어지게 될 것인가를 가늠해보았다. 마지막으로 자기를 패배로 몰아넣은 적의 훌륭한 술책을 되짚어보았다. "난 죄를 증오했네. 생명마저도 증오했지. 기도의 감미로움 속에서 내가 느끼던, 무언가 말로 설명할 수 없었던 그것은, 바로 이렇게 내 가슴 속에 스며든 절망이었던 것 같군……"

떠오르던 영상들의 윤곽이 하나씩 하나씩 사라지고, 그러고 나면

의식의 혼란의 절정에서 이성이 찾아와 최후의 일격을 가한다. 본능만 두려워하는 게 아니다. 우리가 자랑스러워하는 고등한 능력 역시 공포에 휩싸인다. 룅브르의 주임 사제는 바로 그런 공포를 체험한다. 자신을 죽이고 말 생각을 끝까지 밀고 간다. 도대체 어찌 된 일인가! 나 자신을 믿던 순간에도…… 세상에! 황홀한 신의 사랑 안에서까지……

"하느님께서 날 농락하신 건가?" 그가 외쳤다.

우리가 언제나 현실이라고 믿어버리는 꿈, 우리의 운명이 묶여 있던 꿈, 그 꿈이 사라지고 극한까지 참담해졌을 때(그러니까 참담함이 완전한 정점에 이르렀을 때), 도대체 어떤 힘이 우리를 움직일 수 있겠는가? 불행을 불러내 빨리 오도록 재촉하고 그렇게 불행을 맛보고 싶다는 쓰디쓴 욕망 외에 다른 어떤 힘이 있겠는가?

"갑시다." 룅브르의 사제가 말했다.

7

그는 구름이 드리워 어두워진 뜰 안을 성큼성큼 걸어가서, 문 앞에 모습을 드러냈다.

"신부님이 오셨어!" 두근거리는 가슴으로 사제를 기다리고 있던 여인이 큰 소리로 말했다.

다가서던 그녀는 변해버린 노사제의 모습을 보는 순간 모든 희망이 무너지면서 꼼짝도 할 수 없었다. 그것은 성자의 얼굴이 아니라, 격렬한 의지만이 담긴 영웅의 얼굴이었던 것이다. 노사제는 여인 쪽으로는 눈길 한번 주지 않고 참나무로 만든 탁자를 지나 닫혀 있는 문 쪽으로 곧바로 다가갔다. 손잡이를 잡고는, 겁먹은 동료에게 따라오지 말라는 신호를 보냈다. 문이 열렸다. 덧창이 내려진 어두운 방은 정적에 싸여 있었다. 한순간 방구석에서 촛불이 흔들렸다. 그는 안으로 들어섰고, 죽은 아이와 함께 방 안에서 꼼짝하지 않았다.

석회칠을 한 방은 벽이 하얀색이었고, 폭이 좁으면서 깊숙한 모양이었다. 의사의 조언에 따라 아이를 부엌에 딸린 이 뒷방에 옮겨놓았던 것이다. 이 방이 우선 아이의 방보다 넓었다. 또 동쪽으로 창문이 두 개나 있는 데다가, 그 창밖으로는 정원 너머 센쿠르의 숲, 꽃이 만발한 산울타리로 뒤덮인 보르가르 언덕이 보였기 때문이다. 빨간 타일 바닥이었고, 그 위에 그다지 좋아 보이지 않는 양탄자가 깔려 있었다. 홀로 켜 있는 촛불 빛에, 아무 장식이 없는 벽의 모습이 희미하게 드리냈다. 놀랍게도 눈에 보이지 않는 틈새로 어디선가 새어들어온 햇빛이 하얀 시트 위에 모여 주위를 떠돌고 있었다. 주름 한 점 없이 빳빳한 시트는 이제 신기할 만큼 얌전하고 조용해진 사내아이 양쪽으로 모두 바닥까지 늘어져 있었다. 파리 한 마리가 붕붕거리며 바쁘게 날아다녔다.

뢩브르의 주임 사제는 침대 발치에 섰다. 기도는 하지 않았고, 그저 하얀 천 위에 놓인 십자가를 응시했다. 다시 신비의 명령을 듣게 될 것이라고는 기대하지 않았다. 이미 약속은 이루어졌고, 그는 명령을 들었던 것이다. 그것만으로 충분했다. 이제 주인을 저버린 불충한 종은 바로 주인이 헛되이 그를 기다리고 있는 그곳에서 태연히 자기가 받게 될 심판을 기다리고 있었다.

그는 귀를 기울였다. 닫혀진 덧창 너머로 정원은 마치 불 속에 던져진 생나무 장작처럼 소리를 내며 태양 아래 이글거렸다. 실내는 라일락 꽃향기, 달아오른 초냄새, 그리고 다른 엄숙한 향내로 무겁게 가라앉아 있었다. 그들 주위로 이미 이 지상의 침묵이라 할 수 없는 정적이 땅 깊은 곳으로부터 피어오르고 있었다. 밖의 소리가 이따금 정적을 뚫고 지나갈 뿐이었다. 정적은 눈에 보이지 않는 안개처럼 피어올랐고, 그 너머로 보이는 살아 있는 형체들은 이미 무너지고 풀어지고 있었다. 그 속에서 소리들도 모두 해체되고, 알 수 없는 무수한 사물들이 서로를 찾아다니며 뒤섞이고 있었다. 밀도가 다른 두 가지 액체가 서로 미끄러지면서 겹쳐지듯이, 두 가지 현실은 하나로 융합되지 않은 채 신비스러운 균형을 이루며 겹쳐져 있었다.

바로 그때 뢩브르의 성자의 눈빛이 죽은 아이의 눈빛과 마주쳤다. 노사제는 그 눈빛을 뚫어지게 바라보았다.

죽은 아이의 한쪽 눈이었다. 다른 쪽 눈은 감겨 있었다. 누군가 떨리는 손으로 미처 감기지 않은 눈을 서둘러 감겼을 것이다. 근육이 수축되면서 눈꺼풀이 약간 올라갔고, 팽팽한 속눈썹 아래로 파란 눈동자가 보였다. 이미 빛을 잃었지만 이상할 만큼 짙은, 거의 까맣게 보이는 눈동자였다. 움푹 파인 베개 가운데 파묻힌 창백한 얼굴에서는, 마치 어두운 구멍처럼 보이는 거뭇거뭇한 눈자위 가운데 있는 눈동자밖에 보이지 않았다. 수의로 싸서 라일락꽃을 흩뿌려놓은 작은 몸은 이미 사체(死體) 특유의 경직 상태와 각도를 드러내고 있었다. 그 주위에선 우리의 공기, 살아 있는 것을 너무도 사랑하는 공기가 얼음덩이처럼 굳어버린 것 같았다. 차가운 작은 짐이 놓인 철제 침대는 영원히 닻을 내려버린 기적의 배 같았다. 남아 있는 것은 눈빛, 추방된 자의 눈빛뿐이었다. 그것은 손짓으로 부르는 것만큼이나 분명한 신호였다.

물론 륑브르의 주임 사제는 그 눈빛을 두려워하지 않았다. 그 눈빛을 향해 몸을 던지고, 그 답을 들으려 했다. 조금 전 그는 이 시방의 하얀 벽 속에서 가망이 없는 승부를 겨루는 마음으로 문턱을 넘어섰다. 그는 그 어떤 동정이나 연민도 없이, 마치 넘어서야 할 장애물, 너무 무거워서 꼼짝하지 않는 어떤 것을 흔들어 움직이게 하려고 다가가듯이, 죽은 아이 곁으로 걸어갔다. 하지만 죽은 자가 선수를 쳤다. 죽은 자가 오히려 그를 기다리고 있었던 것이다. 마치 싸움을 각오한 적처럼 태세를 갖추고서 말이다.

노사제는 반쯤 열린 그 한쪽 눈을 호기심을 가지고 주의 깊게 응시했다. 호기심에서 차츰 연민이 사라지고, 마침내 참을 수 없는 초조감 같은 것만이 남았다. 물론 그는 전장에서 뼈가 굵은 노병사보다도 더 많이 죽음을 보아왔다. 죽음의 광경은 그에게 친숙한 것이었다. 한 발자국 다가서서 손을 뻗어 손가락으로 눈을 감겨주는 것, 자기를 살피고 있는 눈동자, 이제 그 어느 것도 지켜주지 않는 이 눈동자를 덮어주는 것, 그 깃은 니무도 간단한 일이다. 지금 노사세가 나가서지 못하는 건 공포 때문도 혐오감 때문도 아니다. 오히려 그의 바깥에서 그 없이 성취되려고 하는 어떤 불가능한 것에 대한 욕망, 그에 대한 고백할 수 없는 기다림이었다. 그의 사념은 망설이고, 뒷걸음치다가, 다시 나아간다. 그는 이 죽은 자를 시험하는 것이다. 그리고 조금 후에는 자기가 무슨 일을 하는지도 알지 못한 채 신을 시험하게 될 것이다.

노사제는 한 번 더 기도를 드리려 했다. 입술을 움직였고, 멘 목을 가다듬었다. 아니다! 한 번 더 해보고, 또 한 번 더 해본다…… 무모한 말 한마디 때문에 눈에 보이지는 않지만 알아차릴 수 있는, 갈망하면서 두려워하는 존재를 영원히 멀어지게 할까 봐, 말도 안 되는 두려움 때문에 그는 아무 말 없이 꼼짝하지 못하고 서 있었다. 허공에 성호를 긋던 손이 힘없이 떨어졌다. 폭이 넓은 사제복의 소매가 스치면서 촛불의 불꽃이 흔들리다가 꺼져버렸다. 너무 늦었다! 그는 죽은 아이의 눈이 두 번 열렸다 닫히면서 침묵의 호소를 보내는 것을 보았다. 소리를 지르려다 간신히 참았다. 어두운 방은 아까보다 더 조용해졌다. 덧창을 통해서 바깥의 빛이 스며들어 떠다니면서, 잿빛 바탕 위에 사물들의 윤곽이 드러났다. 그 창백한 후광 가운데 침대가 있었다. 부엌에서 벽시계가 10시를 알렸다…… 계집아이의 웃음 소리가 청명한 아침을 뚫고 솟아오르고, 그 웃음 소리의 떨림이 한참 이어졌다. "자! 자!……" 룅브르의 성자가 자신 없는 목소리로 말했다.

그는 급히 주머니를 뒤져 살펜 백작에게 선물로 받은 부싯돌 라이터를 찾아보지만(언제나 책상 위에 놓고서 잊어버린다), 성냥밖에 없다. 서두르는 모습이 우스울 정도다. 성냥을 그었지만, 빗나간다. 다시 한 번 해본다. "자…… 자……" 이를 악문다. 주머니를 뒤지느라 안에 든 것 전부를—손잡이가 뿔로 된 칼, 편지 몇 통, 너무도 아름다운 붉은색 면 손수건!—바닥에 꺼내놓고서 타일 위를 더듬어도 라이터는 손에 잡히지 않았다. 바로 옆에 놓인 침대는 전보다 짙은 그림자를 만들고 있었다. 하지만 위쪽으로는 그와 대조적으로 닫혀진 덧창 주위로 안개 같은 빛이 퍼져나가고 있었다. 죽은 아이의 얼굴이 이미 암흑의 표면에…… 조금씩…… 나타나기 시작했다…… 천천히…… 암흑의 표면으로 떠오르고 있었다. 노사제는 몸을 굽혀 그것을 만지고 바라보았다…… "죽은 아이도 두 눈을 크게 뜨고서 그를 바라보았다."

한순간 노사제는 말도 안 되는 희망을 품고서 그 시선을 견뎌냈다. 하지만 열린 눈동자는 전혀 움직이지 않았다. 윤기 없는 흑색을 띤 눈동자엔 이미 인간의 생각은 없다. 그렇다면…… 인간의 것이 아닌 또 다른 생각인가? 이윽고 전광석화처럼 야유를 알아차린다…… 죽음의 주인의 도전, 인간을 훔치는 도둑, 바로 그였다…….

"니로구나! 니라는 걸 알겠다." 가련한 노사제가 낮은 목소리로 또박또박 말했다. 바로 그 순간 온몸의 피가 얼음장같이 차가워져 심장에 쏟아지는 것 같았다. 무어라 말할 수 없는 격한 고통이 한쪽 어깨에서 다른 어깨를 뚫고 지나갔다. 왼쪽 팔을 관통해 손끝까지 퍼져갔다. 한 번도 느껴본 적이 없는, 온전히 육체적인 고뇌가 그의 가슴 속을 텅 비게 만들었다. 마치 무엇인가가 상복부를 끔찍하게 빨아들여버린 것 같았다. 소리치지 않기 위해서, 다른 사람을 부르지 않기 위해서, 그는 온몸에 힘을 주었다.

살아 있다는 확신이 송두리째 사라져버렸다. 확실한, 임박한 죽음이 바로 옆에 와 있었다. 지칠 줄 모르는 용기를 가진 이 사람은 필사적으로 죽음과 맞서 싸웠다. 비틀거리다가, 한 발자국 뒤로 물러나 균형을 잡으면서, 넘어지지 않으려고 침대를 붙잡았다. 바로 이 한 번의 비틀거림 속에 40여 년 간 지켜온 고결한 의지가 모두 소모되어버렸다. 더할 나위 없이 긴장된 상태의 강한 의지가 이 마지막 노력으로(그것은 한순간 운명을 고정시킬 수 있는 초인적인 노력이었다) 단 한 순간에 소모되어버린 것이다.

마치 먹이를 가지고 놀 듯이 인간들을 희롱하는 끈질긴 도살자는, 밤의 어둠이 그를 숨겨주고 덮어줄 때까지 한껏 위력을 발휘하면서 그를 부르고 또 방황하게 할 것이다. 명령을 내리다가 다정하게 어루만지고, 또 희망을 빼앗았다 돌려주곤 할 것이다. 그자는 온갖 목소리를 다 낸다. 천사의 목소리, 악마의 목소리, 셀 수 없이 많고, 능력 있고, 하느님처럼 강한 목소리. 하느님처럼! 아! 이 끔찍한 간교함을 한 번만, 단 한 번만이라도 짓누를 수 있다면 지옥인들, 지옥의 불길인들 어떠랴! 하느님을 섬기던 종 앞에, 하느님 자리에, 파리들의 우스꽝스러운 제왕, 7개의 관을 쓴 괴물이 있다니 말이 되는가!(「요한계시록」 12장의 내용을 참조: 옮긴이) 그것이 과연 하느님의 뜻인가! 십자가를 갈구하는 입에, 십자가를 껴안는 팔에 주어지는 것이 겨우 이거란 말인가? 바로 이 거짓이?……이럴 수가 있는가? 룅브르의 성자는 낮은 목소리로 계속 되뇌었다. 이럴 수가 있는가? 이내 큰 소리로 이렇게 외쳤다.

"절 속이셨군요!"

(어깨를 죄던 끔찍스러운 고통이 조금 풀리는 것 같았지만, 여전히 숨쉬기가 힘들었다. 심장은 깊게 파묻힌 듯 느리게 박동했다. '이제 시간이 얼마 없다.' 납덩이처럼 무거운 두 발을 하나씩 들어올리면서 그가 마음속으로 말했다.)

의기양양한 적에게 다가가 마지막 일격을 가하기 위해서, 이를 악물고 오직 한 가지 상념에 자신의 모든 것을 집중시킨 이 사람을 제지할 수 있는 것은 아무것도 없었다. 룅브르의 성자는 뻣뻣해진 작은 팔 밑에 손을 밀어넣어 가벼운 사체(死體)를 반쯤 시트 밖으로 당겼다. 머리가 뒤로 젖혀져 좌우로 흔들리더니 이내 뒤로 늘어져 꼼짝하지 않았다. 그 머리는 마치 개구쟁이가 어리광을 피우며 "싫어요!…… 싫어요!" 하고 말하는 것 같았다. 그러나 최후의 희망으로 내몰린 이 투박한 시골 신부, 초인적인 분노의 힘으로 —이것은 가장 기본적인 감정들 중 하나로, 앞뒤 재지 않는 아이들 혹은 거의 신에 가까운 사람의 노여움 같은 것이다—지탱하고 서 있는 이 시골 신부에게 그것이 무슨 상관이겠는가!

그는 성체(聖體)를 치켜들 듯이 어린아이를 들어올렸다. 하늘을 향해 거친 눈길을 던졌다. 그가 동정도 용서도 아닌, 오직 정의만을 구하면서 내지르는 절망의 소리, 저주의 외침을 어떻게 재현할 수 있단 말인가! 그는 기적을 간청하는 게 아니다! 그렇지 않다! 기적을 요구하고 있는 것이다! 신은 그것을 주어야 한다. 줄 것이다. 그렇지 않으면 모든 것은 꿈일 뿐이다. 그와 당신 가운데 어느 쪽이 주인인시 말해주십시오! 아! 미쳐버린, 광기 어린 말! 하지만 하늘에까지 울려퍼져 침묵을 깨뜨려버릴 말! 광기의 말, 사랑으로 충만한 신성 모독!……

인류에게 죽음을 가져온 자는 아마도 인간의 생명을 파괴할 수 있는 힘, 무(無)에서 가져온 생명을 다시 그리로 되돌릴 수 있는 힘을 가졌을 것이다. 그렇다면 그의 고통은 아무 소용이 없는 것이었단 말인가! 좋다! 하지만 그는 믿었다. "당신의 모습을 나타내주소서." 그는 내면의 목소리로 외쳤다. 인간이 가진 알 수 없는 힘이 보이지 않는 세계에서 모습을 드러내는 그런 목소리였다. "나를 영원히 버리기 전에 당신의 모습을 나타내주소서!……" 아! 가련한 노사제는 하늘에서 징표를 얻기 위해서 가진 모든 것을 바람에 날려버렸다! 하늘은 그 징표를 거절하지 않을 것이다. 산도 옮길 수 있는 믿음은 죽은 자를 살아나게 할 테니…… 하지만 신은 오직 사랑에만 자신을 내놓는다.

8

룅브르의 성자가 직접 쓴 것으로는 아주 짧은 글 한 편, 기록이라기보다는 정신 착란에 가까운 혼란 상태에서 급히 휘갈겨 쓴 메모만이 남아 있다. 문장이 너무 서툴고 멋대로라서 손대지 않고 그대로 인용하는 것이 불가능할 정도이다. 사실 그 글에선 절망의 온갖 유혹을 겪어낸 비범한 인간을 느끼게 해주는 것은 아무것도 없다. 오히려 그의 옛날 모습 그대로이다. 천진스럽게 겸손하며, 윗사람을 존경해서 비굴할 만큼 공손하고, 떠도는 소문에 전전긍긍하는 모습. 그 어떤 것으로도 치유할 수 없으며 그의 최후를 재촉하는 지독한 의기소침, 그리고 자기 자신에 대한 지독한 불신감.

하지만 그 중에는 망각의 심연에서 끌어내어 기억할 만한 문장들이 있다. 그가 겪은 놀라운 사건의 마지막 순간들을, 오직 자기만이 유일하게 지켜본 그 일의 전말을 정확히 기록하겠다는 일념으로, 있는 그대로 옮겨놓은 부분이다.

1분 혹은 2분 동안 그 조그마한 시신을 안고 있다가, 십자가를 향해 들어올리려고 했습니다. 아주 가벼웠는데도 들고 있기 힘이 들었습니다. 왼쪽 팔이 약해지고 아팠기 때문입니다. 겨우 들어올릴 수 있었습니다. 가련한 저의 일생 동안의 고행과 피로, 때때로 선행을 베풀 수 있었던 것, 위로받았던 것, 일부러 이런 것들을 생각하면서, 우리 주님을 바라보면서, 아낌없이 모든 것을 바쳤습니다. 끊임없이 저를 쫓아다녔고, 이제 구원의 희망까지도 앗아가려 하는 적이, 바로 내 눈 앞에서 더 강한 자에게 굴복하는 걸 보기 위해서 말입니다. 오! 신부님! 정녕 그럴 수만 있다면 영생(永生)도 바쳤을 겁니다!······

신부님, 그건 정말입니다. 저를 소유해버린 악마는 너무도 강하고 교활했습니다. 제 감각을 속이고 판단을 흐리게 했으며 진실과 거짓을 뒤섞어버렸습니다. 신부님께서 내리실 최종 판결을 각오하고 있습니다. 어떤 것이든 받아들이겠습니다. 하지만 기적은 여전히, 그것을 지켜본 이 눈 속에, 그것을 만져본 이 손 안에 남아 있습니다. 그렇습니다. 한동안 시신이 다시 살아나는 것 같았습니다. 멈추게 할 수 없었던 그 한순간 동안 말입니다. 다시 살아나서 고동치는 시신의 온기가 제 손가락에 전해졌습니다. 뒤로 축 늘어졌던 머리가 제 쪽을 향했습니다. 눈꺼풀이 깜빡거리고 눈에 생기가 도는 것을 보았습니다. 분명 보았습니다. 그 순간 내면의 목소리가 여러 번 이렇게 되뇌었습니다. '어떻게 암흑 속에서 주의 권세를, 망은(忘恩)의 땅에서 주의 정의를 알 수 있으리까?' 이 말을 하려고 입을 여는 순간, 그 어느 것에도 비할 수 없는, 무어라 말할 수 없는 날카로운 고통이 다시 저를 꺾어버렸습니다. 또 한순간, 전 제 팔에서 빠져나가려고 하는 작은 시신을 놓치지 않으려고 애썼습니다. 하지만 시신은 결국 침대로 떨어지고 말았습니다. 바로 그때 제 뒤에서 끔찍스러운 비명이 들려왔습니다.

노사제는 바로 그 무시무시한 외침, 그리고 뒤이어 터져나온, 외침보다 더 끔찍한 웃음 소리를 들었다. 그는 도망치는 도둑처럼, 한번 돌아보지도 않고서 열린 문을 지나 그 방을 빠져나와 햇빛 가득한 정원으로 나갔다. 앞에는 어둠밖에 보이지 않았고, 그는 자기도 모르게 양팔을 벌려 그 어둠을 밀쳐냈다…… 등뒤에서 목소리들이 하나씩 지워지면서 모두 모호한 웅성거림 속에 섞여들다가 이윽고 사라져버렸다…… 몇 걸음 더 나아가 숨을 가다듬고 눈을 떴다. 그는 룅브르로 가는 길에 있는 언덕에 주저앉았다. 모자는 옆에 떨어진 채, 여전히 취한 듯한 눈빛이었다. 이륜마차 한 대가 누런 먼지를 피우면서 달려갔다. 마차 위에 앉은 남자가 미소를 지으며 손에 든 말채찍으로 인사를 했다…… '내가 꿈을 꾼 것일까?' 노사제의 가슴이 두근거렸다.

그 앞에는 뤼자른의 주임 사제가 서 있었다.

창백한 모습으로 숨을 헐떡이면서 더듬거리던 뤼자른의 주임 사제는 노사제가 나이 먹은 초등학생 같은 모습으로, 모자가 벗겨지고 희끗희끗한 머리카락이 엉망으로 흐트러진 채 겨우 몸을 일으켜 힘들게 지탱하려고 애쓰는 모습을 보면서, 점차 위엄과 자신감을 되찾았다.

"딱하십니다!" 충분히 확고한 어조로 말할 수 있다는 확신이 서자마자, 후에 참사원이 될 젊은 사제가 탄식하면서 말했다. "정말 딱하십니다! 신부님의 모습은 정말 애처롭고 불쌍합니다. 하지만 그보다는, 말도 안 되는 신부님 생각에 져서 불쌍한 가정에 또 하나의 끔찍한 불행을 초래한 게 스스로 한심합니다. 사람들이 다 보는 데서 우스꽝스러운 행위로 우리 사제들의 위신을 추락시켜버린 것도 그렇고요. 그러고서 이렇게 빠져나오시다니요! 신부님께서 정말 이렇게 용기가 없으시다는 게 놀라울 뿐입니다. (한참 동안 아무 말 없이 내면의 소리에 귀를 기울이다가 다시 입을 열었다.) 이제 어떻게 하실 작정입니까?"

"내가 어떻게 했으면 좋겠나?" 룅브르의 성자가 물었다. "난 과오를 범했네. 그게 얼마나 중대한 과오인지 나로선 짐작하기 힘드네. 하느님은 아실 테지. 자네가 날 경멸하는 건 당연하네."

노사제는 아주 작은 소리로 알아듣지 못할 몇 마디를 덧붙이더니 한참 동안 머뭇거렸다. 그러더니 고개를 숙인 채 겸허하게, 들릴락말락 한 목소리로 말했다.

"그런데, 그런데…… 말해줄 수 있겠나?…… 내가 팔에 안았던 그 아이 말일세……"

"그 아이 얘기는 하지 마십시오!" 뤼자른의 주임 사제가 일부러 거칠게 대답했다.

그러자 노사제는 아무 말 없이 전율하면서, 심판자에게 야릇한 눈길을 던졌다.

"신부님이 하신 일은 말하자면 신성 모독입니다. (물론 고의가 아니었다는 건 압니다.) 결국 어떻게 끝났는지를 신부님이 모르신단 말인가요. 이건 장난이 아닙니다, 신부님. 신부님이 보고 듣지 못했다는 건 말이 안 됩니다."

"들었다…… 들었다…… 도대체 내가 무슨 말을 들은 거지?" 룅브르의 성자가 되물었다.

"무슨 말을 들었냐구요?" 뤼자른의 주임 사제가 소리를 질렀다. "도대체 무슨 말씀을 하시는 겁니까? 결국 신부님은 상상의 목소리에만 귀를 기울이셨다는 소리군요. 신부님 같은 분이, 다른 사람도 아니고 평화의 사도이신 신부님이 그렇게 끔찍한 장면을 보여주시고, 그래서 한 여인을, 한 어머니를 죽일 뻔하시고도 그냥 버려두고 나오시다니요. 지금 제가 말하고 있는 이 순간에도 그 여인은 제정신이 아닙니다."*

그러나 노사제는 놀란 얼굴로 그를 바라보았다. 분명 진심인 것 같았다. 뤼자른의 주임 사제는 목소리를 낮추어, 어리석은 자들이 힘들고 비극적인 이야기를 단숨에 쏟아붓듯이, 단숨에 얘기했다.

"정말 모르시는군요! 그 가련한 여인이 신부님을 따라 몰래 방에 들어갔던 걸 모르십니까? 도대체 무슨 일이 있었던 겁니까? 신부님이 저보다 더 잘 아시지 않습니까? 절규하는 소리가 들렸고, 바로 웃음소리가 들렸습니다. 그러더니 신부님은 정신 나간 모습으로 방을 지나가시더군요. 부인도 신부님을 따라가려고 했지요. 우리가 간신히 잡았습니다. 정말 끔찍스러운 광경이었습니다. 아! 불행에 빠져 나약해진 그 여인이 신부님의 달변에 유혹되고 또 신부님의 몸짓, 그 격앙된 상상력에 전염되었다 해도 놀라운 일은 아니지요. 사실 저까지도…… 제 머리로도…… 조금 전엔…… 진실과 거짓을 알 수 없을 정도였으니까요. 부인은 계속 '살아 있어요! 살아 있어요! 다시 살아날 거예요'라고 했습니다. 빨리 달려가서 신부님을 다시 모셔와달라고 했습니다. 오! 하느님!"

그는 잠깐 말을 멈추고 숨을 몰아쉬더니, 팔짱을 끼고서 말했다.

"이렇게 된 겁니다. 신부님께선 어떻게 생각하십니까?"

"아! 내가 졌군." 룅브르의 주임 사제가 몸을 일으키며 침착하게 말했다.

그러고는 보이지 않는 적을 향해 허공에 시선을 던졌다.

"내가 졌어…… 내가 제정신이 아니었군. 미쳐서 위험한 인간이었어…… 스스로 나 자신에게 벌을 내리겠네. 아무한테도 해를 끼치지 않아야 해. 그래, 그 점에서 희망적인 일이 하나 있네. 내가 살 시간이 그

---

* 아브레 부인은 몇 달 후 성지 순례로 룅브르 성당을 방문하는 도중에 치유되었다고 한다. 흥미로운 것은 이젠 너무 많아 수를 헤아릴 수도 없는 그 많은 놀라운 변화들 가운데 오직 하나, 이 기적적인 치유만이 오늘날까지 도니상 신부의 매개로 이루어진 것으로 인정될 수 있다는 사실이다.

리 많이 남지 않았다는 바로 그것 말일세. 이게 무슨 병인지는 모르겠지만 조금 전 첫 통증이 시작되었다네. 그러니까 아주 묘한 고통인데……점점 더 심해져서 결국 죽게 되리라는 걸 느낄 수 있다네……"

이에 대해서 이미 인용한 적이 있는 뤼자른의 주임 사제의 보고서에는 이렇게 써 있다.

그가 자기 상태를 설명한 바에 따르면 그건 분명 고전적인 협심증 발작이었습니다. 전 주저 없이 그렇게 얘기했습니다. 신부님께 뭔가 조언을 해드리려고 했습니다. (경험에서 나온 조언 말입니다. 제 어머니 역시 이 끔찍한 병으로 돌아가셨으니까요.) 하지만 신부님은 당신이 알지 못하던 협심증이라는 병명을 제가 몇 번 얘기하는 걸 가만히 들으시더니, 땅에 떨어진 모자를 주워들었고, 옷소매를 닦았습니다. 그리곤 제 말에는 전혀 신경을 쓰지 않고 성큼성큼 걸음을 옮겼습니다.

9

아! 돌아가는 길은 그 얼마나 길었던지! 패잔병의 길, 황혼녘의 길, 헛된 먼지만 날리며 그 어느 곳으로도 통하지 않는 길! 하지만 이 늙은 심장이 뛰는 한 가야 한다. 걸어야 한다. 아무 결실도 없이, 그저 생명을 소진시키기 위해서라도 말이다. 태양이 사라지지 않는 한, 저 잔인한 태양이 단 하나의 눈으로 이 지평선 위의 우리를 바라보고 있는 한, 휴식은 없다.

마을 입구의 첫번째 집이 보인다. 그리고 들쭉날쭉한 양쪽 산울타리 사이로 길이 보인다. 목장과 사과밭을 지나 묘지 입구까지 가는 지름길이다. 그곳에 이르면 성당의 그림자도 보인다. 유령처럼 서 있는 룅브르의 성당에 다 왔다.

룅브르의 주임 사제는 제의실로 가는 문을 통해 아무한테도 눈에 띄지 않고 성당으로 들어갔다. 그는 의자에 주저앉아 마룻바닥을 쳐다보면서 모자를 만지작거렸다. 엉망으로 흩어져버린 기억을 여전히 수습하지 못한 채, 멍한 상태에서 관자놀이에서 동맥의 피가 규칙적으로 맥박 치는 것에만 귀를 기울였다.

반항과 도전을 힘껏 밀어붙이던 위대한 노사제의 모습은 어디에도 남아 있지 않았다! 그는 이제 다시는, 설령 최후의 순간에 이른다 해도,

기억들을 긁어모을 힘 혹은 뒤엉킨 기억들을 풀어낼 힘을 되찾지 못할 것이다. 사실 자신이 무엇을 한 건지 알게 된 순간의 고통은 다시 생각하는 것만으로도 너무도 잔인하고 참기 어려운 것이었다. 아! 차라리 이 비몽사몽의 상태가 계속되기를! 그것은 너무도 힘든 노력이었고, 그는 너무 높은 곳으로부터 추락한 것이다. 평범한 유혹은 그저 아이들이 꾸는 꿈과 같은 것이다. 재판관이 교묘하게 늘어놓는 말에 비길 만한 단조로운 되새김, 반추일 뿐이다. 하지만 그는 잔인한 사탄의 심문을 받은 것이다.

노사제는 무의식적으로 가슴에 손을 대고 있었다. 그곳은 잠시 쉬고 있는 통증의 뿌리이다. 하지만 다시 닥쳐올 힘든 고통에 대한 두려움보다는 동료들의 비판, 설교, 힐책, 대주교의 처벌이 걱정되어 마음이 무거웠다. 눈물이 핑 돌았다. 작은 탁자 쪽으로 의자를 끌고 가서, 닥쳐올 조사를 대비해 우리가 조금 전에 인용했던 보고서를 쓰기 시작했다. 머리는 텅 비고 마음은 약해진 상태로, 다가올 위기의 무게에 짓눌려 등이 굽은 모습으로, 마치 초등학생 같은 글씨로 깨끗하게 또박또박 써내려갔다.

그는 쓰고, 고치고, 찢었다. 하나 둘 종이 위에 모든 것을 써나가는 동안, 그의 정신 속에서 그 기적적인 일은 조금씩 흩어지고 사라져버렸다. 알아볼 수도 없게 되었다. 자기와 상관 없는 일이 되어버린 것이다. 그것을 되찾기 위한 노력 자체가 노사제의 내면에서 기억의 희미한 마지막 실을 끊어버렸고, 책상에 팔꿈치를 괸 그는 이제 희미한 눈빛으로 아무것도 느낄 수 없는 상태가 되어버렸다.

그렇게 얼마나 지났을까? 여전히 그는 돌벽에 뚫린 쇠창살 달린 작은 창문을 멍하게 쳐다보고 있었다. 창문 너머로는 딱총나무 가지가 햇살을 받으며 어떤 때는 검은빛으로 어떤 때는 푸른빛으로 바람에 흔들리고 있었다. 정오에 삼종기도 종을 치러 온 사람은, 제의실 문에 난 작은 창 너머로 컴컴한 실내에 노사제의 모자와 성무(聖務) 일과서가 떨어져 있는 것을, 그리고 기도서에 꽂혀 있던 그림과 책갈피들이 바닥에 흩어져 있는 것을 보았다. 5시에는 첫 영성체를 받기 위해 교리 문답을 준비하던 어린이 세바스티앵 말레가 잊어버리고 놓고 간 책을 찾으러 왔다가, 문이 닫혀 있고 아무 인기척이 없자 그냥 돌아갔다. 아이는 후에 이렇게 말했다. "세게 노크를 할 수가 없었어요. 사람을 부를 수도 없었구요. 성당엔 벌써 사람들이 많이 와 있었고, 또 사람들이 이것저것 물어볼까 봐 무서웠거든요."

사실 그때는 플레시스 보그르낭에서 승합 자동차로 매일 룅브르를 방문하는 순례자들이 제천사(諸天使) 예배당에 있는 성자의 고해실로 몰려드는 시간이었다. 비극적인 혹은 희극적인 수많은 인물들, 저명한 허수아비들이 팔꿈치를 맞대고 늘어앉아 있는, 참으로 기이한 무리였다! 한 위대한 영혼의 열기가 이들이 진부한 허위를 벗어날 수 있도록 한순간 끌어올린 후, 다시 인간들의 세계로 되돌려주는 것이다! 그날 저녁은 평소보다 사람이 더 많았고, 또 오래 기다리느라 짜증이 나서, 혹은 뭔지 모를 막연한 예감에 동요되어서, 사람들은 낡은 교회당 안에서 웅성거렸다. 불안에 가득 찬 얼굴이었다가(이 순례에 자주 참가하던 사람들은 결코 이때의 긴장한 얼굴들을 잊지 못한다), 문이 열리는 소리가 날 때마다 잠시 환해진 얼굴로 입구 쪽을 바라보았고, 이내 일제히 다시 얼굴이 어두워졌다. 조심스레 투덜거리는 사람도 있었고, 어떤 사람은 신경질적인 기침을 손으로 막고 있었다. 어떤 사람은 초조해서 또 어떤 사람은 호기심이 발동해서, 많은 사람들이 조금씩 몸을 움직였다. 이 모든 것은 결국 단 하나의 소리, 한 무리의 양떼가 비바람 속에서 이리저리 헤매는 발소리와 같은, 아주 이상한 소리를 만들어냈다. 돌연 그 소리가 멈췄다. 모두 입을 다물었다. 이 장엄한 침묵을 뚫고 제의실의 문이 삐걱거렸다. 룅브르의 사제가 모습을 드러냈다.

"세상에! 왜 저렇게 창백하신 거야!" 멀리 신자석에서 한 여자의 목소리가 들렸다.

모든 이에게 분명하게 들려온 이 외침 소리가 주술(呪術)을 깨뜨렸다. 목자를 되찾은 양떼는 안도의 한숨을 내쉬었다.

노사제는 벌써 고해실로 향하고 있었다. 고개를 약간 오른쪽 어깨 쪽으로 숙인 채, 손은 여전히 가슴에 대고서, 느릿느릿 걸음을 옮겼다. 처음 한 발을 내디디면서는 쓰러질 뻔했다. 하지만 그는 이미 가득 모인 신자들의 손에 있었다. 그들을 벗어날 수 없었다. 또다시 그들의 먹이가 된 것이다.

이제 빠져나갈 수 없을 것이다. 그는 짙은 어둠 속에서, 큰 키를 구부리고 목덜미를 떡갈나무 천장에 닿을락말락하게 서서, 호흡을 가다듬었다. 무기력하고 모욕당한 육체, 그의 껍데기를 고통에 내맡겼다. 정말 미련할 정도인 그의 인내는 형을 집행하는 자마저도 지치게 만들 것이다.

하지만 모습을 드러내지 않고 그를 관찰하고 있는, 그의 괴로움에 즐거움을 느끼는 그자를 과연 누가 지치게 만들 수 있단 말인가? 한순간 그자에 맞서 거의 승리자가 되었지만, 결국 도전했던 그 힘은 이 가련한 노사제를 최후까지 짓누르고 있으니…… 아! 적어도 적을 마주했을 때 그것이 적임을 알아볼 수만 있다면! 하지만 마지막 도전의 소리, 그가 듣게 될 소리는 적의 목소리가 아니었다. 육체의 날카로운 고통을 통해 점차 의식이 돌아왔다. 귀를 기울였다…… 중얼거림이었다. 점점 분명해진다…… 단조로운 소리…… 비정한 소리…… 귀에 익은 소리다. 그들이다. 한 사람씩 다가오는 남자들과 여자들, 모두 다 있다. 그들의 입김이 올라오는 것이 느껴진다. 하지만 그보다 더 가증스러운 것은 바로 그들이 내뱉는 정결치 못한 말들, 지겹게 이어지는 음산한 죄의 고백이다. 아주 오래전부터 수많은 세월 동안 아버지의 입에서 아들의 입으로 전해지면서 더럽혀진, 사람들의 입에 오르내리며 추하게 시들어 버린 말…… 마치 사람들이 너저분한 책들에서 가장 많이 읽는 대목들, 수없이 스쳐간 손때 속에 악의 서명이 연서(連署)된 책과 같은 말. 그 말이 올라온다. 그리하여 계속 서 있는 룅브르의 성자를 감싼다. 저들은 왜 이다지도 서두르는가! 왜 이렇게 빠른가! 숨을 돌리고 나면 이내 그들은 사탄이 내미는 가증스러운 젖가슴, 달콤한 독으로 가득 찬 그 젖가슴을 찾아 입술을 더듬거린다. 아! 이 얼마나 끔찍한 자식들인가! 싸우기도 전에 이미 패해버린 자, 십자가를 진 인간이여! 죽는 순간까지 손을 들어 용서를 하고 죄를 사해주어야 하다니!

    그는 마치 꿈을 꾸듯이, 하지만 더할 나위 없이 명철한 상태에서, 신자들의 고해를 듣고 대답해주었다. 머리는 더할 나위 없이 자유롭고 또 판단이 빠르고 분명했지만, 그동안 육신의 고통은 점점 심해졌다. 통증이 가지와 잎을 사방으로 뻗었고, 혹은 신경의 씨실 밑을 베틀의 날쌘 북처럼 달렸다. 육신의 모든 것이 고통이 생겨나는 지점, 그곳에 집중되어 있었다. 고통이 너무도 깊이 파고들어서, 마치 육체와 정신의 경계선까지 나아가서 한 사람을 둘로 나눠버리는 것 같았다…… 이제 죽음을 맞이하는 고통에 신음하는 룅브르의 성자는 그들의 영혼을 볼 뿐이었다. 이미 눈꺼풀이 축 늘어진 그 눈으로 저들의 영혼만을 보았다. 소리가 잘 울리는 칸막이 벽을 붙잡고, 의자에 앉지도 못하고 겨우 허리를 기댄 채, 입을 벌려 탁한 공기를 들이마시면서, 비 오듯 쏟아지는 땀에 젖은 노사제에게는 알아듣기 힘든 중얼거림, 무릎 꿇고 앉은 자식들이 내뱉는 부끄러움으로 가득 찬 목소리만이 들려왔다. 아! 때로 그들이 말을 하지 않아도 조급해진 이 위대한 영혼은 죄의 고백을 앞질러 간다. 명령을 내리고, 위협하기도 하고 애원하기도 한다! 십자가를 지고서 승리를 위해 그곳에 있는 게 아니다. 그는 거친 간계(奸計), 부당하고 비열한 힘, 공정하지 못한 심판의 증인이 되고, 그것을 신에게 호소하기 위해서 있는 것이다. 주여, 이 자녀들을 보소서. 그지없이 약하며, 꿀벌처럼 가볍고 재빠른 허영이 넘치나이다. 변덕스러운 호기심과 천박하고 부족한 이성, 그리고 슬픔으로 가득 찬 육욕(肉慾)으로 살아가는 자들이옵나이다. 거친, 그리고 허위에 싸인 저들의 말을 들으소서. 오직 사물의 겉모습밖에 알지 못하며, 끝없이 모호한 말, 부정할 때는 언제나 단호하고 긍정할 때는 언제나 비겁한 말, 오만과 감언이설에만 적합한, 유연하고 교묘하며 충실하지 않은 말, 노예처럼 매여 있는 자나 풀려난 자들의 말을 들으소서! (아버지여! 저들은 자기가 하는 것을 알지 못하오니 저들의 죄를 사하여주소서! 〔「누가복음」 23장 34절: 옮긴이〕)

10

"아! 얼마 전에도 아주 혼났습니다." 뤼자른의 주임 사제가 말했다. "불쌍한 신부님이 협심증 발작 때문에 내가 보는 앞에서 돌아가실 뻔했거든요. 가보시면 알게 될 겁니다."

이렇게 말하면서 그는 룅브르로 가는 길을 성큼성큼 걸어갔고, 샤브랑슈의 젊은 의사가 뒤를 따랐다. 개업한 지 몇 달 안 되는 이 풋내기 임상의는 의사로서 지기 실력보다 약간 웃도는 평판을 얻고 있었다. 침착한 언변과 젊은 의사 특유의 대담성, 그리고 무엇보다도 환자를 무시하는 듯한 태도가 사람들의 마음을 사로잡은 것이다. 부르주아 여인네라면 누구나가 이 사람의 불손한 입에서 자기 딸을 향한 사랑의 고백이 나오기를 기다렸으며, 그 유명한 창(아킬레스의 창. 이 창에 맞은 상처는 바로 이 창의 녹으로 치료할 수 있다: 옮긴이)처럼 자기가 낸 상처도 치유할 수 있는 그 숙련된 손의 도움을 기대했다. 죽어가는 사람들마저도 임종을 맞이하는 침상에서 조금은 거친 농담이 섞인, 나지막이 속삭이는 그의 위로를 듣고 싶어했다. 그 자신의 표현에 따르면, 이미 이 능청스런 의사의 보살핌으로 '농담을 즐기면서' 임종한 사람이 셀 수 없이 많다고 했다.

"저런! 신부님, 그런 일도 일어난답니다." 젊은 의사가 상대방의 말을 인정하는 투로 대답했다.

뤼자른의 주임 사제의 청을 받고 그가 급하게 달려왔을 때, 아브레 씨의 안주인은 한창 발작 상태였다. 그 착란은 온몸의 기운이 소진된 이후에야 진정되었다. 저녁 무렵 환자가 잠이 들자, 뤼자른의 주임 사제는 말했다.

"의사 선생님, 한 가지 개인적인 부탁이 있습니다. 차가 7시에 다시 온다고 했었죠? 지금 5시가 다 되었습니다. 저와 함께 잠시 룅브르로 좀 가주십시오. 그곳에서 샤브랑슈의 기사에게 전화를 해서 그쪽으로 모시러 오라고 하면 되지 않겠습니까? 그 사이에 우리 불쌍한 신부님을 좀 제대로 진찰해주십시오. 선생님이 보시고 한번 얘기를 해주셨으면 합니다."

"그분을 안 지 오래됐죠?" 젊은 의사가 재치있게 말했다. "영양이 부족한 식사를 하시고 운동도 하지 않으시면서 낡아빠진 사제관에서 생활하시지요. 성당 안에는 습기가 차 있고 고해실은 빛도 공기도 통하지 않습니다. 정말 13세기의 위생 상태지요!…… 협심증이 아니라 해도 이미 과로로 지친 몸이 어떻게 버텨내겠습니까!"

"그게 신부로서 우리의 일이지요. 의사는 또 의사로서 일이 있구요." 뤼자른의 주임 사제가 위엄 있게 대답했다. "우리들의 존재 이유는 바로 약한 자들에 대한 동정, 즉 인간애입니다. 딱한 제 동료가 어쩌다가 그렇게 되었는지는 별로 문제되는 게 아니지 않습니까? 아까 하신 말씀이 맞다면 더더욱 직업적 습벽(習癖)의 한 가지 경우일 테고, 그렇다면 전문가의 관찰과 치료를 받을 만하지 않은가요?"

"좋습니다, 좋아요. 가겠습니다……" 의사가 말했다. 그러면서 이렇게 덧붙였다. "게다가 신부님 같은 분과 얘기를 나누는 건 어쨌든 즐거운 일이니까요."

이렇게 해서 이 두 사람이 서로 그다지 다르지 않은 심정으로 룅브르로 향하는 순례의 길을 떠나기로 했다. 마을 입구에 다다르자 보슬비가 내리기 시작했다. 그들이 밟고 지난 희끄무레한 길은 황토색으로 물들었다. 담쟁이덩굴 냄새에 젖은 안개가 떠다니고 있었다. 그들은 걸음을 재촉했다. 묘지의 풀숲이 비에 젖어 있었다. 철문은 쉴 새 없이 열렸다 닫혔다 하면서 삐걱거렸다. 잿빛 돌로 된 현관 꼭대기에 거센 비가 들이닥치면서, 성당은 마치 꺼져가는 어둠 속에서 바람을 안고 펄럭이는 돛과 같은 모습이었다. 두 사람은 성당 안으로 들어갔다. 신자들은 대부분 돌아간 뒤였다.

뤼자른의 주임 사제는 다정한 태도로 상대방의 어깨에 손을 얹고서 조그맣게 말했다.

"강비예 씨, 어쩌면 성당 안에 들어오는 게 거북하실지도 모르겠습니다. 다른 곳으로 모실 수도 있습니다만…… 하지만 클라리스 수녀회의 응접실만큼이나 좁고 살풍경한 사제관 응접실에서 기다리시는 것보다 이곳이 나을 것 같았습니다. 다행히 사람들도 다 갔고요. 고해실 주위는 비어 있는 것 같습니다. 제 동료는 아마도 제의실에서 쉬고 있는 것 같고요. 우리가 먼저 방에 가서 기다릴 테니 그리로 오시라고 말씀드리면 될 것 같습니다."

그는 이렇게 말하고 나서 사라졌다. 샤브랑슈의 젊은 의사는 계속 성수대 옆에 서 있었다. 멀리서 말소리, 문이 삐걱거리는 소리, 타일 바닥 위를 스치는 커다란 신발 소리가 들려왔다. 늦게 도착한 여신도들이 종종걸음으로 다가와 한 명씩 대리석 성수대 끝에 재빨리 손을 대고 나서 지나가다가 심각한 눈으로 그를 쳐다보았다. 그 다음엔 성당을 관리하는 농부가 와서 남아 있는 촛불들을 껐다. 뤼자른의 주임 사제는 그제야 돌아왔다.

"정말 놀라운 일이에요. 신부님이 성당 밖으로 나가셨나 봅니다. 아무 데도 안 계시는군요. 고해 성사는 적어도 40분 전에 다 끝났다고 하는데…… 확실하진 않지만…… 아마 묘지 쪽 문을 통해서 사제관으로 돌아가신 것 같습니다. 한 번만 더 수고해주십시오." 뤼자른의 주임 사제가 거절하기 어려운 친근한 말투로 말했다.

"상관없습니다." 샤브랑슈의 의사가 정중하게 대답했다. "어차피 저녁 7시나 되어야 차가 올 테고, 아직 시간이 있으니까요. 그런데 신부님, 환자라고 하기엔 동료분께서 상당히 건강하신가 본데……"

그는 말끝을 흐리면서 휘파람을 불었다. 오래 기다렸다고 동요된 내색을 하는 건 품위를 해치는 일이라 생각했기에, 자신이 본격적으로 등장하게 될 순간을 남자다운 꿋꿋함으로 인내심 있게 기다렸던 것이다. 두 사람은 메추리도요새 두 마리가 박제되어 있는 응접실로 들어가 마르트 할멈에게 물어보았다. 하지만 할멈은 노사제의 모습을 보지 못했거니와 이렇게 일찍 돌아올 거라는 생각은 하지도 못했다.

"세상에! 신부님은 얼토당토않은 시간에 저녁식사를 하시고 나서 제천사 예배당 안에서 바닥에 무릎을 꿇고 밤새 계십니다! 분명 거기 계실 거예요. 미사용 포도주를 두는 탁자 뒤에 벽이 움푹 들어간 곳이 있거든요. 그곳에 계실 겁니다. 신부님이 좋아하는 장소죠. 그곳에선 바르주몽의 숲 한가운데 있는 것과 마찬가지로 혼자 계실 수 있답니다."

그때 제대용 백색 천을 두 팔 가득 들고서 성당지기가 들어왔다.

"라디슬라스! 성당 돌면서 신부님 못 봤어요?"

하지만 그도 고개를 저었다. 마르트 할멈이 두 사람에게 말했다.

"6시에 성당 문을 닫거든요. 그러고 나면 밤기도와 성체강복식 때문에 9시가 되어야 라디슬라스가 다시 문을 엽니다. 그동안 신부님께서는 성당 안을 정리하고 또 이것저것 조금씩 배치를 바꾸기도 하시죠. 주교님한테 밤새도록 성체를 내놓아도 좋다는 허가를 받았답니다." 그러더니 약간은 곤란한 표정으로 성당지기에게 말했다. "이분들한테 열쇠를 드리지 그래요?"

"나도 같이 가야지요. 어쨌든 내가 맡은 일이니까요." 성당지기가 퉁명스레 대답했다. "하지만 요기 좀 하고 포도주 한 잔만 마시고 가죠."

뒤돌아서 걸어가는 그의 등에 대고 마르트 할멈이 모자를 흔들어댔다. "저럴 줄 알았다니까! 하지만 금방 올 겁니다. 아주 조금밖에 안 먹거든요. 말은 저렇게 해도 어린애처럼 착한 사람입니다."

"그럼 기다려봅시다." 뤼자른의 주임 사제는 약간 심기가 상한 듯한 목소리로 대답하면서, 눈짓으로 젊은 의사의 의견을 물었다.

"또 한 가지…… 이렇게 해도 좋을 것 같은데요." 헛기침을 해 목소리를 가다듬고 나서 마르트 할멈이 다시 말을 이었다. "옆방에 (때로 그곳에서도 고해를 듣는 일이 있기 때문에 우리 신부님께선 그 방을 기도실이라고 부르시지요.) 신부님을 만나러 먼 곳에서 일부러 오신 훌륭한 분이 기다리고 계십니다. 레지옹 도뇌르(프랑스의 명예 훈장: 옮긴이)를 탄 아주 점잖고 친절한 분인데, 아마 너무 오래 기다려서 좀 지치셨을 것 같아서요."

샤브랑슈의 의사는 두 손으로 그 노인과 훈장을 악마에게 던지는 시늉을 했다. 뤼자른의 주임 사제도 공모하는 듯한 미소를 지으면서 말했다.

"퇴역 장군인가?"

그 말에 머쓱해진 할멈이 대답했다.

"탁자 위에 명함이 있어요. 거기 바로 앞에요. 너무도 온화하고 다정한 눈빛이었는걸요. 절대 군인은 아닐 거예요!"

재빨리 명함을 들여다본 강비예는 어린애처럼 얼굴이 빨개졌다.

"오! 오! 이러면 얘기가 달라지는데!" 마치 전문가 같은 말투였다.

그는 뤼자른의 주임 사제에게 명함을 건네주었다. 사제가 놀라서 비틀거렸다.

"앙투안 생 마랭……" 후일 참사원 사제가 될 그 사람은 입을 다시며 우물거렸다.

"아카데미 프랑세즈 회원이지요." 메아리가 화답하듯이 강비예가 대답했다.

젊은 의사는 한동안 아무 말 없이 무언가를 찾는 것 같았다. 마침내 그가 말했다.

"만나봅시다."

11

고명한 노인은 지난 반세기 동안 아이러니의 대가로 통하고 있었다. 그의 천재적 재능은 그 어느 것도 존경하지 않음을 자랑스러워했지만, 동시에 너무도 유순하고 친근한 것이었다. 부끄러움을 가장하건 노여움을 가장하건, 또 조소를 가장하건 위협을 가장하건, 그것은 언제나 주인의 환심을 사기 위한 것이었다. 마치 주인에게 몸을 맡긴 노예처럼, 깨물기도 하고 애무를 하기도 하는 것이다. 제아무리 확실한 말도 일단 그 교활한 입에 오르면 거짓이 되어버리고, 심지어 진리마저도 비천한 것이 되어버린다. 그 나이가 되어도 무뎌지지 않는 호기심, 그러니까 이 늙은 곡예사의 힘의 원천인 왕성한 호기심으로, 끊임없이 변신하고 거울 앞에서 자신을 가다듬었다. 그가 써내는 책들은 매번 새로운 곳의 이정표였고, 그는 그 길목에 서서 지나가는 사람을 기다렸다. 악덕의 쓰라린 체험을 통해 많은 것을 알게 되고 길들여져 닳인 여인과 마찬가지로, 그는 무엇을 주느냐보다는 어떻게 주느냐가 더 중요하다는 것을 알고 있었다. 그리고 열광적으로 앞서 한 말을 스스로 뒤집고 부정하면서, 독자들에게 매번 새로운 모습을 보여주었다.

그를 에워싼 젊은 문장가들은 그의 재치 있는 단순성, 연극에서 순진한 척하는 아가씨들의 대사처럼 교묘한 문장, 우회적인 논증, 그리고 해박한 지식을 부풀려 격찬했다. 줏대 없는 족속들이 저자세로 그를 주인으로 추앙하고 있었던 것이다. 그들은 품에 안을 수 없는 것을 조롱하는 무력한 광경을 보며, 마치 그것이 인간에 대한 승리인 양 갈채를 보냈다. 그리고 그 불모(不毛)의 애무를 함께 한다. 지금까지 그 어떤 사상가라도 이처럼 많은 사상을 능욕하고 경이로운 말들을 망쳐버리며 비열한 자들에게 진수성찬을 베푼 자는 없었다. 제일 처음에는 자유사상가 같은 불평을 담은 어조로 진리를 말하기 시작한다. 하지만 한 페이지 한 페이지 넘어갈수록 진리는 배반당하고 야유받고 조롱받아, 마지막에 가서는 곤두박질쳐서, 맨몸으로, 의기양양한 스가나렐(몰리에르의 여러 희곡에 등장하는 인물: 옮긴이)의 무릎 위로 떨어져버리고 마는 것이다…… 처음에는 몇 명 되지 않던 추종자들이 어느새 광신적 대중으로 늘어나서, 100세를 목전에 둔 이 철부지의 새로운 곡예에 미소를 보내고 있다.

"난 최후의 그리스인이다." 그는 기묘한 모습으로 입을 비죽거리며 이렇게 자평한다.

그러자 쥘 르메트르(Jules Lemaitre, 1853~1914, 프랑스의 작가: 옮긴이)가 쓴 책의 주(註)를 대충 훑어보며 호메로스에 대해 이것저것 주위들은 멍청이 스무 명이 이 지중해 문명의 새로운 기적을 기리며 날카로운 외침으로 뮤즈들을 깨워 당혹스럽게 한다. 도도한 뮤즈 여신의 무릎에 앉아 순결한 허리띠에 기대어 늙은 손을 더듬거리며, 부드럽게 흔들어주는 움직임에 몸을 맡기는 추악한 노인의 교태이고 가장 파렴치한 우아함이었던 것이다. 젖먹이의 이런 모습이라니 그 얼마나 기이하고 끔찍한가!

그는 아주 오래전부터 룅브르에 와보겠다고 마음을 먹었다. 룅브르에서 새 책의 구상을 얻어올 거라고 제자들 역시 숨기지 않고 사람들에게 이야기했다. 자칭 고대의 지혜, 실은 거리의 회의주의에 불과한 지혜의 보물을 나누어줄 때의 예의 그 거만한 어조로, 그는 주위 사람들에게 이렇게 말했다. "살아오면서 우연히 몇 명의 성자를 만날 수 있었습니다. 물론 성자들의 왕국은 이 세상이 아니지요. 그들은 정숙하고 순진합니다. 환상을 양식으로 살아가는 건 우리와 마찬가지이지만, 그들의 식욕이 훨씬 더 왕성하지요. 하지만 그들은 제대로 인정받지 못하고 또 그 광기를 제대로 퍼뜨리지 못한 채 살아가고, 결국 그렇게 죽음을 맞게 됩니다. 이 나이에 내가 이렇게 어린애 같은 꿈으로 돌아간 것을 용서해주기 바랍니다. 난 다른 성자, 참된 성자, 기적을 행하는 성자, 사람들이 따르는 성자를 보고 싶은 겁니다. 어쩌면 그 선량한 노사제의 손 안에서 생을 마감하고 싶어서 룅브르에 가는 것인지도 모르겠습니다."

그의 말들이 언제나 그렇듯이, 이 말은 오랫동안 아주 기발한 생각으로 받아들여졌다. 사실은 죽음에 대한 천박한 공포심(사실 이 진지한 감정은 지속하지만 인간적인 감정이다)을 조심스럽게, 조금 우스꽝스럽게 드러내는 것이었는데 말이다. 불행히도 이 유명한 작가는 범속한 것이 아니라 비속한 인간이었다. 책 속에 갇혀 있기에는 너무 힘겨운 강한 개성은 악덕에서 배출구를 찾았다. 가끔씩 말을 통해 새어나오는 추악한 비밀을 감추기 위해서 회의와 아이러니에 더욱 매달렸지만, 아무 효과가 없었다. 이 가련한 노인은 나이를 먹어가면서 궁지에 몰리고 거짓에 얽매이게 되었다. 날이 갈수록 점점 더 커가는 게걸스러움을 쓸모없는 글이나 하찮은 잡문들로 속일 수 없게 되었다. 스스로를 극복할 힘은 없으면서 자기가 다른 사람에게 혐오감을 준다는 것을 알고 있었기에 온갖 술수와 교묘한 재주를 다해 간신히 자기 만족의 드문 기회를 손에 넣을 수 있었다. 씹을 수 있는 모든 것에 게걸스럽게 달려들었고, 다 먹어치우고 난 빈 그릇을 보면서 수치심으로 눈물을 흘렸다. 넘어서야 할 장애물이 생겼다거나 설사 짧은 것이라 해도 유혹의 연극을 펼치느라 시간이 지체된다는 생각, 언제 닥쳐올지 모르는 육체의 쇠락에 대한 두려움, 그리고 변덕스럽게 덮쳐오는 갈망들, 이 모든 것이 그로 하여금 위험한 만남을 감내할 용기를 빼앗아가버렸다. 이전에는 그래도 지킬 건 지켜가며 하녀들을 부렸지만, 이젠 아무 시골 처녀나 하녀들이 집안에서 오히려 폭군처럼 행세했다. 그는 그 여자들의 허물없는 말씨를 가능한 한 감싸주었고, 보기에 딱할 정도로 사람 좋은 호인으로 가장했으며, 공허하게 울리는 웃음으로 상대방의 주의를 돌려놓았다. 그러면서 곧 백발을 파묻을 처녀들의 치마를 몰래 눈으로 쫓고 있었다.

아! 하지만 이런 음침한 방탕은 단 한 번도 만족을 주지 못한 채 그를 고갈시켰다. 이제 더 이상 저급한 것을 생각할 수 없는 밑바닥까지 이르렀다. 추악한 지옥의 바닥에 닿은 것이다. 욕망은 매번 이 세상에서 가장 신랄하고 절실한 것이었지만, 그뒤에 오는 것은 너무도 짧은, 이내 퇴색되어버리는 찰나의 쾌락뿐이었다. 식욕이 사라져도 욕구가 여전히 남아 있는 그런 때가 왔다. 육신이라는 스핑크스의 마지막 수수께끼가…… 그리고 바로 그때, 무기력해진 늙은 육신과 아무리 짓눌러도 소용이 없는 육욕 사이에, 마치 제3의 벗처럼 죽음이 고개를 든 것이다.

자기가 쓴 책들 속에서 그토록 여러 번 애무했고, 그 감미로움을 다 퍼냈다고 믿었던 죽음(그의 차가운 아이러니를 통해서 우리는 어디에서나 죽음을 볼 수 있다. 마치 투명하고 깊은 물 속에 보이는 얼굴과 같은 죽음이다), 그토록 여러 번 꿈꾸고 맛보았던 죽음, 그런 죽음을 그는 알아보지 못했다. 이제 바로 앞에 입을 맞대고 있다. 꽃이 만발한 완만한 언덕을 내려가는 것처럼 조금씩 늙어가서 마지막에는 편안하게 잠이 드는 것이라고, 그렇게 천천히 늙어가리라 생각했다. 이렇게 백주에 기습처럼 죽음이 닥치리라고는 생각하지 않았다. 벌써 그렇게 되었단 말인가!

생각을 떨쳐버리고 싶었다. 그럴 수 없다면 본모습을 감추고 싶었다. 이 가련한 유희에 그는 모든 것을 쏟아부었다. 하지만 가장 친한 사람들에게라도 불안을 털어놓을 때면 정작 모두가 듣는 둥 마는 둥 했다. 그 누구도 이 거장의 눈 속에서 어린애 같은 공포를 담은 비극적 눈길을 보고 싶지 않았던 것이다. 도와줘! 그의 눈길은 이렇게 말하고 있었다. 하지만 그 말을 들은 사람들은 이렇게 대답했다. 정말 얘기를 잘하는 사람이야!

12

강비예 씨는 유명한 『부활의 초』의 저자에게 다가가 자기 소개를 했다. 약간 심술궂지만 나름대로 적절한, 말하자면 재치 있는 인사였다. 그러고 나서 사제를 돌아보며 말을 청했다.

"이 룅브르라는 기적의 땅, 지금 찾아오신 작은 성당 곁에서 손님을 맞이하는 데는 뤼자른의 주임 사제이신 신부님이 더 적합할 것 같군요."

앙투안 생 마랭은 고개를 숙여 사비루 신부의 길고 창백한 얼굴을 위아래로 훑어보았다.

"저명하신 선생님을 이렇게 가까이서 뵐 수 있으리라곤 생각도 하지 못했습니다." 신부가 조심스럽게 말했다. "이런 벽지 시골에서 사제직에 있다 보면 저희들은 죽는 날까지 고독을 운명으로 받아들입니다. 프랑스의 성직자들이 이렇게 이 나라의 엘리트 지식인들로부터 격리되어 있다는 것은 정말 불행한 일입니다. 일부 대표라도 뽑아서 그중 한 사람이……"

생 마랭은 (클로디우스 니블랭이 이 사람의 초상화를 완벽하게 그린 바 있다.) 예의 그 가늘고 하얀 손을 위아래로 내저었다.

"신부님, 이 나라의 지식인 엘리트는 아주 말이 많고 불쾌한 집단인걸요. 저라면 오히려 사제관에서 멀리 떨어뜨려놓으라고 권하고 싶군요." 가볍게 웃으면서 덧붙였다. "그리고 그 고독 말인데요. 저도 한번 신부님처럼 그럴 수 있었으면 좋겠습니다."

뤼자른의 주임 사제는 한순간 당혹스러웠지만, 이내 미소를 지어 보이면서 응답했다. 하지만 샤브랑슈의 젊은 의사는 어느새 스스럼없이 말했다.

"자, 자! 신부님, 마을에 행차하신 임금님을 맞으러 온 읍장 같으십니다! 이분이 찬사를 들으려고 이 먼 길을 오신 건 아니지요." 그러더니 생 마랭을 향해 고개를 숙이면서 말을 이었다. "저, 말씀드리기가 뭐하지만...... 저도 더 심한 실례를 범해야 할 것 같습니다."

"곤란해할 것 없습니다. 말해봐요." 소설가 생 마랭이 온화한 목소리로 말했다.

"그럼 이것만 좀 여쭤보겠습니다. 그러니까...... 도대체 어떤 동기로......"

그때 『부휼의 초』의 저자가 밀을 자르며 큰 소리로 밀했다.

"아! 제발 좀 봐주시오. 그만 합시다. 그러니까 내가 어떤 이유에서 여길 오기로 결심한 건지 알고 싶다는 거지요? 아! 당신들과 마찬가지로 나도 도대체 그 이유를 모르겠습니다. 젊은 분! 책을 쓰는 일이란 정말 가장 힘들면서도 보람은 없는 일이랍니다. 책은 참 많이 썼는데, 내 인생에 대해서는 쓰지 않았지요. 그 장은 아직 백지입니다."

"하지만 앞으로 쓰실 거잖습니까!" 뤼자른의 주임 사제가 탄식하며 말했다. "아니, 감히 말씀드리자면, 쓰셔야만 합니다."

간청하는 듯이 말하는 이 사제를 고명한 작가는 여전히 조금 모호한 눈길로 내려다보았고, 이내 시선을 돌렸다. 그리곤 눈을 반쯤 감은 채로 입을 열었다.

"우리 셋 모두 성자를 기다리고 있는 거군요?"

"그보다 먼저 성당 열쇠를 기다리고 있습니다. 그리고 성당지기인 라디슬라스를요." 신앙을 거부하는 샤브랑슈의 젊은 의사가 말했다.

"어째서요?" 생 마랭이 말했다. 뤼자른의 주임 사제가 무언가 말하려고 했지만, 생 마랭은 쳐다보지도 않았다.

그때 강비예가 나서서 하루 동안 있었던 일들을 자기 식으로 이야기하기 시작했다. 사제가 중간중간 못마땅해하며 끼어들려고 했지만, 그때마다 마음이 조급해진 생 마랭이 살짝 손짓을 하며 가로막았다. 다 듣고 난 생 마랭은 이렇게 말했다.

"어허 참! 오늘은 시작이 별로 좋지 않아서 대단한 건 기대할 수 없을 거라고 생각했는데요. 초자연적이고 기적적인 것을 접하니 아주 신선하군요!"

"초자연적이고 기적적인 것이라니요?" 뤼자른의 주임 사제가 심각한 얼굴로 반문했다.

"왜 그렇게 부르면 안 됩니까?" 그다지 위협적이지 못한 적을 향해 획 돌아서면서 생 마랭이 말했다.

(이 고명한 인물이 아무리 밑바닥까지 떨어졌다고 해도, 너무 노골적인 어리석음은 수치스러웠다. 하지만 그가 무엇보다도 두려워한 것은 바로, 마치 비극적인 거울을 보듯이, 타인의 어리석음 속에서 자기 자신의 모습을 보는 것이었다.)

"왜 안 된단 말입니까?" 꽉 다문 이 사이로 소리를 내면서, 아니 차라리 휘파람을 불 듯이, 그가 다시 한 번 물었다. "우린 모두 기적을 기다리고 있지요. 이 슬픈 우주 역시 우리와 함께 기적을 갈구하고 있습니다. 그게 오늘이든 1천 세기 후에 다가오든 상관없습니다. 그러니까, 언젠가는 말입니다, 한 사건이 이 우주라는 기계 장치에 구멍을 내서 우리를 해방시켜줄 겁니다. 난 앞으로 그런 날이 올 거라는 걸 기대하면서 흡족하게 잠자리에 듭니다. 제아무리 뛰어난 기술이라 해도 그 괴물이 무슨 권리로 내 꿈을 깰 수 있단 말입니까? 초자연적이라든가 기적적이라는 형용사는 정말 의미 깊은 말입니다. 정직한 인간들은 아주 부러워하면서 이 말을 쓰지요."

그의 고백을 들으며 뤼자른의 주임 사제는 극심한 모욕감이 들었다. 사제는 강비예에게 살짝 말했다.

"생 마랭 씨는 철학자라기보다는 시인이군요. 다른 사람의 말을 자기 멋대로 해석해버리니 말입니다. 도대체 뭣 때문에 그렇게 화를 낸 거지요?"

이 질문에는 생 마랭 자신도 대답이 궁했을 것이다. 그는 본능적으로 자기와 닮은 것을 싫어했으며, 타인들을 경멸함으로써 자기 자신을 경멸하는 씁쓸한 도취를, 물론 인정하지는 않으면서, 음미했다. 머리만으로 능란하게 말하는 인간과 멍청이는 종이 한 장 차이라는 걸 누구보다도 잘 알고 있었던 것이다. 말만 번시르르한 바보들은 역시 같은 부류의 소인배의 냄새를 맡았다.

이 침묵을 깬 건 샤브랑슈의 의사였다.

"은자(隱者)는 못 보셨다 하더라도, 그 은거지는 보셨지요? 정말 기묘한 집이지 않습니까! 적막이 흐르는 집입니다!"

"사실 아까 난 완전히 매료되었지요." 생 마랭이 대답했다. "인생에서 정말 소중한 것은 단 한 가지, 예감의 순간뿐입니다. 아주 희귀하고 진기한 것이지요. 난 이곳에서 그 순간을 맛보았습니다."

강비예는 고개를 끄덕였고, 조심스런 미소를 지으며 상대방의 말에 동의를 표했다. 하지만 고명한 노작가는 창가로 가서, 손가락으로 이리저리 유리창을 쓸었다. 벽 위에는 램프의 그림자가 길어졌다 짧아졌다 하면서 흔들거렸다. 밖에는 길이 있는 자리가 어렴풋이 보일 뿐이었다.

샤브랑슈의 의사는 손톱으로 유리를 긁는 소리를 들었다.

"이 성당지기란 사람은 우리 속을 끓여 죽일 셈인가!" 갑작스런 생 마랭의 목소리에 강비예는 소스라치게 놀랐다. "여기서 이렇게 기다리면서 하품을 하고 있다니 나도 참 멍청한 것 같군요. 어차피 내일까진 룅브르에 머물 건데 말입니다. 아! 정말 아주 이상하게 맥이 빠져버렸어요!"

"그리고…… 사비루 신부님이 생각하시는 게 정말 어느 정도 현실성이 있다고 할 것 같으면, 신부님의 가련한 동료는 오늘밤 선생님과 이야기를 나누실 수 있는 상태가 아닐 겁니다." 강비예가 말했다.

"그렇다면 이번엔 이 촌스러운 사제관에 와본 걸로 만족해야겠군요." 생 마랭이 대답했다. "다른 데서 볼 수 없는 정말 특이한 곳입니다."

(그는 마치 수집가가 진귀한 골동품에 매혹되어 어루만지듯이, 사방 벽에 아무 장식이 없는 이 방을 가리키면서 말했다.)

이 말 한마디는 뤼자른의 주임 사제의 자존심을 다시 세워주었다.

"사실 이 방을 기도실이라고 부르는 건 옳지 못합니다." 사제가 말했다. "존경스런 저의 동료는 여긴 거의 오시지 않습니다. 분명히 말하자면 신부님은 거의 당신 방에서만 지내십니다."

"그게 무슨 얘깁니까?" 생 마랭이 흥미롭다는 듯이 물었다.

"제가 그리로 모셔다 드리죠." 뤼자른의 주임 사제가 서두르며 말했다. "신부님이 계셨더라면 분명 선생님을 그리로 모셨을 테니까요. 전 단지 신부님의 생각을 대변하는 것뿐입니다."

그러더니 램프를 잡고서 머리 위로 높이 들었다. 그리곤 잠시 틈을 두고, 문의 손잡이를 만지면서 말했다.

"두 분 다 저를 따라오시겠습니까?"

2층으로 올라간 뤼자른의 주임 사제는 긴 복도 끝에 보이는 반쯤 열린 문을 가리키면서 말했다.

"제가 앞장서겠습니다."

두 사람은 그를 따라갔다. 기다란 지붕 밑 방으로, 석회칠이 되어 있었다. 사제의 팔 끝에 매달린 램프가 방을 비추었다. 처음엔 정말 아무것도 없는 빈방 같았다. 전나무로 만든 바닥은 최근에 새로 닦아서인지 나무 냄새가 많이 났다. 아무 꾸밈없이 벽 쪽으로 가구 몇 개가 놓여 있다는 걸 그 그림자로 알 수 있었다. 짚의자 두 개, 기도대, 책이 가득 놓인 짧은 탁자……

"가난한 학생의 다락방 같군요." 실망한 생 마랭이 말했다.

하지만 뤼자른의 주임 사제는 그 말에 개의치 않고, 연기가 나는 램프를 바닥 쪽으로 기울이면서 손님들을 더 안쪽으로 안내했다.

"이게 신부님의 침대입니다." 이 특별한 사제는 약간 우쭐대며 말했다.

하지만 샤브랑슈의 무서운 젊은이와 고명한 작가는 뻔뻔스럽게도 이 사제의 널찍한 등 뒤에서 멋쩍은 미소를 주고받았다. 짚을 넣은 매트는 좁고 길쭉하게 모양새가 우스꽝스러운 데다가 그 위엔 낡은 옷가지가 산더미처럼 쌓여 있어서, 그 광경만으로도 민망할 만큼 청승맞아 보였다. 생 마랭은 그것을 보는 둥 마는 둥 하고, 윗부분이 벌어진 채 바닥에 놓여 있는 색 바랜 구두를 뚫어지게 쳐다보았다. 한 짝은 야릇하게 버티고 서 있었고, 다른 한 짝은 바닥에 나뒹굴면서 못에 녹이 슬고 가죽이 뒤틀려 있었으며 밑창이 접혀진 것이 그대로 보였다. 이 불쌍한 구두 한 켤레는 너무도 무거운 피로에 지쳐 보였다. 인간들보다도 더 가련한 모습이었다!

"굉장하군! 너무 우습고 또 멋진 모습이야!" 생 마랭이 낮은 소리로 중얼거렸다.

그는 끝없이 제자리를 맴도는 인간의 도피, 헛되이 달려가는 길, 중대한 실수…… 이런 것을 생각했다. 이 고결한 방랑자는 무엇을 찾기 위해 그토록 먼 길을 간 것일까? 아마도 그가 기다리던 것과 같은 것이었을 것이다. 하지만 그는 친숙한 것들 사이에서, 그러니까 소중한 판화들, 책, 정부(情婦)들, 그리고 추종자들 가운데서, 드 장제 부인이 숨을 거둔 베르뇌이 가(街)의 저택에서, 그것을 기다렸다. 가장 멀리 갔을 때도 결국 단 한 번도 삶에 대한 서정적 혐오, 부드러운 허무주의를 넘은 적이 없는 이 허무의 주교(主敎)는 목구멍이 조여들었고 심장이 더 빠르게 뛰는 것을 느꼈다.

그래서 그는 말을 많이 했다.

"이곳은 신전처럼 거룩하고 성스러운 장소군요. 이 광대한 세계가 닫힌 영역이라면, 위대한 노력이 행해지고 미친 듯한 희망이 시도되었던 장소는 기릴 만하지요. 고대인들이라면 분명 룅브르의 성자를 무시했을 테지요. 하지만 긴 세월 동안 불행을 체험하면서 우리는 이런 유의 지혜, 그러니까 행동을 일으키는 힘 그 자체에서 존재 이유와 보상을 찾는, 조금은 야만적인 지혜를 보다 너그럽게 받아들이게 되었습니다. 모든 것을 껴안으려고 하는 자와 모든 것을 밀어내는 자는 우리가 생각하는 것만큼 다르지 않습니다. 고대의 지혜가 알지 못했던 야성적인 위대함이 존재한다고 할까요……"

저명한 작가의 장중한 미성(美聲)은 이 마지막 음절 위에 계속 매달려 있는 것 같았다. 사비루 신부가 열성적으로 램프를 이리저리 움직이며 벽 구석을 비추는 순간 생 마랭의 시선이 바로 그곳에 닿은 것이다. 지붕의 바깥쪽 모서리 때문에 벽이 약간 안으로 들어간 곳에 작은 판자가 대충 못질로 고정되어 있었고, 그 위에 금속 십자가가 걸려 있었다. 아래쪽으로 어두운 바닥 한구석에는 접혀진 가죽 끈이 던져져 있었다. 소를 모는 사람들은 그 끈을 '고기칼'이라고 불렀는데, 끝은 뾰족하고 밑 부분은 손가락 세 개 정도의 폭이 되는, 시커멓고 납작한 뱀 같은 모습이었다. 하지만 생 마랭의 시선을 붙잡은 건 십자가도 가죽 채찍도 아니었다. 그는 사람 키 정도 되는 한쪽 벽 거의 전체에, 아주 이상한 흙탕물 자국이 튀어 있는 것을 쳐다보고 있었다. 그 무수히 작은 반점들은 중심부를 향해 갈수록 더욱 촘촘히 모여들어서 한가운데는 빛바랜 갈색 덩어리처럼 되어 있었다. 선홍색으로 아직 선명한 것도 있고, 두터운 백회의 벽에 흡수된 것처럼 뭐라 말할 수 없는 색으로 완전히 말라버려 거의 보이지 않는 것도 있었다. 십자가, 가죽 채찍, 벌겋게 된 벽…… 고대의 지혜가 알지 못했던 야성적 위대함…… 이 훌륭한 음악가도 마지막 1절을 노래할 엄두가 나지 않았다. 그는 갑자기 노래를 멈추었다.

강비예는 가만히 서서, 입을 다문 생 마랭을 슬며시 살폈다. 그러면서 알아들을 수 없는 말을 몇 차례 콧수염 밑으로 중얼거렸다. 강비예는 지금껏 샤브랑슈 사교계 사람들의 모든 속내 이야기를 상대해왔다. 가련한 나신(裸身)을 가린 천도 가차없이 벗겨버렸으며, 눈썹 하나 까딱하지 않고 모든 것을 보고 들을 수 있음을 자랑스러워했었다. 하지만 이번에는, 후에 스스로 고백하듯이, 등줄기가 오싹해졌다. 세상에서 가장 둔감한 이 사람도 자기 눈 앞에서 위대한 사랑의 작은 비밀, 그 가련한 사람의 몫, 그가 자기 것으로만 여기고 가져가고 있는 유일한 보물이 이렇게 능멸당하는 것을 보면서 마음이 동요되지 않을 수 없었던 것이다.

뤼자른의 주임 사제는 램프를 다른 쪽으로 치우면서 지극히 태연하게 말했다.

"존경해 마지않는 우리 동료는 자기 몸을 학대하고 건강을 해치고 있답니다. 그의 열의를 비난할 수는 없겠지요! 위에서 시킨 건 아니고 그저 묵인하고 있을 뿐인데, 어떤 사람들은 이런 고행이 영혼을 구제하기 위한 것 중 아주 위험한 방법이라고 생각합니다. 약한 자들에게는 좌절의 씨가 되고, 불신자들에게는 조롱거리가 된다는 거죠."

뤼자른의 주임 사제는 흔히 하듯이 엄지손가락과 집게손가락을 붙이고 새끼손가락을 세워서 '불신자'라는 단어를 강조했다. 논쟁이 되고 있는 문제에 대해 분명한 입장을 밝힐 때 같은 어조였다. 그는 의사가 당혹스러워하고 노작가가 침묵을 지킨다는 건 바로 그들이 자기 말을 제대로 듣고 있음을 말해주는 기분좋은 증거라고 생각했다. 그리고 의기양양하게 미소지으며 만족스럽게 걸어갔다. 이 범속한 사제는 진정 짐작하기 어려운 사람이다!

'이 사람은 도대체 왜 이렇게 신경질적이지!' 강비예는 생 마랭의 뒤를 따라가며 생각했다. 상아처럼 하얗고 긴 손에 쥔 지팡이가 바닥을 살짝 두드리는 것을 신기한 듯이 바라보았다. 사실 조금 전부터 노작가는 동요된 마음을 감추고 또 자신을 억제하기 위해서 거의 극기에 가까운 노력을 하고 있었다. 아마도 그는 이 빈자(貧者)의 집에 담긴 음울한 시정(詩情)에 마음이 흔들렸을 것이다. 하지만 이 늙은 심장의 고동에 속지 않은 지는 이미 오래되었다! 그는 감동이 생기면 그 즉시, 그러니까 처음 생겨나는 그 상태에서, 바로 정리해서 사용해왔다. 말하자면 감동이라는 원료를 교묘한 천재성으로 고객의 취향에 맞춰 빚어냈던 것이다.

오직 감각에 의해서 움직이는 이 늙은 배우는 램프에 비쳐 벽에 나타났던 그 갈색 반점 때문에 신경이 곤두서 있었다.

사람들은 이 노작가에 대해 잘 알고 있다. 그리고 이 불행한 자가 자신이 가진 모든 예술적 능력을 다 동원하여 죽음이라는 다루기 힘든 망령을 쫓아내려고 시도한 뻔뻔스런 글들을 전부 기억하고 있다. 죽음에 관하여 그는 누구보다도 자유롭게, 집착 없이, 다정스럽게 무시하면서 말했다. 우리의 언어로 글을 발표한 작가들 중에서 그보다 더 순수한 시선으로 죽음을 관찰하고 또 야유와 애정이 담긴 어조로 죽음을 조롱한 사람은 없었다.

돌이킬 수 없는 추락을 생각하면서 이성이 아찔해졌다기보다는, 의지가 무너지고 끊어지려 했다. 섬세한 생 마랭은 본능이 솟아오르는 것을 느꼈다. 도살자의 손에 쥔 연장의 냄새를 맡는 짐승처럼, 끔찍스러운 공포에 온몸에 소름이 돋았다. 공쿠르(19세기 프랑스의 소설가: 옮긴이)의 말을 빌리면, 자연주의의 아버지이며 루공 마카르를 만들어낸 자('Rougon-Macquart'는 자연주의를 대표하는 에밀 졸라의 소설집 제목이다: 옮긴이)도 이전에 바로 이런 고통 때문에 한밤중에 잠이 깨서 침대 밑으로 뛰어들었고, 셔츠 바람으로 겁에 질려 떨고 있는 이 고발자(드레퓌스 사건과 관련하여 졸라가 쓴 글 『나는 고발한다』를 빗댄 표현이다: 옮긴이)의 모습에 부인이 깜짝 놀랐다고 한다.

계단의 첫번째 칸에서 그는 관자놀이가 조여오고 목구멍이 말라버리는 것 같았다. 가만히 서서 컴컴한 계단 안쪽으로 고개를 돌리면서 큰 숨을 몰아쉬었다. 이런 위기를 해결하는 유일한 방법이었던 것이다. 뒤를 따라오던 강비예는 앞사람이 서버리자 앞으로 나갈 수 없었다. 그는 놀라고 불안해하며 이 고명한 선생의 깊고 불규칙한 숨소리에 귀를 기울였다. 상대방의 어깨에 손을 살짝 얹으며 물었다.

"어디 불편하십니까?"

생 마랭은 간신히 뒤돌아보며 목소리를 바꾸어 대답했다.

"아뇨, 아무것도 아니오. 그저 조금 불편할 뿐입니다. 숨쉬기가 좀 힘들어서…… 이제 괜찮군요. 아무렇지도 않습니다."

하지만 사실은 너무 기운이 없어 몸이 축 처졌고, 샤브랑슈의 의사가 건넨 진부한 호의에도 믿기 어려울 정도로 가슴이 울렸다. 이렇게 신경의 긴장이 풀리는 쾌락을 맛볼 때면, 다른 사람에게 자기 비밀을 얘기하고픈, 가장 가까이 있는 사람에게 조언이나 도움을 청하고 싶은 유혹을 느끼곤 한다. 다행스럽게도 마비되었던 자존심이 때맞춰 그를 꿈에서 깨어나게 해주었다.

"의사 선생." 그는 마치 아버지처럼 다정하게 말했다. "이제 경험을 통해 선생도 알게 되겠지만, 나이든 사람들은 여행을 통해 뭘 얻기보다는 그저 인생의 종말을 재촉하게 된답니다. 이것도 아주 귀중한 이점이 되지요! 마지막 길모퉁이에서 그러니까 마지막으로 한 발을 내디뎌 허무의 나락으로 떨어지기를 바라면서, 또 한편으로 두려워하면서 말이오. 때론 대수롭지 않은 돌발 사건이 필요하겠지요."

"허무라니요!" 뤼자른의 주임 사제가 공손하게 항변했다. "선생님, 그건 조금 심한 표현이 아닐까요?"

(생 마랭은 강비예의 어깨너머로 정중하지만 더없이 거슬리는 이 사제를 잠시 바라보았다.)

"표현이 무슨 상관이오? 뭐 다른 말이 있소?"

"아주 절망적인…… 아주 고통스러운…… 그런 말들이 있습니다." 이미 얼굴이 하얗게 질린 불쌍한 사제가 큰 소리로 대답했다.

"실례합니다만!" 『부활의 초』의 저자가 말을 이었다. "한 글자가 더 많든 적든, 어쨌든 나한테 영생을 가져다주는 건 아니지 않소?"

"제 말을 잘못 이해하셨나 봅니다." 미래의 참사원이 사태를 수습하기 위해 필사적으로 항변했다. "아마도 선생님 같은 분은 사후의 생에 대해서…… 아마…… 우리 일반 신자들하고는…… 다른 생각을 가지고 계신가 봅니다. 하지만…… 선생님처럼 훌륭한 지성이…… 다시 되돌릴 수 없는 절대적 쇠락이라든가…… 허무 속으로의 소멸 같은 생각을 아무 저항 없이 받아들이신다는 걸 믿기 어렵습니다."

마지막 몇 마디는 목구멍 속에서 막혀버렸다. 하지만 그의 눈은 딱할 정도로 곤혹스러워하면서 고명한 선생의 관용과 동정을 구하고 있었다.

어리석은 자들을 지독하게 경멸하는 생 마랭의 모습은 보는 사람들을 실로 경악하게 한다. 평소에는 기꺼이 온건한 회의주의로 가장하고 있기 때문이다. 그는 바로 그런 방식으로 불구자나 약한 자에 대한 타고난 적개심을 아무 위험 없이 드러낼 수 있는 것이다.

"당신의 보좌 신부나 성가대들을 위한 천국 말고 다른 천국을 날 위해 마련해주다니 참 고맙군요. 하지만 높은 데서 학술원들을 찾아가지 말라고 신들이 막는군요. 프랑스 학술원 하나만으로도 지겨운데요!"

"그렇게 조롱하시니…… 그러니까 절 비난하시는 거군요." 미래의 참사원이 말했다.

"비난하는 게 아니오." 생 마랭이 갑자기 이상할 정도로 격하게 소리 질렀다. "난 단지 당신이 말하는 그 우스운 천국 샹젤리제(Champs-Elysées, 그리스어로 Eusia pedia. 그리스 신화에 등장하는 낙원: 옮긴이)에 가느니 차라리 허무로 가는 게 낫다는 말을 하는 거요!"

"샹젤리제…… 샹젤리제라……" 할말을 잃은 선량한 사제가 중얼거렸다. "전 교회의 가르침을 왜곡할 생각은 없습니다. 하지만 선생님이 이해하시도록 선생님의 용어로 말하겠습니다."

"내가 이해하도록 내 용어로 말한다고요?" 생 마랭이 독기 띤 미소를 지으며 사제의 말을 되받았다.

그는 잠시 멈춰 서서 숨을 몰아쉬었다. 뤼자른의 주임 사제의 팔 안에서 흔들리고 있는 램프가 그의 창백한 얼굴을 정면으로 비추었다. 사악한 입은, 심장이 위로 치솟아 구토가 일어날 때처럼, 입 끝이 처져 있었다. 이 늙은 배우가 우둔한 사제의 발 아래 던지게 될 것, 완전히 뱉어내게 될 것은 바로 그의 심장, 그의 진정한 심장이었던 것이다.

"신부님, 당신처럼 교양 있는 사제들이 나한테 뭘 주는지는 잘 알고 있습니다. 따지기 좋아하는 신 아래, 멘토르와 텔레마코스(멘토르는 오디세우스의 친구로 그의 아들 텔레마코스의 교육을 맡는다: 옮긴이) 사이의, 현자의 불후의 명성 아닙니까? 국민병(1789년에서 1871년까지 있던 군대: 옮긴이) 제복을 입은 베랑제(Béranger, 1780~1857, 프랑스의 시인으로 교회에 반대하는 풍자적 작품과 정치 팸플릿으로 유명했다: 옮긴이)의 명성도 아주 좋겠지요! 르낭(Renan, 1823~1892, 프랑스의 작가. 고대 그리스를 인간의 이성과 미〔美〕, 그리고 신성〔神性〕이 조화된 시기로 보았다: 옮긴이)이 칭송하는 고대, 아크로폴리스 위에서 올리는 기도, 학교에서 배우는 그리스, 모두 헛소리요! 신부님, 난 말이오, 파리 마레 지구의 가겟방에서 태어났소. 아버지는 보스 사람이었고 어머니는 투르 출신이었지. 딴 사람들처럼 미사에 갔었소. 만일 다시 무릎을 꿇을 일이 생긴다면 옛날에 다니던 성 쉴피스 교구로 갈 테지…… 정신 나간 그 학자처럼 아테네 여신의 발 아래 엎드리진 않을 거란 말이오. 내가 쓴 책들! 아! 내 책은 아무 상관없소! 날더러 딜레탕트라고! 미식가라고! 난 인생에서 내가 가질 수 있는 것은 모두 다 가졌소. 알겠소? 커다란 입을 벌리고, 목구멍 가득 받았단 말이오. 벌컥벌컥 마셨지. 되는 대로 다 마셨단 말이오! 이봐요, 신부님, 어느 일에나 입장을 정해야 하는 법이라오. 쾌락을 즐기는 자는 죽음을 두려워한다오. 죽음을 정면으로 바라보는 대신 철학자들의 책을 넘기며 기분을 달래는 거지. 치과 대기실에서 삽화가 그려진 신문을 넘기는 환자나 마찬가지요. 난 장미 화관을 쓴 현자라오! 고대인이지! 아! 바보들의 칭송을 받느니 차라리 죄수 공시대에 매달리는 벌을 받고 싶은 때가 있는걸! 대중은 더 이상 우리를 놓아주지 않고, 언제든지 똑같은 표정을 바란다오. 오직 그 얼굴에만 찬사를 보내는 거야! 그러다 나중엔 우릴 거짓말쟁이나 광대 취급을 할 테지. 아! 아! 그 편협한 인간들이란 그림 한 장 그릴 줄 모르지! 결국 우리는 완전히 속는 거라오. 배불리 먹는 것밖에 생각하지 않는 미장이도 나보다 더 영악하지. 마지막 순간까지 배불리 먹고 실컷 마시는 것을 생각할 수 있으니 말이오. 하지만 우리는 어떻소! 시인이 되리라는 환상을 품고 학교를 마치지. 하지만 살아 있는 대리석 같은 아름다운 허리선보다 더 욕정을 자극하는 것은 없다오. 마흔 살에는 공작부인들과 자고, 예순이 되면 벌써 계집들과 질탕하게 노는 걸로 만족해야 하고. 그 다음엔…… 그 다음엔…… 아! 그 다음엔 말이오. 당신들의 룅브르의 성자 같은 사람들이 부러워진다오. 적어도 그런 사람들은 나이를 먹는 법을 알고 있으니 말이오! 내 생각을 알고 싶소? 이 저명한 선생의 생각, 내 노골적인 생각을? 이제 더 이상…… 그것도 못하면……"

혐오감을 디뜨리며 노골적인 말을 다 마쳤을 때, 극히 섬세히던 생 마랭의 얼굴 윤곽은 멍청한 모습으로 바뀌어 있었다. 음험한 미소를 띤 노인의 얼굴 위엔 사악함이 끔찍스럽게 가라앉아 있었다. 강비예는 잔인한 미소를 띠고서 올려다보며 그를 관찰하고 있었다. 뤼자른의 주임사제는 두 걸음 뒤로 물러나 있었다. 이 순간 그의 절망은 불멸의 빌리에가 그렸던 사튀른 남작(빌리에 드 릴 아당Villiers de L'Isle-Adam의 『마지막 축제의 손님』에 나오는 비정한 인물: 옮긴이)이라도 연민을 느꼈을 것이다.

"저…… 저…… 선생님……" 사제가 더듬거렸다. "제가 사목을 하고 있는 종교는…… 관용과…… 애덕이라는 보고(寶庫)를 갖고 있습니다. 교의(教義)에 반하는 불안이라도…… 어느 정도는…… 그러니까 어떤 종류의 예외적인 영혼에 대해선…… 아버지의 온정 같은 배려와…… 나아가 특별한 호의가…… 주어질 수 있습니다…… 전 믿지 않았습니다. 화해와 통합을 위해 진지한 노력을 하면…… 그러니까 시야를 넓게 하면 말입니다…… 교회의 가르침에 따르면…… 내세란……"

혼돈에 빠진 불쌍한 머리 속에서 상대방을 설득하기 위한 수많은 추론이 들끓었다. 미친 듯이 돌아가는 나침반의 바늘처럼 이리저리 오가는 생각들을 가능하다면 모두 한꺼번에 펼쳐놓고 싶었다.

그때 건장한 체구의 그 노작가가 다가왔다. 떡 벌어진 어깨가 그를 가려버렸다. 그는 창백한 눈빛으로 도발적으로 바라보면서 소리를 질렀다.

"내세라고 했소? 교회의 가르침이라고? 그런 걸 믿는단 말이오? 정말 주저 없이 그걸 믿는단 말이오? 그렇게 멍청할 수가…… 정말 그런 거요?"

(이때 『부활의 초』의 저자의 목소리에는 분명 모욕적인 도전의 어조가 아닌 다른 어떤 것이 있었다.) 하지만 어느 누가 뤼자른의 주임 사제를 궁지에 몰아넣을 수 있단 말인가! 그는 단 한 번도 자신이 생각하고 있는 진리를 의심해본 적이 없는 사람이었다. 자기 자신에 대해서 확고부동한 기준에 대해서 한 번도 의심한 적이 없었던 것이다. 그럼에도 불구하고 사제는 주저했다. 그리곤 허겁지겁 좋은 표현을, 능숙한 말을 찾아내려고 애썼다. 아! 하지만 두려운 적은 너무 가까이서 그를 조르고 있었다. 사제는 용서를 구하듯이 상대방을 향해 손을 들었다. 그리곤 거의 죽어가는 목소리로 입을 열었다.

"제 말뜻을 이해해주십시오……"

생 마랭은 증오로 불타는 시선으로 그를 바라보았다. 그러곤 등을 돌렸다. 불운한 사제의 노력은 모두 허사였다. 무언가 얘기를 하려 했지만 목구멍이 막혀 말이 나오지 않았고, 눈에는 진정 굴욕의 눈물이 복받쳐올랐다.

처음엔 분명 평화롭게 대화를 나누었는데 도대체 어떻게 해서 이렇게 점점 소리가 커지고, 결국 이렇게 세 사람이 램프의 불빛 아래서 불구대천의 적처럼 마주 앉아 있는 상태에 이르게 된 건지, 강비예는 도저히 알 수 없었다. 결국 세 사람의 태도와 말은 각기 다른 의미를 지녔던 것이다. 소환된 증인들은 서로 상대방의 말은 듣지 못한 채 마음속의 독백만을 이어간 것이다. 그리하여 다른 사람에 대해서 화를 내는 거라고 생각하지만 사실은 스스로에 대해서, 바로 자신의 후회에 대해서 격분했던 것이다. 자기 그림자와 장난하면서 노는 신기한 고양이들처럼 말이다.

침묵이 이어졌다. 새로운 폭풍을 잉태한 채 부풀어가는 침묵이었다. 그 침묵을 뚫고 갑자기 문이 열렸고, 한 계단 한 계단 무거운 발걸음으로 삐걱기렸다. 잔뜩 긴장한 세 사람은 일종의 성스러운 공포에 휩싸여 서로를 바라보았다. 마르트 할멈의 침착한 얼굴이 나타나자 사비루 신부가 가장 먼저 숨을 내쉬었다.

"정말 힘드네!" 마르트 할멈이 숨이 찬 목소리로 말했다.

마지막 계단까지 올라와선 앞치마를 두드려 주름을 펴면서 재빨리 세 사람을 쳐다보았다.

"라디슬라스가 기다리고 있습니다."

세 사람은 아무 말 없이 얌전히 그녀를 따라 정원 문까지 갔다. 하늘엔 별이 총총했다.

"라디슬라스 먼저 갔나 봅니다." 마르트 할멈이 묘지를 가로질러 어두운 밤 속에서 흔들리고 있는 초롱불을 손가락으로 가리키며 말했다. "발자국 소리도 들리네요. 지금 가보시면 성당 문이 열려 있을 겁니다."

그러고는 뤼자른의 주임 사제의 소매를 끌어당겨, 나무 창을 댄 구두를 발끝으로 세우면서 귓속말을 했다.

"신부님께 잘 좀 얘기하세요. 어젯밤부터 아무것도 안 드셨거든요. 말도 안 되는 일이에요!"

그녀는 대답을 기다리지도 않고 가버렸다. 뤼자른의 주임 사제는 서둘러 동행을 쫓아가 성당 입구에서 다시 합류했다. 세 사람의 머리 위로 어두운 밤을 뚫고 성당이 우뚝 솟아 있었다. 그 어느 것에도 비할 수 없이 생생하고 선명한 모습이었다. 성당 안에서 성당지기의 징 박힌 구두가 타일 바닥 위에 끌리는 소리가 들려왔다.

"자, 함께 모험을 계속해봅시다." 생 마랭이 사제에게 정다운 어투로 말했고, 이 고명한 선생의 미소에 사제는 생기를 되찾았다. "도대체 어디 있는지 알 수 없는 성자를 찾아내기 전에는 저녁을 먹을 수가 없을 것 같소. 게다가 오늘밤 우리의 작은 논쟁에 종지부를 찍기 위해서라도 하늘의 개입이 필요하고요."

소나기가 내린 뒤 깨끗해진 공기가 불쾌했던 기분을 씻어주었다. 룅브르의 주임 사제의 초라한 방, 그리고 램프의 빛이 벽 위에 만들어낸 마법의 굴레에서 벗어나 보니, 그렇게 버럭 화를 냈던 것은 그저 악몽에 지나지 않았던 것이다.

"들어갑시다!" 사제가 말했다. (짧은 말이었지만, 이미 사비루의 눈에는 감사의 빛이 가득 차 있었다!)

그들이 들어오는 것을 본 라디슬라스가 뛰어왔다. 뤼자른의 주임 사제가 활기찬 목소리로 말했다.

"자, 라디슬라스. 새로운 소식이 있나?"

(성당지기는 어리둥절한 표정이었다.)

"신부님이 아무 데도 안 계시는데요."

"그럴 리가!" 사비루가 외쳤다. 그 목소리는 성당의 둥근 천장 아래서 한참 동안 메아리쳤다.

사제는 낭패한 듯이 팔짱을 꼈다.

"이봐, 심각한 일일세. 정말 분명한가?"

"구석구석 다 찾아보았습니다. 제천사 예배당에 계실 줄 알았거든요. 매일 저녁을 드시고 나면 그 안의 구석으로 가시니까요. 그런데 거기도 안 계시고 다른 데도 안 계시네요. 2층석까지 다 뒤졌는걸……"

"어떻게 된 걸까요?" 강비예가 말했다. "사람이 사라져버릴 수는 없을 테고!"

그 말에 뤼자른의 주임 사제도 고개를 끄덕이며 같은 생각을 표했다.

"제 생각엔 아마도 신부님께서 제의실을 통해 밖으로 나오셔서 베르뇌이 가(街)를 지나 루의 십자가 언덕에 가신 것 같습니다. 해가 지면 묵주 기도를 하시면서 그곳까지 산책하는 걸 좋아하시거든요."

"그것 참!" 샤브랑슈의 의사가 큰 소리를 내며 한숨을 쉬었다.

"마저 더 말씀을 드리면, 이제 성체강복식까지 20분밖에 안 남았으니까 벌써 한참 전에 돌아오셨어야 합니다. 곰곰이 생각해보았는데요…… 신부님께서 오늘 아주 기운이 없으시고 얼굴도 창백하셨습니다. 어제 저녁부터 아무것도 안 드셨고요. 제 생각엔 쓰러지신 것 같습니다."

"걱정이 되기 시작하는군." 사비루 신부가 말했다.

사제는 여전히 팔짱을 낀 채 뺨을 부풀리면서, 그 어느 때보다도 침착하게 생각했다. 그러고 나서 갑자기 결심을 한 듯 말했다.

"이렇게 본의 아니게…… 고생을…… 하시게 해서…… 죄송합니다."

"고생이라니요, 당치 않으십니다." 아주 상냥해진 생 마랭이 대답했다. "걱정하시는데 이렇게 말하기 미안하지만, 오히려 흥미 있는 일입니다. 하지만 이 노인의 다리로는 더 찾아다닐 수는 없을 것 같군요. 전 여기서 기다리겠습니다."

"뛰어갔다 오면 오래 걸리진 않을 겁니다." 사제가 말했다. "분명히 거기 계실 겁니다. 강비예 씨도 같이 가주시겠죠. 그 어느 때보다도 이분의 도움이 필요하니까요. 라디슬라스, 당신도 같이 갑시다. 가는 길에 대장장이의 아들도 부르지요. 신부님을 옮겨와야 할지도 모르니까요."

목소리가 점점 멀어져갔다. 문이 닫히고, 『부활의 초』의 작가는 혼자 남아 미소를 지었다.

13

 신비스러운 미소! 그의 주위에서 한낮의 태양의 온기를 간직한 성당이 느린 숨결을 토해내고 있다. 오래된 돌냄새와 벌레 먹은 나무 냄새가 울창한 숲의 냄새처럼 은밀하게 짧은 기둥들을 따라 흘러갔다. 냄새는 아귀가 맞지 않는 타일 바닥 위에 아지랑이처럼 떠다니기도 하고, 또 잠자듯 고인 물처럼 어두운 구석에 쌓여갔다. 바닥이 파인 곳, 벽이 꺾이는 곳 혹은 옴폭 들이간 곳이, 마치 화강암에 니 있는 피인 지국처럼 그 냄새를 빨아들이고 있었다. 멀리 제단 쪽에 있는 야등(夜燈)은 인적 없는 호수를 비추는 등대 같았다.

 생 마랭은 16세기에 세워져 수많은 세월의 향기로 가득 찬 벽에 둘러싸여서, 지그시 이 시골의 밤을 맛보았다. 신자석 오른쪽으로 긴 의자 끄트머리에 앉았다. 떡갈나무로 된 의자는 딱딱하지만 다정하게 맞아주었다. 철샷줄에 매달린 구리 램프가 가볍게 삐걱거리는 소리를 내면서 머리 위에서 흔들거렸다. 때때로 문이 부딪치는 소리가 났다. 모든 것이 적막한 가운데, 먼지를 뒤집어쓴 창유리가 납으로 만든 틀 안에서 떨리고 있었다. 길을 달리는 말 때문이었다.

 "샤브랑슈의 의사, 그리고 그 지긋지긋한 동행인은 지금쯤 어딘가를 종종걸음 치고 있을 테지…… 그자들이 가버린 덕에 한 시간은 고스

란히 평화를 누릴 수 있겠군!…… (그는 사람이 필요한 것을 그저 우연히 얻을 수도 있다는 걸, 신기하게도 제때에 얻을 수도 있다는 걸 믿고 싶었다.) 이 성당과 고요한 정적, 미세한 그림자의 움직임들, 그래! 모든 게 그의 것이란 말이지…… 모든 것이 그를 기다리고 있다. 어쨌든 그자들이 너무 일찍 오지 않으면 좋겠는데……"

그들은 그렇게 일찍 돌아오지 않을 것이다.

(죽어가는 인간은 자기의 욕망을 잘 안다. 하지만 모든 것에 대해서 침묵을 지킨다. 늙은 유대인 메시슬라스 골베르크〔Mécislas Golberg, 1868~1907, 폴란드의 작가: 옮긴이〕의 말이다.)

지금껏 좀처럼 겪어본 적이 없는 내면의 깊은 정적 속에서 이 고명한 선생의 불안은 조금씩 사라져갔다. 이 정적 속에 수많은 추억이, 마치 도시의 밤을 비추는 수많은 작은 등불들처럼, 불빛을 밝혔다. 그의 기억은 마구 뒤섞인 추억들을 더듬어, 거의 환각적인 무질서를 즐겼다. 연도, 날짜, 시간…… 모든 것이 달력이 그어놓은 경계를 넘어 서로 부르고 응답한다! 잼을 조리하는 청동 냄비가 아름다운 소리를 울리는, 휴가 중의 어느 청명한 아침…… 움직이지 않는 나뭇잎 더미 아래로 맑고 차가운 물이 흐르던 어느 날 밤…… 가족이 둘러앉은 식탁에서 맞은편 금발의 사촌 누이의 놀란 시선, 숨을 헐떡이던 그 작은 가슴…… 그러고 나선 갑자기, 반세기를 단숨에 뛰어넘어, 노년과 함께 찾아오기 시작한 고통들, 어긋난 만남…… 그리고 소중하게 간직한 커다란 사랑…… 늙은 연인의 입술이 다가가도 상대방의 입술은 계속 움직이며 달아나다가 다음날 가차없이 돌아서버렸지만, 그 마지막 순간까지 조금씩 지켜왔고 다투어 얻어낸 그 사랑…… 이것이 바로 그의 삶에서 아직까지 모양과 형태를 유지하고 있는 것이다. 시간이 가져가지 않고 그에게 남겨준 것이다. 그 나머지는 아무것도 아니다. 그가 쓴 작품들도, 그의 명예까지도…… 50년 동안의 노력, 명성을 쌓아올린 경력, 서른 권의 유명한 책…… 아! 그게 다 무엇이란 말인가! 그것이 정녕 이토록 보잘것없는 것이라니! 예술이 어쩌구 하면서 떠들어대는 바보들이 얼마나 많은지! 도대체 무슨 예술을 말하는가? 이 훌륭한 곡예사가 아는 것은 예술의 굴종뿐이다. 그는 마치 무거운 짐을 지듯이 그것을 짊어졌다. 유려한 말솜씨를 자랑하는 이 사람은 자신에 대해서 이야기했을 뿐, 단 한 번도 자기 자신을 표현한 적은 없었다. 그를 사랑한다고 믿고 있는 사람들은 실제는 그의 진짜 모습을 가리는 것들만을 아는 것이다. 그는 자기 책으로부터 추방되었고, 미리 그 소유권을 박탈당한 것이다. 독자는 수없이 많지만 벗은 한 명도 없었다!

하지만 그것은 하나도 후회스럽지 않았다. 그는 이렇게 해서 자기가 영원히 다른 사람의 손에 잡히지 않으리라는 것을, 사람들은 그에 대해서 결국 흉내낸 모상(模像)만을 소유하리라는 것을 확신했고, 그래서 악의에 찬 눈길이 반짝거렸다. 그의 작품 중에서 가장 뛰어난 것이라 해도 결국 임종이라는 마지막 순간의 농담과 마찬가지인 것이다. 그는 제자도 원하지 않았다. 주위의 모든 사람이 적이었다. 그들은 이 거장만이 비밀을 알고 있는 매력과 우아함을 새롭게 만들어낼 능력이 없기에, 그저 교묘하게 모방하는 것으로 만족했다. 그들에게 최대의 모험이라고 하는 것도 규범을 넘어서지 못했다. 그는 이렇게 말했다. "그들은 나의 역설을 분해해낸다. 하지만 다시 조립하지는 못한다." 수없이 많은 죽음을 목격한 젊은이들은 페기(Charles Péguy, 20세기의 기독교 작가로 기독교 신앙과 사회주의가 결부된 애국 운동을 주장했다: 옮긴이)가 신의 면전에서 짚단 위에 몸을 눕히는 것을 보고선, 신랄한 비판이 칼을 갈고 있는 자리를 혐오하며 멀어져갔다. 무력한 섬세함을 다듬는 일은 나르시스의 몫이 되었다. 하지만 이 악한 스승의 뒷자리를 노리고서, 마구 복잡하게 얽힌 대단치 않은 책들을 찡그리면서 쥐어짜내고 위대한 인간들의 면전에서 으르렁거리는 자들, 불행한 사람들이 물을 마시러 오는 영혼의 샘에 신내 나고 변비끼 있는 배설물을 밀어넣는 것만이 유일한 희망인 자들, 그런 떼거리에 앞장선 자들을 진정 비길 데 없이 혐오했다.

하지만 『부활의 초』의 저자에게는 부단히 어둠 속에서 이를 갈고 있는 자들은 중요하지 않았다. 그는 취향이라기보다는 필연에 의해서 갉아먹히며 권태를 느꼈다. 이제 이빨이 튼튼한 젊은 쥐들에게 자리를 내주어야 한다! 이 밤 그는 분노하지 않고 젊은 쥐들을 생각할 수 있을 것이다. 그는 아득히 먼 대도시, 거대한 어두운 하늘 아래서 꿈틀거리고 있는 군중을 생각하면서 쾌락으로 전율했다. 그들을 다시 볼 수 있을까? 아니, 이토록 감미로운 밤에 그들은 아직 어딘가에 존재하는 것일까?

머리 바로 위에선 시계가 심장의 박동처럼 째깍거리고 있었다. 그 소리에 귀를 기울이면서 한동안 눈을 감았다. 아주 오랜 옛날부터 어김없이 다가오는 미래를 애석해하며 조금씩 나누어주는, 나이를 알 수 없는 이 오래된 선조와 함께 살고 함께 숨쉬고 싶었던 것이다. 소리가 울려서 퍼져나가는 성당 안에서 저렇게 들릴락말락한 시계 소리, 매 정각을 알리는 장중한 소리가 울릴 때만 잠시 멈췄다 이어지는 이 단조로운 웅얼거림은 그가 죽은 이후에도 이어질 것이다. 몇 년이고 끝없이, 새로운 침묵의 공간을 가로질러 계속될 것이다. 그날까지…… 그날은 어떤 날인가? 길동무하는 사이좋은 아낙들 같은 녹슨 바늘 두 개가 자정을 알리는 소리와 함께 영원히 멈춰 서는 날, 그날이 어떤 날일까?

눈을 떴다. 그의 앞에는 벽에 박힌 회색 대리석 판 위에 비문이 새겨져 있었다. 그는 금박이 떨어져나간 큰 글씨를 하나씩 읽어갔다.

기념함…… 왕실 공증인 장 밥티스트 암…… 1690~1741년…… 그 아내 멜라니 오르탕스…… 에므쿠르의 영주 피에르 앙투안 도미니크…… 폴 루이 프랑수아……

이렇게 명단의 아래 마지막 이름까지 읽어 내려갔다.

기병 대위, 교구 관리인으로 1889년 칸에서 사망한 장 세자르 암 데므쿠르…… 본당 후원자……

그리고 제일 끝에는, 마치 이런 말이 거기에 있는 것을 미안해하기라도 하는 듯이, 오래된 돌판 위에 아주 겸허한 부탁이 써 있다.

모두 망자가 된 이 가족을 위해 기도를 드려주십시오.

"쓸데없는 일이지!……" 『부활의 초』의 저자가 중얼거렸다. 하지만 상대를 보살피는 듯한 호감을 담은 미소를 짓고 있었다. 한 자 한 자 새겨나가고 금박을 칠한 커다란 대리석 덩어리는 부르주아 집안의 그 어떤 가구에도 뒤지지 않을 만큼 화려했다! 겨울날 흩날리는 빗속에서 네 개의 말뚝에 기대고 있는 하얀색 묘석만큼 슬픈 것은 없다. 하지만 추위와 더위를 피해서 망자가 된 교구 관리인이 생전에 성체를 받아 모시던 교회 집사석 정면에 놓인 이 비석, 매주 부지런한 성당지기가 초를 먹여 닦아서 맨 첫날과 똑같이 매끄럽게 반들거리는 이 비석은 죽음의 상(像)으로는 무척 위안이 되는 것이다! 이런 사후(死後)의 평안을 생각하자 노작가의 감성에 뭉클한 감동이 몰려왔다. 그는 그곳에 쓰인 이름들을 전부, 가까이 있어서 위안을 주는 친구들의 이름인 것처럼 하나씩 읽어 내려갔다. 암이라는 이 일족 말고도 얼마나 많은 선남선녀가 한 지붕 밑에서 잠들고, 또 이 견고한 토대가 계속되는 한 함께 지속되기를 바라면서 여기저기, 글씨가 지워진 포석 아래에, 제단 아래까지 누워 있는 것일까! 이곳에서 그들과 벗하여 잠들고 싶은가…… 유명한 소설가는 이 순간만큼 모든 것을 체념하고 평온한 기분이 된 적은 없었다. 감미로운 피로가 마지막 근육까지 모두 이완시켜버렸고, 그의 눈 앞에 깊은 성당의 영상이 떠다녔다. 이제 모든 비밀이 사라진 성당은 다정하고 친숙하게, 깊이 잠들어 있었다. 그는 전에 느껴본 적이 없는 평화, 거의 종교적이라고 할 수 있는 평화를 맛보았다. 자기 몸을 부드럽게 만지다가 기지개를 켰다. 하품이 나오는 것을 참았다. 기도를 하려는 듯이……

밖에선 하늘이 어두워졌다. 좌우 날개 회랑의 채색 창유리에 마지막 남은 빛이 다 사라졌다. 이제 문이 열리고 닫힐 때마다 교회 안은 검은 벨벳 같은 어둠이 깔렸고, 그저 희미한 향기만이 바깥 세계의 존재를 드러냈다. 여기저기 흩어져 있던 사람들의 그림자가 점점 가까워지면서 한곳으로 모여들었다. 조심스럽게 속삭이는 말소리가 기둥들을 따라 떡갈나무 걸상들 너머로 전해졌고, 총총거리는 발자국은 입구 쪽에 이르렀다. 얼마 안 남은 사람들이 조금씩 성당을 빠져나갔다. 평상시의 성체강복 시간은 이미 한참 전에 지났는데도 제의실은 여전히 닫혀 있었다. 열두 개의 램프 중 세 개만 밝혀져서 이 넓은 성당 내부를 비추고 있었다. 도대체 무슨 일이 있는 것일까? 아직까지 무엇을 기다리는가? 사람들은 손으로 더듬거리면서 다른 사람을 찾았고, 조금 떨어진 곳에 있는 사람들은 부드러운 헛기침 소리를 내면서 서로 불러댔다. 아는 사람들끼리는 의견을 나누었다. 보쿠르의 마지막 차가 출발할 때 호기심 많은 남녀는 이미 다 떠나갔고, 오래전부터 룅브르를 사랑해온 몇몇 사람들만이 늦게까지 남아 있었다. 하지만 이제 마지막 사람들도 떠나가고, 생 마랭만 남았다.

14

조금 음울한, 하지만 조금은 매력적인 이 커다란 장난감은 이제 오직 한 사람, 『부활의 초』의 작가의 것이었다. 진정 그 혼자만의 것이었다! 그는 애정 어린 눈길로 둥근 천장의 띠무늬를 따라갔다. 처음엔 천창(天窓)의 꽃무늬로 한데 모여 있던 것이 세 개씩 갈라져서 측벽의 벽기둥들로 내려갔다. 너무도 유연하고 또 생기 있게 우아한, 거의 동물적인 움직임이었다. 그 옛날에 공중을 달려가는 이 무늬를 만들었던 석공은, 본인은 전혀 몰랐겠지만, 이 늙어가는 천재의 눈을 즐겁게 해주기 위해서 일했던 것이 아닐까? 텅 빈 하늘을 향해 고개를 들 때 남녀 신자들은, 그리고 그 시골뜨기 사제는, 도대체 무엇을 기다린 것일까? 끈이 느슨해지고 짧은 평화가 찾아오고 일시적으로나마 운명을 받아들이는 것, 바로 그것이 아니었을까? 그들이 순진하게 신의 은총, 성령의 선물, 성사(聖事)의 효과라고 부르는 것은 바로 지금 이 순간 그가 이 고독한 장소에서 맛보는 휴식에 다름아닌 것이다. 순진하게도 아무 쓸모없는 강론에 허덕이는 불쌍한 자들! 매일 아침 자기가 영생을 완성하고 있다고 생각하는 시골뜨기 성자! 그 성자의 감각은 이 훌륭한 작가가 맑은 정신으로 꾸는 꿈, 의식적으로 빠져드는 환상과는 비교할 수 없는 조잡한 환상을 체험할 뿐이다. "진작에 시골 성당의 공기를 마시러 올걸!

1830년대를 살던 우리 조모들은 우리가 잃어버린 비밀을 알고 있었어!" 그는 괜히 사제관을 갔었다고, 쓸데없이 성자의 방에 순례를 갔었다고, 그래서 괜히 헷갈릴 뻔했다고 후회했다. (그 방의 벽을 보면서 한순간 이성이 흔들렸었다.) 조금 야만스런 그 광경은 섬세하지 못한 다른 사람들을 위한 것이었다. 그는 이렇게 중얼거렸다. "성성(聖性)이란 건 이 세상의 다른 모든 것과 똑같이 무대 위에서 볼 때만 아름다운 거야. 그 이면은 악취가 나고 추한 거지." 웅성거리는 그의 머리 속에서는 새롭고 대담한 생각들이 무수히 소리를 내고 있었다. 싱싱한 희망이, 아직 희미하기는 하지만, 그의 근육까지 움직이게 했다. 지난 며칠 동안 이렇게 유연하고 또 활력이 넘치는 기분이 든 적이 없었다.

"늙는 데도 기쁨이 있다." 그가 거의 소리를 지르듯이 큰 소리로 말했다. "오늘에야 알게 되었을 뿐이야. 사랑마저도 힘들지 않게 버릴 수 있는 것인데. 그래, 사랑도 그렇지! 난 지금까지 책 속에서 죽음을 찾았어. 아니면 도시의 초라한 묘지에서 찾았지. 내게 죽음은 어떨 땐 꿈 속에서 본 광경처럼 터무니없는 것이었고, 또 어떤 때는 제복 모자를 쓰고 사람들이 흔히 하는 말대로 묘지를 제대로 가꾸고 기록하고 관리하는 사람의 키 정도로 깎아내려진 것이었지. 하지만 그게 아니야! 바로 이 장소에서, 혹은 이와 비슷한 다른 장소에서 죽음을 기꺼이 맞이해야 하는 거야! 추위와 더위, 낮과 밤을 맞이하듯이, 우리가 느끼지 못하는 동안에도 천체가 회전하고 계절이 바뀌는 것을 맞이하듯이, 그러니까 현자들이나 동물처럼 그렇게 죽음을 맞아야 하는 거지! 심지어 철학자라 하더라도 자연에 아주 가까이 있는 이런 노사제 같은 사람의 본능에서 비할 데 없이 소중한 것들을 배울 수 있지. 그 사람은 영감을 받은 은자(隱者), 우리 선조들이 자연의 신성함이라고 생각한 은자들의 후계자야. 정작 자기만 모를 뿐 사실은 시인인 거지. 하늘의 왕국을 구하다가 적어도 안식을, 자연의 모든 힘에 대한 복종을, 깊은 평화를 얻을 수 있었던 시인이여……"

룅브르의 성자가 경험으로 얻은 지혜를 사람들에게 아낌없이 베풀던 고해실은 고명한 선생이 팔을 뻗기만 하면 손가락으로 만질 수 있을 만한 곳에 있었다. 바로 그곳에, 두 개의 기둥 사이에 있었다. 조잡한 밤색으로 칠해진 고해실은 통속적이고 꾀죄죄해 보였다. 녹색의 커튼이 양쪽에서 닫혀 있었다. 『부활의 초』의 저자는 고해실이 어째서 이렇게도 추한지를 안타까워했고, 또 이 마을의 예언자가 이런 전나무 상자 속에서 사람들에게 신탁을 내린다는 것이 무척이나 유감스러웠다. 그는 나무로 된 격자창을 신기한 듯이 바라보았다. 그 뒤에 신자들의 고해에 귀를 기울이면서 축복을 내리기 위해 한 손을 들고 있는, 눈을 감고 미소를 띤 노사제의 얼굴을 그려보았다. 그 2층 방에서, 아무 장식 없는 벽에 마주 선 채 손에 채찍을 들고 말도 안 되는 잔인한 행동을 하는 모습보다는, 이쪽 모습이 훨씬 더 마음에 들었다! '아무리 온화한 몽상가라도 머릿속에서 사라져가는 심상들을 살려내기 위해서 조금은 거친 흔들림이 필요한 건지도 모르지' 하고 생각했다. '다른 사람들이 모르핀이나 아편에서 얻는 것을 이 사람은 등과 옆구리에 죄어드는 채찍의 고통에서 얻고 있는 게지.'

철삿줄에 매달린 구리 램프가 조용히 흔들거렸다. 램프가 다가올 때마다 그림자가 둥근 천장까지 퍼져나갔다. 다시 밀려간 그림자는 어두운 기둥 그림자 속에 몸을 숨겼다가 또다시 펼쳐진다. '우리도 바로 저렇게 차가움에서 뜨거움으로 이동하는 거다.' 생 마랭은 생각에 빠져들었다. 그러니까 우리는 알 수 없는 어떤 법칙에 따라서 어떤 때는 열기로 끓어오르다가 또 어떨 때는 식어 생기를 잃게 되는 것이다. 이전에는 우리의 회의주의는 여전히 도전이었다. 이내 무관심이 모든 문제를 해결한다고 생각하게 되지만, 그 역시 유지하기 힘든 태도이다. 아! 향락주의자의 미소 뒤에 숨은 경련이라니! 하지만 앞으로도, 그러니까 우리의 자손들 역시 우리를 넘어서지 못할 것이다. 인간의 정신은 끊임없이 날개의 모양과 선의 형태를 바꾸어가면서, 부정에서 긍정에 이르는 모든 각도에서 하늘에 도전했지만, 그 누구도 날 수는 없다. 이전에 떠받들여지던 딜레탕트라는 명칭만큼 오늘날 비난을 사는 것이 또 있을까! 새로운 세대는 분명 그와 다른 표시를 띤다. 후에 알게 되듯이, 새로운 세대의 표시는 바로 희생, 그러니까 군인들이 선망하는 명예로운 운명이다. 라그랑주가 젊었을 때 생생한 예감과도 같은 성스러운 불안 때문에 전율하고 있는 것을 본 적이 있다…… 그는 스스로 혐오했던 안식을 나보다 먼저 맛보았다. 사람들이 우리를 신자라고 부르건 자유사상가라고 부르건, 그로 인해 우리의 모든 탐구가 헛되지는 않을 것이다. 매번 노력할 때마다 목표에 다가간다. 심지어 우리가 숨쉬는 공기도 우리 안에서 연소되어 우리를 삼킨다. 의혹을 갖는 것은 부정하는 것과 마찬가지로 생기를 불어넣지 못한다. 하지만 의혹을 가르치는 선생이 된다는 건 너무도 야릇한 고행이다! 그래도 한창때는 여자들을 따라다니거나 성욕에 빠져서 머리가 언제나 충혈되어 있기 때문에 생각은 그것을 뚫고 나오지 못한다. 유혹에 몸을 내맡기는 퇴폐적 쾌감에 젖어 말하자면 반 착란 상태에서 살아가다가, 가끔 정신이 돌아올 때면 절망에 빠져들면서, 그렇게 살아가는 것이다. 하지만 나이가 들수록 상상력이 흐려지고 혈관을 도는 피도 희미해진다. 기계가 헛도는 것이다. 노년이 되면 우리는 욕망의 열기에 의해 지탱되던 학창시절의 추상적 개념을 되씹고, 역시 우리만큼이나 낡아빠진 말들을 되풀이한다. 잃어버린 비밀을 젊은이들의 눈 속에서 엿본다. 아! 그 중에서도 가장 지독한 시련은 바로 자기 자신의 쇠락을 타인의 정열, 그리고 활력과 끊임없이 비교하는 것이리라. 거센 파도가 휩쓸고 지나가는 것을, 다시는 우리를 일으켜 세우지 않을 파도가 지나가는 것을 느끼면서 아무것도 할 수 없는 것과 마찬가지이다. 인생에 단 한 번밖에 시도될 수 없는 것일진대, 다시 한 번 시도해서 무슨 소용이 있겠는가? 이 선량한 사제처럼 삶이 물러가기 전에 먼저 삶에서 물러난 것은 그나마 현명한 일이리라. 그렇게 하면 늙는다는 데 대한 환멸은 없을 테지. 그 사람은 바로 우리가 잃지 않으려고 애쓰는 것으로부터 가능한 한 빨리 벗어나려 한 것이다. 우리가 욕망의 강한 자극을 느낄 수 없게 되었다고 한탄할 때, 그는 유혹이 줄어든 것을 즐거워한다. 단언하건대 이 사람은 나이 서른에 이미 노인의 더없는 행복을 누렸을 것이기에, 나이는 더 이상 흔적을 남기지 않는 것이다. 이 사람처럼 하기엔 너무 늦어버린 것일까? 먼지 나는 신학교에서 낡은 책과 조잡한 선생들의 가르침으로 커온 그는 처음에는 시골뜨기 신비주의자였지만, 조금씩 조금씩 평정한 현자(賢者)의 상태까지 올라갈 수 있었다. 하지만 경험이 짧았고, 그가 쓰는 방법은 순진하고 때론 쓸데없는 미신이 얽혀서 엉뚱했다. 저명한 대가인 그는, 비록 인생의 막바지라고는 해도 천품(天稟)이 가장 왕성하게 발휘되는 때였기에, 다른 효력을 내는 수단이 있다. 성성(聖性)으로부터 다정함을 빌려오기, 조용하게 어린 시절의 평화를 되찾기, 전원의 침묵과 고독에 익숙해지기, 그 어느 것도 후회하지 않는다기보다는 아무것도 기억하지 않으려고 애쓰기, 분명 소중한 가르침인 금욕과 정결의 가르침을 이성에 의해서 절제하기, 가을날 혹은 석양을 즐기듯이 노년을 즐기기, 조금씩 조금씩 죽음과 친해지기…… 이것은 분명 어려운 유희일 테지만, 그래도 많은 책을 써내고 환상을 사람들에게 나누어준 이 사람으로서는 그저 유희일 뿐이다. "이것이 나의 마지막 작품이 될 것이다." 고명한 선생은 결론을 내린다. "나 혼자 배우가 되었다 관객이 되고, 그렇게 이 책은 나 자신만을 위한 것으로 쓸 것이다……"

하지만 이런 마지막 책은 꿈속에서나 보는 것일 뿐, 결코 쓰어지지 않는 책이다. 그것을 꿈꾼다는 것만으로도 치명적인 마지막 징표가 된다. 바로 그렇게, 죽음이 머지않은 늙은 고양이들도 융단의 털을 손톱으로 쓰다듬고 또 그 아름다운 색조를 희미한 애정으로 가득 찬 눈길로 쳐다보는 것이다.

『부활의 초』의 저자는 바로 그런 눈길로 얇은 나무 격자창을 바라보면서, 그 뒤에서 고해 신자들에게 축복을 내리는 영웅의 모습을 그려보았다. 너그러운 미소를 지으며 언변이 부드럽고도 힘찬, 인간 영혼을 아주 많이 겪어본 위대한 사제의 모습을 말이다. 그는 이미 이 영웅을, 그로부터 얻을 수 있는 모든 즐거움을 상상하면서 사랑하고 있었다. 아무리 성자라 하더라도 지극한 환대를 담은 예우를 받으면, 그러니까 지성의 수호자로부터 더할 나위 없는 최고의 예의를 담은 주의 깊고 예리한 호감을 빋으면 무감각할 수 없을 것이다. 이첨을 거부히는 사람일수록 찬미라는 좀더 고상한 형식을 좋아하는 것이다. 그렇다! 그렇다! 이 저명한 생 마랭 말고도 수많은 사람들이 이곳에 와서 무릎을 꿇고 그 선한 노인의 말을 들은 후, 마음의 짐을 내려놓고 돌아간다. 그럴 수 있다! 고해 성사 없이는 죄의 체험이 결코 완전할 수 없는 것인가! 설사 불완전하고 비겁한 것이라 해도 죄를 고백할 때의 수치심 속에는 후회와 비슷한 강하고 격렬한 감각이 있지 않은가! 무미건조한 악덕을 치료해주는 조금은 거칠고 특이한 치료제 같은 것이 있지 않은가! 자유사상을 맹목적으로 옹호하는 사람들은 어리석게도 교회가 정신 치료를 할 수 있다는 걸 부인한다. 유명한 신경과 의사들이 쓰는 요법은 새롭고 훌륭한 것이라고 판단하면서 말이다. 전문가가 치료실에서 하는 것은 결국 고해실에서 사제들이 하는 것과 마찬가지가 아닌가! 상대방의 마음을 자극해서 고백을 끌어내고, 그렇게 해서 마음이 가라앉고 긴장이 풀린 환자에게 넌지시 암시를 해주는 것 말이다. 인간의 마음 속에서 썩어가고 있는 수많은 것을 이 한 번의 노력이 해방시켜주리라! 비밀에 싸여 살아가면서 다른 모든 사람들의 눈 속에서 자기 모습을 보고 또 모든 입술이 자기 얘기를 하는 것을 듣는, 그리고 바로 자기를 압박하는 증오와 선망 속에서 스스로의 존재를 느끼는 이 저명한 인물도 때로는 자기 자신으로부터 도망치고 싶고, 이 마법의 고리를 깨뜨리고 싶어지는 것이다. 그는 자기보다 열등한 사람들에겐 결코 마음을 열지 않으며, 자기와 동등한 사람들에게는 항상 거짓말을 한다. 그가 만일 마음을 거짓없이 기록한 회고록을 남기고 죽는다면, 그것은 결국 속내를 드러내지 않는 천성적 허위가 사후(死後)를 배려하는 끔찍한 허영으로 분화된 것뿐이다. 독자들은 이런 허영을 익히 알고 있다. 그렇다면…… 그렇다면, 그가 지금껏 부정해온 선물, 바로 자기 자신이라는 소중한 선물을, 한번쯤, 그냥 아무렇게나, 지나가던 거지에게 금화 한 줌을 던져주듯이, 아무한테나 주는 것도 나쁘지는 않을 것이다.

 이 사람은 상당히 섬세한 감성에도 불구하고 참된 감식안이 없어서 다른 사람의 거친 태도를 그저 육체적인 거북함으로 느끼는 것이 고작이기에, 단 한 순간도 저열함이라는 함정을 벗어나지 못한다. 그는 이렇게 두서없이 많은 상념들을 휘저으면서 순진한 자신감에 차 있었고, 그저 확고한 이유들 중 하나를 선택하면 되는 것이라고 생각했다. 마침내 그는 한편으로 성자를 향한 부러움, 그리고 동시에 호기심에 차서, 지금껏 수많은 사람이 무릎을 꿇어서 닳아버린 나무 계단을 바라보았다. 일단 저리로 가기만 하면 그 다음은 저절로 될 것이다. 못할 이유는 없다! 바로 이 자리에서 수없이, 일자무식의 노처녀한테도 주어진 일이 그에게 거부될 리는 없다. 냉정함을 잃지 않고 감미롭게 야유하는, 그 누구보다도 음험한 관찰자인 그에게 말이다! 희귀하고 복잡한 감각을 숱하게 맛보고 너무도 많은 말을 한 후에, 현학적인 찡그린 표정을 그렇게 많이 보여준 후에, 이제 아주 작은 노력만 하면 시골 현자의 품 안에서, 미망에서 깨어나 마음의 평화를 얻고 적당히 경건하게 삶을 마감할 수 있는 것이다. 직접 밭에 무를 심으면서 노년을 보냈던 황제 이후로도 이 세상의 위인들 중에 목가적인 죽음을 얻은 사람들이 종종 있었다. 배우들이 쓰는 은어로 이것을 '연기를 시작하기 위해서 역할에 들어간다'라고 한다. 맘껏 살찐 불그스레한 얼굴의 배우는, 이렇게 자기가 맡은 역할을 면밀하게 연구하고 나서, 맥주잔을 들이켜며 대본을 덮고 큰 소리로 말할 것이다. "나의 폴리왹트(코르네유의 작품 이름이며 주인공의 이름: 옮긴이)를 잡았다!"

15

"나의 성자를 잡았다." 만일 그때 농담할 기분이었더라면 고명한 선생은 이렇게 말했을 것이다. 실제로 그는 성자를 잡은 것이다. 혹은 곧 잡게 될 것이다. 제왕들의 정원에서 온 귀중한 과일을 경멸하며 깨물어 먹은 후, 이제 가난한 자들의 입에서 빼앗아온 거친 빵 조각을 맛있게 먹을 수 있으리라! 그는 순진하게도 이렇게 생각했다. 끊임없이 샘솟는 천재들의 호기심이란 원래 그런 것이기 때문이다.

이렇게 말년에 새로운 것에 입문하는 기쁨을 맛보다니 너무도 멋진 일이다! 사실 파리에서 룅브르는 먼 길이다. 하지만 바로 옆에 있는 사제관에서 이 평화스런 성당으로 오는 동안 그는 전혀 다른 공간을 넘은 것이다! 조금 전까지도 초조하고 불안했다. 고개를 떨구고 베르뇌이 가(街)에 있는 작은 저택으로 돌아가, 아무 쓸모없는 인간으로 모두에게 잊혀진 채, "불쌍한 주인님은 숨이 잘 안 끊기네요"라고 허공에 대고 중얼거리는 하녀의 팔에 안겨서 죽음을 맞이하리라는 것이 유일한 희망이었다. 하지만 지금은 해방되어 자유를 얻었고, 머릿속엔 한 가지 계획을 품었다. 피부로 느껴지는 그 열기는 진정 희열이었다! 이제 여섯 주가 지나기 전에 모든 것을 결정하고 결론을 내리리라…… 어딘가 숲 가장자리에 습기 찬 녹색 잔디 가운데, 시골풍과 도시풍이 섞인 그런 집을 구할 것이다. 생 마랭이 회심을 하고 룅브르에 은거한다…… 신앙심 깊은 자들이 환호의 탄성을 지른다…… 사람들과의 첫 대담에서…… 아주 세심하게 입장을 밝힌다…… 그것은 말하자면 이 위대한 인간의 유언이 될 것이다. 젊음, 아름다움, 쾌락, 부정된 것이 아니라 잃어버린 모든 것에 대한 마지막 애무…… 그리고 나선 침묵…… 그 위대한 침묵 속에서 사람들은 철학자와 성자를 룅브르의 고독 속에 나란히 묻는다……

점점 망상 속에 빠져들면서, 마치 꿈을 꾸는 것 같았다. 잠시 현실과의 접촉이 끊어졌다. 하지만 이내 자기가 혼자라는 것을 깨닫고 전율했다. 너무도 갑작스럽게 깨어나는 바람에 균형이 깨지면서, 마음이 무척 동요되고 신경이 곤두섰다. 그는 바로 옆에 있는 텅 빈 고해실을 경계의 눈초리로 쳐다보았다. 녹색 커튼이 쳐 있는 문이 그를 불렀다. 어떤가! 그 노인의 초라한 방, 초라한 침대, 고행 채찍…… 이런 것 이상의 것을, 그가 사람들에게 자기 모습을 드러내는 장소를 볼 수 있는 너무도 좋은 기회가 아닌가! 더구나 성당 안에는 아무도 없으니 누가 보지 않을까 걱정할 필요도 없었다. 나이 일흔이 되어도 그에게 제일 처음 닥쳐오는 충동은 언제나 분명하고 솔직하며, 이겨낼 수 없는 것이었다. 그것은 상상력이 풍부한 작가들이 갖는 위험한 특권 같은 것이었다…… 그의 손이 문을 더듬어 손잡이를 찾아냈다. 그리곤 단숨에 문을 열었다.

문을 열기 전엔 주저하지 않았는데, 정작 문을 열고 나자 망설임이 몰려왔다. 하지만 너무 늦어버렸다. 무어라 설명할 수 없는 후회가 맴돌았고, 성급하게 행동한 것이 꺼림칙했다. 상대방이 미처 준비되지 못한 상태에서 불쑥 덮치는 것이 아닌가 하는 두려움 혹은 수치심 때문에 한

순간 눈을 내리깔았다. 하지만 이미 성당 타일 바닥에 비친 램프의 빛이 고해실 안으로 미끄러져 들어갔고 천천히 위쪽으로 올라갔다. 그의 눈길도 함께 올라갔다……

……시선이 멈춘다. 하지만 그런들 무슨 소용이 있겠는가! 일단 빛에 드러난 것은 영원히 다시 가릴 수 없는 법이다.

……저쪽 2층에서 보았던 것과 똑같은 구두 한 켤레, 기묘하게 말려 올라간 사제복의 주름…… 모직 양말을 신고 뒤꿈치는 문턱에 걸친 채 뻣뻣하게 굳어 있는 기다란 다리. 이것이 그의 눈에 처음 들어온 모습이었다. 그리고 나서…… 조금씩 조금씩…… 더 짙은 어둠 속에…… 희끄무레한 것이 보이고…… 돌연 벼락에 맞은 듯한 끔찍한 얼굴이 보였다.

앙투안 생 마랭은 극단적인 경우에도 냉정하고 계산된 용기를 보여줄 수 있는 사람이다. 사실 죽었든 살았든 이렇게 예기치 않은 곳에 나타난 노인의 모습이 물론 무섭기도 했지만, 또한 아주 짜증스런 일이었다. 한창 빠져 있는 좋은 꿈이 깨져버린 것이다. 그 꿈의 끝은 결국 어두운 나무 상자 안에 있는 이 기묘한 증인, 우뚝 서 있는 사체(死體)의 것이었다. 아이러니의 대가가 스승을 만난 것이다. 조금은 멍청한 꿈, 눈물겨운 꿈에서 깨어난 그는 무안해졌다.

문을 활짝 열고 한 걸음 뒤로 물러나 이 이상야릇한 벗을 훑어보았다. 아직 상대방을 넘어설 수는 없었다. 하지만 정면으로 마주 섰다.

"멋진 기적이로군!" 그가 약간의 분노를 담아 이 사이로 내뱉은 말이다. "이 착한 신부는 심장 발작으로 소리도 내지 않고 여기서 죽었군. 그 멍청이들이 사방 찾아다니며 길 위를 헤매는 동안, 정작 아주 고요하게 바로 이곳에 있었어. 초소 안에 있다가 바로 옆에서 날아온 총알을 맞고 죽은 보초 같은 모습으로 말이야."

사제가 마지막 순간에 몸을 뒤로 젖히느라 기댄 좁은 의자가 그의 허리를 지탱한 모습이었고, 두 다리는 입구를 막아주는 얇은 판에 걸친 채 뻣뻣하게 굳어 있었다. 그렇게 기괴한 부동의 상태에서 칸막이 판에 기대선 룅브르의 성자의 가련한 육신은 깜짝 놀라서 일어서려고 하고 있는 그런 모습이었다.

다른 사람이라면 다정한 손길이 덮어주는 하얀색 새 시트를 덮고 잠들어 휴식을 얻으리라! 하지만 이 사람은 어두운 이 밤에도 여전히 자녀들의 외침을 듣고 있다. 아직 무언가 할말이 있었으리라…… 그렇다! 그는 아직 마지막 말을 다 하지 못한 것이다. 이미 무수한 창에 찔린 늙은 검투사는 약자들을 위해 증거하고, 배반과 배반자의 이름을 고하고 있다. 아! 이 성자의 상대인 악마는 아주 능란하고 놀라운 거짓말쟁이로, 이미 잃어버린 영광의 자리에 고집스레 버티고 선 반역의 천사일 것이다. 수많은 간계를 동원하여 잃어버린 영광을 들쑤시기도 하고 또 제멋대로 쥐고 흔들기도 한다. 하지만 그런 악마를 향해 이 겸허한 적은 맞서 대항하며, 제아무리 비웃는 함성이 몰아쳐도 고집스레 고개를 흔들어댄다. 허둥거리면서 아무 기교 없이 방어하는, 알아듣기도 어려운 이 사람의 순진한 말에 대해서 의기양양한 지옥이 얼마나 웃어대고 소리를 질러댔는가! 하지만 무슨 상관이 있으리! 이제 또 한 사람이 그의 말을 듣고 있다. 하늘이 그의 말을 영원히 덮어두지는 않으리라!

주여, 우리가 당신을 저주했다는 것은 사실이 아닙니다. 당신에게 맞서려는 그 가소로운 적수, 가짜 증인이며 거짓말쟁이가 멸망하게 하소서! 그자는 우리의 모든 것을 빼앗아 우리를 헐벗게 하고, 우리의 입 속에 당신을 모독하는 말을 집어넣었습니다. 하지만 우리가 당신과 함께 나누는 몫이며 우리가 선택되었음을 말해주는 징표인 고통은 그대로 있습니다. 그것은 선조들로부터 이어온 것으로, 순결한 불보다 더 세게 영원히 타오릅니다…… 우리의 지성은 둔하고 범속하며 우리는 너무도 고지식한데, 그 교활한 유혹자는 사탕발림의 말을 쏟아내니…… 그냥 평범한 말도 그자의 입에 오르면 바로 그자가 원하는 의미를 띠게 되고, 그래서 멋진 말일수록 우리로 하여금 더욱 길을 잃고 헤매게 만듭니다. 우리가 침묵을 지키면 그자는 우리 말을 대신하고, 만일 우리가 입장을 밝히기 위해서 무슨 말을 하게 되면 도리어 그 말이 우리를 죄에 떨어뜨리게 됩니다. 비길 데 없이 능란한 추론가인 그는 상대방의 말을 반박하려고 하지도 않고, 오히려 희생자의 입에서 스스로에 대한 사형 선고가 나오게끔 하면서 즐거움을 누리는 겁니다. 그자와 함께 그 배반의 말들이 멸망하기를! 인간이 자신을 드러내는 것은 바로 고통의 외침, 엄청난 노력으로 뱃속에서 끄집어낸 비탄의 절규를 통해서입니다. 당신은 우리를 불씨를 일으킬 누룩으로 삼아 심연 속에 던지셨습니다. 우리는 죄로 인해 빼앗겨버린 우주를 조금씩 되찾아, 세상 창조의 첫 아침에 받았을 때의 모습 그대로, 질서와 성성을 간직한 모습으로 당신께 돌려드리겠습니다. 주여! 시간이 많이 필요합니다! 우리의 주의력은 오래가지 못하고, 우리의 정신은 쉽게 딴 길로 빠져버립니다! 우리의 시선은 끊임없이 불가능한 출구를 찾아 좌우를 엿봅니다. 당신의 일꾼이 연장을 던지고 떠나버리는 일도 끝없이 이어집니다. 그러나 당신의 긍휼은 지치지 않습니다. 우리가 어디로 가든 당신은 우리에게 검 끝을 들이댑니다. 도망치던 자는 되돌아와 다시 맡은 일을 시작하거나, 아니면 고독 속에 멸망합니다…… 아! 너무도 많은 것을 알고 있는 적도 당신의 이 긍휼만은 알지 못합니다! 인간은, 제아무리 저열한 인간이라 해도, 한

가지 비밀을 품고 있는 겁니다. 그것은 바로 우리를 정화시켜주는 효력을 가진 고통입니다…… 오! 사탄이여! 그대의 고통은 아무것도 가져다주지 않는 고통인 것을!…… 자, 그대의 뜻대로 내가 여기 왔도다. 그대의 마지막 공격을 받을 준비가 되어 있으니…… 난 그저 순진하고 가련한 사제일 뿐이다. 그대는 사악한 꾀로 한순간 나를 농락했으며 이제 돌을 굴리듯이 마음껏 가지고 놀 것이다…… 그대의 간계에 맞설 수 있는 자가 어디 있으랴! 언제부터 그대가 나의 주인과 같은 얼굴과 목소리를 가졌는가? 내가 처음으로 굴복한 것이 어느 때였던가? 그대가 나에게 줄 수 있는 유일한 선물인, 신으로부터 버려진 성자라는 거짓의 모습을, 인간의 마음으로는 엄청난 것인 그대의 절망을, 그것을 내가 말도 안 되는 호의로 받아들인 것은 언제였던가? 내가 고통스러워하고 기도할 때도 나와 함께 있었다. 아! 생각만 해도 끔찍하다! 그 기적마저도…… 하지만 그게 무슨 상관이겠는가! 무슨 상관이리! 자, 나의 모든 것을 벗기라! 나에게 아무것도 남겨두지 말라! 내가 죽고 나면 또 다른 사람이, 그러고 나면 또 다른 사람이 이어져 십자가를 안고서 똑같은 외침을 지르리니…… 우리는 저 선량한 사람들이 그림 속에서 쳐다보는 그런 성자가 아니다. 교회 밖의 철학자들도 그 달변과 강건함을 부러워하는, 황금빛 수염을 늘어뜨린 불그레한 얼굴의 성자가 아니란 말이다. 우리의 몫은 이 세상이 생각하는 것과 전혀 다르다. 천재들이 겪어야 하는 괴로움도 우리의 몫에 비하면 아무것도 아니다. 주여! 훌륭한 생애는 그 어느 것이나 모두 당신을 위해 증거합니다. 하지만 그 중에서도 성자들의 증거는, 마치 칼로 뽑아내듯이, 그렇게 얻어집니다.

아마 룅브르의 주임 사제가 하늘의 심판자를 향해 토해낸 마지막 한탄, 사랑이 담긴 비난은 이런 것이었을 것이다. 하지만 그를 만나기 위해 멀리서 온 고명한 선생에게는 다른 말이 있었다. 마지막 절규가 터져나오면서 생긴 상처처럼, 어둠 속에서 벌어진 그의 입은 이제 아무 말도 하지 않았지만, 그의 온몸이 끔찍한 도전을 직접 말하고 있었다. 그의 몸은 부르짖는다.

"너희가 나의 평화를 구했으니, 이제 나에게서 평화를 가져가라!"

■ 옮긴이 해설

절망의 태양 아래 음각으로 새긴 희망의 몸짓

사탄의 태양 아래…… 제목부터가 무언가 불길하고 음침한 기운이 짓누르는 듯하지 않은가……『사탄의 태양 아래』는 프랑스의 소설가 조르주 베르나노스(1888~1948)에게 작가로서의 명성을 얻게 해준 첫 작품이다. 베르나노스는 젊은 시절 보수 왕당파 신문에서 글을 쓰다가—그의 정치적 성향은 "블랑키의 후예들이 등기소를 가득 채우고, 사제의 방에는 라므네의 후예들이 가득 차 있는 시대"를 배경으로 하는 이 소설에도 그대로 드러난다—인간의 합리(合理) 혹은 반대로 신의 섭리(攝理)로 무장한 사람들 모두가 절망의 재앙으로 치러내야 했던 제1차 세계 대전을 직접 참호에서 겪는다. 이후 6년여에 걸친 집필을 통해 탈고한 것이 바로 그의 첫 소설『사탄의 태양 아래』다. 사탄의 태양 아래서 사람들은 어떻게 살아가는가…… 이 이야기는 신의 태양을 가려버린 사탄의 태양에 맞서 저항하는 사람들의 이야기다. 카뮈의『반항적 인간』에서처럼 "나는 반항한다, 그러므로 나는 존재한다"라는 말이 어울리는 주인공들의 삶은, 하지만 일견 공허한 메아리만을 남기고 사라지는 것처럼 보인다. 결실 없는 반항, 그저 반항으로 절망을 극복하려고 애쓰는 반항, 그 힘겨운 반항 뒤에도 희망은 그다지 가까이 다가온 것 같지 않은 반항…… 사실 수많은 사람들의 목숨을 앗아가는 기계화된 전쟁(용맹이라는 덕목으로 무장한 인간의 존엄성마저도 사라져버린 전쟁이 아닌가), 하지만 무엇을 위해 죽는지도 알 수 없는 부조리한 전쟁이 인간 이성에 대한 신뢰를 무너뜨린 시대에, 전능한 신의 섭리가 숨어버린 시대에, 삶의 의미에 대해 답을 찾는 인간들의 몸짓은 처절하고 공허할 수밖에 없으리라.

『사탄의 태양 아래』는, 이미 제목이 보여주듯, 악(惡)과 맞서려는 인간들을 둘러싼 기독교적 구원의 이야기다. 하지만 이 소설에서 기독교적 구원은 문학을 통해 보편적 실존의 구원으로 확장된다. 모순적 존재로서의 인간이 떠안은 불안과 고뇌 속에 희미하게 담겨 있는 구원의 가능성은 어떤 점에서 정통 기독교 교리를 벗어나는 것처럼 보인다. (독일의 신학자 발타자르가 베르나노스의 작품에 나타난 기독교 신앙을 중심으로 『기독교인 베르나노스』라는 두툼한 책을 쓴 것도 그 때문이다.) 『사탄의 태양 아래』는 열여섯 살 시골 소녀 무셰트를 주인공으로 한 프롤로그 「무셰트 이야기」, '절대'를 향한 충족되지 않는 갈망으로 괴로워하는 도니상 신부를 주인공으로 한 1부 「절망의 유혹」과 2부 「룅브르의 성자(聖者)」, 이렇게 세 부분으로 구성되어 있다. 1부 후반부에서 두 주인공이 잠시 만나는 장면을 제외하면, 작품 전체는 주제 및 주인공이 서로 다른 두 개의 이야기를 묶어놓은 것처럼 보인다.

무셰트는 일상의 범속성에 참을 수 없는 권태를 느낀다. 사실 무셰트의 권태는 우리 모두의 권태이기도 하다. 유년 시절, 세계는 왜 그렇게 크고 넓어 보이는지, 즐거움과 고통이 선연하게 드러나고, 무언지 모를 막연한 희망과 불안에 휩싸여 더디 흘러가는 시간을 탓하며 마음은 얼마나 조급한지…… 죽음의 인력에 끌린 일상의 시간이 내적으로는 정지된 채 속도를 더해갈 때, 무셰트는 사랑의 도피를 선택한다. 하지만 일상성의 늪 속에서 부패되어가는 범속한 인간들——아버지, 그리고 두 번의 연인——과의 대결이 이어지며, 사랑과 모험의 꿈 뒤에 남은 것은 환멸과 증오뿐, 갈증은 더욱 깊어진다. 결국 무셰트의 모험은 살인과 사산(死産)——또 다른 살인이다——으로 끝을 맺는다. 하지만 '유혹'에 빠져들지 않기에 신의 은총에도 다가가지 못하는 범속한 인간들이 우글거리는 공간에서 무셰트가 겪는 반항과 좌절을 바라보는 작가의 연민 어린 시선은 우리에게 그녀가 버림받지 않으리라는 걸 느끼게 해준다. 죄악이란 일상 속에 함몰되어 자신이 가야 할 길을, 삶의 진정한 의미를 잃어버리는 것이기에, 과감히 절대를 향한 문을 열어젖히고, 신이 숨어버린 어둠 속에서 더듬거린다 할지라도 빛을 향한 몸짓을 포기하지 않을 때 구원의 가능성이 남아 있으며, 그러한 몸짓이야말로 일상의 껍질로 둘러싸인 우리 존재에 은총의 빛이 스며들 수 있는 틈새가 될 수 있기 때문이다.

「절망의 유혹」의 도니상은 무셰트가 사는 마을의 사제로, 성성(聖性)과 접맥된 유년기의 영혼을 간직하고 있고, 사탄과의 대결을 통해 악을 직관할 수 있는 혜안을 갖게 된다. 무셰트가 난파하여 작은 나무 조각에 몸을 맡기고 풍랑에 떠다니는 존재라면, 도니상은 그에 응답하듯 뱃전에 서서 홀로 어둠을 마주 보며 풍랑을 헤쳐나가는 전사(戰士)로 그려진다. 또한 현실의 재현이라는 측면에서 무셰트의 이야기가 일상적인 시공간, 사르트르적 시선이 지배하는 현실의 시공간에서 전개된다면, 도니상의 이야기는 꿈과 깨어남의 중간에 있는 세계(도니상은 매번 "꿈을 꾼 게 아닌가" 자문한다), 초자연적이라고 부를 수 있는 시공간에서 펼쳐진다. 하지만 소설의 주제와 관련해서 중요한 사실은, 도니상은 무셰트가 빠져버린 절망의 암흑에 구원의 빛을 밝히지 못한다는 것이다. 사실 '사랑의 신'보다는 '정의의 신'을 갈구하는 도니상이라는 인물은 신학적으로 다분히 논란의 여지가 있다. 그리고 그의 모험을 그리는 화자의 시선 역시 무셰트의 경우보다는 좀더 모호하다. 하지만 두 주인공이 처한 실존적 상황 속에서 이들의 체험을 바라볼 경우, 무셰트와 도니상은 상반되는 인물이 아니라 오히려 영적인 쌍둥이라고 말할 수 있다. '절망의 유혹'이라는 제목이 암시하듯, 도니상 역시 사탄의 태양이 던지는 미끼를 물어버린, 결국 성성의 그림자에 몸을 내던진 인물인 것이다. 그렇기 때문에 「절망의 유혹」 끝부분에서 짧게 이루어지는 무세트와의 만남에서도 젊은 사제는 죄인에 대한 사랑보다는 죄악에 대한 증오에 기울고, 결국 무세트를 출구 없는 심연으로 완전히 밀어넣게 된다.

「롱브르의 성자」는 그로부터 5년 뒤 수도원 생활을 마치고 롱브르의 사제로 부임한 도니상의 이야기다. 성자로 존경받는 노사제가 된 그는 고해 성사를 하는 모든 사람들의 영혼에서 사탄의 유혹을 본다. 성자로서의 도니상은 결국 신과 사탄 사이에 "최후의 보루"로 버티고 선 인간이며, 사람들에게 평화와 위안을 주는 동안 자신은 그 인간들이 내뱉는 악의 거품 때문에, 스스로 떠맡은 짐의 무게 때문에 비틀거리는 인간이다. 이렇게 슬픔과 분노가 어우러져 죽음의 휴식에 대한 갈망이 극도에 이를 무렵, 죽은 아이를 둘러싼 사탄과의 마지막 대결이 찾아온다. 여기서 어린아이의 죽음은 단순히 임상적 죽음을 넘어 유년기-순수와 죽음이 기이하게 결합된 이미지로서, 예수의 죄 없는 죽음과 부활이라는 기독교적 구속 신비를 모독하는 사탄의 도전으로 그려질 수 있을 것이다. 도니상은 아이를 되살리는 기적을 행할 수 있다는 생각을 품게 되지만, "악에 홀린 듯" 찾아온 그 영감은 신의 부름이 아니라 사탄의 유혹이기에 '실패한 기적'을 낳을 뿐이다. 결국 도니상은 어둡고 좁은 고해실 안에 선 채로, 악을 향한 도전의 몸짓을 취하며 생을 마감하게 된다.

그렇다면 작가는 『사탄의 태양 아래』에서 무엇을 말하고 싶었던 것일까? 신의 태양은 사탄의 태양에 가려져 영원히 숨어 있을 뿐인가? 범속한 인간들에 둘러싸인 무세트의 격렬한 저항의 몸짓도, 악에 대한 증오로 자신을 불사르는 도니상의 외침도 결국은 구원의 빛을 만날 수 없는 것일까? 두 인물의 자유의지는 악의 선물일 뿐인가? 하지만 여기서 반항과 좌절이 만들어내는 절망의 상처가 역설적으로 신의 태양이 유입될 수 있는 유일한 틈새가 되리라는 것이 바로 이 소설이 던지는 메시지일 것이다. 모두가 사탄의 태양 아래 범속성으로(교회의 영적 범속성까지를 포함하여) 부패해가는 세계 속에서는 오직 절망만이 희망을 잉태할 수 있다는 것, 어둠의 끄트머리에서 또 다른 새벽빛을 만나리라는 것…… 결국 『사탄의 태양 아래』는 절망의 태양 아래 숨어버린 희망을 추구하는 베르나노스적인 진정성을 음각(陰刻)으로—이것이다, 라고 말할 수 없을 때는 이건 아니다, 라고 지워나갈 수밖에 없지 않은가— 새겨나가는 것이다.

　　무셰트를 죽음으로 몰고 갔던 절망과 고해실에 선 채로 죽어간 도니상 신부의 질망은 우리를 부끄럽게 한다. 절망히고 반항히며 좌절하는 법을 잊어버렸기 때문이다. 절망하지 않고서 진정한 희망에 이를 수는 없다…… 그리고…… 그 절망을 어떻게 이겨내는가, 하는 질문이 이어질 것이다. 또 다른 걸작 소설 『시골 신부의 일기』에 이르러 베르나노스는 "은총은 자신을 잊는 것"이라고 말한다. 무셰트와 도니상을 부인하는 말이라기보다는 그들의 절망을 감싸안는 말이리라…… 앙브리쿠르 주임 사제의 일기는 이렇게 끝을 맺는다. "모든 것은 은총이다." 그렇다, 살아 있다는 것이 은총이고 구원의 희망이다. 다만 그것을 잊고 살아갈 뿐……

■ 작가 연보

1888년 파리 출생. 어린 시절은 서북부 파드칼레 지방의 프레생에서 보내게 되는데, 이 한적하고 목가적인 시골 마을의 추억은 이후 그의 작품의 주된 배경을 이루게 된다. 예수회에서 운영하는 학교에서 초등 · 중등교육을 받는다. 이 시기에 즐겨 읽었던 발자크, 위고, 레옹 블루아 등의 작품은 그의 문학적 여정에 큰 영향을 미치게 된다.

1906년~1913년 파리 대학과 가톨릭 대학에서 교육을 받고 문학과 법학 학사학위를 취득한 후, 왕당파 단체인 악시옹 프랑세즈 Action Française에서 활동하다가 투옥되기도 한다.

1913년~1914년 루앙에서 『노르망디의 전위대 *L'Avant-Garde de Normandie*』라는 왕당파 기관지 주필로 활동하다가, 1914년 제1차 세계 대전이 발발하자 지원병으로 입대한다.

1918년 전쟁이 끝난 후 본격적으로 창작 활동을 시작하면서 첫 작품으로 『사탄의 태양 아래』를 쓰기 시작한다. 동시에 신문에 많은 기사를 싣는다.

1922년 『다르장 부인 *Madame Dargent*』이라는 중편소설을 발표하나, 세인의 주목을 받지는 못한다. 정치적으로는 샤를 모라스와 레옹 도데의 의회 활동에 대한 불만으로 악시옹 프랑세즈와 손을 끊고 독자적인 길을 모색하게 된다.

1926년 『사탄의 태양 아래』가 출간된다. 이를 계기로 베르나노스는 본격적으로 작가로서의 명성을 얻게 된다.

1927년 『사기 L'Imposture』를 발표한다.

1929년 『환희 La Joie』를 발표한다. 이 작품은 큰 인기를 끌어 그해 페미나 문학상을 받는다.

1935년~1937년 경제적 사정 등 여러 가지 여건으로 스페인령 발레아레스 군도의 마조르카 섬으로 이사한다. 이곳에서 『악몽 Un Mauvais rêve』(1935), 『어떤 범죄 Un Crime』(1935), 『시골 신부의 일기 Journal d'un curé de campagne』(1936)를 쓴다. 마조르카 섬에 있는 동안 스페인 내전이 일어나자, 프랑코 정권의 잔학하고 독재적인 행동을 격렬히 비난하는 『달빛 어린 공동묘지 Les Grands cimetières sous la lune』(1937)를 발표함으로써 본격적으로 정치평론의 길에 들어서게 된다.

1938년 1937년에 다시 프랑스로 돌아왔으나 유럽을 휩쓸고 있는 파시즘과 정치적 야합 등에 환멸을 느끼고 뮌헨 회담 직전에 가족을 이끌고 다시 남미의 파라과이로 떠난다. 얼마 후 브라질의 리우데자네이루로 옮겨가 그의 마지막 소설인 『윈 씨 Monsieur Ouine』를 탈고한다.

1939년~1945년 제2차 세계 대전이 발발하자 드골의 레지스탕스를 지지하는 논객으로 참여하여 『자유 프랑스 La France libre』에 기고하는 동시에 『진리의 추문 Le Scandale de la vérité』(1939), 『우리 프랑스인 Nous autres Français』(1939), 『영국인에게 보내는 편지 Lettre aux Anglais』(1942), 『로봇에 맞선 프랑스 La France contre les robots』(1944), 『영혼의 십자가의 길 Le Chemin de la Croix-des-Âmes』(1942~1945) 등으로 이어지는 활발한 정치평론 활동을 펼친다.

1945년 해방과 함께 파리로 돌아와 여러 잡지에 글을 싣는 한편, 마지막 작품 『카르멜 수녀들의 대화 Le Dialogue des Carmélites』를 탈고한다.

1948년 파리 근교에서 세상을 떠난다.

■ 기획의 말

'대산세계문학총서'를 펴내며

　근대 문학 100년을 넘어 새로운 세기가 펼쳐지고 있지만, 이 땅의 '세계 문학'은 아직 너무도 초라하다. 몇몇 의미 있었던 시도에도 불구하고, 전체적으로는 나태하고 편협한 지적 풍토와 빈곤한 번역 소개 여건 및 출간 역량으로 인해, 늘 읽어온 '간판' 작품들이 쓸데없이 중간되거나 천박한 '상업주의적' 작품들만이 신간되는 등, 세계 문학의 수용이 답보 상태에 머물러 있었음을 부인하기 힘들다. 분명한 자각과 사명감이 절실한 단계에 이른 것이다.
　세계 문학의 수용 문제는, 그 올바른 이해와 향유 없이, 다시 말해 세계 문학과의 참다운 교류 없이 한국 문학의 세계 시민화가 불가능하다는 의미에서, 보다 근본적으로, 우리의 문화적 시야 및 터전의 확대와 그 질적 성숙에 관련되어 있다. 요컨대 이것은, 후미에 갇힌 우리의 좁은 인식론적 전망의 틀을 깨고 세계 전체를 통찰하는 눈으로 진정한 '문화적 이종 교배'의 토양을 가꾸는 작업이며, 그럼으로써 인간 그 자체를 더 깊게 탐색하기 위해 '미로의 실타래'를 풀며 존재의 심연으로 침잠하는 작업이라 할 수 있다.
　우리의 현실을 둘러볼 때, 그 실천을 위한 인문학적 토대는 어느 정도 갖추어진 듯이 보인다. 다양한 언어권의 다양한 영역에서 문학 전공자들이 고루 등장하여 굳은 전통이나 헛된 유행에 기대지 않고 나름의 가치 있는 작가와 작품을 파고들고 있으며, 독자들 또한 진부한 도식을 벗어나 풍요로운 문학적 체험을 원하고 있다. 새롭게 변화한 한국어의 질감 속에서 그 체험이 이루어지기를 바라는 요청 역시 크다. 그러므로 필요한 것은 어쩌면 물적 토대뿐일지도 모른다는 판단이 우리를 안타깝게 해왔다.

이러한 시점에서, 대산문화재단의 과감한 지원 사업과 문학과지성사의 신뢰성 높은 출간을 통해 그 현실화의 첫발을 내딛게 된 것은 우리 문화계의 큰 즐거움이 아닐 수 없다. 오늘의 문학적 지성에 주어진 이 과세가 충실한 결실을 맺을 수 있도록, 우리는 모든 성실을 기울일 것이다.

'대산세계문학총서' 기획위원회